ナイトランド叢書 EX-2

《ドラキュラ紀元一九一八》

鮮血の撃墜王

キム・ニューマン

鍛治靖子 訳

アトリエサード

ANNO DRACULA, 1918
THE BLOODY RED BARON

by Kim Newman

This book is published in Japan by Atelier Third
Japanese translation rights arranged with Kim Newman
c/o The Antony Harwood Ltd literary agency
through Japan UNI Agency, Inc.

作中に、現在の観点からでは差別的と見なされる用語がありますが、原著者に差別意識がないことは作品から明確であり、また作品の世界・時代設定を反映したものであるため、訳者と相談のうえ原文に則した訳語を使用しました。(編集部)

目次

《ドラキュラ紀元一九一八》鮮血の撃墜王

キム・ニューマン

鍛治靖子　訳

ポール・マコーリーに

「クリスマスまでには終わるだろう」

機械装置は歩兵に比べ、その価値を誇張して伝えられてきた。だが、砲兵や騎兵隊もなくてはならない存在である！

……戦争にはそれぞれの状況があり、組織構成が変更されるのはいたしかたのないことであるが、われらの道義が確固たるものであるならば、それらは問題にならない。戦争が長引けば長引くほど、われらの訓練方法はその正しさを明らかにしていくのである。

陸軍元帥　サー・ダグラス・ヘイグ　一九一八年

このささやかな本は、敵の方法論に対する有用な洞察と、現在われわれが死力をつくして殺そうとしている者たちに対する少なからぬ尊敬の念を与えてくれる。

マンフレート・フォン・リヒトホーフェン著『赤い戦闘機』一九一八年

イギリス初版本よりC・G・グレイの序文

第一部

西部戦線異状なし

1　コンドル飛行隊

前線から四マイルも離れると、絶え間なく鳴りつづける重砲も雑音のようにかすかにしか聞こえない。凍った雪の塊が、穴だらけの黒い道で鈍い光を放っている。雪が降ったのは数日前だ。エドウィン・ウィンスロップ中尉はトレンチコートとタータンの毛布にくるまっていたが、あまり役には立たなかった。小さな霰《あられ》の粒が羽虫のように顔にぶつかってくる。凍りついた口髭がぽきりと折れてしまうのではないかと心配だった。オープン・タイプのダイムラーは、極寒のフランスの冬の夜には不向きな乗物だ。死者であるドレイヴォット軍曹は天候など気にもとめない。鋭い目で闇を見すえ、車を走らせている。

マラニーク（W・E・ジョンズの少年小説〈Biggles〉シリーズで、ビグルズの所属する二六六飛行隊の駐屯地）に到着してから、さらに手間どった。伍長が疑わしげな目で書類を調べているあいだに、ウィンスロップの身体はいっそう冷えこんだ。

「スペンサー大尉がこられると聞いておりましたので」弁解する歩哨は、ウィンスロップの二倍は年長だろう。

「スペンサー大尉は任を解かれた」

わざわざ説明してやる必要などない。スペンサーに慣れてしまったのはこの伍長の過ちだ。この任務にあるまじきことだ。

「戦況は刻々と変わっているんだ。きみは気づいていないのかもしれないが」

血の色をした閃光が、近くの地平線に垂れこめる雲を染めあげている。砲弾が風に乗って飛んでくるときは、間断のない砲撃音とは異なる鋭い音が聞こえる。塹壕《ざんごう》では、砲弾にあたって死ぬときには、その空《くう》を切る音しか聞こえないと言われている。

伍長がドレイヴォットを見知っていたおかげで、ようやく将校乗用車は通行を許可された。その飛行場は農場を転用したものだった。荷車の轍《わだち》が家屋までくっきりと刻まれている。

コンドル飛行隊は今日の午後までスペンサーの部隊だった。一時間のつめこみ勉強をしただけでは、とてもこの謎に精通《オ・ク》しているとはいいがたい。今夜の任務のことは簡単に説明されたが、全体像についてはごく曖昧《あいまい》なことしか知らされていない。

「がんばりたまえ」と、ボウルガードは言った。「肩章に星をつけるチャンスだ」

大隊本部と謎の深い関わりをもっているとはいえ、どうして一介の民間人に昇進の約束ができるのだろう。だがチャールズ。ボウルガードの言葉には確信がこもっていた。気の毒なエリオット・スペンサーもまた、かつて同じように力強い言葉をかけてもらったのだろうか。

フランス滞在も長期にわたり、ウィンスロップは筋肉を緊張させてふるえをこらえる術を身につけていた。だが血をしたたらせながら微笑するスペンサーの記憶がよみがえると、その試みもだいなしになってしまう。痛む頬の筋肉が敗北を認め、操り人形のようにかたかたと歯が音をたてる。

闇に包まれた農場家屋の中で、窓の輪郭だけがかすかに浮かびあがっている。ドレイヴォットが車のドアをあけた。足をおろすと、長靴《ちょうか》の下で凍てついた草が音をたてた。吐く息でスカーフがじっとりと濡れている。姿勢を正した軍曹は、正面をにらんだまままばたきもせず、口髭の下から象牙のような歯を突きだしている。鼻からも口からも白い息が出ていないのは、呼吸をしていない証拠だ。野蛮人の群れから橋を死守するさいにはきっと頼りになるだろう。だが個人的な感情や意見は、たとえそんなものをもっていたとしても、うかがい知ることもできない。

ドアがひらき、煙るような光と穏やかなざわめきがあふれだした。

「やあ、スペンサー」誰かがさけんだ。「こいよ、一杯やらないか」

ウインスロップが宿舎に足を踏み入れると同時に、話し声がやんだ。ねじの切れかけた蓄音機が「プア・バタフライ」（Poor Butterfly はジョン・レイモンド・ハッベル作曲、ジョン・ゴールデン作詞のジャズ）を苦しげに奏でている。天井の低いその部屋は急ごしらえの食堂だった。パイロットたちが思い思いの席について、カードをしたり、手紙を書いたり、本を読んだりしている。居心地が悪い。赤い目が凝視してくる。ここにいる者は全員ヴァンパイアなのだ。

「ウィンスロップ中尉。スペンサー大尉の交替要員です」

「ああ、なるほど」向こう隅の陰気そうな男が答えた。「そういうことか」

この隊を束ねるトム・クンダル少佐だ。ウィンスロップははじめ、飛行隊長が温血者《ウォーム》なのかそうではないのか、判断できなかった。夜の訪れとともに、戦場にいる男たちはみな一様に不死者《アン＝デッド》特有の獲物を狙う取り憑かれたような表情を浮かべるのだ。

「温血者《ウォーム》か」クンダルの口もとがゆがむ。ヴァンパイアの微笑はいつだってこうだ。「ディオゲネスは昔ながらのやり方にこだわっているようだな」

スペンサーも生者だった。少なくともウィンスロップが最後に会ったときはそうだった。ボウルガードも同じく。だがそれはディオゲネスに強固な方針があるからではなく、たまたまそうなっただけのことにすぎない。べつに温血者《ウォーム》を好んでいるわけではない。むしろその逆だろう。

「ディオゲネスは爆撃されてないのか」ひとりのパイロットが獰猛な笑いを浮かべてたずねた。

「よせよ、コートニー」べつの男がたしなめた。

最前線の兵士たちは、後方を攻撃するドイツ兵に称賛を送る。参謀将校の赤い星はカインのしるしだ。記章についた真紅の点は軽蔑を呼ぶ。だがウィンスロップは安全な任務を望んだわけではなかったし、ましてやディオゲネス・クラブに所属したいなどと願ったこともない。これまた、たまたまそうなっただけのことにすぎない。

「スペンサー大尉は神経障害を起こしました」ウィンスロップは努めて冷静に報告した。「自分で自分の身体を傷つけたのです」

「そりゃまあたいへん」赤毛の男が言った。

「拳銃をいじってて手をすべらせたんだろうさ」コートニーが鼻で笑った。恐れを知らぬ燃える両眼とぴんととがらせた口髭をもった、オーストラリア訛の男だ。「恥さらしなこった」

「スペンサー大尉は三インチものばした爪を四本、自分の頭蓋に突き刺しました」ウィンスロップは説明した。

「その結果、無期限休暇を与えられました」

「あいつはどこかまともじゃないと思ってたんだ」パリの新聞から顔をあげて、うつろな声のアメリカ人が言った。

「本国送還を狙ってわざと怪我をしたやつは銃殺だ」とコートニー。

「スペンサー大尉は極度のストレスにさらされていたんです」

「ストレスなら山ほどあるだろうさ」とアメリカ人。痩せた顔は黒い帽子の陰になっているが、その闇の中で両眼が燃えている。

「やめておけ、アラード」クンダルがたしなめた。「連絡員を困らせるな」

アラードはとがった鼻をまた新聞につっこんだ。読んでいるのは自警団員ジューデクスの手柄話だ。報道関係筋によると、ジューデクスもまたヴァンパイアだという。

赤毛のヴァンパイア、オールブライトがスペンサーについてさらに質問したが、ウィンスロップには答えることができなかった。彼にしても救急車に運びこまれる大尉を一瞥したにすぎないのだ。スペンサーはそのままエディンバラ近郊のクレイグロックハート陸軍病院、通称〝ドッティヴィル〟に運びこまれた。

スペンサーがみずからを傷つけた異常な方法について、ひとしきり議論が戦わされた。昔ロシアのある地方では、ヴァンパイア・ハンターたちは心臓に木の杭を打ちこむより頭蓋に鉄の釘を刺す方法を好んだものだとアラードが語った。

「どこでそんな気味の悪い話を仕入れてくるんだ」コートニーがたずねた。

「不吉な話はとにかく集めることにしている」

アラードの両眼は石炭のようだ。ふいに、アメリカ人がわけもなく笑いはじめた。咽喉の奥からこぼれる不気味なふくみ笑いが、陰鬱な響きの哄笑となって爆発する。たじろいだのはウィンスロップひとりではなかった。

「頼むからやめてくれんか、アラード」クンダルが訴えた。「犬どもが遠吠えをはじめてかなわん」

このパイロットたちにはヴァンパイアですら神経をかき乱されるだろう。フランスのコウノトリ部隊《グルプ・デ・シゴーニュ》と同じく、コンドルは生き残りパイロットを――ほとんどの場合、各部隊でただひとりの生き残りを、集めてつくった飛行隊だった。ここに配属されているのは、幾度となく仲間の屍を乗り越えてきた者ばかりだ。高スコアを誇る連合軍撃墜王《エース》（第一次大戦開始時は十機以上の撃墜者をエースとしたが、のちに五機以上の撃墜でエースの資格が与えられるようになった）の中でも勇名をとどろかせている連中だ。個人的な勝利をあげる機会の少ない任務を命じられて、彼らは憤慨しなかったのだろうか。大隊司令部の一部では、クンダルのコンドル部隊は名誉ばかりを追い求める猟犬、勲章をつけた殺し屋だと見くだしているが……。あまり連中に好き勝手を言わせておくんじゃないぞ、とボウルガードは忠告してくれた。

傾いた階段から騒々しい音が響き、身体をひきずるように若いヴァンパイアがおりてきた。四肢はゆがんでいるが、歩きまわるのに不自由はないらしい。男が白いスカーフで赤い口もとをぬぐった。血色がいいのはたったいま食餌《しょくじ》をしてきたところなのだろう。前線を離れれば、金さえはらえば可愛いフランス娘が手にはいる。それが駄目なら家畜だ。

「おいボール、スペンサーがモルダヴィア風の頭痛治療法をためしたんだとさ」コートニーが足をひきずっている男に注進した。「脳味噌に爪を突き刺したんだと」

ボールは猿のように梁をつかみながら部屋を横切り、蓄音機のそばの椅子に腰を落ち着けた。眼球が真紅に染まっている。ヴァンパイアの中には蛇と同じく、飽食すると動きが鈍くなる者がいる。その昔、ノスフェラトゥが疫病もちの鼠のように狩られたころ、食餌のあとで柩や墓に隠れているところを狙われるとひとたまりもなかったという。ボールはあごに赤い染みをつけたまま、わずかに口をひらいてぐったりと身体の力を抜いた。

「パイロットが必要なんです」ウィンスロップは意図したよりも冷静な声で告げた。

「たしかにここはそのための場所だ」とクンダル。

だが、進みでて志願する者はひとりもいない。

「ビグルズワースはどうだ」コートニーが薦めた。「〈デイリー・メール〉（一八九六年創刊のイギリスでもっとも古いタブロイド紙）が〝空の騎士〟と称賛した男だぜ」

若い航空大尉がわずかに赤面し、骨のように白い頬に赤い斑点を浮かびあがらせた。いまではコートニーが、クンダルの代わりに皮肉屋の役どころを演じている。

「おい、やめとけよ」

大尉をかばって非難の声があがったが、コートニーは青二才の集団など気にもとめない。クンダル少佐が少し考えてから口をはさんだ。

「あがるにはちっとばかり雲が多いんじゃないか」

ボウルガードの指示を思いだしながら、ウィンスロップは説明した。

「ディオゲネスはある場所の調査を希望しています。偵察機一機なら、雲の上で前線を越え、それから降下して写真を撮ることができるでしょう」

「いかにも簡単そうじゃないか」とクンダル。「勝利間違いなしの作戦だな」

いらだちをおぼえる。からかわれるのはしかたがないとしても、それなりの礼儀はつくしてほしい。ディオゲネスは子供の遣いで時間を無駄にするわけにはいかないのだ。

ウィンスロップはカードテーブルを分捕り、緑のラシャ布の上に地図をひろげた。

「ディオゲネスが情報を求めているのはこの場所です」と指さし、「妙な噂が流れているのです」

好奇心をかき立てられて、数人のパイロットが集まってきた。ボールも立ちあがって蟹のようににじりより、冷たい手をウィンスロップの肩にのせて身体を支えている。地上では完全な障害者だが、空を飛ぶアルバート・ボールは魔術師のように敏捷で、連合軍屈指の撃墜王《エース》中の撃墜王《エース》と称えられている。

「マランボワ城《シャトー》か（クラーク・アシュトン・スミス作「アヴェロワーニュの逢引」A Rendezvous in Averoigne（一九三一）に登場するヴァンパイア、マランボワ卿にちなんでつけられた名前）」さっき赤面した大尉が言った。「ドイツ軍の縄張りだな」

「第一戦闘航空団《ヤークトゲシュヴァーダー・アイン》だ」パイロットのひとり、オールブライトと同じくらい赤い髪の男が言葉を足した。

「そのとおりだ、ジンジャー。お馴染みのJG1。切っても切れない仲ってやつさ」

「リヒトホーフェン・サーカスだ」アラードが不気味な声で唱える。

有名な名前を耳にしてボールが唾を吐いた。わずかに血のまじったそれは地図をはずれ、ラシャ布に吸いこまれた。

「ボールのことは気にするなよ」ジンジャーがウィンスロップに釈明した。「こいつは血まみれ赤い男爵《レッド・バロン》の悪魔のような弟、死神ロタールに撃ち墜とされたのを根にもってるのさ。家の名誉とか、そういった問題らしいぜ」

「情報部の報告によると、この城はドイツ軍飛行士の単なる宿舎ではないようなのです」ウィンスロップは説明した。「夜間に奇妙な動きが見られます。なんというか、考えられないような人物の出入りがあるのです」

「それで写真がお望みってわけか。この場所なら先週、山ほど撮ってきたはずだが」

「それは昼間のことですね」

手を離すと地図がくるりと丸まった。ウィンスロップはマランボワ城の写真をとりだした。見間違えようのない高射砲による対空砲火の黒い影が、城とカメラのあいだで静止している。

ウィンスロップは写真の一部を軽くたたいた。

「これらの塔は周囲にネットを巻きつけています。何を企んでいるのか、われわれに悟られたくないといわんばかりです。われらが友軍フランス人の言葉を借りるならば、擬装工作《カモフラージュ》というやつですね」

「よけいに好奇心がうずくってわけだな」とジンジャー。

だがクンダルは疑惑を捨てきれないようだ。

「今夜は撮影には暗すぎやしないか。一枚でもまともに写るかどうか」

「暗い写真からでも驚くほど多くの情報を読みとることができます」

「なるほどね」

クンダルはしげしげと写真をながめた。テーブルに片手をつき、分厚いとがった爪でこつこつ音をたてている。

「パイロットにヴェリー信号銃をもたせてください。光を撃ちだせば、目標もいくらか明るくなるでしょう」

「〝光を撃ちだす〟だと？　ヴェリー信号《ライト》、そいつはいい《ヴェリー・ライクリー》」とクンダル。「まるで洒落のようだな」

「ＪＧ１のやつら、おれたちを見たら大喜びするだろうぜ」コートニーがまぜ返した。「赤い絨毯を敷きつめてくれるかもしれん」

写真の中の高射砲は、撮影者の乗っている機体の支柱に恐ろしいほど接近している。

「サーカスの連中、ライン産のワインと処女《おとめ》の血で祝杯をあげることだろうよ」とクンダル。「撃ち墜としたイギリス人の数を水増しして吹聴しながらな。こんな天気に空を飛ぼうなんて間抜けは、おれたちだけさ」

「勝負に出てこないなんて、紳士の風上にもおけないやつらじゃないか」ジンジャーが評した。

「光を撃てば出てくる」オールブライトが反論した。「だが高射砲に気をつけなくては。アルバトロス（第一次大戦においてドイツ軍が使用した複葉戦闘機）がくるかもしれない」

「アホウドリ《アルバトロス》なんざ、くそくらえだ」とコートニー。

クンダルは催眠術にかかったようにじっと写真を見つめていた。写真の中の城は胸壁のあたりが傷《いた》んではいるが、この農場よりはるかに立派で、住み心地もよさそうに見える。あらゆる戦士の例に漏れず、英国陸軍航空隊軍人も、敵が自分たちより快適に暮らしていると信じて疑わないのだ。

「わかった」クンダルが結論した。「ではウィンスロップ、好きな者を選びたまえ」

予想外の返答だった。パイロットたちに目をむけると、何人かが顔をそむけた。クンダルは鋭い歯の先端をのぞかせて、底意地の悪い笑みを浮かべている。

生きたまま猫の籠にいれられた鼠の気分だ。スペンサーの頭に突き刺さった血まみれの爪が思いだされる。

「これを撮影した者がいちばんの適任だと思いますが」

クンダルが写真の隅に走り書きされた一連の数字を調べた。

「リス＝デイヴィッズか。残念だったな。二日前、あの世に旅立った」

「確認はされていない」ビグルズワースが抗議した。「捕虜になってるかもしれないじゃないか」

「とにかくここにはいない」

ふたたびパイロットたちを見まわした。志願者なし。ジャーナリズムが熱心に煽りたてている戦争と、フランスで実際におこなわれている戦争が、まったくの別物であることはよくわかっているつもりだった。それでもなぜかウィンスロップは、多くの志願者がこぞって功を競いあうすばらしい光景を期待していたのだ。

「名簿だ。好きに選びたまえ」

クンダルがクリップボードをよこした。コンドル飛行隊の名簿だ。線で消された名前がいやでも目にとびこんでくる。その中には〝リス＝デイヴィッズ、A〟もふくまれていた。

「オールブライト、J」いちばん最初の名前を呼びあげた。

「了解」赤毛の大尉が答えた。

英国陸軍航空隊《RFC》の軍服を着てはいるが、この男もアメリカ人だ。クンダルの寄せ集め飛行隊には、かなりの外国人がまじっているようだ。

「機はどんな具合だ、レッド」クンダルがたずねた。

オールブライトは肩をすくめた。

「前よりはましかな。カメラもまだぶらさがったままだ」

「そいつはよかった」

ヴァンパイアではあるが、頼りになりそうな男だ。たくましい身体にいかつい顔、頑丈そうなあごをしている。全身が固い煉瓦でできているみたいで、風にもまず吹き飛ばされることはないだろう。

「ボール、四人めにはいってくれや」コートニーが声をかけた。「ブリッジだ。レッドとブラウンが組むはずだったんだ。こっちはおれとウィリアムソンだ」

ボールがカード仲間のほうに移動すると、オールブライトはしかたがないといったふうに肩をすくめた。

「真夜中までにもどる」

身内にだけ通じるオールブライトのジョークに、全員がうなり声をあげた。

クーパー爆弾の投下架にとりつけられたカメラを調べるあいだ、ウィンスロップはランタンを掲げ、王立航空工廠《ＲＡＦ》ＳＥ５ａの下翼の下を照らしだしてやった。このカメラは爆弾と同じく、操縦席から引き綱をひいて操作する。ドレイヴォットが手配したのだろう、感光板はすでに装着されていた。だがやがてウィンスロップは、この飛行場で夜目がきかないのは自分ひとりであることに思いあたり、気まずげに明かりを消した。

オールブライトが操縦席にすべりこみ、プロペラの背後から発射できる固定式ヴィッカース機銃と、上翼にとりつけられた旋回式ルイス機銃をチェックした。こうした任務では、一発も撃たずにもどってくるほうが望ましいのはもちろんだ。そっと潜入し、敵が態勢を整える前に撮影して脱出する。だからこその単独任務だ。大勢で押しかければ、マランボワのほうでも気づいて警戒する。ドイツ軍は基本的に、必要がないかぎり空にあがってはこない。連合軍は積極的に定期パトロールをおこなって、制空権が誰のものであるかを同盟側に知らしめることにしているが。

クンダルと残りの連中が見送りに出てきた。パイロットたちは弾痕を補修したＳＥ５ａの胴体に、専門家らしい視線を走らせている。彼らは比較的最近やってきたこの飛行機を、それなりに気に入っているようだ。ディオゲネスはコンドル飛行隊に、なんであれ希望する機体を供給している。だがパイロットにもそれぞれ好みはあるのだ。

ウィンスロップはすっぽり闇に包まれたまま、凍えた爪先に感覚をとりもどそうと足踏みをした。ＳＥ５ａの機体が巨大な骸骨の影のようだ。ヴァンパイアたちは真昼のブライトン遊歩桟橋であるかのように夜の闇の中でくつろいでいる。夜間飛行と夜間戦闘は、闇を見透かす目をもつ不死者《アン＝デッド》たちのものだ。この戦争が史上初の昼夜無休戦になったのは、彼らのおかげだった。

ジンジャーがＳＥ５ａのプロペラをまわしたが、イスパノ・スイザ・エンジンは一発ではかからなかった。

「もうちょい力いれろよ」パイロットのひとり、バーティが声をかけた。

もちろんヴァンパイアがいなければ（とりわけ、いまではドラキュラ伯爵《グラフ・フォン・ドラキュラ》と自称しているあの獣がいなければ）、この戦争はけっしてはじまりはしなかっただろう。伯爵がヨーロッパの権力を手中におさめんとして引き起こした争乱は、いまやアメリカまでをも巻きこんで、地球上すべての国家にひろがりそうな気配を見せている。現代ドイツは古代フン族の精神を具現しなくてはならないと皇帝《カイザー》は主張するが、二十世紀の蛮性をもっともよく体現しているのはアッティラとの血縁を誇りとする、ほかならぬドラキュラその人だった。

ジンジャーがまたプロペラをまわした。エンジンがうなりをあげ、ぱらぱらと歓声があがる。オールブライトが敬礼をしながら言った。

「では真夜中に」

飛行機は穴だらけの芝の上をタキシングして木陰にはいったと思うと、翼の下に巻きこんだ風のためわずかに機体を揺らしながら上昇していった。

「真夜中真夜中って、なんの話なんだ」ウィンスロップはたずねた。

「レッドはいつだって真夜中までにもどるんだ」バーティが説明した。「さっさと仕事を片づけて帰投する。だからやつはキャプテン・ミッドナイトと呼ばれてるのさ」

「キャプテン・ミッドナイトだって？」

「くだらないと思うか？」パイロットはにやりと笑った。「だがそのおかげで、やつはいままで生き残ってこられたんだぜ。レッドはいいやつさ。ラファイエット戦闘機隊《エスカドリーユ》(主にアメリカ人義勇兵で組織されていたフランスの部隊。一八年二月に廃止されている)で飛んでいたんだが、そいつが廃止され、医学的不適応とかでヤンキーどもにも追いだされたんで、うちにはいったんだ。アメリカ空軍は温血者《ウォーム》以外はお断りなんだとさ」

オールブライト機は低く垂れこめた雲に接近し、すばやくその中に姿を消した。エンジン音も、風と、宿舎から漏れてくる蓄音機の音楽にまぎれて聞こえなくなった。〝プア・バタフライ〟はまだ待っている。ドレイヴォット軍曹がじっと夜空を見つめていた。

クンダル少佐が時計を調べ(塹壕で使われている、腕にはめる新型のやつだ)、日誌に出発時刻を記録した。ウィンスロップも懐中時計を取りだした。一九一八年二月十四日、聖ヴァレンタイン・デイの、午後十時半。故郷ではカトリオナが彼のことを思い、いろいろ気をもんでいることだろう。

「あとは待つだけだ」クンダルが言った。「中にはいって温まろうじゃないか」

いまさらながら、骨の髄まで凍えきっていることに気づかされる。ウィンスロップは時計をポケットにすべりこませ、パイロットたちのあとから宿舎にもどっていった。

2　老人

イギリス海峡を渡る航海のあいだじゅう、ボウルガードは船室の隅に横たわる負傷者を意識していた。この状況であまりにおとなしすぎると、かえって気になってしかたがない。

看護兵が発見したとき、スペンサー大尉は五本めの爪を頭に突き刺そうとしているところだった。頭全体を針鼠みたいにするつもりだったのかもしれない。とうぜんながら精神失調という診断がくだされたが、このような真似をするにはかなり強固な意志が必要とされるのではないだろうか。

ボウルガードは自責の念にかられている。ディオゲネスの任務を果たすにあたってスペンサーがどれほどのストレスにさらされているか、正しく判断できなかった。人はおそらくあまりにも多くを知りすぎるのだ。ボウルガードですらときに、みずからの頭蓋をひらいて秘密を捨てたいと考えることがある。すべてを忘れて無垢になれれば、どれほど楽だろう。

ディオゲネス・クラブのために働いた長い年月の末に、チャールズ・ボウルガードは高潔なるマイクロフトと奇矯なるスミス＝カミングとともに、この情報機関の最高組織である闇内閣に席を占めるに至った。彼はそうやって、生涯を闇の中で生きてきたのだ。

海峡は穏やかだった。担架運搬人のゴドフリーと話をした。服役の代わりに傷病兵輸送の任務についているゴドフリーはクエーカー教徒で、ヴィミーの尾根での激戦では勇猛さを認められて叙勲までされたという。彼は国のために殺すのではなく、国のために死ぬことのできる善良な人間だ。人を殺すたび悔恨にとらわれてきたボウルガードだが、ただ一度に関してだけは、相手を殺さなかったことを後悔している。あのとき、みずからの生命を犠牲にしてでも、ドラキュラ伯爵の息の根をとめておくべきだった。年を経るにつれて、あの瞬間のことが思いだされてならない。

正気を失った将校たちは、ニューヘヴンの波止場で看護婦の手にひきわたされた。概しておとなしく従順な男たちを、彼女らがやさしく、だがきっぱりした態度で導いていく。四年前、戦争神経症《シェルショック》は嘆かわしい怯懦《きょうだ》と見なされていた。だが心身を疲弊させる戦いが数シーズンもつづいた結果、神経衰弱はむしろ優秀な将校の必須条件《ド・リグー》となってしまった。デンヴァー公の次男も最近ドッティヴィルに収容されたひとりである。

埠頭に照明はない。ドイツの潜水艦がイギリス海峡に潜行しているという噂が流れているのだ。ボウルガードは何事にも関心を示さなくなったスペンサーの幸運を祈り、ゴドフリーに名刺をわたしてから、ロンドン行きの急行列車に乗ろうと薄暗い発着場を横切っていった。

ヴィクトリア駅には、スイスで冷静な仕事ぶりを発揮した若者アシェンデンが出迎えにきていた。車で暗い町を走り抜けていくと、明かりは少なく雨が降っているにもかかわらず、目的ありげな群衆が夜の街路のいたるところにたむろしている。ほんのときたま空襲を受けるだけのこの帝国の心臓部においても、戦争の影をぬぐい去ることはできない。劇場やレストランやパブは（そしてもちろん悪徳の巣や娼館も）われを忘れて楽しもうとする軍人であふれ返り、軍服姿の男たちのまわりにはいつも、〝われらが兵隊さん〟に飲み物をふるまおうとする親切な男や、崇拝する英雄に熱い愛情を捧げようと懸命な娘が群がっている。貼り紙は兵役忌避に対する厳罰を告知し、ピカデリーやシャフツベリー・アヴェニューでは炎の瞳のヴァンパイア娘たちが、国王陛下の軍隊にはいっていない不死者《アン＝デッド》に白い羽根を突きつけている（白い羽根は臆病者の象徴とされた）。ハイド・パークでは非戦闘員にフランスの状況を伝えようと塹壕の模型がつくられたが、その清潔さと家庭的な快適さに反発して、休暇でほんものの塹壕からもどってきた男たちが大騒ぎをくりひろげた。クイーンズ・ホールではトマス・ビーチャムが〝ノー・ジャーマン・コンサート〟と称し、ベートーヴェンやバッハやワーグナーといった極悪非道のドイツ文化《クルトゥア》の産物を排し、イギリスとフランスとベルギーの作曲家のみからなる演奏会を開催した。スカラ座では戦地で撮影したフィルム（ほとんどが英国内で撮られたものだ）と、メアリ・ピックフォードの『リトル・バット・ガール』が上映されている。

もしこの街路で映画が撮影されたら、交通整理の婦人警官から武装した肉屋のガードマンにいたるまで、ありとあらゆるささいな光景に戦争の影が見られるだろう。彼の年代の者にはさまざまなものが〈恐怖時代〉を――英国が当時のプリンス・コンソートの軛《くびき》のもとで苦しんでいた三十年前を、思い起こさせる。H・G・ウェルズやエドマンド・ゴスら批評家たちは、この世界大戦は果たすべき仕事をやり残したとうぜんの帰結であると論じている。九〇年代の革命家たちは、悪魔公ドラキュラに彼自身の杭を突き刺すべきときに、国から追いだすだけで満足してしまった。一八九七年、ヴィクター王が二度めの戴冠を迎えるまでに多くの血が流された。ルスヴン首相が元後援者たるドラキュラからあらゆる統治権を奪い、議会にヴィクターの王位継承を認めさせたことで、かろうじて二度めの内乱が回避されたのである。

運転席の若いアシェンデンは、群衆に進路をさまたげられてもじっと我慢している。アイドリングしたまま救世軍の楽隊が通りすぎるのを待っていると、コツコツと窓がノックされた。アシェンデンが諜報員らしい穏やかな緊張をともなってそちらに顔をむけた。窓の隙間から白い羽根が押しこまれ、ふわふわと舞い落ちた。

「秘密任務についている者の弱みだな」ボウルガードは言った。

アシェンデンがその羽根をギアの脇のブリキ箱に片づけた。中には拳銃と、さらに数本の〝臆病者のしるし〟がはいっていた。

「集めているのか」

「今年にはいってから、わたしくらいの年ごろの男で軍服を着ていない者はめっきり少なくなりました。ときにご婦人がたは挟み撃ちするようにわたしに群がって、競って羽根をわたそうとします」

「従軍記章がもらえるよう働きかけてみよう」

「いいえ、結構です」

ボウルガードの生涯で、もっとも生気にあふれていたのは〈恐怖時代〉だ。危険に満ちた夜々が、鮮やかな記憶としてとどまっている。遠い音に癒えたはずの首の嚙み傷が心をかき乱す。かの夜々をともにすごした長生者《エルダー》、ジュヌヴィエーヴの思い出がよみがえる。近頃は以前にもまして、ドラキュラがトランシルヴァニアの城から出てくる以前に他界した妻、パメラのことを考えるようになった。パメラは彼の若き日々――いまにして思えば太陽と魅惑にあふれていた世界、ヴァンパイアのいない世界に属していた。いっぽうジュヌヴィエーヴは、刺激と危険を秘めた薄暗い黄昏の生き物だ。彼女は〝しるし〟を残していった。いまでもふとした拍子に直観がひらめくと、いま彼女が何をしているのか、何を考えているのか、感じられることがある。

ゲートがあがり、車はダウニング・ストリートにはいっていった。現在首相の護衛を務めているのは、ルスヴンの造反と同時に串刺し公に反旗を翻したカルパティアの長生者《エルダー》たちだ。彼らは中世ふうの胸当てと兜を身につけ、剣とカービン銃を携帯している。もしドラキュラがルスヴンに襲いかかろうとしたら、彼らが以前の頭首に立ちむかうのだ。選択の余地はない。ドラキュラは一瞥した瞬間に彼らを殺そうとするだろう。この戦争が証明するように、ドラキュラはけっして恨みを忘れることがないのだ。

ドラキュラはやってきたときと同じく、漂流物を装ってイングランドを離れた。国じゅうに背かれたプリンス・コンソートは降伏し、ロンドン塔に幽閉された。だがそれは策略だった。忠実なる友、蜘蛛のようなロンドン塔看守長オルロック伯爵が、大胆不敵な脱出劇に手を貸したのだ。ドラキュラは枢にはいって逆賊門《トレイターズ・ゲート》をくぐり、テームズへ、そして外界へと漂いでていった。

ドラキュラの脱獄を知ったとき、ジュヌヴィエーヴは伯爵が復讐しにくることを恐れ、ボウルガードのベッドを守ると主張した。〈恐怖時代〉終結のきっかけをつくったのは彼らふたりだった。だがドラキュラはほかの問題で手いっぱいだったらしく、ついに姿をあらわさなかった。ジュヌヴィエーヴは無視されたことでいささかむくれたが、ふたりはつまるところ、歴史の流れを変えたのだ。少なくとも、彼らはそう考えることを好んだ。世の中の流れを変えるためにひとりの人間にできることなど、おそらくは微々たるものにすぎないのだろうが。

一〇番地の前で車が停まった。〈デイリー・メール〉を鬘《かつら》の上でひろげて霧雨を避けながら、お仕着せ姿のヴァンパイアの従僕がとびだしてきた。ボウルガードは首相官邸の入口へと案内された。

ヨーロッパにわたったドラキュラは、リア王のように宮廷から宮廷へとわたり歩きながら、議会にないがしろにされた君主たちの憎悪につけこんで、当惑と脅威を撒き散らした。故ヴィクトリア女王との結婚によって、また長い年月をかけて各地に散らばっていった子《ゲット》によって、ドラキュラは多くの王家と血縁関係を築きあげていた。数世紀を経たいま、ヨーロッパにおいて王冠をいただくすべての頭は、その祖先のひとりに著名なるヴラド・ツェペシュを数えているのだ。

ボウルガードは外套を脱いで、長靴《ちょうか》がまだフランスの泥でべったり汚れていることに気づいた。外国でおこなわれている戦争がこれほど身近に感じられるのも、現代の奇跡のひとつだろう。老骨にはもう耐えられないが、アシェンデンやエドウィン・ウィンスロップのような若者たちは空を使うことでさらに移動時間を短縮している。

ドラキュラはロシアで血の薄いロマノフ一族を転化させ、とてつもない変身現象を生ぜしめた。当時名をあげつつあったラスプーチンが皇太子《ツァーレヴィキ》を苦しめる恐るべき獣人化現象を魔力によって鎮めようと申しでた。聖なる山師はその結果、吸血鬼《ウピール》の王子によって四肢をばらばらに引き裂かれ、死亡した。そしていま、皇帝《ツァー》もまたボルシェヴィキによって投獄されている。ディオゲネス・クラブが入手した情報によると、ひそかな帰国をもくろむレーニンのために恐るべき封印列車を手配したのはドラキュラ自身だったという。

一〇番地はまた改装されていた。接見室はホイスラー、ホールウォード、シッカート、ジムソンら、過去三十年にわたる著名な画家による肖像画のギャラリーと化している。ルスヴンは熱烈な渦巻派(現代社会の渦をあつかう一九二〇年代イギリスの未来派の一派)を自称して、コンスタブルの上品な風景画以外、何ものをも認めようとしない内閣閣僚たちを落胆させた。見まわしたところ、このギャラリーには、現首相以外のものを題材とする絵は一枚もないようだ。十数枚の画布から、皮肉を浮かべた灰色の顔が冷たい視線を投げかけている。おのが姿に執着するルスヴンは、ウィンダム・ルイスによる首相前線訪問の図といったかなりお粗末な作品まで、その情熱を傾けて収集している。

一九〇五年七月、ロマノフ家のヨット北極星《ステラ・ポラリス》号がフィンランド沖ビョルケ島にドラキュラを運んだ。伯爵はそこから手漕ぎボートで、さらにもうひとりの義理の甥、皇帝《カイザー》ヴィルヘルム二世所有の優雅な白と金のヨット、ホーエンツォレルン号に移された。このときディオゲネス・クラブは、当時のドイツ帝国首相ビューロー公と皇帝《ツァー》の第一顧問コンスタンティン・ポベドノスツェフのあいだにかわされた公式通信を傍受したが、それは、ヨーロッパの王室に蔓延している相互不信を親戚面した社交辞令で塗りかためたものだった。皇帝《カイザー》は萎えた腕を闇の口づけによって癒すことをひたすらに望み、いっぽうロシア人は遠吠えをあげる皇太子《ツァーレヴィキ》の状況をひた隠しにしたままドラキュラの血の効能を褒めあげ、元プリンス・コンソートというお荷物をヴィリーに押しつけようと甘言を弄していたのだ。（いわゆるビョルケ密約。一九〇五年フィンランドのビョルケ島で、ドイツとロシアは実際に秘密同盟を結んでいる）

ボウルガードは来客簿に署名して、閣議室へと廊下を急いだ。槍の穂先に銀をつけたカルパティア人が整列している。兜に手をあてて挨拶をよこしたのは、〈恐怖時代〉に失脚したのち要人として返り咲いた長生者《エルダー》コスタキだ。

ドラキュラはとうぜんのように伯爵《グラフ》の称号を名のってベルリン宮廷の花となり、堂々たる儀式をおこなってヴィルヘルムを転化させた。皇帝《カイザー》の腕はとりあえず、まっすぐのばしてこぶしを握れるまでに回復した。新しい指でヴィリーが最初に試みたのは、各国君主の咽喉にそれを食いこませ、制海権と、アフリカ・中近東・アジア・太平洋地域における領土の支配権を奪いとることだった。ドイツはヴァンパイアとなり、月光のもとに存在しなくてはならない、と皇帝《カイザー》は宣言した。

イギリスやフランスの作家たちは『ドーキングの戦い』（イギリスの軍人作家チェスニーの作品）を模倣し、ドラキュラ率いるドイツと文明世界のあいだで起こるであろう戦争について予言した。なかでもノースクリフ子爵の〈デイリー・メール〉に連載されたウィリアム・ル=キューの『一九一〇年の侵略』は大成功をおさめた。新生ドイツは孤立した前哨地点を急襲するだろうというのが雇われ戦略家たちの見解だったが、そうした小村では〈メール〉の購読数などあがろうはずもなく、ノースクリフは国内のあらゆる大都市を侵略させろと主張した。その結果、ノリッジやマンチェスターの住人は不死者《アン=デッド》の槍騎兵に襲われる自分たちの禍々《まがまが》しい運命に嬉々として読みふけったのだった。ボウルガードはいまでも、きたるべき侵略の前触れとしてドイツの軍服に身を包んで町を歩きまわる〈メール〉のサンドイッチマンの姿をおぼえている。

ディオゲネス・クラブは皇帝《カイザー》の産業化計画と海軍増強計画をさぐりだしていたが、それらの情報もルスヴンの画廊オープンや舞踏会の計画を変更することはできなかった。ドイツの鉄道は大陸を横断し、輸送は着々と高速化されていった。英国海軍の弩級艦が海上を支配するいっぽうで、深海はヴィリーの潜水艦の領域となった。イギリスの天才技師ヒース・ロビンソンが飛行機の開発に一歩先んじると、ドラキュラはアントニー・フォッカーというオランダ人を雇ってつぎからつぎへと戦闘機や爆撃機を設計させた。

ヴァンパイア現象は同盟国じゅうにひろまった。身をひそめながら放浪のうちに数世紀をすごしてきた長生者《エルダー》たちも、ドイツやオーストリア=ハンガリーの領地にもどって公然と暮らせるようになった。こうした状況はイギリスにおいてはごく自然にひろまっていったが、やがてドラキュラは新生者《ニューボーン》への転化を規制しはじめた。特定の人種や階級に属する男女の転化は禁じられた。イギリスやフランスでは詩人やバレリーナに好んで不死を与えていると、ヴィルヘルムは嘲笑した。彼の領土では、その特権は国のために戦い人間を狩る者にのみ許されるのだ。

一九一四年、軍と政治双方における地位をつぎつぎとのぼっていったドラキュラは、ついに祖国《ファーターラント》の軍最高司令官と首相を兼任するに至った。身を賭して守った祖国ルーマニアと敵対し、温血者《ウォーム》としての全生涯を捧げて戦った敵トルコ帝国と誼を結ぶ同盟を、かつてのヴラド・ツェペシュであるドラキュラがいかにして受け入れることができたのか、ボウルガードは不思議に思う。

閣議室の外で、彼とともに闇内閣を支える片眼鏡のスパイ長官、マンスフィールド・スミス=カミングが挨拶をよこした。噂によると、彼は自動車事故にあったときに、寒さを訴える瀕死の息子をコートでくるもうと、みずからの脚をペンナイフで切断して壊れた車の中から脱出したのだという。その脚もいまでは膝の下まで再生している。包帯にくるまれたその中で、新しい足がいま形成されつつあるのだろう。

「なあ、ボウルガード」スミス＝カミングが大きく破顔してたずねた。「この変装はどうだ」

スパイ稼業の中でもとりわけ変装という分野に子供っぽい喜びを見出しているスミス＝カミングだが、今日はいかにも偽物っぽい大きな髭をつけている。彼は流し目をくれながら、フレッド・カルノの喜劇一座のように、馬の毛でできた口髭をひねりあげた。

「ドイツ人そのものだろう。どうだ。ベルギー人の尼さんの咽喉にかぶりついてきたところに見えないか」

そう言って巨大なつけ牙をむきだしてからぺっと吐きだす。その下から上品なほんものの歯があらわれた。

「マイクロフトはどうした」ボウルガードはたずねた。

「まずい知らせがはいった。また発作を起こしたらしい」スミス＝カミングが、変装している人間として精いっぱい深刻な声で答えた。

マイクロフト・ホームズは、ボウルガードがディオゲネス・クラブに加わったときからずっと闇内閣に席を占めていた。〈恐怖時代〉にこの国が維持できたのもマイクロフトのおかげだ。その後も、新王と、その初代にして永代首相となるだろうルスヴンの、ともすると妙な方角に走りだしがちな勇み足を抑えるために力をつくしてきた。

「どこもかしこもストレスだらけだな。スペンサーのことは聞いたか」

スミス＝カミングはぞっとしたようにうなずいた。

「ウィンスロップを行かせた。このところ急速に力をつけている。彼ならうまくやるだろう」

「毎夜毎夜いやになるな、ボウルガード」

それは一九一四年六月二十八日日曜日、ヨーロッパ各国が柵越しの犬のように牙をむきあっている国境からはるかに遠い、サラエヴォではじまった。

オーストリア皇帝にしてハンガリー国王たるフランツ・ヨーゼフの甥フランツ・フェルディナント大公は、身分ちがいで結ばれた妻ホーエンベルク公爵夫人ゾフィーとともに、ボスニアを旅していた。一八七七年、オスマントルコ帝国の崩壊によって放置されたボスニアは、ヨーロッパの中でもっとも魅惑的とはいいがたい土地であったが、オーストリア＝ハンガリーは、すでに統治しきれないほど肥大している領土にとうぜんこの地方もふくまれるものと見なしていた。一九〇八年、フランツ・ヨーゼフは極秘のうちにこの地方を併合した。ロシアの手先と見なされがちな（あながち見当はずれでもないが）セルビアもまた、ボスニアとその姉妹州ヘルツェゴヴィナに野望を燃やしていた。

皇太子がノスフェラトゥであったことが、騒動のきっかけとなった。ボスニア＝ヘルツェゴヴィナのスラヴ人とムスリムは、ヴァンパイアを、とりわけ統治者としてのヴァンパイアを容認しない。セルビアの民族統一運動家たちは、皇帝兼王の宮廷における不死者《アン＝デッド》の蔓延を喧伝《けんでん》することによって、強欲非道なハプスブルク一族からの自由を宿願としているボスニア＝ヘルツェゴヴィナの民を煽った。皇帝《ツァー》を支える不死者《アン＝デッド》の顧問たちもまた（狂信的な温血者《ウォーム》ラスプーチンを蚊帳の外に閉めだしたまま）、サラエヴォに偽善的な使者を送り、ヴァンパイアを憎悪する正教会と、セルビアの愛国者と、カフェのトラブル・メーカーたちを刺激した。皇太子の結婚を揶揄し、ぽっちゃりした温血者《ウォーム》のゾフィーをチェコ産の血の乳を出す雌牛に譬える猥雑な小雑誌《パンフレット》もつぎつぎと出版された。

同盟国側の不動の信念はつぎのようなものである――ガヴリロ・プリンツィープというヴァン・ヘルシングの徒は、皇帝《ツァー》ニッキー直々の命を受けてハプスブルク家のヴァンパイア、フランツ・フェルディナントの心臓に拳銃が空になるまで銀の弾丸を撃ちこみ、かさぶただらけの首のゾフイーはその巻きぞえとして落命したのだ。同様に、プリンツィープはいかなる列強とも無関係な狂人で、個人的な理由で凶行におよんだのだと信じるか、もしくはプリンツィープは主戦論を奉じる皇帝《カイザー》に雇われた諜報員であると思いこむのが、連合国の信奉者のつねだった。

ボウルガードは一度、ロシアの関わりについてマイクロフトに質問したことがある。真実は誰にもわからない、と偉大なる男は敗北を認めた。ロシア秘密警察《オクラナ》がプリンツィープのような多くの男に現金（と、おそらくは銀の弾丸）を配付していることは明らかだったが、そのいっぽう、そうした資金を手わたす役目の大使館員アルタマノフですら、自分がこの無名の暗殺者と接触したことがあるかどうか確信できずにいるのだった。

皇帝《カイザー》はヨーロッパの地図を描き替えるチャンスとばかりに、禁欲的な官僚主義者フランツ・ヨーゼフをそそのかして、戦争の前触れとしか解釈しようのない最後通牒をセルビアに対して突きつけさせた。ロシアは、オーストリア＝ハンガリーからセルビアを守ると約束をかわしている。対ロシア戦が起これば、ドイツは皇帝兼王に味方しなくてはならない。フランスは、ロマノフを攻撃する国と戦うと条約をかわしている。フランスを攻めようと思えば、ドイツはベルギーを通らなくてはならない。そして大英帝国は、ベルギーの中立を守ろうとする……。大公を貫いたプリンツィープの銀の弾丸によって、つぎつぎとカードが倒れていった。

その夏、齢《よわい》六十を迎えたボウルガードは引退を考えていた。同盟条約がひとつずつ引き合いに出されるたびに、各国がひとつずつ戦時体制にはいっていき、ボウルガードは辞任が不可能であることを知った。不本意ではあれ、いずれ戦争が起こることは明らかだった。

一九一八年現在、ボスニアの支配権に関する問題ははるか彼方に忘れ去られてしまっている。ロマノフは杭を打ちこまれ、鎌で首を落とされて絶命した。フランツ・ヨーゼフは理性を手放し、その帝国はいまや、愚かな争いに興じるオーストリアとマジャールの長生者《エルダー》らによって支配されている。そして皇帝《カイザー》はとうの音に戦争指揮から手をひき、すべてはドラキュラ伯爵とその新生者《ニューボーン》の配下、フォン・ヒンデンブルクとルーデンドルフの手に委ねられているのだった。

接見室の扉がひらき、闇内閣の幹部ふたりは、ヴィクター王のもとで大英帝国を支配する長生者《エルダー》の前に通された。

「ご足労だった、はいってかけたまえ」ルスヴン卿が言った。

スパッツもモーニングコートも、襞《ひだ》飾りのあるストックタイも縁をそらしたシルクハットも、すべての衣装が鳩羽色だ。首相は空っぽのデスクについて、自分自身の肖像画の下で茶目っけたっぷりにポーズをとっている。勇ましいその習作はエリザベス・アスクィスの筆によるものだが、さしてできのよくないその画布がこの場所を獲得できたのは、ひとえに、ルスヴンの帝国内閣で内務大臣を務める父親の威光だろう。

丸くならべた肘かけ椅子に、ほかの者たちがゆったり腰をかけていた。苦虫を嚙みつぶしたような顔で急送公文書をにらみつけているのはアスクィス卿だ。陸軍元帥サー・ダグラス・ヘイグはフランスに行っているため不在だが、国王陛下の幕僚サー・ヘンリー・ウィルソン将軍とサー・ウィリアム・ロバートソン将軍は、礼装に身を包んで席についている。童顔の軍需大臣チャーチルは巨体にぞろりとしたローブを羽織り、アメリカ製ホルスターを腰に巻いて拳銃をさげている。陸軍大臣ロイド＝ジョージは窓ぎわに立って、火のついていないパイプを嚙んでいる。首相のかたわらにひっそりと控えているのは、めったに表に出ることのない内務省のケイレブ・クロフト――血まみれの両手を毛織の手袋に包み、思い浮かべることさえおぞましい仕事を専門に扱っている男だ。

ボウルガードとスミス＝カミングは輪の中心にはいった。

「では報告を聞こう」ルスヴンが咽喉を鳴らした。「諜報戦はどうなっているのかな」

3　真夜中すぎ

コートニーが蓄音機のハンドルをまわし、針をまた最初にもどす。この宿舎には「プア・バタフライ」一枚しかレコードがないのだ。誰も不健康だと思わないのだろうか。バタフライは待ちつづけているのに、卑劣漢のピンカートンは帰ってこない。不幸なチョウチョウサンは三分ごとにやつれ果て、ヴァンパイアの恋人に血を吸いつくされて捨てられる。ウィンスロップはそもそもこの話が苦手だが、物語を数節の歌詞に集約したこの曲はその最たるものだった。

べつの曲はないのかと苦情を言うと、ウイリアムソンが言い返した。

「前は結構珍しいのがあったんだぜ。『ボヘミアの少女』（The Bohemian Girl マイケル・ウィリアム・バルフェ作曲のオペラ。一八四三年作品）とか『チュー・チン・チョー』（Chu Chin Chaw オスカー・アッシュ&フレデリック・ノートンの戯曲（一九一六）およびそれをもとにしたハーバート・ウィルコックス監督の映画（一九二五））とか『真紅の瞳をとらえて』とか……」

「どんちゃん騒ぎをやらかしたことがあってさ、そのときにみんな割れちまったんだ」とバーティ。

「『ヴェニスのヴァンパイア』（ギルバート&サリヴァンのオペラ The Vampire of Venice とその中の曲 Take a Pair of Crimson Eyes ということになっている。The Gondoliers; or, The king of Brataria とその中の曲 Take a Pair of Sparkling Eyes をもじったものと思われる）は惜しいことをしたな」ジンジャーが言った。

「そりゃもうものすごい騒ぎだったんだぜ」とコートニー。「あれ以上の馬鹿騒ぎはあり得ないってほどのな。お嬢さん方《ドモアゼル》はいまでも噛まれた傷が痛いだろうよ」

曲が終わり、雑音がはじまった。コートニーが針をあげて、「プア・バタフライ」をまたかけなおした。

ブリッジはいつのまにか中断している。パイロットたちはなんとはなしに食堂に集まっているものの、レッド・オールブライトのことは口に出さず、好奇と疑惑のいりまじった目をウィンスロップにむけている。いくつかの視線に飢えがまじっているように感じるのは、気のせいだろうか。

「あんた、常勤《パーマネント》になるのか」ビグルズワースがたずねた。

「永遠《パーマネント》のものなんてありゃしない」コートニーが口をはさんだ。「不滅のものだってな」

「スペンサー大尉に代わって、ディオゲネスときみたちの連絡員を務めることになると思う」

「そりゃ結構」気難しげなカナダ人、ブラウンが言った。

「それじゃ頭には気をつけるんだな」とウィリアムソン。

「そうしよう」

「ディオゲネスの秘密主義にはうんざりだ」コートニーが評した。「何を考えてるんだか見当もつきゃしない。ここの道路を写真に撮ってこい、あそこの橋を爆破してこい、気球を落とせ、まったく口をきかない客を戦線のむこうまで送ってこい……」

「〝黙って命令に従ってろ〟ってことさ」とバーティ。

コートニーがひょうきんに鼻を鳴らした。

「おれだってきみたち以上に事情に通じているわけじゃない」ウィンスロップはしかたなく打ち明けた。「それが諜報活動というものだ。謎があってしかるべきなんだ」

「ドイツ兵どもを攪乱するためだけに、飛びまわってるんじゃないかと思うことがあるぜ」とコートニー。「手のこんだプラクティカル・ジョークってやつでさ」

「それにしちゃ、ちっとも楽しくないじゃないか」ウィリアムソンが反論した。

ウィンスロップは一分間に三度も四度も時計に目を落とした。真夜中はなかなかやってこない。時計に耳を押しあて、ちゃんと動いているかどうかたしかめたい気持ちをぐっとこらえる。

レコードがまたはじまり、ビグルズワースの僚友のイギリス人レイシーが、二階の〝お嬢さん《マドモアゼル》〟訪問からもどってきた。食餌をすませたばかりで力にあふれ、鋭い爪ののびた指と両眼をせわしなく動かしている。

アラードがまたガラスを骨でひっかいたような笑い声をあげ、それからしみじみした声で言った。

「名簿でいちばん上の名前か。先週だったらおれだった。あの城に行くのはおれになっていたんだ」

「おまえには抗議する権利があったさ」クンダルが言った。

アラードは沈黙し、隅にもたれて影の中に姿を消した。

「ついこのあいだまで、Allard《アラード》のスペルが間違っていたんだ」クンダルが説明した。「Lが一つ抜けて、Alardとなっていた。だから名簿ではAlbright《オールブライト》より上に載っていた。さんざんごねたおかげで、レイモンド中佐が上層部の間抜けなタイピストに厳重注意を送ってくれて、やっと正しいスペルにもどったというわけだ」

「またいちばん上になるかもしれないぜ」とコートニー。

誰も笑う者はいなかった。

「きみはパイロットになるべきだな」クンダルがウィンスロップに言った。「頭文字がWだ。まず仕事はこない。きみの前にウィリアムソンが行く」

名簿のいちばん上の名前を呼びあげるのは芸のないやり方だ。だがどんな方法をとろうと結局は恣意的なものになる。クンダルの揶揄《やゆ》が腹立たしかった。他人に決定をまかせたとしても、つまるところは飛行隊長の責任ではないか。

ヴァンパイアたちもそわそわと落ち着かない。会話はどんどんくだらない方向へところがっていき、バーティとレイシーが変人の伯母さん比べをはじめた。

ウィンスロップはスペンサーのことを考えた。人はどんな目にあえば、自分の脳髄に爪を突き立てようなどと思うのだろう。連れ去られるスペンサーは微笑していた。苦痛を感じているようには見えなかった。

食堂には大きな柱時計があったが、ひびのはいった文字盤は七時十分前でとまっている。ウィンスロップは壊れた柱時計と懐中時計に交互に目を走らせた。真夜中まであと二十分。

マランボワ城までは四十マイルだ。ＳＥ５ａは時速百二十マイルまで出せるが、星を頼りに雲の上を飛ぶとなれば、オールブライトも速度を落とすだろう。それに、目標を発見するには何度か雲の下におりて確認しなくてはならない。キャプテン・ミッドナイトも、ヴァンパイアであるとはいえ、ただの人間にすぎないのだ。真夜中までにもどらなくとも、二度と帰ってこないというわけではない。

「プア・バタフライ」が間延びしはじめ、コートニーがまたねじを巻いた。滑稽な甲高い早口の歌がはじまり、やがてふつうのテンポにもどった。

待って、待って。疲れ果てて、疲れ果てて。

ウィンスロップはカトリオナのことを考えた。任務が変わったと知らせてやらなくてはならない。もちろん、ディオゲネスについて書くわけにはいかない。それに、スペンサーに関する記述はすべて検閲で消されるだろう。軍が書きこみ式の葉書を支給してくれるのも不思議ではない。ブランクを埋め、不要な箇所には×を書いて、サインするだけでいい。キャットとさまざまなことを話しあえないのがつらい。彼女は鋭い知性の持ち主で、物事をいつもべつの角度から見てくれるのだ。

「あと二分」ウィリアムソンが言った。

ウィンスロップも時計に目をやった。時間の流れが一定しない。さっきは一瞬が十五分にも感じられたのに、こんどは十五分があっという間にすぎてしまった。

「音がしたんじゃないか」バーティが言った。

コートニーが蛇のようにすばやくレコードの針をもちあげ、「プア・バタフライ」を中断させた。聞こえるものといえば、頭の中の騒音と、絶え間ない爆撃音ばかりだ。だが待て、たしかに何かが聞こえたようだ。クンダルがいかにもさりげなく、あまりにも落ち着きすぎた足取りで戸口にむかい、ドアをあけた。たしかに聞こえる。遠い金属的なうなりだ。

「ぴったりだぜ」とコートニー。「キャプテン・ミッドナイトのお帰りだ」

クンダルが外に出ると、ほかの連中もどやどやとあとにつづいた。ひらいたままの戸口からフィールドに光がこぼれる。背の高い人影が空を見あげている。ドレイヴォットはずっと持ち場にとどまっていたのだ。軍曹の鼻から氷柱がぶらさがっていたとしても、ウィンスロップは驚かなかっただろう。

オールブライトがもどらないかもしれないとは、誰ひとり口に出さなかったのだから、いまもどってきたからといって、あからさまに喜ぶわけにはいかない。

「SE5aだな」とウィリアムソン。「あの咳こむみたいな音は間違いない」

泡のような黒い雲の輪郭が見える。ウィンスロップはさらに目をこらした。

「あそこだ、そら」ボールがよじれた肘と手首をのばして指さした。

何かが雲間から飛びだしてきた。こんどこそはエンジン音だとはっきりわかる。ウィンスロップは自分が呼吸をとめていたことに気づき、白い塊を吐きだしてたずねた。

「フィールドが見えるのか?」

「もちろんだ」クンダルが即答する。「やつは梟のように目がいい。だが照明弾をあげてやっても悪くはあるまい。アラード、すまんが一発打ちあげてくれないか」

マントにくるまったアメリカ人がヴェリー信号銃をとりだし、空にむかって発射した。紫色の弾が上空で炸裂し、内側から雲を染めあげて、フィールドに菫色の光を降らせた。

SE5aは旋回しながらフィールドに近づいてくる。ウィンスロップはこれまでも、地上の連中に見せびらかそうと曲乗り飛行をするパイロットを見たことがあった（空中戦を生き延びながら、可愛い看護婦にいいところを見せようとして首を折る間抜けもいた）。だがオールブライトはそのような愚か者ではない。それに、クンダル率いるコンドルたちは曲乗りを見たところでさほど感銘を受けはしないだろう。

ジャーナリズムがなぜ飛行家たちをもちあげ騒ぎ立てるのか、ウィンスロップはいまそのわけを理解した。彼らは無名の大衆ではなく、孤独なる鷲なのだ。ベルギーから北イタリアまでヨーロッパにひろがる血泥にまみれた深淵で、騎士の名に値する英雄は、ただ彼らのみだ。

照明弾の落下とともに紫色が薄れる。アラードがつぎの弾を発射した。

「あれはなんだ」ウィンスロップは声をあげた。

SE5aの上空に、紫の雲にまぎれてしかとは見えないが、翼をもったものがいる。聞こえるのはオールブライトのエンジン音だけだ。それが、飛行機というよりは鳥に近い動きで急降下してきた。オールブライトがその腹にむけてつづけざまに弾丸を撃ちこむ。地上から見る銃火は火花のようにちっぽけだ。それはSE5aをつかまえ、そのまま上昇した。二機はからみあったまま雲の中にはいった。アラードがつぎつぎと、さらに二発の照明弾をあげる。

紫の光に浮かびあがったクンダル少佐の顔はこわばっている。

さらに数秒間うなりをあげていたエンジンが、やがて咳こんで沈黙した。雲が割れ、何かが音をたてて落下してきた。ワイアにあたる空気がうなりをあげる。錐揉み状態で地表にむかってくる。オールブライトの飛行機だ。ひと組の翼がちぎれ飛んだ。SE5aは鼻先から地面に激突し、箱凧のようにぺしゃんこになった。爆発が起こるだろうと、ウィンスロップは身がまえた。

パイロットたちが事故機に駆けよった。落下する照明弾の紫の残光に、つぶれた機体が照らしだされる。尾翼はちぎれ、残った翼もぼろぼろだ。何かの爪痕だろうか、帆布に平行な筋が走っている。

ウィンスロップはクンダルのすぐあとからSE5aに近づいた。パイロットたちは用心深く、数ヤード手前で停止している。燃料タンクが爆発するかもしれない。燃えるガソリンは温血者《ウォーム》だけではなく、ヴァンパイアにも恐ろしい死をもたらすのだ。

一同はぺしゃんこになった飛行機をとりまいた。ねじれた金属と布のあいだから、まだ煙をあげているルイス機銃がのぞいている。ドレイヴォットが進みでて、残骸をひき裂くように内部をさがしまわった。一台のカメラが見つかった。感光板を調べたが、粉々に割れている。

「やつはどうしたんだ」ビグルズワースがたずねた。

操縦席は空っぽだった。パイロットが落ちてくるところは誰も見ていない。パラシュートを使ったのだろうか。もしそうだとしたら規則違反だ。パラシュートは怯懦を誘う道具と見なされ、気球観測員にのみ許されているのだ。

「見ろ」アラードが声をあげた。

ウィンスロップはアメリカ人の視線を追って顔をあげた。最後の紫光が薄れつつある雲の中で、変種の蝙蝠だろうか、気流に乗ってかすかな影がひらひら飛びまわっている。だがやがて、それも見えなくなった。

「落ちてくるぞ」ジンジャーがさけんだ。

空を切る音とともに、全員が散らばった。もうすぐ昇進というとき爆弾にあたるのも、運というものだろう。ウィンスロップは両腕で頭をかばい、凍った芝に身を投げだした。カトリオナのことが一瞬心をかすめた。

その物体は事故機から十ヤードほど離れた地点にどさりと落下したが、爆発はしなかった。ウィンスロップは気をとりなおして立ちあがり、コートから芝と氷の欠片をはたき落とした。

「なんてこった」クンダルの声だった。「レッドじゃないか」

死者を囲んで立つヴァンパイアたちのあいだから、ウィンスロップは中をのぞきこんだ。ゆがんだ肢体。身につけている漆黒の飛行服《シドコット》は、首から股までまっぷたつに裂けている。顔はしなびて頭蓋に貼りつき、目蓋も縮んでにらむような眼球がむきだしになっている。白く血の気を失った顔は、たくましいオールブライトのカリカチュアのようだ。咽喉もとにはオレンジほどもある吸血の傷口がひらき、椎骨と青白い筋肉と下顎骨がのぞいている。そして彼の身体は、薄いリネンをまとった棒細工の案山子《かかし》と同じく、空っぽだった。オールブライトは体内のあらゆる物質を吸いつくされ、脱け殻となっていたのだ。

クンダルと一同がどんよりした空を見あげた。ウィンスロップはふるえる手でポケットから時計をとりだした。身を投げだしたときに壊れたのだろう、時計は真夜中きっかりをさしたまままとまっていた。

4　灰色の宰相

「マランボワ城に関する謎を明らかにしてくれれば、わたしもディオゲネスを評価するのだがね」

ルスヴン卿がダイヤモンド形に整えた自分の爪をながめながら言った。無表情で淡々としたその声を聞くと、ボウルガードはいつも腹立ちをおぼえる。

スミス＝カミングはつけ髭をはずし、こちらに話をまかせている。ボウルガードは咳ばらいをして口をひらいた。

「秘密があることはたしかなのです。この問題に関してはコンドル飛行隊に調査を命じました。閣下も第一戦闘航空団《ヤークトゲシュヴァーダー・アイン》、いわゆるリヒトホーフェン・サーカスのことはご存じと思います。われわれははじめ、あのように有名な部隊が駐屯しているのならば、周囲が騒がしいのも無理はないと考えました。ドイツ人は飛行家がお気に入りですからね」

「われわれと同じく、だ」ロイド＝ジョージが明言した。「恐怖とも恥辱とも無縁な戦場の騎士。彼らは伝説の騎士道をよみがえらせる。単なる勇敢な功績によってではなく、その高潔なる精神を通してな」

「そのとおりです」おそらくいまの言葉は、大臣自身の演説からの引用だろう（一九一七年十月の議会における演説より）。「しかし、われらの英雄は概して謙虚です。われわれはドイツ帝国航空隊のように、マックス・インメルマンやオスヴァルト・ベルケやマンフレート・フォン・リヒトホーフェンらを喧伝するために、カメラマンや広報係の一団を雇う必要はありません」

血まみれレッド・バロンの名が宙を漂った。

「リヒトホーフェンを撃ち墜とせばいいのだ」と言いだしたのは、サー・ウィリアム・ロバートソンだ。この温血者《ウォーム》の将軍は、飛行機とか戦車といった新奇な機械装置を敵視している。「そうすれば戦争に近道などないことが証明されるだろう。よい馬によい兵士、それに勝るものはない」

ボウルガードはそれについての正確な言及を避けた。

「あの場所にはたしかに無視できない何かがあるのです。しかしディオゲネスが不審に思うのは、マランボワに陣を張って以来サーカスが異常におとなしいということなのです。着々と勝利を重ねてはいますが、ドイツの報道関係者や民衆が好むスリリングな細部描写がほとんど見られなくなっているのです。さらには、じつに意外な人物がJG1に転属されました」

「意外な人物とは？」

「城の司令官を務めているのは、ドラキュラ伯爵に近しいことで知られるオーストリア人長生者《エルダー》、カルンシュタイン将軍です」

ルスヴンの冷たい瞳に好奇心が浮かんだ。同族の動向には常に関心を抱いている。はみだし者の長生者《エルダー》と見なされているがゆえに、有名な血統の名を耳にして、羨望の色を浮かべずにはいられないらしい。

「そのヴァンパイアなら知っているよ。ある血族の長にあたる。おぞましい娘が滅ぼされてからは人が変わったようになっていたが」

軍需大臣がこそこそと、鞄からぐったりした大兎をとりだした。チャーチルは一種の血中毒で、とりわけマデイラ・ワインを注入した動物の血を愛好している。彼は丸々としたくちびるをウサギの咽喉に押しあて、静かにすすった。

「うん——美味い」

室内の者たちはあからさまにそのつぶやきを無視した。チャーチルに劣らず血中毒のアスクィスが、もの欲しそうな表情を浮かべた。

「カルンシュタイン将軍はそれまで、前線の部隊や会議で采配をふってきました」ボウルガードはつづけた。「アントニー・フォッカーなどは納得のいく人選ですが、ほかにも奇妙なヴァンパイア長生者《エルダー》の名前があがっています。それに、意外な新生者《ニューボーン》ですね。たとえばゲルトルート・ツェレとか」

「きみの妖婦だな、ボウルガード」とルスヴン。「謎と悪の香り高きマタ・ハリか」

「〝わたし〟の、というわけではありません」

「あの女をつかまえたのはきみではないか」

ボウルガードは控えめに両手をひろげた。新聞記事ではさまざまに取り沙汰されているが、ゲルトルート・ツェレは一般に信じられているようなスパイではない。だがいまは逮捕され、処刑を待つ身だ。彼女の〝獲物〟は主として高位のフランス将校で、中でも有名なのは厭わしきミロー将軍だった。ペタンは公開処刑を主張し、ボウルガードは首相に恩赦を願いでた。だがそれはかなわなかった。ルスヴンの弁明によれば、ドイツがイーディス・キャヴェル看護婦を杭の上で焼き殺した以上、連合側も等しくマタ・ハリを銃殺しなくてはならないのだ。

「この場にいる者はみな世事に通じている」と首相。「たとえばわたしも、ドイツ軍最高司令部がマランボワでマタ・ハリの技能を必要とする理由を承知しているよ。勇猛な戦士には報奨を与えねばならぬからな」

チャーチルが兎を獲物袋にもどして耳ざわりな笑い声をあげた。マデイラを体内にいれたため、目の縁がピンクに染まっている。彼の大きな顔はふだん、しまりのない真っ赤な口をのぞけば、粉のように白いのだが。

「ただの淫行ではないと思われるのです」ボウルガードは如才なくつづけた。「単なる不品行ならこれほどの秘密主義に徹することはないでしょう。現実にドイツでは、わざわざ骨を折って空の撃墜王《エース》たちの恋愛沙汰をでっちあげ、有名な美女たちとのつかのまのロマンスでグラビア・ページをにぎわせているのですから」

ルスヴンは顧問たちに目をむけ、爪の先でこつこつと前歯をたたいた。沈思黙考の姿勢だ。

「スミス＝カミング、われらが旧友ドラキュラ伯爵はどうしている？」

スパイ長官は、みずから考案した暗号であらゆる情報が書きとめられているノートに目を走らせた。

「ベルリンで目撃されています。来月にはブレスト＝リトフスクで、ボルシェヴィキとの会談がおこなわれます（一九一八年三月、同盟国とソ連がブレスト＝リトフスクで条約を結んだ）。ロシアはこの戦争から手をひく決意をかためたものと思われます」

「惜しいことよな。ロシア人の血の最後の一滴まで大英帝国を守って戦うというのが、わたしのつねづねの信条であったものを」（一九一四年七月オーストラリア労働党党首（のちの首相）アンドリュー・フィッシャーが、「オーストラリアは最後のひとり、最後の一シリングまで大英帝国を守って戦う」と訴えたことをもじっている）

ルスヴンのジョークに、将軍と大臣たちが笑い声をあげようとした。死者のように無表情なミスタ・クロフトまでもが、つくりものめいた微笑をひらめかせている。

スミス＝カミングがページをめくった。

「ベルリンの諜報員のあいだでは、伯爵は来月マランボワ城を訪れないだろうという、不思議な意見の一致が見られます。それが事実だとしても、そういう情報がつねに話題になるということそのものがすでに妙です。つまるところ、皇帝《カイザー》が口髭の先をワックスで固めるために床屋に行かないという情報を、わざわざ伝えてくる者はありませんからな」

「来月だって？」チャーチルがうなった。

「来月、伯爵はマランボワを訪れないのです」スミス＝カミングはくり返した。

「ドラキュラはこれまでその城を訪れたことがあるのかな」

「過去一世紀はありません、首相」

「そこから導きだされる結論は？」

スミス＝カミングは肩をすくめた。

「間違いなく何か複雑きわまる陰謀が進行中なのでしょう。これは知恵比べですな」

「ロシアが試合からおりれば、ドイツは西部戦線で総力戦をしかけてくるでしょうな」とチャーチル。「ドラギュリャ伯爵得意の超大型戦略ですな」

チャーチルは〝ドラキュラ〟を奇妙に発音することを好む。彼の奇癖はそれひとつではなかったが。

「らちもない」サー・ヘンリー・ウイルソン将軍が怒鳴った。「皇帝《カイザー》には兵力も財力も銃も根性もありはせん。ヘイグの話を聞けば、ドイツ軍がとんでもない張子の虎だということは明らかだ。ドイツ人どもの命運はもう尽きている。血を垂れ流しながら、泥の中でのたうちまわってくたばるだけよ」

「意見の一致を見るのは喜ばしいところだが」とルスヴン。「だがわれわれは、よこしまヴィリーだけを相手にしているわけではないのだよ。この件にはほかの者らもかかわっている。ウィンストンの言うとおり、いずれ猛攻撃があるだろう。わたしはあのトランシルヴァニアの古き獣を知っている。あれこそはまさしく真のピルトダウン人(有史前人類の頭蓋骨としてイングランドのイーストサセックス州ピルトダウンで一九一二年に発見されたが、一九五三年に偽物と判明した)、抑制されざるエオアントロプス(ピルトダウン人に与えられた分類名)だ。とどめられるまで、みずからとどまることを知らぬ。そのときですら、滅ぼされずしてとどまることはできぬ。われらはかつて、みすみすドラキュラを生かしおくという過ちを犯した」

「わたしは首相に賛成ですな」ロイド＝ジョージが言った。「同盟軍を指揮しているのはドラキュラだ。打ち砕くべきはやつの意志でしょう」

認めたくはなかったが、ボウルガードもまた、遠からぬ未来に大攻勢があることを確信している。

「東部戦線が休戦となると、百万の兵力を西にまわすことができます。青二才の新兵ではなく、戦場の炎で鍛えられた鋼です」

「そしてマランボワはどうなのだ」ルスヴンがたずねた。「あれはやつの前線基地ではないのか。やつは戦場に出たがる。野蛮人特有の虚栄心にあふれているからな。このリストに名はないが、やってこずにはいられまい」

「あの城は司令部としても最適です」ボウルガードはつづけた。「地上攻撃に成功すれば、つぎは制空権です。そのためにJG1を手もとにおいておこうというのでしょう」

ルスヴンが興奮してばんとデスクをたたいた。いつもの単調な声がきしるようにひび割れる。

「なるほどな！　やつは黒い翼をひろげて飛びたとうとしているのだ。やつはあの飛行船アッティラ号で空にあがる。やつとわたし――この戦いはつまるところ、この二者に帰結するのだよ。われらはヨーロッパというチェス盤越しにむかいあっている。やつにとってわたしは、恥辱と侮蔑を与えた英国であり、わたしにとってやつは、倒さねばならぬ過去のヴァンパイアだ。これは哲学と美学の戦いであり……」

チャーチルの腹が音をたてた。ロイド＝ジョージはストライプのズボンの折り返しを調べている。真の死を迎えた何百万もの人々は、はたしてこれを哲学と美学の戦いと考えるだろうか。

「これは決闘なのだ。わが頭脳とやつの頭脳のな。やつは狡猾だ、それは認めよう。豪胆でもある、とりあえずはな。だが列車や飛行機や大砲といった玩具に耽溺するやつは、巨大な子供なのだよ。意に染まぬことがあれば世界すら滅ぼすだろう」

ルスヴンは立ちあがり、肖像画を描かせるかのように芝居がかったポーズをとった。さしずめ〝一目散の首相〟というところだろうか。

「あの悪魔を罠にかける方法がある。ボウルガード、マランボワから目を離さずにいたまえ。詳細と、事実と、数字を報告するのだ。ミスタ・クロフト、これはきみむけの仕事だな。ボウルガードの報告を受けとり、分析したまえ」

汚れ仕事を専門とする男が無表情な目をすっと細くした。

「ドラキュラの子供じみた熱狂を逆手にとってやるのだ。罠におびきよせ、あの呪われた咽喉に両手を巻きつけてやろうではないか」

そしてルスヴンは、目に見えぬ首をぐっと宙で絞めあげた。

5　プラハの予言者

傾斜した低い屋根に葺かれた波状瓦の隙間から、ナイフのように陽光が射しこんでくる。太陽がのぼると力は弱まるが、赤い渇きはかえってひどくなる。彼は人間の血に飢えていた。彼、エドガー・ポオは、いつものごとく、同類の中でもっともみじめな存在だった。

膝に肘をつき、天井にぶつからないよう頭を低くして、簡易寝台に起きあがった。反対側の壁ぎわには、数多くの本が積まれて幾本かの柱をつくっている。ともに旅をしてきた蔵書の中でもっとも分厚くめったにひもとくことのない数冊は、積み重ねられて文学のテーブルと化し、ねっとりした液体を半分ほどいれたジョッキが、シラーの布表紙にできた丸いくぼみにおいてある。数日たった動物の血の悪臭が口と鼻を刺激する。胃が逆流しそうだが、やがては耐えられずあれを飲むことになるのだろう。

転化して以来、ポオはしばしば長期にわたる絶食に苦しめられてきた。温血者《ウォーム》は胃で飢えを感じるが、ノスフェラトゥの痛みは心臓に脈打つ火であり、絶えざる〝欲求〟が咽喉と舌を苦しめる。ただ血を体内にいれればいいのではない。大切なのはその味と、行為にともなう精神の交流だ。

古来、異国人と厄介者を収容してきたプラハのゲットーをポオの隔離場所に選んだのは、じつに巧妙で残酷なやり方だ。フランツ・ヨーゼフとヴィルヘルム皇帝が出したグラーツの勅令により、ヘブライ人の転化は禁じられた。したがってユダヤ人はヴァンパイアを敵と見なし、女たちをポオの目から隠そうとする。ドラキュラ伯爵によって布告された多くの勅令と同じく、違反に対する刑罰は串刺しである。

内なるヴァンパイアを養うのは容易ではなかった。ポオはしかたなく、ユダヤ教の肉屋で動物の血を調達しているが、ヤコブの子孫どもはとほうもない吝嗇家だった。悪臭芬々たる牛の血数滴が、この三年で十倍に値上がりした。甘く香る女の血がたまらなく恋しく、狂気の縁まで追いつめられたこともある。渦をのぞきこめば、おのが強靭さと脆弱さが同時に見える。恐怖と歓喜を相なかばしながら、ポオはいずれその欲求がみずからを圧倒するだろう夜を予見する。手近な人間の頭に鋭い爪を埋めこみ、ふくよかな人妻や娘を屈伏させる。飽食し、創造的な夢の中に漂いこめば、言葉が泉のようにあふれだすだろう。そして杭を携えたユダヤ人どもに追われて、不幸でみじめな人生を終わらせるのだ。

一九一七年五月のある夕方、気怠い眠りから目覚めると、浅薄で卑怯なウィルソンが、アメリカ合衆国のヨーロッパ戦線への参加を表明していた。ウィルソンのペンの一撃により、エドガー・ポオは同盟国の敵になってしまったのだ。彼は当時、スラトコフスキー広場《プラッツ》のほどよく住み心地の悪い下宿屋に居を定め、講演でささやかな収入を得て暮らしていた。『サンクトペテルブルクの戦い』での短い成功はすでに終わっていたが、彼の名にはまだ栄光の残滓があった。ほかのすべてが失われても、唯一の不朽の名作「大鴉」を朗読するという手が残されている。もはや自分の生みだした作品とも思えず、「二度と《ネヴァモア》、二度と《ネヴァモア》」という哀れっぽいくり返しには心底嫌気がさしていたのだが。

そして八ヵ月後のいま、ポオは枢よりわずかに大きいだけの屋根裏に住まわされている。ゲットーの、迷路のように入り組んだ屋根つきの狭い通路は道というよりトンネルのようだし、木と漆喰でできた巣箱のような建物では、それぞれの部屋に信じられないほど多くの騒々しいヘブライ人がはびこっている。ヨーロッパは劣等人種であふれ返っていた。そしてポオは、サルニタ一通り《ガッセ》より外に出るときは、敵性外国人であることを示す腕章をつけなくてはならないのだった。

無教養な俗人ばかりがのさばる陰気で雑然とした故国を捨てて文化《クルトゥア》あふれる旧世界にわたろうと考えたときは、このような状況は予想だにしていなかった。求めたものは自由なのに、結局見出したのは、古い敵と、劣った人々からの嫉妬と、絶望への誘惑だけだった。ごくわずかながら理解しようとしてくれる人々もいたが、それすらもトラブルだらけの謎、気まぐれな変人扱いで、有意義な研究対象と見なしてくれる者はいなかった。

歯茎が縮み、とがった歯が痛んだ。鉄のこぶしが規則的に心臓を握りしめているみたいだ。もう我慢できない。みずからの弱さを嘲りながら、ポオはジョッキをとりあげ、べとべとした残りの液体を熱く焼ける口にそそぎこんだ。

名状しがたい不快感が咽喉にひろがり、黒い苦痛が頭蓋を貫いた。それはまもなくおさまり、赤い渇きもしばらく鳴りをひそめたが、機械油がまじっていたかのように、いやな後味が残った。

血で鈍った心に、快活な視線と、鮮やかな微笑と、美しい長い髪をもった、青白い女たちの姿が浮かびあがった。リジイア、モレラ、ベレニス、レノア、マデライン……。いくつもの顔が集まってひとつの顔をつくりあげる。ヴァージニアだ。妻は口から血をあふれさせて息絶えた。歌のなかばで子供のような声は消えた。そしてやがて墓からよみがえり、口づけとともにポオに牙を立て、みずからの血を与えた。それによって彼も転化した。そのヴァージニアもアトランタとともに燃え(一八六四年、アトランタの町を北軍にひきわたすにあたって補給庫等を破壊した火がひろがり、映画『風と共に去りぬ』でも有名なあの大火災となった)、いまでは真の死を迎えている。だがポオにとっての彼女は、妻であり、娘であり、姉妹であり、母でもあった。舌に彼女の味を、不死なる身体に彼女の血を宿して、ポオはいまも生きている。

大きな音をたててドアがたたかれた。ポオは仰天して簡易寝台からとびあがった。ふらつく頭を梁にぶつけ、うめきをあげる。ドアをひらくとカーペットがめくれて床がむきだしになる。階段をあがりきった戸口の外で、軍服姿のヴァンパイアが鷲の紋章をつけた軍帽の下から不機嫌ににらみつけていた。固めた口髭がぴんとがっている。敵性外国人委員会の使者だ。

「おはよう《グーテン・モルゲン》、ヘル・パウリエ下士官」ポオは挨拶した。

オーストリア=ハンガリー帝国ではドイツ語が公用語とされている。したがって、母国語をひと言も知らないチェコ人やポーランド人もいる。

「プラハでもっとも危険で好戦的な外国人になんのご用かな」

答えるかわりに、パウリエは義手を突きだした。木の塊を包む手袋に、封筒がピンでとめてある。公務員の多くと同じく、この使者もまた傷痍軍人だ。失った手を再生できるほど強力な血の持ち主ではなかったのだろう。ポオは手紙を受けとり、鋭い爪で封を切った。パウリエはひと言もしゃべらないまま背をむけて、小割板に義手をかつかつぶつけながら長い階段をおりていった。

むかいのドアがわずかにひらき、床から三フィートほどのところで大きな濡れた瞳がきらめいた。この建物には鼠とユダヤ人の子供があふれている。劣等人種は無制限に増殖する。彼らの転化を禁じたドラキュラは正しい。牙をむいて威嚇の音をたてるとドアが閉まった。ポオは委員会からの通知に目を通した。フラーチン広場の法廷への召喚状だった。

午後はすみやかにすぎ去っていった。ポオは時計の音を聞きながら、聖堂の待合室にひとりですわっていた。時間の経過がひどく気にかかる。転化以後聴力が鋭くなり、時計のたてる音がすべて聞きわけられるようになった。秒針の進む音と、それにともなうかすかなきしみまで。そのたびに、太鼓に落ちる雨垂れのように、頭の中で音が反響する。しばしば呼びだされる委員会のオフィスは、まるでヴァンダーヴォッタイミティス宮殿のようだ（エドガー・アラン・ポオ「鐘楼の悪魔」The Devil in the Belfry（一八三九）に登場するオランダの町。〝いま何時？〟の意味で、町じゅうの人が尖塔の時計を気にしている）。埃っぽい隅も冷たく固い椅子も、時の流れにとり残されたように変わることがない。

戦争が勃発した四年前、帝国は国内に残された敵国民の扱いについて、なんの懸念も抱いてはいなかった。捕虜収容所があったし、送還計画も立てられた。だがそうした微妙な問題を担当していた外交官や官僚も、いまはもういない。出征して、おそらくは死んでしまったのだろう。その後、合衆国の参戦によって敵国に孤立した者はごくわずかだった。そんな窮状に陥ったのは、遠い音にアメリカ人としての意識を捨ててしまったポオひとりだったかもしれない。通りを行く人々は、馬鹿げた腕章の意味など知りもしない。町を歩けば、ハプスブルクの仇敵として愛国者に罵声を浴びせられるよりも、軍服を着て義務を果たしなさいと熱弁をふるう貴婦人たちにつかまることのほうがはるかに多い。

長身の人間ふたり分もありそうな扉の上で、荷車の車輪ほどにも大きな時計の文字板が、古めかしい装飾の薄汚れた大理石に埋めこまれている。それの刻む一秒は、ポオの時計の一倍半はありそうだ。だがいざ比べてみると、ふたつの時計は共謀したように同じ時間を刻んでいる。そして懐中時計をヴェストにもどすと大時計の歩みはまたのろくなり、つぎの音を刻むまでにいらだたしいほどの問合いをとりはじめるのだった。

祖国をもたぬ男であるうえに、『サンクトペテルブルクの戦い』によって、ポオの立場はいっそう複雑になっていた。彼が捕虜収容所にはいらずにいられるのは、すでに評価は完全に地に墜ちているとはいえ、あの本のおかげだ。たとえ本国送還されたとしても、故国から温かく迎え入れられるはずもない。南北戦争において南部の主張を支持したポオには、現在のような合衆国は認めがたかった。ウィルソンは口では偽善的に中立をくり返しながら、陰ではこっそり三国協商を支援してきた。だがポオは、同盟側の正義が必ずや勝利をおさめるだろうことを公然と主張してきたのだ。

戦争がはじまったとき、ポオはオーストリア＝ハンガリー軍に志願しようとしたが、嫉妬深い愚か者たちのせいで入隊することができなかった。そこで長い思索と沈黙の時を抜けだし、行動に移った。燃えるような熱狂の一週間で書きあげた『サンクトペテルブルクの戦い』は、皇帝《カイザー》と皇帝兼王がひと月のうちにフランスを制圧し、つづいてロシア征服という重大な任務にとりかかるだろうことを予言していた。それは、昔ながらの勇猛なる騎兵隊の突撃と雄々しい貴族的偉業の物語、現代科学の驚異と偉大なる時代の精神を結びつけた物語だった。飛行船部隊《ツェッペリン》によるサンクトペテルブルク包囲や、自動車に乗った槍騎兵によるロシア騎馬戦士《コサック》完全征服の描写に、ヨーロッパじゅうがわき返った。ドラキュラその人までもが、皇帝《ツァー》の領土の中心にまで鉄道を敷いて大型蒸気機関車で攻めこんでいくというアイデアに感嘆し、同様の装置の実現を命じた。航空戦闘機を推奨するロビュール技師もまた、この作品を支持してくれた。イギリスとアメリカでは、〝著名なる「大鴉」の著者による〟という但し書きつきで、海賊版が登場した。J・H・ロニー兄と名乗る破廉恥なベルギー人は、登場するドイツ人名をフランス人名に、ロシアの地名をドイツとオーストリア＝ハンガリーの地名に置き換えて、各章を完全に模倣した『ウィーンの戦い』という本を発表した。ポオは温血者《ウォーム》のころから切望していた幻視者としての名声をとりもどし、講師としてもひっぱりだこになった。いくつもの高等学校《ギムナジウム》を訪問し、整列した真新しい軍服姿の若者たちと幻視《ヴィジョン》をわかちあった。いずれは彼らがそれを現実に変えてくれるのだ。ムッシュ・ヴェルヌやミスタ・ウェルズらのごとき幼児的剽窃者の評判は、永遠に彼の名の下に消え去ったかと思われた。

紐でくくった黄色い紙束を手押し車に山積みにして、ひとりの老人が急ぎ足で待合室を横切っていった。温血者《ウォーム》ではあるが、血が少なく乾いた匂いがする。その事務官はポオを無視して、脇の扉から記録の迷路へと姿を消した。委員会の裁きの間は忘却された事実の城、がらくたを集めたアレクサンドリア図書館なのだ。

かつて実現すべきモデルとして『サンクトペテルブルクの戦い』の〝予言〟に喝采を送った人々から軽侮の目をむけられるようになっても、ポオはおのれの幻視《ヴィジョン》が前線記者より真実に近いことを信じて疑わなかった。数々の生命を奪いながらヨーロッパじゅうを膠着《こうちゃく》状態におとしいれている泥まみれの塹壕戦など切り捨て、世界はかくあるべきなのだ。イギリスは中立を保つか、伝統的な敵国フランスと対立すべきだった。そもそもなんだってイギリスが、洟垂《はなた》れベルギーなどを気にかけるのだ。いま、大平原にとらわれた群れの頭上を、飛行船の堂々たる偉容が通りすぎていく。偉大なる帝国はみずからの内より不純物を放逐《ほうちく》し、この惑星の運命を決するのだ。

エドガー・ポオは時代の予言者となるだろう。ヴァンパイアにはけっして不滅の芸術や知的作品を生みだすことができないといわれている。そんな見解は何がなんでもくつがえさなくてはならない。だが、いままさに生まれんとしていた栄光の世界は、倦怠と飢餓の悪夢に変じてしまった。

ズボンの折り返しはすり切れているし、セルロイドのカラーは消しゴムで汚れ落としをしなくてはならない。ヴァージニアがすでに亡く、こんなみじめなありさまを見られずにすむのがありがたい。

役人がはいってきた。床まで届くエプロンをつけて、緑の目庇《まびさし》のついた大きすぎる帽子をかぶっている。役人が小さな鐘をとりあげて鳴らし、涼やかな音がポオの耳を襲った。

「ヘル・ポオ、どうぞおはいりください」役人が正確なドイツ語で言った。

面会は、オフィスではなく、天井の高い廊下でおこなわれた。細長い窓から薄暗い光が射しこんでくる。係員たちが荷車を押して通りすぎていく。ポオはそのたびに、壁に張りついて場所を譲らなくてはならなかった。蝙蝠の羽に似た奇妙な耳と鋭い視線をもった辛辣なユダヤ人係官カフカとは、以前にも会ったことがある。彼はゲットーにアメリカ人をおいておくのは好ましくないと考え、この問題を解決したいと心から願っているようだった。だが彼の努力はこれまでのところ、上層部からやってくるわけのわからないメモの山がしだいに大きくなるという、不本意な結果を生んだだけだった。そしてポオはフランツ・カフカに好意を抱くようになっていた。このプラハでただひとり、『サンクトペテルブルクの戦い』や「大鴉」以外のポオを知っている人物だ。カフカは一度、『怪奇と幻想の物語』(ポオの死後に出版された作品集)の廉価版にポオのサインをせがんだことがあった。そして自分もときおり創作をすると語ったが、ポオはこれ以上このユダヤ人と親しくするのは控えようと、故意に無関心を装った。

ポオはハンス・ハインツ・エーヴェルスという人物にひきあわされた。もちろんヴァンパイアで、身なりはよく、さまざまな分野で傑出していることを自負するさまがうかがえる。ドイツ人としては珍しく、軍服ではなく平服姿だ。

「皮肉なことですな、ヘル・ポオ」エーヴェルスが言った。「わたしたちはまさしく双子であり、たがいの鏡像であり、分身《ドッペルゲンガー》なのですよ。戦争がはじまったとき、わたしはあなたのお国ニューヨーク・シティにおりまして……」

「わたしは久しく、アメリカ連邦をわが祖国と考えることをやめています。わたしはアポマトックスで国籍を失いました（ヴァージニア州中部の旧村。一八六五年四月九日、リー将軍がこの地でグラント将軍に降伏し、南北戦争が終結した）」

「なるほどなるほど。おそらくあなたが現在感じておられるものと同じ挫折を、わたしも味わったことがありますよ。わたしもまた詩人であり、随筆家であり、幻視者であり、話題の小説家であり、哲学者でありましたからね。わたしは映画と呼ばれるものをふくめ、いくつもの新しい芸術を制覇しました。わが皇帝《カイザー》陛下にロビイストとして雇われ努力しましたが、結局は新世界と旧世界のあいだに存在する諍《いさか》いを防ぐことはできませんでした。そして拘禁され、国外退去を命じられたのです。わたしは以前よりあなたにお目にかかりたいと願っておりましたよ、ヘル・ポオ」

その目をじっと見つめると、何かが欠けているのがわかる。この男は不完全なまがいものであり、誇張によって内なる欠落を繕おうとしているにすぎない。

「ヘル・エーヴェルス、わたしは一度、あなたに対して訴訟を起こそうかと考えたことがあります」ポオははっきり言ってのけた。「あなたが脚本を書いた劇映画『プラーグの大学生』は、わたしの『ウィリアム・ウィルソン』のまったくの盗作ではありませんか」（シュテファン・ライ監督 Der Student von Prag（一九一三））

エーヴェルスは告発にたじろぎながらも、一瞬のうちに立ちなおった。

「それを言うなら、あなたの『ウィリアム・ウィルソン』だとて、E・T・A・ホフマンからの盗作ではありませんか」（ホフマン「大晦日の夜の冒険」Die Abenteuer der Sylvester-Nacht（一八一四））

「比較になりませんな」ポオは冷たく言い放った。

エーヴェルスが微笑を浮かべ、ポオは嫌悪感に押しつぶされそうになった。この男のふるまいは自作の小説と同じくらい、見苦しく、作為的で、欺瞞《ぎまん》に満ちている。まさしく映画という仕事にふさわしい。大声でがなり、気どったポーズをとり、顔をしかめる愚劣な映画独特の雰囲気が、泥のようにこびりついている。

「エドガー・ポオの件は現在検討中です」カフカが分厚いフォルダを示してエーヴェルスに告げた。

「いやいや」エーヴェルスがフォルダの端を不死者《アン＝デッド》特有の力で握り、「きみに関するかぎり、エドガー・ポオの件はけりがついている。ドイツが彼を必要としているのだ。プラハは皇帝陛下《カイザー》と宮廷の代理人たるわたしに、彼の身をひきわたさなくてはならない」

カフカが視線を泳がせた。もしや、この役人はポオのためにためらってくれているのだろうか。

フードで顔を隠した片足の男が、停まった時計をなかばまでつめた籠を農夫のように背負い、こつこつと通りすぎていった。

「ヘル・ポオ」とエーヴェルス。「あなたはある国家的重大任務に最適の人物として選ばれたのですよ……」

「変われば変わるものですね、ヘル・エーヴェルス。わたしは陸軍士官学校《ウェスト・ポイント》で教育を受けたこともふくめ、祖国ではかなりの軍歴を築いていますが、帝国軍への志願はそっけなく断られましたよ。わたしは現代戦に関する権威として世界じゅうで評価されていますが、フォン・モルトケ、フォン・ファルケンハイン、ルーデンドルフ、フォン・ヒンデンブルクら各将軍に送った提案書はすべて無視され――」

「皇帝陛下《カイザー》とドラキュラ伯爵の名において、国家にかわり謝罪の意を表します」エーヴェルスが宣言し、祝福を与えようとするかのように片手をさしのべた。

カフカがポオとエーヴェルスのあいだですばやく視線を行き来させている。このユダヤ人はエーヴェルスに対してポオと同じ見解を抱いていて、さらにはポオ以上に、その反感を正当化するだけの体験を重ねているのだろう。

「何をぐずぐずしている」エーヴェルスがカフカを怒鳴りつけた。「ヘル・ポオは重要人物なのだ。旅券を発給したまえ。われらは明日ベルリンにおもむかねばならんのだ」

カフカがフォルダをひらいて書類を手わたした。

「これはもう必要ない」エーヴェルスがポオの袖に爪をたて、腕章をひきちぎった。「いまからあなたは生粋のドイツ人と同じく、両帝国内において完全な安全を保障されます」

その瞬間、ポオはふたたび自分が変容を遂げたことを知った。

6 マタ・ハリ

面会要請は快く聞き入れられた。マランボワ調査の件がなくとも、かねがね訪問したいと思っていた相手だ。審理において証言したボウルガードだったが、彼女に正式に紹介されたことはまだ一度もなかった。

将校乗用車から練兵場に足をおろすと、そこは共同墓地のようだった。処刑を待つ女囚が収容されているパリ近郊のこの兵舎は、住人すべてが戦争に駆りだされたため、久しく使用されていなかったものだ。細長いホールにならぶ窓は埃で曇り、カーテンもない。共同寝室のひとつで、銃殺隊として前線から呼びもどされた八人の男が、心地よい平和な眠りをむさぼっている。彼らにとってはちょうどいい休暇なのだろう。墨を流したように暗い夜だ。囚人の銃殺は、温血者《ウォーム》の罪人と同じく、夜明けにおこなわれる。ヴァンパイアの処刑時間ならば、日没のほうがふさわしいように思えるのだが。

ただひとつ明かりのともった場所が事務室だった。ボウルガードはドアをノックした。顔半分に傷を負った退役軍人のランティエがドアをあけ、招き入れてくれた。牢番は不服従の言葉は漏らさなかったが、フランスの敵の気まぐれにふりまわされる訪問者によって夜の時間を乱され、腹を立てていることは明らかだ。

ランティエはボウルガードの認可状に目を通しながら、著名人の署名ひとつひとつに声をあげていたが、ようやくボウルガードの主張を認め、独房にはいる許可を与えてくれた。それから早口のフランス語で面会についての注意事項を説明した――肉体的接触は禁止、物品の受けわたしも禁じられている。

このヴァンパイアは生命よりも長くその評判を世にとどめることになるだろう。すでにはなはだしく誇張された物語が喧伝され、騒ぎになっている。〝犠牲者〟たちが責任を問われないためには、スパイであった女の絶対的な魅力を力説しなくてはならなかった。ふつうの女に、かくも多くの善良なる重要人物から秘密をひきだすことなどできようはずがない。ヴァンパイアは魅了の力でもって無力な獲物を骨抜きにするというが、これはそのもっとも顕著な一例なのだ。

非公開審理ではさまざまな将校の名前があがったが、その存命者の多くはいまも現役で働いている。彼女とともに破滅したのは、さほど重要でない中尉数人だけだ。憎むべきミロー将軍は、現にいまもつぎの攻撃計画を立てている。

世間にまかり通っている噂では、彼女に関係した任務につけるのは、戦争において男の能力を失った傷痍軍人だけだという。ボウルガードはのろのろと独房にむかうランティエのあとにつづきながら、そのくだらない話は事実なのだろうかといぶかしんだ。もしそうだとしたら、ヴァンパイアの肉体的行為に関する驚くべき無知の露呈というしかあるまい。

ランティエが頑丈なドアをあけて脇にさがった。通された独房はまるで押入れのように殺風景だった。

囚人は小さな窓のそばに腰かけて、傾きかけた月をながめていた。髪を無造作に切り、すとんとした木綿の服をまとったこの女が、宝石を飾りパリじゅうを嵐に巻きこんだあの傾城《けいせい》の美女なのだろうか。

だがふり返ったその姿はじつに美しかった。彼女はジャワ人との混血だと自称しているが、ボウルガードの情報によると、オランダ人の帽子店主とオランダ人の妻のあいだに生まれた娘のはずだ。転化によって目が変化し、瞳孔が猫のように細くなっている。それがめくるめくような効果をあげている。

「マダム・ツェレですね」

礼儀正しく発せられた形ばかりの問いに、女も優雅に立ちあがり、彼の名を呼んで応えた。

「ミスタ・ボウルガードですわね」

ボウルガードはさしだされた青白い手をしばし見つめてから、肩をすくめ力ない声で弁解した。

「規則ですので」

囚人は微笑を浮かべようとした。

「そうでしたわね。わたしに触れればわたしの虜になるそうですから。看守をなぎ倒し、わたしを脱出させるため死ぬまで戦うことになるのだとか」

「そんなところです」

「くだらない」

牢番が椅子をもってきた。彼女が自分の椅子にもどったので、ボウルガードも腰をおろした。

「ではあなたが、わたしを捕らえた優秀なイギリス人ですのね」

「残念ながら」

「なぜ残念ですの？　あなたはご自分の務めを果たされただけでしょうに」

ボウルガードは戦前に、彼女の有名な〈ジャワの死の踊り〉を見たことがある。彼女はイサドラでも、ディアギレフの弟子でもなかったが、大衆《ジェネラル》であろうと一個人《プライヴェート》であろうと、将軍《ジェネラル》であろうと一兵卒《プライヴェート》であろうと、相手を問わず、逆らいがたい力で観客を魅了していた。

「あなたはイギリスの名誉ある愛国者で、わたしは破廉恥なオランダの山師ですわ。ちがいまして？」

「わたしとしてはなんとも」

彼女の目が大きく見ひらかれた。行き先のない冷たい怒りと、そして……

「あなたは温血者《ウォーム》ですのね」

自分を捕らえた以上は、彼も同じヴァンパイアだと考えていたのだろうか。ノスフェラトゥの中には、頭脳において自分を凌駕《りょうが》できるのは同類だけだと信じる者もいる。

「おいくつですの、ミスタ。ボウルガード」

意外な質問だった。

「六十四になります」

「もっとお若いかと思ってましたわ。五つか十くらい。ヴァンパイアの要素が体内にはいって老化を遅らせていますのね。いずれにしても、転化するならいまからでも遅くはありませんわ。もう一度若返って、永遠に生きることができますのよ」

「はたしてそれは喜ばしい未来でしょうか」

彼女はなんの作為もなく心からの微笑を浮かべた。赤いくちびるのあいだで小さな牙がきらめく。

「いまこの瞬間は否《ノー》と申しあげなくてはなりませんわね。わたしは不死で、あなたはそうではない。でも明日の夕暮れを見ることができるのはあなたですもの」

ボウルガードはできるだけさりげなく腕時計に目をやった。あと二時間で夜明けだ。

「まだ延期命令があるかもしれません」

「お心づかいに感謝いたしますわ。個人的にもわたしの助命を願いでてくださったとか。ご自分の評判を傷つける危険まで冒して」

一瞥するだけで心の中の秘密を読みとることができるのでないかぎり、彼が恩赦を願いでた事実をこの女が知っているはずはない。

微笑が大きくひろがり、牙がさらにはっきりとのぞいた。

「わたしにもまだ情報提供者はありますの。秘密を手に入れるのはそれほど難しいことではありませんわ」

「いまあなたが証明してみせたように、ですか」

「あなたもご同様でしょう。わたしは多くの殿方の秘密を手に入れましたが、そのささやかな秘密はすでにあなたのものです。部屋の中にすわって思考をめぐらすだけで、あなたはわたしのヴェールを剥ぎ、計画を見通してしまわれた。感服いたします」

おだてにのせられないよう気をつけなくては。これはこの女の強力な武器のひとつだ。年配の将校は彼女の前ではひとたまりもなかった。

「探偵技術に関しては、幾人ものすばらしい師匠に恵まれましたのでね」

「あなたはディオゲネス・クラブ闇内閣の上級メンバーのひとりでいらっしゃる。そして英国情報部の中でも二番か三番の重要人物」

　審理で明かされた以上に、彼女は内情に通じているようだ。

「ご心配にはおよびませんわ、チャールズ。わたしが手に入れたあなたの秘密は、そのままわたしといっしょにささやかな墓に葬られるでしょう」

　いつのまにかファースト・ネームで呼ばれている。

「心から申し訳ないと思っていますよ、ゲルトルート」彼もそれに応えた。

「ゲルトルートですって？」聞き慣れない名前を耳にしたかのようにとがった舌先でころがしながら、「そう、ゲルトルート」

　そして彼女は失意をこめて細い肩をしおれさせた。

「みっともなくて、悲しくて、醜い名前だわ。まるでドイツ人みたいな。でもそれが、生まれたときにつけられたわたしの名前、死ぬときに掲げられる名前ですのね」

「しかし、あなたを永遠に語り伝えるべき名はほかにあります」

　彼女は爪を月光にきらめかせながら長い指を使い、芝居がかったしぐさで美しい顔を囲ってみせた。

「そう。わたしは永遠に〝マタ・ハリ〟ですわ」

　アメリカ人セダ・バラの真似だ。もし彼女の映画がつくられるならば（もちろん数多くつくられるだろうが）マタ・ハリを演じられる女優は〝Arab Death《アラブの死》〟のアナグラムを芸名とするヴァンパイア女優、セダ・バラをおいてほかにない。彼女の血統は写真に姿を残すことができるのだ。ヴァンパイアの多くはフィルムに写ると、もやもやした影になってしまうのだが。

「わたしは忘れられたりしませんわね？」ふいに頼りなげな表情を浮かべて、彼女がたずねた。「わたしの名は新しい妖婦の前で、太陽に照らされた雪のように消えてしまったりしませんわよね？」

この女は一生涯、演技をしてきたのだろうか。もしかするとそのヴェールの下に、真実など存在しないのかもしれない。それとも、真の死とともに消えていく秘密の自我があるのだろうか。

「恩赦はないのでしょうね、チャールズ。最後の瞬間に慈悲がかけられることは。ほんとうに？　どうあってもわたしは殺されるのかしら」

「残念ながら、そう主張している人がいるのは事実です」ボウルガードは悲しみをこめて答えた。

「ミロー将軍ですわね」吐き捨てるように、「水っぽい血の男でしたわ。イギリスのスープみたいに。あら、ごめんなさい。でもあの男の作戦のせいでどれだけの人間が死んだか、ご存じ？　部下が大勢生命を落としているのは、わたしなどよりあの男自身の責任ですわ」

以前、将軍の命令に部下たちが抵抗したことがあった。ミローは軍服を着た愚者の中でも最悪の部類に属する男で、戦争は生きた人間をつぎこめば消すことができる噴火口のようなものだと考えている。そしてこの女が死ねば、自分の経歴から汚点がなくなると信じているのだ。

「あちら側も似たようなものですけれど」と彼女。「ドイツ人につけこむのは簡単でしたわ」

戦争がはじまったころ、ゲルトルート・ツェレはフランス情報部に雇われていた。証拠はないが、ボウルガードは彼女がロシアやハンガリーやトルコやイタリアのために働いていたことを知っている。イギリスもまた雇い主のリストに名を連ねている。

「宮廷では皇帝《カイザー》にもお目通りいたしましたわ。わたしはドラキュラ伯爵の手で転化しましたのよ」

この寒々とした新世紀、ドラキュラは以前ほど無差別に血統をひろめることがなくなった。長生者《エルダー》の数は多いけれど、ヨーロッパじゅうにヴァンパイアが蔓延したのは主として彼の責任だ。だがいまでは、伯爵は転化する人間を厳選するようになった。そしてゲルトルート・ツェレは、温血者《ウォーム》であったころから卓越した女だった。

「お驚きになりませんのね」

彼女が片手をもちあげた。月光を浴びた白い手の甲に、青い血管がくっきりと浮かびあがる。それが一瞬のうちに水かきのあるガーゴイルの手となり、それぞれの指に棘《とげ》のような鉤爪が生えた。そしてまた人間の手にもどる。

「すばらしい。ごく濃い血統の者にのみ可能な技ですね」

「そうとはかぎりませんわ」謎めくような、からかうような口調だ。「でもわたしの場合はそのとおりなのでしょう。そしてね、わたしはヨーロッパの将軍たちを操っていたのだけれど、わたし自身もまた操られていましたのよ」

ボウルガードはふいに、この女は完全な変身をすることもできるのだと悟った。その力を使えばこの壁を引き裂くことなどなんの造作もないだろう。なのになぜ、ここにとどまっているのだろうか。

「これでやっと、わたしはあの方から自由になれますのね」

ではそういうことか。ボウルガードは軽い失意をおぼえた。

「でもわたしはわざと捕らえられたわけではありません。あなたはたしかに刮目《かつもく》すべき勝利をおさめたのよ、チャールズ。ただわたしがそれほど意気消沈してはいないというだけのこと。死より恐ろしいことなんていくらでもあるのですもの」

ボウルガードも経験から学んだことだが、ドラキュラの血統の者はしばしばそう信じるに至るのだ。

「あの方は――ドラキュラは、怪物《モンスター》です」

ボウルガードはうなずいた。

「わたしも会ったことがあります」

「あなた方イギリス人が追放したのも無理からぬことですわ」

「それほど単純なことではなかったのですがね」

「そうかもしれません。でもイギリスが追いだした結果、ドイツがドラキュラの楽園となりましたわ」

「伯爵は宮廷を掌握する術に長けていますわ。五百年間ずっと、そのことにばかりたずさわってきたのですから」

ゲルトルート・ツェレが身をのりだし、手をのばしてきた。牢番が低い声でうなった。腰に吊るした拳銃には銀の弾丸がこめてある。囚人の手はボウルガードの腕から数インチの空中でとまった。彼女は彼の目を見すえ、真剣な声で告げた。

「ドラキュラはこの世紀を流血の巷《ちまた》となすでしょう。温血者《ウォーム》であったころ、ドラキュラはおのが臣民の三分の一を殺害しました。そのドラキュラが、敵と見なした者たちをどう扱うとお思いですか」

「ドイツは崩壊寸前です」ボウルガードは自身の如才なさにうんざりしながら、公式見解をくり返した。

「嘘つきは簡単には騙されませんのよ、チャールズ」

そして椅子の上で背筋をのばした。夜明けを告げる光の予兆が、光輪のように短い髪をとりまいている。ヴァンパイアのスパイというよりも、むしろジャンヌ・ダルクだ。

「あなたの戦いは終わりました」できるだけの思いやりをこめて、ボウルガードは言った。

「ヴァンパイアのことに詳しくていらっしゃる。きっとすばらしい師匠がおいでだったのね」

彼はカラーを整えなおした。自分はきっと赤面しているにちがいない。

「どなた？」

「名をあげてもあなたはご存じないでしょう」

「古い方？　長生者《エルダー》でいらしたの？」

ボウルガードはうなずいた。ジュヌヴィエーヴ・デュドネはドラキュラ伯爵よりも古い、十五世紀生まれの少女だ。

「まだ生きていらっしゃるの？」

「最後の手紙をもらったときは元気でした。たぶんアメリカにいるのだと思います」

「ごまかす必要はありませんわよ、チャールズ。あなたはその方の居場所を正確にご存じのはずだわ。情報を追い求めるのがお仕事なのですもの」

ゲルトルート・ツェレの見破ったとおりだ。ジュヌヴィエーヴはいまカリフォルニアで、ブラッド・オレンジを栽培している。

「老齢と死の前にあなたを放りだしていくなんて、その方は馬鹿ですわ。いえ、ごめんなさい。あなたが選んだことですわね、その方でなく。でもわたしだったら、あなたがみずから転化を望むようにしむけますわ。力《パワー》を使って」

「〝力《パワー》〟ですか。マダム・ツェレ、あなたはご自分に関する記事にかなり目を通しておられるようですね」

「あら、わたしたちはほんとうに力《パワー》をもっていますのよ。魔法などではありませんけれど」

夜明けが空を薄紅に染める。彼女の顔が以前にもまして青ざめて見える。捕らわれて以来ずっと、飢えたまま放置されているのだ。苦痛は極限に近いだろう。あたりまえの新生者《ニューボーン》なら、とうに赤い渇きによって狂気に陥っているところだ。

「きっとその方のほうがわたしよりも立派なのでしょう。たとえそれが最善だとわかっていても、うしろ暗い方法で殿方の心を変える道を選んだりはなさらないのですから」

「ジュヌヴィエーヴは自分が他人より立派かどうかなど、気にかけたりしませんよ」

「ジュヌヴィエーヴとおっしゃるの？　すてきなお名前。もうその方のことが嫌いになってしまいましたわ」

痛みが思いだされる。そして、それ以上に多くの喜びが。空に扇形の赤い光がひろがる。

「もうあまり時間がありませんわね」ゲルトルート・ツェレが事務的に言葉をつむいだ。

「残念ですが」

「お気になさらないで。そのヴァンパイアのご婦人のために、最後の秘密をお教えしましょう。あなたはそんな義務もないのにわたしに親切にしてくださいました。これはわたしからの贈り物です。好きにお使いくださいませ。そして可能ならば、この戦いに勝利をおおさめください」

これは何かの罠だろうか。

「ちがいますわ、チャールズ」表層意識を読んだのか、それとも明らかな思考プロセスをたどったのだろうか。

「わたしは現代のシェヘラザードではないから、最後の運命をひきのばそうとあがいたりはしませんわ」

ボウルガードはこのとつぜんの展開について思考をめぐらした。

「ではゲルトルート、わたしが最後の犠牲者にされるのではないと、納得できるだけの証拠を示してください」

「もっともな要求ですわね。これからある地名と人名をあげます。もし興味がおありでしたら、その先をつづけるというのはいかがかしら」

ボウルガードはうなずいた。ゲルトルート・ツェレは切り札を示すかのように、ふたたび微笑を浮かべた。

「マランボワ城。そして、テン・ブリンケン教授」

これこそ彼が求めていたものだ。蜘蛛の巣をたぐるための、つぎの糸。

「納得しましょう」声に力がこもりすぎないよう気をつけなくては。

「ほら、ごらんなさい」彼女は牙をきらめかせた。「ヴァンパイアにはいつだってわかりますのよ。手短に、簡単に、お話ししましょう。よろしければメモをとってくださってもかまいません。世間はわたしのことを好き勝手に取り沙汰するでしょうが、べつに弁解しようとは思いません。わたしはいつも心の命ずるままに生きてきました。明らかに賢明ではないとわかる道でさえも……」

練兵場におかれた火鉢のまわりにジャーナリストと野次馬が集まっている。最後の降雪は消えたが、じゃりじゃりした氷の塊があちこちに残っているため、行進をすれば危険かもしれない。ボウルガードは周囲の顔を見まわした。ゲルトルート・ツェレの〝崇拝者〟なら、こんな見世物にこようなどとは思いもしないはずだ。

あの話は彼女の最後の大芝居だったのだろうか。死にぎわに誤った情報を伝え、マランボワにおけるドイツ軍の真の活動をごまかそうとしたのだろうか。だがボウルガードは彼女を信じたいと考えている。ドラキュラ伯爵は奇怪な思考の持ち主だ。そしてあの城と穴蔵と血と呪われた貴族たちは、たしかにそれにふさわしい奇怪な物語だった。ボウルガードのノートは速記文字で埋めつくされていた。

銃殺隊の兵士たちが、視察にそなえるかのように姿勢を正した。みなまだ若いのに、その目はまるで老人のようだ。開戦より四年、見かけよりも年老いているのはいまでは不死者《アン＝デッド》だけではない。杭に縛られた囚人がもしミローだったら、このフランス兵たちは喜んだだろうか。将軍は軍内部で皇帝《カイザー》以上に憎悪の対象となっているのだ。

「チャールズ」女の声がもの思いを破った。「妙な場所でお会いするわね」

乗馬ズボン《ジョドパーズ》にノーフォーク・ジャケット（前後身ごろに箱襞のあるベルト付きのゆったりした上着）。赤い髪を大きすぎるツイードの帽子に押しこみ、青みがかった分厚い眼鏡をかけた小柄なヴァンパイアが立っていた。澄んだ声にはかすかなアイルランド訛がまじっている。

「ケイトじゃないか」思わず驚きと喜びの声があがった。「おはよう《グッド・モーニング》」

彼女は眼鏡をはずし、すすけた灰色の空から消えてゆく朝焼けを横目で見あげた。

「少なくとも　朝《モーニング》　ではあるわね」

ケイト・リードは彼より十歳年下で、二十五の歳に転化した。ヴァンパイアとして三十年をすごしたはずだが、その目はまるで年月を感じさせない。

彼女はまた〈恐怖時代〉に、つねにカルパティア近衛隊の二歩先を駆け抜けながら定期的に地下新聞を発行しつづけ、英雄と称賛されたジャーナリストでもある。この善良なるヴィクター王の治世においても、権力に対するその矛先は少しも鈍っていない。フェビアン社会主義者として、アイルランド自治論者として、いまも〈ニュー・ステーツマン〉（一九一三年創刊の左派系政治週刊誌）や〈ケンブリッジ・マガジン〉（一九一二年創刊の知的高級雑誌）のためにペンを走らせている。開戦以来、フランスからは二度追放されているし、アイルランドでも一度投獄されたはずだ。

「ロンドンに呼びもどされたんじゃなかったのか」

ケイトは瞳をきらめかせ、抜け日のなさそうな微笑を小さく浮かべた。

「グラブ・ストリート（現在のミルトン・ストリート。貧乏な二流作家や三文文士が住んでいた）からは引退して、救急車の運転手に志願したのよ。委員会では昔馴染みのミナ・ハーカーが、あいかわらず物事を正そうと懸命になってるわ。それで、つぎの船でこっちにもどったの」

「それじゃ、報道記者ではないんだね」

「わたしはいつだって観察者よ。ヴァンパイアにはそれがむいているの。長い人生のあいだ、時間はたっぷりあるんですもの」

曙光が地面にひろがり、ケイトは眼鏡をかけなおした。

彼とケイト・リードはともに前世紀の生まれで、同じ歴史を共有している。だがこの新しい時代を生き延びるためには、彼女のほうがはるかに大きな適性をそなえているのではないか。

「ほんとうにきみが羨ましい」

「まるであなたが撃ち殺されようとしているみたいよ」

「それがいちばん手っとり早いんじゃないかと思うよ。わたしはもう疲れた」

ケイトが彼の手をとって握りしめた。ボウルガードは悟られないように痛みをこらえた。まだ経験の浅いヴァンパイアのつねとして、彼女も自身の力を制御しきれないのだ。

「チャールズ、あなたはきっとヨーロッパに残された最後の紳士だわ。何があろうと気落ちしないで。〝戦いを終わらせるための戦い〟なんてたわごとかもしれないけれど、でもわたしたちはそれを現実にすることができるわ。この世界は、ルスヴンとドラキュラのものかもしれないけれど、わたしたちのものでもあるのよ」

「そして、彼女のものでもあるのかな?」

彼はあごで示した。ゲルトルート・ツェレが太陽の光を浴びた兵舎から牢番とふたりの衛兵によってひきだされてきた。囚人自身の希望により、陽光に過敏な顔はヴェールでおおわれている。だが彼女はそれ以外、目隠しも、司祭の立ち合いも拒んだ。

「マダム・マタ・ハリは馬鹿よ」ケイトが鋭い声で言った。「同情なんかしない。あの人にたぶらかされて、どれだけの立派な人間が死んだことか」

「きみはフェビアン的愛国者だな」

「イギリスは大丈夫。いざとなれば首相を串刺しにすればすむもの」

「またヴラド・ツェペシュのようなことを」

「長くて頑丈なサンザシがあればもっとずっとましになるやつなら、もうひとりいるけれど」

「あの裁判についてのきみの記事を読んだよ」

ケイトはわずかに狼狽しながら虚栄を抑えている。

「それで……？」

「語られるべきことが語られていた」

「でも、血は温かいけれど氷の魂をもったミロー将軍は、いまも着飾った孔雀みたいに威張って歩きまわり、ヴァンパイア娘たちに勲章をじゃらじゃら見せびらかしながら、ヴィシー水(フランス・ヴィシー産の鉱泉発泡飲料)みたいに透明な良心でミサに出席しているんだわ」

「きみだってもう、最高司令官が沽券《こけん》にかけても一ジャーナリストの忠告に従ったりしないことくらい、わかっているだろう。でもペタン将軍はきっと、興味深くきみの記事を読んでいるよ」

「書くことならいくらだってあるわ。ミローは責任をとるべきよ」

「それじゃ、サー・ダグラス・ヘイグはどうなんだ」

「あの人もよ。その他大勢の連中も」

ゲルトルート・ツェレが杭の前に立ち、衛兵が手を縛った。彼女は恐れるようすもなく、ヴェールにおおわれた顔を高く掲げている。

「五月祭の女王ね」ケイトが評した。

銃殺隊の軍曹が有罪判決を読みあげたが、甲高い声は強風にかき消されてしまった。最低十の訴因があれば死罪が適用される。判決を読み終えた軍曹が、紙を丸めてベルトにはさみ、剣を抜いて掲げた。八人の兵士がライフルをかまえて狙いを定める。銀の弾丸が七つに、ふつうの鉛弾がひとつだ。誰に偽弾が配られたかは明らかにされないため、致命傷を与えたのは自分ではないと、全員が考えられるようになっている。

剣がふりおろされ、銃弾が囚人の身体に撃ちこまれた。ひとつの弾がはずれ、杭から十ヤードも離れた地面に穴をうがった。ゲルトルート・ツェレはがっくりとうなだれ、ヴェールがスカーフのようにすべり落ちて風に運び去られた。早朝の太陽に照らされた顔が急速に黒ずみ、口と目から煙がたちのぼる。

「そう、こういうことなの」ケイトが言った。「野蛮な行為だわ」

だがボウルガードは、まだ終わりではないことを知っていた。軍曹が練兵場を横切って真の死を迎えた女の脇に立ち、鎌のように剣をふりあげたのだ。

「まあ、なんてこと」ケイトがつぶやいた。

剣がゲルトルート・ツェレの首に打ちこまれた。骨に食いこんでとまった剣を、軍曹の手袋をはめた両手がぐいぐいと押しこむ。銀をかぶせた鋼の刃が柱にあたり、首が地面に落ちた。軍曹はそれをひろいあげ、みなに見えるよう髪をつかんで高く掲げた。彼女の顔は黒く焼け、猫の目は豆のようにしなびていた。

7　ケイト

パリで聞いた噂は事実だった。マタ・ハリは司祭が申しでた最後の告解を断り、処刑前の一夜、ディオゲネス・クラブのミスタ・チャールズ・ボウルガードとの対面を望んだのだ。

ケイトはジャーナリストになってまもなく、ほどよい距離をおいてチャールズを尾行すれば、間違いなくネタに行きあたることを学んだ。どこにいようとつねに、彼は陰謀の渦の静かなる中心だった。もし彼がすべての秘密を明らかにしたら、歴史書は書き換えられることになるだろう。政府は転覆し、植民地は反乱を起こし、いくつもの決闘がおこなわれ、結婚は破綻するだろう。チャールズはイギリスの要なのだ。ケイトはときに彼をつかまえ、思いきりゆすぶってやりたい衝動にかられる。

もし転化していたら、チャールズはどんなヴァンパイアになっていただろうか。

だが質問をしすぎてはいけない。チャールズのように狡猾な男は、そこいらの準大尉みたいに、子供っぽいつくり笑いやさりげない質問で騙されてはくれない。それに昔からの知り合いでもある。人をペテンにかけるときにもっぱら使う、おつむの弱い小娘の芝居は通用しない。

銃殺隊の指揮をとっていた軍曹が袋をとりだし、灰になった女スパイの首をおさめた。それを高く掲げ、写真撮影のために真面目くさった顔でポーズをとる。銃殺隊の面々も捧げ銃《つつ》の姿勢で隊列を整えた。戦場の記憶がよみがえるのだろう、若くして歴戦の兵士たちはフラッシュが閃光を放つたびに身をすくませていた。

ケイトは撮影を見守るチャールズを観察した。高いカラーは古風な気性のあらわれではなく、咽喉もとに消えることのない紫色の痣を隠すためだ。カラーの縁からワイン色の傷痕がひと筋のぞいている。年齢を重ねたチャールズは若いときよりいっそう魅力的だ。髪は白いが、あごの線はひきしまっているし、立ち姿も端正だ。その顔には年月を経ても皺がよらず、むしろ以前よりなめらかになったようだ。〈恐怖時代〉、彼は長生者《エルダー》ジュヌヴィエーヴ・デュドネの愛人だった。彼の体内にはジュヌヴィエーヴの血がはいっているにちがいない。闇の口づけを拒否しても、ヴァンパイアとともにすごして一滴もその血を味わわずにいることは不可能だ。抜け毛を防いだり腹部をひきしめるために、金をはらって少量の輸血をしてもらう温血者《ウォーム》もいる。回春剤としては猿の腺より確実だし、ヴァンパイアの血が秘密成分であることを売りものにしている売薬もある。

銃殺隊が解散になり、インタヴューを希望する報道記者たちがどっと押しよせた。その混乱《メレ》の中に、〈メール〉の熱弁家シドニー・ホーラーの姿もあった。

「あの人たちは戦争が好きなのよ」ケイトは言った。「田舎町の殺人や地方都市の姦通事件なんかより面白い話題を提供してくれるんですものね」

「きみは自分の職業をあまり高く評価していないようだね」

「あの腐肉あさりの禿鷹どもの同類に見られたくはないわね」

「感想をひと言」ホーラーがさけんだ。「女性を銃殺したご気分は？」

英語の質問を理解していたとしても、進んで答える者はいなかった。

「淫売だけど美人でしたよね？」イギリス人記者は強調した。「あれは人間の姿をした悪魔で、コブラと同じように、慈悲などかけてやる必要なんかないってような意見ですか？」

軍曹はいかにもフランスふうに肩をすくめた。

「あれは人間の姿をした悪魔で、コブラと同じように、慈悲などかけてやる必要なんかないって思ってるわけですね？」

兵士たちはひきあげようとしている。

「じゃあそう書きますよ。人間の姿をした悪魔。恐ろしいコブラ。慈悲をかけてやる必要などない、っと」

興奮したホーラーはメモを書き散らしている。

「あれで夕刊の見出しは決まりね」ケイトは言った。

疲れきっているのかチャールズは返事をしない。腕時計に目を落とし、帽子に手をあてて立ち去ろうとした。

「鶏の声とともにベッドにむかう温血者《ウォーム》なんて変よ。あなた、ほんとうに転化してないの？」

チャールズはかろうじて微笑を浮かべた。

「わたしは生涯をヴァンパイア時間ですごしてきたようなものだからね」

日が暮れてから戦いがおこなわれ平和が求められるこのあべこべの時代においても、彼の仕事は闇にまぎれてくりひろげられるのだ。

「マタ・ハリの一件が片づけば休めるのでしょう？　あなたは勝ったのよ」

「面白い見解だね、ケイト」

ケイトは爪先立って彼の頰にくちびるを寄せた。チャールズの顔はひどく冷たかった。肋骨をへし折ってはいけないので、抱擁はやめておいた。

「さよなら、チャールズ」

「ごきげんよう、ケイト」

チャールズが車に乗りこんだ。くちびるを舐めると彼の味がした。彼の血は強烈で、皮膚をかすめるだけで感情が伝わってくる。ケイトは興奮した。チャールズが興奮していたからだ。マタ・ハリと何か重要な話をかわしたようだ。だが具体的なことはひとつもわからない。残念だ。ジュヌヴィエーヴのような長生者《エルダー》だったら、オレンジみたいに彼の心を絞り、知りたいだけの情報すべてを手に入れることができるだろうに。

もしそんな能力をもっていたら、ケイトはきっとその誘惑に屈するだろう。ヴァンパイアは数世紀を生きるあいだに力と能力を獲得する。そして結果を恐れることなく思うままにふるまった末に、多くの長生者《エルダー》がやがては怪物になってしまうのだ。チャールズの味が消え、心臓が赤い渇きに脈打った。

　死後の人生をはじめた当時、ケイトはくり返し自分の限界にチャレンジした。いまではそうした限界も、不死者《アン＝デッド》の生理と同じく、夜ごとの存在の単なる一部と思えるようになっている。だが奇妙なことに、温血者《ウォーム》であったときの疾患のひとつ、強度の近視を矯正する眼鏡はいまも手放すことができない。大多数のヴァンパイアは転化によってその弱点を克服するというが、その点で彼女はできそこないだった。

　渇きをこらえようとすると視野がかすんだ。自業自得だ。チャールズを味わったりしなければ、こんな苦悶にさいなまれることもなかったのだ。

　自分を死者と見なすのは気が進まないが、それが自己欺瞞であることはわかっている。ジュヌヴィエーヴのように、真の死を経ずして転化を果たした者もいる。だがケイトはたしかに一度死んだのだ。闇の父ミスタ・フランク・ハリスは、生命の血を与える前に子《ゲット》の血を飲み干すやり方を好んだ。心臓が停まり、頭の中が奇妙な静寂に満たされたあのときのことは、いまもはっきり記憶に残っている。あれが死だったのだ。

　心臓が落ち着き、視界がもどった。空は一面の雲で、わずらわしい直射日光はほとんど照っていない。ヴァンパイアといってもケイトは、夜明けとともにしなび縮んでしまう種族ではなく、ドラキュラ伯爵の私生児を自称する貴族、マリア・ザレスカの血統に属している。衰えつつあるザレスカの血が、フランク・ハリスの強烈な精神によってケイトの中で力をもり返している。一八八八年、この著名な編集者は、肉体的恋愛は女への入口であると語って、ケトナーズ・レストラン（一八六七年にオープンしたロンドン初のフランス料理店。エドワード七世やオスカー・ワイルドが贔屓にした）の個室の長椅子の上で、その入口をくぐろうとするケイトに情熱的な手を貸してくれた。女にするということは、同時にヴァンパイアにするということでもあった。

　多くの娘がハリスの口説きに屈したが、子《ゲット》として生き残ったのはケイトひとりだった。ほかの娘たちはあまりにも虚弱で、強すぎる血に耐えられなかったのだ。ハリス自身も〈恐怖時代〉に、カルパティア人の手にかかって消滅した。闇の子に対して無責任な放蕩者ではあったが、それでもケイトは悲しかった。ハリスはすぐれたジャーナリストだった。彼に導かれて夜の世界にはいったことを、ケイトは恥とは考えていない。

贅沢な車内にいくつもの秘密をかかえたまま、チャールズの車が走り去った。銃殺隊は解散した。ここにくる前からすでに書き終えていた記事のブランクを適当に埋めながら、記者たちも去っていった。アメリカ人にしては珍しく有能な〈ニューヨーク・インクワイアラー〉のジェド・リーランドが、麦藁帽の縁に鉛筆をあてて挨拶をよこした。よけいなおしゃべりでひきとめられはしないかと心配しながら、ケイトも手をふり返した。だが彼はほかの連中といっしょに、アニス酒と猫の血を飲みながら記事を書き殴れる小酒場《エスタミネ》をさがしにいってしまった。

転化してまもなく、ケイトは耳にあけたピアスの穴がふさがっていることと、さらに驚くべきことに、自分がふたたび処女にもどっていることを知った。醜聞はすみやかに、永遠に、もみ消された。当時〝ふしだら〟は、転化以上に非難の対象とされたのだ。

ケイトはいまも学び、適応しつづけている。自分が最終的にどのような存在になるかは、予想もつかない。怪物にだけはなるまいと決意しているが。

練兵場から人がいなくなったのを見定め、油断なく五感を働かせながら、衛兵所にむかった。せっかくの手がかりを他人とわけあうつもりはない。それに、伍長以上の軍人とは関わりをもちたくなかった。ミロー将軍を糾弾したことで、ケイトはフランス軍に多くの友を得たが、その中に将校クラスの者はほとんどいない。ドレフュス事件に関する論説ですでに反感を買っていたし、最近の記事だって好意的に受け入れられるようなものはひとつもない。

まばらな生け垣のむこうにフランスの将校乗用車が停まっていた。窓が黒く、中は見えない。マタ・ハリに征服された男が、ひそかに別れを告げにやってきたのだろうか。それとも、彼女の死をたしかめに？

狭苦しい事務室で、ジャック・ランティエ伍長がケイトを待っていた。傷のため、怒ったように顔が引き攣れた男だ。フランス軍が危機に陥り八十パーセントの犠牲を出した二日後、ミロー将軍指揮下の生き残りたちは〝最後のひとりまで〟指令に公然と反抗し、手には入れたものの維持することのできなかった泥地を数百ヤード後退した。生き延び、かつ負傷したランティエは幸運だった。もし無傷だったら、怯懦を理由に銃殺された十数人のひとりになっていたかもしれない。ランティエには、非公認の負傷退役軍人クラブ、歪んだ口組合《ユニオン・デ・ギョール・カッセ》の会員資格が充分にあった。

ランティエが小指の先で顔の下半分に口と思われる隙間をつくり、煙草をさしこんだ。ケイトもさしだされた煙草を受けとり、ふたりは一本のマッチで火をつけあった。

伍長が咳をした。煙が彼をとりまく。彼はもちろんミロー将軍を批判した数少ないジャーナリストのひとりに感謝してはいるが、それとこれとは問題がちがう。戦争前は二十フランあれば馬が買えた。それがいまでは馬肉ひと切れがいいところだ。

「ふたりは小声で話していましたんでね、お嬢さん《マドモアゼル》」ランティエが言い訳した。「それに自分はあまり耳がよくありませんし……」

たしかに片耳は完全にちぎれているし、もう片方は火に焼かれて固まっている。

「でも何か聞こえたでしょう?」

ケイトは伍長が握るすでに分厚い札束に、さらに数枚の紙幣を加えた。

「ときどきですな……名前がいくつか……マランボワ城、テン・ブリンケン教授、リヒトホーフェン男爵、カルンシュタイン将軍……」

名前ひとつにつき十フランだ。

「それはもういいわ。話の中身を教えてちょうだい」

ランティエは肩をすくめ、話しはじめた……

ランティエ伍長の話が終わったのは、すでに正午に近い時間だった。ケイトのノートはメモでいっぱいになっている。だがそれがどういう意味をもつかはよくわからない。いくつもの空白がある。推測で埋められるものはごく一部で、ほとんどは空白のまま残った。

ケイトが期待していたのはミロー将軍の背信行為に関する新たな証言だった。だが手にはいったものは、まったくべつの何かだ。リヒトホーフェンの見世物《フリーク・ショー》について調べてみなくては。チャールズが興味をもって最後まで耳を傾けたというのなら、マタ・ハリの話には必ずやそれだけの意味があるはずだ。

ランティエが外まで案内してくれた。唯一の囚人がいなくなったいま、この兵舎はもう不要となる。銃殺隊はパリで休み、明日の夜明けには前線にもどる。

ふたりは練兵場を横切っていった。ケイトはマタ・ハリが死んだ柱のそばで足をとめた。

「斬首のあとで」ランティエが言った。「若い連中が群がって、血にハンカチをひたしてましたよ。記念にするんでしょうな」

「舐めるのかもしれないわよ。さぞ美味しいでしょうね。マタ・ハリの血だもの」

ランティエは唾を吐いたが、柱にはあたらなかった。

「ヴァンパイアの血を飲めば……」

ケイトは言葉を途切らせ、ランティエの顔を示した。だが彼は首をふって、また唾を吐いた。

「吸血鬼どもなんざ、くそくらえだ。あんたらがなんの役に立つっていうんだ」

ケイトには答えることができなかった。フランス人の多くは、とりわけパリ以外の土地に住む人々は、ランティエと同じように考えている。イギリスやドイツやオーストリア＝ハンガリーほど、ヴァンパイアはフランスに根づいていないのだ。フランスにも、たとえばジュヌヴィエーヴのように長生者《エルダー》はいるし、新生者《ニューボーン》も徐々に増えて〝当世風《モダン》〟や〝頽廃的《デカダン》〟を気取っている。だが真の上流階級のあいだで、ヴァンパイアはいまだ完全に受け入れられてはいない。アルフレッド・ドレフュスが生贄とされたのは、ユダヤ人であると同時に、ヴァンパイアでもあったからだ。

ランティエに別れを告げて練兵場をあとにした。騎兵が馬をつなぐ入口脇の古杭に、頼もしいフープドライヴァ自転車（Hoopdriver はH・G・ウェルズの The Wheels of Chance（一八九五）の主人公である自転車乗り）が立てかけてある。外の道にはまだ将校乗用車が停まっていた。

危険。〈恐怖時代〉に鍛えあげた直感が告げている。猫のように爪がにゅっと長くのびた。

生け垣を抜けて道路に出、車に目をむけた。運転手がすわっていて、うしろのドアがわずかにあいている。豚のような目がこちらを見つめている。

「われ汝を浄化せん《エゴ・テ・エクソルシザート》」甲高い声が響いた。「苦しむがいい、汚らわしい淫売め、地獄の苦しみを味わうのだ！」

黒いローブの男が低いフェンスを乗り越えて駆けよってきた。かがんで姿を隠していたのだろう、憑かれた目をした白髪の司祭だ。見おぼえはあるのだが、とっさに名前が思いだせない。下手なラテン語と野卑なフランス語をがなりたてながら、司祭がケイトの顔に液体をふりかけた。眼鏡に水滴があたって視界がぼやけた。狂信者に硫酸をかけられたのだろうか。酸はヴァンパイアの肉を骨まで溶かしてしまう。いずれもとにもどるだろうが、五十年はランティエのような顔ですごすことになる。だが肉の焼ける感触はなく、音もしない。

司祭が壜をふった。また液体がひたいにあたってしたたり落ちた。真水の味だ。いや、ただの水ではない。これは聖水だ。

思わず笑ってしまった。こうしたものに動揺するカトリック教徒のヴァンパイアもいるが、ケイトは根っからの英国国教会派だ。リード一家は筋金いりのプロテスタントなのだ。娘の転化を告げられた父は言ったものだ。

「馬鹿な娘だが、少なくとも汚らしいローマの邪教に宗旨替えしたわけではないからな」

司祭は悦にいってあとずさり、忌まわしき地獄の生き物の消滅を待ちかまえた。そしてぞんざいな細工の十字架を胸にあてて、大量の聖餅を掲げた。

いつのまにか帽子が脱げ落ち、髪がなびいている。ケイトは帽子をひろい、軽く顔をはたいた。

「濡れちゃったじゃないの、この馬鹿」

司祭が聖餅を投げつけた。日本のシュリケンのように、彼女の頭蓋に突き刺さるとでも思ったのだろうか。

だが聖餅は濡れたひたいに貼りついただけだった。

「葡萄酒はないの？　わたしは赤く渇いているの。化体《かたい》して血に変えてくれれば飲めるのに」（ミサにおいて、パンと葡萄酒がキリストの肉と血に変化するというカトリックの信仰）

襲撃されたことで飢えに拍車がかかった。すぐにも食餌をしなくてはならない。

司祭が十字架をふりまわして聖句を浴びせかける。視野の隅で、のぞいていた顔がすばやく車内にひっこむのが見えた。その仏軍帽《ケピ》には、高級将校の派手な金色の縫い取りが山ほどついていたようだ。

「ピタヴァル神父ね。マタ・ハリの裁判に出ていた」

背教のイエズス会士ピタヴァルは、ミローの聴罪司祭であり、子飼いのヴァンパイア駆除係でもあるらしい。

「もうちょっとましな真似をなさったらいかが、神父さま？」

顔の前に押しつけられた十字架をはらいのけ、司祭と、そして同時にミローにむかって、ケイトはさけんだ。

「おのが良心を見つめなさい」

神父が十字架を短剣のようにかまえ、彼女の胸に突き立てようとした。切っ先が杭のようにとがらせてある。その一撃をかわした拍子に、曇った眼鏡が落ちて世界がかすんだ。黒い人影がせまってくる。脇によけながら思いきり手を突きだすと、司祭の身体が車のほうに吹っ飛んだ。

砂利の中を手さぐりし、眼鏡を見つけてかけなおした。ピタヴァルが這うように車にもどろうとしている。だが彼がたどりつく前に音をたててドアが閉まった。黒い窓がするするとあがる。ケイトはヴァンパイアの敏捷さで司祭をとび越え、鉄の握力でドアの把手をつかんだ。ロックがちぎれ、機械のはじける心地よい音が響いた。

暗い車内ではミロー将軍が、両眼に憎悪を浮かべ、身体をこわばらせていた。その横に、ふわふわした白い帷子《かたびら》を着た小柄な新生者《ニューボーン》の娘がすわっている。ロザリオを巻きつけられた手首が赤い。ミローはたぶんこのせいで、宗教的な品を使えばヴァンパイアを傷つけることができると信じたのだろう。なるほど、将軍は不死者《アン=デッド》

の娘がお気に入りというわけだ。将軍から金を巻きあげ、からからに飲みつくしてやれるくらい、この娘が狡猾であればいいのだけれど。

ケイトが首をふると、ミローは連れの背後に身を隠した。

「お嬢さん、血の趣味が悪いわよ」

新生者《ニューボーン》は身をくねらせた。踊り子か、女優だろうか。もしかすると、この娘もスパイかもしれない。

ケイトは身をかがめて車内に首をつっこんだ。ミローは冷たい両眼に恐怖の炎を燃やして、いやがる犬を戦わせようとするかのように、新生者《ニューボーン》の娘を前に押しやった。愛玩用ヴァンパイアがためらいがちに口をあけて牙をむき、威嚇の声をあげようとする。

ケイトは一瞬、この馬鹿な娘をひきずりだして尻をたたいてやろうかと考えた。だがそれはかわいそうだ。太陽にあたれば腐敗してしまうかもしれない。

ピタヴァル神父がおどおどと立ちあがった。将軍から受けている庇護に見合うだけの働きはできていない。

「ミロー、あなたは恥というものを知らないの？」

ケイトは言い捨てて、一行に背をむけた。背後では将軍が配下の者たちを怒鳴りつけている。ささやかな満足で心が軽くなった。成果はほとんどないと思っていたが、少なくとも逆襲しようと考えるくらいには、ミローも打撃を受けていたのだ。このままがんばっていけば、いずれやつを落とすこともできるだろう。

それとも、もっとやりがいのある問題に取り組んでみようか。そう、マランボワ城はどうだろう。

ケイトは自転車にまたがり、『ホフマン物語』の「舟唄《バルカロール》」(Les Contes d'Hoffman ジャック・オッフェンバック作曲のオペラ。「舟唄」は「これまで書かれた中でもっとも有名な舟唄」といわれる)を口笛で吹き、踊り子や飛行士たちのことを考えながら、駅にむかった。

8　城砦

マランボワ城内には永遠の夜が巣食っている。中世じみた狭い窓には昼間でも鎧戸がおろされ、石造りの廊下にはごくわずかの蠟燭しかともされていない。じめじめしたこの城砦の奥深くにいると、ヴァンパイアですら寒さを感じる。花崗岩越しに聞こえるかすかな砲撃音と同じくらい絶え間なく、水滴がしたたり落ちている。電気が通じているのは科学者たちの研究棟だけだ。そこの実験室では容赦なく薄暗い隅までが照らしだされる。手術台に横たわればそれだけで、すべての内臓が暴かれるようだ。

エーリッヒ・フォン・シュタルハイン中尉は考える。カルンシュタイン将軍がマランボワを選んだのは、飛行士たちに生きながら埋葬されたような感覚を与え、飛びたちたいという欲求を高めるためではないだろうか。空にあがれば、気流と月の力によって地上の軛《くびき》を逃れることができるのだから。

うつ伏せになったシュタルハインに、テン・ブリンケン教授がさらにいくつかの検査をおこなった。マランボワの長官は、灰色まじりのゲジゲジ眉をもつ陰気な熊のような男で、科学者というより造船所の荒くれ者を思わせる。もしかすると彼はこの熊のような外見を自覚するがゆえに、人間の肉体的改良に熱中しているのかもしれない。

台の上にはずらりと電球がならんでいる。シュタルハインは月光によって昂揚する血統に属しているが、ガラス球にはいった針金の光には反応しない。冷たい人工的な光では満たされることがないのだ。

実験室には第一戦闘航空団《ヤークトゲシュヴァーダー・アイン》の精神科医、ドクトル・カリガリもいる。よたよたした足音と、衣服の放つ悪臭でそうとわかる。シュタルハインはひそかに、カリガリはいかさま医者だと思っている。テン・ブリンケンと同じく、彼もまたヴァンパイアに魅せられたひとりで、面接のたびになんとかシュタルハインから答えをひきだそうと、食餌についてつぎつぎと質問を浴びせてくる。

「首と胸の筋肉がさらに発達している」テン・ブリンケンがカリガリに告げた。「数値が明らかだ。いまに全身が変化するだろう。これはまさしく進化だ」

ふたりの科学者は、研究解剖用の死体を前にしているかのように議論をつづけている。こんな扱いにももう慣れてしまった。こうした検査に耐えるのも皇帝陛下《カイザー》のためだ。これはJG1の飛行士全員に課せられた義務で、それについては男爵《バロン》でさえも例外ではない。

テン・ブリンケンが頭上の照明を消して検査の終了を告げた。シュタルハインはヴァンパイア特有の敏捷な動きで台からすべりおり、立ちあがった。カリガリがぎょっとしたように古めかしい燕尾服の中で身をすくめた。シュタルハインはズボンに脚を通して長靴《ちょうか》を履き、上等のシャツを身につけた。テン・ブリンケンがふいに従者のようにへつらって、上着を着せかけてくれた。シュタルハインは袖を通し、腹から襟にかけてボタンをとめた。

「みごと、みごとだよ、中尉」テン・ブリンケンが咽喉を鳴らした。「最高にすばらしい」

裸体のシュタルハインは研究対象だったが、軍服をまとった彼は魔界の王子というわけだ。

テン・ブリンケンの巣は古代と現代の混淆である。十四世紀の石造りの壁にところ狭しと貼ってあるのは、さまざまな年代の科学図表だ。長官は鋼鉄とガラスの台にならべた輝く外科器具に視線をむけたまま、修道院所蔵品のような真鍮の縁どりをした立派な本に象形文字じみたものを書き殴った。テン・ブリンケンやカリガリやその他の連中——ドクトル・クルーガー、ロトヴァンク技師、ドクトル・オルロフ、ハンセン教授ら——は、科学者と自称してはいるものの、進化論と遺伝子継承に関する徒言《あだごと》には錬金術の影が見え隠れしている。

シュタルハインの父親世代にとって、ヴァンパイアは伝説の怪物にすぎなかった。だがこの一世代のあいだに、古代魔術は現代科学の一分野として認可されるようになった。その二者がまじりあうのも無理からぬことだ。ドラキュラ伯爵に派遣された監督官カルンシュタイン将軍は長生者《エルダー》で、みずからを闇の生き物と信じて数世紀にわたる迫害の時代を生き延びてきた。それが二十世紀になって地位を回復し、表舞台に返り咲いたのだ。

シュタルハインは敬礼して研究室を出た。闇をも見通す目には、狭い通路の薄闇のほうがふさわしい。つきあたりは大広間に通じる階段で、上から音楽が漂ってくる。シュトラウスのワルツだ。

正体のわからない不安にかられながら、階段をあがって広間にむかった。テン・ブリンケンの延々とつづく検査は肉体的な苦痛こそないものの、精神的な動揺をもたらす。目的は秘密のまま、明かされたことがない。彼らの義務は行為であり、理解することではない。理解する能力に欠けているわけではない、関心の在り処が異なっているのだ。彼らの務めは煉瓦のようにひとつひとつ勝利を積み重ね、大いなる勝利を導くことだ。短命なる温血者《ウォーム》を哀れめばいい。空を征服することが、敵の血を味わうことが、月の光を飲むことがどのようなものか、彼らはけっして知ることがないのだから。

いますぐ空を飛び、獲物に襲いかかりたい。火を噴く銃の反動を感じ、翼が空を切る風の音を聞き、炎に包まれた飛行機が墜ちていくさまを見たい。そうすることによってはじめて、生きていることが実感できる。シュタルハインは現在、十九という立派な撃墜数《スコア》をあげている。ふつうの戦闘飛行中隊《ヤーシュタ》なら優秀と見なされる成績だ。だがそれも、このサーカスでは不出来な部類に属する。長く生きればその評価を変えることもできるだろう。この隊における最高スコアはリヒトホーフェン男爵のもので、現在七十一を数える。

大広間に飾られていた古びた肖像画や黴《かび》くさい獣の頭は地下に移され、いまでは代わりに二十世紀の狩猟記念品がならんでいる。トンネルほどもある大暖炉の上には、かたいリネンに点々と弾痕のあいた、さしわたし四十三フィートのRE8の上翼が飾ってある。暖炉の中には、エンジン前面のシリンダー・ヘッドに蠟燭を立てて火をつけた即席シャンデリアが、鎖で炉棚から吊るされている。それらを中心に、連合軍飛行機の機体からむしりとってきた機体番号が折り重なるようにならんでいるが、そのほとんどは焼け焦げ、大きな穴があいている。JG1のコレクションには、ブリストル・ファイター、ドルフィン、スパッド、ヴィッカース、タブロイド、ニューポール＝ドラージュ、バンタム、カンガルー、カプローニなどもふくまれている。そしてそれらの展示品の上に、戦場でひろってきた銃、コンパスや高度計、人間の頭蓋、革の飛行帽、片っぽだけの長靴、壊れたカメラ、骨、コンスタンティネスコ同調装置、プロペラなどが積み重なっているのだ。

新しい蓄音機の巨大な喇叭《らっぱ》から『こうもり』(Die Fledermaus ヨハン・シュトラウス二世作曲のオペレッタ)のアリアが流れている。四十番めの勝利によって贈られたプール・ル・メリット勲章(第一次大戦までのプロイセン軍における最高の名誉勲章)をこれ見よがしに飾ったハマーと、情報将校テオ・フォン・クレッチマー＝シュールドルフと、スコアでシュタルハインと抜きつ抜かれつを演じている期待株の飛行士エルンスト・ウーデットが、カードをしている。石油ランプのまわりに集まった三人が、丸天井の下では異様に小さく感じられる。巨大な熊毛皮のコートに埋もれたハマーは、まるでトロールのようだ。テオは煙草をふかしているが、たちのぼる煙ははるか頭上の天井にまだ届いていない。ウーデットは鹿の角を生やした最新型のヴァンパイアだ。いまもまだ絶え間なく血が流れるひたいの傷口から、ぼろぼろになった角袋をぶらさげた枝角が突きだしている。

日没のパトロールに出ることになっているのだが、夜までにはまだ数時間ある。シュタルハインはいらだちをこらえた。

大広間の暗がりにはほかにも飛行士たちがひそんで、シュタルハインと同じく日没と狩りの時間を待ち焦がれている。カーテンをひいた壁龕《へきがん》から、静かな食餌の音が聞こえてくる。飽くことを知らぬブルーノ・シュターヘルが、またフランス娘の体液をすすっているのだ。シュタルハインの意見では、ノスフェラトゥは日中に食餌をするべきではない。真の狩りの時間に感覚が鈍る恐れがある。JG1飛行士の中でも例外的に〝フォン〟のつかないシュターヘルは、狩人集団のいわばはみだし者であり、単なる殺人者にすぎない。だがそのスコアは三十一を記録していた。

「やあ、エーリッヒ」金髪の若いヴァンパイアが、太った手を帽子のつばにあてて声をかけた。「カルンシュタイン将軍がお祝いを述べていたよ。知らせが届いた。二日前のきみの勝利が確認されたそうだ」

ゲーリングはこのサーカスの記録係だ。各個人の勝利表をつけている。

二日前、雲にまぎれて低空飛行をしていたシュタルハインは、エンジン音を聞きつけて上昇し、アヴロ５０４Ｊの真下から銃を撃ちこんだ。バランスを崩したアヴロの翼に、炎がひろがった。着陸してパイロットの血を飲もうとあとを追ったが、アヴロはよたよたと戦線を越えて中間地帯《ノーマンズ・ランド》に墜ちてしまった。イギリス軍塹壕からの激しい機銃射撃にはばまれ、とどめを刺すことはできなかった。服務規定では、シュタルハインは敵に姿を見られてはならないことになっている。少なくとも、生きて報告をもち帰れるような敵には。

「モズリーというイギリス人だった。名家の出らしいが、華々しい戦歴をあげる前に生涯を終えてしまったようだな」

イギリス人特有の馬鹿げた口髭の下から牙が突きだしていたが、顔のほかの部分はゴーグルと飛行帽に隠れて見えなかった。とりたててどうということのない勝利だ。

「嬉しくないのか、エーリッヒ」ゲーリングがたずねた。「これで二十じゃないか」

「だが血を飲んでいない」シュタルハインは答えた。

「だが勝利にはちがいない。それが肝心だろう」

「わたしはそうは考えない」

血をともなわない勝利は、完全にモズリーを逃がしてしまった以上に欲求不満をつのらせていた。血への欲求が癒されてはじめて、狩りは終わったといえるのだ。

ゲーリングが彼の背中をぽんとたたいた。これで鹿角のウーデットを一歩引き離したことになる。開戦時には二十機を墜とせばプール・ル・メリット勲章がもらえた。だがいまではその域に達した者が多すぎるため、その二倍の敵を墜とさなくてはブルーマックス（プール・ル・メリットの通称）の受賞資格は得られない。

「バロンの勝利も確認された」ゲーリングが報告した。「イギリス軍の鼻先で。スコア二十八のジェイムズ・オールブライト大尉だ。ヤンキーらしい」

モズリーはおそらく、せいぜい二、三度しかパトロールに出たことがないだろう。経験豊かなパイロットなら、あんなに簡単に墜ちてはくれない。それでもモズリーのささやかな遺体は、リヒトホーフェンの倒した栄光ある空の騎士と同じく、ひとりに数えられるのだ。ときにテン・ブリンケンに近い執着心で統計を愛するゲーリングは、単なる勝利数だけではなく、墜とした敵のスコアを合計するというやり方で各飛行士のランク表をつくっている。それにおいてもバロンのリードは他の追随を許さない。戦争がはじまった当初、偉大なるベルケが死ぬ前は、リヒトホーフェンももっぱらのろまな偵察機や帰還に遅れた機ばかりを狙っていた。だがいまは熱い血をたぎらせ、倒すに足る敵を求めている。

シュタルハインも一度、控えめなイギリス人撃墜王《エース》ジェイムズ・ビグルズワースに墜とされたことがある。空中戦の技術をみがいてJG1にはいるずっと以前のことだ。顔と背中の傷が癒えるのに数ヵ月かかった。あのとき生命びろいできたのはひとえに、燃えるフォッカーから離れた場所に放りだされるという幸運のおかげだった。あの借りを返せば栄光と名誉がわがものとなる。スコア二十二のビグルズワースなら獲物として不足はない。クレッチマー＝シュールドルフによると、あのパイロットは現在、故オールブライト大尉と同じ隊でマラニークに駐屯しているという。

カーテンが生きた弾丸によってレールからひきちぎられ、敷石の上をすべっていった。子供くらいの大きさの樽形のものが布に埋もれてもがき、甲高い声でキーキー鳴きながら、血溜まりをあとに残して走っていく。カーテンのなくなった入口から、枝付燭台を手に、ロタール・フォン・リヒトホーフェンがあらわれた。胸にも顔にも血をこびりつかせたまま、犬のように歯をむいてにやりと笑う。

ロタールが犬だとすれば、飼い主はさしずめその兄だろう。

「マンフレートは子供時代の遊びに舞いもどったようだな」ゲーリングが評した。

血臭が鼻孔と目に突き刺さった。広間じゅうのヴァンパイアがぴりぴりしている。黒板を爪でひっかいたような悲鳴が響き、重たいカーテンの中でもがいていたものが、ふいに自由になってとびだした。パニックにかられた獣の目がきらめく。

ロタールが兄のために道をあけた。マンフレート・フォン・リヒトホーフェン男爵大尉は上半身裸で、濡れた赤い体毛を逆立てていた。彼はＪＧ１最高の変身能力者であり、このフライング・フリーク・ショーのメイン・アトラクションだ。いつも緊張病すれすれまで抑制しているリヒトホーフェンが、いまは情熱をほとばしらせている。彼は夜間にイギリス人を殺すだけでは飽き足らず、昼間は子供時代シレジアの領地でしていたように、猪を狩って気をまぎらすのだ。

どうやって、いくらで購入して、運びこまれたものなのだろう、猪はあごから泡をしたたらせながらふり返り、狩人にむかってうなりをあげた。リヒトホーフェンがずいと近寄る。素足から突きだした鉤爪がかつかつと石にあたる。猪はまた恐怖にかられてとびすさった。

物陰からフォン・エンメルマンの巨体がのっそりとあらわれ、猪の背中にとびかかった。しなやかな獣が身をよじったため、飛行士は床にぶつかり、苔むしたような両手ですべりやすい尻尾をつかんだ。エンメルマンは人間ともコボルトともつかない小山のような姿をしている。一瞬握りしめた尻尾は、だがすぐさまその手からすり抜けてしまった。リヒトホーフェンが軽い身ごなしで倒れた飛行士の上をとび越え、獲物にむかって声をあげた。

殺戮に参加しようと、ロタールも兄のあとを追った。シュタルハインとゲーリングはあとずさって兄弟に道をあけた。悪臭を放つ猪の血でも、ヴァンパイア心は刺激される。シュタルハインの口の中で、牙が鋭く、大きくなった。シャツの下では背中の毛がのびはじめている。闇が薄れた。

猪が蓄音機をのせた台にぶつかり、ひっくり返した。喇叭が倒れ、ワルツが悲痛な音をあげて中断した。猪が牙の長い首をふりたて、壊れた機械の部品を撒き散らす。許されざる侮辱だ――報いを受けなくてはならない。

音楽が消えたことに失望し、かつ血の匂いに興奮した飛行士たちが、物陰からとびだしてきた。出口を求める猪のあとを、怒りに満ちたいくつもの赤い視線が追い、ヴァンパイアたちは獲物を追って走りだした。気がつくとシュタルハインもまた、完全な戦闘編隊の一翼をになっていた。空中戦のときと同じく、楔の先頭にはリヒトホーフェンが陣どっている。シュタルハインはふたりおいた右端で、左翼ではそこに小柄なエデュアルト・シュライヒがはいっている。深いぬかるみを進むように、エンメルマンが後衛を押さえた。

追いつめられた猪の行く手では扉がひらかれ、その先の廊下は戸外につづいている。リヒトホーフェンは狩猟家だ。城の玄関を突破できれば獲物の勝利で、そのまま解放されるというのがルールになっている。

編隊を組んだ狩人たちが一歩一歩前進する。猪が石を蹴りながらあとずさる。リヒトホーフェンはじっと獣の目を見つめた。狩る者の存在をはっきりと知らしめ、敬意をはらいつつ殺戮におよぶというのが彼のやり方だ。前進しながら両腕をのばすと、その下に皮膜がひろがった。右手の指がよせられ、爪が細いピラミッド型の剣をつくりあげる。

猪が背をむけて走りだした。あとを追う飛行士たちは一糸乱れぬ陣形を維持したまま扉をすり抜け、廊下に出てふたたびスピードをあげた。

廊下沿いの扉がひらき、ぺしゃんこの帽子をはずませてカリガリがとびだしてきた。精神科医は走ってきた猪に足をとられて転倒し、せまりくる狩人たちに鼻眼鏡の奥から怯えた視線をむけた。リヒトホーフェンはあやうく彼をかわしたが、勝負はどうやら猪のものになりそうだった。廊下のはずれで、ひらいた扉から陽光が射しこんでいる。光が猪の背中に縞模様を浮かびあがらせる。獣はすでに、自由の冷たい空気を嗅ぎあてているにちがいない。

マンフレート・フォン・リヒトホーフェンが一瞬身をかがめてから、弾丸のようにとびだした。翼のごとく両腕をひろげ、一気に二十フィートを跳躍したのだ。片手で剛毛の逆立つ猪の首筋をとらえてしっかりとつかみ、全体重をかけてのしかかる。なめらかな毛皮に血がしたたる。出口を目前にしながら、獲物は闇の中にひきずりもどされた。

血が酩酊感をもたらす。シュタルハインは懸命に、もっとも基本的な欲求をこらえた。狩りはもっと公正におこなわれるべきかもしれない。それでも勝利は勝利だ。

ゲーリングがバロンの手なみに大きな拍手を送った。ふとっちょヘルマンはごますりの天才で、副司令でありながらおしゃべりなのだ。

リヒトホーフェンが格闘していた猪を頭上に掲げた。一瞬、プロテウスをかかえあげるヘラクレスが思いだされた。鼻孔をひらき、たてがみをもつれさせ、口をひらいて牙をむいたその顔は、さながら赤い獅子のようだ。バロンが猪を床にたたきつけると、銃声のような音をたてて敷石にひびがはいった。獣は身もだえしたが、すでに戦意は失われていた。リヒトホーフェンはサーベルにも似た長い腕を曲げて鋭い右手をひきよせ、熟練した闘牛士のようにとどめの構えをとった。そして勝利の雄叫びとともに猪の尾の下にこぶしを突きいれた。獣の体内にどんどん腕がはいりこんでいく。両眼から生命の光が失われ、頭が痙攣《けいれん》したようにのけぞると同時に、猪の口から血まみれのこぶしがとびだした。獲物はリヒトホーフェンの長い腕に完全に串刺しにされていた。

バロンは獲物をはらい落とし、ねっとりと赤く染まった腕をほれぼれとながめた。それから倒れた獣のそばに膝をついて、勝者の権利を遂行するべく、血のしたたる首の傷にそっと舌をつけた。それほど多くの血は飲まなかった。これは生命の糧を得るためではなく、スポーツとしての狩りなのだ。それから立ちあがって僚友たちに獲物を譲り、猟犬に褒美《ほうび》を与える飼い主のように、彼らが猪に襲いかかってばらばらに引き裂くさまを見守った。衝撃からは回復したものの、まだふるえを抑えきれないカリガリは、熱に浮かされたような食餌風景を一瞥し、手に負えん連中だなどと舌打ちしながらよたよたと歩み去った。

シュタルハインは乱闘の末、ぼろぼろになった猪の耳を獲得した。ウーデットの鹿角に腕を裂かれ、エンメルマンを押しのけようとして肩をくじき、ようやく手に入れた戦利品だ。ささやかな分け前を死守すべく仲間たちに背をむけ、ぎざぎざの端に吸いついた。周囲では飛行士たちがそれぞれにおぞましい音をたてている。胸の悪くなるような味だったが、脳髄で歓喜が爆発した。

9 パリの死《ラ・モルト・パリジェンヌ》

太陽が沈むころ、彼はモンマルトルのオープン・カフェにふらりとはいりこんだ。極寒の冬のさなかだというのに、戸外のテーブルにすわっている常連客《アビトゥエ》は不死者《アン＝デッド》ばかりとはかぎらない。しゃべったり、いちゃついたり、読んだり、飲んだり……。運のない雪片が、顔や手や帽子の上で溶けていく。ウィンスロップは屋内の、ストーヴに近いテーブルにつき、イングリッシュ・ティーのポットを注文した。イギリス将校の注文にも慣れているのだろう、店主《パトロン》は悲しげにスパイスとコーヒーと酒をひっこめ、ただの古いリプトンという恥ずべき品を、秘密の戸棚からとりだしてきた。

ポットが飲みごろに冷めるまで数分のあいだに、ふたりの遊び女《フィユ・ド・ジョワ》とひとりの巻毛の若者が言い寄り、牙のある小人がパンひと山の代価で肖像画を描こうと声をかけ、大胆不敵な盗賊ファントマが近くの通りで年配の貴婦人からエメラルドの首飾りを盗んだというニュースがひろまり、これまた生活苦の芸術家が皇帝《カイザー》とドラキュラ伯爵の似顔絵を売ろうとし、ぽっと出のオーストラリア人が十サンチームのアニス酒に十フランふっかけられ、ごろつき《アパーシュ》のヴァンパイアと片腕の温血者《ウォーム》の退役軍人がナイフの喧嘩をはじめた――この喧嘩は思いがけず退役軍人の勝利となった。これが名高い〝パリの生活《ヴィ・パリジェンヌ》〟というやつなのだろう。まるで悪ぶった子供のように、愚かしいことばかりだ。

すっかり日が暮れたので、勘定をすませ、人でいっぱいのテーブルをすり抜けてカフェ《エスタミネ》をあとにした。戦争にもヨーロッパにも新参のアメリカ人が、あらゆる場所をうろついている。なんにでもぽかんと見惚れる彼らは、パリの掏摸《すり》たちに大歓迎されている。ウィンスロップ〝中尉《ちうい》さん〟といくばくかの面識のあるジェイムズ・

ガッツが「やあ」と甲高い声をかけてきたので、つかまらないうちにさっさと逃げだした。夜になったいま、ウィンスロップは勤務中なのだ。ガッツが首も財布も心臓も無事なまま今夜を生き延びられますようにと、手をふりながら幸運を祈ってやった。

ピガール広場に出ると、贈り物《カドゥー》をねだる子供の群れに取り囲まれた。よく見るとほとんどがヴァンパイアで、おそらくはウィンスロップより年上だろう。金髪の少年が指を曲げて彼のコートをつかんだ。古き魂をもった子供は咽喉を鳴らし息の音をたてながら、催眠術をかけようとしはじめた。

どこからともなく、ウィンスロップの影たるドレイヴォット軍曹があらわれ、執拗な寄生虫を引き剝がして仲間の群れに放りこんでくれた。不作法な子供たちは、驚く軍人や今宵の連れのご婦人方の足もとをすり抜けながら、走り去った。

ドレイヴォットに感謝の会釈を送って、ウィンスロップはボタンがすべて無事かどうか確認した。乱暴な子供の指先の感触が、まだ胸に残っている。軍曹はまた人混みの中に姿を消した。ドレイヴォットならその気になれば、ファントマその人でも撃退できるだろう。守護天使がそばにいてくれるのはありがたいが、自分ひとりでは完全に信頼されていないのだと思うと情ない。ドレイヴォットに子供扱いされているような気さえする。

いかにもさりげなさそうに劇場街をうろつき、あたりを観察した。グラン・ギニョール（十九世紀末から二十世紀なかばまで存在した大衆芝居・見世物の劇場）はアンドレ・ド・ロルドの有名な『悪夢《マルデュレーヴ》』（ロルドに該当作品はない。ブライアン・ステイブルフォードの Young Blood（一九九二）の主人公ヴァンパイアが Maldurêve である）を上演中で、テアトル・デ・ヴァンピールはオッフェンバックのオペレッタ『死霊の恋』と有名なカンカン『クラリモンド』の二本立てだ（オッフェンバックのオペレッタに該当作品はない。La Morte Amoureuse（一八三六）はテオフィル・ゴーティエの短編小説。クラリモンドというヴァンパイアの美女が登場する）。ロベール＝ウーダン劇場（有名なマジシャン、ロベール＝ウーダンが創設した劇場。のちにメリエスが買いとった）では温血者《ウォーム》のイリュージョン製作者ジョルジュ・メリエスがみごとなマジックを披露し、超常的な方法で真似できるかとヴァンパイアに挑んでいる。ベルナールは近頃パリの舞台に花をそえている女《オール・フィメール》だけ劇団のひとつで、血まみれの『マクベス』を上演している。近頃では男優の多くを戦争にとられたため、シェイクスピアの時代とは逆に、男役の多くが男装した女《アン・トラヴェスティ》によって演じられている。

戦争が終結したあかつきには、聖なるサラにふたたびフロック・コートを着せるため、第二の革命を起こさなくてはならないだろう。

テアトル・ラウール・プリヴァーシュ（この劇場はミック・ファレンの More Than Mortal（二〇〇一）に出てくる）は、大きな劇場から離れた目立たない脇道に立っている有名でもなく立派でもない劇場だった。〝ディオゲネス〟と署名のあるメモが指定してくるまで、ウィンスロップはその名前さえ聞いたことがなかった。ポスターには、ぴったりしたレオタード姿の、目の大きな痩せた女が描かれているが、入り口には『イゾルド――催淫吸血鬼《レ・フリッソン・デ・ヴァンピール》』と簡単な紹介があるだけだ。熱心なファンが数人、入り口で騒いでいる。もっぱら軍服姿の温血《ウォーム》者からなるその一団は、ポスターの女とよく似た、飢えたようなうつろな目をしていた。

観客にまじって狭い入口からロビーにはいりながら、あたりを見まわしてドレイヴォットをさがした。軍曹の居場所を見つけることが、一種ゲームのようになってしまっている。肩幅がひろく、ほとんどの人間より頭ひとつ長身のヴァンパイアは、正確にいえばわざわざ身を隠すのではなく、いかなる背景にも溶けこむ術を心得ているのだ。

窓口にいくとすでに話が通っていた。ウィンスロップは狭く暗い通路を桟敷席へと案内された。あとについてきたドレイヴォットは、ドアの外で見張りの位置についた。軍曹は舞台を見ることはできない。だがぼろぼろの壁紙や湿っぽいかすかな黴のにおいから察するに、さして残念がるほどのことでもなさそうだ。

ウィンスロップはドアをあけて桟敷席にはいった。ひとりの男がくつろいだようすで葉巻をふかしていた。

「まさしく時間ぴったりだな、エドウィン。まあかけたまえ」

ウィンスロップはしっかりと握手をかわし、腰をおろした。チャールズ・ボウルガードの頭髪は真っ白で、整えた口髭は灰色。顔に皺はなく、身のこなしは敏捷だ。ウィンスロップの知るかぎりでは、ボウルガードは〈恐怖時代〉に大きな功績をあげ、一度はナイト爵位を贈られながら、それを辞退したのだという。

手すりのむこうで観客がざわめきながらあわただしく席につきはじめた。ピアニストが懸命に、おんぼろ楽器から苦しげな旋律をひきだそうとしている。

　ボウルガードが葉巻のケースをさしだしたが、ウィンスロップは自分の煙草をくわえて火をつけ、マッチを消した。

「報告書を読んだよ」ボウルガードが言った。「あの夜は残念だった。だがきみの責任ではない」

「オールブライトを選んだのはわたしです。そして彼は死にました」

「そしてきみを選んだのはわたしであり、わたしもまた誰かに選ばれているわけだ。責任があるとすればみな同じだ。オールブライトの記録を見るかぎり、あの任務にもっとも適切な選択だった」

　翼をもった黒い影が心にひらめいた。

「ドイツ側はあの勝利をマンフレート・フォン・リヒトホーフェンのものと認定した」ボウルガードがつづけた。「血まみれレッド・バロンにかなう者がコンドル飛行隊にあるとすれば、オールブライト大尉だろうと思っていたのだがな」

　それではあれは血まみれレッド・バロンその人だったのだ。いったいどんな飛行機に乗っていたのだろう。何か新しい、恐ろしいものにちがいない。

「ドイツ軍最高司令部は、殺人鬼どもの手柄を新聞で宣伝することを好む。盲目的愛国者はわれわれだけのものではないのだ。もし二十機のフォッカーが一機の連合機を襲って墜としたとしても、その栄誉はもっとも宣伝効果のある者に与えられる」

「オールブライトが墜ちたとき、空にいた影はひとつだけでした」

「リヒトホーフェンが恐ろしい悪魔だということを否定したわけではないよ」

　調査の結果、オールブライトは完全に血を抜かれ、動脈も静脈も崩壊していたという。検視をおこなったソーンダイクは、死体からは血だけでなく、あらゆる体液が絞りつくされていたと報告した。

「オールブライト大尉はＳＥ５ａからひきずりだされ、空中で殺害されました。わたしはこれまでそんな事例を知りません」

「新しいものなど何ひとつないのだよ、エドウィン。この偉大なる現代の殺人ゲームにおいてもね」

客席の照明が落とされ、ピアノの音が高まった。原曲を侮辱するような『白鳥の湖』のテーマとともに、幕があがった。ステージには籐椅子と、蓋をあけた薄型のトランクがあるだけだ。

レオタードの上に蛾の翅のような半透明のケープをまとって、ヴァンパイアの女が登場した。ポスターにあったイゾルドだ。いかつい顔は美人とはいいがたい。頬とこめかみがでっぱっているし、下唇とあごには口から突きだした牙によって溝が刻まれている。

嫋々《じょうじょう》と流れる音楽にあわせて、イゾルドが踊るでもなく狭いステージを歩きはじめた。客席は静まり返っている。

「マランボワ城に対する好奇心はつのるいっぽうだな」イゾルドを横目でながめながらボウルガードが言った。「奇妙な噂が流れている」

イゾルドが黒いマニキュアをした両手で長く艶のない髪をひろげた。その首は気の毒なほど細く、血管がくっきり浮かびあがっている。

「パイロットはみなあの場所を知っていました」ウィンスロップは答えた。「みなリヒトホーフェンという名の強迫観念に取り憑かれているみたいです。あの男を倒さなくてはなりません」

「七十以上の勝利をあげた男をか？」

「彼が墜ちるのを見れば、胸を撫でおろすことができます」

「妙だとは思わないか。この戦争がはじまって以来レッド・バロンが倒した敵の数など、榴弾砲の綱をひく兵士や機関銃を扱う兵士なら、ほんの数秒で何度でも達成しているだろう。だが新聞で称えられるのは飛行士であり、マンフレート・フォン・リヒトホーフェン大尉なのだ。彼はむろんプール・ル・メリット勲章、通称ブルーマックスを叙勲されている。いわゆるドイツのヴィクトリア十字勲章（イギリスおよび英連邦構成国の軍人に対して授与される最高の戦功賞）だな。

もっとささやかな勲章は数えきれないほどだろう」

イゾルドがケープのカラーをはずし、ふわりと脱ぎ捨てた。その身体は異常なほど痩せ細り、一本一本の肋骨がフェンスの横木のように見わけられる。

「見ていたまえ、エドウィン。醜悪だが、学ぶべきものがある」

ヴァンパイアが厳かなしぐさでトランクからナイフをとりだし、高く掲げた。なんの変哲もない品だ。イゾルドはその切っ先を咽喉のくぼみに押しあて、血を流すことなく、そのままレオタードの前を切り裂いた。布地が胸から剥がれ落ちた。乳房はささやかだが、乳首は大きく色も濃い。

ウィンスロップはパリの軽薄な文化にそれほど馴染んでいるわけではなかったが、それでもこのイゾルドは、ストリッパー《エクディジアスト》として絶大なファンを集めるにはお粗末すぎるようだ。フォリー・ベルジェール（十九世紀末から二十世紀初頭にかけて絶大な人気を誇ったパリの代表的ミュージックホール）の群舞の娘でも、この哀れな女よりは、雀と比べる鳩くらいにも肉感的なのではないだろうか。

肩をすくめると、レオタードがすべり落ちて上半身すべてがあらわになった。傷ひとつない肌は、緑色を帯びている。イゾルドがもう一度咽喉もとにナイフをあて、切り裂くしぐさをくり返した。胸骨から腹まで赤い筋が走り、わずかに血がにじんだ。

「イゾルドは新生者《ニューボーン》ではない」ボウルガードが説明した。「千年以上を生きてきたヴァンパイアだ」

ウィンスロップは目を瞠った。イゾルドからは、長生者《エルダー》の伝説的なパワーも能力も感じられない。伸縮することのない牙をもったその姿は、どこかよるべない、もの悲しさすら漂わせている。

「ギロチンにかけられたことも一度ある」

イゾルドが薄いくちびるに刃をくわえて、両手を使いはじめた。みずからつくった傷口に爪を立て、胸の右半分から皮膚を剥ぎとった。動くたびに、むきだしになった筋肉がうねる。それから片手を皮膚の下にあてて、下着のようにするりと肩から剥がした。

観客はもう夢中だ。演者に対してと同様、見物人に対する嫌悪がこみあげてくる。

ボウルガードはステージではなく、彼を観察している。

「われわれはみずからの限界を知ってはいない」とボウルガード。「ヴァンパイアになるということは、本来とは異なる姿をとる可能性をもつことでもある」

イゾルドがうしろをむいて、こんどは背中の皮膚を剥がしはじめた。赤い筋のはいった襞が身体からぶらさがる。ナイフで幾度か切りつけただけで、爪を使って手際よく、みずからの皮を脱いでいく。

もっとちがったショーを期待していたのだろう、アメリカ人の一団が大声で抗議しながらとびだしていった。

「こんな見世物、冗談じゃねえや」ひとりがさけんだ。

イゾルドは立ち去る彼らを見送りながら、長手袋のように右腕の皮膚を剥がしている。

「ヴァンパイアの中には、きみやわたしと同じように、姿態を変形する能力をまったくもたない者もある。ルスヴンやシャンダニャックの血統はそうだ。だが、ドラキュラの血統をふくめ、その能力をもつ者の限界はいまだ明らかにされていない」

イゾルドは無表情に、だが大胆に、みずからを切りひらいていく。ぶらさがった皮膚が案山子のまとうぼろ布のようだ。胃がむかむかしたが、ウィンスロップは吐き気をこらえた。劇場じゅうに血の匂いが充満している。観客の中にヴァンパイアの姿が少ないのがせめてもの救いだ。ヴァンパイアなら狂わずにはいられないだろう。イゾルドが白い皮膚をちぎって客席に投げこんだ。

「彼女には信者ともいうべき熱狂的なファンがついている」ボウルガードが言った。「デゼッサントという詩人は彼女にソネットを捧げたよ」

「サド侯爵が転化しなかったのは残念ですね。侯爵ならこのショーをさぞや楽しんだでしょうに」

「たぶん侯爵も見たことがあるだろう。イゾルドはずいぶん昔からこのショーを演じているからな」

切りひらかれた上半身はぬらぬらと光り、濡れた肉のあいだから骨がのぞいている。皮を剥がれた右腕をもちあげて肘から手首までを舐めると、舌が赤く染まった。くっきり浮かびあがった透明な動脈の中で血が脈打っている。

観客のほとんどが立ちあがり、ステージに押しよせている。フォリー・ベルジェールなら観客は、自分たちが楽しんでいることをあらわそうと、陽気な歓声をあげてはやしたてる。だがここの客は他人には目もくれず、息をのんだまま黙々とステージを凝視するばかりだ。この中のいったい何人が、ラウール・プリヴァーシュの常連であることを知られてもかまわないと考えているだろう。

「ギロチンにかけられたとき、誰かが首と胴体をつないだのですか」

イゾルドが手首に嚙みつき、動脈を食い切って吸いついた。破れた血管から血があふれ、イゾルドの口に飲みこまれていく。

「いや、そのまま埋葬されたよ」ボウルガードが説明した。「身体は腐敗したが、首から新しいものが生えたのだ。十年かかった」

イゾルドはあごに血をしたたらせたまま観客に冷笑を投げ、ひと息つくと、また自虐行為に舞いもどった。血を吸いつづけているうちに、まっすぐのびていた指が曲がり、無意味に握りこぶしをつくる。

「もちろん、それ以後の彼女を別人だと言う者もいる」

「このショーはどこまでやるんですか」

「何も残らないほど徹底的に破壊するのかということかな？　まだそこまでいったことはないよ」

肉は血を吸われて色を失っていくが、顔は逆にふくらみ赤らんでいく。

「そろそろ出ようか」ボウルガードが立ちあがった。

ウィンスロップは胸を撫でおろした。これ以上見ていたくはなかった。

廊下に出ると、ドレイヴォットがドアのそばに立って〈コミック・カッツ〉（一八九〇年創刊のイギリスの漫画雑誌）を読んでいた。

ボウルガードと軍曹は昔馴染みだ。

「ダニー、若い中尉殿の面倒をちゃんと見てやっているか」

「最善をつくしております」

ボウルガードは笑った。

「頼むぞ。帝国の命運は彼にかかっているかもしれないのだからな」

どうしても頭からイゾルドを締めだすことができない。

「エドウィン、外の空気を吸いにいこう」

彼らは劇場をあとにした。清浄な冷気に包まれるとほっとする。雪は積もるほどではなかったが、歩道のあちこちにぬかるみを残していた。ぶらぶら歩くウィンスロップとボウルガードのあとから、二十歩ほど遅れてドレイヴォットが従ってくる。

「きみくらい若かったころ」ボウルガードが話しはじめた。「自分がこのような世界で年老いていくことになろうとは想像もしなかったよ」

ウィンスロップは一八九六年、〈恐怖時代〉のあとに生まれた。彼にとってヴァンパイアは、オランダ人や鹿などと同じく、世界の一部としてあたりまえに存在するものだ。ボウルガードと同世代のイギリス人すべてがどのように生きてきたか、〈恐怖時代〉にどのように心を切り換えて適応してきたかは、父から聞いて知っていたが。

「わたしはまだルスヴン卿が首相ではなかった時代、エドワード・アルバート・ヴィクターが王ではなかった時代をおぼえている。ふたりとも死ぬ気はないようだから、わたしの死後もこのままいまの地位にとどまるのだろう。転化する機会がなければ、きみの死後にも、ということになる」

「転化？　あのような生き物になれというんですか！」

ウィンスロップはテアトル・ラウール・プリヴァーシュのほうにあごをしゃくった。無感動にみずからの血をすする、血走ったイゾルドの目が浮かんでくる。

「すべてのヴァンパイアがイゾルドのようであるわけではない。それに、彼らはわれわれとまったく異なる生き物ではないのだよ、エドウィン。けっして悪魔や怪物なのではない。ヴァンパイアはわれわれの延長線上にあるだけのものだ。われわれにしても、誕生以来、無数の変化を遂げてきた。ヴァンパイアは温血者《ウォーム》よりもその変化が大きかったにすぎないのだ」

ウィンスロップももちろん、転化を考えたことはある。父の死後まもなく、死から逃れるために闇の口づけを受けてくれと、母に泣きつかれたのだ。だが十七という年齢は早すぎるように思われた。そしていまもまだ、踏み切ることができずにいる。ただ決心すればいいだけではないことも、いまの彼は知っている。問題は血統なのだ。

「わたしが知っている最高の女性はヴァンパイアだった」ボウルガードが言った。「最低の男もだがな」

数マイルむこうで爆音がとどろいた。炎の舌が空にひらめき、鯨のような飛行船の影が浮かびあがる。先月は空襲がもっと頻繁で、パリっ子たちは降ってくる焼夷弾を、〝皇帝《カイザー》からのヴァレンタインの贈り物〟と呼んでいた。飛行船は一定の高度を維持しなくてはならないため、正確な狙いを定めることができない。したがってその爆撃では、誰が、何が、破壊されるかわからない。つまり、この空襲に実質的な軍事目的はないのだ。ドラキュラが〝テロ行為《シュレックリヒカイト》〟を命じたのは、ひとえに連合軍側の士気をくじくためだった。

「つぎに会えるときまでにこれを読んでおきたまえ」ボウルガードが封筒をよこした。「臨終の告白と思ってくれてもいい。今朝銃殺されたご婦人が話してくれた物語を、できるだけそのままの言葉で書きとめたものだ。人の話を正確に思いだすという作業はなかなか面白いものだよ。ときに人は、自分でも気づかない真実を告げることがあるからね」

ウィンスロップは封筒をポケットにすべりこませた。遠くで半鐘が鳴っている。高射砲の音も聞こえるが、飛行船には届かないだろう。飛行船はさらに高度をあげ、雲の中に消えていった。空襲をかけてくるのはたいてい、五、六隻からなる飛行船部隊だ。たしかな破壊目標があるときは、長距離飛行用の大型ゴータ爆撃機が一機でやってくる。

「あのでかぶつが炎を噴いて墜ちるところを見たいものですね」

空を見あげたボウルガードの睫毛に、雪片が涙のようにとまっている。

「疲れたな、わたしはもう行くよ。マダム・ツェレの告白は丁寧に読んでくれたまえ。もしかするとわたしが読み落とした何かに気がつくかもしれない」

背をむけた老紳士は、ステッキで歩道をコツコツ鳴らしながら颯爽と歩み去った。アメリカ人の酔っぱらい集団が礼儀正しく道を譲った。若いころのチャールズ・ボウルガードはひとかどの人物だったにちがいない。国王陛下のために働くようになってからさまざまな人物と出会ってきたが、ボウルガードほど印象的な人間はほかに知らない。

ウィンスロップはあたりを見まわし、数秒後にようやくドレイヴォットをさがしあてた。軍曹は日除けの陰にじっとたたずんでいた。このゲームをくり返すたびに、彼の居場所を突きとめる時間がだんだん短くなってきた。おそらくはこれも、何かを学んでいるということなのだろう。

10　高尚なる人々

天井に壮大な壁画が描かれ、革張りのカウチがならんでいるとはいえ、ここもやはり待合室にはちがいない。エドガー・ポオは考える。重要な問題に取り組む高官たちがわずかな時間を割いてくれることを期待しながら、自分は残る生涯をこうした場所ですごすことになるのだろう。〝急げ、そして待て〟という古くから軍に存在する格言《ディクトゥム》には、陸軍と士官学校《ウェスト・ポイント》にいたときから慣らされてきた。だが世界最高の軍の中枢において、この言葉は国法にまでなったらしい。プラハはベルリンが支配する領土の中でも最辺境に位置している。そしてここは待合室の都、虚言の中心地だ。ボヘミアでのポオは徹底的に無視されていた。だがここでは取るに足らない一存在として、集団の中に埋もれ、誰の目にもとまらずにいる。

ホールにひしめきあっているのは、身なりから察するに、地位の高い裕福な人々ばかりだ。見まわすだけで、羽根飾りのついた兜、金の飾り房、ぴかぴかの肩章、光るボタン、勲章とクラスター（同一勲章を複数回授与されたことを示すバッジ）、白いマント、磨きあげた長靴、社交シーズンのコミック・オペラ観劇にふさわしいストライプのズボンと刺繍いりヴェストなどが目にはいってくる。嘆願者たちはいらだたしげに歩きまわるか、弱々しげにぐったりしているかのどちらかだが、いずれにしても無力さと居心地の悪さのあらわれにはちがいない。ポオはぐったりしているほうで、ハンス・ハインツ・エーヴェルスは歩きまわるほうだった。両手を背後で組んで、首を高くまっすぐ掲げたまま、歩哨のように行ったりきたりをくり返している。

会見の相手はドイツ帝国陸軍航空隊の広報局長兼情報局長であるドクトル・マブゼだ。真夜中も近いというのに、建物内はまだ活気にあふれている。どうやら本を書くよう要請されるのであるらしい。だがポオは、過去三年間、自分が滑稽な対句ひとつ書くことができずにいることは口にしていなかった。

書類ばさみを握りしめた下士官たちは、もたらした悪いニュースからはやく解放されたがっている。待たされる時間は地位に関係なく、大佐も将軍も元帥もみな平等だ。

鳥の巣のように髪の毛を逆立てた事務官が、ときおり小さな扉から鳩時計のようにあらわれては大声で名前を呼びあげる。

「フォン・バイエルン。グレゴリー・フォン・バイエルン大尉」

名前を呼ばれ、ひとりの長生者《エルダー》が立ちあがった。飾りのない軍服をすっきりと着こなし、ドイツ帝国の鷲を浅浮き彫りにした豪奢な扉の奥へ颯爽と姿を消す。エーヴェルスがそのうしろ姿に嫉妬をこめた視線を投げつけながら、聞こえよがしに苦々しくささやいた。

「あいつらはいつだって贔屓《ひいき》にされるんだ。何百年生きてこようと、今年が何年かも知らない愚か者どもだというのに、有能な新生者《ニューボーン》の仕事を邪魔する機会だけはけっして逃さないんだ」

エーヴェルスはふつふつと腹の中を煮えたぎらせているようだ。ポオはおのが 分 身《ドッペルゲンガー》 のことを徐々に学びつつあった。

一等客室にいるときも、エーヴェルスの思い出話には心底うんざりさせられた。その地位が支援を約束し、出世もしくは降格がかかっているのでなければ、我慢のできる道連れではない。彼、エーヴェルスは皇帝陛下《カイザー》のために働いてきたのであり、彼の怒りや失望を招いた者はとうぜんのごとく、没落という皮肉な運命に見舞われる……。独白のように語られる自伝にちりばめられた真実の宝石は、ひとつひとつ磨かれて輝きを増し、やがては誇大妄想的な物語の網目に嵌めこまれていく。

居心地の悪い旅だった。休暇あけの兵士たちの彫り抜かれたような顔が、コンパートメントの外にも、車両連結部の暗がりにも、つねにひそんでいた。軍服の灰色は顔にまでおよび、その中で目のまわりだけが赤く色彩を放っていた。

幻影はなおもポオに取り憑いて離れない。すぐ横のカウチでは、太った外交官と立派な髭の将軍にはさまれて、前線からきた兵士がすわっている。軍服を着た身体は骸骨のように痩せこけ、両眼には狂気じみた光が浮かんでいる。大理石に響く足音のひとつひとつにびくつきながら、泥だらけの急送公文書をしっかりかかえこんだ兵士は、温血者《ウォーム》でありながら、両脇にいるヴァンパイア以上に生命をもたない生ける死人だ。くぼんだヘルメットにはフランスの泥がはねとんでいるし、上着の腹は彼自身の血によってだろう、ピンクに染まっている。以前はつけていただろう階級章は、見えなくなっているのか、それとももちぎれてしまったのだろうか。緊張したその顔は苦痛の仮面だ。

将軍が僚友の状態には気づかないふりで、生きた鼠を茶色い紙袋からとりだし、騒々しくむさぼった。おぞましい敗残兵に触れないよう、わざわざ身体をずらしている。外交官のほうも、兵士が視野にはいらない方向に顔をむけて宙を見つめている。最高の地位にある新生者《ニューボーン》の名士たちは、泥まみれの兵士のまわりで、頭上で、戦争の行方について議論を戦わした。どちらも目前の勝利を信じて疑わない。ドイツ軍人は世界一優秀なのだ。ロシアが撤退したいま、何があろうと雪解けまでにパリを占拠できないはずはない。

兵士が鉄菱でも食べたかのように腹を押さえながら、恐ろしい形相でポオをにらみつけた。一瞬ポオは、自分が『サンクトペテルブルクの戦い』の作者であることを見抜かれたのかと不安になった。現代戦に関する誤った予言をした責任をとらされるべく、騙されてここに呼びだされたのではないか。だがつぎの瞬間には、将軍や外交官たちに対する怒りが燃えあがった。戦争が彼の幻視《ヴィジョン》から大きく逸脱したのは、エドガー・ポオではなく、彼らのせいだ。

「パールツィッヒ」事務官が呼びあげた。「ヘル・ヤールマー・パールツィッヒ大佐」

土色の顔の将校が、悠然たる足取りで扉を通っていった。たぶん軍需品関係者だろう。あんなふうに尊大な満足を見せびらかせるのは、金をもっている連中だけだ。

エーヴェルスはまだ憤然と歩きまわっている。駅から首相官邸にむかう車の中でも、エーヴェルスは運転手に、自分がいかに緊急の任務を帯びているかを強調した。有名なマブゼの名を聞かされた運転手はすばらしい疾走ぶりを示し、すさまじい警笛の音に馬が驚いて棹立ちになった。ふたりの兵士が馬をなだめるすぐそばを、鷲の旗をひらめかせて走りすぎていきながら、エーヴェルスは満足げにふくみ笑いを漏らした。だがこの巨大なホールではその彼も精彩がない。控えめな訴えが鋭い目をした事務官たちによってあからさまに無視され、しりぞけられるたびに、ポオはエーヴェルスの真の立場を理解していった。疲労と渇きがこれほど激しくなかったら、自分の身なりがこれほどみじめでなかったら、この自惚れ屋がしだいに萎縮していくさまを見るのはさぞや楽しいことだったろうが。

焼けただれた片腕を蝙蝠の翼のように引き攣らせ、鼻面のでっぱった顔にいくつもの傷をつけた若い退役軍人がはいってきて、手押し車に積んだ新聞を売りはじめた。ひとりの大佐がその一面を見て、最高司令部に届けるべく携えてきた秘密情報が、いまや周知の事実になってしまったことを知った。ポオは一部買おうとして、自分が一文なしであることを思いだした。

エーヴェルスは懸命に事務官に脅しをかけた。自分、ハンス・ハインツ・エ、ー、ヴ、ェ、ル、スが待たされたことをドクトル・マブゼが知ったならば、きみの経歴に大きな疵がつくぞ。自分がひと言口をきけば、西部戦線送りにすることもできるのだ……。事務官は調子をあわせながらも行動を起こそうとはしなかった。

奇妙なことに、この広間で不平を訴えているのはエーヴェルスひとりだ。陸軍元帥さえもが辛抱強く腰かけて待っている。じつにドイツ的なことだ。すべての者が自分の地位と居場所を心得、それに従っている。全員がピラミッドの中に自分の席をもち、それに安んじている。肩章を一瞥しただけですぐさま身分が特定できない人間は、インドの〝不可触民〟と同じく、この階級システムから完全に疎外されるのだ。

さっきの兵士が、爆弾の破片に身体を貫かれたかのように腹を押さえてうめいた。コートにまで血がひろがってきたようだ。赤い渇きが刺激されたが、薄汚れた瀕死の兵士で食餌をする気にはなれない。よほどの飢えにさいなまれたときならべつかもしれないが。

そのとき、煙の匂いが漂ってきたかのように、室内の雰囲気が一変した。請願者たちは草を食《は》んでいる鹿の群れのように、狩人の足音に耳をそばだてた。風のようなささやきが吹き抜け、ひとつの名前がくり返された。

「ドラキュラ……」

侍者によって中央扉がひらかれた。入室しようとしているのは、悪臭芬々たる一団だ。エーヴェルスですら歩きまわるのをやめて、姿勢を正した。

「ドラキュラ……」

ドラキュラ伯爵こそは、欧州ヴァンパイアの最長老であり、第一の策士にして偉大なる予知者、勝利の担い手にして一族の守護者だ。ヴァンパイアが世界じゅうにひろまったのは、ひとえに彼の壮大な計画のおかげだ。結婚によって皇帝ヴィルヘルム二世の義理の叔父となった伯爵は、戦争指揮においては、ヒンデンブルクやルーデンドルフより大きな発言権をもつと噂されている。

「ドラキュラ……」

長靴と胸当てをかたかたと鳴らしながら、数人の軍人がはいってきた。数世紀にわたって伯爵のかたわらで戦ってきた、カルパティア近衛隊の長生者《エルダー》たちだ。古い血のしたたりと銃の火薬の、冷ややかな臭気を身にまとっている。

「ドラキュラ……」

戦争が勃発してまもないころ、ポオは『サンクトペテルブルクの戦い』がかの長生者《エルダー》の意にかなったと聞き――近頃でこそあまり話題にしてもらえないが、その意見はいまだ撤回されていない――勇気をふるって何度か伯爵に手紙を書いた。だが返事は一度ももらえなかった。

「ドラキュラ……」

くり返される名前は、悲鳴のようでもあり、祈禱のようでもある。紐につながれたまま吠え暴れる二頭の狼のうしろから、副官がひきずられるようにはいってきた。近づいてきた獣をエーヴェルスがとびあがってよける。温血者《ウォーム》時代からのドラキュラの側近であり、ドラキュラの力によって変化を遂げた忠実な仲間たちだ。

長身のヴァンパイアが大股に扉を抜けてきた。簡素な軍服の上に灰色のマントを羽織り、ベルトに革のホルスターを吊るしている。庇がぴかぴかの黒い帽子と、先端をとがらせた口髭が人目を惹く。大半の長生者《エルダー》が自分の時代にこだわる中で、ドラキュラだけは戦いのたびに進化していった。将軍たちがワーテルローやボロディノの戦術を進言する中で、伯爵は騎兵隊の突撃に対して機関銃の配備を命じ、ヨーロッパじゅうに塹壕を掘らせたのだ。ドラキュラは偉大な適応力をもった、最高のプラグマティストだった。

年配の貴婦人が伯爵の前にひざまずいて手に口づけし、とがった爪にくちびるをあてた。ドラキュラは拒みはしなかったものの、先を急ぎたがっていることは明らかだった。

お偉方にこびへつらうのは好きではないが、ポオはみずからを誇示するように立ちあがった。ドラキュラの言葉があれば、この不愉快きわまりないエーヴェルスから逃れて、ふさわしい地位を与えられるかもしれない。祖父のデイヴィッド・ポオ将軍は独立戦争の将校だった。だが邪魔な人間が多すぎる。伯爵が人前に出てくると必ず、感謝の言葉やご機嫌うかがいや都合のいい訴えをかかえた連中が群がってくるのだ。

ポオは社交の心得を胸の中で反芻《はんすう》しながら、前に進みでた。ポオとドラキュラの会見──歴史的な瞬間になるはずだ。伯爵の一団に近づくと、空気がねっとりと芳醇な液体に変わった。司令官に近づくにつれて、足取りが夢の中にいるかのように重くなる。背景の雑音が消え、巨大な心臓の鼓動だけが耳にはいってくる。生命の太鼓がほかのあらゆる音を圧して響きわたった。

伯爵は足を進めながらふり返ったが、その視線はポオを認識することなく通りすぎていった。ポオは思わず立ちどまり、呆然と長生者《エルダー》を凝視した。ドラキュラは先を急いでいる。羽根飾りをつけたカルパティア人がふたり──ひとりは顔に刺青をした女戦士だ──その背後をかためている。敵意に満ちた視線を受けてポオはあとずさった。ドラキュラはその後呼びとめられることもなく、請願者たちをあとに残し、去っていった。すすり泣く貴婦人を、同じく動転している下士官が懸命に慰めた。

伯爵の通過によって発生した異常はしだいにおさまっていった。あたりまえの音と匂いがもどり、ポオの五感をいらだたせる。

司令官の圧倒的な〝存在〟は、それからもしばらくのあいだその場を支配していた。エーヴェルスも電撃を受け、巨大な精神エネルギーを吸収しきれずにいる。すでに誰も、戦線からの悪い知らせを告げる新聞になど目もくれない。将校たちは集まって、勝利に至る新たな道について検討しはじめた。まもなく大がかりな攻撃がおこなわれるだろう。アメリカ軍が大挙してやってくる前にパリを落とすのだ。

ドラキュラの目が忘れられない。

伯爵一行のために鷲の扉がひらかれた。彼らは廊下に出て、広い階段をのぼっていった。扉が閉ざされたあともまだ、大理石の階段をあがる靴音が聞こえてくる。帝国の歩みにあわせて、頭の中で血が脈打った。

このホールにいるヴァンパイアは四分の三以上がドラキュラの血統だ。ポオは疎外感を味わった。スペイン人だろうという以外、ヴァージニアは結局、自分の闇の父の名を知らなかった。その男はセバスチャン・ニューキャッスルと名のった。神秘の詩人をさがしにきた彼は、ひとりで家にいたミセス・ポオを見つけ、まったくの気まぐれから彼女を転化させた。ポオもヴァージニアも変身能力をあらわさなかったのだから、ニューキャッスルはドラキュラの血統ではなかったのだろう。ポオは幾度か取り憑かれたように、ヴァージニアを転化させたヴァンパイアの素性をさぐろうとした。だがいかなる調査も尻すぼみに終わるのがつねだった。

待合室にまた秩序がもどった。ポオの脈と呼応していた伯爵の鼓動も、聞こえなくなった。

ポオは前線からきた兵士に目をむけた。将軍と外交官が立ちあがったあとも、彼は強大な存在を前にしながらひとりカウチにとどまっていた。膝が真紅に染まっている。血はズボンをひたし、長靴にまで流れこんでいる。新しい傷がひらいたのだ。このままここで息絶えるかもしれない。

兵士のうつろな目は、カルパティア人たちのあとを追って、鷲の扉に釘づけになっている。それから彼は苦々しげに顔をそむけ、床に唾を吐いた。身体を丸め、激しく上体をふるわせながら咳こんだ。咽喉と鼻がすっきりすると、兵士はゆったりとカウチに身をゆだねた。

「とんでもないことだ」エーヴェルスが言った。「このような愚行は報復されてしかるべきだ。ヘル・ポオ。あなたも……」

事務官があらわれ、彼らのほうに目をむけた。

「ああ、やっと」エーヴェルスが喜色を浮かべた。

「ボイマー」と事務官の声がとどろいた。「パウル・ボイマー軍曹」

エーヴェルスはふたたび無視されたことで怒りを沸騰させ、その顔に火の息を噴きつけてやろうと、不運な軍曹をさがし求めた。

「パウル・ボイマー」事務官がもう一度声をあげた。

進みでる者はいない。ポオが目をむけると、さっきの兵士が目蓋をふるわせて目を閉じるところだった。ポオはそれをじっと見つめたまま告げた。

「たぶん、この男がボイマーなのではないか」

事務官は不満げに舌打ちしながら、前線からきた使者にむきなおった。

「ボイマー軍曹。きみの番だ。はいりたまえ」

ボイマーは肩を動かしたが、立ちあがることはできなかった。かかえていた文書が大理石の床にばさりとすべり落ちた。

「とんでもないことだ」エーヴェルスが吐き捨てた。

ドクトル・マブゼのオフィスに通じる道を、ボイマーが故意に妨害したと考えているのかもしれない。

血臭のかすかな変化から、ポオはボイマーの生命がすでに失われていることを知った。腹部を握りしめていた手から力が抜け、濡れた胴から腕が離れた。虫が一匹、手にとまって翅をひろげた——蝶だ。事務官がそれを追いはらい、動かない脈を調べた。それから侍者を呼んで死体を片づけさせた。カウチに残ったくぼみに血がたまっている。彼の死にも眉ひとつ動かさなかった外交官が、蝶をつかまえて模様を調べ、口の中に放りこんだ。

テニス・コートほどもある巨大なデスクだ。ドクトル・マブゼは一段高くなった椅子にすわって、磨きぬかれたひろい木材越しに、デスクの反対側に腰かけた者たちを見おろしていた。広報局長にして情報局長であるマブゼは、どうやら他者から見あげられなくては我慢できないらしい。そもそも身長が低いのだ、とポオは気づいた。

ドクトル・マブゼはなびくような白髪と、飲みすぎの新生者《ニューボーン》によく見られる赤い目をもっていた。外科医の白衣の上に、帝国鉄十字勲章の黒いリボンをかけている。ヘル・エドガー・アラン・ポオに会えて喜びの声をあげる局長に、エーヴェルスがあからさまな嫌悪を示した。

「いまでは養父の名は使っておりません、ドクトル。生まれたときのわたしの名はエドガー・ポオであり、いまもそうです。ジョン・アランの記憶がわれわれを悩ませることは二度《ネヴァモア》とありません」

マブゼが目をきらめかせた。

「あなたはわたしの霊感の源だった、ヘル・ポオ。『ヴァルドマール氏の病症の真相』や『催眠術の啓示』によって、わたしは催眠術の魅力に取り憑かれたのだ」

まだ戦争がはじまらず、転化もしていなかったころ、マブゼは催眠術《メスリズム》の権威ではあったが、見世物という卑しい立場に甘んじていた。彼のような才能と影響力をもった人間が宣伝を担当するようになるのはごくあたりまえの成り行きだった。

「すべての戦争は英雄を必要とする。とりわけこの戦争はな。だが英雄とは生来寡黙だ。そこで、すべての英雄のために宣伝活動が必要となる」

まるで演説をしているような話し方だ。デスクの上のランプが、マブゼの顔に陰影の濃い仮面をかぶせ、両眼をきらめかせている。戦争がはじまったころ、ドクトルは高等学校《ギムナジウム》の学生たちを鼓舞してまわった。彼の講演後に入隊志願者が殺到することも珍しくはなかった。

「あなたもむろん、マンフレート・フォン・リヒトホーフェンの名前は聞いたことがあるだろう」

「飛行士ですね？」

「最高の飛行士、最強の空の戦士だよ。七十二の勝利をあげている」

ポオは以前から人力飛行の可能性に興味を抱いてきた。温血者《ウォーム》であったころには『軽気球夢譚』という作品を書いたし、『サンクトペテルブルクの戦い』では、飛行船と戦闘機の利用を予言してもいる。

「連合軍は、西部戦線における空の覇権を握っているのは自分たちだと自慢している」ドクトル・マブゼはくちびるの片端をゆがめて微笑をつくり、「だがその状況は、春までに変化を見るだろう」

「ドイツの飛行機は優秀ですからね」エーヴェルスがつぶやいた。

「ドイツの人間が優秀だからだ。これこそはわれらが勝利のための秘訣だ。いかなる機械がわれらの敵にまわろうとも、われらドイツ人は精神力でもって勝利を手にするのだ」

マブゼが抽斗から書類をとりだし、デスクの上をすべらしてよこした。ポオはとりあげ、目を走らせた。

それは本のカバーの印刷見本だった。マンフレート・フォン・リヒトホーフェン男爵大尉著『赤い戦闘機《デア・ローテ・カンプフリーガー》』――描かれた簡単なイラストは、蝙蝠の翼をひろげ、墜落する敵機の上で舞っている赤い影だ。

「リヒトホーフェンが自伝を書いたのですか？」

「男爵は戦士だ。作家ではない。彼の物語を伝えるには偉大な語り手が必要とされる。つまり、あなた、ヘル・ポオだ」

ポオはようやく要請の内容を理解した。

「つまり、この本のゴースト・ライターを務めろということですね」

「〝ゴースト〟だと？　まさしくそのとおり。あなたはリヒトホーフェンの魂《ゴースト》となるのだ」

エーヴェルスがオフィスの物陰にひっこんだ。この一件におけるエーヴェルスの役割はなんだろう。自称するとおりの偉大な作家であるならば、なぜH・H・エーヴェルスはこの栄誉ある仕事を求めて声をあげないのか。

「ドイツ語を母国語とする人間が必要な場合にそなえて、ヘル・エーヴェルスを補助役としてつけておこう」

エーヴェルスの眉が陰気にひそめられた。重要人物気取りの虚栄心はすでに崩壊している。分身《ドッペルゲンガー》というより、これではむしろ使い走りの少年だ。

「マランボワ城までの便は手配してある。リヒトホーフェンはそこで、第一戦闘航空団《ヤークトゲシュヴァーダー・アイン》とともに駐屯している。われらが謙虚なる英雄も、ようやくインタヴューに応じてくれる気になったようだ。彼の言葉をそのまま使うのはかまわないが、単なる無味乾燥な戦記物にはしないでくれたまえ。打ち明けた話、わたしの経験から見ても、真の英雄とは退屈なものだ。真実をひろいあげ、あなたの力でそれに輝きを与えてほしい。語り部としてのあなたの心を感じさせてほしいのだ。手に汗握る戦闘、最高のキャラクター、危機一髪の脱出劇……。誰も読みたがらない本など何の意味もないからな」

名前を出せないのはかまわない。いまのような状況では、これが彼の作品として世に出ないほうがいいような気もする。くだらない三文仕事さえうまくできる自信がもてない。だがボオはつねに、詩人であると同時にジャーナリストでもあった。ずたずたになった詩心がもし欠片でも残っているなら――この本のために動きだしてくれるかもしれない。

「急いでほしい。事態は急速に展開しているのだ。前線に出てみればわかるだろうが……」

前線か！　マランボワ城は戦地のど真ん中に位置している。彼は華々しい戦場に行くのだ。軍人ではなく詩人として。戦いにおもむく。『サンクトペテルブルクの戦い』の誤りを正すチャンスだ。世界に失望させられたいま、こんどは世界を彼の好みにつくりかえる番だ。

「リヒトホーフェンの過去と現在を、等しく語ってくれたまえ。ドイツが空の覇権をとりもどしたあかつきに、子々孫々まで語り伝えられるよう、数々の勝利をあなたが石碑に刻みつけるのだ」

局長の声は穏やかで説得力にあふれている。胸が躍った。心の中で扉がひらく。いずれふたたび言葉があふれてくるだろう。ポオは姿勢を正して敬礼した。

「ドクトル・マブゼ、皇帝陛下《カイザー》の栄光と、同盟軍の大義のために、わたしはおのが義務を果たすべく最善をつくします」

「ヘル・ポオ、楽しみにしている」

11 ケイトはつぎに何をしたか

温血者《ウォーム》の男に勘づかれるようなへまはしない。ノスフェラトゥの五感が昂《たか》ぶっている。チャールズもその連れのエドウィン・ウィンスロップも、空襲に気をとられているから彼女に気づくことはないだろう。だが護衛についている大きな口髭の長身のヴァンパイアは油断がならない。彼らを尾行して、ドレイヴォットにぶつからずにいられるなんて、まず不可能だ。あの軍曹は昔からチャールズのそばにいた。だがいまは若い将校についているようだ。それはそれでなかなか意味深長なことではある。

ケイトはこの夜ずっと、影のごとくチャールズを追っていた。彼は紳士らしからぬ職業のおかげで非常に鋭敏な感覚をもっているが、彼女の夜の能力も近年とみに発達している。パリはいつも身を隠すのにちょうどいいくらいの群衆でひしめきあっている。ちびであることもこういうときには便利だ。大柄な人々のあいだをすり抜けていく姿は、まるで鼠だ。口もとをスカーフで隠し、手袋をはめた両手をコートの袖にひっこめ、毛糸の帽子を目の上までひきおろしている。

みんなが空を見あげている中で、ケイトはひとり歩道に視線を落としている。目ではなく、耳を澄ましてチャールズの声を追っているのだ。空襲の音で話の内容までは聞きとれないが、チャールズの声は間違えようがない。彼女の血統は聴覚が鋭い。報道記者にとっては役に立つ特性だ。

飛行船団は川の向こう岸だ。雲の上にいるため姿は見えないが、物憂げなエンジン音が絶えず聞こえてくる。あたりにとびかう怒声や罵声が、遠くの爆音をかき消している。無駄を承知で空にむけて発砲する者もある。爆撃ごとに大地が揺れ、火が燃えひろがる。

誰かが走ってきてぶつかり、眼鏡がとばされた。早口のフランス語でまくしたてられる謝罪を聞きながら、ケイトは蛇のようにすばやく眼鏡をひろい、かけなおしてまばたきした。走ってきた男は真紅の裏地のマントをはためかせて、人混みの中に姿を消した。一瞬、目標をとり逃がしたかと不安になったが、騒音を縫ってチャールズの声と言葉の断片が流れてきた。

飛行船はカルチェラタンのほうに漂っていき、パニックはさらにひろがった。空を切り爆音をたてて、まだ空襲はつづいている。今夜のドイツ軍はもっぱら焼夷弾を使って建物を破壊している。肉に付着して炎を発する液体が散布されることもある。この火は水をかけても消すことができず、人間を骨まで焼きつくす。頑健なヴァンパイアにも火と銀という弱点がある。ヨーロッパじゅうに不死者《アン＝デッド》があふれ返ったため、今回の戦争では、故ヴァン・ヘルシングが見たら陰鬱な喜びをおぼえるだろう悪魔的な工夫がつぎつぎと考えだされた。銀をためていた工場主は、一夜にして軍需成金になった。志願女性を集めて救急隊を設立したレディ・ジェニファー・バッキンガムは、率先して銀の徴収をおこない、弾丸や銃剣のためにコーヒー・ポットや燭台を供出するよう金持たちを説いてまわった。

チャールズがテアトル・ラウール・プリヴァーシュにはいったので、ケイトも外をうろつきながら出入りする客を観察した。まもなくやってきたエドウィンは、秘密と当惑をかかえてホワイトチャペルを歩いていた〈恐怖時代〉のチャールズを髣髴《ほうふつ》させた。ドレイヴォットがつきそっているのもまさしくそのままだ。ラウール・プリヴァーシュの出し物については、ケイトもある程度の知識をもっている——英国人ふたりが第一幕と呼ばれるものの終わりを待たずに出てきたのも無理からぬことだ。三十年を幻想の闇の生き物としてすごしてきたケイトにしても、長生者《エルダー》に対しては恐怖をおぼえずにはいられない。古き者の中でもっとも古き者たるイゾルドのショーは、永遠の生命の健全さを喧伝しているとはとうてい言いがたいだろう。

アメリカ人の一団が、彼女と目標のあいだにはいりこんだ。空襲に巻きこまれたのか、シャンパンの飲みすぎなのか、ひとりは怪我をして足をふらつかせている。頭の傷から新たな血がどくどくと流れ、若々しい顔を染めて軍服にまでしたたっている。その血が、かぎりない魅惑を秘めて金と真紅のきらめきを放つ。欲望で心が狂いそうだ。甘い苦痛とともに、牙が歯茎からすべりでた。ケイトはここ数夜、食餌をしていない。そしてこれから面倒な仕事に取り組もうとしているのだ。手袋の中で、爪が鋭く長くのびた。

アメリカ兵たちが目を瞠った。自分はさぞや恐ろしい形相をしているのだろう。口もとをおおうスカーフがはらりと落ちた。空気中に血の味がする。負傷した米軍歩兵が恐れおののいている。よくあることだ——ほんもののヴァンパイアを見たことがなく、おぞましい物語で頭をいっぱいにした田舎者。ケイトはどうにかとがった牙の上でくちびるを閉じ、微笑を浮かべようとした。苦しい。結局は彼女もまた、怪物になりつつあるのかもしれない。

あわただしく言葉をかわして、チャールズとエドウィンがふた手に別れた。チャールズはおそらく、オテル・トランシルヴァニアにもどるのだろう。通りのむこうのドレイヴォットは、夜の散歩でもするかのようにぶらぶらと、ウィンスロップ中尉のあとからついていく。つまりはこの中尉が、闇内閣のもっとも新しい手駒というわけだ。だが軍曹はほんとうに彼女に気づいていないのだろうか。

衝動的に、ケイトは身体を休めにもどるチャールズをそのまま見送り——彼にはとうぜんその権利がある——ドレイヴォットのあとを追った。軍曹がエドウィンのあとを尾け、彼女が軍曹のあとを尾ける。ここでもまた能力がためされる。諺にいう猫のような足取りで、暗がりから暗がりへと身を隠していくのだ。おびただしい夜の音の中から独特の重い足音を聞きわけ、しっかりと目標を定めなくてはならない。

劇場から出てきたエドウィンは、見てきた出し物に動揺を抑えきれずにいる。噂によるとイゾルドは、蜥蜴《とかげ》が新しい尾を生やすように、かつて全身を再生させたことがあるという。ドラキュラの血統も同様の回復力をもつと伝えられている。イゾルドの悲惨な状況を考えると、肉体の永続性は永遠の幸福とはつながらないものであるようだ。チャールズはあの若者にイゾルドを見せて、それを教えたかったのだろう。それにしても、自虐的なあの怪物がマタ・ハリとなんの関係があるのだろう。そして、マタ・ハリの告白に関するランティエ伍長の話はおいておくとしても、マランボワ城と。

変身に失敗した者を幾人も目にしながら、姿を変えたいという願望をもちつづけるのは難しい。ケイトも必要に応じて爪と歯は長くなるが、それ以上に芸を増やしたいとは思わない。温血者《ウォーム》の子供だったころ、彼女がしかめっ面をするたびに母は注意したものだ。「風が変わったら顔がそのまんまになってしまいますよ」。いまでは〝そのまんまになってしまった〟自称人狼が、あまりにも大勢世の中を闊歩《かっぽ》している。

エドウィンとドレイヴォットは、空襲で被害を受けた地区にむかっていた。炎上するマーケットのビルを、バケツリレーの消防士と、役に立たない野次馬どもが囲んでいる。荒々しい炎を背景に、錬鉄の鉄骨が黒く浮かび、熱に悲鳴をあげながら崩れ落ちていく。焦げた野菜のにおいが鋭敏な鼻孔を刺激する。どこか近くでパニックを起こした馬のいななきが聞こえた。見ると、消防車の梶棒につながれた馬がもがき、きらめくマントに身を包んだ男が、その脇腹に飛び散るしつこい炎をたたき消そうとしていた。

ドレイヴォットが足をとめて顔をあげた。ケイトもそれにならった。空に飛行船が浮かび、傲慢な乗員たちが冷静に炎の死を落としている。エンジンのうなりが近づいてきた。首都を守らんと、フランス軍戦闘機がやってきたのだ。飛行船は、連合軍が空に浮かべるどんな機械より高くあがることができる。翼をもった影が頭上を通りすぎていった。連合軍は同盟軍を抑えて〝制空権〟を手にいれたと公言しているが、ドラキュラも皇帝《カイザー》も、いつまでもそれに甘んじているつもりはないだろう。狂人ロビュールはいまでも、空の超弩級艦の意義を懸命に説いているのだ。

右手の爪がまた長くのびて、毛糸の手袋を貫いた。ケイトの身体はときとして、意識よりもはやく危険を察知する。ふと気づくと、さっきの場所からドレイヴォットの姿が消えていた。そろそろひきあげどきだ。あの話を追うつもりなら、やり方を変えたほうがいい。あるじに絶対の忠誠を誓っているあの軍曹は、飛行船の乗員たちと同じくらい無慈悲な殺し屋にもなれるのだ。

かつてフランク・ハリスは、ジャーナリストが第一の忠誠を誓うべき相手は、愛国心でもプロパガンダでもなく、真実であると教えてくれた。この姿勢を支持してくれる人間は、戦時中にはあまり多くはないが。

壁が崩れて熱い石片を通りに撒き散らし、人々を脇道に追いこんだ。一陣の熱風が吹き抜けていく。炎のカーテンのむこうにドレイヴォットがいた。炎の障壁がふたりを隔ててくれている。運がよかった。

「きみ、鼠のお嬢さん《ミス・マウス》、こっちへきたまえ……」

それは英語で、命令の響きを帯びていた。ウィンスロップ中尉だ。ケイトはその声に従った。焼けてどろどろになった野菜が熔岩のように足もとに流れてきた。温かな手が腕をつかみ、脇の路地にひっぱりこんだ。争えば、ケイトにはエドウィンをばらばらに引き裂くこともできる。だがそのあと、ドレイヴォットと相対することになる。軍曹は間違いなく、ケイトを同じ目にあわせてくれるだろう。

「おれのあとを尾けていたのか、え？　可愛らしいスパイもあったもんだ。小さなマタ・ハリか」

ドレイヴォットに気をとられているすきに、背後にまわりこまれたのだ。軽率な自信過剰が失敗を招いた。

徹底的に争っても得るところはない。つまるところ、彼らは敵ではないのだから。

「わたsssし、なんのおはなsssしだか、わかりまsssせん」

口じゅうの歯が長くのびてしまったため、息が漏れてうまく言い訳できない。

興奮している場合ではないのに、エドウィンの首と心臓のささやかな脈拍が聞こえてくる。彼がにっこり笑うと、こめかみで青い血管が動いた。

意外にも、エドウィンは声をあげて笑いだした。

「なんて間の抜けたしゃべり方なんだ」

懸命に念じて牙をひっこめた。きつく握りしめたこぶしの中で爪も縮んでいく。

「わたしはケイト・リード、救急車の志願運転手よ。レディ・バッキンガムかミセス・ハーカーに問いあわせてくれればわかるわ」

彼は感銘を受けたようすもない。

「それじゃあとを尾けてきたのは、おれが大怪我をして、きみの崇高な奉仕活動が必要になるかもしれないとでも思ったからなのか」

いかにも臆病そうに、いかにも無害そうに、最高の間抜け面をつくらなくては。エドウィンが手を離して、頭のてっぺんから爪先までじろじろと彼女をながめまわした。ふりをした自分がどれほど滑稽かはよくわかっている。

「わたし、散歩していたのよ」もったいぶってスカーフを巻きなおしながら主張した。

「空襲の最中だってのに?」

火はもう消えかかっている。炎を迂回してきたドレイヴォットが、十数ヤード離れた道のはずれに立っている。ケイトは爪をひっこめることに意識を集中した。彼女があるじにとって脅威になると、軍曹に思わせてはならないのだ。

「顔が煤《すす》で汚れている」エドウィンがすげなく言った。

ケイトは手袋で頬をこすった。エドウィンがひたいを指さしたので、こんどはそっちを懸命にこすった。

「よけいにひどくなった。眼鏡をかけているとまるで土竜《モール》だな」

子供のころ、ケイトは〝モーリー〟と呼ばれていた。仲間うちの女王様ペネロピ・チャーチウォードは、ことのほかその渾名《あだな》がお気に入りだった。近頃ペニーとはほとんど音信不通だが。

「あなたは立派ね、将校さん」

「ウィンスロップ中尉だ、よろしく」

彼が名刺のように手をさしだした。ケイトはほんのわずか力をこめて、その手を握った。エドウィンはぐっと歯をくいしばり、それでも痛みをこらえて微笑した。

「お会いできて光栄だわ」軽く腰をかがめてから手を離した。

エドウィンは無事をたしかめるように指を動かした。

「もしかして、〈ケンブリッジ・マガジン〉にすばらしい記事を書いている、あのキャサリン・リードなのか。重大な職務怠慢の罪でヘイグ元帥を声高に非難している、勇敢な女性ジャーナリストだが」

がっかりだ。正体に気づいたとなればエドウィンも、マタ・ハリのようにケイトを処刑しろと言いだすかもしれない。ドレイヴォットが満足そうに彼女の首をねじ切るさまが目に浮かぶ。

「たしかにあの雑誌に載せてもらったことはあるけれど」あたりさわりのない答えを返した。

「検閲の目をかいくぐって〈ケンブリッジ〉をもちこむ前線兵士たちのあいだで、きみは英雄だそうだね」

いかにもお世辞といった口調だ。

「だが、イースター蜂起（一九一六年のイースター週間にアイルランドで起きた、アイルランド共和国樹立を目的とした武装蜂起）のあとで逮捕されたんじゃなかったのか。ゴア＝ブースやスプリング＝ライスを気取った連中といっしょに、きみの名前を見たようなおぼえがある。フェビアン協会員（英国の漸進的社会主義団体）でフェニアン団員（アイルランド共和国の建設をめざして結成された秘密結社）か」

「わたしは見たままを文字にしているだけよ」

「その眼鏡で、そもそも何かが見えるというのが驚きだね」

これは冗談のつもりらしい。

「人の欠点をしつこくあげつらうのは失礼だって、教わらなかったの？」

いっそう大きく破顔しながらも、エドウィンはごまかされなかった。なかなか根性がすわっている。よくいる間抜けな参謀将校とはひと味ちがう。もちろんそれもとうぜんだ。この中尉は牛肉の罐詰を数えて時間をつぶしてきたのではなく、ディオゲネスに所属しているのだから。

それではいかにも記者らしくふるまってみよう。

「戦争の現状についてどう思われます？　連合側の制空権は安泰でしょうか」

彼はなんとも名状しがたいしぐさで肩をすくめた。

「ロシアが撤退したいま、ドイツ軍による春の大攻勢はあるでしょうか」

微笑がわずかにこわばったが、エドウィンはこれにも答えなかった。

「答えていただけないのでしたら、もう帰ってもよろしいでしょうか。これでも仕事がありますので」

彼はうしろにさがって、両手をひろげた。

「どうぞご自由に。ごきげんよう、キャサリン」

「それは印刷されるときの名前よ。みんなはケイトと呼んでくれるわ」

「わかった。それじゃ、ごきげんよう、ケイト」

ケイトも愛想よく会釈を返した。

「おやすみなさい、エドウィン」

彼はひっかからなかった。

「名前を教えたおぼえはないんだが」

ケイトは自分の鼻をつついた。

「わたしにもそれなりの情報源はあるのよ、中尉さん」

それ以上質問するすきを与えず、ケイトは背をむけた。ドレイヴォットが中尉に近づいて話しかけている。ありがたいことに、追ってはこないようだ。彼らから遠ざかるにつれて、緊張から解放されていくのがわかった。

飛行船はのんびりとドイツにもどっていった。消防士たちも、どうにか火を消しとめたらしい。また降りはじめた雪が、泥とまじって溝に流れこんでいく。数時間もすれば、火を消すために放出された水がすべて凍り、この一画はスケート・リンクのようになってしまうだろう。

ケイトは改めて状況をふり返った。気づかれることなくエドウィン・ウィンスロップの百ヤード以内に近づくことは、以後二度とできないだろう。それにエドウィンからチャールズに報告がいけば、彼女の名前はふたたび〝戦場付近で好ましくない者リスト〟に加えられることになる。マランボワの件に関しても、まったく新しいとば口を見つけなくてはならない。これまでにもまして、何か面白いことが進行中なのはたしかだった。

12　血統

「世間はわたしのことを好き勝手に取り沙汰するでしょう。べつに弁解しようとは思いません。わたしはいつも心の命ずるままに生きてきました。明らかに賢明ではないとわかる道でさえも。わたしはスパイとして処刑されますが、じつのところ、諜報員としてはたいした能力をもっていません。そんなことは誰よりもあなたがよくご存じですわね、チャールズ。わたしはただの高級娼婦《クルティザン》。それだけのものです。光栄にも、最後の最高級遊女《グラン・オリゾンタル》と呼んでくださる方もいらっしゃいます。でもこの非情な世紀では、ただの娼婦と見なされたほうが……」

それは、マタ・ハリというステージ・ネームで巷間《こうかん》に知られたゲルトルート・ツェレ自身の告白書だった。あとでゆっくり読もうと考えていたウィンスロップは、アミアン行きの列車でドラモンド大尉という軍人と同室になり、どうにも我慢できない〝連合国勝利〟演説を長々と聞かされるはめに陥ってしまった。赤ら顔のたくましいヴァンパイアは、狂ったように吠えまくる典型的な英国人《ブルドッグ・ブリード》だった。そして〝一大攻勢《ワン・ビッグ・プッシュ》〟戦略を申し立て、勝利を導くには全連合軍がいっせいに攻撃をかけるべきであると主張した。

「ソーセージ食らいどもは尻尾を巻いて退散するだろうよ」ドラモンドがにやりと笑うと、四角いあごに食いこんだ牙がのぞく。「くそいまいましいドイツ人どもは、正面切って戦う腹なんぞもっとらんからな」

泥だらけの数マイルの土地をめぐって四年ものあいだ戦い、多くの生命を浪費してきたいま、その言いぐさはまさしく狂気の産物だ。訓練を終えたばかりの中尉がふたり、大尉の考えに同調した。このふたりは前線で一週間も生き延びることができないだろう。ドイツ兵どもはたしかにイギリス人と心のもちようがちがうが、それでも塹壕に機関銃をすえつけてはいるのだから。

ドラモンドの演説には、遊説中の政治家のように愚鈍な情熱がこもっていた。

「勝利に至る道はただひとつ、すなわち一大攻勢《ワン・ビッグ・プッシュ》よ」

ふたりの中尉が賛意を示し、第一波の攻撃に参加することを誓った。ドラモンドはいまこのふたりと、おそらくはその配下の兵士すべてに死を宣告したのだ。

「間抜けな政治家どもが塹壕を出る命令さえ出してくれれば、ザクセンの豚どもとプロイセンの腰抜けどもに、でかいやつを一発がつんと食らわしてやれる。皇帝《カイザー》を頑丈な杭に突き刺して掲げ、その勢いでロシアまで攻めこんで呪われたボルシェヴィキどももをなぎ倒すのだ」

戦争が潮流のごとく世界じゅうをのみこみ、恐ろしい冬のように大陸にひろがるさまが心に浮かぶ。

「おぼえておけよ、真の敵は、血の薄いロマノフ家にとってかわった人殺し集団、はみだし者のユダヤ人どもだ」

ドラモンドは声高な演説を終え、素手と歯でドイツ人を引き裂く血なまぐさい話をはじめた。ウィンスロップは急ぎの仕事なのでと言い訳をして、書類に目を落とした。


わたしはドラキュラの子《ゲット》です。情婦でもありました。伯爵が皇帝《カイザー》の宮廷に迎え入れられたとき、数人の女たちとともに彼みずからの手で転化させられました。東の国の君主であった伯爵は、つねにハーレムを必要とします。自分ではけっして認めませんが、伯爵の習性はトルコ人のものなのです。

幸運なことに、伯爵がわたしを相手にしたのは一時の気まぐれにすぎませんでした。容易に彼の意に屈しないこの時代の女は、彼の手にはあまるのです。伯爵の好みは、自分の時代の、従順で迷信深い愚かな女です。伯爵が妻と呼んで寵愛しているのは、彼とともに数世紀を生きてきた子供じみた心と獣の欲望をもった女たちで、頭の中には「ほしい」と「ちょうだい」と「いますぐ」という言葉しかありません。

わたしは彼女たちの同類ではありませんが、いつかはあんなふうに退化してしまうのかもしれません。でもいまとなっては、この血統にそうした疵があるのかどうか、知ることはないでしょう。伯爵によって転化したわたしは、その所有物となりました。意のままに使われる奴隷です。ドラキュラはいまもわたしを支配しています。でもこの夜明けとともに、わたしはふたたび自由を手に入れるのです。一九一〇年の夏、永遠とも思われる数ヵ月をすごしたのちに、伯爵は支配の軛《くびき》をゆるめ、まず最初にわたしを独占することをやめました。わたしはそこで、お仲間のカルパティア人にさげわたされることになりました。長生者《エルダー》の多くは温血者《ウォーム》を軽蔑し、新生者《ニューボーン》の血しか飲まないのです。

わたしはアルマンド・テスラにあてがわれました。失脚以前はドラキュラの秘密警察長官を務めていた長生者《エルダー》です。聖水を新生者《ニューボーン》の肉にしたたらせて楽しむ残酷な男でした。聖水はすべての血統に効くわけではありませんが、醜い傷痕を残すこともあります。科学では説明できません。こういう言い方はもう流行らないのでしょうね。でもわたしたちヴァンパイアは自然の創造物ではなく、怪物なのです。テスラは怒ると、よくわたしの顔にも傷をつけると脅しました。生命が助かったとしても、高級娼婦《クルティザン》としては終わりです。でもテスラはわたしの価値を認めていたので、ついにそのようなふるまいにおよぶことはありませんでした。

わたしはスパイとしての訓練を受け、ベルリンとロンドンとパリの外交官サークルに連れだされました。テスラは伯爵に次ぐ影響力と権力をもつようになり、その結果ドラキュラに殺されました。

あなたもそれはご存じですわね、お顔を見ればわかります。ヴァンパイアの中には心を読む者もいますけれど、女にはそんな必要もありませんのよ。

チャールズ、これが伯爵の欠点です。伯爵の周囲で有能さを発揮する者はみな疑惑の対象となり、そして最後には滅ぼされるのです。伯爵は誇り高きアッティラの末裔ですが、いまの時代に野蛮種族のやり方で一国を統治することは不可能です。ドラキュラは結局、ドイツとオーストリア=ハンガリーが必要とする、有能な男たちを殺してしまったのです。生き残っているのは、愚か者と、陰険な裏切り者だけです。たとえドラキュラであろうと、あのような帝国をひとりで維持することはできません。英国で失敗した伯爵は、ドイツでも同様の結末をたどることになるでしょう。あなたのお仕事は、ドラキュラの失墜によって引き起こされる被害を最小限にくいとめ、できるかぎり広範囲のヨーロッパが生き延びられるよう力をつくすことです。

ドラモンド大尉はまだ〝レーニンやトロツキーと、やつらの無教養な追従者ども〟に対する計画について得々としゃべっている。ウィンスロップは身ぶるいした。ヨーロッパには、ドラキュラ以外にも大勢の怪物がいるようだ。

テスラの失脚によって居場所を失ったわたしは、パリに送られました。アパルトマンを与えられ、ダンサーとして再起しました。テスラの後継者マブゼは、できるだけ多くの高官を誘惑するよう命じました。

この女は、ドラモンドと同じく集団自殺を提唱するミロー将軍から、フランス軍の攻撃計画を聞きだしたとして告訴され、その罪状によって処刑された。

じつのところ、さまざまな事情により、わたしがその情報を伝えることができたのは、攻撃が開始する数分前にすぎませんでした。ですからそれが届いたとき、最高司令部ではフランス人の死体をながめてほくそ笑むのに忙しく、誰も関心などはらっていなかったことでしょう。

ミローのすばらしい作戦は、夜明けと同時に突撃するというものでした。どういうことか、おわかりになりますか。まず、二十分間の爆撃で鉄条網が吹き飛ばされました。それによって、ドイツ軍砲撃手たちが目を覚ましました。そしてミローが仮本営でぬくぬくと朝食がわりのコニャックを傾けているあいだに、十万の勇敢なフランス兵たちは塹壕から這いだし、迫撃砲や機関銃の集中砲火を浴びて粉々にされていったのです。

　わたしはただの娼婦で、戦術に関しては鵞鳥同然の素人ですけれど、この作戦があまりにもお粗末なことくらいはわかります。夜明けに突撃ですって！　軽く陽動をかけて敵の発砲を誘い、銃の配置を確認。集中的にそこを砲撃して防衛陣を排除。それから改めて一気に突撃するというのが筋なのではありませんか。このわたしのほうが、ご立派なミロー将軍より堅実な作戦を考えだせるなんて、おかしくはないでしょうか。もしかすると、あの薄のろがあくまでもわたしの処刑に（それももちろん夜明けに）こだわったのは、ヒンデンブルクがわたしを戦術家として招聘《しょうへい》するのを恐れたからかもしれませんわね。でも言わせてもらえるなら、ドイツにだって、あのご立派な将軍閣下の裏をかき、圧倒できる戦術をたてられる五歳児が、いくらだっていることでしょう。

〝ミロー事件《ラフェール・ミロー》〟という記事の中で、ケイト・リードも同じことを言っていた。
「ぶちかませ」ドラモンドがさけんだ。「夜明けにだ！　悪党どもを冷たい銀でたたき起こせ」
これは、救いようのない愚か者どもがくりひろげる戦争なのだ。

　チャールズ、あなたがお聞きになりたいのはマランボワ城のことでしょう？　ではお話しいたしますわ。あそこはいま、リヒトホーフェン男爵率いる第一戦闘航空団《ヤークトゲシュヴァーダー・アイン》の臨時司令部となっています。彼らの勇敢な偉業はさまざまに報道されていますわね。あの部隊はその身軽さゆえに〝フライング・サーカス〟と呼ばれています。すべてを荷造りして列車に積みこみ、新たな任地に移動していく暮らしに慣れているのです。

　戦争がはじまってまもないころ、男爵は飛行機を迷彩色に塗らなくてはならないという命令に公然と反抗し、鮮やかな真紅を主張しました。緑の草むらで赤いボールをさがしたことのある人ならおわかりになるでしょうけれど、赤い飛行機は実際には、驚くほどうまく景色の中に溶けこんでしまいます。そして赤という色は、夜になれば、ヴァンパイアの目にすら黒く見えるのです。

　意外に思われるかもしれませんが、ドイツの空の英雄たちは、泥の中で戦う僚友すべてに愛されているわけではありません。ジャーナリズムはリヒトホーフェンとフライング・サーカスの偉業を褒め称えますが、地上部隊と、そしてJG1に配属されなかった飛行士たちは、あの部隊を〝空飛ぶ見世物《フライング・フリーク・ショー》〟と呼んでいます。そしてその言葉はあながち的外れでもないのです。

　マランボワはテン・ブリンケン教授が指揮する研究の中心地でもあります。教授が嘆願者としてやってきたのは、わたしがドラキュラの花嫁として宮廷で暮らしていたころのことです。あの宮廷にはいつも、種々雑多な奇人変人があふれていました。伯爵は小さな子供のように、列車とか飛行機械などといった、現代的な玩具に熱中するのです。

　宮廷には多くの天才が群れをなして訪れていましたが、教授は伯爵との個人的な謁見《えっけん》を許されました。あのときの教授は肩幅の広い獣のような温血者《ウォーム》で、ドラキュラの執務室の外を怖い顔で歩きまわっていました。彼は発明家ではなく生化学の研究者でした。わたしは直感的に嫌悪をおぼえました。彼の顔には嵐雲が垂れこめ、全身から不気味なオーラが放出されていました。当時、生者のあいだでは、極度に薄めた砂銀をおのが体内に注射することが流行っていました。そうやって血を汚染しておけば、不死者《アン=デッド》の渇きから身を守れるはずだというのです。たとえそのような予防措置をとっていなくとも、わたしはテン・ブリンケンの脂ぎった血を飲んでみたいとは思わなかったでしょう。

　やがて、マランボワに行けと命令がくだりました。わたしは飛行士たちがくりひろげる有名なパーティの花になるのだろうと思いました。ドイツ人は英雄たちを甘やかしていますし、マタ・ハリ以上にすばらしい贅沢があるでしょうか。

マランボワには午後遅くに到着しました。出迎えたテン・ブリンケンは、研究室でわたしの服を脱がせました。競売にかけられる馬のように、徹底的な検査がおこなわれました。そう、歯の一本一本まで調べられたのです。ありとあらゆるカリパスやプローブを使って、もっとも細かい数値まで出しました。人前で服を脱ぐことに抵抗はありませんが、さぐるように動く教授の指にはぞっとしました。教授は分析するといってわたしの血をとり、さまざまなラベルを貼ったたくさんのガラス壜といっしょに冷蔵庫にいれました。それから変身しろと——狼か蝙蝠になれと命じました。できない、とわたしは拒否しました。わたしは魔法の技を使ったことがありません。教授はもう一度要求しました。研究室には軍服の将校、カルンシュタイン将軍もいました。将軍は丁寧な言葉で、テン・ブリンケンの要求に従うよう命令しました。

シュタイアーマルクを故郷とするカルンシュタイン一族は、ヨーロッパでもっとも名高い血統のひとつだ。将軍はオーストリア＝ハンガリーにおけるドラキュラの忠実な同盟者であり、カルンシュタイン一族の最長老でもある。彼の関与は、マランボワが同盟軍にとって非常に重要であることを示している。

わたしは変身しました。完全にです。説明はできません。ただ自分の形を思い描いただけで、身体が溶けるように変化したのです。またべつの形に変わりました。ドラキュラの子《ゲット》の多くと同じく、わたしが最初に変身したのは、有史来のヨーロッパの恐怖、狼だったようです。わたしはジャワでスネーク・ダンスを学びました。マレー半島に住む吸血種族ポンティアナックの長生者《エルダー》の愛人だったこともあります。わたしがふつうのノスフェラトゥと異なっているのは、彼の血がまじっているせいかもしれません。テン・ブリンケンと将軍のために、わたしは蛇の姿になり、それから脱皮してみせました。テン・ブリンケンは嬉しそうに脱け殻を撫でまわし、明かりに透かして鱗にきらめく虹に見惚れていました。わたしの宝石の指で思いのままにならない男はない、と人々は噂しているそうですが。

ウィンスロップは蛇になったマタ・ハリの姿を想像しようとした。有名なジャワのスネーク・ダンスは見ていないが、熱狂的崇拝者から話を聞かされたことはある。

わたしを見ていると失われた闇の娘を思いだす、とカルンシュタインは言いました。その方は大きな黒猫に変身したのだそうです。将軍の好みは新生者《ニューボーン》の娘でしたから、その気になればわたしにも籠絡《ろうらく》することはできたでしょう。長生者《エルダー》の多くはひどく単純なのです。力はありますが、微妙な駆け引きには長《た》けていません。テン・ブリンケンがカルテを書き終え、わたしは解放されました。

城の一翼が、わたしと仲間――高級娼婦《クルティザン》たちのために用意され、それぞれの部屋に軟膏と化粧品がおいてありました。衣装もトランクいっぱい用意されていましたが、それら贅沢品のほとんどは、どうにも使いようのないしろものでした。このパーティの企画者は、放蕩について無知で無関心な殿方だったのでしょう。

宴の花はわたしひとりではなく、ほかにも数人の女と、ひとりの青年が呼ばれていました。全員がヴァンパイアでした。化粧室で、わたしはレディ・マリコヴァに会いました。トランシルヴァニアでの幽閉時代からドラキュラに仕えてきた妻のひとりです。興奮して崇拝者を殺してしまわないよう、彼女にはローラ＝ローラという、機転のきくぽっちゃりした新生者《ニューボーン》の娘がつきそっていました。歳月を経たヴァンパイア女は恐ろしく、同時に哀れな生き物なのです。ほかにも、闇のような黒い目をしたアメリカ人の遊び女サディ・トンプソン、やさしげな金髪の遊蕩児マインスター男爵、ヴェニス娼館一の名花フォスティーヌ、優雅な長生者《エルダー》レモーラがいました。手管に長けた娼婦であるという以外にも、わたしたちにはもうひとつ共通点がありました。全員がドラキュラの子《ゲット》だったのです。

車窓の外では夜が明けた。鉄道沿いにならんだ木々の多くは折れたり倒れたりしている。野は灰色で、泥の上にうっすらと雪が積もっている。アミアンが近くなったのだ。ウィンスロップの耳にも、永遠に絶えることのない砲撃音が聞こえてきた。ドラモンドが薄光にたじろぎ、ブラインドをおろした。

文明世界におけるヴァンパイア現象の蔓延が主としてドラキュラの責任であることは、どんな子供でも知っている。一八八〇年代以前、不死者《アン＝デッド》の存在を信じていたのは、ごく少数の迷信深い人々だけだった。そこへドラキュラがあらわれてゲーム盤をひっくり返し、新しい形に駒をならべかえた。ヴァンパイアはドラキュラによってひろまったが、彼が直接手をくだした子《ゲット》は一般に考えられているよりはるかに少ない。イギリス滞在中も、わずか三人を転化させただけだ――ルーシー・ウェステンラ、ウィルヘルミナ・ハーカー、そしてヴィクトリア女王である。ミセス・ハーカーはいまでは改悛《かいしゅん》し、許されて世に受け入れられているが、そもそもは、ドラキュラが自分の血統を無差別にひろめるために選んだ道具だった。

ドラキュラの子《ゲット》を自称する者は多いものの、ほとんどは単にその血統に連なるというだけで、伯爵から数代隔《へだ》たっているのがふつうである。したがって、その血を受けた者がこれほど大勢一ヵ所に集まるというのは、めったにあることではない。

少なくともマインスター男爵とレディ・レモーラは、望んで城にきたわけではありませんでした。長生者《エルダー》にそのような力をおよぼせる者はひとりしかいません。さきほども申しましたように、わたしたちの闇の父は、けっしてその子《ゲット》を解放することがないのです。わたしたちは全員、伯爵の奴隷でした。

それでも、なぜわたしたちが集められたのか、不思議ではありました。見たところ、全員とはいわずとも、飛行士の大半はヴァンパイアです。ならば彼らの英雄的行為に対する報奨には、強い心臓と甘い血をもった、荷車一杯の温血者《ウォーム》の娘のほうがふさわしくはありませんか。さがすのが困難というわけでもないでしょう。連合軍でもそうやって英雄たちを饗応しているということですし……

ウィンスロップの知るかぎり、そのような事実はない。

　真夜中の鐘と同時に——よくあるメロドラマ趣味ですわね——わたしたちはお仕着せ姿の侍者に導かれて、階下の大広間におりていきました。JG1の飛行士たちは礼装で、巨大な暖炉の前に整列していました。背後から炎に照らされた彼らは、新聞雑誌に語られるとおり、半神のようでした。広い胸板に、ところ狭しと勲章が飾られています。この広間では、プール・ル・メリット勲章も真鍮ボタンのようにありふれたものにすぎません。わたしは単純にパーティがおこなわれるのだろうと考えていたのですが、奇妙なことに彼らは、閲兵式のために集まったかのような雰囲気を漂わせていました。

　カルンシュタイン将軍がひとりひとりを紹介しました。それからテン・ブリンケンが、ボードにはさんだおぞましいリストを手にして進みでました。そしてダンス教師のように、それぞれのパートナーを指名したのです。トンプソンにはブルーノ・シュターヘルという獣が割りあてられました。フォスティーヌの相手はエーリッヒ。フォン・シュタルハイン、マインスターにはフリードリッヒ・ムルナウという嘆かわしい少年趣味の飛行士、レモーラにはフォン・エンメルマンでした。テン・ブリンケンは科学的な交配実験を監督する養豚業者のように、てきぱきと仕事を片づけていきました。

　わたしの番になりました。わたしはマンフレート・フォン・リヒトホーフェンに与えられることになりました。つまりわたしは、ドイツで最高の遊び女と評価されたのです。でも不思議なことに、男爵はわたしの奉仕を受けられると知ってもさほど嬉しそうではありませんでした。ほかの飛行士たちはパートナーが決まるたびに、感想を述べたり歓声をあげたりしています。マインスターと男色家の飛行士などは、さっそく抱擁をかわして血をすすりあいはじめました。テン・ブリンケンはこの慎みのないふるまいに腹を立てましたが、それ以上に、男爵のそっけない拒絶に憤慨していました。はっきり申しますと、わたしはいささか驚くとともに傷ついてもいました。この飛行士たちは今夜にも生命を落とすかもしれないのです。

そんな状況ならばとうぜん、手にはいる喜びを享受する資格があるのではないでしょうか。

ウィンスロップはクンダルのコンドル飛行隊とその〝お嬢さん《マドモアゼル》〟のことを思い浮かべた。

男爵の弟ロタール・フォン・リヒトホーフェンは、レディ・マリコヴァとローラ＝ローラのふたりを与えられて大喜びしながらも、面白そうに男爵とわたしをくっつけようとしていました。ロタールが説得しているあいだに、わたしはリヒトホーフェン男爵をしげしげと観察しました。さぞや大男だろうと想像していたのですが、体格そのものは中肉中背にすぎません。でもアイスブルーの瞳には何かが欠けているようです。全身全霊を狩りに捧げているため、それ以外の営為にほとんど関心がないのでしょう。広間には彼の勝利のトロフィーが飾られていますが、よりスコアの劣った者ほどにも、それを誇っているようすはありません。この男は大いなる愛国者ですらない、純血種の猟犬だ――それがわたしの印象でした。

ウィンスロップはオールブライトの干からびた死体を思いだし、空中で彼の血を吸いつくしたものの姿を心に思い描こうとした。

テン・ブリンケンの同僚のひとり、ドクトル・クルーガーが、一部の者の行きすぎに気づいて指摘しました。テン・ブリンケンは怒りだしました。フォスティーヌに噛みつかれて、シュタルハインが目をどんよりと曇らせ、頭をのけぞらせていたのです。侍者が女を引き離して押さえつけました。フォスティーヌの目は赤く、牙は完全にのび、猫のような息を漏らすとあごに細い血がしたたり落ちました。

「おまえたちが血を飲むのではない」テン・ブリンケンが叱責しました。「彼らに血を飲ませるのだ。よくよくおぼえておけ。従わん者は厳罰だ」

〝厳罰〟という言葉が奇妙な嫌悪感を呼び起こしました。テン・ブリンケンごときがわたしたち不死なる者にどのような罰を与えるというのでしょう。でもそれを知りたい気持ちにはなれませんでした。シュタルハインはカラーをなおしてしきりと首をふっています。ロタールはまだ兄を丸めこもうとしていましたが、男爵のほうは断固として腕を組んだままです。その胸に、ブルーマックスが燦然と輝いていました。

さきほども申しましたように、長生者《エルダー》の多くはヴァンパイアの血しか飲みません。そうやって、新しい血統の力をとりいれるのです。でもこの食餌方法は、大半の新生者《ニューボーン》には害をもたらします。このサーカスの殿方はみな闇の年齢でいえばまだ若く、墓から出てやっと一、二年というところでしょう。ドイツやオーストリア＝ハンガリーの貴族の子弟のあいだでは、十八か九で転化するのがあたりまえになっています。ドラキュラ自身の手による子《ゲット》の血は強力です。ほんの一滴を舌の上に落とすだけで相手を転化させることもできますし……

マタ・ハリはボウルガードに誘いをかけていたのではないだろうか。ふたりの会見をこの目で見たかった。抑揚を欠いた文字だけの言葉は、多くのニュアンスを伝えそこなっている。

……その味はほとんどの新生者《ニューボーン》を狂わせます。ノスフェラトゥは狂気に陥ると変身能力を暴走させます。これは心地よい死に方ではありません。テン・ブリンケンが扱っていたのはひどく危険なゲームでした。この英雄たちの生死などどうでもよかったのか、それとも彼らの能力を信じていたのでしょうか。どちらかといえば前者だったのではないかと思います。温血者《ウォーム》であるテン・ブリンケンは、ヴァンパイアを恐怖するとともに魅せられてもいました。そして事実、ＪＧ１に席を得るほどの飛行士ならば、ドラキュラの子《ゲット》の血を味わい、その血の与えるものを受けとれるだけの資質をそなえてもいたのでしょう。

「女たちの血を飲め」テン・ブリンケンが命じました。「それが重要なのだ」

ロタールの鼻面がのび、ずらりとならんだ歯がマリコヴァの白鳥の首にかぶりついて肉をすすり、長い舌がしたたる血を舐めました。長生者《エルダー》の傷はすぐにふさがります。ロタールはその顔を貴重な血糊で汚しながら、また傷口を引き裂くのでした。

「見ろよ、マンフレート」狼の口から驚くほど人間的な声が漏れました。「それほどたいそうなものではないぞ」

ロタールの鉤爪がマリコヴァのドレスを切り裂き、あごが胸と腹を食い破りました。それから長椅子に長生者《エルダー》を押さえこんで、傷口を舐めました。ローラ＝ローラが女主人をなだめ、出産を手伝う産婆のように手を握り、耳もとで慰めの言葉をささやいています。憤怒に顔を凍りつかせてはいますが、マリコヴァには数世紀を経てきた力があります。けれど、もしわたしなら、ロタール・フォン・リヒトホーフェンからこのような暴虐を受けて、ドラキュラの妻のようになおも生き延びることができるでしょうか。

「リヒトホーフェン男爵」カルンシュタイン将軍が飛行士を呼びました。「これは義務なのだ。この戦争のためのな」

わたしにむけられた視線には、欲望も、侮蔑も、関心も、何ひとつ浮かんではいませんでした。その空虚さをどう伝えればいいのでしょう。ノスフェラトゥの中には、真の死とはべつの無を心にかかえている者もあります。わたしたちヴァンパイアは、温血者《ウォーム》であった日々に重きをおきます。わたしたちが生者としての人生から、どれほどのものをもち越し、大切にしているか、あなたもご存じですわね。でもリヒトホーフェンの中にあるのはただ、肉体的接触も精神的接触も忌避しようとする、冷たさだけでした。そんな男がヴァンパイアとなり、永遠にそうした接触に依存していかなくてはならないのは、地獄の苦しみであるにちがいありません。

だがウィンスロップは血まみれレッド・バロンに同情する気持ちにはなれなかった。

「了解した」

上官に従う優秀な軍人の答えを返して、マンフレートが近づいてきました。角張ったハンサムな顔にいくつもの傷痕があります。短い髪の下には、消えかけの赤い蚯蚓腫れも見えます。最近頭部に被弾したのでしょう。

「ではマダム」

わたしはさしのべられた手をとりました。つぎにどうしたらいいかとまどう少年のような、不思議な表情が彼の顔をかすめました。これまで女を相手にしたことがないのかもしれません。

テン・ブリンケンの合図で、侍者のひとりがわたしの肩から部屋着《ペニョワール》を脱がしました。

「とても健康そうだ」

ほかの飛行士たちはロタールにならっていました。シュタルハインはフォスティーヌを押さえつけて、公園の噴水を浴びるように手首の傷口から血を飲んでいます。マインスターは蝙蝠の翼のように化粧着をひろげ、ムルナウが膝をついて大切な部分の傷口を吸いあげるたびに喜びのうめきをあげています。

マンフレートがうつむいて、鋭い舌でわたしの首に触れました。〝鋭い〟というのは比喩ではありません。ヴァンパイアの中には、とがった突起をつけた舌で相手の皮膚を貫く者もいるのです。男爵は傷に口を押しあて、猛烈な勢いで吸いあげました。鋭い苦痛と、果てしない快楽が襲いかかりました。わたしは卒倒寸前でした。はじめてドラキュラのものとなったあの日から、これほど強烈な快感を味わったことはありません。生き返ったような、ふたたび温血者《ウォーム》にもどったような心地でした。

「飲みすぎないように気をつけたまえよ、男爵。危険だからな」テン・ブリンケンがマンフレートの肩をたたいて忠告しました。

心は男爵を押しのけたがっているのに、身体はしがみつかずにはいられません。自分が衰弱していくのがわかりました。

「男爵、もうやめたまえ！」科学への執着がついに恐怖に打ち勝ち、テン・ブリンケンが怒鳴りつけんばかりの声をあげました。

わたしは身ぶるいしました。視野が赤く染まり、二度めの死が訪れようとしていました。ヴァンパイアはヴァンパイアを殺すことができるのです。ドラキュラが相手の血を吸いつくし、それから侮蔑をこめてどっと吐きだすところを見たことがあります。ドラキュラはそうやってアルマンド・テスラを殺しました。それはよみがえりのない真の死です。わたしがこの夜明けに迎えるのと同じような……

ふたりの侍者がマンフレートの腕をとらえ、わたしから引き剥がしました。食虫植物の吸枝のように吸いついていた彼の口が、濡れた音をたてて離れました。マンフレートが首をふると、くちびるからわたしの血がこぼれました。わたしは支えを失ってくずおれました。テン・ブリンケンがわたしをまたぎ越して男爵に歩みよりました。教授がわたしをどの程度に見なしていたか、よくわかるというものではありませんか。

教授が手をたたいて飛行士たちの食餌をやめさせました。夢中になっている者には侍者が舌圧子のような木製の柄のついた器具を使いました。銀のへらが触れると、その痛みで赤い渇きも忘れるのです。

誰かが抱き起こしてくれました。わたしは壊れた人形のようにされるがままでした。それはカルンシュタイン将軍でした。将軍はとがった爪で自分の手首を切り裂き、負傷者に水を飲ませるように、あふれだす血をわたしの口もとにあてがいました。わたしには飲みこむ力もありませんでしたが、カルンシュタインは口の中に血を落としこんでくれました。彼の血統は純粋で強力です。それでもわたしが完全に回復するには数時間が必要でした。

床にすわりこんだまま、わたしはリヒトホーフェン男爵を見あげました。背をむけたうなじの短い毛が、わたしの血から受けた興奮を示して逆立っています。そしてわたしは気を失いました。
その夜、マインスターのお相手だった飛行士が死にました。ムルナウの頭蓋骨は巨大な鼠になり、なのに筋肉は変化しなかったので、骨が皮膚を突き破ったのです。翌日、仕事を終えたわたしたちは城から送りだされました。
わたしの話はこれで終わりです。でもわたしの物語の核心ともなるべきこのことだけは、けっして忘れないでください。あの飛行士たちは〝彼〟がつくったのです。〝彼〟が血を与え、そして何か新しいものにしたてあげたのです。

おそらくボウルガードが、もっとはっきり言ってくれと促したのだろう。

そう、ドラキュラです。ドラキュラこそがこのフライング・サーカスの指揮官。レッド・バロンは伯爵の花形座員なのです。

13　ドクター・モローとミスタ・ウェスト

そり返った不揃いな敷板でも、泥の中を歩くよりはましだ。誰かが膝まで沈んだのだろう、表面だけ凍った汚泥の中に、靴形の穴がいくつもうがたれている。

「文官はめったにこのあたりまでくることはないんですがね」ハンサムな新生者《ニューボーン》のテンプラー中尉が、不思議そうに眉をひそめた。「ああいう方々は、ブードルズ（一七六二年設立、ロンドンの、上流紳士のための有名なクラブ）の安楽椅子から戦争を指揮するのがお好きなようで」

「わたしはブードルズには所属していない」慎重に足を運びながら、ボウルガードは答えた。

「すみません。用もないのにわざわざこんなところまでやってくるのは、よほど勇敢な人だけだろうと思ったものですから」

「そのとおりだ。だがわたしはべつに勇敢なわけではなく、残念ながらほんとうに用事があるのだよ」

「それはお気の毒に」

この塹壕は深さ十フィートほどで、砂嚢を適当に積みあげ、泥で塗りかためて凍らせてある。前線を飛び越えた砲弾が頭上高くを通りすぎ、百ヤードほどむこうの、残雪がまだ白い斑点を残している地面で炸裂した。土砂が降りそそぐ。テンプラーが犬のようにぶるっと身体をふるわせると、土埃の後光が舞った。ボウルガードはアストラカン・コート（アストラハン産の黒巻き毛の小羊の毛皮。もしくはそれに似せて織ったビロードの一種）の肩をはらった。

「ヒューズドンですよ」と中尉。「厄介なやつです。ドイツ兵ども、この一週間ずっと、これぱかりです。この通路をふさごうってつもりなんでしょうかね」

この塹壕は人や物資を前線に送りこむためのものだ。万一にも破られれば封鎖線を解除しなくてはならない。また砲弾が飛んでいって、地面の穴をひとつ増やした。

「ドイツ軍の照準はめちゃめちゃですね。いまの一発はもっと手前で落ちなきゃならないんでしょうに」

ボウルガードは顔をあげた。午後遅くの空は灰色で、風が巻きあげた土埃が煙といっしょに尾をひいている。垂れこめた雲の中で、飛行機械のかすかな黒い機影がうなりをあげている。

「あの蝙蝠どもがもどって報告したら、砲撃手も目盛りをいじって、わたしたちがいま立っているこの場所に正確にヒューズドンが撃ちこまれるようになるんでしょうね。ありがたくないな」

戦争がはじまったころ、味方前線の士気を鼓舞しようとした〈タイムズ〉の記者が、敵の重砲がけっしてあたらないことを知って小躍りするイギリス兵士のようすを紹介したことがある。ベルリンの熱心な読者がそれをドイツ軍砲兵隊に報告したため、劣悪な照準はその後、改善されてしまった。そんなこともあって、現在では報道は厳しく規制されている。好戦的愛国主義と結びついた間の抜けた善意は、痛烈な批判をふりまくケイト・リードのような因習破壊主義者以上に、有害な結果をもたらし得るのだ。ドーヴァーの白い崖の守り手としてふさわしいのは、これ見よがしに愛国心を煽りたてるノースクリフの三文文士どもより、むしろケイトのほうではないだろうか。

「こいつはすごい」テンプラーがさけんだ。「キャメルがくるぞ」

イギリス軍の飛行機が三角編隊を組んで、ドイツ軍の偵察機隊に肉薄した。砲撃音が虫の声ほどにもかすかなのは、空中戦が雲の上でおこなわれているからだ。

「一機、墜ちましたね」テンプラーが言った。

翼のある火球が風の悲鳴をまといつかせながら雲を切り裂き、中間地帯《ノーマンズ・ランド》にむかって落下し、轟音とともに地面に突き刺さった。

空の主権を握れば、敵の飛行機による戦略情報の収集を防ぐことができる。ドイツ軍は、そしてときには連合軍も、一インチコラム欄を使って空の騎士たちの英雄的業績を紹介している。だがこれは血ぬられた恐ろしい仕事だ。いまのところイギリスの偵察員は、リヒトホーフェンに出くわさないかぎり、ドイツの偵察員よりも高い確率で、敵の陣形や大砲の配置に関する情報をもち帰っているが。

飛行場に着陸するようにゆっくりと降下していたドイツ機が、とつぜん目に見えない壁にぶつかったかのように錐揉み状態で墜落した。操縦席のパイロットはすでに死んでいるだろう。

「この塹壕はつぎの戦いのためにも必要なんです」

だがぐるりと首をめぐらしても、それはとりたてて重要そうには見えなかった。

前線にしては比較的穏やかな午後だった。両軍ともにあたりさわりのない砲撃だけでお茶をにごし、本格的な示威行為はおこなっていない。近頃流布している噂では、新しいロシアとの平和協定によって手のあいた東部戦線部隊が、ヨーロッパを横断してこちらにむかっているという。もちろんそれは事実だ。ベルリンにいるディオゲネス・クラブの協力者からも、ヒンデンブルクとドラキュラが大攻勢《カイザーシュラハト》の準備をはじめているという情報がはいっている。同盟軍は勝利への最後の一歩として、残るすべての力を結集し、パリに痛烈な一撃を加えようとしているのだ。〝攻勢《シュラハト》〟という言葉には〝虐殺〟という意味もある。何が起こるかわかっているだけでは、それを食いとめることはできない。とりわけミローやヘイグのような連中が、せっかく集めた情報を無視するような場合には。

ここはもう前線のすぐそばだ。砲弾の衝撃で、絶えずかすかに地面が揺れ動いている。ヘルメット、敷板、食器、装備、ひびのはいった氷、そして歯も――あらゆるものがふるえ、かたかた音をたてている。ボウルガードは前線そのものより、そのすぐ手前につくられたこの奇妙な地下設備のほうに興味を惹かれた。

数ヵ月前、ドクター・モローが前線の病院に勤務していて、主として重傷患者を扱っているという話が伝わってきた。生体解剖によってくり返し学界から追放され、暴露記事も書かれた、あの研究者だ。ボウルガードは以前、やはり血なまぐさいべつの事件を追っているときに、この科学者と会った。モローという人間を知るかぎり、愛国心とか博愛心による行動とは思えない。だがそれでも彼は、世界でもっともみじめなこの場所で、表むきは人々の苦痛をやわらげるべく生命がけで働いている。

ゲルトルート・ツェレの告白を分析するにあたって、ドクター・モローの助言がほしかった。戦線のこちら側に属し、マランボワ城の闇に光を投げかけられる者がいるとすれば、モローこそその人だろう。

前線に近づくにつれて、塹壕は狭くなっていった。いくつもの砂嚢に穴があき、壁の破れを補修したところでは大がかりな工事跡がそのまま見えている。テンプラーが小鳥の鳴き声のような奇妙な口笛を吹いた。この新生者《ニューボーン》は、部下にもよく気を配るよい士官だという話だ。

三人のイギリス兵士が安定の悪いテーブルを囲み、煙草を吸いながらカードをしていた。固まった土壁からも一本の腕が突きだし、凍りついた白い手で扇形にひらいたカードを握っている。前線を何度か訪問するうちに、ボウルガードはこうしたブラック・ユーモアにも動じなくなった。埋もれた兵士を掘りだせば壁が倒壊してしまう。戦争が終わるまで、この兵士は解放されることがないのだ。

そういえば、ふたりのイギリス兵が砲弾による漏斗孔の中でしゃべっている漫画があった。

「おれはあと二十五年も兵役が残っているんだ」

もうひとりが答えた。

「羨ましい。おれなんかこの戦争が終わるまでだよ」

ふたりがカードを投げだし、三人めが死者に配られた札を調べた。エースと八のツーペア――もし賭けをしていたら彼の勝ちだ。

「モローの縄張りはこのさきです」テンプラーが硬い帆布の幕をもちあげて言った。

坑道のような入口からゆるやかにくだっているそのトンネルは、砂嚢で補強され、床には板が、天井には波鉄板が張ってあった。二十フィートほど奥に電球がひとつぶらさがっているだけで、そのさきは闇に包まれている。塹壕からはいりこんだ糖蜜のような泥が、溝を流れていく。この汚水はいったいどこにむかっているのだろう。

トンネルの奥からすさまじい悲鳴が響きわたり、つづいてやや小さな甲高い声と、うなり声が聞こえた。人間というよりは動物の声のようだ。

「いつもこうなんです」テンプラーが眉をあげて説明した。「ドクター・モローは、痛みは健康の証拠だと言います。痛いということはつまり、まだ感覚があるのだ。何も感じなくなったときにこそ心配すればいいと」

つづく悲鳴を切り裂いて、のこぎりを使うような音が聞こえた。

「前線のこんな近くに診療所があるのは珍しいのではないか」

テンプラーはうなずいた。

「実際的ではありますす。でも士気にはよくありませんね。こんなことがなくても戦況は充分にひどいのですから。すさまじい悲鳴を恐れている者もいます。そもそも、負傷よりもここに連れこまれることを怖がっているんです。ドクターは負傷者を使って実験しているんだなどという、くだらない噂も出まわっています」

ボウルガードにも想像がつく。モローの評判を考えれば、その噂もあながちでたらめではないかもしれない。

「負傷者を苦しめれば何かわかるとでもいうんですかね。馬鹿ばかしい」

テンプラーはヴァンパイアにしては立派な——立派すぎる男だ。聖者《セイント》のように高潔であるがために、かえって人間の無目的な残虐性に気づくことができない。

トンネルに足を踏み入れると、奇妙な瘴気が狭い空間を満たしているのが感じられた。強烈な硫黄の匂いだ。揺れる電球が、壁を赤く染めている。

旧世代のヴァンパイアが聖域の縁で足をとめるように、中尉は外に残った。

「自分はここにおりますから、さきにお進みください。すぐにわかります」

テンプラーは口で言う以上に、迷信にとらわれているのかもしれない。ボウルガードは若者のひきしまった手を握り、電球の前を通りすぎて闇の奥へとはいっていった。

　トンネルのつきあたりに頑丈な鉄の扉があった。これをここまでおろして岩盤にとりつけるのは、ヘラクレスの難業だったにちがいない。見るからに異様な風貌の兵士が、見張りに立っていた。ふたつ折りになりそうなほど腰の曲がった身体はボウルガードの腰あたりまでしかないし、腕は袖より六インチも長く、茶色の顔はほとんど毛でうずもれ、大きな歯をくちびるから突きだして猿のような笑いを浮かべている。手首や首筋のたるんだ皮膚には、治りかけの傷のような赤い痕が点々としている。そしてその軍服は、あちこちでたるみ引き攣れ、まるで身体にあっていない。

　おそらく帝国領域の南海のはずれで生まれた蛮人だろう。巨人に打ちのめされたピグミーといったところか。この戦いのために、ありとあらゆるヴィクター王の臣民がかき集められているのだ。

　ボウルガードが近づいていくと、見張りは長い指をライフルに巻きつけ、精いっぱいまっすぐに身体を起こした。それから巨大な歯――鮮やかなピンクの歯茎にならぶ骨のようにとがった黄色い牙をむきだした。

「ドクター・モローに会いにきたのだが」ボウルガードは言った。

　ちっぽけな目がきらめき、独自の生き物であるかのように鼻がうごめいて音をたてた。扉の背後でさらなる悲鳴があがった。もういいかげん慣れているだろうに、見張りは恐怖にすくみあがってくぼみの中にひっこんだ。

「ドクター・モローに会いたいのだ」ボウルガードはくり返した。

　見張りは毛深い眉をひそめて、懸命に思考をこらしている。ようやくライフルから離れた指が、扉についた輪を握った。きしるような音をあげて、鉄の扉がひらかれた。

　あふれだす血なまぐさい空気を浴びながら、ボウルガードは土と岩をうがった部屋に足を踏み入れた。室内の半分にはずらりと簡易寝台がならび、そのほとんどで、重傷患者が血まみれのマットに縛りつけられている。無言で包帯の隙間からじっと虚空を見つめている者もいるし、すさまじい苦痛に泣きわめいている者もある。

大箱からは切り裂かれた軍服や長靴があふれ、別室でうなりをあげているあてにならない発電機のせいで、ときどき電球が点滅する。壁は新しい血でぬめるように光り、あらゆるものに血が飛び散っている。電球にかかった血のしずくは、焼けて茶色い染みになっていた。

ボウルガードはすぐさまドクター・モローを認めた。どろどろに汚れた上着を着て、ライオンのたてがみのように白髪を逆立てた、たくましい老人だ。ドクターは、生きながら切り裂かれた兵士の身体におおいかぶさって、むきだしになった肋骨を鉄の道具でひらこうとしていた。患者はもはや、筋と肉の濡れた断片をまといつかせた骸骨にすぎない。顔であった赤い塊の中で傷ついた目が光り、くちびるを失った牙が悪魔の笑いを刻んでいる。モローのかたわらで、小柄な男が患者の肩を押さえていた。骨がはずれ、モローが勝利の歓声をあげた。紫の血が助手の顔に噴きかかり、分厚い眼鏡を濡らした。

「見ろ、ウェスト」モローが言った。「心臓はまだ動いているぞ」

助手のウェストが、袖の汚れていない部分で眼鏡をふいた。

「またわたしの勝ちだ。これで半クラウンの貸しだぞ」

「そうですね、ドクター」ウェストが答えた。平板なアクセントは、アメリカ人かカナダ人なのだろう。「帳簿につけておきます」

「証人になってくださるかな」モローが来客に気づいて声をかけた。「ミスタ・ウェストは、このような状況において心臓は機能し得ないというほうに賭けたのだ。だがこのしぶとい器官はまだ鼓動しておる」

モローが腕をもちあげて、ボウルガードに心臓を見せた。ほとんどの血管が切断されているにもかかわらず、握りこぶしのような器官はとくとくと脈打っている。

「この男は生き延びるだろう」モローが宣言した。

「無理です」ウェストが反論した。

「負けがかさむだけだぞ。見ろ、この小さな蛇どものなんと元気なことか……」

切断された血管がくねくねとうごめいている。盲目の蚯蚓のようにのたくっていた動脈が心臓を見つけてつながり、血を流しこんで傷口を癒した。細胞の層が心臓をおおいはじめ、ひらかれた肋骨が罠のようにぱたんと閉じた。通常配置をとりもどした骨の上に、筋肉組織が流れるようにかぶさっていく。

「ヴァンパイアの回復力には限界がないのかもしれん」モローが言った。「死を認めるのは人間の絶望なのだ。だが脳を半分にすれば、絶望を知ることもない。動物は本能に支配されるからな」

そういえば、患者の後頭部は完全につぶされている。目のまわりの筋肉が奇妙な具合にうごめいた。兵士のあらゆる部分が、懸命に生にしがみつこうとしている。ボウルガードはイゾルドの凄惨なショーを思いだした。三十年の研究によっても、モローとその仲間たちは、ヴァンパイアの回復力の限界を見極めることができずにいるらしい。

ウェストがうごめいている筋肉をつつきながら言った。

「しかし、脳がなくては目的も統一性ももつことはできません……」

よりあわさった筋肉がのびて、ウェストの指先に巻きついた。ウェストが手をひくと、筋肉は見ひらかれた両眼の上にかぶさり、ひと連なりのなめらかな頬をつくりあげた。ウェストは平然とそれを見守りながら言葉をつづけた。

「これでは生きているとは言えませんね。勝手に動き機能する、ばらばらな部品の集合にすぎません。人間としての形態をまとめているのは脳です。それなくしては、この生き物はただ無意味に、無目的に、ゆがんだ形に変化していくばかりでしょう」

皮膚が患者の口をおおい、歯にあたって裂け、また隙間をふさいだ。モローの大きな顔が怒りに赤くなった。

「この男の罪状は薄弱なる意志だ。人間という形態に対する執着を放棄しおった」

モローは失意と怒りをあらわにしたまま簡易寝台を離れた。患者の口がかっとひらき、新しい皮膚を切り裂いてナイフのような牙がのび、呼気とともに血まみれの隙間からかすかな音がこぼれた。

「声も完全に失われたようだな」とモロー。「これは獣にすぎん。救うまでもない」

そして上着のポケットから、銀色にきらめくメスをとりだした。

「さがっておれ、ウェスト。汚れるぞ」

モローは患者の腹の上に膝をつき、再生した分厚いいぼだらけの皮膚にメスをふりおろした。メスはからみあった肋骨のあいだをすり抜け、正確に心臓を貫いた。患者が痙攣し、息絶えた。モローの手は胸の空洞に完全に沈みこんでいる。彼は血まみれの手を引き抜き、患者の寝具でぬぐった。

「慈悲というものだ」おざなりな言葉だった。「ところで、いったいどなたかな。何用あってわたしの領域にはいってこられたのだ」

ボウルガードは無残な死体から目をそむけた。急速に腐敗が進み、どろどろに溶けた粘液が簡易寝台からこぼれ落ちている。塵になるのは真に歳月を経た者だけだ。この患者がヴァンパイアとしてすごした年月は、通常の人間の寿命ほどもなかったのだろう。

「ドクター・モロー、おそらくおぼえてはおられないでしょうが、わたしはチャールズ・ボウルガードといいます。以前、ずいぶん昔に、ドクター・ヘンリー・ジキルの研究室でお目にかかったことがあります」

昔の仲間のことなどあまり思いだしたくもないのだろう、モローのくぼんだ両眼にいらだちが浮かんだ。

「わたしは軍情報部の関係者なのですが」

「ただの〝関係者〟ですかな」

「そういうことになります」

「それはよかった」

ウェストが黒いゴム手袋をはめて、寝台の上の有機物の山をよりわけ、銃弾や爆弾の破片をひろいはじめた。

「まだ研究成果を発表する準備はできておりませんぞ」モローは寝台に縛りつけた患者の群れを示した。「必要なだけのヴァンパイアが手にはいりませんのでな」

「誤解しておいでのようですね、ドクター。わたしがここにきた目的は、あなたの現在の研究とは……」

（それがなんであろうと）

「……関係がありません。ただ、教えていただきたいことがあるのです。あなたと研究分野を同じくする学者についてなのですが――テン・ブリンケン教授という」

モローはその名前にぎょっと顔をあげ、吐き捨てるように言った。

「やつは山師だ。錬金術師も同然のな」

ボウルガードの情報によると、モローとテン・ブリンケンは一九〇六年に、インゴルシュタット大学（一四七二年に設立された大学。一八〇〇年に移転。一八二六年にはさらにミュンヘンに移転し、大学名も変更された。メアリ・シェリー『フランケンシュタイン』（一八一八）において、ここの研究室で人造人間がつくられた）でおこなわれた会議において殴りあいの喧嘩をしている。ということは、その教授もなみなみならぬ体格の持ち主なのだろう。

「テン・ブリンケンは敵軍で最優先事項とされる秘密計画の指揮をとっているようなのです」

「ドイツ人どもの頭は神秘主義でいっぱいだからな。やつらの脳はゴシック的想像力でゆがんでおるのだ。テン・ブリンケンが大胆な思索家であることは否定せんよ。だがやつの出す結論はどれも実証不可能だ。やつはテュートン人の血の儀式に取り憑かれておる。対照群も、衛生条件も、厳密な記録もなしにな」

この診療所のありさまから察するに、モローの考える〝衛生条件〟は常識からかなりはずれたものであるにちがいない。

「いや」モローはきっぱりと断言した。「どんなものであろうと、テン・ブリンケンの研究がまともな成果などあげられるはずはない」

偉大なる科学者の話に口をはさむ勇気をかき集めようとしているのか、助手がそわそわしはじめた。

「彼はどういった方面の研究をしていたのでしょう」ボウルガードはたずねた。

「戦争前にかね。獣人化現象《ライカンスロピー》の研究だ。じつにくだらん。婆さんどものつくり話と同じ、狼男は皮膚を裏返しにして内側に毛皮をしまっておくなんぞといった、まったくのたわごとだ。動物の精神と人間の精神がまざりあうとかいう話もあった。悪魔憑きは変身能力者による現象だとかな。すべてを血統と結びつけておった。ドイツ人は血やら、人種的純血やら、古代ヴァンパイアの血統の力などに取り憑かれておるのだ」

「ドラキュラ伯爵のように、ですか」

モローは鼻を鳴らした。

「ひとりの長生者《エルダー》があらゆる手をつくして混乱を撒き散らし、みずからの妄信にのっとって、ヴァンパイアが超自然的生物であることを愚か者たちに信じこませたのだ。そうすれば、確実に闇にとどまることができるからな」

さがしものを終えたウェストが、濡れた手袋をはずして口をはさんだ。

「わたしは九年前に、ミスカトニック大学（クトゥルフ神話に関連したさまざまな作品に登場する大学。マサチューセッツ州アーカムに一七九七年に創立された。ウェストはここの卒業生）でテン・ブリンケン教授の講義を聞いたことがあります」

眼鏡の奥でウェストの目はおどおどと濡れている。

「これはマサチューセッツのミスタ・ハーバート・ウェストだ」モローが同僚を紹介した。「ちょっとした仕事を手伝ってもらっている。優秀な科学者になれそうな男だ」

「どういう講義でしたか」

「血統混合の効果についてです。肉が多く筋の少ない品種をつくるために家畜を交配しますよね。それと同じだというのです。それから、本来変身能力をもたない血統のヴァンパイアでも、誘導されれば変身できると言っていました。また教授の方法論を用いれば、不死者《アン＝デッド》に共通の制約や限界の多くを〝治療〟することもできるという話でした」

「制約や限界とは？」

「陽光に対する過敏反応とか、宗教的聖物に対する恐怖心とか、大蒜《にんにく》や鳥兜に対するアレルギーとか、万人に共通の銀に対する弱点とかです」

「くだらん」モローが吐き捨てた。「血、血、血。ドイツ人はなんでもかんでもが血だ。肉体が血だけでできているとでも思っているのか」

「改良された実例は紹介されませんでしたか」ボウルガードはたずねた。「たとえば、銀の矢に貫かれても平気なヴァンパイアとか」

ウェストは肩をすくめ、寝台の上の死の水たまりに目をむけた。

「理論だけでした」

「あんなものを〝理論〟などと。あの間抜けにはもったいないわい」モローが怒りの声をあげた。「この分野において真の研究をおこなっているのは、わたしひとりだ。テン・ブリンケンなんぞ、とんまな薄のろにすぎん」

「ゴッサム大学（アメリカンコミック〈バットマン〉シリーズより）のラングストロムはテン・ブリンケンの方法論に基づいて成果をあげたと主張しています」ウェストが言葉をはさんだ。「ですが実験は失敗に終わりました。警察はまだ彼の居所をつかんでいません」

「ああ、思いだしたぞ」モローがボウルガードにむかって言った「たしか、長生者《エルダー》の娘といっしょにいた人ですな」

「今日はどうもありがとうございました」とボウルガード。「たいへん参考になりました」

ボウルガードは一瞬、モローがジュヌヴィエーヴのことをたずねるのではないかと不安になった。三十年前、モローは彼女に対する科学的関心を隠そうともしなかった。そしてモローの科学的関心はつねに、被験者に対してメスをふるい、生命作用をさぐるという方向に突っ走っていくのだ。

「もし手にはいるようなら、テン・ブリンケンの実験記録なぞ見せてもらえるとありがたいですな」

あまりにもさりげない口ぶりは、逆にモローがどれほどこのライヴァルの業績を気にしているかを示している。

「もちろんくずのようなものにはちがいなかろうが、ときに愚か者も真実につきあたることがありますからな。ドイツは基礎研究における法規制機能に欠けておるよ」

ボウルガードが部屋を出ると、ひらいた扉のむこうに見張りがうずくまっていた。床の上で影がゆがんでいる。

「オーランのことは気にせんでよい」モローが言った。「長いあいだわたしに仕えている、忠実なよい召使だ」

オーランの首の赤い筋は外科手術の痕なのだろうか。戦前の話だが、ドクター・モローはイギリスを離れざるを得なくなり、どこかよそで研究をつづけていたという。だが人殺しの戦場のこれほど近くでは、〝法規制機能〟も効力をもたない。ヒューマニズムという言葉も、終戦までおあずけということなのだろう。

トンネルのなかばまできたとき、ドクター・モローとミスタ・ウェストがつぎの負傷者にとりかかったのだろう、新たな悲鳴が響きわたった。あの診療所にはほんの数分しかとどまっていない。それでもボウルガードは、すべての衣類を脱ぎ捨て徹底的に洗濯したい気分にかられていた。いや、それだけでは足りない。燃やしてしまったほうがいいかもしれない。

トンネルの出口でテンプラー中尉が待っていた。煙草を手に、新たにつくった煙の輪が宙にのぼって消えていくのをながめている。夜が近い。おぞましいモローの解剖室よりは塹壕のにおいのほうがはるかにましだ。絶え間ない鈍重な迫撃砲の音を切り裂いて、歯切れのよい機関銃の射撃音が聞こえてきた。

「はじまったようですね」テンプラーが言った。「ドクはどうでした？」

中尉はボウルガードの沈黙をそれなりに解釈したようだった。

「自分はどんな話も信じちゃいませんがね。でももし仲間がやられたら、ここに連れてくるよりは、鉄条網のあいだからひきずりだして、おんぼろトラックでアミアンまで運んでいくほうを選ぶでしょうね」

14　ケイトとエドウィン

アミアン大隊司令部のむかいに小さなカフェがある。ケイトはそこに陣どり、獲物を待っていた。運のいいことに、フランスの重要な軍事施設のむかいには必ず小さなカフェがあり、ケイトはいまやそのすべての常連だった。

なんの動物のものだかわからない血を落としたアニス酒を舐めながら、道を行き来する人々を観察した。出入りが多い。大隊司令部の、もとは役所であった頑丈な建物は、午後よりも日没後のほうが忙しくなるのだ。

足跡を追ってここまでやってきた。

「こちは《ボンジョ》・おじょさん《マムゼル》」アメリカ人が声をかけてきた。「おれの名前え《ジュ・マプル》でぃ・ばーとれっと、上等兵ネ」

ケイトは青い眼鏡越しに米軍歩兵を見つめた。信じられないほど若い小柄な温血者《ウォーム》で、にこにこ笑顔をつくり、熱烈歓迎してもらえることを疑ってもいない。合衆国の若者たちは、もっぱらフランス娘の感謝を期待して、新兵募集に志願しているのだ。

「フランス語《パーレヴー》、とってもお上手ね、米兵さん」

バートレット上等兵は見るからにしょんぼりした。きっと軍隊輸送船がニューヨークを離れてからずっと、フランス語を練習してきたのだろう。彼の仲間がどっと笑いころげ、ケイトも微笑を浮かべた。牙がむきだしになった。バートレットはしどろもどろに謝罪して、仲間のテーブルにもどっていった。弾丸にあたる前に好意的なマドモアゼルに出会えればいいわね、と祈ってやる。なかなかハンサムな青年だったので、すげなくあしらったことがちょっぴり後悔された。魅惑的なフランス美人に間違えられるなんて、めったにあることではない。アメリカ人は嫌いではない。ミスタ・フランク・ハリスだって、元カウボーイのアメリカ人だった。歴史の重みに押しつぶされていないぶん、彼らの血は軽やかな味がする。

ケイトはひどく渇いていた。アニス酒にまじっていた血が、いっそう食欲を刺激する。彼女はしばしば寝食を忘れて使命に没頭してしまうのだ。鋭くなった歯の上に舌をひらめかせた。前線に近いアミアンでは、何もかもがつねに震動している。爆撃のたびに歯茎がうずき、飲み物の表面がかすかにさざめく。

大隊司令部からエドウィン・ウィンスロップが出てきた。入口のステップで足をとめ、埃をかぶった軍曹に敬礼を返す。ケイトは気がつかないふりをしたが、ここにすわっていれば、いやでもエドウィンの目にとまるはずだ。見つからないよう無駄な努力をするより、こうやって近づいたほうが賢明だろう。自分の技量に溺れ、男性特有の自信過剰に陥れば、エドウィンだって油断して何か口をすべらすかもしれない。一瞬エドウィンが、ケイトを見たとチャールズへの報告にひと言書き加えるだけで、このまま通りすぎて仕事にむかうのではないかと心配になった。テレパシーでヴァンパイアの魅力波を送りだしてみようか。自分の血統を思えば馬鹿げたことにはちがいないが、少なくとも害にはならない。

エドウィンが心を決めたように、オートバイの公文書配達人を避けながら、通りを横切って近づいてきた。ケイトは浮かんでくる自己満足と勝利の予感を示す微笑をこらえて、無表情を装った。

「これはこれは、鼠のお嬢さん《ミス・マウス》じゃないか」

いまはじめて彼に気づいたかのような、何気ない声をあげる。

「まあ、エドウィン、ごきげんよう。今日は番犬を連れてらっしゃらないの？」

彼はあたりを見まわした。ドレイヴォットの姿はどこにも見えない。それではエドウィンですら、守護者の存在をいつも認識しているわけではないのだ。

「きっとそこらの積み藁の中にでも隠れているんだろう。もちろん、変装してね」

「あら、そうなの」

「軍曹ときみは古い知り合いだそうだね」

〈恐怖時代〉が思いだされた。いくつもの重大事件においてダニエル・ドレイヴォットが果たした役割に関しては、さまざまな〝物語〟が流布している。ケイトでさえ、その物語の詳細を明らかにすることはできない。軍曹は正義の使者のかたわらにつき従い、いざオムレツをつくろうというときに進んで卵を割ることを任務としてきたのだ。

「きみが見かけほど馬鹿ではないとも教えてくれたよ」

笑って困惑を隠した。

「わたしの見かけほど馬鹿な人間なんて、どこにもいやしないわ」

エドウィンも心からおかしそうに笑った。まだ彼女を理解しきれずにいるようだ。それでいい。理解しきれなければ、興味もわく。彼女のことを知ろうとすればそれだけ、ケイトのほうでも彼から情報をひきだせる。

「またどこかの気の毒な将軍を追っかけているのか。軍人としての評価をぶち壊してやろうとしているのか」

「とんでもない。わが軍の誇る勇敢な参謀将校の立派さを熱烈に褒めあげようと思っているところよ」

エドウィンがむかいの席にすわると、バートレット上等兵のテーブルから声がかかった。

「気をつけなよ、あんた」バートレットがさけんだ。「噛みつくぞ」

「もう取り巻き《クラーク》がいるのか」

ケイトは鼻をひくつかせた。

「赤くなると、そばかすがよけいにめだつな」

一瞬、砲撃がやけに規則正しくなったように感じられた。ちがう、これは力強い脈を通して伝わるエドウィンの心臓の鼓動だ。グラスが空っぽだ。

「一杯おごろう」

「ありがとう、結構よ。咽喉は渇いてないわ」

「きみたちはいつでも渇いてるんだと思っていた」

心臓がきりきり痛む。たしかに渇いているが、それはエドウィンが申しでてくれたものでは癒すことのできない渇きだ。

「上司のチャールズ・ボウルガードも、きみのことを高く評価していた。もっとも、きみがおれの母くらいの年齢だということも、しっかり念押ししてくれたけれどね」

「わたしなんかまだ、揺籃を出てきたばかりよ。死んでからまだ三十年もたってないんですもの」

つぎの質問は、〝それはどんなものなんだ？〟だ。若い男はみな同じことを知りたがる。この問いにはふたつの意味がある。〝ヴァンパイアになるのはどんなものなのか〟と〝ヴァンパイアに嚙まれるのはどんなものなのか〟だ。

店主《パトロン》がきたので、エドウィンは自分のためにブランデーを注文し、改めてケイトの意向をたずねた。ケイトはパリの路上カフェによくいる蓮っ葉娘の真似をしてみた。

「ヴァニラがほしいわ」

だがエドウィンはそうした言いまわしを耳にしたことがなかったらしい。ケイトは結局血入りのアニス酒を頼んだ。

エドウィンはブランデーをひと口飲んでから、彼女を見つめたまま口をひらいた。

「ねえケイト……」

「〝どんなものなんだ〟？」

心を読まれ、エドウィンが仰天した。きっと彼女が超常能力をもっていると信じただろう。ちょっとばかり溜飲がさがった。

「説明するのは難しいわ。自分で経験しなきゃわからないことってあるでしょ。戦争とか、愛みたいに」

エドウィンはその答えをじっくり吟味しながら、曇りガラスの眼鏡でもさえぎることのできない視線をまっすぐに送りこんできた。

「きみはおれを追ってきたんだな、ケイト・リード。何のためかはよくわからないが、目当てがおれだということはわかる」

ケイトは肩をすくめた。

「あなたは故郷にいい人がいらっしゃるんでしょ？」

エドウィンはさまざまな可能性をはかりにかけつつ、うなずいた。

「カトリオナ・ケイという婚約者がいる。とても現代的な女性だ」

「蜘蛛の巣だらけの前世紀の遺物みたいなわたしとは、正反対ね」

「新世紀元年の生まれだ。おれはキャットと呼んでいる」

「じゃあ、わたしもそう呼ばせてもらうわ」

エドウィンの飲んでいるブランデーの芳香が鼻を刺激する。舌にあたるアニス酒も、彼を感じるケイトの知覚を鈍らせはしない。

「婚約者さんはあなたに転化しろとおっしゃらない？」

「そのことについては話しあったことがない」

「話しあわなければ駄目よ」

「温血者《ウォーム》のままのほうがいい」

「賢明かもしれないわね」

「きみは不死者《アン＝デッド》になれと無理やり勧めたりしないんだな」

エドウィンの息が白い。一月の夜は冷える。温血者《ウォーム》の彼はスカーフと手袋をつけている。

「ヴァニラがほしいわ」

「なんだって？」

「闇の姉妹の中で生き残ったのはわたしひとりだったわ。転化というのはとても厄介な問題で、まったく予想がつかないのよ。三十年たったというのに、医者たちもまだ完全な理解にはいたっていないし。転化は自分の力を賭けることなの。ほとんどの新生者《ニューボーン》は不幸な死に方をしているわ」

エドウィンはきっとすばらしい転化を果たすだろう。温血者《ウォーム》でありながら、すでにヴァンパイアの鋭敏さを身につけているのだから。

「わたしの名前キャサリンも、スコットランドふうにいえばカトリオナよ。わたしとその方、似ている?」

エドウィンはその質問にびっくりしたようだった。

「どこか似たところはあるみたいだ。彼女もジャーナリストになりたがっている」

「あなたはそれを認めるの?」

「おれは応援するつもりでいる。でも彼女の父親は反対しているんだ。牧師でね。彼女は不可知論者なんだ。父娘でしじゅう喧嘩ばかりしている」

ケイトはいらだちと同時に、エドウィンの不器用な愛情に共感をおぼえた。カトリオナ・ケイはまさしく、若くて温血者《ウォーム》だったころのケイトの分身だ。もっとも、カトリオナのほうが美人ではあるが。エドウィンをその彼女からとりあげ、都合のいい情報提供者にしたてあげることはできない。マタ・ハリとしてのケイトの経歴は、はじめるまでもなくすでに終わっていた。

「なぜおれの個人的なことばかりたずねるんだ。きみは政治とか、もっと重要な問題に関心をもっているんじゃないのか」

「ジャーナリズムには人間的な味わいが必要なの。ちょっとした洞察が、無味乾燥な事実に潤いをもたらすのよ」

エドウィンのグラスが空になった。ブランデーで血が熱くなれば、芳醇な香りが漂ってくるだろう。上着から封筒がのぞいている。エドウィンは落ち着きはらってそれを押しこんだ。

「秘密の命令書？」

彼はにやりと笑った。

「教えてやらない」

「賭けをしましょうか。わたし、あなたがこれからどこへ行くか、知ってるわよ」

「もしほんとうなら、きみは魔法使いかもしれないな。おれ自身、この命令書に何が書いてあるかまだ読んでないんだから」

彼の鼓動はそれが嘘であることを告げている。だが追及はしないでおこう。

「で、何を賭けるんだ？」

ケイトは肩をすくめた。

「キスってのはどう？」エドウィンが提案する。

犬歯がわずかに長くなった。牙の神経がわずかに痛むが、不快ではない。

「いいわよ。あなたはロンドンに呼びもどされたのよ」

エドウィンが封筒をとりだしてひらいた。胸もとにひきよせたまま目を通し、小さな笑いを漏らす。

「きみの負けだ」

「それだけで信じろっていうの？」

「将校として、それなりの紳士として、嘘はつかない」

「将校と紳士はいちばんの嘘つきよ。とくに情報将校はね。嘘をつくのが仕事なんだもの。そしてわたしの仕事は真実を告げること」

「おれは嘘ばかりついているジャーナリストを知っているよ」

「降参《トゥシェ》」

「負けを認めるね？」

「しかたないわね」

立ちあがったふたりの視線がぎこちなくからみあう。エドウィンはそれほど長身ではない。五フィート一インチのケイトより、数インチ高いだけだ。くちびるが触れあう。その温かさが衝撃をもたらし、炎が血管を駆けめぐった。血を飲んだわけではなかったが、食餌のときと同じ心の交流が起こった。くちびるは一瞬後に離れ、バートレットのテーブルから野次と喝采があがった。流れこんできた情報はそれほど多くはなかった。一滴でも血が飲めれば、いろいろなことがわかるのだけれど。エドウィンが身をひき、両手をひらいた。命令書が地面に落ちる。彼の両眼は大きく見ひらかれたままだ。

「髪が逆立っちまった」

ケイトは不死者《アン＝デッド》特有のすばやい身ごなしでかがみこみ、テーブルの下の紙をひろってさしだした。エドウィンは彼女のくちびるの感触にうっとりしたまま、ひとときの白昼夢にひたっている。一瞬目を走らせただけで充分だった。それは、マラニークの軍用飛行場にもどり、マランボワ城に新たな偵察を送りこめという指示だった。

「どう？　思ったほどじゃなかった？」ケイトはたずねた。

「そんなことはないが。きみは電気を帯びているのか。まるで鰻だな」

第二部

中間地帯《ノーマンズ・ランド》

15　悪徳と暴虐と血管

「まったくもって辛抱ならん」エーヴェルスがわめいた。「われわれが駅についたというに迎えがない。車もきておらん。こんなに遅れるとは何ごとだ」

ポオは旅行鞄をプラットホームにおろした。さっき日が暮れたところで、まわりは陰気な兵士でいっぱいだ。赤い渇きが高まり、耐えがたい苦痛をもたらしている。

「杭を立て、はらわたを撒き散らせ！」エーヴェルスが罵声をあげた。

ハンス・ハインツ・エーヴェルスは、ほんのささいなことにもすぐさま激昂する。自負心が極度に肥大しているため、自称する地位にふさわしい仰々しい扱いが否定されるたびに、怒りを爆発させるのだ。ジークムント・フロイトの信奉者なら、性器が極端に小さいためだと指摘するだろう。

あのウィーン在住のユダヤ人には、ポオもかなりの関心をよせている。歴史に名を残すだろう男だ。フランツ・ヨーゼフがロスチャイルド家の署名入り嘆願書を受理し、グラーツの勅令を廃止しようとしていたちょうどそのとき、フロイトの『口唇加虐衝動』が発表された。あの本における不死者《アン＝デッド》に関する記述と照らしあわせてみれば、ユダヤ人が危険な破壊思想を抱く劣等人種であることは明らかだ。そこで勅令は廃止されるどころか、さらに強化されることになったのである。

「ドイツ民族の魂に非効率などという言葉のはいる余地はない」エーヴェルスはつづけた。「血と鉄によって燃やしつくされるがいい」

ここはカピーに近いペロンヌの駅だ。国境からわずか数マイルとはいえ、彼らはいまフランスの、ソンムにいる。ベルリンではこだまのようにかすかだった爆撃音は、列車が戦場に近づくにつれてしだいに大きくなっていった。エーヴェルスでさえ、フランス国境のかなり手前から気づいていたようだ。その音がポオのか細い神経をいらだたせる。あまり長く前線近くにとどまっていては、気が狂ってしまうかもしれない。

「このわたしに歩けというのか」

いつのまにか〝われわれ〟が〝わたし〟にすりかわっている。さほど推理力を働かせなくとも明らかなことだが、エーヴェルスの中では自分こそがマランボワ城における最重要任務をまかされた当人であり、エドガー・ポオなど単なる付属品にすぎないのだ。強大なるペンをかくもみごとに駆使するエーヴェルスが、この驚異的な本の誕生にひと役買わないわけがあろうか。

ポオが旅行鞄ひとつをさげているだけなのに対し、エーヴェルスの荷物は大型トランクふたつで、しかも彼は、駅につけばとうぜん、派手な制服の赤帽が、生命にかえても彼の意にかなおうと群がってくるものと期待していた。だがペロンヌは完全に軍の制圧下にある。通常なら勤務についているはずのフランス人たちは、すでに死んでしまったか、もしくは数マイル遠方でドイツ戦線にむかって銃をかまえている。

灰色服の男たちという最新の貨物を戦争の祭壇に送り届けんと、蒸気機関車が怒ったドラゴンのように蒸気を吐きだした。巨大な黒い機関室には、外輪船が恥じ入りそうなほどみごとな煙突がそびえている。ボイラーに飾られた黄金のドラキュラの紋章は、泥と煤におおわれてしまっている。

皇帝《カイザー》に迎えられた伯爵は、まず最初に帝国鉄道の長官に任じられた。時刻表を五分以上狂わせた機関士は熱した剣のひらで背中を三打され、違反を二度犯した悪質な者は生きたままかまどに放りこまれた。戦争がはじまってまもなく、伯爵の先見の明は立証された。一万一千の列車が民間使用からはずされ、数百万の予備兵を故郷から訓練所へ、そこからさらに前線へと運ぶ任務に駆りだされた。伯爵のバックアップによって考案されたシュリーフェン・プランは、十九世紀的な軍事作戦というよりは、とほうもない鉄道時刻表だった。

「おい」エーヴェルスがさけんだ。「わたしの荷物を」

巨大な車輪が回転して列車が動きだした。火傷しそうな蒸気の中で、コートの裾をはためかせながらエーヴェルスが走りだした。真鍮のベルトをかけたトランクが、客車からホームに投げおろされた。ゆがみはしたものの壊れなかったのは、さすがに優秀なドイツ製品だけのことはある。エーヴェルスは走り去る列車にむかって、ナンバーと名前は記憶したから、すぐさま解雇して懲罰をくだすよう訴えてやるとわめきちらした。

空気に悪臭が満ちている。ポオは以前の戦争――一敗地にまみれた南部独立戦争を思いだした。泥と火薬と排泄物と火と血のにおいが、あのときからずっと口の中にこびりついて消えない。当時ガソリンとコルダイトはまだなかったが、根底に横たわるものはアンティータム（南北戦争でリー将軍の北侵が阻止された激戦地）もソンムも同じだ。一瞬、ポオは押しつぶされそうになった。死が脳に殺到し、頭のまわりで黒い旗がはためく。息がとまる、目が見えない、窒息しそうだ。

「なんだってぼんやり突っ立っているんだ」エーヴェルスがこんどはポオに噛みついてきた。「まるで案山子《かかし》ではないか」

エーヴェルスは何も意識していない。つまりはそれだけの男にすぎないということだ。

「ふん」エーヴェルスは唾を吐き、高慢なしぐさで手をふった。

ポオは気持ちを静めた。すぐにも食餌をしなくてはならない。疲労と飢餓がきわまったときのつねで、感覚が鋭敏になっている。刺激が強すぎると、正気を保っていられなくなる。

迎えの車がないのも無理はなかった。鎧戸をおろした乗車券売場と壁のなくなった待合室のむこうは、軍人でごったがえしているのだ。新兵や休暇あけの兵士たちが、いくつかの集団にわかれて、荷馬車やトラックで戦場へと運ばれていく。有史以来、変わることのない軍曹の怒鳴り声に、ライフルと背嚢をもつれさせながら、男たちがとびはねている。

エーヴェルスは結局、背筋をぴんと張ってしゃちほこばった敬礼をする小柄な伍長にトランクを預けた。ちょび髭を生やした、やかまし屋の素質がありそうな男だ。ふたりは駅前の広場に出た。

乗車券売場の壁は胸の高さにいくつもの弾痕があいていた。粗末な木製の柩が電柱の高さまで積まれている。その横でひとつだけ蓋があいたままの柩には、エスキモーのヴァンパイアを生まれ故郷の氷に包んで眠らせようというのか、一インチほど新雪が積もっていた。ペロンヌは幾度か大がかりな爆撃にさらされているため、無傷の建物はほとんどない。窓は吹き飛ばされ、屋根は破れ、ドアは焼け落ち、煙突は折れている。

「そこのおまえ」エーヴェルスがひとりの軍曹を大声で呼びつけた。「マランボワ城はどっちだ？」

大きな口髭を生やしたたくましい温血者《ウォーム》の軍曹は、その名を聞いてあとずさり、何ごとかつぶやきながら首をふった。

「あの城には行かないほうがいいであります」

「とんでもない。皇帝陛下《カイザー》の任務なのだぞ」

エーヴェルスは憤慨しているが、ポオは軍曹が示したあからさまな恐怖と嫌悪に衝撃を受けた。マランボワはどうやら、不幸と恐怖の巣窟であるらしい。

「あの城はよくないところであります」軍曹が説明した。「あそこには死んだものが住んでいる。壁の中に閉じこめ、忘れなくてはなりません」

エーヴェルスが鼻を鳴らして牙をむいたが、軍曹はそんな脅しにもひるまなかった。城にはもっと恐ろしいものが待っているのだろう。ポオの好奇心が頭をもたげた。軍曹がよたよたと逃げだし、残されたエーヴェルスは汽車のように白い息を噴いて吐き捨てた。

「迷信深い田舎者め」

牙が痛い。心臓が燃えるようだ。血を飲まなくてはならない。マランボワにつけば贅沢は思いのままだとエーヴェルスは約束したが、伝説の城はまだまだ遠いらしい。敵国民との親しい交わりを禁じ、病気を警告するポスターが貼ってある。フランス民間人の血を飲むことを禁止しているのだが、それくらいならいっそ、フランスの空気を呼吸することも禁止してしまえばいい。

街灯の下に子供が立って、兵士たちを見つめていた。十一か二くらいの少女だ。清潔なエプロンドレスを着て、降りそそぐ光の中で真っ白な肌を輝かせている。温血者《ウォーム》だ。彼女の心臓の鼓動が、ひとつひとつの衣ずれまでもが聞こえてくる。むせ返る戦いのにおいの中に、かぐわしいその息が感じられる。

少女の老婆のような瞳がポオを見つめる。その一瞬、少女はヴァージニアになった。目の色がちがえど、髪形がちがえど、彼女たちはみなヴァージニアに似ている。必ずヴァージニアの一部をそなえている。ポオは穴だらけの道を横切って、少女にひきよせられていった。ふたりのあいだにはすでに了解があった。

「ヘル・ポオ」いらだちのこもったエーヴェルスの声が遠く聞こえる。

街灯のそばまできて、ためらいが生じた。手を触れれば火傷しそうなほど、少女の顔には生命があふれている。警戒心と衝動がせめぎあった。この少女はヴァージニアではない。手管に長けたフランスのあばずれで、ここに立っているのも、彼のような男をひっかけるためだ。首筋にかさぶたが——治りかけの噛み傷が、小さな耳の下から襟もとまで湿疹のようにひろがっている。少女がにっこり笑い、不揃いな歯がのぞいた。

追いついてきたエーヴェルスは怒りの声をあげながらも、ポオの渇きに気づいたのだろう、邪魔をしようとはしなかった。

「必要ならしかたがない。だがさっさとしてくれ。一刻もはやく城に行かねばならんのだ」

エーヴェルスの声がまるで別世界のようにかすかだ。少女の鼓動だけがはっきりと聞こえる。少女は慣れたしぐさでポオの手をとり、街灯のむこう、路地へと彼を誘《いざな》った。

「ポスターの警告は、つまりこういうことなのだがな」エーヴェルスが不平っぽくつぶやくのが聞こえた。

エーヴェルスにもこの瞬間をさまたげることはできない。これはすでに完成された愛なのだ。犬歯がのびて口が閉じなくなった。怖がらせまいとやさしい言葉をかけてやったが、少女は恐ろしげな顔にも脅えを見せなかった。

「はやくしろ、ポオ。噛みついて、さっさと終わらせてしまえ」

ポオは手をふってエーヴェルスを黙らせ、ひかれていった闇の中で膝をついた。薄いズボン越しに砂利が痛い。石のあいだに薄く氷が張っている。少女がするりと腕の中にすべりこみ、頬とくちびるにそっと口づけた。炎のようなキスだ。ポオは衝動のままに少女をのけぞらせ、脈打つ首筋に口を押しあてた。歯が皮膚をかすめ、古い傷口がひらいた。口じゅうに甘い血がひろがり、舌をおおった。

感動にうちふるえながらむさぼっていると、少女が腕の中で身じろぎした。血を飲みながら、ポオは少女を知った。ジルベルトという名で、家族にはジジと呼ばれている。父親は撃ち殺され、母親はいなくなった。何人ものヴァンパイアの腕に抱かれ、血を与えている姿も見えた。その短い人生は美しい悲劇で、その血は詩だった。

「気をつけろ、死んでしまうぞ」エーヴェルスが少女から引き剥がそうと、ポオの肩をつかんだ。

ポオは意志の力をふりしぼって、血のあふれる傷口から離れた。少女の血がもたらしてくれるぬくもりと喜びを圧倒して、後悔と羞恥が襲いかかる。頬が涙でしとどに濡れた。

「殺したらたいへんなことになるぞ」エーヴェルスが叱責する。

ポオは少女の顔をのぞきこんだ。無表情な中に、憎悪と軽蔑が感じられる。抱きしめた身体は冷えきっているが、死んではいない。肉体がこの不愉快な交流を受け入れているあいだ、意識を自我の奥深くに逃避させているのだ。

「なんてこった」エーヴェルスが吐き捨てた。「ポオ、これはあなたの失策だぞ」

ふいに、エーヴェルスも渇きに襲われたようだった。そういえばこのドイツ人もヴァンパイアだ。両眼が赤く燃え、粗野な表情が浮かんだ。そして気難しげな顔に太い牙がのびた。

「せめて路地を見張っていてくれ」エーヴェルスが命じた。

ジジは恐怖すら感じていない。ポオが少女を死に至らしめずにすんだのは、エーヴェルスにひきとめられたためでもあるが、意志の力によるところが大きい。だがエーヴェルスはそんな自制心をそなえているだろうか。ポオ自身、これまで望まざる悲劇と無縁だったとはいえない。時を経れば、ヴァンパイアはみな人殺しとなる。

さらに時を重ねれば、すべてのヴァンパイアが殺人を楽しむようになるのだろうか。

エーヴェルスが怯える少女におおいかぶさり、血まみれの首もとで襟を引き裂いた。ポオがなだめながら譲り受けたものを、残忍な獣のように力ずくで奪いとろうとしている。

ドイツ人は弱々しくもがく少女に食らいついた。背中を山なりにして、全身で少女にのしかかっている。上着《コートテール》の裾のすぐ上についたふたつのボタンが、光を受けて盲人の目のようにきらめきを放つ。ポオはその背中にとがらせた木の杭を突き刺し、まっすぐ心臓を貫いてやりたい衝動にかられた。

この少女は、今夜は生き延びるだろう。ポオにはそれがわかる。だがべつの夜には、べつの少女たちが、べつの運命をたどるのだ。

エーヴェルスは豚のような音をたて、顔を血だらけにしながら心ゆくまで獲物をむさぼった。闇の中では、血の赤が黒に見える。ジジは慈悲深い無意識に身をまかせ、首と胸の大きな傷からなおも血を流しつづけている。

ポオはエーヴェルスを引き離そうと腕をつかんだ。彼は発作を起こしたかのように意識を失った。ジジをとりあげるのは難しくなかった。ポオはエーヴェルスを無視して、少女を介抱した。心拍は弱々しいものの、規則正しい。大丈夫、回復するだろう。そっと少女を抱きしめたが、それ以上血を飲むつもりはなかった。ふたりの絆は弱まり、記憶も薄れてしまった。だがいましばらくは彼女のことをそっと心にとどめておきたい。ポオが心穏やかに安らかな気持ちでいられるのは、こうした短い瞬間だけなのだ。

冷たい疑惑がつかのまの安らぎをむしばみはじめた。エーヴェルスが顔をふいて立ちあがり、いらだちのこもるしぐさですばやく衣服を整えなおした。怒りと独善をほとばしらせている。

「わたしたちは完全な同類ですな。われわれの中には強烈な欲望がつねに流れ、それが創作の源となる」

眠りの池にもぐっていた少女が、意識の水面にあがってこようとうめきをあげた。

「わたしたちはまったく似てなどいない」ポオは冷たく反論した。

エーヴェルスはすぐさま気分を切り換え、意識をよそにむけた。豊潤なジジの血のせいで、ひどく落ち着きがない。ポオの感覚もまた鋭敏になっていたが、彼は危うい昂揚感を味わうと同時に、すぐ足もとで深淵が口をあけていることにも気づいていた。視野の隅で真紅の閃光が躍っている。

「われわれは城に行かねばならんのだ」エーヴェルスが言い張った。「なんとか車を調達しよう」

地面におろすと、少女は猫のように身を丸めた。ポオは襟もとを整えてやった。エーヴェルスがいくつものボタンをひきちぎったため、下着とエプロンドレスをとめなおすことはできなかったが、できるだけきちんとしてやりたかつた。

「エーヴェルス、この子に支払いをしなくてはならない」

エーヴェルスは憤慨しながらもヴェストをさぐり、硬貨を一枚、砂利の上に放り投げた。ひろいあげて手の中にすべりこませてやると、少女は夢うつつのまま、しっかりとそれを握りしめた。

ジジを残して駅にもどった。運転手つきの車が停まっていて、かたわらに将校が立っていた。ポオとエーヴェルスに気づき、将校が背筋をのばして敬礼した。

「テオ・フォン・クレッチマー＝シュールドルフ大佐です。偉大なる作家とお目にかかれるのを楽しみにしておりました。ミスター・エドガー・アラン・ポオでいらっしゃいますね」

将校は怜悧な新生者《ニューボーン》で、綺麗な英語を話した。

「ああ、この男がそうだ」エーヴェルスがドイツ語で答えた。

ポオは握手をかわした。クレッチマー＝シュールドルフはすばやく視線を動かして、新たに到着した客たちの状態を確認している。ポオはハンカチで汚れをふきとっているが、エーヴェルスの服と顔にはまだ乾きかけの血がこびりついたままだ。将校はそれなりに考えるところもあっただろうが、心得て沈黙を守った。

エーヴェルスが未来のやかまし屋からトランクをとりもどそうと、騒々しく駆けだしていった。車に乗りこむポオに、クレッチマー＝シュールドルフが手を貸してくれた。悪臭を放つ老貴婦人を相手にしながら、そのことを口にはすまいと暗黙のうちに決意しているような、そんな恭しさだった。

ジジから受けとったものはもう完全に消えてしまった。赤い渇きが癒されたかわりに、恐ろしい現実が舞いもどり、世界は砲撃音と死臭で満たされていた。

「わたしはいまでは養父の名を使っていません」ポオは告げた。「ただの、エドガー・ポオです」

クレッチマー＝シュールドルフはその言葉をしっかり心に刻みつけたようだった。彼のような人間にとって、名前と階級は、軍服や勲章と同じくらい重要な意味をもつのだ。彼は航空隊に配属された槍騎兵だ。この戦争では、多くの勇敢な騎兵が馬を翼に乗り換えているのだ。

もどってきたエーヴェルスはトランクのひとつを自分でひきずり、もうひとつを伍長に運ばせていた。使用人扱いされた伍長の鋼青色の両眼に、鮮やかな憤怒が燃えていた。（この伍長のファースト・ネームはアドルフではないかと思われる）

「忘れられたかと思ったぞ」エーヴェルスが乱暴な口調で文句をつけた。「なぜ遅れたのだ」

クレッチマー＝シュールドルフ大佐は肩をすくめこそしなかったが、両眼をすっと細くした。ハンス・ハインツ・エーヴェルスはそれにより、永久にこの男を敵にまわしたのだった。

「戦争ですから」

そのひと言がすべてを説明していた。

16　二度噛まれれば

「〝二度噛まれれば二度めは用心する〟という諺も、きみには通用しないようだな」クンダル少佐が言った。

「この場合、〝二度噛まれて〟手がかりをつかんだと言うべきではないでしょうか」ウィンスロップは答えた。

ため息をつきながらも、クンダルの血は昂揚している。皮肉屋を装ったその仮面のむこうに、虎のような飛行隊長の素顔が見てとれる。殊勲章《DSO》と線章は、諧謔と機知に富んだ台詞《せりふ》で手に入れたわけではないのだ。

「ではディオゲネスはわれわれに、もう一度マランボワまで行ってこいというのだな」

「つまり、こういうことなのです」ウィンスロップは説明した。

オールブライトがもち帰ったひびのはいった乾板は、奇跡的にも現像に耐えた。一面にけばだった白い線が走り、一部黒くなってはいるものの、かろうじて城が写っている。テーブルにひろげた写真のまわりを、ヴァンパイアのパイロットたちが取り囲んだ。

「わたしたちが関心をもっているのはこの塔です」

示された場所をしげしげとながめながら、クンダルが言った。

「飛びこみ板のようだな。JG1の海賊どもは捕虜に目隠しをしてこの上を歩かせているのか」

塔の頂上部がすっぱりと切りとられ、そこから板のようなものが突きだしている。問題の箇所は、乾板がもっとも傷んでいた場所でもあった。

「この影はなんだ」ビグルズワースがたずねた。「汚れでほとんどわからないが。監視員か。砲座か」

ディオゲネスでも首をひねっていた場所だ。ウィンスロップは写真の隅にある縮尺スケールを軽くたたいた。

「監視員だとしたら巨人ですね。身長が十五フィートもある」

「ガーゴイルだろうさ」コートニーが割りこんだ。「ドイツ人どもはガーゴイルが大のお気に入りってな」

「JG1がくるまで、マンランボワはフランスのものだったじゃないか」

「フランスにも怪物はいるさ《プリュ・ド・ガーゴイル・アン・フランス》」とコートニー。「おれが前の休暇でひっかけたアルマンティエールの女の子《マドモアゼル》を見たら、おまえさんだって納得するよ」

乾いた笑い声があがった。今回は以前ほどあからさまに揶揄《やゆ》されることもないし、オールブライトやスペンサーのことを口にする者もいない。新しい顔も見えるが、消えた顔のことは考えない。春までに予想される敵の攻撃にそなえて、軍ではしきりと示威行為をおこなっている。ここ数日、クンダルのコンドル飛行隊の任務は、この空域から偵察機を追いはらうことだった。

「つまり黄昏パトロールに出るってわけだな」レイシーが熱っぽい声をあげた。「集団《アン・マス》で飛びまわったら、赤い鷲の羽根だってむしれるかもしれんぞ」

「リヒトホーフェン男爵か」哀れっぽい声はロイ・ブラウンだ。「いつか誰かが殺《や》らなくては」

「誰だっていつかは死ぬのさ」クンダルが考え深げに答えた。

クンダルは本質的には用心深い男だ。いままで生き残ってこられたのもそのおかげだろう。

「ディオゲネスは今回、正規の編隊パトロールを希望しています」

作戦変更を告げられ、飛行隊長としては腹を立ててもとうぜんのところだ。だがクンダルは穏やかに答えた。

「いいだろう。コートニー、偵察員を選んでハリー・テイトに乗れ」

指名されたパイロットが――たしかタスマニア人だったのではないか――うなり声をあげた。RE8、別名ハリー・テイトは、ずんぐりした格好から〝ばたばたアヒル〟と呼ばれているあまり人気のない機だ。

「先頭はわたしが飛ぶ。だからそうかりかりするな、コートニー。ちゃんとおうちに帰してやるさ」

コートニーが芝居がかったしぐさで心臓をつかんだ。飛行隊長がこんどは自分で人選をはじめたので、ウィンスロップはほっと胸を撫でおろした。

「前回はAで選んで失敗だった」クンダルは容赦なくつづけた。「今回はBでいこう。ビグルズワース、ボール、ブラウン、準備しろ。それに……そうだな、たまには公平に、Wのウィリアムソンもいれてみるか」

指名されたパイロットたちは飛行服《シドコット》にもぐりこみ、毛皮裏の長靴《ちょうか》に脚を突っこんだ。四肢の折れ曲がったアルバート・ボールの身支度は、一種異様ではあったがすばやかった。不機嫌な顔の小柄なカナダ人ロイ・ブラウンは、水差しにはいった牛乳と牛の血を飲みはじめた。

「ブラウンのやつ、腹具合が悪くてさ」ジンジャーが説明した。「ああやってなだめてるんだ」

ブラウンは苦しそうに飲みつづけている。こうした仕事についている男たちが潰瘍にかかるのも無理はない。

「ところで」コートニーが口をはさんだ。「ハリー・テイトといっても、おれのいつものダンスのお相手カーティス・ストライカーはただいま病欠中なんだが。どうやら身体にあわないものを食っちまったらしくてね」

志願者をつのることになると考えたのだろう、アラードが顔をしかめた。だがクンダルは意地の悪い微笑を浮かべてウィンスロップをふり返った。

「さてさて、親愛なるウィンスロップ殿下、きみはルイス機銃を撃ちまくったことがあるかな」

「どっち側を握ればいいかくらいは心得ています」

「それで充分だ」親指で天井を示し、「空《うえ》にあがったことは？」

「二度イギリス海峡を渡りました。操縦桿を握ったこともありますが、地面に激突はしませんでした」

「ベテランだな」コートニーが鼻を鳴らした。

「上等だ」とクンダル。「ゲロを吐く心配もないな。ではきみもこの遠足に同行しないか。つまるところ、こいつはディオゲネスの仕事なんだからな。べつに強制はしないが、きっと気に入るだろう。日没時の景色はすばらしく美しいぞ」

「是非ご一緒させてください」

ウィンスロップは冷静に答えた。彼の立場で怖じ気づくわけにはいかない。

「よし、決まりだ。ジンジャー、装備を見繕ってやってくれ。温血者《ウォーム》だからな、そのつもりで支度してやれよ」

このパトロールがどのようなものになろうと、ただぼんやり彼らの帰投を待つよりはましだ。そもそも帰投できるのだろうか。ウィンスロップはふいに衝動にかられ、手帳と鉛筆をとりだした。

「遺言でも書くのか」コートニーがたずねた。

「いや、ただのメモだ。情報収集はメモをとることからはじまるんだ」

「好きにしな。おれはいつだって、気分をもりあげるときは借金した連中のことを考えることにしてるんだ。おれがくたばったりしたら、やつら大ショックだからな」

ウィンスロップは必死で考えながらペンを走らせた。

『親愛なるキャット、きみがこれを読むとき、おれはおそらく無事ではいないだろう。あまり悲しまないでくれるといいのだが。心から愛しているよ。エドウィン』

説明になっていないけれど、しかたがない。アルジー・リシーから封筒をもらい、手紙をいれて封をした。これで義務は果たした。

ジンジャーが飛行装備一式をもってもどり、従者のようにさりげなく装着を手伝ってくれた。以前誰が着ていたものなのか、たずねるのはやめておいた。まず最初に、捕虜になったときドイツ軍を喜ばせそうな書類はすべて、ポケットから出しておかなくてはならない。ディオゲネス・クラブから受けとった謎めいた二通の急送公文書は靴箱にしまった。マッチとシガレット・ケースとカトリオナの写真だけは、身につけておくことにした。

「美人だな」ジンジャーが褒めた。「白鳥の首だ」

ウィンスロップは身ぶるいしながら、箱の上に貼りつけた書類にサインした。

『わたしは名誉にかけて、敵を利するような手紙や書類を、この身および機体に帯びていないことを誓います』

カーキ色のシャツとズボンの上にごつごつしたセーターを二枚重ね、防寒用オーバーズボンを穿いて、さらに飛行服《シドコット》――小羊の毛皮で裏張りしたゆったりしたつなぎ――にもぐりこむ。首から上も、慎重なジンジャーによって文字どおりぐるぐる巻きにされてしまった。まず首にシルクのスカーフを巻き、頬と額に冷たい鯨脂をたっぷり塗りつけ、分厚いバラクラヴァ帽（頭から首までをすっぽりとおおう毛糸の帽子）をかぶり、吸湿性の悪いヌチワン犬革のフェイスマスクをつけ、夜間飛行用に着色した三重ガラスのゴーグルをかける。腿まである長靴に、マスクラット毛皮の手袋をはめれば、それで完了だ。すべてのバックルをとめてしまうと、ウィンスロップは丸々した雪だるまのようにふくれあがり、両腕を突きだしたまま、まともに歩くこともできなかった。

「ちょっと暑苦しいぞ」ウィンスロップは抗議した。

「上にあがればすぐに寒くなるさ」とジンジャー。「ほら、これにもサインしな」

ジンジャーが二〇号書式の安全規約同意書をさしだした。ウィンスロップは名前を書きながら目を通した。貸し与えられた装備一式のリストの下に、『これらの品は公有財産であり、その損失が作戦行動中の事故によるものであるかどうかは、担当将校の証明を必要とするものである』と書かれていた。

「すごいだろ」とジンジャー。「もしあんたが火の玉になって落っこちたら、英国陸軍航空隊《RFC》はあんたの未亡人や孤児に、下着の代金までしつこく請求することになるってわけだ」

「おれは結婚していない」答えながらカトリオナのことを考えた。

「ああ、それがいちばんだろうさ」ジンジャーが同意した。

「可愛い老いぼれハリー・テイトよ」

コートニーがぽんぽんとRE8の機体をたたいた。この複座式偵察機は空にあがっても羊のようにのろまだ。だからクンダルは番犬として、ソッピース・スナイプ戦闘機を五機つけたのだ。

ウィンスロップはドレイヴォットに手紙をわたし、万一のときには宛先まで届けてくれるよう頼んだ。軍曹は了解のしるしにうなずきはしたものの、大丈夫ですよなどと安請け合いはしなかった。

コートニーの手を借りて後部座席にもぐりこんだ。着ぶくれた身体でレールにとりつけたルイス機銃をまたぎ越していくのはひと苦労だった。枝編み細工の座席に落ち着くと、銃把が胸もとに突き刺さるようで居心地が悪い。

パイロットが機体によじのぼり、しがみつくように偵察員席をのぞきこんで、サットン・シートベルトの締め方を教えてくれた。両肩と両腿にストラップをかけ、スプリングクリップで身体の中心に固定するのだ。うまくたたけばばらばらになって、すばやく脱出できる。高度六千五百フィートの空中に安全な逃げ場所があるかという問題は、とりあえずおいておく。

「言い古された助言だがな、マルタ十字をつけたやつを見たらとにかく、正面五十ヤードから銃をぶっ放せ。横っ腹を狙っても弾が届く前に通りすぎちまうからな」

「むこうがまっすぐ突っこんできたらどうするんだ」ウィンスロップはたずねた。

「そんときゃ弾倉が空になるまで鼻面に撃ちこんで、お祈りでもするんだな。シュパンダウのうしろにいるドイツ野郎だって、同じことを考えてるに決まってるんだ」

「カメラのレヴァはどこだ」

コートニーがトグルを示した。

「写真を撮るときは知らせるから、機体を安定させてくれ」

「好きにしてくれていいが、たぶんおれには聞こえないね。上はうるさいんだ」

ウィンスロップは海峡を越える旅のことを思いだした。穏やかな日だったにもかかわらず、吹きつける風はすさまじい音をたてていたし、真夏だったにもかかわらず、温度計はすぐさま氷点下にさがってしまった。わめき散らしたいほど苦しかった初飛行のときの腹痛を思いだし、ウィンスロップは盛大なげっぷを漏らした。上空では腸内のガスが地上の二倍に膨張するのだ。コートニーは何も言わなかったが、ウィンスロップに関する不安をいくらかやわらげたようだった。

「われらが新しい撃墜王《エース》はどんな具合だ」飛行帽を手にしたクンダル飛行隊長が、RE8に目をむけてたずねた。

「一九一八年のホーカーになれるね」

またからかわれてしまった。一九一六年十一月、ヴィクトリア十字勲章および殊勲賞の受勲者であり、イギリス一のスコアを誇るパイロットであったラノー・ホーカー少佐は、マンフレート・フォン・リヒトホーフェンに撃墜され、死亡した。レッド・バロン十一番めの犠牲者だった。

「ちゃんと面倒みてやれよ、コートニー」

「髪の毛一本傷つけさせやしないさ。クンダルのコンドル飛行隊の名誉にかけて、約束するよ」

「そいつはなんとも頼もしいことだ」

コートニーだとて、むなしい空威張りを心から信じているわけではないだろう。だがそれがパイロットのやり方だと考えられている以上、懸命に演じてみせるしかない。

コートニーが翼の下にひっこみ、パイロット操縦席に腰を落ち着けて操縦桿を倒した。ウィンスロップの可動式ルイス機銃に加え、操縦席には固定式ヴィッカース機銃が装備されている。

座席が背中あわせになっているので、コートニーのようすを見るには身体をひねらなくてはならなかった。パイロットはアルディス照準器とエンジン・ゲージをチェックしながら、「気球に乗って」(Up in a Balloon, Boys ジョージ・W・ハント作曲のミュージック・ホール・ソング)をハミングしていた。それからコンパスをつついて針がちゃんと動くことをたしかめ、さらに高度計がゼロを示していること、龍骨の傾きを示すアルコール水準器の泡が中央にきていることを確認した。コートニーがゴーグルをかけたので、ウィンスロップもそれにならった。

クンダルを先頭に、スナイプが楔の陣形を組んで走りだした。コートニーは二度ほどエンジンをふかして耐空性をチェックし、それからガソリン弁をひらいた。空中における飛行機事故の大半は、燃料の流れが滞ることによって発生する。地上整備員ががたがたとRE8のプロペラをまわした。

「行きますか」整備員がたずねる。

「やってくれ、ジッグズ」

整備員が勢いをつけてプロペラをまわすと同時に、コートニーがスイッチをいれる。空冷式ダイムラーエンジンはすぐさま点火して黒い煙を噴きだした。旋風がジッグズの髪をかき乱し、半径五十ヤード以内に立つ者全員に襲いかかる。RE8の車輪の下には、紐を結びつけた止め木が食いこんでいる。パイロットがスロットルを倒して回転数をあげる二分間、整備員たちはその紐をつかんでじっと待機していた。

コートニーがエンジン音に満足して、泳ぐ魚のように手をふった。止め木がはずれ、ジッグズがスマートな敬礼を送る。コートニーは手をふってそれに応え、扱いにくい飛行機をなだめすかしながら、一分間隔で飛び立つ戦闘機の編隊に加わった。RE8が走りだしたとき、スナイプはすでに全機離陸していた。

機が大きく傾き、ウィンスロップは風に押されて前にむきなおった。冷たい突風がうなじに吹きつけ、氷のような空気がはいりこんで飛行服《シドコット》をふくらませる。フィールドでは、ドレイヴォットと地上整備員たちが長い影をひきずっている。舌を噛まないよう、力をこめてあごを閉じておかなくてはならない。RE8は鉄のように硬い土の上で三度ほどはずみ、ようやく地面を離れた。

揺れがおさまり、機体がなめらかにすべりはじめた。空中にはくぼみなどないのだ。ウィンスロップは胸を躍らせた。コートニーがエンジンをふかして速度と高度をあげるにつれて、興奮はなおいっそう高まっていった。

農場とフィールドに立つ人々の姿が遠ざかった。太陽はまだ沈みきらず、溶け残った雪の塊が灰色の光を放っている。平坦で荒涼とした大地が眼下を飛び去っていく。分厚い衣服にくるまっているにもかかわらず、骨の髄まで凍えそうだ。あごの緊張がわずかでもゆるんだら、歯がかたかたと永遠に鳴りつづけるのではないだろうか。

ウィンスロップはゆっくりと行動に移った。機体をうがってその縁にレールをめぐらしたコクピットの中で、座席のむきを変えると同時に、レールにとりつけたルイス機銃を移動させるのだ。目的地が見たかった。前上方では、飛行隊のリーダーであることを示す旗をなびかせてクンダルのスナイプが先頭を進み、その両側で各機が完璧な編隊を組んでいる。しんがりを務めるボールとビグルズワースは、コートニーのすぐ前を飛んでいる。敏捷な小型戦闘機にとって、のろまなハリー・テイトと歩調をあわせるのはさぞやたいへんなことだろう。

寒さにもだいぶ慣れてきた。たしかにヴァンパイアのほうが空の旅にはむいているかもしれないが、温血者《ウォーム》にだって不可能というわけではない。すばらしい爽快さだ。冒険者たちが海に魅了されたがごとく、今世紀、その子孫らは空にひきよせられることになるだろう。これほどのロマンが戦争で無為に浪費されてしまうなんて、恥ずべきことではないか。

かつて田舎道があった荒れ野で、男とも女ともわからない人影が自転車にもたれて手をふっている。なぜか懐かしく感じられ、ウィンスロップは名も知らぬ相手に好意を抱いた。手をふり返そうとコクピットからのばした腕に、どっと風が襲いかかった。

大地に深く刻まれた溝の上を通過した。連合軍の塹壕線だ。そのむこうには中間地帯《ノーマンズ・ランド》がひろがっている。十もの地震が同時に発生し、百もの火山が噴火し、千もの隕石が激突したかのように、眼下の地面は穴だらけで荒廃している。一ヤード四方ごとに、何トンもの砲弾が降りそそいだのだ。もうひとつの溝、ドイツの塹壕線を越えれば、いよいよドイツ兵どもの陣営、敵地にはいる。

17　孤独な自転車乗り

防寒上着の裾がスポークに巻きこまれないよう、懸命にペダルをこいだ。前線付近の道路はひどい状態で、一時間に一度は自転車をおりなくてはならない。ヴァンパイアの回復力のおかげでころんでもどうということはなく、たいていの怪我は一分もすれば治ってしまう。死と灰のにおいが空気中に充満してさえいなかったら、楽しいサイクリングになるのだが。生命が失われると、血は陽光にさらされたミルクのようにすぐさま腐ってしまう。周囲には不快な血臭が瘴気のように漂っていた。

ケイトはそこかしこにうがたれた砲弾の穴を避けながら、狭い小道でジグザグに自転車を走らせた。古い道標がばらばらになったため、ペンキで書かれた薄っぺらなブリキ板が針金で繋みにくくりつけてある。つぎの爆撃が繋みに命中したら、間に合わせの標識はどこを示すことになるのだろう。戦前の地図はもはや役に立たなかった。古い道は瓦礫《がれき》に埋もれ、新しい道が荒野を貫いている。百万トンの砲弾が手あたりしだいに造園作業をおこなったおかげで、川すらも流れを変えてしまっているのだ。

ケイトはエドウィンを追ってマラニークにむかっているところだ。ときにヴァンパイアの感覚よりも鋭い、記者としての勘がうずいた。

太陽が沈むころ、飛行機の一隊が頭上を通りすぎていった。いま目指している方角から飛んできたようだ。軍用飛行場はあっちだという、彼女の勘は正しかったわけだ。

ケイトはいま、変化を迎えつつある空中戦の話題を追っている。マタ・ハリの話が空に対する関心を呼び起こし、エドウィンがその直感を裏づけてくれた。

自転車をとめて片足を地面におろし、分厚い眼鏡越しに空を見あげた。翼の裏側に黒い十字が描かれているのではないかと不安になった。だがあれは、英国陸軍航空隊《RFC》(まもなく英国空軍として再編成されることになっている)の青と白と赤の同心円標識だ——少なくとも完全に迷子になってしまったわけではないらしい。

パイロットは自分たちの飛行機を〝凧《カイト》〟とか〝鳥《バード》〟と呼ぶ。針金と帆布でできた新しい機械は哀れなほどもろく、激しい砲火はもちろん、強い横風にあたっただけでばらばらに壊れてしまう。平和的な用途にだって、耐えられるかどうか疑問なしろものだ。RFCの飛行学校では、敵より多くの飛行機を破壊するがゆえに、生徒たちは〝ドイツ兵《ハン》〟と呼ばれている。訓練中の事故で死ぬパイロットは、戦死するパイロットの半分にもおよぶ。これはだいたいにおいて、ウィルバー&オーヴィル・ライト兄弟の責任だ。だがそれをいうならケイトの父も、いつか彼女が自転車のせいで生命を落とすだろうと信じていた。

手をふったが、パイロットが挨拶を返してくれたかどうかはわからなかった。このパトロール隊も、いま追っているあの話と関係あるのだろうか。ケイトが何かに関心をもつと、いつだってふいにすべてのものが関連づけられ、十もの何気ない言葉や出来事がひとつの形をとりはじめるのだが。

うすのろ間抜けなホレイシオ・ボトムリが血に飢えた愛国的記事を書き散らしている〈ジョン・ブル〉をはじめ、ケイト・リードが関わりをもたない一般紙では、こぞって彼ら連合軍パイロットを、〝勇敢で〟〝不屈な〟男たちと褒め称えている。死が待ちかまえているかもしれない空へ飛びたっていく彼らを見ていると、それを否定することは難しい。戦う男たちにはたしかにそうした気概がある。真に恥ずべきなのは、安全な場所で計画を立てて人々を煽り、彼らの生命を使って殺戮をおこなっている連中だろう。

パトロール隊は冬にそなえて南にむかう鴨の群れのように、きっちりと隊列を組んで前線のほうへ飛んでいった。

ケイトの立場は微妙だった。真実を探求する記者は、ともするとスパイと見なされることが多いのだ。総司令部では、敵に戦略を嗅ぎつけられまいと努力するのと同じくらい懸命に、報道陣と一般大衆から自分たちのへまを隠そうとする。ケイトはマタ・ハリのような手管を弄して将校たちと友好的な関係を築き、禁じられた場所に首を突っこんでは噂話のあいだから必要な情報をふるいわける。たとえばミロー将軍などは、彼女が串刺しにされると聞けば躍りあがって喜ぶだろう。将軍はまだ、あのイエズス会士に彼女を見張らせているのだろうか。用心しなくてはならない。聖水やロザリオは冗談ですむが、銀の弾丸は笑いとばすわけにはいかないのだから。

救急車運転手の腕章は、ほとんどの軍用施設において入場許可証の役目を果たしてくれる。また、前線にこれほど近くなると、ケイトみたいに不器量な娘でも女というだけで歓迎され、食堂や野戦病院に無条件ではいることができる。

東のほうで照明弾が炸裂し、不規則な影をつくりだした。ここ数週間は夜間戦闘が激しい。ドイツ軍は連合軍に考える時間を与えまいとしているらしい。さっきのパトロール隊が中間地帯《ノーマンズ・ランド》の上空にさしかかった。彼らの幸運を祈りながら、ケイトはペダルを踏みつづけた。

マラニークを本拠とするコンドル飛行隊は、ディオゲネス・クラブの手駒だ。エドウィンの命令書を盗み見るまでもなく、公式発表からもそれくらいのことは推測できる。ケイトはパリの主計局参謀司令部でひと晩をすごしたときに、命令書や移動記録をたどり、人員や物資の動きから、この部隊の成り立ちを見抜いた。書類にはチャールズ・ボウルガードの名前も散見され、かなり頻繁に、著名な将校たちの意向に逆らいつつ自分の主張を押し通していた。とはいえ、それほど驚くようなことでもない。

行く手の道路は荒れていた。生け垣は吹き飛ばされているし、地面は穴だらけ。敷かれた板も大半は割れている。ケイトは自転車をおり、軽々とかつぎあげた。力弱い温血者《ウォーム》だったころの記憶は薄れてしまった。それでもふだんは、人前でヴァンパイアの力を見せびらかさないよう気をつけている。地面におりて歩きはじめたが、数歩といかないうちにゲートルの上まで砂利まじりの泥に沈みこみ、歩くたびにぬちゃぬちゃと気持ちの悪い音をたてることになった。

撃墜王《エース》はすべてコンドル飛行隊に集められている。だがこの部隊は、栄光に満ちた出世ルートとは直結していない。記録を比べてみると、パイロットたちはクンダルのコンドル飛行隊に配属されてから、驚くほどわずかな個人スコアしかあげていない。名誉欲にあふれた猟犬にとってはものたりない場所だろう――連合軍パイロットには、リヒトホーフェン男爵のようにスコアを稼ぐことにのみ血道をあげる者など存在しないと考えるのは、よほどのお人好しだけだ。つまりこの飛行隊は、一般にもてはやされる勲章や勇名などとは比べることのできない、重要な任務を帯びているということなのだろう。

道らしいものが見つかったので、また古いフープドライヴァにまたがった。これは男性用自転車で彼女には大きすぎるのだが、べつにかまいはしない。ケイトは八〇年代に、自転車に関する記事を書いてジャーナリズムへのデビューを果たした。ブルマーを穿いて自転車に乗る女性が侃々諤々《かんかんがくがく》の論争を引き起こした温血者《ウォーム》のころが、ときに懐かしく思いだされる。〈恐怖時代〉以前が希望に満ちた牧歌的な時代だったと考えるのは愚かしいことだが、失われてしまった平凡でささやかなものには、たしかに心を慰める何かがあるようだ。

適切な書類をもたない者はここから先は立入禁止と告げる標識があった。大きなポケットにはいっている紙といえば、血のシャーベットの包み紙だけだ。大切なことは紙などではなく、誰にも手を出すことのできない頭の中に書きとめてある。

道沿いに、いかにもドラキュラ伯爵好みの杭のような柱がならんでいた。てっぺんにのっているのは肉の落ちた頭蓋骨でなく、へこんだドイツ軍ヘルメットだ。またべつの標識があって、フランス語と英語で（ドイツ語はない）、『許可なくはいりこんだ者はスパイと見なして射殺する』と書いてある。間違いなく本気だろう。ボトムリの主張によれば、戦争行為を批判するジャーナリストは、処刑されるべき国賊なのだ。

ケイトの情報源のひとりであるニコルソン大佐は、昨年九月、偉大なる吸血鬼ボトムリの前線視察にお供するという役目を仰せつかった。そのとき大佐は、発射踏台に乗って銀の弾丸の通り道に頭を出してみるよう進言してやりたいと、強烈な誘惑にかられたという。ボトムリは戦場の四千ヤード手前でさっさときびすを返し、その後ぬくぬくとロンドンにおさまりかえったまま、自分がいかに勇敢に、〝われらが名誉ある若者たち〟と前線で辛苦をともにしたかを滔々《とうとう》とまくしたてたのだ。あの記事を思いだすだけで、ケイトは腹の底から気分が悪くなる。

「地獄の一角で！　わたしは見た――わたしは行動した――わたしは学んだ――勝利はわれらにあり！」

だが、「最高司令官たる陸軍元帥から、塹壕における最も新米の一兵卒にいたるまで、戦場はただひとつの精神――絶対的な希望と確信に支配されていた」などという全編これセンチな記事をもうひとつ読まされるくらいなら、〝名誉ある若者〟たちの大半は、喜んでボトムリの腹に銃剣を突き立てるだろう。

「写真撮影のためあいつにガスマスクをつけさせたんだがね」とニコルソンはケイトに語ったものだ。「おれは一瞬、やつが卒中でも起こしてくれないかと本気で願ったよ」

連合軍と同盟軍のあいだでくりひろげられている戦いとはべつに、年寄りと若者のあいだ、両陣営における政治家や煽動者と、死にむかって送りだされる兵士たちのあいだでも、戦いはおこなわれているのだ。ケイトは多くの者たちよりずっと切実にドラキュラを嫌悪し、彼の野望に歯止めをかけなくてはならない必要性を認識しているが、イギリスでは伯爵と同じくらい唾棄すべき輩どもが、のうのうと高い地位にいすわっている。チャールズ・ボウルガードやエドウィン・ウィンスロップのような男たちが、まだヴィクター王のために働いているという事実だけが、わずかな希望だった。

あの賭けをした日以来、ずっとエドウィンのことを考えている。あのときふたりのあいだには、たしかに何かが通いあった。だが彼女自身、それがなんだったのか理解できてはいない。エドウィンのほうでもケイトのことを考えてくれているだろうか。

今日の合言葉でもあるかのように「赤十字よ」と告げると、うんざり顔の歩哨は敬礼して、偽物の書類を見せろとも言わず、そのまま通してくれた。パイロットたちについての芳しからぬ風評のおかげで、飛行場には終日、ケイトなどとは比べものにならないほど身もとの怪しげな女たちが出入りしているのだ。

納屋があったので、自転車を立てかけておいた。泥のため全身がまだら模様だ。ブーツも数インチ分厚くなっているし、眼鏡にまで茶色の液体が飛び散っている。どう見ても、口の堅い英雄たちをたぶらかして秘密を聞きだせる状態ではない。

その軍用飛行場はまだ多分に農場の面影を残していた。なまこ板でつくられた間に合わせの納屋が、格納庫として使われている。日が暮れたばかりで、出歩いている人影は少ない。かつて厩舎の中庭だったらしい場所で、ふたりの整備員が勢いよくオイルを噴きこぼしているソッピース・パップ機に取り組んでいた。

大切な用事があるかのように（それは事実だ）早足で通りすぎると、ひとりの男が口笛を吹いてよこした。家を離れてからずいぶんになるのだろう。ケイトは歯をむきださないよう気をつけながら、微笑を返してやった。

フィールドがあった。さっき見たパトロール隊は間違いなくここから離陸したものだ。宿舎に使われているらしい家屋のそばで、数人の男が固まって夜空を見あげている。

勝算が低いことを知りつつじっと待つしかないのは、とてつもなく恐ろしいものであるにちがいない。ともに戦っている仲間たちが死を迎えて着実に数を減らしていく状況にも、いずれは慣れてしまうという。そうやって、人は徐々に正気をむしばまれていくのだ。

男たちが動きをとりもどした。ひとりがゆっくりとその場を離れ、ふたりめがそれにつづき、やがて全員が歩きだした。いつまでも空を見つめていたいという強迫観念を押し殺し、視線をあえて地面にむけている。それから彼らはわずかながらも気をとりなおし、わざとらしい陽気な声をあげながら、宿舎にもどっていった。蓄音機が「プア・バタフライ」をきしみ声で歌いはじめた。

ケイトは珍しく闖入者《ちんにゅうしゃ》になったような罪悪感をおぼえ、救急隊にもどろうかと思案した。情報集めをしていないときのケイトは、怪我人の介助をしている。地道な仕事にいそしんでいると、真実をさぐって語ることの重要さが再認識される。

「お嬢さん」低い声が呼びかけた。「こんなところまではいりこんできて、いいんですか」

いつのまにか背後に男が立っていた。蝙蝠の鋭さを誇る彼女の耳にも、何ひとつ気づかせることなく——

つまりは、プロだ。それはディオゲネス・クラブの殺し屋、ドレイヴォット軍曹だった。

ケイトは降参のしるしに両手をひろげ、内気な笑みを浮かべながら蓮っ葉な口調を真似てみた。

「あたし、兵隊さんがもどってくるのを待ってんのよ」

ドレイヴォットは空を見あげ、淡々とした声で答えた。

「おれもですよ」

18　地獄の天使

すぐそばで爆発が起こり、熱風がかすめていった。RE8の下で花のように黒い雲がひろがる。高射砲だ。ウィンスロップの偵察機は胃が裏返りそうな速度で上昇した。距離もわからないほどはるかな下界は、一面の黒い爆煙の絨毯だ。爆風が機体をさらに高く押しあげ、コートニーは安定を保ったまま、巧みに気流に乗った。

高度六千五百フィート。RE8の上昇限界は一万三千五百フィートだが、高射砲の銃弾はその重さゆえに、四千フィートまで届くこともめったにない。

ふと、敵もまた空にいるかもしれないと思い至った。自分は下界をながめるためこの機に乗ったのではない。後方や上空から攻撃されると、飛行機はひとたまりもない。ウィンスロップはぐるりと周囲二百七十度を見まわした。忍びよってくるものは何もないようだ。

編隊は日没を背に、東にむかっている。空が赤く燃え、闇がひろがりつつある。

RE8が大きく傾いた。クンダルの先導に従って、コートニーが教則本どおりの旋回をおこなったのだ。新たな進行方向にマランボワがある。

空気が釣針の嵐のように突き刺さってくる。ウィンスロップはルイス機銃を離そうとして、指がこわばっていることに気づいた。いらだちに歯噛みしながら、動かない手をどうにか引き剥がした。

それから手さぐりでカメラのトグルをさがす。ピントは正確にあわせなくてはならないし、同時に敵機にも気を配らなくてはならない。白昼でさえ、射程距離にはいる二秒前の敵機は、広大な無人の空で蚊のように小さな点にしか見えない。各面にひとつずつ複眼をつけた、多面体の頭があればいいのに。もしかすると、そんなヴァンパイアもいるのだろうか。

右をむくと、コートニーのヘルメットの後頭部が視野にはいった。パイロットは手袋をはめた片手をあげて、親指を立ててみせた。

コートニーのむこうは編隊を組んだスナイプ、そのむこうは影だ。飛行隊は薄い雲を貫いて降下していった。ひろがる地上の景色の中にそびえたつもの——絵や写真でお馴染みの、マランボワ城だ。

緊張で腕がこわばった。カメラのトグルを引く力があるだろうか。

翼をもった黒い影がものすごい勢いでかすめていった。回避したRE8が大きく傾き、轟音の中にかすかな銃声が聞こえた。ウィンスロップは位置感覚を修正した。RE8は側面飛行をしているが、とりあえずは足のあるほうを下と考えよう。視野の六十パーセントは地表の景色で占められている。地面や道路が空中にあり、そこで人や車が動きまわっているみたいだ。

灰色の泥の中で、かなりのひろさの処女雪の原が白く輝いている。じっと見つめていると、何か黒いものが矢のようにそこを横切っていった。その進路にむかって狙いを定め、ルイス機銃の引金をひいた——騾馬に蹴られたかのような衝撃。闇雲に連射してかぎりある弾薬を無駄遣いしてはならない。短時間の集中射撃だ。だがいまのははたして命中したのだろうか。

ハリー・テイトが上昇旋回した。驚いたことに、飛行隊はまだ陣形を維持したままだ。楔形編隊の周囲で黒いものがひらひら飛びかっている。目のくらむようなまばゆい閃光がすぐそばを飛んでいった。曳光弾だ。

RE8が城の上空を旋回する。ウィンスロップはカメラのトグルをひいた。数秒後にもう一度。偵察機の上を影が通りすぎる。さらに二枚撮影した。そこでカメラのことは忘れ、両手を銃にかけた。

空中戦——乱戦のまっただなかだ。いったいどれだけの飛行士が飛びまわり、銃を撃ち、悪態をつぶやき、手ごわい風に逆らって翼を操作しながら、勝利と、もうひと晩の生命を祈っているのだろう。

もっとちゃんとした手紙を書いておけばよかった。数行の殴り書きなど、カトリオナにはふさわしくない。

何かが甲高い悲鳴をあげながら、炎に包まれてまっすぐ落下していった。翼に記されたマークがどちらのものだったかはわからない。空中では形を見わけることなど不可能なのだ。

ちくしょう、おれはここで死ぬのか！　白髪の老人として孫に囲まれて迎える遠い未来の死ではなく、ほんの数秒後に。転化しておけばよかった。だがコートニーはヴァンパイアで、それでもいま死に直面している。炎にまかれて墜落すれば、不死者《アン＝デッド》であることに意味などない。

RE8は前後左右に飛びまわっている。ドイツ兵の最高の射撃を巧みにかわしながら、おんぼろハリー・テイトをこれほどみごとに操れるとは、コートニーは天才の血統にちがいない。そう、クンダルのコンドル飛行隊はいま、第一戦闘航空団《ヤークトゲシュヴァーダー・アイン》と戦っているのだ。深まりつつある闇のどこかに、血まみれレッド・バロンもいるはずだ。

ドイツ人の動きはスナイプよりもすばやく、邪悪な黒い染みのようにしか見えない。闇が深まるにつれて、夜の中にまぎれてしまう。まるでスナイプが光を放ち、それを目当てに四方から銃撃されているような気さえする。

空が足もとに、城が頭上にあった。コートニーが偵察機を反転させたのだ。ウィンスロップのルイス機銃は後下方をむいている。何かがものすごい速度で上昇してきた。目を赤くきらめかせて深海から飛びだしてきた殺人魚だ。翼を羽ばたかせるたびに激しい風が起こる。

RE8の尾翼を狙って曳光弾が撃ちこまれた。ウィンスロップも反撃し、翼ある敵にむかって銃弾を撃ち放った。十発に一発は銀の弾丸がまじっている。ウィンスロップははっとした。目の前の敵は飛行機ではなく、蝙蝠のような翼を幾対《いくつい》ももった、変身生物ではないか。

機関銃をもった生き物……

オールブライトをSE5aからつかみとり、殺した黒い影のことが思いだされた。

残虐な笑いを浮かべた巨大な頭が銃火を縫って突進してくる。そいつの放つ恐怖に心臓を鷲づかみにされ、ウィンスロップは親指を押しこむこともできず、逆さになったまま偵察員席の中で凍りついた。

キャット！

おれはいま、さけんでいるのだろうか、それとも祈っているのだろうか。ハリー・テイトが乱暴に回転し、逆さ吊りから解放された。二機のスナイプが、曳光弾を吐きながらドイツ兵にむかって突っこんでいった。偵察機が戦闘を見おろせる高度まで上昇した。眼下ではいくつもの点が動きまわっている。床に銃痕があいて、左足に痛みがある。被弾したのかもしれない。

この日没まで、ウィンスロップは訓練でしか銃を撃ったことがなかった。参謀将校の戦いは会議や机上でおこなわれ、殺すこととも殺されることとも無縁なのだ。

コートニーが離脱にかかった。確信はできずとも、ウィンスロップが撮影を終えたと判断したのだろう。第一目的を果たしたいま、あとは全力をつくして無事帰還するだけだ。

レッド・オールブライトも撮影を成し遂げ、そして……

だが問題は、いかに多くの連合軍戦闘機が挑戦し、名誉ある勝利をあげる機会を提供しようとも、いまやドイツ人どもの任務は、みっともないハリー・テイトを撃墜し、連合軍への情報もち帰りを防ぐことにあるという事実だった。

まだ銃声が聞こえる。ウィンスロップ自身の撃ったルイス機銃のすさまじい轟音が、頭のまわりで鳴り響いているのだ。こわばった指が信じられないほど器用に動いて、空になった円形弾倉をはずし、座席の下の新しいものと交換した。確認のため数発を撃ちながら、飛びまわっている蝙蝠の翼にあたればいいのにと虫のいいことを期待した。

機体にあいたいくつもの小さな裂け目が、ぱたぱた音をたてている。あの蝙蝠もどきに撃たれたのだ。長靴の中で温かく粘ついているものは血だ。いずれ耐えがたい痛みが襲ってくるのだろう。

尾翼ごしにマランボワ城を見おろした。かの有名な塔が空にむかって口をひらき、その周囲に巨大な蝙蝠が群がっている。あの飛びこみ板の用途がわかった。あれは変身した飛行士が離陸するときに、塔から飛びおりて風をとらえるためのものなのだ。

まだ空にあるスナイプは少なくとも三機――もしかするともう少しいるのだろうか。さっき炎をあげながらすぐそばを落下していったのは、クンダルのコンドル飛行隊の一機だった。城の近くで燃えている篝火が、その墜落場所を教えている。

蝙蝠もどきのスピードはスナイプと同じくらい、機動性はスナイプよりはるかに上だ。さっきやつがRE8にむかってきた瞬間、ウィンスロップはその全身像をはっきり見てとった。いまでもまざまざと目に浮かぶ。太い首のまわりにハーネスを巻いて、とがった胸骨の下に二挺の銃をぶらさげていた。赤い大きな両眼は夜行獣のもの。そしてフューズリの悪夢の絵から抜けだしてきたかのような、人間の知性と悪意をそなえていた。オールブライトの写真にあった影を、コートニーはガーゴイルと言ったが、それもあながち間違いではなかったわけだ。

ウィンスロップは寒風の中で目を見ひらいたまま、恐怖に身ぶるいした。明晰な思考ができない。だが生きて帰り、この事実を報告しなくてはならないことだけはわかる。なんとしても生き延びなくては。

オールブライトはマラニークまで追跡されて殺された。すばらしい狩猟本能だ。あの勝利はリヒトホーフェン男爵のものと発表された。では、さっきRE8に襲いかかった蝙蝠もどきがレッド・バロンなのだろうか。いや、ウィンスロップがいまもまだ生きていることを思えば、そうではなかったのだろう。目の前の美味い勝利をみすみす逃すリヒトホーフェンではない。彼ならハリー・テイトなど朝飯前に食ってしまうに決まっている。

いまのところ、運というか、神の摂理はこちらに傾いている。死んでたまるものか。カトリオナにあの馬鹿げた手紙を読ませてはならない。この戦闘のことをボウルガードに報告しなくてはならない。そして、ケイト・リードとも決着をつけなくては。

城の上空で爆発が起こり、またひとつ、流れ星が地面に激突した。スナイプが墜ちたのだ。編隊は完全に崩れてしまったが、それでも各機はすばやくRE8を追って退却にはいった。スナイプは時速百二十マイルまで出せる。かなりの距離にわたってこれに追いすがってこられるというのが、すでに人間技ではない。

曳光弾に誘われ、銃をかまえたまま右をむいた。弾薬がもう残り少ない。機関銃は弾丸の消費がはやいし、機内には予備の弾倉を大量においておく余地などないのだ。

蝙蝠もどきが突っこんできた。三対の翼を糸のようなもので固定している——さしずめ人間三葉機だ。ウィンスロップは狙いを定め、弾倉が空になるまで銃を撃ちつくした。だがヴァンパイアは空中で軽々とむきを変え、襲いかかる光の矢をやりすごした。照らしだされた腹部の赤っぽい毛皮の中に、銃口を地面にむけて銃がぶらさがっている。ではこれがレッド・バロンなのだろうか。飛びこみ選手のように両腕をのばし、生きたナイフとなって鋭い爪でRE8の帆布と木材を切り裂こうとしている。

ウィンスロップは目を見ひらいたままカトリオナのことを考えた。彼女の姿。彼女の瞳。鳶色の髪……と彼女は自称する。だがウィンスロップは赤だと思う。赤毛だっていいじゃないか。くそ、何を考えているんだ。死がすぐそこまでせまっているというのに。

何かがどんとぶつかり、偵察機がスピンしはじめた。帆布が破れ、支柱がゆがむ。風が顔に吹きつけてくる。空になった弾倉があごにぶつかり、上へ落ちていった。RE8はまた逆さまになっているのだ。空飛ぶ獣のにおい——ウィンスロップは発作的に銃把をつかんだ。親指を押しこんだが、空の銃はカチカチ音をたてるばかりだ。長い革の鞭のようなものが頬をかすめ、皮膚を切り裂いた。尻尾だ。このおぞましいヴァンパイアは、翼を——そして疑いもなくプール・ル・メリット勲章をもった、鼠なのだ。だがつぎの瞬間、ヴァンパイアは飛び去っていった。

ふいに冷静な思考がもどった。RE8はまっすぐ飛んでいるし、風も穏やかになった。胃の痙攣はおさまり、肺には新鮮な空気がはいりこんでいる。まだ呼吸できる。何も感じない。足も痛くない。おれは死んだのだろうか。まだ生きているのだとしたら、それはなぜだ。あのドイツ人はこのハリー・テイトを見逃したのか。もしそうなら、いったいなぜ。

身体をひねってコートニーをふり返り、冷静さが瞬時にして凍りついた。地平線が上翼より高い位置にあるため、視野のほとんどは大地に占められ、空はその上でちっぽけな楔形にしか見えない。回転するプロペラのむこうでは、暗闇の中に点々と火が燃えている。そして、パイロットの操縦席は空っぽだった。無人の座席で、ストラップと破れた帆布だけがはためいていた。


パイロットがいなくなったことで機体のバランスが移動し、RE8はゆったりと上昇しはじめた。ウィンスロップの頭の中ではまだ自分自身の放った銃声がとどろいている。だが突風はおさまっているし、まだつづいている銃撃音も遠くかすかにしか聞こえない。ハリー・テイトはすでに戦闘域を離脱し、戦いは下でおこなわれているのだ。エンジンが停止しないかぎり、偵察機はこのまま上昇をつづけ、やがて呼吸できる空気がなくなるだろう。そして落下する機の偵察員席には、生命を失った身体がぐったりすわっているだけで、炎に包まれる瞬間になっても彼がそれを知覚することはないだろう。

ウィンスロップはふと緊張を解いた。両手が銃把からするりと離れ、膝の上に落ちた。あらゆる筋肉と腱をワイアのようにこわばらせていた恐怖と興奮が、静かに消失した。エンジンのうなりを聞きながら、彼は白昼夢の世界にはいっていった。

雨あがりに湿りけを帯びた、カトリオナの髪の匂いを思いだす。すべてのものに別れを告げよう。

ふとあたりが暗くなった。顔をあげると、RE8と月のあいだに蝙蝠もどきの姿があった。コートニーを連れ去ったやつがまだ残っていたのだ。ドイツ人の翼がゆるやかに一度羽ばたく。あの怪物は楽しんでいるのか。面白がっているのだろうか。

片翼がわずかにもちあがってRE8が傾いた。数百フィート下では曳光弾が飛びかっている。一機のスナイプの中でオンンジ色の炎があがり、引き裂かれた戦闘機は燃える破片を撒き散らしながら、マランボワ城のほうへと墜ちていった。まるで妖精の城の周囲を蛍が飛びかっているみたいだ。

頭の中で小さな悲鳴があがった。悲鳴はしだいに大きく甲高くなり、痛いほどに耳を圧迫した。ウィンスロップは両眼を大きく見ひらいた。肺が痛い。咽喉がつまる。気がつくと彼は、これ以上ないという高音でさけんでいた。吐く息がマスクの中を温かく濡らし、口髭のまわりで鋭い氷の粒をつくる。ウィンスロップの運命を天にまかせて、ドイツ人は飛び去った。炎に巻かれて落下するのと、レッド・オールブライトのように血を吸いつくされるのと、どちらの運命のほうがましだろう。

彼が飛ばしたことのある訓練機とはちがって、RE8の偵察員席には操縦装置がついていない。機を制御するためには、パイロット席に移動しなくてはならないのだ。操縦桿までは優に一ヤード。いまや無用となってしまったルイス機銃が邪魔をしていなくても、九インチほど手が届かない。風がはずれた補助翼をなぶるたびに、操縦桿がふるえる。コートニーの手をもぎとられながらも、ハリー・テイトはいなくなったパイロットが定めたコースを忠実に守っている。すぐさまスピンを起こさなかったのは奇跡だ。だが奇跡は長くつづくものではない。ウィンスロップに残された時間はほんの数分——もしかすると数秒かもしれない。

コクピットの両脇のレールをつかもうとしたが、手袋をはめた手がうまく動かない。必死の思いでこわばった指を曲げて、なんとか握りしめることができた。それから上腕に力をこめて身体をもちあげ、両足を内部支柱につっぱって立ちあがった。もし足をすべらせたら、長靴が布を突き破り、罠にかかった狐のように身動きがとれなくなってしまうだろう。

立ちあがったことでまたRE8のバランスが変わった。前に身をのりだすと機首がさがり、脚の重みで身体がひきもどされそうになる。嵐の海に首までどっぷりつかっているかのように、胸に強風が吹きつけてくる。ゴーグルの縁がクッキーの抜き型のように目のまわりに食いこんでくる。

冷酷にして非情な空気が、包装紙のように彼の不可知論を剥がし去った。

おお神よ、もし神がましますならば、この生命を守らせたまえ、汝《な》がしもべたる……

鉄の棒のようなもので顔を殴られた。ルイス機銃の銃身がぶつかったのだ。鼻と口に血があふれ、ゴーグルのレンズの片方に、蜘蛛の巣のように白くひびがはいった。頭を三重にくるみこんでいなかったら、失神して機から投げだされていたかもしれない。

心で祈り、口では罵った。

ハリー・テイトの重心はいまや前に傾いている。一枚一枚の羽根が見わけられるほど、プロペラの回転がのろくなった。エンジンが停まりつつあるのだ。いつなんどき完全に停止するかわからない。

偵察員席の縁にしっかりとつかまって、両脚を機体の外にひきだした。翼が揺れ、上翼にあいた三角形の鉤裂きが一秒ごとにひろがっていく。眼下では雪と泥が矢のように通りすぎていく。

地面に近づくにつれて、スピードがいっそう意識された。上空では計測器よりほかに速度の判断基準がない。だが景色がものすごい勢いで飛び去っていくと、いやでもその速さが実感される。

膝を締めて、馬のように機体にまたがった。以前、生まれながらの乗馬の名手カトリオナに、なかなか筋がいいと褒められたことがある。ルイス機銃が邪魔だ。そのときエンジン音が途絶え、恐ろしい静寂がとってかわった。

ちくしょう、エドウィン・ウィンスロップはまだ死にはしないぞ。

あのくそいまいましい操縦桿までたどりついて、薄汚いマラニークに帰投して、聖なるカトリオナと結婚して、おぞましいヴァンパイアになって、汚らわしいドイツにもどって、コートニーを連れ去った邪悪な蝙蝠を退治して、くたばりぞこないのドラキュラ伯爵の頭蓋骨でつくった杯から皇帝《カイザー》の腐った血を飲んでやるんだ。

左膝がすべり、腰がねじれて両脚が背後に流れた。指が糊で固めた亜麻布を突き破る。プロペラは風車のようにのんびりまわっている。鼻と口から血があふれる。スカーフはなくなり、飛行服《シドコット》は冷たい空気をいっぱいにはらんでふくれあがっている。さながら人間風船のようだ。手を離しても、宙に浮かんでいられるんじゃないだろうか。いや、手を離したら闇の中で引き裂かれて死ぬだけだ。空には怪物どもがはびこっている。レッド・バロンもまだあとを追ってきているにちがいない。

偵察員席の縁から離した右手を、パイロット席の背もたれにのばした。つるつるの革で指がすべるものの、どうにかつかむことができた。ゆっくりと身体をひっぱっていく。たった十八インチが一マイルにも感じられる。ひとつずつ手がかりを見つけて身体をひきよせながら操縦席の上を進み、ようやく操縦桿に手の届くところまでたどりついた。

だが、まだ触れてはならない。

背中で苦痛がのたうっている。鼓膜も破れてしまったにちがいない。頬にこびりついた血は凍りついている し、両脚の感覚は完全に失われてしまった。

地面が近づいてきた。空はもう見えない。

片方の長靴が前方コクピットにはいった。コートニーの座席の上にうずくまると、脚のあいだを風が吹き抜けていった。視線を落とした。床に何本もの裂け目が走っている。この座席にすわるには、ほとんど不可能な芸当をやってのけなくてはならない。重力を信頼して手を離すのだ。ハリー・テイトからもぎとられ、死に追いやられるのがおちだろう。

神とキャットを思い、義務と報復を考えた。そしてウィンスロップは手を離した。

背骨に響くような衝撃とともに、身体が座席におさまった。同時に舌を噛み、コクピットの縁に肘がぶつかった。両腕が空っぽの袖のようにはためいて、操縦桿にあたる。かくも長いあいだ忠義をつくしてくれたハリー・テイトは、いまや彼を裏切って大きく傾いていた。ゆっくりと恐ろしい音をたてながら、上翼の帆布が剥がれていく。

エクスカリヴァー(アーサー王伝説に登場する聖剣)の柄を握るようにしっかりと操縦桿をつかみ、ひきもどした。片足が方向舵棒のあぶみに触れたので、踏みこんで補助翼を調整する。

経験といえば、穏やかな空で訓練機を五分飛ばしたことがあるだけだ。そんなものは、いまこの状況ではなんの役にも立たない。そして自力で着陸したことは一度もない。

　機首をもちあげようと、操縦桿をひいて方向舵を前に押した。アルコール水準器以外のものをすべて意識から締めだし、意志の力で泡の位置を正そうと精神を集中する。停まりかけていたプロペラが風をとらえ、また回転しはじめた。咳こんでいたエンジン音も、快適な調子をとりもどしつつある。空気圧で機体が浮かびあがった。

　眼下には死を意味する地面がひろがっている。あれをなんとかしなくては。バランスをとりもどせたのも一時しのぎにすぎない。翼を失ったハリー・テイトは機首から突っこんで逆立ちし、パイロットを大地にたたきつけるだろう。

「ちくしょう、血まみれレッド・バロンめ、リヒトホーフェンも、仲間の蝙蝠の化け物どもも、くたばりやがれ」

　燃料タンクを爆発させることなく、高度をさげていかなくてはならない。しがみつきたい衝動をこらえて操縦桿から手を離し、方向舵にかけた足からも力を抜いた。速度計は壊れてしまったが、スピードは確実に落ちているようだ。

　問題は、ゆっくりと接地することだ。尾翼がはねあがることのないよう、うしろに重心をおいて。まだ中間地帯《ノーマンズ・ランド》にはいっていないとしても、前線近くになだらかで平らな地面など期待できるはずもないが。

　この瞬間、ウィンスロップの頭から死ぬかもしれないという意識は完全に消え去っていた。クンダルのスナイプのうち、何機がまだ空に残っているのだろう。誰でもいい、誰かが生き延びて帰投しなくてはならない。だがリヒトホーフェンの空飛ぶ見世物《フライング・フリーク・ショー》――マタ・ハリの言葉はまさしく至言だった――が、むざむざ獲物を見逃したりするだろうか。とどめを刺さずにウィンスロップをなぶっているのも、自信のなせるわざだろう。複座機からパイロットだけをひっさらうなんて、最高に笑えるジョークじゃないか。

　地上でつづけざまに銃火があがった。RE8でよたよたとその上を通過しながら、ウィンスロップは声をあげて笑った。いま前線を越えている。いまにも停まりそうなプロペラのむこうにホームがある。

だがこのような低速低空飛行では、地上からの攻撃にさらされてしまう。わずか数秒でもあれば、塹壕の兵士たちは狙いをつけてくるだろう。塹壕線を通りすぎた。彼はまだ生きている。ごくりとのみこんだ息が、ガラスの欠片のまざった氷水のようだ。

呼吸が苦しくなって笑いをとめた。心に浮かぶのは故郷のことばかりだ。

国王陛下万歳……海を支配する大英帝国……神とわが権利《デュー・エ・モン・ドロワ》……キャット、愛してる……（最初の一節はイギリス国歌。つぎはイギリス愛国歌「ルール・ブリタニア」の一節。そのつぎはイギリス国章に書かれた言葉）

車輪のほんの数フィート下まで地面がせまってきた。砲撃と火柱によって照らしだされた地面は、月の表面のように穴だらけだ。上空から見たときもひどいと思ったが、近くで見る惨状はさらにすさまじい。地表に接した瞬間、車輪は吹き飛び、RE8は百ヤード四方の中間地帯《ノーマンズ・ランド》に破片を撒き散らすことになるだろう。ウィンスロップの身体にしても、埋葬するほどのものも残らないだろう。

視線をあげると、黒い影がいくつも旋回している。ささやかなジョークの結末を見届けようと、レッド・バロンがあとを追ってきたのだろうか。自分のものではないエンジン音が耳にはいった。つまり、スナイプがまだ一機は残っているのだ。戦闘はまだ終わったわけではないらしい。

コートニーを奪い去った変身能力者がマンフレート・フォン・リヒトホーフェンであることには、微塵の疑いもない。毛皮は赤く、両眼には氷のような邪悪さが満ちあふれていた。あれほど完璧な怪物になれるドイツ人が、ふたりといるはずはない。

さあいよいよだ。最後の瞬間がせまっている。ヴァンパイアになれないのなら、せめて呪われた幽霊になってやろうじゃないか。そして彼を殺した相手に取り憑いてやるのだ。

地面と車輪のあいだに数インチの隙間があると想定し、操縦桿をひいて機首をあげた。車輪が地面に触れ、尾翼が泥にめりこんで錨の役割を果たした。巨人の手で殴られたかのように身体が座席にたたきつけられ、コックピットの中ではね返った。ぽきりと鳴ったのは骨が折れた音にちがいない。ハリー・テイトは悲鳴をあげながらばらばらに分解した。

顔にまで泥が飛んでくる。ＲＥ８はそのままずるずると中間地帯《ノーマンズ・ランド》を突っ走った。切れたワイアが鞭のように音をたててしなる。翼桁が機体を突き破り、下翼がねじれてもぎとられる。ウィンスロップは両腕で頭をかかえ、死の衝撃を待ちかまえた。

19　ビグルズは西に飛ぶ

眼下ではイギリス軍のスナイプがＪＧ１の飛行士たちによってばらばらに引き裂かれていた。シュタルハインとシュターヘルは今回、上空から空中戦を見守る観測員を命じられている。

風を得てマランボワ城を離れたあと、ふたりはまっすぐ上昇して戦闘域の上空で待機にはいった。脱出しようとするイギリス機があれば、急降下してとどめを刺すのも彼らの役目だ。名誉ある大切な任務ではあるが、血の渇きにさいなまれる身にとっては不満がつのる。

ここまであがると滑空が可能で、ときどき翼を羽ばたかせるだけで高度を維持することもできる。シュタルハインの上翼はさしわたし三十フィート。鞭のような尾を勘定にいれなければ、身長の二倍にあたる。変形した身体の両側にひろがる翼を支えているのは、人間なら腕と肩にあたるものだ。手首から脇腹にかけてひろがった膜が帆のようにうねる。翼をコントロールするのは、梯子のような肋骨の周囲にもりあがった筋肉の塊だ。

それに加えて、身体から突きだした肋骨に帆布を張って、下翼としている。首からさげたハーネスのパラベラム機関銃を操るのは、胴体から生えた短く機能的な腕で、その肉と骨は完全に意志の力だけでつくりあげたものだ。この形態での飛行を学ぶのは、トニー・フォッカー戦闘機の操縦をマスターするよりも難しかったが、いまやシュタルハインは、いかなる飛行機にも負けない速度と、いかなる飛行機よりもすぐれた機動性を身につけていた。

蝙蝠に変身しているときは、革のような皮膚に分厚く被毛が生えるので、刺すような寒さも苦にはならない。人間の脚ほどの深さがある千里靴は、足首と膝の部分で左右が固定されている。ほかに身につけているものといえば、空飛ぶ武器として必要な装備だけだ。腰の関節を固定し、脊柱を融合させて、全身が折れることのない一本の骨と化している。

硝煙やガソリンの燃えるにおいが気流に乗ってあがってきて、巨大な鼻孔を刺激した。太い血管が浮かぶ直径一フィートの丸い耳は、銃の発射音、停止するエンジンの途切れがちなうなり、戦闘中のパイロットたちの悲鳴までをもひろいあげる。

一機のスナイプが爆発した。ウーデットが誇らしげに熱い爆風に乗って上昇し、マントのように翼をはためかせて宙を泳いだ。イギリス軍パイロットの短い悲鳴が聞こえる。ウーデットのスコアは、これでまたシュタルハインとならんだことになる。

飛行隊がマラニークを出てマランボワにむかっているとの報告がはいったとき、シュタルハインは、カルンシュタイン将軍がまた今夜も待機を命じるものと考えていた。JG1はこれまでも、まだ手の内を見せるべきではないという理由で、幾度か戦闘からはずされてきたのだ。情報将校であるクレッチマー＝シュールドルフも、早すぎる作戦展開についてくり返し警告していた。男爵配下の飛行士は全員、戦闘への意欲にあふれていたが、同時に義務を心得てもいる。いずれ時期到来のおりに、皇帝陛下《カイザー》が望まれる働きを示せばいいのだ。

炎をあげたスナイプが、落下しながら灰になった。ウーデットが勝利の宙返りをして、集中射撃からするりと身をかわす。イギリス機はまだ何機か残っているが、もはやJG1の敵ではない。

カルンシュタインは思案の末に、そろそろ戦闘蝙蝠を出動させる時機だと判断をくだし、リヒトホーフェン男爵に、八人の飛行士を連れて偵察隊を殲滅《せんめつ》するよう指示をくだした。

「われらにいま少し畏敬の念を抱くよう、敵どもに教えてやろうではないか」と長生者《エルダー》は語った。

泰然と命令を受けるリヒトホーフェンのかたわらで、シュタルハインとほかの者たちは興奮を抑えることができなかった。シュタルハインは出動隊に選ばれるのを待たずに変身をはじめ、ふくれあがった身体で上着のボタンをはじき飛ばしてしまった。

「それぞれ目標を定め、そして殺せ」リヒトホーフェンは飛行士たちに命じた。

シュタイルハインは上空から、JG1がその単純な命令を遂行するさまを見守った。編隊の先頭を飛ぶスナイプを弟にまかせ、リヒトホーフェン自身は目標を偵察機に定めた。知らない者が見たら怯懦と受けとるかもしれないが、シュタルハインには男爵の意図がわかった。RE8そのものは墜とすにはあまりにも易《やす》い獲物だが、標的としての重要度はいちばん高い。そしてスナイプは、この偵察機を護衛するために出てきている。となれば、RE8を攻撃するリヒトホーフェンは、スナイプの攻撃を一身に浴びることになるだろう。部下たちが敵を倒して背後を守ってくれると、信頼していればこその選択だ。

ロタール・フォン・リヒトホーフェンは、銃を撃つまでもなく目的のスナイプを墜とした。隊長機の下から急上昇して上翼をもぎとり、空中で機体をねじったのだ。スナイプは機銃を乱射しながら錐揉み状態で落下していった。ロタールはスピンするイギリス機を追って、パイロットを座席からひきずりだした。ロタールのあごが飛行隊長の頭を噛み砕くと同時に、短い悲鳴が聞こえた。

殺戮からはずされたシュターヘルが欲求不満の遠吠えをあげた。鮫のような口からだらだらと涎がこぼれ、狂気のにじむ両眼は星のように燃えている。こいつは駄目だ。こいつの頭にはJG1も皇帝陛下《カイザー》も名誉もない。ただひとつ、ブルーノ・シュターヘルのことしか考えられないのだ。

空飛ぶ巨大なパンケーキのように、エンメルマンが悠々と割りあてられたスナイプに襲いかかり、大きく首をふりながら飛行機に噛みついて、爪と歯で帆布や金属をひきちぎった。彼にとって飛行機は胡桃の固い殻で、パイロットはその中の果肉だ。エンメルマンは銃すら携えていない。その巨体はほとんどいかなる衝撃も吸収し、力を失った弾丸を汗のしずくのように吐きだすことができるのだ。

シュタルハインが介入するまでもなく、戦闘はまもなく終わりそうだった。残念だが、今回はそれに甘んじるのが彼の義務だ。それでもこの勝利をわかちあうことはできる。

マンフレート・フォン・リヒトホーフェンが、いとも優雅にふたり乗りのRE8を無力化した。パイロットをひきずりだし、墜落する機内に偵察員ひとりを残したのだ。まさしく芸術的なやり方だ。赤い戦闘機の氷の心にも、ときに美学的衝動が湧くことがあるのだろう。リヒトホーフェンは死にむかって突っこんでいく偵察機の上空でのんびり浮かびながら、怯える偵察員を見おろした。男からは恐怖の思念が放射されていた。

シュライヒの標的であるスナイプが、男爵を追って銃火を浴びせようとした。誰だか知らないがすばらしく優秀なパイロットだ。戦闘機を相手どるつもりでいたところにＪＧ１の飛行士と直面するのは相当なショックであるはずだ――人間からかけ離れた姿に変身してはいても、それくらいはシュタルハインにも理解できる。だがシュライヒのスナイプを操るパイロットはその衝撃から回復して、勇者の戦いぶりを見せている。とり残されたシュライヒは、鉤裂きをつくった翼を不器用に羽ばたかせ、懸命に男のあとを追おうとしている。

まだ手を出すほどのことはない。与えられた命令によれば、シュタルハインはイギリス機が逃げだそうとするまで控えていなくてはならない。シュライヒのスナイプが降下し、銃を撃ちながらまた上昇した。リヒトホーフェンは空中で舞っているが、さしせまった危険はなさそうだ。驚いたことにＲＥ８はまだ墜ちておらず、偵察員の悲鳴もとまっている。

シュターヘルが下を見おろし、激しく頭をふりたてた。首のまわりの被毛がふくれあがったさまは、蝙蝠というより吼猿のようだ。勇敢なるブルーノは血気にはやり、男爵の命令を無視しても殺戮に加わりたくてたまらないらしい。

「おりていったらクビだぞ」シュタルハインは釘を刺した。

この身体になれば、ふつうに話すだけで風の中でも声が届く。咽喉から手が出るほど血とブルーマックスを欲しているシュターヘルは、巨大な頭をふりたてながらも、なんとか持ち場にとどまった。隊を追われる恐怖が赤い渇きを抑えたのだ。ＪＧ１を辞めさせられた者はまだひとりもいない。カルンシュタイン将軍は黄泉《ハデス》の王との永久契約を結ぶつもりなのかもしれない。恐怖と義務と血への渇望と名誉に縛られて、ＪＧ１の飛行士たちは勇者でありながら奴隷だった。空の騎士であると同時に剣闘士（古代ローマにおいて、市民の娯楽のために闘技場でほかの剣闘士や獣と死ぬまで戦わされた奴隷）でもあった。

「何をやってるんだ」シュターヘルがさけんだ。

ゲーリングのスナイプがＲＥ８のあとを追い、ふとっちょヘルマンがひいひい言いながらさらにそのあとを追っていく。変身後の身体に加わる鯨のような贅肉のせいで、ゲーリングは隊でいちばん飛行がのろい。だがそれを補うほどに射撃の腕はすばらしく、ほんの数秒の集中射撃で、猛獣ハンターのように正確に獲物を撃ち墜とすことができる。

戦闘が上昇してきたので、シュタルハインとシュターヘルは薄い雲をついてさらに高度をあげた。両翼を照らす月光に全身がうずく。電撃のような新しい力が、神経と血管を走り抜けていく。かつて伯爵の友であり、いまは憎むべき敵となったイギリス人ヴァンパイア、ルスヴンに連なる血統の特徴だ。だがいったいどこでその血がはいりこんだのかは、シュタルハイン自身にもわからない。これはカルンシュタインよりあてがわれた美しきフォスティーヌにドラキュラの血を分け与えられるずっと以前、そもそもノスフェラトゥに転化したときからの彼の特質だった。

月光を浴びれば身体がふくれあがって力が増大し、口と耳のまわりの寒気が消え失せる。月光は血と同じ効果をもたらしてくれる。だが雲におおわれればその力も弱くなる。伝説の人狼と同じく、彼の力は月の満ち欠けに左右されるのだ。

ＲＥ８は視界から消えたが、咳こむようなエンジン音はまだ聞きわけられる。シュタルハインがあの偵察員だったら、地面にぶつかる前に気が狂ってしまうだろう。ゲーリングのスナイプが偵察機のあとを追い、ふとっちょヘルマンがさらにそのあとにせまっている。

いまや、戦っているのはシュライヒのスナイプだけだ。シュライヒの翼は羽ばたきのたびに被弾した傷がひろがり、すぐには治癒しそうにもない。いまでは残る飛行士全員がそのスナイプを追っていた。

スナイプが上昇してきて、イギリス人パイロットの白い小さな顔が見わけられた。エーリッヒ・フォン・シュタルハインを勝利のひとつに数えあげている撃墜王《エース》、ビグルズワースだ。天にのぼろうとして待ちかまえていたシュタルハインと遭遇するのも、運命というものだろう。

シュタルハインは手をふってシュターヘルをさがらせた。この獲物は自分のものだ、シュターヘルには関係ない。肩で彼を押しのけ、前に進みでた。シュターヘルの怒声が聞こえたがそんなものは無視する。

スナイプのプロペラ音が高まった。ビグルズワースはヴィッカース二連機銃を撃ちまくっている。銀の閃光に気づいて、シュタルハインは弾道から飛びのいた。シュターヘルも身をかわしたが、最後の弾が翼の先端をかすめた。シュターヘルはその負傷に過剰なほどの反応を示し、怒り狂って飛びだしたまま、落下して数百フィート下の雲の中に姿を消した。

あとにはシュタルハインとビグルズワースだけが残された。穏やかな興奮をかかえたまま、彼はスナイプの上空を旋回し、操縦席をのぞきこんだ。パイロットが首をめぐらし、聖なる月光がゴーグルに反射する。殺す前に、勇敢なる敵に敬意を表さなくては。これはすばらしい勝利だ。

まもなく残りの飛行士たちが、おおまかな編隊を組んであがってくるだろう。戦いを楽しんでいる暇はない。スナイプの尾翼に襲いかかり、噛みついた。幾列もならんだ歯が木材と布地を切り裂く。首をふるだけで、飛行機の後半分がちぎれ飛んだ。乾いた資材を口から吐きだし、イギリス人ヴァンパイアの血を求めて操縦席へと近づく。この敵を倒せばその勇猛さがシュタルハインのものになる。殺すたびに、獲物の分だけ強くなる。それは、フォスティーヌが神聖なるドラキュラの血とともに与えてくれた能力だ。

ビグルズワースは驚くほど冷静に身体のむきを変え、銃身の太い銃をかまえた。ヴェリー信号銃だ。シュタルハインが笑うと、ビグルズワースも微笑した。飛行士たちが周囲に集まってくる。ビグルズワースがシュタルハインの口の中に弾丸を撃ちこんだ。舌の上で、鼻面のまわりで炎が爆発し、顔の剛毛を焦がして目を焼いた。耐えがたいのは痛みよりも異臭だ。焼けそうなカートリッジを吐きだした拍子に、半壊したスナイプが手から離れてしまった。身体が血を求めて悲鳴をあげている。口はまだ熱く、ヴァンパイアの苦痛で心臓が戦《いくさ》太鼓《だいこ》のようにとどろいている。おれの勝ちだ。では食餌をさせてもらうぞ。勝利よりも、勲章よりも、任務よりも、彼は血を欲していた。

翼をすべて失ったスナイプが、鉛の重りのようにまっすぐ飛行士たちのあいだを墜ちていった。操縦席から投げだされたパイロットも、機体とはべつにどんどん落下速度を増している。この高さから地面にたたきつけられれば、身体はばらばらになり、一マイル四方にわたって甘い血が撒き散らされてしまうだろう。

シュタルハインは何もかも忘れ、獲物のあとを追って飛びだした。空気をつかむかのように爪をのばし、下翼をたたんで抵抗を減らし、槍のようにまっすぐ急降下する。翼のまわりで空気が悲鳴をあげている。爆発のためいまだ光点が散っている視野に、落ちていくパイロットをしっかりととらえる。だがもう無理だ。ビグルズワースは彼の手から逃げおおせてしまった。

すぐさま行動を起こさなくては、彼もまた獲物が墜ちた固い地面に突っこんでしまう——粉々に砕け散ってしまう。風の支配力を失いそうになって、空中であがいた。落下速度をゆるめるため帆のように翼をひろげると、両肩の関節がはずれそうになる。平衡を保とうと尾をふり動かしているうちに、ようやく降下を停めることができた。気流に乗ってゆるやかに上昇しながら、暗い景色の中に燃える炎をさがした。前線のこちら側で、地上に燃えている火はひとつもない。耳を澄ましたが、衝撃音も聞こえない。彼の敵はどこかに落下して、最期を迎えたのだろう。戦いは終わったが、エーリッヒ・フォン・シュタルハインはまだ満たされていなかった。彼は怒りのうなりをほとばしらせた。

20　異国の地

手の中の操縦桿がもぎとられ、突風が全身をなぶる。RE8の正面部分はすべてむしりとられてしまった。彼の生命もあと数秒だ。ストーヴのように熱いエンジンが膝からわずか三フィートの場所にある。いずれそれが大きな弾丸のようにカウリングからとびだし、操縦席にすわったやわな彼の身体を打ち砕くだろう。

激しい衝撃。ウィンスロップは座席の背に押しつけられ、それから前方の闇の中に放りだされた。胸と顔が固い地面にぶつかる。反射的に、羽毛布団であるかのように地面を握りしめた。

耳にはまだ空気のうなりと、分解していくRE8のきしみがとどろいている。背中に重いものがどさりとのしかかり、身体がさらに泥の中に押しこまれた。

ゴーグルのおかげで両眼が頭にめりこむことは防げたが、マスクがぼろぼろになったため、鼻や口に泥がはいりこんできた。するどい翼桁が飛行服《シドコット》を貫いて脇腹に突き刺さった。身体のありとあらゆる部分が痛い。腹も、腎臓も、股間も、殴られたみたいだ。あとひと呼吸、ひと鼓動で死が訪れる。

キャット、馬鹿みたいな手紙を書いてごめん……

地面から顔をあげ、咳こみながら首をふって、口と鼻につまったものを吐きだした。また呼吸できるようになった。もう一度息を吸う。心臓はまだ動いている。もしかすると死なないですむのだろうか。それとも、もう死んでしまったのだろうか。

子供のころ、カトリオナの父ケイ牧師の話を聞いて想像した地獄の世界と同じ景色だ。遠い悲鳴と火の柱、そして深い闇。

大きく肩を揺すって、背中にのっている翼枠の残骸をはらい落とした。槍の穂先のような折れた支柱を引き抜くと、飛行服《シドコット》が破れた。

疲れ果て、いまにも凍えそうで、感じられるものといえば痛みばかりだ。カチカチ鳴りっぱなしの歯には、ねっとりと血と泥のにおいがまとわりついている。咳をして唾を吐いた。ひっくり返りそうな胃の中のものを、すべて嘔吐する。少なくともこれで咽喉がすっきりした。どの骨が折れていて、どの骨が痛いだけなのだろう。折れていない骨をさがすほうが簡単かもしれない。

すぐそばで強烈な光がひらめき、両眼を焼いた。顔をかすめると思われた炎は、だがすぐにおさまった。エンジンに火がついたものの、ガソリンがほとんど残っていなかったため、爆発にはいたらなかったのだ。小さな火花が黒い影沿いにひろがって、忠実なる老いぼれハリー・テイトの機首を浮かびあがらせる。彼の生命を守り無事地上まで運んでくれた飛行機の、これが最期だった。

つぎの爆発が起こる前にここを離れなくてはならないのに、身体が動かない。膝立ちになったが、脚が地面につなぎとめられてしまったみたいだ。やがて、激しかった鼓動がいくらか静まってきた。煤だらけの顔をさぐり、ゴーグルの残骸をむしりとると、雲が晴れたように視界が明るくなった。月光が降りそそいで病的な光を投げかけている。ウィンスロップは飛行帽とバラクラヴァ帽を脱いで、ぼろぼろになったその布で顔をぬぐった。

中間地帯《ノーマンズ・ランド》はまるで悪夢のようだ。戦争前に訪れたとき、このあたりは美しい森林地帯だった。だがいまは一本の木も生えていない。どこもかしこも穴だらけの地面には、ところどころひねこびた植物がしがみついているばかりで、それ以外には生命の気配もなく、束になった有刺鉄線がそこここに放りだされている。RE8は滑走しながらそうした錆びた鉄線にひっかかり、そのままひきずって地面に深い溝をうがっていた。

泥まみれの死体がいくつも横たわっている。数フィートむこうでは、角兜《ピッケルハウベ》（頭頂部にスパイクのような頭立がついたヘルメット。ドイツ帝国の象徴でもあったが、第一次大戦の塹壕戦にはむかないため使われなくなった）をかぶった牙のある頭蓋骨が横むきにころがっている。これは最初の進撃からずっとこうしているのだろうか。いまではドイツ兵もこんなヘルメットをかぶってはいない。ちぎれた四肢や、ぼろぼろになった軍服や、むきだしになった骨を、いちいち判別するのはやめておこう。かつて畑であった地面には、四年間の戦いによって、数百万の死者が蒔かれているのだ。

腕と脚を調べると、打ち身と痛みはあるものの、おもな骨には異常のないことがわかった。銃弾がかすめた長靴の底に、虫に食われたような穴があいている。靴下が血でごわごわになっているが、皮膚が裂けただけのようだ。

立ちあがったとたん、右膝に痛みが走った。飛行服《シドコット》が裂け、その下のオーバー・ズボンもずたずたになっている。だが、軍服のズボンはまだ脚にへばりついている。ひと月の航海を終えて陸にあがったかのように、足もとが頼りない。空では足の下に何もないことがあたりまえだった。ウィンスロップは懸命に、失われた平衡感覚をとりもどそうとした。頭がぐらぐらするのでまばたきをし、耳の痛みはあくびで治した。固い地面や重力との関係を、なんとか修復しなくてはならない。

頭上で照明弾が炸裂した。まばゆさで目が痛い。水母の触手のように白い光の筋が降りそそぐ。この悪魔のような兵器は、夜間狙撃手のために標的を照らしだすのだ。ウィンスロップは苦しいほどのろのろした動きで壊れたRE8のかたわらにうずくまり、全身を影の中にひたした。まだ耳鳴りがひどいため、銃撃されているのかどうかもわからない。だが照明弾の光跡が地面に落ちて消えても、まだ死は訪れていなかった。

空を見あげて蝙蝠の姿をさがした。あのドイツ人は機の残骸をあさって、偵察員の死を確認するだろうか。まさか。ウィンスロップが生き延びられたのはまったくの幸運なのだし、たとえレッド・バロンといえども、危険な中間地帯《ノーマンズ・ランド》におりるよりは、彼を放置しておくことを選ぶだろう。だがウィンスロップもヴァンパイアについてそれなりのことを学んでいる。変身能力をもった飛行士たちは間違いなく、赤い渇きをつのらせているはずだ。

耳が聞こえなくなったわけではなかった。さまざまな轟音にまじって、エンジン音が聞こえてきた。まだ飛行機が残っている——スナイプだ。ウィンスロップはもう一度飛行帽を脱いで、髪にたまった汗をふりはらった。

銃火が見える。空中に光点がひらめく。エンジン音が聞こえてくる方角だ。

何も見えない夜空に逃亡するスナイプを思い描いた。リヒトホーフェンの蝙蝠部隊に追われ、低く飛んでいく。

さらなる銃声。近くなった。飛行機が頭上を通りすぎた。羽ばたく翼と車輪のイメージ。スナイプが月光に一瞬のきらめきを放つ。ウィンスロップは戦闘機のあとを追って首をめぐらした。

それから無音の影が通りすぎ、心臓まで凍りそうな冷気を撒き散らした。ウィンスロップはマンタを見あげる深海魚のようにすくみあがって、獲物を追うドイツ人をやりすごした。スナイプは翼を揺らしながら、矢のようにイギリス前線にむかっている。背後の敵とはかなりの距離がひらいている。そのとき変身能力者が鷹のように上昇して火を噴いた。

目をそらすことができなかった。火が戦闘機の尾翼をとらえ、スナイプはふいにスピンを起こした。炎に目を焼かれてまもなく、轟音が響きわたった。

墜落機の上を舞うドイツ人の腹部が炎で赤く染まった。巨大化した白い腹が横隔膜の運動に従って上下し、膜質の翼には密集した赤と青の血管が透けている。これほど完全に人の形態を失ったヴァンパイアははじめて見る。イゾルドでさえ、これに比べればはるかに人間らしいといえるだろう。リヒトホーフェンのサーカスは、ドラキュラの血を与えられているという。ウィンスロップはようやくマタ・ハリの告白を理解した。ドイツ軍は科学的に血統をまぜあわせることにより、このような怪物をつくりあげたのだ。

ドイツ人は熱気流に乗って獲物から離れ、闇の中にすべりこむと、力強い巨大な翼をゆっくり羽ばたかせながら、円を描くようにドイツ前線のほうにひきあげていった。

ウィンスロップは殺人者のうしろ姿にむかって毒づいた。いまの墜落によって、彼の中で何かが死に絶えた。パニックは燃えつき、蜥蜴のような冷徹さが脳の中で解き放たれた。肉食獣として生まれ変わったような気分。彼の中で優先順位が変わった。いまはともかく今夜を無事に生き延び、連合軍側の戦線にもどることだ。ボウルガードにＪＧ１の真実を報告しなくてはならない。

足を踏みだした瞬間の苦痛に、膝を痛めていることを思いだした。杖が必要だ。ハリー・テイトのプロペラの羽根が、折れて地面に刺さっている。これを使おう。いざとなれば、鋭い切っ先でヴァンパイアの心臓を貫くこともできる。ウィンスロップは破れた飛行帽をぎざぎざの端に巻きつけてパッドにし、脇の下にかかえこんだ。

スナイプは味方前線のほうにむかっていた。あの炎を道しるべに、進路を定めよう。自分の死を彩った炎が道標がわりに使われるのは、あの機に乗っていたパイロットにとっては面白くないかもしれない。しかしウィンスロップには、罪の意識を感じている余裕などなかった。

ＲＥ８のカメラはきっと壊れてしまったにちがいない、さがしても無駄だ。いざとなれば絵を描けばいい。あらゆる細部が記憶に焼きついているのだから。

ウィンスロップは炎にむかって、よろよろと歩みはじめた。


ウィンスロップはサマセット平原のオールダーで育った。そこでは湿地帯を区画するのに、生け垣ではなく溝を使う。この土地をはじめて訪れた客はしばしば、村の共有緑地に立って、カトリオナの父が教区牧師を務める教会までのいちばんの近道は、荒野を突っ切っていくことだと考える。だが曲がりくねった小道ではなくその〝近道〟をたどった者は、まもなくじめじめした迷路にとらわれ、最後には湿地帯全体をぐるりと迂回して、溝の上にわたした厚板の橋を通っていくことになる。鴉が一分で飛ぶ距離を進むのに、一時間以上かかることもある。夜の中間地帯《ノーマンズ・ランド》は、同じような罠と目くらましと袋小路でいっぱいだった。

しだいに小さくなっていくスナイプの炎にむかって、根気よく歩きつづけた。夜が明けたら、のろのろ進む彼など、どんなドイツ人にだって簡単に撃ち殺せるだろう。泥だらけになってしまっただぶだぶの飛行服《シドコット》を灰色のドイツ軍服と間違われ、熱心だが早とちりのイギリス兵から弾丸を見舞われる可能性だってある。

もつれからまったワイアの壁や、水のたまった砲弾跡に行く手をふさがれても、いらだちの言葉を漏らすことなく、辛抱強く進路を変えてべつの道をさがした。

修繕したばかりの時計はまた壊れて、九時十五分前で停まっている。たぶんまだ十時にもなっていないだろう。生存者はしばしば一時間以上も戦ったと主張するが、空中戦はほとんどの場合、わずか数分で終わるのだ。明日の夜明けまでにはまだまだ時間がある。

靴の下で地面が音をたてて陥没した。パン生地のように平らになった馬の上を歩いていたのだ。眼球は鳥によってえぐりだされているし、腹の中には屍肉食らいの獣どもが棲みついている。馬皮の絨毯の下で鼠が悲鳴をあげながら身悶えし、四方八方に散らばっていった。ウィンスロップには鼠を殺したり、憎んだりしている余裕はない。そもそも、この国にはびこっている死者を食らう人間どもと、どこがちがうというのだろう。

膝が激しく痛みはじめた。比較の問題かもしれないが、ほかの痛みは軽くなったようだ。間に合わせの松葉杖があたる脇の下が痛い。爪先はもう感覚がない。どうせならはやく膝まで凍えてしまえばいいのに。

砲弾はまだ降っているが、このあたりまでは届かない。夜間に中間地帯《ノーマンズ・ランド》に火を降らせて、ドイツ軍の遠征を牽制しようというのが、連合軍の作戦だ。この状況ではその戦略理論もはなはだ疑わしいが、泥の中で道に迷った偵察兵にぶつかる心配のないことだけはありがたかった。いちばんお粗末なドイツ兵でも、ライフルと銃剣はもっている。それに対して、ウィンスロップの手にあるのはありがたいプロペラの切れ端ひとつだ。とつぜん降ってわいたような遠征に、拳銃をもってこようと思いつく暇さえなかった。

まっすぐ正面にスナイプが見えた。帆布が完全に焼け落ち、金属部分が最後の残り火で赤く輝いている。クンダルのコンドル飛行隊の、いったい誰の機だったのだろう。

命知らずのコートニーは死んだ。血まみれレッド・バロンにつかまり、血を吸いつくされた。クンダル自身も地に墜ちたことはほぼ間違いない。イニシャルBの男たち――ボール、ビグルズワース、ブラウンらも同様だろう。変則的に選ばれたビル・ウィリアムソンも。コンドル飛行隊は大きな損失をこうむったことになる。

砲弾が飛んできて百ヤードと離れていない場所で炸裂し、飛び散った泥が顔にかかった。おそらくスナイプの火を見つけた砲撃手が、闇の中の光を狙ったのだろう。

生還を果たしたらさまざまな進言をして、戦闘状況をおおいに改善させよう。こんな経験をした以上、サー・ダグラス・ヘイグだってウィンスロップの言葉に耳を傾けてくれるだろう。それから、ジャーナリストのケイト・リードを訪問しよう。いずれにしても訪問したいと思っていたのだ。ひとつのアイデアが彼の中で形をとりつつあった。その核をなすものは、ケイト・リードだ。

赤い髪と鋭い舌鋒をもったヴァンパイア。カトリオナが転化したら、きっとケイトみたいになるだろう。訴えるような口もとには上品に小さな牙がのぞいている。眼鏡に隠れた頭脳は明晰で柔軟だ。ウィンスロップの知人の中で、ケイトはもっとも長生者《エルダー》に近いヴァンパイアだ。彼に必要なのは長生者《エルダー》だ。それに関して疑問の余地はない。新生者《ニューボーン》では役に立たない。力は血統にひそんでいるのだから。レッド・バロンとその仲間の人殺したちが、それを証明している。

罠に踏みこんだのか、棘《とげ》のようなものが長靴に食いこんだ。ウィンスロップはふり返り、足首をつかむものを殴りつけようと、プロペラの松葉杖をふりかざした。

闇の中からしわがれた人間の声が聞こえた。黒く煤《すす》けた顔の中で大きな目が光っている。そして白く輝く歯。焼け落ちたくちびるのあいだから、ヴァンパイアの牙がむきだしになっている。

プロペラでひと突きにしてやるのが慈悲というものかもしれない。

歯列が割れ、ひゅーひゅーと息が漏れた。またぐいと、こんどは膝のあたりをつかまれた。そいつは彼につかまって立ちあがろうとしているのだ。

パイロットだ。だが誰なのだろう。呼吸音がやみ、謝罪するように軽くウィンスロップの脚をたたいて、手が離れた。ぼろぼろのヴァンパイアが立ちあがった。ねじれたようにゆがんだ身体を見て、ウィンスロップは気づいた。アルバート・ボールだ。かろうじてではあれ、リヒトホーフェン率いるフライング・フリーク・ショーとの戦いをまたもや生き延びたのだ。飛行服《シドコット》が溶けて肉とまじり、骨の上に黒くへばりついている。

「なんてこった」ウィンスロップはつぶやいた。

傷んだ古革のようなボールの顔が微笑をつくり、曲がった手がさしだされた。ウィンスロップは握手をしながらも、その指がいまにも折れてちぎれるのではないかと不安になった。ありがたいことに手袋のおかげで、ひびのはいった脂っぽい皮膚には直接触れずにすむ。それでもパイロットの手には、こんがりと焼かれたぬくもりがまだ残っていた。

「なんとかして帰ろう」ウィンスロップは言った。

飛行帽をかぶったまま火を浴び、髪のなくなった頭でボールがうなずいた。月が雲に隠れ、闇が濃くなった。

ウィンスロップひとりでも生還の可能性はごくわずかしかない。なのにいま彼は、重傷のボールを連れて前線までたどりつかなくてはならないのだ。

これもまた、天の与えたもうた試練なのだろうか。

「じゃあ行こう。たぶん、あっちだ」

イギリス軍の銃声が響く方角にむかって、ふたりは歩きだした。

21 城

クレッチマー＝シュールドルフ大佐はいかにもプロイセン人らしく、無造作にトルコ煙草を下くちびるに貼りつけていた。城にむかう車の中で、充満した煙が揺れている。大佐はポオとエーヴェルスにむかいあってすわり、それとなく好奇心を示しながら、帽子の庇の下で鋭い目をきらめかせている。暗い窓に三人の姿は映っていない。運転手は夜でも道を心得ているだろうが、道路状況の悪さに、ポオはロープで屋根にくくりつけたエーヴェルスの荷物の無事を心配した。

「マランボワではあまり客を迎えたことがありません」クレッチマー＝シュールドルフが言った。「ですからいろいろとご不自由をおかけすることと思います」

ポオは喜んで寛大にふるまうつもりでいた。どんな宿泊設備であろうとゲットーよりはましだ。もっとも、一時間ごとにいらだちをつのらせているエーヴェルスは、どのような生活を提供されようと、文句をつけずにはいられないだろうが。

「あの城は古いものです」大佐がつづけた。「そもそもあの場所には、シーザーによるガリア遠征のときに建てられた砦がありました（BC五八―五一年にかけて、シーザーがガリア地方に遠征してその全域を支配、ローマの属州とした）。現在の城砦は、一部その建設を十世紀にまでさかのぼることができます。ヴァンパイアにとっては歴史的意義のある場所でもあります。一二〇〇年代に滅ぼされた長生者《エルダー》、マランボワ卿にちなんで名づけられていますので」

「駅にいた軍曹は邪悪な場所だと言っていたようですが」ポオは言った。

クレッチマー＝シュールドルフは肩をすくめたが、煙に乱れは生じなかった。冷静な見かけの下で、つねに皮肉な笑いを浮かべている男だ。

「あなたの有名なアッシャー家のようにですか？　何が邪悪かなど、誰に判断できるのでしょう。古い考えに縛られたままの者もいますからね」

「あやつは真の愛国者ではなかった」エーヴェルスが口をはさんだ。「報告して、降格すべきだ」

「愛国者でもマランボワを好まない者はいます」とクレッチマー＝シュールドルフ。「誰にわかります、ヘル・エーヴェルス。あなただとて、われわれの城が気に入らないかもしれません」

窓の外では、折れた高木が道路のすぐそばまでせまっている。この土地はうらさびしく荒涼としている。ここ数年の惨禍だけではなく、数世紀にわたる荒廃が感じられる。

「城の近くに湖があります」クレッチマー＝シュールドルフの微笑が大きくなった。「ですがアッシャー家の沼とはあまり似ていませんね。あの城が崩れ落ちて、悪臭放つ水の中にわれわれを放りだすことは、まずないでしょう」

「面白い考え方ですな」皮肉のつもりなのだろうか、エーヴェルスが言った。

「面白いことを考えるのが情報将校の仕事なのですよ。士気を鼓舞するのが第一の任務ですから」

その瞬間、エーヴェルスの士気は最低レベルに落ちこんでいたが、ポオ自身は不思議と元気をとりもどしていた。気持ちが比較的軽いのは、あの温血者《ウォーム》の少女の血が身体中にしみわたっているからなのかもしれない。

「つぎのカーヴを曲がったら城が見えますよ、ヘル・ポオ」

車が大きくふくらんでカーヴを曲がると、月を背景に、城があらわれた。塔と胸壁をかまえた黒い影だ。その闇の中、いちばん高い塔に、ひとつだけ明かりがともっている。

「あれはわたしたちのためですか」ポオはたずねた。

大佐は首をふって答えた。

「飛行士たちのためです」

車は静かな湖岸を走っている。かたわらの広いスペースは軍用飛行場だろう。

「飛行機が塔にぶつかることはないのですか」

クレッチマー＝シュールドルフが音楽的な笑い声をあげた。

「ヘル・ポオ、あなたは必ずや多くの大きな驚きに出会うでしょう」

どうやらすばらしい謎が隠されているらしい。ポオの渇きが高まった。赤い渇きと似てはいるが、血ではなく、知識を求める渇きだ。彼はいつだって、パズルや暗号や謎と取り組むのが好きだった。ジャーナリストであり、探偵でありながらも、彼がもっとも望んだのは、詩人として謎を解くことだった。いま、彼の推理力に新たな挑戦が突きつけられたのだ。

城、謎、血と栄光。ここには、怪奇と幻想の物語をつづるためのあらゆる要素がそろっている。

「見ろ」エーヴェルスが指さした。

黒い空の中、月を背景に、空よりもさらに黒い影がいくつか羽ばたいている。

「蝙蝠ですか」

「いいえ、ヘル・ポオ、蝙蝠ではありませんよ」

それは隊列を組んで移動している。蝙蝠よりもかなり大きいようだ。

「ヴァンパイアなのですか」

クレッチマー＝シュールドルフはうなずいて、新しい煙草に火をつけた。マッチの火が一瞬、面白そうな色を浮かべた両眼に反射する。

一瞬にしてポオは謎を解いた。あの生き物の正体を知ったのだ。

「変身能力者ですね」満足気な声で結論した。「リヒトホーフェン男爵の飛行士たちですか。彼らは飛行機を飛ばすのではなく、翼を生やすのですね」

「そのとおり」

エーヴェルスは驚くと同時に、秘密を知らされていなかったことに腹を立てている。だがポオの心と精神は昂揚した。

「なんという驚異、なんという不思議。彼らは天使になったのですね」

「いうなれば、地獄の天使でしょう。戦争が終わるまでには、堕天使となっているかもしれませんが」

彼らは塔の明かりのまわりを旋回している。人間の身長の二、三倍はあるだろうか、ゆっくりと翼をはためかせるその姿には、飛行よりも滑空という言葉のほうがふさわしい。以前のポオならそんなことは不可能だと断言しただろう。だが現に、いまここにその奇跡がある。

「これがすべて、ヴァンパイア固有の能力を開発した結果だというのですか」

クレッチマー＝シュールドルフはうなずいた。

「人為的な部分はトニー・フォッカーが手伝い、耐空性を増すための装備を考案しました。それと、機関銃のためのハーネスですね。いまのところはまだ、二挺のシュパンダウを胸に生やして敵に弾丸をお見舞いできたヴァンパイアはいませんが」

「まだ、なのですね？」

クレッチマー＝シュールドルフは肩をすくめた。いずれ必ずそのときがくるということだ。

最初の飛行士が空中でむきを変え、帆のように翼をひろげて速度をゆるめた。そして翼をたたみながら、するりと塔におりたった。つづいて飛行士たちがひとりずつ帰着する。周囲に群がる小さな人影を見れば、人間の二、三倍という見積もりがまさしく正解だったとわかる。

「誰が信じるでしょう。みずからの目で見たとはいえ、いったい誰がこんなことを信じられるのですか」

「おそらく詩人だけでしょうね、ヘル・ポオ。だからこそ詩人が必要とされるのです。あなたはいまこれを見た。そしてこれから、世界じゅうにそれを信じさせるのです」

ひとり遅れて、よたよたともどってくる飛行士があった。革のような翼が片方、大きく裂けて、空中にとどまっているのもやっとといったありさまだ。傷ついた闇の天使は帰着に失敗し、塔の壁にぶつかった。鋭い爪を古代の石組みに食いこませてしがみついている。尾をだらりと垂らし、翼をたたんで、飛行士は仲間のもとへと石壁をよじのぼりはじめた。どれほど苦しいだろうと、ポオはその痛みをおのがものとして想像した……

「もっとよく見たい」ポオは言った。「一刻もはやくあそこへ連れていってください」


クレッチマー＝シュールドルフが手をふって、熱心な守衛や驚き顔の歩哨をしりぞけてくれた。城内にはいると、すばやい敬礼につづいて、書類がさしだされた。

一行は塔にのぼった。ポオは先頭に立ち、夢中になって石造りの螺旋階段を駆けあがった。無言でつづくエーヴェルスは、大甘な両親に育てられてなんでもしたい放題な子供を預かり、不満たらたらな乳母のように、苦虫を噛みつぶしている。ポオはひたすら奇跡の生き物に会いたかった。それ以外のことは、すべて頭から消え失せていた。

階段がひろくなり、板石を敷きつめたひろい部屋に出た。矢狭間《やはざま》のような細い窓から月光が射しこみ、壁の火架では篝火が燃えている。カーテンがわずかに揺れているのは、冷たい風がはいりこんでいるのだろう。動物園のような、強烈な獣のにおいがした。

蝙蝠の形をした巨大な影の中で足をとめた。飛行士は考えていたよりさらに大きかった。目の高さには、巨人用の長靴の磨かれたてっぺんがあるばかりだ。

視線をあげると、薄い被毛に包まれてはいるものの、人間の形態をとどめた身体が目にはいった。たたんだ翼を、生きたヴェルヴェットのマントのように床にひきずっている。胸には革と帆布でできた十字帯のようなものが巻きつき、一対の機関銃を吊りさげている。ほかにも、脊柱を固定する革紐と、翼をつなぎあわせるワイアが目にとまった。脇の下からは、器用そうではあるが不細工なたくましい腕が生えている。その三本指の手が銃把を握るのだ。

頭部が収縮するにつれて、ぴったりだった革の飛行帽がぶかぶかになる。足場にのぼった当番兵がそれを脱がした。炎のような両眼が縮み、ひらひらした耳がもとの形にもどって、幾列にもならんだ歯も歯茎におさまった。大きくひらかれた赤い口が閉じて、人間のくちびるに変わる。仮面が溶け去るように、被毛も消えた。

「ヘル・ポオ」クレッチマー＝シュールドルフが紹介した。「こちらがマンフレート・フォン・リヒトホーフェン男爵です」

ポオには何も言えなかった。

レッド・バロンは人間の姿にもどりつつあった。当番兵たちが従者のように群がり、銃や長靴や革帯をはずしていく。縮んだ身体が飛行装備に押しつぶされてしまわないよう、作業は慎重におこなわれる。はずされた装備は棚に片づけられた。

男爵個人付きらしい当番兵がふたり、慣れた動きでてきぱきと働いている。驚いたことに、ふたりとも温血者《ウォーム》だ。

「あのふたりは開戦以来ずっと男爵に従っています」クレッチマー＝シュールドルフが説明した。「フリッツ・ハールマン軍曹と、ペーター・キュルテン伍長。われらが空の騎士の従者です」

ハールマンとキュルテンは、絶えざる畏怖《いふ》に圧倒されているのだろう、黙々と仕事をこなしている。蝙蝠の仮面の下から、リヒトホーフェンの青い目とたくましい顔があらわれた。ドイツ全国あらゆる駅で売っているザンケ・カードの肖像と同じ、あの顔だ。

とがった頭や丸めた背を石の天井にこすりながら、ほかの飛行士たちがはいってきた。地上要員数十人の手を借りて、変身が解かれる。誰もかもがあわただしく働いている中で、ものを考える余裕があるのはポオひとりだった。

「あちらが実験監督のテン・ブリンケン教授です」

クレッチマー＝シュールドルフが示したのは、肩幅のひろい、灰色の顔をした男だった。猫背の身体に汚れた白衣をまとっている。教授はうなりながら表と測定値を照らしあわせていた。

「そしてこちらが、この城の司令官カルンシュタイン将軍です」

かたわらに立つ長生者《エルダー》は灰色の髪に黒曜石のような髭をたくわえ、物静かだが、いかにも高貴な雰囲気を漂わせている。身につけているのは十八世紀ふうに仕立てた軍服だ。

リヒトホーフェンの顔が完全に人間らしさをとりもどした。身長もさっきまでの半分、八フィートほどに縮んでいる。骨格が組み替えられ、筋肉が流れるように新たな形をとりつつある。ハールマンとキュルテンがやわらかな毛の大ブラシをとりだして、抜けた被毛をはらい落とした。一瞬のうちに骨と細胞が配置されなおし、未熟児のような腕が胴の中に吸いこまれて消えた。変身はなんの苦痛もなく、すみやかに、いともたやすくおこなわれているようだった。

すばらしい魔法だ。のばされた翼が腕に変わり、皮膜が中国の扇のようにたたまれてなめらかな美しい皮膚になる。リヒトホーフェンの鋼鉄の顔にはなんの不快感もあらわれていないが、ほかの飛行士たちは、関節が音をたて骨が形を変えるたびにうめきや悲鳴を漏らしている。テン・ブリンケンは、厳格ではあるが子供を誇る親のように、満足げにそれをながめていた。

医療スタッフが進みでて、拳闘のコーチのように聴診器を胸にあて、治りつつある傷を調べながらメモをとった。ハールマンやキュルテンのような従者たちが、それぞれの飛行士にローブを手わたす。彼らは余分なものをおのが体内に収納し、あたりまえの身長と形態をとりもどしていった。

もう全員が人間にもどっている。もちろんヴァンパイアではあるが、人間にはちがいない。だが彼らは——この飛行士たちは、神であり、悪魔であり、天使でもある。ポオは自分がここに呼ばれたわけを理解した。卑小なるハンス・ハインツ・エーヴェルスでは駄目だ。この現象を正しく扱える天才は、ただひとりエドガー・ポオあるのみ。

本来の姿にもどったリヒトホーフェンは、なめらかで端正な顔に、冷たい無表情な目をもった中背の若者だった。毛皮襟の部屋着をまとったその身の内には、明らかに強大な力と、それ以上に大きな謎が秘められている。だがそれがどれほどのものなのか、ポオでなければ推し量ることはできなかっただろう。

「マンフレート」クレッチマー＝シュールドルフが声をかけた。「こちらはエドガー・ポオ。きみと協力して、きみの本をつくる」

ポオは手をさしだした。男爵は握手を拒んだが、それは傲慢さからではなく、どうすればよいか途方に暮れたためだった。この英雄は初心な少年のように神経質だ。行動の人であるため、人生における無駄な装飾や娯楽にホットスパーのような嫌悪を抱いている。詩人になど目をくれたこともないのだろう。

「男爵閣下」ポオは口ごもった。「夢にも考えていませんでした……」

「わたしも夢は見ない」リヒトホーフェンは答えて背をむけた。「失礼する。報告書を書かねばならないので。言葉はわれわれの得手とするところではない」

22　穴居人

中間地帯《ノーマンズ・ランド》では、距離や時間の感覚がなくなる。スナイプを燃やしていた炎が最後にひときわ大きくひらめいて、ふたりがたどってきたささやかな行程を照らしだした。数時間も歩いたような気がするのに、苦心惨憺して進んだのはたった百ヤードほどにすぎなかった。

ウィンスロップははじめ、ボールを背負っていかなくてはならないことを覚悟した。だが重傷を負っているにもかかわらず、パイロットは自力で歩き、迂回しなければならないような障害物も乗り越えた。まさしく奇跡的な忍耐力だ。炎をあげて墜落したときに余分なものを焼きつくし、その本質だけが残されたのかもしれない。彼は生まれたときからそうしているかのように、足と同様巧みに両手を使って、蟹のように地面を這い進んだ。甲羅みたいに黒く焼けた肉と布地がひび割れ、その奥できらめく筋肉と腱が、油をさしたピストンのように動いている。

アルバート・ボールにならおうと、ウィンスロップは決意した。余分なことに頭を悩ませず、いま必要なことのみに集中するのだ。自分はカトリオナのことを、ボウルガードのことを、リヒトホーフェンのことを、考えすぎる。いま考えるべきなのは、エドウィン・ウィンスロップのことだけでいい。

幾筋もの光が背後の空で揺れている。あれが曙光なら、ふたりは間違った方角に――ドイツ前線のほうに進んでいることになる。いや、砲火に決まっている。一瞬後、爆音が聞こえたが、あの距離なら危険はないだろう。

フランス軍のヘルメットがあった。持ち主にはもう必要ない。ウィンスロップは嫌悪感もなく、判別もつかなくなった隆起物からそれをはずした。防禦になるし、中央に畝の走るアドリアン・ヘルメットをかぶっていれば、遠目にも連合軍の人間であることがわかる。これで自軍に攻撃される心配はかなり減った。もちろん、ドイツ人に出くわしたら有無をいわさず撃たれることに変わりはないが。

ドイツ軍は中間地帯《ノーマンズ・ランド》のこんな奥にまで、定期的に夜間パトロールを送りこんでいるだろうか。だが近い将来みなが予想している大攻勢があるのなら、地図をつくったり道を整えたりするために偵察隊が出ている可能性はある。それに、同じように道に迷ってさまよっているドイツ人が、パニックにかられて闇雲に銃をぶっ放してくることもあるだろう。

「しかしてわれら薄闇の平原にあり。戦闘と逃走の混沌たる恐怖によりて一掃され、無知なる軍勢の闇に出会えし処」

ウィンスロップは「ドーヴァー海岸」の一節を暗唱した。マシュー・アーノルドはまさしく時代の予言者だ。戦場泥棒をしながら装備を整えているあいだに、ボールは漏斗孔の縁を乗り越えていた。ウィンスロップは壊れた砲架車によじのぼり、しっかりと杖によりかかったまま、ボールが這い進んでいる穴の底を見おろした。ふだんの彼だったら、アルバート・ボールのようなヴァンパイアを見れば薄気味悪く思わずにはいられなかっただろう。

ドイツ側にむけた背中がちくちくうずいた。この悪夢のような遠足を終わらせる弾丸が、この身体を貫こうとしているのだろうか。ふいに危機感をおぼえ、ウィンスロップはボールのあとを追って縁をとび越えた。パニックはすぐにおさまった。自分はいま、いったい何に怯えたのだろう。

とびおりた拍子に膝がまたずきりと痛み、あやうくプロペラの杖を離してしまいそうになった。昇進を望んで野心を燃やす若い将校にふさわしからぬ大声で悪態をついた。

それはこれまで見たどの漏斗孔よりも深く、端のほうは真っ暗だったが、泥だらけの底にかすかな月明かりが射しこんでいた。また照明弾が炸裂した。少なくともここにいれば、いまいましいスナイプの骨を見ずにすむ。ボールは穴の底まで進み、そこでウィンスロップを待っていた。立ちあがって四肢をのばそうとするそのさまは、『ミラクルマン』において信仰の力で治癒したと騙った偽りの身障者のようだ。だがさしだされた両腕は、ありうべからざる方向に曲がっている。

両陣営の砲列線から離れたこの穴は、危険な荒野でくつろぎを与えてくれるオアシスのようだ。ウィンスロップが近づいていくと、ボールは飛行服《シドコット》のポケット――もしかすると皮膚そのものだろうか――をひらいて、銅のシガレット・ケースをとりだした。

「一本やるかい」

ボールはむきだしの歯の隙間に突き刺すように煙草をくわえ、あちこちのポケットをたたいてマッチをさがしている。ウィンスロップは一本受けとってから、自分のマッチを見つけて火をつけた。

「すまんな。さっきのどさくさでなくしちまったみたいだ」

くちびるがないため、子音が不明瞭だ。息を吸って煙草に火をつけるのもひと苦労だったが、何度か深呼吸をくり返して成功させた。煙を吐きだすと、溶けたようにふさがっていた鼻孔がぽんとひらいた。

ウィンスロップはぴりりとした煙をゆっくり楽しんだ。生きていてこその味だ。

穴の中には忘れられた戦死者が大勢、折り重なって泥に埋もれていた。足を踏みだせばいたるところに、あらゆる国籍の死体がある。ここは埋められるのを待っている巨大な墓だ。

「こいつがいわゆる〝苦境に陥る〟というやつなんだろうな」ウィンスロップは言った。

ボールが穴の中をながめわたした。目蓋の焼け落ちた眼球のまわりに、束になった赤い筋肉が見える。穴の直径はほぼ三十ヤードというところだ。

「まだましさ。前回おれが墜とされたのはドイツ軍側だったからな、塹壕線を強行突破してこなきゃならなかった。それに比べれば、この遠足なんざ気楽なもんだ」

「だけど前のときは、飛行機に乗った敵に撃ち墜とされたんだろう？」

「ああ。だが羽は羽だ」

ウィンスロップは首をふった。空で起こったことをくよくよ考えてもしかたがない。いまはまだ。

「さて、行くか」ボールが傾いた壁に押しつけて煙草の火を消した。

ふたりは穴の底を横切っていった。まっすぐ身体をのばすと背中が痛んだ。何時間ものあいだ、発見されることを恐れ、できるだけ身をかがめてうずくまっていたせいだ。

ボールが足をとめ、ぴんと耳を立てて危険をさぐる犬のように、頭をもたげた。どうしたのかとたずねるよりもはやく、闇が押しよせてきた。

ふたりは生きている案山子の群れに囲まれていた。浅い墓から、無造作に積みあげられた死体の山から、電気を通されたかのようにいくつもの死体がふいに起きあがってきたのだ。銃が突きつけられ、冷たい手が身体にかかる。咽喉を痛いほどにつかまれ、肋骨に銃剣の先端が押しつけられる。ウィンスロップはまたもや、数秒後に死が訪れることを覚悟した。不快な息が顔に吹きかかる。咽喉をつかむ手がゆるんでも、結局はそれで窒息してしまうかもしれない。

自分を捕らえた兵士の軍服がどこの国のものか、とっさには判断できなかった。泥を使ってぼろ布を身体に貼りつけているのはアフリカの土民のようだし、枝や木の葉を刺したカモフラージュ用ネットをマントのように羽織っている。そして胸には、薬莢と指の骨でつくった首飾りが揺れているのだ。

マッチがすられ、髭面《ひげづら》がぐいと押しつけられた。垢だらけの顔の中で赤い目が光り、血と唾で濡れたヴァンパイアのぎざぎざの牙が、きしりをあげる。

「誰だ。敵か味方か」

英語ではあるが、将校クラスのものではない。たぶんスコットランド人だろう。そう思うといくらか恐怖がひいた。

「ウィンスロップ中尉だ」咽喉を押さえつけられたまま、苦しい声で答えた。「情報部に所属している」

男のあげた笑い声に、恐怖が舞いもどった。咽喉にかかった手は力をゆるめない。赤い口にはまだ悪意と飢えが浮かんでいる。

「知ってるさ。おまえは密猟者だ」

ウィンスロップはゆっくりと絞殺されつつあった。

兵士は死におおわれた荒野をぐるりと示した。

「ここは私有地で、一般の狩猟は禁じられている。おれは狩猟権所有者の代理人だ」

よみがえった死体がもう一体、捕虜を調べに近づいてきた。ぼろぼろになったオーストリア軍服を着ているのは、はるかなる東部戦線に配属されながら、任地を離れてわざわざここまでやってきたものらしい。レンズのなくなったガスマスクをかぶっているため、頭部が球状にふくれあがっている。その革にはルーン文字が刻まれ、鼻面のようにとがったフィルターには丸い口髭が描かれている。

「よう、シュヴェイク」ウィンスロップを捕らえた兵士が声をかけた。「情報部のお偉いさんをつかまえたぜ」

シュヴェイクも笑ったが、その声には深い憎悪がこもり、マスクの奥の両眼には狂気が宿っていた。

「よくやった、メラーズ。情報はめったに手にはいらないからな」訛のきつい英語だ。

彼らの装備は、フランス、イギリス、ドイツ、アメリカ、オーストリアと、さまざまなものがいりまじり、交戦中であるはずの両陣営のものをごちゃまぜにして身につけている者もあった。染めているのか何かを塗っているのか、真紅の顔をした金髪の若者は、フランスの軍服にドイツのヘルメットをかぶり、アメリカのカービン銃をかかえている。

ウィンスロップとボールは漏斗孔のむこう端まで手荒くひったてられていった。プロペラの杖はとりあげられた。膝がまた激しく痛みだしたが、弱みを見せてなるものかと、ウィンスロップは悲鳴を噛み殺した。

奥の壁に、ネットとさまざまな破片で擬装した入口があった。きたないカーテンをひらいて、一行はトンネルの中にはいった。

「こいつは最初、フランス軍の塹壕だった」ウィンスロップを捕らえたメラーズが説明した。「それからドイツ軍のものになった。いまはおれたちの領土だ」

「おまえたちは何者だ」ウィンスロップはたずねた。

「われわれは穴居人《ヌ・ソン・レ・トログロディト》だ」フランス人が答えた。

「そのとおりだ、ジム」オーストリア人が大声で同意した。「おれたちは穴に住む原始人だ。

「ほらまたジュールだ」フランス人が言った。「いつだって説明役だ。おれが詩を書けば脚注をつけたがる」

「おれたちは潜伏しているのだ」メラーズが答えた。「戦争のないこの場所にな」

坂になった通路を数ヤードほどくだると、足もとに板が敷かれ、天井を補強する頑丈な支柱もあらわれはじめた。

「ドイツ軍の仕事だ」とメラーズ。「兵士の居住性に、ことさら気を配っている」

笑い声がいっそう高まった。とりわけ、ドイツ人たちの声が大きく聞こえる。

彼らは両陣営を裏切った脱走兵なのだ。全員がノスフェラトゥらしい。絶えざる戦闘に正気を失い、戦いのまっただなかに姿を消して屍肉を食らいながら生き延びている堕落した者たちの話は、ウィンスロップも聞いたことがある。だがいままでそんな物語は、モンスの幽霊弓兵や、十字架にかけられたカナダ兵や、長靴に雪をつけたままのロシア兵と同じように、戦時中に生じた伝説だとばかり思っていた。

「温血者《ウォーム》でここを訪れる者はめったにいない」メラーズが怒りと嘲りのこもった声で言った。「これはじつに名誉なことだ」

メラーズにはダービーシアの訛がある。ある程度の教育を受けていることは明らかだが、そんな経歴を故意に否定するかのような話し方をしている。一兵卒から実戦を経て昇進したのだろう、肩には中尉の星章が乱暴に縫いつけてある。ごろつきとはいえ、過小評価していい相手ではない。

ジュールとジムにはさまれたボールは、いっさい抵抗しなかった。力を節約して、突破するチャンスを狙おうというのだろう。いざというときには頼りになる男だ。

通路がひろがり、新石器時代の洞窟のように飾られた地下壕に出た。ドラム缶に火が燃えさかり、天井は分厚い煤でおおわれている。壁には靴墨と泥と血を使って、稚拙だが印象的な筆致で、暴力と強奪を表現する絵が描かれている。それにまじって、皇帝《カイザー》と王の新聞写真、将軍や政治家たちの肖像、パリとベルリンの大衆誌の広告、長期行方不明者の写真などが貼られ、コラージュをつくりあげている。いっぽうでは恋人や妻や家族たちが、赤と黒の地獄に落とされている。そしてそのすべてが、いくつもの目と口をもつ、戦争を擬人化した怪物にのみこまれているのだ。

　腐敗と血と汚物の臭気が強烈だ。ずらりとならんだ手作りの柩には、それぞれ持ち主の以前の人生を示す品が所有のしるしとして飾られている。略奪された武器や衣類が、仕分けもされず積みあげてあるかと思うと、古いものも驚くほど新しいものもごっちゃに、人間の骨がいたるところに散らばっている。穴居人たちはこのおぞましい穴に隠れ住み、夜になれば出没して、死者や瀕死の者を餌として暮らしているのだ。

「ようこそわれらの楽しき隠れ家へ」メラーズがおおまかに洞窟全体を示して言った。「ごらんのとおり、われわれは愚かな地上を離れてユートピアをつくりあげた。紛争はすでに解決したのだ」

「ここではドイツ人もフランス人も、イギリス人もオーストリア人もない」とシュヴェイク。「みんな同志で、みんな仲間だ」

　メラーズがウィンスロップの首を離した。息を吸おうとうずくまった瞬間、巧みに身体のむきを変えられ、両手首に有刺鉄線が巻きつけられた。棘が皮膚に刺さり、抵抗の意志を奪った。

「そして階級もない」メラーズがつけ加えた。

「だがきみはまだ星章をつけているじゃないか」

　ウィンスロップの指摘に、メラーズは悪意に満ちた微笑を浮かべた。

「あんたの了見で人を将校になんぞしないでもらいたいな。あいにくこちとらは、学のあるエリートさまじゃないんでね」

「なるほど」ボールのおぞましい焼け残りが歯を光らせながら口をはさんだ。「けちなグラマースクール出ってわけか」

メラーズが低く苦々しい笑い声をあげた。ウィンスロップは一瞬、ボールのあてこすりに困惑した。ウィンスロップ自身はグレイフライアーズ校（英国の作家フランク・リチャーズの少年小説ビリー・バンター・シリーズの舞台となる架空の男子パブリック・スクール）の出身だが、それだけで天国に居場所が買えるとは考えていない。優秀な学校からは、伝道師や殉教者と同じくらい多くの詐欺師や人殺しも出るものだ。結局のところ、ハリー・フラッシュマンはラグビー校（有名な実在の男子パブリック・スクール）の出身だったではないか。

こんな一日の終わりに、グロテスクなヴァンパイアふたりが戦わす学歴論に耳を傾けているというのも、考えてみれば妙な話だ。ノッティンガム生まれのボールは、その生育環境に、メラーズと少なからぬ共通点をもっているのだろう。

「兵士の敵は、塹壕線のむこうにいる兵士じゃない」とメラーズ。「そいつを戦いと死に送りだしたお偉方どもさ。王さまだろうと皇帝《カイザー》だろうと、ルスヴンだろうとドラキュラだろうと、結局はみんな同じろくでなし野郎だ」

「おれたちはいい兵士だ」シュヴェイクがさけんだ。「おれたちは穴居人だ」

メラーズがカモフラージュ用ネットを脱いで柩にかけた。壊れた弾薬ケースを使ってつくられた細長い箱だ。

「あんたのことを敵だとは思っちゃいないさ、ウィンスロップ」メラーズが穏やかに言う。

「そう聞いて安心した。ところで、おれは先を急ぐのだが……」

「あんたは生者で、おれたちに害をなすことができない。おれたちを傷つけることができるのは、老いぼれた死者の手だけだ。称号と栄誉と血統と一族にとらわれ、数世紀をかけて頭を腐らせてきた愚か者ども。おれたちをいまみたいな存在にしたのはあの怪物どもだ」

ボールがくるりと眼球を動かした。コンクリートの壁の高いところに、野蛮な壁画の一部として、彩色した鉄の鉤が埋めこまれている。ふたりの穴居人が縛りあげたボールをかかえあげて、その鉤に吊るした。腕を背後にひかれて肩の関節がきしむ。長くなった牙のあいだから息が漏れた。

「この男はずっと苦しんできた」とメラーズ。「それは明らかだ。なぜ苦しまなければならない。取るに足らぬ寄生虫どもが、この上にひろがる泥だらけの土地の支配権をめぐって争ったとしても、この男にとってそれがなんだというんだ」

ボールが正しい愛校精神を発揮して怒り狂った獣のようなうなりをあげ、自分を捕らえた者たちにむかって罵声を浴びせた。

ウィンスロップの手首がぐいとねじりあげられた。棘が皮膚を裂き、肩が燃えるように痛む。

「そうさ、中尉どの、あんたは敵じゃなくて、われわれの救いになってくれるんだ。ごらんのとおり、食料の蓄えが乏しくてね」

ガスマスクの中でシュヴェイクの頭がふくれあがった。両眼も拡大して目穴いっぱいにひろがり、周囲に狼のような体毛が生えはじめる。

穴居人たちがウィンスロップの身体をもちあげた。鉤にかけるため無理やりひきあげられた手首がきしむ。穴居人たちが手を離すと、踵が壁にあたった。自分の体重で身体はいっぱいにのびているのに、足が床につかない。首から肩にかけて激痛が走った。

穴居人のひとり、キルトを着たスコットランド人が、ウィンスロップの腫れあがった膝の匂いを嗅いだ。長靴を脱がせ、幾重にも重なった服を切り裂いて、傷口に紙やすりのような長い舌を這わせる。ウィンスロップは必死で吐き気をこらえた。

メラーズが手をのばして、頬をつねった。

「あんたなら数週間はもつだろう」

23　わが隊の機は一部行方不明

とにかくできるだけ、ちっぽけで無害な土竜のように見せればいい。眼鏡の奥で馬鹿みたいにぱちぱちとまばたきする。ケイトはこうやって子供時代を生き抜いてきたのだ。こんなことでドレイヴォットが騙されてくれるとは思えない。でも少なくともいまはまだ、独房に放りこまれて正式な逮捕を待っているわけではない。ドレイヴォットならあいている豚小屋を使いたがるかもしれないけれど、将校がついていなければ、彼にその権限はないはずだ。

新顔のケイトはパイロット食堂で注目の的になった。いつもだったら最大限に利用している状況だ。パイロットたちはそもそも、豪胆で、おしゃべりで、目立ちたがりだ。耳を澄ましているだけで、いくらでもブランクが埋められていく。

ドレイヴォットは低い天井に背をかがめて暗がりに立ったまま、じっと彼女を監視している。それでも、ケイトが反愛国的な破壊活動をしでかすとは考えていないようだ。

飛行隊長クンダル少佐がパトロールに出ているあいだは、鷲鼻のアメリカ人、アラード大尉が責任者となる。アラードは錐のような視線でケイトの魂の奥をのぞきこんでから、所在ないパイロットたちが彼女をマスコット扱いするにまかせて、いますぐ串刺しにするべきか夜明けまで待つべきか、思案しはじめた。

驚くほど若い三人のイギリス人、バーティ、アルジー、ジンジャーが熱心に話しかけてきた。動物の血を勧められたが、ケイトは丁寧に断った。こういうタイプならよく知っている。絶えず冗談を言い、女の関心を惹こうと陽気に競いあい、子供っぽい見栄から、いかにもたやすいことのように英雄的な愚行を自慢する連中だ。

だがこの戦争をどう思うかとたずねると、とたんに困惑し、〝義務だから〟とか、〝皇帝《カイザー》とドラキュラが勝利をおさめたら、胡瓜のサンドイッチと田舎道とクリケットの試合がどうなるかわからないじゃないか〟などとつぶやきはじめるのだ。

ケイトが望んでいる戦後の世界に、そうしたものがどんな役に立つだろう。もっとも〝戦後〟というものが存在すればの話だが。

「それじゃきみも、婦人参政権論者なわけ？」アルジーがたずねた。

「女にも選挙を、とかいうたわごとのことか」バーティが口をはさむ。

「あら、選挙権はすべての人間に与えられるべきよ。イギリスで前回選挙がおこなわれたのはいつだったかしら」

ルスヴン卿は暫定統一政府と称して、戦争が終わるまでのあいだ選挙制度を凍結させてしまった。いまは名目上の野党党首ロイド＝ジョージが陸軍大臣を務めている。首相はいまだに、〈恐怖時代〉を終わらせた二十年前の功績を、任期延長の理由としてひっぱりだしてくる。彼の政府は無能であこぎで、上品さにくるんだ暴政を強いているが、それもまたドラキュラ時代の血なまぐさい悪夢より生まれたものだ。比較すれば、ルスヴンもそれほど悪いわけではない。少なくともイギリス産の吸血鬼ではあるし、元プリンス・コンソートの苛烈さや傲慢さや残虐さに比べれば、彼自身は穏やかで控えめなヴァンパイアだといえる。だが、その首相が重要事項を即決しているさまだけは、どうしても想像できない。ルスヴンは〝言い逃れ〟を不変のポリシーとしてかかげ、あらゆる責任を回避していた。

「ことがおさまったら、もとどおりになるさ」バーティが言った。「正義はこっちにあるんだからな」

勇敢な若者たちの独善的な自己満足が哀れだった。平時でさえ短命な彼らが、この戦争を生き延びられる可能性はほとんどない。西部戦線におけるパイロットの平均寿命は、三週間だといわれている。

ジンジャーが腕時計を見て舌打ちした。パイロット全員がしじゅう時間を気にかけ、停まった柱時計に目を走らせる者もいる。道端で、パトロール隊が頭上を通りすぎていってから、二時間と四十五分が経過していた。

「心配はいらない。きっとよくなるさ」バーティがつづけた。

ソッピース・スナイプ戦闘機の滞空限度は三時間だ。マラニークの男たちにとっては、迷いこんできたちょっと頭のおかしな女性ジャーナリストなどより、そのささやかではあるが厳然たる事実のほうがずっと気がかりであるに決まっている。

パトロール隊が全滅することはめったにない。いつだってかろうじて生き残った者が、エンジンから煙を出し、翼に焼け焦げをつくって、よたよたと帰投する。

ケイトが、どちらかといえば好意的にこの場に迎え入れられたのは、気散じになるからだった。彼女をとらえて質問責めにしていなければ、パイロットたちはくり返しくり返し「プア・バタフライ」に耳を傾け、一分ごとに神経をとがらせているしかなかっただろう。

「オーガスタっていうおれの伯母も婦人参政権論者だったんだけれどね」アルジーが話しはじめた。「いつだったか、国会の外の手すりに身体を縛りつけたんだ。土砂降りの日でね、身体の芯まで凍えちまった。それでしかたなく転化したんだけど、そしたら若返ったもんだから、年寄りの伯父貴なんか捨てて、バレエ・ダンサーになっちまった。このごろはあんまり参政権とかそういった話はしなくなったな。サドラーズ・ウェルズ劇場（ロンドンの、主としてバレエで有名な劇場）で『春の祭典』（ストラヴィンスキーがディアギレフのロシア・バレエ団のために作曲したバレエ音楽。ニジンスキーが振り付けをした）を踊りたがっているよ。あのニジンスキーとかいう坊やといっしょにな。知ってるだろ、パ・ド・ドゥの途中で変身する、跳躍の名人さ」

「三時間たった」アラードが冷徹な目で宣言した。「パトロール隊は行方不明と見なす」

長い沈黙がその場を支配した。蓄音機がかたかたと音をたてて、ねじを巻いてくれと催促している。

「そんなに急ぐなよ」ようやくバーティが口をひらいた。「二、三分待ってやってもいいだろう。トムだってほかの連中だって、何度も苦境を切り抜けて、遅れて帰投したことがあったじゃないか。煙をあげて、お祈りの言葉をつぶやきながらさ。大隊司令部の連中をがっかりさせることはないさ」

「三時間たった。乗り手がどれほど優秀だろうと、機がもたない」

アラードはアメリカ人だから、彼らとの仲間意識も希薄なのだろう。ヴァンパイアとしても、彼の目の中には何か奇妙なものが感じられる。ケイトはふいに、ずいぶん長いあいだ食餌をしていないことを思いだした。心臓がコンクリートの塊になったみたいだ。

電話をとりあげた大尉に、アルジーが嚙みついた。

「よせよ、そんな必要はない」

アラードはそれを無視し、ひと言の無駄もなく報告した。

「大隊司令部。マラニークのアラードだ。クンダルのパトロール隊が帰投しない。行方不明と判断される」

ひび割れた応答に対して、アラードはさらにつづけた。

「そう。全員だ」

ジンジャーとアルジーとバーティは猛然と腹を立てた。こういうことは口に出してはいけないのだ。言葉にしてしまえば、事実がより現実味を帯びてくる。アラードがこれほど無神経でさえなければ、やがてかすり傷の友人たちがもどってきて、とんでもないジョークと大法螺をまじえながらわくわくするような危機一髪の脱出劇を披露してくれるだろうと、陽気に待つことができるのに。

アラードが受話器をおいた。黒板に、パイロットの名前と機体ナンバーと各人のスコアの一覧が記されている。いくつかの末尾には、チョークで〝不明〟と書かれている。名前が消されるのは死亡が確認されたときだ。アラードが、〝ボール〟、〝ビグルズワース〟、〝ブラウン〟、〝コートニー〟、〝クンダル〟、〝ヴィリアムソン〟の末尾に、〝不明〟の文字を書き加えた。チョークのたてるキシキシという音に、ケイトの鋭い歯がうずいた。

「コートニーのお客もいるぜ」ジンジャーが陰気な声で指摘した。

アラードは、わかっている、これから書くところだと言いたげに、うなずいてみせた。そして黒板に新たな名前が書き加えられた。

〝ウィンスロップ〟

「ディオゲネスのヒーローさ」バーティが説明した。「かわいそうに。はじめて空にあがって、さっそく墜ちちまったか」

ケイトは口をひらきかけて、またつぐんだ。ドレイヴォットはいつもの無表情を崩していないが、心の中では煮えくり返るような思いで任務の失敗を噛みしめているにちがいない。守らなくてはならないチャールズ子飼いの部下を、死なせてしまったのだ。ドレイヴォットが傷つくことがあるとすれば、まさしくいまがそれだろう。

アミアンで、ケイトとエドウィンは中途半端な形で別れてしまった。それにしてもエドウィンが空で何をしていたのだろう。後方にとどまり、けっして銃火や血にさらされることのない参謀将校だったはずなのに。

黒板には存命するパイロットよりも〝死亡〟と書かれた名前のほうが多い。ジンジャーがそれを見つめながら言った。

「この後釜を埋めるのはたいへんだぜ。アメリカの飛行小隊を丸々ひっこ抜いてこなきゃならんかもな。怒るなよ、アラード。たとえそうしたって、もとどおりになれるわけじゃない」

「名前を記憶しなければいい」

アラードの忠告に、ジンジャーは呆気にとられた。

〈恐怖時代〉に、そしてこの戦争がはじまってからも、ケイトは数多くの親しい人を真の死によって失ってきた。どれほど近しいかは関係ない。自分にはこの死を悼む権利などないと知りながらも、ケイトは悲しかった。血に飢えた心臓が痛んだ。

24　古い鉄条網にひっかかって

疲れ果て、身体は眠りを求めているのに、痛みがそれをさまたげる。ウィンスロップはサンデー・ロースト（イギリスの伝統的な食事。日曜の昼に供されるロースト・ビーフ）のように壁に吊りさげられていた。肩と首と膝はずきずき痛むが、ほかの部分は麻痺したように何も感じない。心が漂い、知覚は鈍麻していた。

このようすでは、彼もボールもいますぐに切り裂かれて食われることはなさそうだ。穴居人たちは柩に腰かけて話をしている。集まった子供にお気にいりのおとぎ話を聞かせるように、それぞれが自分の身の上話をくり返しているのだ。オーストリア人のジュールは、部隊を抜けだしたときのことを物語った。数々の危難を勇敢に乗り越え、ようやくこの一族に加わることができたという。フランス人のジムもまた同じような身の上を物語った。ミロー将軍に対する反乱の首謀者として串刺しにされるところを脱走したのだ。ジムは苦々しい口調で、不正や不公平や堕落に出会うたびに、愛国的な情熱が磨滅していった経緯を語った。

ウィンスロップは鉤に吊るされた身体を動かそうとした。鋭い痛みに肩を貫かれ、やっとのことで悲鳴を嚙み殺す。

脱走兵たちに関心をはらっている余裕はなかった。喪失と荒廃と恐怖の物語はまじりあい、どれも同じ色合いを帯びはじめる。彼らはすでに死んだ者たちの物語から気に入ったエピソードを抜きとっては、語るたびに自分の話を飾りたてていくのだろう。

野蛮な社会主義集団とはいえ、このヴァンパイア・コミュニティにはそれなりの秩序があった。階級などないとメラーズは言ったが、彼自身はほかの者たちに一目おかれている。喧嘩の仲裁に、行動の指針に、ある出来事が起こるかどうかの予測に、彼の意見が求められる。メラーズの忠告がなければ、穴居人たちはのちのちのために保存しておくことなど考えず、その場でウィンスロップをばらばらに引き裂いていただろう。

メラーズが首領なら、犬面のシュヴェイクは聖愚者だ。各人の物語が終わると、シュヴェイクが立ちあがって、全員がすでに知っている物語――炎とともに空から落ちてきた男たちの捕獲を、英雄譚として演じはじめた。ゆがんだ身体のボールのつぶれたような声までみごとに真似て、荒々しい笑い声があがる。シュヴェイクはボールのつぶれたような声までみごとに真似て、大喝采を浴びた。

黒く焼けた仮面のような顔の中で、ボールの両眼が赤く燃えている。

シュヴェイクの独演が終わると、メラーズが立ちあがり、ウィンスロップの腫れあがった膝をのぞきこんだ。

「かなりひねったな」その声に冷酷さはない。「だが折れてはいないようだ」

それから、紐を解いて飛行靴の残骸を脱がし、硬くなった分厚い靴下も引き剥がした。吊りさげられてから感覚がないが、見ると足は紫色にふくれあがっている。

「血が足に集まっているな。完璧だ」

メラーズは充血した爪先をつつきながらそう言うと、親指から棘を生やして突き刺した。血がにじみ、したたった。

「全員が味見できるだけはある。順番だ」

シュヴェイクがいちばんにガス・マスクをもちあげてすばやくかぶりついた。温かく濡れたものが足に触れ、ちくちくと刺されるような感覚があった。穴居人たちは順番に進みでて、彼の血を舐めた。

もちろんヴァンパイアというものを知ってはいたが、ウィンスロップはこれまで一度も血を与えたことがなかった。想像していたものとはずいぶんちがう。いまのこの行為には喜びも心の交流もない。長生者《エルダー》の目にとらわれ、首をさしだすさまを思い描いたことはある。その相手として、ケイト・リードに関心をもったこともある。赤い交流の中でカトリオナとたがいの血を味わい、ともに転化する未来を夢見たこともある。そこではカーテンが揺らめき、月光が射しこんでいるはずだった。ふたりは針のような苦痛とともに、大いなる喜びの中に溺れていくはずだった。

いくつもの口が足に食らいつき、歯が切り裂き、血が流れた。血が失われていくにつれて、苦痛が薄らいだ。腕は氷のように冷たく、両手は無感覚な石の義手のようだ。

穴居人たちが食餌をしているあいだに、メラーズが彼を見あげて説明した。

「これは自然の摂理なんだ。自然に文句をつけることはできない」

メラーズはまた、血を飲みすぎる者がいると彼から引き剥がして群れの奥に押しやる役目も果たしている。

「落ち着け、ローリー。そんなにがっつくな。フェルマンにも残しておいてやれ」

両眼に狂気を浮かべたイギリス人の准大尉が、舌の長い若いドイツ人に場所を譲った。この連中は犬のように従順だ。戦わせればきっとすばらしい戦果をあげるだろう。それにしても、足が氷の剃刀で骨まで切りひらかれたような気分だ。だがようやくそれも終わった。

ウィンスロップは大量の血を失い、吊るされたまま凍えていた。穴居人のひとりが救急箱をもってきて、慣れた手つきで足に包帯を巻いてくれた。それから少し考えて、膝の傷口から砂をとりだし、きつく縛りあげた。手当てがすんだときには、その男とメラーズだけを残し、満腹とまではいかずとも食餌にありつけた全員が、毛布や厚板の下に横たわって眠りについていた。

メラーズが医者をさがらせ、ウィンスロップの手首を調べた。鉤に全体重がかかっているため、両腕をはずして自由になることはできない。乾燥肉のようにぶらさがったボールは、背中と腕が奇妙にゆがんで、十字架に磔にされたみたいだ。目蓋のない目は微動だにしない。メラーズは満足そうに、カモフラージュ用ネットのマントを巻きつけて柩にもぐりこみ、一瞬後には死者のような眠りに落ちていた。ウィンスロップは疲労と戦った。身体が何トンもの重さに感じられる。やがて彼は深淵へとひきずりこまれていった。

鋭い痛みが浅い眠りを切り裂いた。棘が手首をえぐったのだ。火はすでに熾《おき》となって、穴居人の洞窟に地獄のような赤い光を投げかけている。住人どもは身動きもせず、柩に横たわったままだ。ウィンスロップにはいまが何時なのか、何日なのかすら、知る術がなかった。

何かが動いている。首を曲げることができないまま、視線だけを可能なかぎり左右に動かした。鼠も彼が吊られているところまではのぼってこられないはずだ。

鉤にぶらさがったまま、ボールがもがいていた。両眼は見ひらかれ、口は赤い。曲がった両腕をさらに曲げ、腰をひねって壁に押しつけ、身体をひきあげている。そして手首を縛《いまし》めたロープに歯をあてている。いや、嚙みついているのはロープではなく、自分の手首だ。

ウィンスロップが目覚めたことに気づいて、ボールがゆっくり無言でうなずいてよこした。左手首が嚙み裂かれ、焼け焦げた皮膚がめくれて赤い肉がのぞいている。彼はさらに白い腱を嚙みちぎり、骨をむきだしにした。牙がさらに深く食い入って、ヴァンパイアの血が床にしたたる。シュヴェイクが眠りの中で何かうめいた。ボールは身がまえるように一瞬動きをとめたが、やがてまた作業を再開した。

ウィンスロップは落ち着かなかった。自分にできることは何もない。ボールの手首からさらに肉がむしりとられ、手袋をはめた骸骨のような手がこぶしをつくった。手首に巻きついた紐はゆるんだが、切れようとはしない。撚り糸の内側で、銀のワイアが光っている。この戦争がはじまって以来、ノスフェラトゥを縛めるための特製ロープが商われるようになったのだ。

ボールが右手で鉤にぶらさがった。赤い不揃いな歯がにやりと笑い、頰の筋肉が決意を秘めてこわばる。パイロットは左手首の骨の隙間にロープをからませ、うめきをこらえてぐいとひいた。海星《ひとで》のようにひらいた指が硬直して、大動脈から血がほとばしる。もう一度ひっぱると、手首がちぎれ、濡れた音をたてて床に落ちた。切り口から血があふれる。自由になったボールは、鉤からぶらさがったまま苦痛に足をよじった。

ヴァンパイアの血の匂いがねっとりと漂ってくる。穴居人たちがまどろみの中で身じろぎし、鼻孔をうごめかせ唾をあふれさせながら、藁をひっかいた。ボールが鉤から手を離して、とびおりるというより壁をすべり落ちてきた。ウィンスロップは一瞬、力を使い果たした彼が、地面にぶつかる衝撃で意識を失うのではないかと不安になった。

ボールが無傷なほうの手で切り口を押さえた。指のあいだから血がにじんでいる。彼は恥ずかしそうにうつむいて傷口を舐め、テアトル・ラウール・プリヴァーシュに出ていたイゾルドのように、自身の体液をすすった。ヴァンパイアのあいだでは下品とされる行為だが、たしかに苦痛の軽減にはなる。

穴居人のひとりがすっくと起きあがり、杭のような牙をむきだした。やさしい目をしたスコットランドの狂人、プラムピックだ。

ボールがしなやかな動きですべるように進みでて、先端のない手首をプラムピックの胸に突き刺した。とがった骨が肋骨のあいだをすり抜けて、心臓を貫いた。脱走兵の目から光が失われ、歯がミントキャンディのように口の中で崩れる。ヴァンパイアの死体にひっぱられて、ボールは柩の中にひきずりこまれそうになった。すばやく握りしめられた右こぶしが、左肘をたたき折った。前腕の骨をプラムピックの胸に残したまま、ボールはさっとあとずさった。

ウィンスロップは鉤にぶらさがったまま、肩と背中で壁をにじりのぼろうとした。自分にボールの離れ業が真似できないことはわかっていたが。

ボールが無言で柩のあいだを縫って洞窟を横切り、ウィンスロップの前に立った。不死者《アン＝デッド》の力をもってすれば、ウインスロップの身体をつかんでもちあげ、鉤からはずすことなど造作もないだろう。ボールのように不死者《アン＝デッド》の力をそなえ、だが二本の腕をもった者ならば。

大仕事になった。ボールは無事なほうの右手をウィンスロップの脚のあいだにすべりこませ、手のひらの上にすわらせると、背中の曲がった細い身体を懸命にのばして、リフトのようにもちあげたのだ。

縛られた手首が鉤からはずれ、腕が背後にぱたりと落ちた。ふいに全体重を受けたボールが腰を折ってよろめき、ウィンスロップは泥の上に倒れた。両手は火がついたようだし、包帯を巻いた足もずきずきと痛む。

ほかの穴居人たちが身動きをはじめた。ボールが素手のままドラム缶から熾火をひとつかみすくいとって、シュヴェイクの柩に投げこんだ。敷きつめられた藁が一瞬のうちに燃えあがり、ボヘミア人は甲高い悲鳴をあげて煙の中ではね起きた。

ウィンスロップは虫のようにもがきながら、有刺鉄線をはずそうと手首をくねらせた。手首に傷痕を残しながらも、いまいましい針金が丸まってはずれた。長靴をさがしだし、痛む膝をなだめて片足を突っこみ、それから身体を起こしてもう片方を履いた。

ボールは火のついた松明を左右にふりながら、穴居人たちを牽制している。起きあがってきたメラーズは、怒りながらも面白そうな表情を浮かべている。

出口となるトンネルはふたりの背後にある。背をむけて走りだしたら、穴居人たちはいっせいに襲いかかって、ふたりをばらばらに引き裂くだろう。だがここにとどまっていても、いずれボールの松明が燃えつきるだけだ。

メラーズがダービーシア訛で悪態をついた。驚いたことに、ボールも同じ言葉で返事をした。シュヴェイクは泥の中をころがって身体を舐める火を消そうとしている。彼の柩はまだ炎をあげている。

よし、チャンスだ。ウィンスロップは驚いているボールを背後から肩で押した。松明をもったヴァンパイアにせまられて、穴居人たちがあとずさる。ウィンスロップはそのすきに、燃える藁のはいった柩をつかんで放りあげた。火のついた藁が洞窟じゅうに散らばった。

ボールも機を逃さず、そばにいた穴居人ローリーに松明を押しつけた。泥でこわばった軍服は一瞬にして燃えあがり、鳥の巣のような髭と長くもつれた髪にまでひろがっていく。甲高い苦悶の悲鳴をあげながら、ヴァンパイアは駆けもどって仲間たちにぶつかり、柩につまずいて、さらに被害をひろめた。

天井からさがる網にも火がついた。壁画にも炎がせまる。コラージュの紙がぱっと燃えあがった。片隅の箱が熱せられて爆発し、保管されていた弾丸がはじけた。ウィンスロップはボールをひきずって洞窟をとびだした。地上へと。

25　叱責

「わかっているのか、きみは国土防衛法によって射殺されても文句は言えないんだぞ」ボウルガードは本気でケイトを叱りつけた。

国土防衛法によれば、合法的に任命されたルスヴン卿の部下は、あらゆる市民の生死をその手に掌握しているのだ。

「それにしてもいったい何を考えていたんだ。そもそも何か考えていたのか。」

こんなところで気難しい学校教師のように説教をたれているいまも、対処しなくてはならない不幸は山積みになっている。ケイトが地面に目を落とし、小さな鼻をぴくぴく動かした。

「いまにも泣きだしそうなビアトリクス・ポターの兎の真似などしても無駄だよ、ミス・リード。忘れたのか、わたしはほんの子供のころからきみを知っているんだ。きみはあの温血者《ウォーム》の青年に、自分も同じくらいの年ごろだと思わせたかったのか。だがいいか、きみは今年五十五歳だ」

かすかな微笑を浮かべたケイトの口から、牙がのぞいた。

「言い訳は聞かない」彼は結論した。

ケイトを叱りつけているあいだも、陰にこもったドレイヴォットの怒りがひしひしと感じられた。もしできるものなら、軍曹は大喜びでケイトの首を切り落とし、フットボールをはじめただろう。

マラニークの食堂にはほとんどひとけがなかった。仕事のないパイロットたちも昼間は柩に逃げこんでしまう。隊長代理のアラードだけが、この場に残ってお決まりの尋問に立ち会っていた。黒板の名簿では、出撃したが帰投していない男たちの名前の横に、〝不明〟の文字がチョークで書き加えられている。

ケイトにも腹は立ったが、ボウルガードはそれ以上に、ウィンスロップに対して激怒していた。いったいなんだってあの若者は、わざわざ空にあがって撃墜される必要があったのだ。スペンサーにつづき、ディオゲネス・クラブで今年にはいってからふたりめの脱落者だ。この任務には人を狂わせるものがあるのだろうか。

アラードは窓からなだれこんでくる陽光を避けてスカーフで顔をおおい、縁のひろい帽子を目深にかぶっている。おかげでとがった鼻と鋭い目しか見えない。

「望みはないのか」ボウルガードはたずねた。

「不時着した者がいるかもしれないと思い、前線付近の全飛行場に連絡をとりました」アラードが答えた。「しかし誰ももどっていませんでした。クンダル少佐の飛行隊は全滅したのです」

ボウルガードは激しい自責の念にかられて首をふった。今回死亡したパイロット全員に、彼を非難する権利がある。

「捕虜になった可能性はないの?」ケイトがたずねた。

「ドイツ軍は勝利を宣言しました」とアラード。「機体番号が確認されています。まず間違いないでしょう。やつらは撃墜を宣言しました。捕虜はいません」

「またずいぶんと手まわしのいいことだ」

「いつもは一日か二日かかるのですが、今回は早かったですね。RE8の撃墜を宣言したのはマンフレート・フォン・リヒトホーフェンです。夜明けごろ、フィールドに遺品が落とされました。コートニーの時計とシガレット・ケースでした」

影が食堂全体にひろまった。

「ウィンスロップのものは?」

アラードが首をふった。

「では、彼のものはほとんど何も残らなかったということか」

死産だった息子が生きていれば、きっとエドウィンのような男に育っていただろう。だがたとえ生きて産まれたとしても、いまごろはもうエドウィンのように戦死していたかもしれない。世界がどのような変化をたどるか見ることもなく、産褥で他界したパメラのことが思いだされた。そしてもうひとり、あまりにも多くを知りながら、永遠に生と死のあいだをさまよいつづけるジュヌヴィエーヴのことが。

ケイトが狼狽している。死者の名に線がひかれた瞬間、彼女の詮索はゲームではなくなった。奇妙なことだ。彼女はずっと以前から無意味な死に怒りを示してきたのだし、それをみずから体験したのもこれがはじめてではない。〈恐怖時代〉を生き抜いてきたケイト。いま現在、救急隊員として働いているケイト。何十という死を見てきたはずなのに。

「ミセス・ハーカーに連絡をとる。きみはイギリスに呼びもどされる。最終的にヘブリディーズ（スコットランド西方の島）で毛布を数えることになっても、幸運だったと思いたまえ」

「それもいいかもしれないわね」

ふいにケイトがかわいそうになった。こんなに素直にひきさがるのが意外だった。いつもの彼女だったら議論をふっかけてくるところだ。だが近頃はボウルガードも疲れている。この歳になれば、もうこんな苛酷なゲームからは手をひきたいものだ。だがそれでもいつものように、イギリスは期待をかけてくる……

とぼしい報告とドイツ側の発表から推測するかぎりでは、クンダルの飛行隊はマランボワ城まで飛び、フライング・フリーク・ショーに急襲された。虐殺といってもいい。リヒトホーフェン配下の人殺しどもは、さらに六つの勝利をあげたことになる。

「チャールズ、わたしたち、制空権を手に入れたんじゃなかったの?」

英国陸軍航空隊司令官ヒュー・トレンチャードは、攻撃パトロールを推奨している。だから理論的には、ドイツ帝国陸軍航空隊は危険なフランスの上空で、観測気球くらいの役にしか立たないはずなのだ。

「基本的にはそういうことになっている。だがコンドル飛行隊とＪＧ１がぶつかった今回の戦闘では、こちらの分が悪かったということだ」

「あなたたちのやろうとしていたことを、むこうがやってのけたからでしょ。つまり、最高の飛行士にして最悪の人殺しどもをひとつにまとめあげたのよ」

「よく知っているね」

「コンドル飛行隊は、春の総攻撃に関する情報収集のためにつくられたのよね？」

「春の総攻撃か。そういう意見もあるようだがね。きみだって、ドラキュラとヒンデンブルクがいつ攻撃を開始するか、知っているわけではないだろう」

「くだらないこと言わないで、チャールズ。まもなく敵の総攻撃があることくらい、誰だって知ってるわよ。ボトムリでさえね。もっともあいつはその戦いに勝って、ベルリンに英国旗《ユニオンジャック》がはためくと信じているようだけれど」

「これは失礼した。わたしは疲れているんだよ、きみも知ってのとおり……」

ケイトは皮肉を無視してさらにつづけた。

「コンドル飛行隊が情報収集のためなら、ＪＧ１は秘密を守るためにつくられたのね」

アラードが苦々しい笑い声をあげた。

「必ずしもそうとはいえませんよ。あのサーカスはリヒトホーフェンが指揮する魅惑的な見世物《ショー》なんです。戦闘機がどれだけのスコアをあげようと、実際には大勢にたいした影響はありません。しかし防衛線塹壕の鮮明な写真をもち帰れば、非武装の偵察機によって戦況をひっくり返すことができます。空の撃墜王《エース》はスコア稼ぎに忙しくて、地面を見ている暇などありませんがね」

ケイトは小さな顔を皺くちゃにして考えこみながら、舌打ちした。自分の容姿を意識していないときのケイトは、眼鏡をかけてはいるけれどそれなりに魅力的だ。温血者《ウォーム》だったころ、ケイトはパメラと親しかった。だからだろうか、ときどきはっとするほどパメラと同じ表情を見せる。死せる妻が、不死なる友を通じて話しかけてきているかのようだ。

「お言葉を返すようですけれど、大尉、それは表むきのことよね。実情はもっとこみいっているんでしょう？　ＪＧ１には秘密の目的がある——コンドル飛行隊に秘密の目的があるように」

アラードは答えなかった。

「そろそろきみを送り返したほうがよさそうだな」ボウルガードは言った。

ケイトの頬が赤くなった。

「わたしは拘禁されているんじゃないの？　とうぜん串刺しでしょう？」

「きみは殉教者になりたいのか」ボウルガードは問い返した。「なんの罪状で？　ドラキュラ伯爵の基準にのっとってか」

かつてみずからを危険にさらしつつ、長年にわたって反ドラキュラの立場を貫いてきたケイトに対して、こんな言い方は卑怯かもしれない。だがボウルガードはいらだっていた。

「もちろん、ルスヴン卿とその同族同類のために死ぬ気なんかないわよ。でもそうね、真実のためならいいかもしれない。真実のためなら、このヴァンパイアの血を流す価値はあるわ」

「馬鹿を言うんじゃないよ、ケイト。こんな議論はもうたくさんだ」

ふいに思いがけず、ケイトが彼を抱きしめ、胸に顔をうずめてきた。かなりの力ではあるが、ちゃんと加減をしているのだろう、骨が折れるようなことはない。

「ごめんなさい、チャールズ」

カラーにむけたつぶやきはあまりにも低く、アラードやドレイヴォットには聞こえなかったはずだ。

嚙み痕がうずいた。ケイトを抱きよせながら、ボウルガードはもうひとりのヴァンパイアの腕を思いだしていた。あのヴァンパイアもまたときどき彼女を髣髴させた。この世界にはたったひとりの女しか存在していなくて、その彼女が十もの仮面の背後から笑いかけているかのようだ。

「わたしこそすまなかった、ケイト」

ドレイヴォットが立ちあがった。ケイトを引き剥がし、鶏の丸焼きから手羽をもぐように彼女の腕をひきちぎろうと身がまえている。ボウルガードは手をふって軍曹をさがらせた。

「きみをここに近づけないよう、やはりミナ・ハーカーに頼んでおくよ」

「そうね」ケイトは答えて彼の胸を軽くたたいた。「それがあなたの義務だもの。あなたはあなたの義務を果たし、わたしはわたしの義務を果たす。わたしたちの世代にかけられた呪いよ。義務ばかり。わたしたちは最後のヴィクトリア時代人ね」

微笑も浮かばないほど心が空っぽだった。昨夜失われたものはあまりにも大きく、肩をすくめて忘れることなどできそうにない。

「アラード大尉、ミス・リードを救急部隊に送りもどす輸送手段はないか。乗り心地も品位も気にしなくてかまわない」

荷馬車を一台用立てできるとアラードが答えた。

「見張りをつけたほうがいい。脱走しようとするかもしれないからな」

アラードはうなずいた。本質的にはいい男なのだ。

「非常に寛大な処置だとわかっているな、ケイト。わたしたちは一時間のうちに、首相官邸のミスタ・ケイレブ・クロフトに回答を送らなくてはならない。きみとは八〇年代からの知り合いだ。きみの首に賞金をかけたのはたしかあの男だったな。それにしても、あの反乱容疑はすべてとりさげられているのだろうね」

眼鏡のおかげで大きく見えるケイトの目がいちだんと見ひらかれ、意地の悪いえくぼが浮かんだ。

「ミスタ・クロフトならよくおぼえているわよ。まだイギリス秘密警察《オフラナ》（オフラナはロシア帝国内務省警察部警備局）のボスをやっているの？」

「イギリスに秘密警察は存在しない」ボウルガードは説明した。「正式にはね」

「ごきげんよう、チャールズ。今回のこと、わたしも心から残念に思うわ」

食堂を出ていくケイトを、ドレイヴォットの視線が追っていった。

「目を離さないでくれ」ボウルガードはアラードに指示した。「見かけよりずっと頭が切れる」

アラードはうなずいた。言外の意を聞き逃したりはしない男だ。

「見張りをつけるにしても温血者《ウォーム》の男は駄目だ。できるなら、同性愛者か坊主がいい。いや、ケイト・リードに関しては坊主もあてにはならないな」

疲労がどっしりとしたマントのようにボウルガードを包みこんだ。何を要求するつもりにせよ、クロフトの話が愉快なものであるはずはない。〈恐怖時代〉からの古い確執がいまも尾をひいて、クロフトとその部下どもは、ディオゲネス・クラブの終焉を見たくてたまらないのだ。ホワイトホールの一派はボウルガードやスミス＝カミングらを、〈ボーイズ・オウン・ペーパー〉(英国の代表的な少年雑誌。十九世紀の冒険小説の隆盛をつくった)のようなアナクロニズムの遺物と見なし、苛酷で無情な二十世紀の情報戦争には無用の長物だと考えている。十九世紀の情報戦がいかに苛酷で無情なものであったか、彼らには想像もできないだろう。

そういえば、まだスペンサーの家族に手紙を書いていない。そしてこんどは、ウィンスロップの家族にも悔やみの手紙を書かなくてはならなくなった。

「あの」ドレイヴォットが声をかけた。

軍曹がその無表情な顔の奥でいかに大きな打撃を受けているか、ボウルガードは正確に理解していた。ドレイヴォットは将校を失うことに慣れていないのだ。

「きみの責任ではないよ、ダニー。あくまで責任を問うというなら、死者たちのせいになる。クンダル少佐がいっしょに行くかとたずね、猪突猛進のウィンスロップがイエスと答えたのだからな」

ドレイヴォットは一度だけうなずいて、その言葉を受け入れた。それからきまり悪そうに手紙をさしだした。

「ウィンスロップ中尉からこれを預かっております」

ボウルガードは手紙を受けとった。サマセット州オールダー、旧牧師館、カトリオナ・ケイさま。疲れきった心でカトリオナ・ケイという娘を想像した。手紙の中身までが想像できた。

憎悪がこみあげてきた。指向性のない、ありとあらゆるものに対する憎悪だ。戦争を憎むだけでは飽きたらない。ウィンスロップをはじめ、彼のような百万もの若者の生命を奪い去った機械の、部品ひとつひとつが憎かった。そしてまた、ボウルガードは自分自身をも憎まずにはいられなかった。

「間違いなく届けさせる」彼は答えた。

26　太陽のもとを歩いて

闇に包まれたトンネルの前方が明るい。外ではもう日がのぼっているのだ。ウィンスロップはかすかな光にむかって進んだ。ボールも足手まといになるまいと、よろめきながらついてくる。穴居人どもは火事にあわてふためいて、すぐには追ってこられない。

走ると膝が痛い。穴居人の応急手当は驚くほどの効果をあげ、長靴を履いた脚に感覚がもどりつつあった。だがいまは、痛みのことなど忘れよう。

銃声は聞こえるが、彼らを狙っているのではなさそうだ。また弾薬ケースが爆発し、獣のような悲鳴があがった。トンネルの入口をおおうカーテンまで、あとほんの数ヤード。カモフラージュ用ネットの網目から白い点がこぼれている。太陽のもとに出てしまえばもうこっちのものだ。穴居人どもは新生者《ニューボーン》で、まだ陽光にあたれるほど強靭ではない。

だがそれはアルバート・ボールも同じだ。カーテンを押しひらいた瞬間、ウィンスロップはそのことに思い至った。だがいまさら引き返すことはできない。よろめきながら外に出て何かにつまずき、でこぼこだらけの漏斗孔の底で大の字になった。闇の中にいたため、穏やかな乳白色の光ですらまぶしすぎる。まばたきをしているうちにようやく目が慣れてきた。

穏やかな気持ちのいい日だ。砲撃もそれほどひどくはない。二月の空気は刺すように冷たいが、雲が割れてやわらかな陽光が降ってくる。

トンネルからとびだしてきたボールが、打ちのめされたように倒れた。腱が収縮し、灰に埋もれたポンペイ人のように手足をゆがめて、胸と頭から細い煙の筋をあげている。顔がさらにゆがんでこわばり、悲鳴をあげようとしたが、息の漏れるかすかなあえぎにしかならなかった。彼は片手で顔をおおった。

ウィンスロップはあわてて立ちあがり、トンネルの入口からカーテンを引き剥がしてボールにかぶせた。つくられた日陰の中で、撃墜王《エース》の身もだえがおさまった。だが長くはもたないだろう。これより曇った陽光の中で、炎をあげて燃えつきる者を見たこともある。そう、ヴァンパイアは不死とはいえ、ひどくもろい。陽光のもとを散歩できるようになるまでには、相当の年月が必要なのだ。

暗い洞窟の入口で幾対もの目が光り、酷薄な笑い声が中間地帯《ノーマンズ・ランド》に響きわたった。かかえるようにして立ちあがらせると、ボールの身体がしだいに熱を帯びていくのが感じられた。

「いい日和だな」メラーズは闇の中に立って獲物のあがきをながめている。「雷鳥狩りにはもってこいだ」

煙で息がつまる。ボールをなんとか物陰に連れていかなくては。

トンネルの入口でメラーズが拳銃をかまえた。ウィンスロップは射線の外へボールを押しやり、自分もそのあとを追った。メラーズの銃が火を噴き、十ヤードほどむこうの芝が飛び散る。死を招く陽光の下に足を踏みださなくては、ふたりに狙いをつけることはできない。

穴居人どもは夜になるまで出てこないだろう。だが昼間はボールもさきに進むことができない。パイロットはふるえながら、意志の力で爆発をこらえている。もし彼がはじけ散ったら、間近にいるウィンスロップの身体は、榴散弾をくらったように骨の破片で穴だらけになってしまう。だが少なくとも、慈悲深いすみやかな終わりを迎えることはできる。

すぐそこに、何かの建物の残骸だろう、ひと連なりの壁がぽつりと残り、その下に濃く涼しげな暗がりがひろがっている。ウィンスロップは体力と意志の力を総動員して、ボールをひきずりながらそこへむかった。ボールは全体重をウィンスロップにかけることなく、不安定ながらもどうにか自力で歩いている。

壁までたどりつけばトンネルからの射撃も防げるが、それにはまず身を隠すもののない地面を突っ切っていかなくてはならない。またメラーズが銃を撃った。いかにも田舎の人間らしい正確さだ。黒く焼け焦げたボールの脇腹で、赤い肉片が飛び散った。パイロットの歩みが変わらないところをみると、ただの鉛弾だったようだ。穴居人の首領が生者のほうに狙いをつける前に、どうにか壁の背後までたどりついた。ウィンスロップはふるえる煉瓦に背中を預けた。闇に包まれると同時に、ボールが崩れ落ちた。残った片手で傷に触れようとしているが、肘がうまく曲がらない。ウィンスロップはぽっかりあいた傷口を見つめた。砕けた肋骨の上で、筋肉と皮膚が活発にうごめいている。失われた腕の切り口からは小枝のようなものが生えはじめ、その先端には新しい手になるのだろう芽のようなものができている。治癒能力が発現しているのだ。しかし彼の傷はあまりにも多く、あまりにも深い。

壁までたどりつけたとはいえ、さして状況がよくなったわけではない。さきに進むには夜を待たなくてはならないが、暗くなればすぐさま穴居人どもが襲ってくるだろう。だがボールをここに残していくことはできない。

銃弾が壁ではじけ、いまにも崩れそうな壁が揺れた。うまく狙えば数発で、頭上に煉瓦を降らすことができるだろう。ウィンスロップはシガレット・ケースをとりだした。二本の煙草をくわえ、二本しか残っていないマッチで火をつけ、片方をボールの折れた歯のあいだにさしこんでやった。ふたりは煙を吸いこみ、首をふった。

「真面目な話、こいつは無茶だぜ。あんた、さっさとひとりでもどって、あとから迎えをよこしてくれよ」

ウィンスロップは咳こんだ。

「まあ、助けにきてくれたところで、間に合わないかもしれんがな」

煤けて黒くなった頭蓋骨から焼けた皮膚が剥がれ落ち、片目はつぶれて固まっている。

ウィンスロップは疲労に押しつぶされ、ぐったりと壁にもたれてうなだれた。ひとりでだって逃げつづけられるかどうか自信がない。かなり失血しているし、身体じゅうがガタガタだ。吊りさげられて血を飲まれながら失神していた時間をべつにすると、この二日間一睡もしていないし、最後に何かを食べてからだって丸一日以上がすぎている。

「おれはずっと闇の子をもちたいと思っていた。この贈り物を誰かに伝えたいと願っていたよ」

こんな状態のボールに言われても、ヴァンパイア化をありがたい贈り物だと考えることは難しい。何ヵ所かで折れた片脚はすでに生命を失い、ゆっくりと分解して、皮膚の破片と肉の塵と骨の欠片になりつつある。

「闇の口づけを受けていなければ、ロタール・フォン・リヒトホーフェンに撃ち墜とされた時点でおれの人生は終わっていた。残りの生はおまけにすぎない。だがもうそれも終わりだな」

ウィンスロップは反論しようとした。

「いや、もう駄目だってことはわかっている。どんどん身体が失われていくし、残った部分だって救うだけの価値はない」

「おれだってもう進めない。へとへとだ」

煉瓦に弾丸があたってはね返り、穴の底を横切っていった。

パイロットが自分の脚に手をのばした。触れる指の下で太股が崩れ落ちていく。紙が焼けるように皮膚が剥がれ、筋肉が塵となって漂い、骨がチョークのようにぱきぱきと音をたてて折れる。風が塵を運び去った。

「おれはもう駄目だ、ウィンスロップ」

あごの関節がはずれ、口から血がこぼれた。

「きみは誰に転化してもらったんだ」

ボールの頬骨の上で、筋肉が蛞蝓のようにうごめいた。くちびるも筋肉もない顔が、笑みを浮かべたのだ。

「ブライトン桟橋にいた女さ」

「長生者《エルダー》か」

数世紀の年月を経てきたイゾルドが頭に浮かんだ。

ボールは首をふった。頭部をおおっているのは、頭皮と飛行帽が溶けてまじりあったもろい殻だ。

「ただの新生者《ニューボーン》さ。〝芸術家のモデル〟だと言っていた。ミルドレッドと名のっていたな」

ミルドレッドという女の姿が頭に浮かぶ。

「首を切られて完全に再生するヴァンパイアもいると聞いている」

笑ったのだろう、ボールの咽喉がかたかたと音をたてた。

「まあやってみなよ、楽しいものじゃないだろうがな。おれの血統にはたぶん無理な芸当だ」

瀕死のヴァンパイアが腹を押さえて身体を起こした。ウィンスロップはその声を聞きとろうと顔を近づけた。

ボールが手をのばしてウィンスロップの肩をつかむ。まだかなりの力が残っているようだ。

「残る道はただひとつだ」ボールがささやいた。

ウィンスロップは察して襟をゆるめた。彼になら血を飲まれてもいい。

「そいつはもう手遅れだ」

ボールの歯はぐらぐらで、すでに何本かが抜け落ち、舌は紫に腫れあがっている。彼はウィンスロップの肩を離し、鋭く分厚い爪を自分の咽喉にあてて頸静脈を切り裂いた。液体というよりはゼリーのような、どろどろの血がにじみでてきた。

「おれの力を受けとれ、ウィンスロップ。たいして残っちゃいないがな」

考えただけでぞっとして咽喉がつまった。ヴァンパイアの血が強烈な匂いを放っている。日陰にありながら、陽光を受けて、藤色に脈打ち輝いている。

「あんたは力を得る。おれの一部をいっしょに連れていってくれ」

雲が太陽を横切った。

「まもなく日が暮れるぞ」

メラーズの声に、ボールはぎらりと目を光らせた。

「ウィンスロップ、はやくしろ」

決定はすでになされている。ウィンスロップはもろくなったボールの身体をかかえ、その体内で骨が崩れていくのを感じながら、細長い筋となってしたたり落ちる血に舌を這わせた。馴染みのある塩の味はしない。これは人間の血ではないのだ。シャーベットのような感触に舌がしびれる。気がつくと彼は、むさぼるように傷口を舐め、甘く粘つく液体を飲みこんでいた。

腕の中の身体はふるえているが、血はなおもゆっくりあふれてくる。そしてボールは完全に分解した。真の死が訪れた瞬間、口の中に苦い味がひろがり、顔の前で灰が飛び散った。

ウィンスロップは咳こみながら、胃の腑からこみあげてくる塊をぐっとこらえた。麻薬を打ったかのように、意識が冴えわたった。視力も鋭くなり、何十もの小さな動きが見わけられる。シャンパンに酔いはじめたときの心地よさとよく似ている。

ボールは数年間放置されていた死体のように、ばらばらになって干からびていた。縮み、薄い羊皮紙を貼りつけたみたいな頭蓋骨が、身体から離れてころがっている。

転化するには、ヴァンパイアの血を飲むと同時に、ヴァンパイアにも血を与えなくてはならない。だからいまの行為によって、ウィンスロップが新生者《ニューボーン》に変じることはない。これは愚かな老人が精力を維持するためにヴァンパイアの血を服用するのと同じ行為だ。だがウィンスロップの身にはたしかな変化が起こっていた。膝の痛みは消えたし、針金にえぐられた手首の傷は治ってしまった。疲労もすっかり洗い流され、飢えももはやそれほど苦しくはない。

「こよ、やさしき夜よ、黒をまといたる貞淑なる婦人よ」メラーズが引用した。

「『ロミオとジュリエット』（三幕二場ジュリエットの台詞）か。グラマースクール出にしてはたいしたものだな」

「いま答えたのはどっちだ」

奇妙だ。エドウィン・ウィンスロップを通じて、アルバート・ボールが話しているかのようだ。空を飛んだ記憶がよみがえった。ウィンスロップ自身の体験ではなく、ヴァンパイアだった男のものだ。

「両方さ、メラーズ。あんたにも世話になったな」

ウィンスロップは立ちあがって影の外に歩みだした。トンネルの入口から狙われないよう、掩体《えんたい》として壁を利用する。陽光を浴びても支障はないが、日焼けしはじめたときのように顔がうずく。

「ああ、偵察員のウィンスロップか。仲間をおいて逃げだすのか。そいつは卑怯ってもんだ、愛校精神に反するぞ」

「ボールは死んだ」だがほんとうに？

答えはない。それから弾丸が煉瓦をはじき飛ばした。

ウィンスロップはカモフラージュ用ネットをひろい、アルバート・ボールの頭蓋骨を丁寧にくるんだ。フットボールくらいの荷だ。せめてこの首をできるだけ遠くまで運んでやろうじゃないか。

荷物を小脇にかかえて穴の端まで駆け抜け、懸命に壁をよじのぼった。数ヤード離れたところに、いくつもの弾丸が突き刺さる。そして脇腹にも一発。

「手応えがあったぞ」メラーズがさけんだ。

頂上にたどりついた。乗り越えてころがり落ち、荒れ果てた地面に横たわった。脇腹を調べると、穴居人の首領の撃った弾はぶかぶかの飛行服《シドコット》を貫通しただけで、怪我はなかった。

「つぎはもっとうまくやるんだな」彼は別れの言葉をさけんだ。

漏斗孔にいたときより頭を低くしておかなくてはならない。いまやウィンスロップは、両陣営の狙撃手の前に全身をさらしているのだ。中間地帯《ノーマンズ・ランド》で動くものはすべて狩猟対象になる。砲撃はすでにはじまっている。幸運なことに、イギリス軍のほうが優勢だ。砲弾はウィンスロップのはるか頭上を飛び越えて、ドイツ軍の塹壕近くに落ちている。ドイツ軍のライフル銃兵には、彼にかまけている余裕などないだろう。

手の中の操縦桿、顔にあたる風、スピンの興奮。一瞬、青い夏空がひろがり、曳光弾が炎をあげた。ソッピース・キャメルのエンジンからこぼれたひまし油が燃えるにおいまで漂ってくる。ボールの記憶を心からふりはらって身体を起こした。ためしにうずくまる姿勢をとってから、用心深く立ちあがった。攻撃はこない。奇妙なほど平和だ。この大陸規模にわたる戦場で、ウィンスロップは取るに足らないちっぽけな存在にすぎないのだ。誰も彼のことなど気にとめていない。

漏斗孔と穴居人たちをあとにして歩きだした。昼間だと、鉄条網や瓦礫穴を避けて道をさがすのも難しくはない。掩護物から掩護物へと身を隠しながら、前線にむかってジグザグに進んだ。

リヒトホーフェンであるらしいあの怪物にハリー・テイトが襲われた瞬間以来はじめて、つぎの数分もまだ生きていられそうだと感じることができた。幸福になれるとはかぎらないが、長生きできるかもしれない。だがまずやらなくてはならないことがある。第一に、ボウルガードに蝙蝠中隊のことを報告する。それからもう一度、空にもどるのだ。

埃っぽい風を味わいながら、ウィンスロップは走った。想像力が羽ばたく。大地を離れ、雲の中に飛びこんでいって、空の黒い騎士と一騎討ちをしよう。

てっぺんに鉄条網を巻きつけた、まだら模様の砂嚢が見えてきた。塹壕まであとわずかだ。

負わされた借りのことを考えた。生き延びて、あれを返さなくてはならない。

身につけたばかりの敏捷さで鉄条網を越え、塹壕の縁に近づき、音をたててとびおりた。猫のように身をひねって着地し、すっくと立ちあがる。

「なんだってんだ」不意をうたれた温血者《ウォーム》のイギリス兵がさけんだ。

ウィンスロップは大切に扱かってくれるよう頼んで、かかえてきた包みをわたした。

「それからすまないが、野戦電話のあるところまで案内してくれないか。報告しなくてはならないことがある」

歩兵は包みに視線を落とした。布がほどけ、骸骨のような顔がのぞいた。

「なんだってんだ」兵士はくり返した。「ぜんたいいなんだってんだよ」

第三部　狐狩人の思い出

27　赤い戦闘機

午後もかなり遅くなるまで、ポオはそのまま待たされることになった。理由などない。青年貴族《ユンカー》は臣下を待たせるものなのだ。ポオの見たところ、あの飛行士はこの共同作業にほとんど関心をもってはいない。カルンシュタイン将軍に命じられたから、しかたなく協力しているといったところだろう。マンフレート・フォン・リヒトホーフェンは、皇帝陛下《カイザー》と祖国《ファーターラント》のためだけに、エドガー・ポオによって不朽の名声を得ることに同意したのだ。肉体的な不死を得た者にとって、たしかにどうでもいいことにはちがいない。

男爵の私室は質素というほどではないが、偉大なる戦士の居室というにはささやかすぎるものだった。きれいに片づいたデスクがひとつ。リヒトホーフェンはここで、簡潔にして正確、だが退屈な空戦の報告書を書くのだ。ポオはこの数日、男爵が書いた無味乾燥な書類の山に目を通してきた。なるほどあれでは本人に回想録を書かせるわけにはいかないだろう。

椅子にすわる許可が出なかったので、部屋の中を歩きまわった。炉棚にずらりとトロフィーが輝いている。ポオはそのきらびやかな品にひきよせられていった。どのカップにも小さなプレートがついていて、型どおりの文字が刻まれている。数字、連合軍飛行機の詳細、またべつの数字、日付——十一、ヴィッカース、一、一六年一一月二三日といった具合だ。それぞれがリヒトホーフェンの勝利の記録をあらわしている。最初の数字はそれまでの合計スコア、二番めの数字はその勝利によって死亡した敵の数。二十勝利ごとに、倍サイズのカップが飾られている（ちなみに、十一番めのこの勝利は、ラノー・ホーカー少佐に対するものである）。

カップの数はおよそ六十。なぜだろう、リヒトホーフェンのスコアは八十に近いはずだが。

「銀が足りないせいだ。これだけはしばらく特例扱いだったのだが、規制が強化された」

いつのまにかリヒトホーフェンが部屋にはいってきていた。ポオにすらまったく気配を悟らせなかったのはさすがだ。完全な人間の姿でひっそりとたたずんでいる。ごくありきたりなこの軍人の中に、神のような力は片鱗もうかがえない。しかしポオは、塔で見たあの姿を忘れることができなかった。男爵の中には完全なるヴァンパイアの形態、大空を支配する革の天使がひそんでいるのだ。

「代用に白鑞《しろめ》をという話もあったが、わたしはそれを機会に、俗悪な殺人の記念品を飾ることをやめた。わたしの価値はわたし自身が心得ている。トロフィーなど悪趣味なだけだ」

ポオはカップに触れてみた。指先がしびれた。

「ほんものの銀なのですか」

「こんながらくたはつぶさせるべきだと考えている。私室に飾る銀のカップより、銃にこめる銀の弾丸をわたしは好む」

身のまわりに銀をおいて平然としていられるヴァンパイアは少ない。豪胆なことだ。このトロフィーを握りしめたら、ポオの手はしなびてしまうだろう。

リヒトホーフェンはポオとならんでカップを見つめた。それぞれのカップがひとりの、もしくは複数の死者を意味している。記録将校のゲーリングが、〝スコア〟について興味深い説明をしてくれた。厳密にいえば、勝利として数えられるのは飛行機だけで、死者や負傷者の数は関係がない。墜としたパイロットを捕虜収容所に送りこむだけでも、勝利を主張することはできる。だがリヒトホーフェンのカップにゼロと記されたものは少ない。彼の勝利はそのまま殺人につながる。空戦術を理論だてたオスヴァルト・ベルケは、パイロットを生かして捕らえるために敵機のエンジンを狙うことを好んだ。だがリヒトホーフェンはつねに敵の咽喉もとを狙う。彼にとって、血をともなわない勝利は勝利ではない。問題となるのは殺害だけなのだ。

「記憶がまじりあって曖昧になることはない。わたしはこのひとつひとつを鮮明に記憶している。それぞれに報告書を提出している」

ベルケはすでに真の死を迎えている。戦闘においてではなく、空中で味方機と激突して生命を落としたのだ。

男爵がデスクについた。休息時だというのにその姿勢は微塵《みじん》も崩れない。椅子を勧められ、ポオも腰をおろした。端正な飛行士のそばで、おのれのみすぼらしさが意識される。リヒトホーフェンの軍服は、折りめが通り、上着はぴったり身体にあって、いつ視察があってもかまわないほど完璧に整えられている。それにひきかえ、ポオのズボンは膝のあたりが抜けているし、ヴェストのボタンもそろっていない。

「でははじめようか、ヘル・ポオ。あなたの本を」

「わたしたちの本です、男爵」

リヒトホーフェンは無造作に手をふった。貴族階級特有の怠惰な手ではなく、カウボーイのように太い指で、爪も短く切ってある。

「わたしは文学にも作家にもさして関心はない。従姉妹のひとりが、きわめて忌まわしい評判のイギリス人作家とふさわしからぬ関係に陥ったことはあるが。ミスタ・ロレンスといったか。ご存じか」

聞いたことのない名前だ。

「誰に聞いてもおぞましい輩だという。炭鉱から出てきたかのように汚れ、獣じみた習性をそなえている」

どこからはじめればいいだろう。あの奇妙なユダヤ人、フロイトの言葉を借りてみようか。

「子供のころのことを話していただけませんか」

リヒトホーフェンはすらすらと暗唱した。

「一八九二年五月二日、父の騎兵連隊が駐屯しているブレスラウ（ポーランド南西部の商工業都市。ポーランド名ヴロツワフ）で生まれた。シュヴァイトニッツ（ポーランド南西部。現在のシュフィドニツァ）に領地がある。帝国近衛師団に所属していた叔父の名にちなんで、マンフレート・アルブレヒトと名づけられた。父は少佐でアルブレヒト・フォン・リヒトホーフェン男爵。母の昔の名はクニグンデ・フォン・シクフス・ウント・ノイドルフ。弟がふたり、ロタールとカール・ボルコ、姉がひとり、イルゼ……」

ポオはおそるおそる口をはさんだ。

「軍務記録は拝見しています。お聞きしたいのは、どのような子供時代をすごされたかです」

リヒトホーフェンは、何を話せばいいかわからなくなって当惑した。両眼の奥深くに（ほぼ完璧に隠されてはいるが）押し殺した混乱が見える。

「ヘル・ポオ、あなたが何を求めているのか理解できない」

この冷酷なる英雄に同情をおぼえることになろうとは。けっして表にあらわすことはあるまいが、彼はいわば迷い子なのだ。彼の内には決定的に何かが欠けている。

「おぼえておられることで結構です。場所とか、遊びとか、玩具とか……」

「わたしは土地を耕している農夫の子供たちとはちがうのだと父が言った。彼らはスラヴ人で、東洋人はプロイセン人よりも劣るのだと。わが一族の祖は、シレジア地方に第一歩を築いたテュートン人だった」

「男爵はそのちがいを自覚しておいでてでしたか」

ポオはイギリスに住むアメリカ人として、仲間から疎外された子供時代を思いだした。だがリヒトホーフェンは首をふった。

「いや。当時もいまも、わたしが自覚しているのはひとつだけだ。つまり、わたしはわたし自身であるということ。いままでそれに疑問を抱いたことは一度もない」

男爵の背筋は槊杖《さくじょう》のようにまっすぐのばされたままだ。

「はじめて情熱を傾けたものはなんだったのでしょう」

「男子ならみな同じだろう。森での狩りだ」

リヒトホーフェンはいまも狩りをしている。この男をただの狩人として片づけ、その魂にそれ以外の光も闇もさがさずにおくのは、安易にすぎるだろうか。

「祖母の飼っていた家鴨を三羽、ライフルで撃ったことがある。戦利品として羽根をむしった。母に見せると叱責された。だが祖母は理解し、褒めてくれた」

「ジョージ・ワシントンと同じように、嘘をつくことができなかったわけですね」

「嘘も白状もない。ただ殺したと報告しただけだ」

「生き物を殺すのは悪いことだとは考えなかったのですか」

「もちろん。あなたはそんなことを考えるのか」

男爵の目からとまどいが消え、青く冷やかに澄みわたった。シレジアにあるリヒトホーフェン家の領地を流れる小川には、きっとこんな氷片が浮かんでいるのだろう。

「教育はベルリンの陸軍士官学校で受けておられますね」

リヒトホーフェンは短くうなずいた。

「ヴァールシュタット（ベルリンにある陸軍幼年学校）だ。あそこのモットーは、『服従を学び、しかして支配を学べ』だった」

「実にドイツ的です」

微笑もない。

米国陸軍士官学校《ウエスト・ポイント》時代のポオは、仲間たちとの交際費用まで義父にとりあげられて不幸のどん底ですごしたものだったが。

「ヴァールシュタットはお好きでしたか」

「とんでもない。あそこを愛したことなど一度もない。建物は修道院、設備は監獄だった。授業も好きではなかった。試験に通るぎりぎりの勉強しかしなかった。必要以上の勉強など罪悪としか思えなかった。だから最低限のことだけをした。とうぜん教師たちの評価は高くなかった」

「ですが、指揮をとることを学ばれたのでしょう?」

「わたしが学んだのは服従だ」

「でも男爵はこの戦闘航空団《ヤークトゲシュヴァーダー》を指揮しておられます」

「与えられた命令を伝えているにすぎない。指揮をとっているのはカルンシュタイン将軍だ」

まるで戦争捕虜を尋問しているみたいだ。リヒトホーフェンは必要最小限なことだけを答え、それ以上を語らない。ヴァールシュタットで学んだとおりに。

「子供のころから、転化したいと望んでおられたのですか」

「十八になれば転化すると教えられてきた。それが慣例なのだ。ロタールも十八で転化した。カール・ボルコも成年に達すれば転化するだろう」

「転化はどのようにおこなわれたのでしょう」

「みなと同じだ」

そっけない答えだ。

「申しわけありません、男爵、わたしは無知なもので」

ポオはへつらいながら、この高慢な男の中にひそむ翼をもった恐ろしい生き物を思い起こすことでいらだちを静めた。

「わたしが転化したのはひと昔以前、生者からヴァンパイアへの転化がきわめて珍しく、困難な時代でした。わたしは墓を知っておりますし、夜の獣として忌避されたこともあります」

「わたしは死んだことはない。衛生的に転化した。結果には満足している」

新生者《ニューボーン》はふつう、ポオが温血者《ウォーム》だった時代でいうならはじめて娼婦を買った若者のように、誇りと恥じらいをこめ、興奮しきっておのが変化について語りたがるものだ。だがリヒトホーフェンにとってはこの奇跡的な変容も、痛くない歯医者に予約をいれるような、ありふれた出来事にすぎなかったのだろう。

「転化なさったのは一九一〇年ですね。どなたの血統でしょうか」

「もっとも高貴な血統だ。わが一族はパール・フォン・マウレンという長生者《エルダー》と契約をかわしている。彼女の血統がわれわれのものとなる」

よくあることだ。ドラキュラが勢力を築いて以来、ドイツではヴァンパイアの普及は管理統制されている。理論上、皇帝《カイザー》および皇帝兼王の領土内におけるヴァンパイアはすべてドラキュラの保護下にあり、伯爵の許可なく新生者《ニューボーン》をつくることはできない。貴族階級は生まれながらにヴァンパイア転化の特権を与えられる。たいていの貴族の家では、ドラキュラが認可した長生者《エルダー》と契約を結んでいる。パール・フォン・マウレンのような女たちは、相談役や教師の役割も務めるのだ。

「闇の母上のことをどう思われますか」

「思う？　何を思わなくてはならないのだ」

「尊い血統の方ですが」

「厳密にいえば、わたしは彼女の血だけを受けているわけではない。テン・ブリンケン教授の監督のもとで、代理の者を通じ、もうひとつの血統を受け継いだ。わたしはドラキュラ伯爵を闇の父としている」

ひけらかすでもなく、淡々と事実だけを語る口調だ。

「大きな変化はありましたか」

「わたしはいまもマンフレート・フォン・リヒトホーフェンだ。そこにあるトロフィーの大半は、変身能力を身につける以前に得たものだ」

「そのころは飛行機を飛ばしておられたのですね？」

「飛行機は翼をもった銃にすぎない。いまはわたし自身がわたしの武器であり、わたしの乗機だ。いにしえの狩人と同じように」

「転化の前にもっと生きていたかったと、後悔なさったことはありますか」

「わたしは一度も死んでいない」

「ですが、転化によって温血者《ウォーム》の人生に付随する多くのものが失われます。男爵はよく知りもしないうちに、それらを投げ捨ててしまわれたことになりますが」

「戦争がせまっていた。転化はわたしの義務だった。ドイツはすぐれた血統のヴァンパイアを必要としていた」

たぶんこの空っぽの若者は昼間の脱け殻にすぎず、さっき目にした巨人こそが真の〈赤い戦闘機〉なのだろう。こんな会見をしても、分厚い手袋をはめて大理石の床に散らばる針をひろおうとするようなものだ。つかめそうだと思った瞬間、針は簞笥《たんす》の下にすべりこんでしまう。

「転化のあとで、槍騎兵隊にはいられたのですね」

「第一槍騎兵連隊だ。一四年に戦闘があったが、もはや槍騎兵の時代は終わっていた。この戦争には騎兵の出る幕などどこにもない」

「だから、馬から飛行機に乗り換えたのですか」

「通信隊に転属し、それから偵察員として帝国陸軍航空隊にはいった。そこでパイロットになることを決意した。名誉ある任務につける機会がより多く与えられる」

「より多くの楽しみもある、と？」

リヒトホーフェンはしばし考えてから、一度だけうなずいた。この言葉少ない数分の会見で、誕生から、のちに勇名を馳せることになる天職を見出した瞬間までの、男爵の全生涯が語られたことになる。ポオの手もとにあるのは味もそっけもない公式記録にすぎないが、いまではそこにいくつもの小さなほころびが生じて、不思議な人間の物語をうかがわせる光がこぼれている。リヒトホーフェン男爵の生涯は、悲劇として組み立てることもできるだろう。だがドクトル・マブゼが求めているのはそのような本ではないはずだ。

「ヘル・ポオ、あなたはさきほど死について語った。話したとおり、わたしは実際には死んだことがない。だがいまにして思えば、わたしが真に生を受けたのは、母の子宮を離れたときでも、パールの血を飲んだときでもなく、はじめて勝利をあげたあの瞬間だったような気がする。偵察員としてフランス人を墜としたのだ」

ポオはトロフィーに目をむけた。

「カップはない。敵の前線のむこうに墜ちたので、勝利として認定されなかった」

「それが不満なのですか」

リヒトホーフェンは肩をすくめた。

「人はおのれにふさわしい評価を受ける。将校が名誉にかけて語った言葉に疑問を抱いてはならない」

「男爵はなぜパイロットになったのですか」

「すべて自分ひとりの責任で行動できるからだ。パイロットの未熟さゆえに最適の位置にまわりこむことができず、何度も獲物に逃げられた」

戦争がはじまった当時は、銃を扱う偵察員が狩人であり、パイロットは運転手や勢子《せこ》と同じくらいの評価しか受けていなかった。空飛ぶ戦士の特殊技能が一般に評価されるようになったのは、ベルケがかの有名な〝格言《ディクタ》〟を明らかにしてからのちのことである。

「空を飛ぶことはあらゆる人間の夢です」

ポオの言葉に、リヒトホーフェンはやはり淡々と答えた。

「話したと思うが、わたしは夢を見ない」

「奇跡とこのように密接な関係にありながら、男爵の冷静さには驚かされます」

答えはなかった。

「あなたが生まれてきたこの世界は、見る影もなく変わり果てました。まずはドラキュラによって。それから戦争によって……」

「世界などわたしの手にはあまる。わたしはつねにわたし自身であるだけだ。わたしはなんの変化も経てはいない。よりわたし自身に近づいていくだけだ」

28　月はまた昇る

「あなたは天使だ、ミス・リード」ドクター・アロウスミスの手がそっとポンプを押した。「あなたのような人が十人もいてくれれば」

ヴァンパイア特有の眠りにはいるときのように、意識がぼんやりとする。肘のくぼみに刺さった中空の針が、氷のような刺激をもたらす。視野はすでにかすみ、灰色の霧でおおわれている。爪先の感覚がない。指先がうずく。彼女の血がゴム管を通って、脈打つポンプのバルブを満たし、またべつの管を通って患者の腕へと流れこんでいく。

アミアンの陸軍病院では、ヴァンパイアの血液提供者は大切にされる。その血に驚異的な回復力が秘められているからだ。

アロウスミスは温血者《ウォーム》のアメリカ人で、その顔には年齢にふさわしからぬ心労の皺が刻まれている。恐れるふうもなく彼女の髪を撫でているが、恐怖を感じていないはずはない。

「今日はもうやめておこう」そう言いながらポンプを操る手がとまる。「ひとつの泉から汲みすぎるのはよくないからね」

ケイトはまだ大丈夫だと告げようとした。気を失ってさえいないのに。食餌をすれば、これくらいの血は一時間で再生できる。

隣の寝台に横たわるジェイク・バーンズというアメリカ人大尉は、まるでミイラのように全身に包帯を巻きつけ、一インチだけのぞいた皮膚に輸血針を刺していた。新生者《ニューボーン》だが、まだ受けた傷を治せるほどの再生能力をもってはいない。彼は鉄条網に吊りさげられたまま爆撃にあい、鉛と銀の弾丸を雨あられと浴びたのだ。救うほどのものはもうほとんど残っていなかった。

血がまじりあったため、バーンズの人生が流れこんできてケイトを悩ませた。いくつもの銀の弾丸に腹を貫かれたままますごす長い夜。ようやく戦友たちが助けにきてくれたのは、何時間もたってからのことだった。絶望が精神をさいなみ、それが毒のようにケイトを苦しめる。

アロウスミスがそっと腕から針をはずし、血管の傷口を親指で押さえた。小さな傷は一瞬のうちにふさがった。医師はそれを確認してつぶやいた。

「傷痕もない。ちょっとした奇跡だな」

アロウスミスはヴァンパイアのことをあまりよく知らない。アメリカには不死者《アン＝デッド》が多くないのだ。バーンズは温血者《ウォーム》として海を渡り、パリで転化した。ヴァンパイアになったほうが、この戦争を生き抜く可能性が高いと考えたのだろう。ケイトは嫌悪をこめて、彼を転化させたカンカンの踊り子を思い描く。いま、戦いを生き延びたおのれの姿に、バーンズは満足しているだろうか。あごは砕け、銀の破片が食いこんで、壊疽がひろがっている。しばらくは自分で食餌をすることもできず、輸血に頼るしかない。さまざまな意味において、彼はもはや人でも男でもない。

医師が、こんどは患者にむきなおった。もちろんバーンズは話すことができない。ぐるぐる巻きの白い仮面の隙間から、光る両眼が苦痛と怒りを訴えている。精神の交流によって、ケイトはバーンズが真の死を希求していることを知った。懸命に彼を生かそうとしている医師に、その望みを伝えてやるべきだろうか。

起きあがろうとしたが、頭が百ポンドもある鉛のように感じられて、ぱたんとまた寝台に倒れこんだ。思った以上に弱っている。短すぎる寝台の上で、シーツから足を突きだしたまま、ケイトは力を呼び集めようとした。

アロウスミスが心配して声をかけてきた。

「気をつけなさい、ミス・リード。まだ本調子じゃないんだから。話そうとしなくていい。休みなさい。今日はもう充分だ。あなたのおかげでこの男は生き延びるだろう」

ケイトは口をひらき、また閉じた。言葉は出てこなかった。それが彼女の問題だ。戦争に言葉を奪われたのだ。なんの義理もないことはわかっているのに、エドウィン・ウィンスロップの死によってケイトの中で何かが壊れた。さほど親しかったわけではないが、彼とならば親しくなれたかもしれないと思う。過去が途切れたことではなく、未来を奪われたことが口惜しかった。

いらだちと疲労をかかえて、ケイトは赤十字に身を投じた。ここにいれば、みずから行動を起こすことも、考えることも、心を痛めることもなく、血を与える乳牛として、人々の役に立つことができる。

戦争がはじまり、はじめて両陣営から大量のヴァンパイアが出てきたとき、おおかたの予想は、不死者《アン＝デッド》は不敗にして無敵の戦士になるだろうというものだった。雑誌では、ノスフェラトゥの群れがヨーロッパを席捲し、数世紀を経た長生者《エルダー》の専制国家を築きあげる物語が連載された。軍が動員され、外交官たちがさまざまな策略をめぐらしていた一九一四年の夏には、ドラキュラの吸血鬼騎士《ヴァンパイア・ナイト》による英国再征服を描いたサキの小説『ヴラドのくる日』（When Vlad Came は When William Came（一九一三）より。ヴィルヘルム二世が英国を征服する話）が駅の売店で人気を集めた。ロイヤル・フュージリアーズに所属していたヘクター・マンロー・〝サキ〟は、ドイツ人狙撃手に撃たれていまでは真の死者となっている。

ケイトは薄汚れた白い天井を見あげた。高くて誰も手が届かないため、血痕が飛び散ったままになっている。真鍮のシャンデリアから電球がぶらさがってジージー音をたて、蠟のこびりついた蠟燭受けには電線が巻きついている。戦前、この建物は役所として使われていたのだ。

機動力の戦いが塹壕同士のにらみあいと化し、ヨーロッパ全体が膠着状態に陥ったころには、人々もヴァンパイアがすべてを滅ぼす無敵の兵士などではないことを理解するにいたった。しかし温血者《ウォーム》なら確実に死ぬような負傷からも、ヴァンパイアは回復する。それは不死者《アン＝デッド》にとってありがたいことではなかった。名誉ある除隊をして故郷までの旅費を出してもらえる〝本国送還負傷〟が、ヴァンパイアにはほとんど適用されないのだ。気の毒なジェイク・バーンズはともかくとして、ヴァンパイアは負傷しても、回復して戦線にもどることを期待される。だから多くの者が、危険を承知で温血者《ウォーム》のままでいることを選ぶ。この戦いには火と銀があふれている。死神は、温血者《ウォーム》の従兄弟同様、何十万もの新生者《ニューボーン》をもその大鎌にかけていた。

ケイトの血を輸血されたのだから、あと百年もすれば、ジェイク・バーンズもふたたび戦えるようになるだろう。


ケイトは車椅子で温室に運ばれた。ずらりとならんだ回復期の患者の上に、月光が降りそそいでいる。月光が重傷のヴァンパイア患者に効果があることは、すでに証明されている。だがそれもケイトにはあてはまらない。もっと血を与えたいのにアロウスミスに禁じられてしまった。ひとり残されて、あれこれ考えるのはいやだ。わたしは役に立ちたいのだ。

ミイラのようなバーンズの隣に、昨夜ケイトの輸血を受けたチャタレイ中尉がすわっていた。彼もまた珍しく本国送還負傷を適用されたひとりで、下半身を粉々に吹き飛ばされている。切り口から新しい骨が芽生えはじめているが、その脚には生命が通っていない。身体が再生されても、それが使えるようになることはないのだ。チャタレイは、おのが姿を映すことのない、月光に照らされた温室の窓をじっと見つめていた。

「ごきげんよう、クリフォード」ケイトは声をかけた。

不思議そうな視線が返った。

「どなたです？　看護婦さんでしょうか」

ケイトは首をふった。

チャタレイの口もとが引き攣った。

「あなただったのか。あの長生者《エルダー》は」

「長生者《エルダー》ですって？　まだそんなに生きてないわ。まだ死んでもいないけれど——たぶんね」

生き延びたことにも、萎えた脚のことでも、チャタレイが感謝の言葉を口にすることはないだろう。バーンズと同じく、彼の血にも苦々しさがこもっていた。チャタレイは顔をそむけてまた月を見つめた。ケイトの中にはまだ彼の片鱗が残っている。バーンズからは、パリや転化といった最近の出来事の曖昧なイメージしか得られなかった。だがチャタレイからは鮮明な映像が伝わってきた。森をのぼっていく炭鉱車、田舎の本邸《カントリー・ハウス》と地所。疲労のため、疎外感をおぼえることもできない。わたしには、人の求めるものなど、何ひとつ与えることはできないのだ。

温血者《ウォーム》の可愛い看護婦があれこれ世話を焼きはじめたが、チャタレイとバーンズはなんの反応も示さなかった。看護婦がこんどはケイトにむかって言った。

「猫を見つけてきましたからね」

感謝の微笑を浮かべることもできないほど疲れ果てていた。猫の血は赤い渇きをやわらげるが、満たすことはできない。だが猫の生には苦しみが少ない。苦悩を味わうことなく食餌ができる。

「ありがとう」

「どういたしまして」

看護婦は軽く、だが完璧なしぐさで腰をかがめた。戦争前はきっとメイドをしていたのだろう。首筋に、ふさがった噛み痕が見えた。

温血者《ウォーム》であったとき、ケイトは一度だけミスタ・フランク・ハリスに血を与え、それによって死んだ。それは転化であり、他者のための食餌や飲み物になったわけではない。ヴァンパイアの恋人に血を与える看護婦の感覚を想像してみた——空っぽだった。

「お客さまですよ……」

目をあけたまま夢を見ていたようだ。八〇年代の霧の中で、カルパティア近衛隊から逃げまわり、ビラを撒き……

こわばった四肢の骨をきしませ、老婆のように身体を動かした。椅子の中でふり返ることはできなかったが、月光に照らされた窓に影が映っていた。軍服を着た男が松葉杖によりかかって、看護婦といっしょに立っている。看護婦が車椅子のむきを変え、訪問者が青白い光の中を進みでてきた。心臓が銀に触れたかのように痙攣した。

「やあ、鼠のお嬢さん《ミス・マウス》」エドウィンが言った。「まるで幽霊でも見たようじゃないか」

29　鷹を見ながら

「何もない部屋だな」エーヴェルスがフォルダをコツコツたたきながら言った。「ほんとうに何ひとつない」

マランボワではポオのために、石にうがたれた方形の小さな部屋を用意していた。与えられたのは机と椅子、紙とペンで、毎夜、新しい蠟燭を手に入れるにも、請求書に署名し、証拠として燃え残りを提出しなくてはならない。

ポオは襟もとをゆるめてすわっていた。エーヴェルスは低い天井に背中を丸めて立っている。

「第一章くらいはもうできていると思っていたのだが」馬鹿にしたような口調だ。「それに全体の構想もな」

ポオ自身の予定では、それどころか、ドクトル・マブゼが求めている薄っぺらな本などすでに半分以上しあがっているはずだった。

「あなたは男爵と話したことがあるか」

問い返されて、エーヴェルスは驚きを示した。彼は飛行士たちのそばにいると落ち着くことができず、極力近づかないようにしているのだ。

「男爵はあまり口数が多くない」ポオは説明した。

立場が許せば、エーヴェルスは怒りだしていたかもしれない。

「男爵が協力的ではないというのか。インタヴューを拒否されたのか」

「そうではなくて……あなたの言葉を借りるならば、男爵の中には何もないんだ」

真っ白な紙に目をむけると、マンフレート・フォン・リヒトホーフェンの灰青色の目が浮かんでくる。

「あなたは豊かな想像力を売り物にしているではないか。何もなければつくりあげるまでのことだ」

これは結局、最悪の仕事になりそうだ。驚異や奇跡に手が届くことなど、所詮は永遠にないのだから。

「男爵は、なんというか、非常に冷徹な方なのだ」ポオは言ってみた。「その自制心がさまたげになっている」

「カルンシュタインに言っておこう。命令されればリヒトホーフェンも協力的になるだろう」

「命令でどうこうできるものではない。協力する意志がないのではなく、ただできないのだ。男爵はあまりものを考えない。自分の人生の闇の部分に目をむけまいとしているのだろう。だからこそ生き延びてこられた。彼は無意識のうちに、下を見てしまえば墜落するのではないかと恐れている……」

「精神科医のたわごとだな、ポオ。あの男は英雄だ。英雄には物語がある。その物語を見つけたまえ」

エーヴェルスは背筋をのばしてポオを見おろした。そして、鴨居に頭をぶつけて部屋を出ていった。

ポオはすでに城内になじみ、飛行士たちが集まって昼の時間をすごす広間にも溶けこんでいた。うまくすれば、同僚たちの口から男爵の人生を聞きだせるかもしれない。彼らにもそれぞれの物語や思いはあるのだから、それによって本に彩りをそえることもできる。

「記録将校として、わたしはつねに厳正を心がけている」ヘルマン・ゲーリングが熱弁をふるった。「勝利は認められたが、わたしはパイロットを殺してはいない。ボールは墜落時ではなく、夜明けに死亡している。イギリス側の発表から詳しいことはわからないが、おそらくやつは負傷し、太陽にとどめを刺されたのだろう」

「やつを殺《や》ったのはおれだ」ロタール・フォン・リヒトホーフェンが主張した。「以前の戦闘でおれが不具の身にしてやったから、夜明けまでに帰りつけなかったんだ」

「ボールが片づいてくれたのはありがたい」これはエーリッヒ・フォン・シュタルハインだ。「危険な男だった。彼がいなくなれば、空も安全になる」

このような生き物にとっても空が危険だなんて、想像もできない。変身した彼らは空の密林の支配者なのに。

「残念だが、きみの獲物もまだ確認されていないようだ」ゲーリングがシュタルハインに言った。「スナイプは発見されたが、パイロットの死体は見つからなかった」

「ビグルズワースは機体とはべつに落ちた。わたしとしては借りを返せて満足だ」

両陣営のパイロットはスコアによってランクづけされる。無関心を装っている飛行士もいるが、戦闘数や勝利数や殺害数をチョーク書きしたゲーリングのリストをめぐって、さまざまな思わくが渦を巻いているのはたしかだ。ずらりとならんだリヒトホーフェンのカップをしのぐことこそできないまでも、JG1の飛行士たちは全員がそれぞれにめざましい成績をあげていた。

「男爵がまたスコアを増やした」ゲーリングの発表にも誰ひとり驚く者はいない。「しかもすばらしい勝利――コートニー大尉だ」

「偵察員はどうした」テオ・フォン・クレッチマー＝シュールドルフがたずねた。

「イギリス軍発表の行方不明者リストにははいっていない」ゲーリングが答えた。

情報将校の顔に不安が浮かんでいる。テオの見解によれば、空中戦の目的は、連合軍から情報を守ることにある。

「生きて中間地帯《ノーマンズ・ランド》を越えられるはずはない。アルバート・ボールと同じく、やつも死んでいるだろう」

「きみはイギリス人というものをわかっていないな、ヘルマン。やつらは紳士で嘘をつくことができないから、そんなときはただ沈黙するんだよ。偵察員の名前は?」

ゲーリングは肩をすくめた。

「行方不明者リストにないのでわからない」

「もしこの男が生還していれば、きみたちのことがすべて知られてしまう」

「おれたちのすべてを知ることなど、誰にもできはしない」とロタール。

テオはしきりと煙草をふかしながら考えこんだ。

「偵察員の生存は発表されていないな。ただ単に、その男が情報をもち帰ったとわれわれに思いこませて、手のうちを明かさせようというつもりなのかもしれない」

「そろそろ正体をあらわしてもいいころなのではないか」シュタルハインが言った。冷静に手を打たなくてはならない」

「あと少し、あと少しだ……」とテオ。「これは微妙な駆け引きなのだ。「生存者などあるはずがない。

「わたしは男爵が墜としたRE8の上を通った」ゲーリングが言葉をはさんだ。「イギリス軍はわれわれの秘密を知っているようなふりをしているだけだ。いかにもやつらしいやり口だ」

テオの周囲をいく筋もの煙がとりまいた。文字どおり、思考の雲の中に隠れてしまったみたいだ。ポオは彼の思考を追おうとした。ありがたいことに、謎解きに対する昔ながらの勘はまだ失われていない。ポオが謎を解明した瞬間、テオも自身の結論にたどりついたようだった。

「いや、そうではない。偵察員はあの墜落を生き延び、帰還したのだ。それ以外の解釈はあり得ない」

飛行士たちは煙に巻かれたような顔をしている。

「どういうことだ、テオ」ロタールがたずねた。

「偵察員は滅んでいる」ゲーリングが言い張った。

テオは口から煙の輪を吐き、微笑を浮かべた。

「ポオ、この生徒たちに、筋道を立てて説明してやってくれませんか」

ポオはびっくりした。彼もまた結論にたどりついたことを、テオはちゃんと見抜いていたのだ。お話をせがむ子供のように、飛行士たちが椅子をひきよせて集まってきた。

「問題はボールの死に方です」ポオは説明した。「イギリス側の主張によると、ボールは飛行機の墜落ではなく、夜明けに、機体からいくらか離れた場所で死んだということですね。前線と前線にはさまれた中間地帯《ノーマンズ・ランド》で、それも爆撃の最中にです」

ゲーリングが鼻を鳴らした。

「それを話したのはわたしだ。そう記録にある」

「墜落を目撃したのは誰ですか」

「わたしだけだ。血を飲んでとどめを刺してやろうと思ったのだが、火がついたのでね。地面におりるのは賢明でないと判断した」

「あなたは最近、イギリス陸軍情報部と接触してはいませんね？」

ゲーリングは豚のような牙をむいて鼻を鳴らした。

「この、成り上がりの野良犬め。鞭打ちにしてやる……」

「怒るんじゃない、ヘルマン」テオが記録将校をたしなめた。「つまり、アルバート・ボールに対するきみの勝利について、正確な情報をイギリス側に伝えた者がいるということだ。男爵が墜としたＲＥ８に乗っていた偵察員しかあり得ないだろう」

ポオは援護を受けて話しつづけた。

「上官に報告が伝わったということは、すなわち偵察員が生き延びて、前線まで帰還したということです」

解明された謎が宙に漂った。テオがシガレット・ホールダーをふって煙をはらいのけた。

ロタールが口笛を吹いた。

「マンフレートは喜ばないぜ。兄貴のジョークが裏目に出るなんて、めったにあることじゃないからな」

リヒトホーフェン男爵が失策を犯したとわかり、飛行士たちは喜んでいるようだ。結局は〈赤い戦闘機〉も自分たちとそれほど異なる存在ではないと知らされたからだろう。つまるところ、彼も人間にすぎないのだと。

「男爵はパイロットといっしょに偵察員も殺すべきだった」テオが賛意を示した。「これは大きなミスだ」

「だが偵察員が生きているという証拠はない」ゲーリングが言い張った。「そんなことは不可能だ」

「証拠はないが、わたしはそう考える。ヘル・エドガー・ポオと同じくな」

飛行士たちはポオに、賞賛と軽侮のいりまじった視線をむけるようになった。

「兄貴はずいぶん扱いにくいだろう。あんた、マンフレートを手本としてすごす一生がどんなものか、想像できるかい」

ロタール・フォン・リヒトホーフェンは胸壁によりかかっていた。そよ風にはためくスカーフの下から、さりげなくプール・ル・メリット勲章がのぞいている。ぴかぴかの庇のついた帽子、黒革の長靴にズボン、真紅のロシア風上着をゆったりとまとい、白い歯を見せてにやりと笑うロタールは、兄よりもはるかに勇敢な英雄にふさわしい。

「たとえ戦神たちの意志によってマンフレートの墜ちる日がこようとも、おれはけっしてレッド・バロンになることはない。おれはいつだってレッド・バロンの弟だ。おれは勲章ももらったし、スコアもあげている。それでもおれは、永遠に兄貴の影なんだ」

雲の多い午後だが、ポオはサイドパネルのついた曇り眼鏡をかけていた。すぐ近くの戦場の音よりも、遠方のかすかな鳥のさえずりがはっきり聞こえてくる。彼の耳にとってはこの城も、石がきしみ木材が呼吸をする生き物なのだ。

「兄貴とおれはまるで似ていない」ロタールは言い放った。「温血者《ウォーム》だったときでも、マンフレートはちっとも〝温かく《ウォーム》〟などなかった。おそらく長生きはできない軍人としての人生を選んだ以上、おれは最高の楽しみを手に入れる権利があると考えている。詩人なら、おれの言いたいことはわかるだろう。だがマンフレートはたぶん、食餌以外の目的で女とすごしたことがないはずだ。食餌にしても、女よりは犬を好む。もしくは墜とした敵だ」

ロタールは兄の対極ともいうべき存在だった。枝葉を飾りたてて手柄話を披露すれば、なんの変哲もないただのパトロール飛行がシンドバッドの航海譚になってしまう。大広間で語られる血沸き肉躍る戦闘は、物語というより芝居を見るようで、飛行士たちはその一語一語、一場面一場面に、こぞって耳を傾ける。ロタール・フォン・リヒトホーフェンの回想録なら、英雄的自伝にしたてあげるのは造作もないだろう。

「でも兄上はすぐれた軍人です」ポオは言ってみた。「規則どおりに飛び、規則どおりに戦って……」

「聖なるベルケの格言か」ロタールは眉をあげた。「マンフレートにとっては聖典だ。生存と勝利のための手引きとしている。だが軍人としてとなると――難しい問題だな。おれは風にむかって飛ぶんだ。おれは子供のころからいつも問題児だったが、マンフレートは自分の義務を、少なくとも最低限はきちんとこなしてきた。だが軍人として真にすぐれているかどうかとなると、話しあう余地があるんじゃないか」

「わたしにはよくわかりませんが」

獲物を捕らえる技を学ぼうというのか、ロタールは鳩の群れの上空で旋回する一羽の鷹をじっと見つめている。

「マンフレートがすぐれた軍人かどうか、テオにきいてみればいい。あのRE8の件だが。兄貴が何をしたか、知っているだろう?」

「空中でパイロットを捕らえ、血を飲み干したと」

「そして偵察員には手を出さなかった。たぶんそいつはRE8を制御しきれなかっただろう。機体がスピンしはじめたときの、そいつのパニックと恐怖を想像してみろよ。どれほどの絶望と無力感にさいなまれたことか」

それはきっと、生きながら墓に埋められるようなものにちがいない。ポオは温血者《ウォーム》時代に早すぎた埋葬の物語を書き、転化のときにそれを実体験した。おぞましいあの閉塞感を思いだすと、いまでも息苦しくなる。いや、苦しみが長引くだけこのほうが無残だ。飛行機とともに墜落するのは、火葬場に運ばれていく柩の中で目覚めるようなものだろう。

「マンフレートにとっては、そいつの恐怖がパイロットの血と同じくらい美味だったんだ。兄貴はほかにも崇拝者のへつらいなんかを食料とする。あんたが本を書くことになって、こっそり喜んでいるよ」

「そんな印象は受けませんでしたが」

ロタールが狼のような笑みを浮かべた。

「間違いないさ。マンフレートはあんたのことを知っている。せいぜいが『サンクトペテルブルクの戦い』

だろうがな。いずれにしてもいい人選だった」

鷹が一羽の鳩をつかまえ、首の骨の折れる小さな音が聞こえた。世界がどっと押しよせてくる感覚。あたりをとりまく田園地帯のさまざまな音が耳に届く。湖のさざなみ。凍った芝生を踏みしだく足音。

「あのイギリス人偵察員が生き延びることはたしかに不可能だったろう。だが戦場では不可能なことなど掃いて捨てるほどある。敵を殺《や》るときは念には念を入れて、可能なかぎり何度でも殺さなくてはならない。あの偵察員は間違いなく殺しておくべきだった。あの出撃の第一目的はそれだったんだからな。だがマンフレートはやつに確実で迅速な死を与えず、苦しめることを楽しんだ。自分の快楽、自分の食餌、自分のスコア……マンフレートにとっては任務の遂行より、そうしたもののほうが大切だった。そして今回は、それが残念な結果につながるかもしれない」

「英雄はつねにそうした非難にさらされるものです」

「おれも英雄だよ、ポオ」腰に手をあてたロタールは、危険な美男子《アドニス》だ。「たしかにあんたの言うとおりだ。おれたちは少なからず、そうした部分をもっている。ＪＧ1の全員がな。だがマンフレートにとってはそれがすべてなんだ。あれは人間じゃない、凶器だ。おれは兄弟としてマンフレートを愛しているが、あいつと心臓を取り替えたいとは思わないね。あいつのスコアがもらえようと、名声がもらえようとな」

鷹が高く舞いあがった。ポオとロタールはそのあとを視線で追いながら、ずっと空を見あげつづけた。

「マンフレートは殺す。それがあいつの行動のすべてであり、あいつの存在そのものなんだ」

30 生還

看護婦の抗議もかまわず、ケイトはエドウィンとふたり、病院の庭を散歩した。夜が明けたばかりで、空にはまだ月がかかっている。色の濃い眼鏡をかけてはいるが、ケイトを傷つけることができるのは、夏の日の晴れわたった真昼の陽射しくらいのものだ。薄もやのかかったフランスの冬の夜明けなど、三日月の夜のように涼しく感じられる。

エドウィンが彼女の手をとった。彼の手は力強く、ケイトの手はか弱い。エドウィンは変化しつつある。でもそれは彼女も同じはずだ。

エドウィンはマランボワでの任務についてはあまり語らず、ただ乗っていた飛行機が敵によって撃ち墜とされ、懸命に前線を越えてもどってきたのだと話した。細かい事情を避けたがるのは、ひとつにはディオゲネス・クラブの秘密主義のせいだ。だが彼自身にもどこか奇妙な変化が感じられる。どうやら自身の秘密をもっているらしい。エドウィン・ウィンスロップは、出撃したときとは別人になってもどってきたようだった。

「おれはいま航空学校に通っている。ディオゲネスが新しいチャンスを与えてくれた。情報部にもいずれは訓練を受けた人間が必要になるだろうからな」

英国陸軍航空隊は陸軍から分離して、新しく空軍として再編成されようとしている。そしてエドウィンの肩にはもう、参謀将校のしるしである星はついていない。

「あんな目にあったんだから、二度と飛行機には近づきたがらないんじゃないかと思ってたわ」

エドウィンの顔には表情がなく、心もしっかり閉ざされている。

「やり残した仕事があるんだ。おれはもう一度空にもどらなくてはならない」

太陽がのぼった。エドウィンがたじろぎ、両目をすっと細くした。ケイトはすぐさまその理由を悟った。

「空には悪魔がいる。おれはそいつを殺さなくてはならない」

ふたりは落葉樹が地面に落とすもつれた影の中にはいった。

「ヴァンパイアの血を飲んだのね」

エドウィンはうなずいた。

「いっしょに撃ち墜とされたパイロットだ。アルバート・ボールという」

聞いたことがある。叙勲されたこともある撃墜王《エース》だ。

「あなたからも血を与えたの?」

エドウィンは首をふった。

「助けたかったけれど間に合わなかった。彼が最後に、血を飲んでくれと望んだんだ。たぶん、おれの中で生きつづけられると考えたのだろう」

「それで、あなたはパイロットになるのね」

両眼から力がほとばしっている。温血者《ウォーム》でありながら、エドウィンはすでに魅了の力をあらわしはじめている。

「おれには空でとるべき行動がすべてわかる。もとからの能力かもしれないし、ボールが与えてくれたものなのかもしれない。でもおれは、教官たちにも信じられないくらいの速度で課程をこなしている。きっとボールのおかげなんだろう。でももしかすると、おれの中で恐怖が燃えつきてしまったからなのかもしれない」

この新しいエドウィンをどう考えればいいのだろう。ケイトにはわからなかった。

午前のなかば、ふたりはエドウィンの宿舎である、イギリス人に占拠された小さなホテルに逃げこんだ。彼は四階に小さな部屋を与えられていたが、そこは最上階で、天井がテントのように斜めに傾いていた。切り妻式の窓には灯火管制用の分厚いカーテンがかかり、その隙間から陽光がはいりこんでいる。

ケイトは枕をクッションにして、狭いベッドに腰をおろした。エドウィンは立ったまま、天井にぶつかりそうな背中を丸めている。

考えていたよりずっと体力を失っていたようだ。夜明けの散歩だけで疲れてしまい、ほとんど動くこともできない。それにひきかえエドウィンはいっそう力を増し、思考も行動も、彼女よりずっと敏捷だ。まるでケイトが鈍重で従順で愚かな温血者《ウォーム》で、エドウィンのほうが防壁を破って獲物を捕らえようとしているヴァンパイアであるかのようだ。たぶん体内のアルバート・ボールのせいだろう。そしてまだ彼女の中に、絶望をまといつかせた本国送還負傷者たちの痕跡が残っているせいだ。

エドウィンが膝をついて彼女の手をとった。彼の活力が流れこんでくる。ケイトの血統には、血を味わうことなくエネルギーをとりこむ、珍しい心霊的吸血《サイキック・ヴァンピリズム》の能力がある。フランク・ハリスの知り合いは、転化以前から、彼とつきあうとへとへとにくたびれると語ったものだ。

「エドウィン、わかってると思うけれど、わたしたち、部屋にふたりきりなのよ」

エドウィンは視線をあわせようとしない。

「婚約者がいるんでしょ？」

ベッドサイドの小さなテーブルに写真立てが伏せられ、その上に懐中時計がのっている。

「カトリオナにとってのおれはすでに死んだ。戦争が、おれたち全員を生ける死者にしてしまったんだ。戦いが終わるまで、ほかには何もない」

エドウィンが立ちあがり、手をとったままならんで腰をおろした。力強い鼓動が聞こえる。心が漂い、闇の父の呪力に屈したときの記憶がよみがえった。フランク・ハリスの口づけは苦く甘かった。思い出が新しい味によって消されていく。

エドウィンが恭しく口づけし、彼女の眼鏡をはずした。とりもどして懐中時計の横におくと、伏せた写真の裏板を爪がかすめた。彼の大きな目がせまり、濡れたようなきらめきがぼんやりと見える。くちびるが重なった。

血の介在しない口づけ。エドウィンの強靭な意志が突風のように顔に吹きつけ、髪をなびかせる。

かわりに、ケイトの一部が彼の中に流れこんでいった。エドウィンが電気のようなうずきを感じている。ひと塗りの罪の意識とともに、ケイトは彼の記憶の中から、カトリオナと思われる娘の姿を読みとった。白いドレスに麦わら帽。柳のように優雅な長身の、灰色の瞳をもった娘だ。イメージが消えた。心臓がたまらなく熱い。腕をまわすと、ヴァンパイアの力をとりもどした両腕が、息もできないほどきつくエドウィンを抱きしめた。

ふたりは身体を離し、服を脱ぎはじめた。三十年という歳月は、ファッションにもありがたい変化をもたらしてくれた。ケイトが温血者《ウォーム》だったころ、服を脱ぐという作業は、全神経を傾けられる状況においてすら、小銃を分解するほどにも複雑なものだったのだ。

裸になったエドウィンの身体は、さながら地図のようだった。青白い肌は海、青紫の打ち身が大陸、赤い蚯蚓腫れは島、縫合跡の群島、創傷の国境――怪我の博覧会だ。指や舌で傷痕をなぞるたびに、エドウィンの身ぶるいが感じられた。

彼の手が肩に、胸に、腹に、触れてくる。全身をおおう口づけは、くすぐったい口髭のおまけつきだ。子供のときの遊びや自転車から落ちたときの温血者《ウォーム》時代の小さな傷は、転化後にすべて消えた。それでもケイトの身体は、いまでも卵のようにそばかすだらけだ。

不器用に身体を移動して、どうにかならんでベッドに横たわった。ケイトの背中は壁に押しつけられているし、エドウィンの尻はマットレスの端からずり落ちかけている。ふたりのあいだにもはや隙間はない。向こう脛から首まで、ぴたりと密着した身体が温かい。エドウィンの血を欲して心臓がうずく。

本能を押し殺し、そっと彼自身に触れた。集まった血の熱さが手のひらに感じられる。ふいに、エドウィンが彼女を組み敷いてはいってきた。ケイトは頭上に手をのばして寝台枠を握った。目を閉じていてもはっきり見える。エドウィンの心からあふれてくるイメージ。いくつもの顔と恐怖。

熱が高まり、爪が鋭くのびて真鍮のレールにひっかかった。牙も長くなったため、口を閉じていられない。

すべての歯の先端がとがる。危なくてキスもできない。

「気をつけて」ケイトはささやいた。

軽く舌が触れあった。両腕が翼になったかのように冷たい空気を切り裂いていく。巨大な空間を眼下に見ながら、ふたりはなおも空を飛びつづけた。いま彼の血をひとしずくでも飲めば心が爆発するだろう。炎をあげて墜落する。ケイトは口を閉じて悲鳴をこらえた。

エドウィンが彼女の右手首をとらえ、寝台枠から引き剥がした。爪が真鍮をきしませる。

「ねえ、気をつけて」

指にくちびるが、針のような爪に舌が触れた。さっき彼のペニスを握ったケイトの手と同じくらいそっと、エドウィンが彼女の人差し指をとらえる。その先端がケイトの咽喉のくぼみにあてられる。興奮した拍子に残された左手に力がこもり、真鍮のパイプを握りつぶしてしまった。

エドウィンが、とらえた爪で彼女自身の胸にひろがる青い血管の網を切り裂いた。真紅の血があふれる。彼は傷に口を押しあて、子供のようにすすった。

ぬくもりと苦痛が波のように押しよせてくる。ケイトは無力なまま、身体の隅々にまでエドウィンを感じていた。忠告しなくては。彼はまるで無頓着に飲みつづけている。確固たる意志をもって、ただ血だけを求めている。不安になった。騙されたのだ。わたしが望んでいたのはこんな行為ではなかった。

ひとしきり血を飲み終えて、エドウィンの内部で欲求が高まった。彼はきつく彼女を抱きしめ、その体内で精を放った。ぬくもりはひろがったものの、ケイトの赤い渇きが癒されることはなかった。

死者であるケイトは、この行為によって子を得ることはない。子孫をもつとはすなわち、血統を伝えることだ。そう、彼女は恋人の母になることができるのだ。

ふたりはたがいの中に溶けこみ、ひとつになって横たわった。ケイトの心に黒いパニックがひろがる。エドウィンの身体が重さを増してきた。眠りに落ちようとしているのだ。

ケイトはもたれかかってくる身体の下からもがきでた。胸の傷はすでにふさがり、そばかすだらけの肌に血の染みが残っているだけだ。もちろん傷痕もない。だがエドウィンのくちびるはヴァンパイアの体液で赤く濡れている。

ケイトは彼をゆすぶった。

「エドウィン、転化するつもりなら、わたしがあなたの血を飲まなければ儀式は終わらないのよ」

エドウィンはうめき声をあげて、両手でかばうように咽喉もとを押さえた。胸毛がケイトの血で濡れている。

「最後までちゃんとやらないと危険よ」

ケイトは闇の子をもったことがない。その責任を果たせるほど、不死者《アン＝デッド》としてまだ年月を重ねていないと思うからだ。自分自身についてすら、わからないことが多すぎる。なのにいま彼女は、愚かな温血者《ウォーム》の娘のように、一時の激情に流されて思いがけず母となる決断をせまられている。

エドウィンが目をひらいた。

彼の血を飲み干してしまいたい。心臓が停まるまで吸いつくしたい。その遺体を抱きしめ、月光のもとで新たに生まれ変わるさまを見守りたい。

「エドウィン、ごめんなさい、でもほかに道はないのよ」

あごの骨がはずれ、蛇のように大きく口がひらいた。とがった門歯のまわりに新たな牙が生えている。唾に自分の血の味がまじった。

エドウィンが腕をのばし、指をひろげて彼女の胸を押し返した。

「駄目だ」かすかな声だった。「駄目だよ、鼠のお嬢さん《ミス・マウス》」

義務感と欲求はどうあっても食餌をせよと命じているのに、ますます増大するエドウィンの力がそれをはばむ。言葉が牙のあいだからこぼれた。

「でもそれじゃ転化できないわ」

彼は首をふった。

「転化はしない。おれは自分でおれ自身を育てるんだ。ケイト、頼むから……」

そしてエドウィンは意識を失った。彼の体内ではまだ血が駆けめぐり、心臓は力強くたしかな鼓動を刻んでいる。ケイトは泣きわめきたかった。エドウィンは彼女の内なる狼を解き放っておきながら、餌を与えようとしないのだ。池に映る景色が波うつように、室内が揺れ動く。彼からあふれだす飛行と炎の記憶が思考を悩ませる。眼鏡をかけて目を閉じ、心の中から狼を追いだそうとした。

狭いベッドをおりると、エドウィンが微笑を浮かべて身体をのばした。ケイトは身ぶるいした。患者に血を与えたあとのように、弱り、冷えきっている。だが気持ちはもっと複雑だった。

眠っている彼を襲ってしまえば話は簡単だ。転化してしまえば、エドウィンもたぶん感謝するだろう。しかし彼の〝駄目《ノー》だ〟にはそれを禁じる力が、断固たる意志がこもっていた。

膝ががくがくする。ケイトは片隅にすわりこみ、服を巻きつけて両膝をかかえた。そうやって丸まったまま、気怠い眠りの中に沈みこんだ。懇願しつづける心臓に、鉄のたがをしっかりとはめて。

31　詩人の戦士

マランボワ城にはささやきがあふれている。壁の中の鼠のおしゃべりや死者と生者のつぶやきが、さわさわひそひそと廊下や広間を通り、巨大な石組みの隙間をすり抜けていく。ポオは神経をいらだたせ、永遠につづくささめきを遮断しようとする。言葉、言葉、言葉……

テオ・クレッチマー＝シュールドルフが防寒コートを届けにきた。

「この城では死者でも寒さを感じますからね」

ポオは感謝してそれを受けとった。いくぶん大きめだが、上質で、ぴかぴかのボタンが二列ならんでいる。肩の階級章ははずしてあった。

「エディ、いずれ視察にも耐える服を用意します」

「わたしは優秀な軍人だったのですよ、テオ。あなたが生まれる前の話ですがね。生きているときは一兵卒として出征し、功績によって軍曹に昇進しました。新生者《ニューボーン》になってからは、アメリカ南部連合（南北戦争直前に南部十一州によって編成された）の将校でした」

「詩人が優秀な軍人になれるとは驚きです。納得のいかない命令や規則が……」

「わたしは最初、詩的なものから離れたくて軍にはいりました。それに南部独立戦争は、夢想家や理想主義者が工場主や清教徒と戦った、詩人の戦いだったのですよ。いまのこの戦争も同じ、詩人の戦いですね」

テオはその言葉に少なからず驚いたようだった。

「未来のための戦いです」ポオは言葉をつづけた。「ドラキュラ伯爵は過去の栄光を体現しながらも、それに目をふさがれてはおられない。伯爵の旗のもとで、世界は変容を遂げるでしょう。ヴァンパイアであることこそが現代の本質なのです」

将校は肩をすくめた。

「珍しいほどの愛国者ですね」

「ほかに名誉ある選択肢がありませんから」

テオはぶらぶらと歩きまわりながら机の上の紙をのぞきこもうとしている。ポオはテストで友人のカンニングを防ごうとする子供のように、身をかがめて紙を隠した。将校が笑って諦めてくれたので、ポオも緊張をゆるめて身体を起こした。

「ではじめているのですね。あなたがなかなか腰をあげないと、エーヴェルスから苦情がきていますよ」

ハンス・ハインツ・エーヴェルスに関しては、テオはあいかわらず辛辣だ。

「ええ、はじめました」

「血と栄光に彩られたすばらしい物語になるのでしょうね」

「おそらく」

「われらが英雄は不可思議なる獣ですか」

「それを言うなら、わたしたち全員が不可思議なる獣です」

「エディ、あなたはよい情報将校になれるでしょうね。秘密を守ることがお上手だ。われらがレッド・バロンも同様ですが」

書いては破り捨てを千回もくり返したあげくに、ポオはどうにか言葉と文章をつむぎあげて一章を書きあげていた。リヒトホーフェン男爵自身の話からその人となりを見出すことに失敗したため、マランボワへ到着して空と闇の壮大なる生き物をはじめて見たときの、彼自身の印象と感触が物語の骨子となっている。

「遠からず、さらに多くの栄光が書き加えられることになるでしょう。わたしの意見が却下されましたから」

テオは、徐々に噂をひろめるほうがより効果的に連合軍を悩ますことができると考え、ＪＧ１の出動を控えるように提言してきた。変身能力者は毒ガスと同じく、恐怖に訴える武器なのだ。戦場において印象的ではあるが限られた戦果をあげるよりも、敵の士気に莫大な損傷をもたらすことこそが、ＪＧ１の意義なのではないだろうか。

「まもなくわれわれは手のうちをさらすことになるでしょう」

「春の大攻勢ですか」

テオは肩をすくめた。

「軍事史上、機密がこれほど筒抜けになったことはないでしょうね。百万の軍勢をどうやって隠せるというのです。イギリスとフランスは前線ぞいに厚さ二十フィートの壁を築きあげて、掩体《えんたい》という掩体にアメリカ兵を投入してくるでしょう」

「壁なら上を通過できます」

ポオの耳はまだざわめいていた。ここではあらゆる隅で陰謀が企てられている。ひとりひとりが全員に対し、それぞれ計略をめぐらしている。敵と味方はくるくる入れ替わり、政策は消えてはつくりなおされ、忠誠はゆがんでぶち切れる。このささやきが弱点だった。大攻勢《カイザーシュラハト》を成功させるなら、同盟軍は鉄壁の団結を示さなくてはならない。なのにこの城の者たちは、不安定な原子のように渦を巻いてはぶつかりあってばかりいる。

「大切な客人があるという話です。まもなくあなたも、ものごとの核心に触れることになるでしょう」

時いたれりか。めまいがする。歴史が大きくうねっている。

「今夜、塔にいらしてください。男爵が出撃します。またスコアが増えるでしょう」

「やあ、きたな」丸天井の部屋にはいったポオに、テン・ブリンケンが吠えるような声をかけた。

一時は懐疑的だった教授も、ポオの本で自分の名声が不変のものになると納得してからは、公表用のつもりなのか、やたらと話しかけてきてはさまざまなことを教えてくれるようになった。

テオにわたされた防寒コートにくるまっていても（死んだ将校の衣装戸棚からとってきたものだ）、塔は凍えるような寒さだった。殺人的な風が吹きつけ、まるで北極のようだ。壁には氷が貼りついている。毎日小槌をもって足場にのぼり、夜のうちに生えた氷柱をたたき落とすのが兵士たちの仕事なのだ。

部屋の中央には、リヒトホーフェン男爵が人間の姿のまま直立している。ポオは敬礼したが、返礼はなかった。長いキルトの部屋着を着た飛行士のまわりに、科学者たちが群がっている。テン・ブリンケンのぶっきらぼうな命令で、破戒坊主がいそいで祈禱を捧げた。教授の仲間は、中世と現代のはざまにとらわれた神秘主義かぶればかりだ。独自の実践方法と神秘理論を形づくった精神科医のドクトル・カリガリは、不揃いな影の中にみじめったらしくうずくまり、ルーン文字を書き殴っている。

「では、変身していただきたい」テン・ブリンケンが促した。

リヒトホーフェンは軽くうなずいてローブを脱ぎ落とした。裸体のジークフリートが、目を閉じて精神集中する。すぐそばでは従者たちが、夜の戦士のための装備をかかえて控えている。男爵の銃をもったキュルテンは、その重みで押しつぶされそうだ。

リヒトホーフェンの内部で何かがふくれあがった。肩がひろがり、背骨がのびて、縦横ともに巨大化する。濡れたスポンジのように筋肉が膨張し、水圧の高い消火ホースのように血管がうねる。獣毛が革状の脇腹を分厚くおおう。骨も変形して長くなり、新たな形をとった。顔は黒くなった。両眼とあごのまわりに角質の突起が生え、蝙蝠状の耳がひろがる。ひらかれた男爵の目はこぶしほどにも大きいが、冷徹な青い色は間違えようもなく、さっきの人間とこの超人が同じ存在であることを告げている。変形しつつある腕をのばすと、革の膜が垂れさがって関節が細くひきしまり、翼となった。

テン・ブリンケンが懐中時計に目をやり、蓬髪のロトヴァンクが書類に数字を書きとめた。

「一回ごとに時間が短縮されている。ヘル・ポオ、まもなくまばたきひとつで変身できるようになるだろう」

キュルテンとハールマンが変身したリヒトホーフェンに長靴を履かせ、それから足場をよじのぼって首に銃を吊りさげた。翼になった腕とはべつに、新たな腕が生えている。前回見たときは未発達に思えたが、いまでは革におおわれた本物そっくりだ。しなやかな四本指の両手が銃把を握り、銃身が垂直にかまえられた。

「変身のたびに、形が改良されていく」テン・ブリンケンが説明した。「われわれのつくりあげた理想が、どんどん完成に近づきつつあるのだ」

男爵の巨大化した心臓の、力強く脈打つ音が聞こえる。

「最終的には、この姿が真のリヒトホーフェン男爵となるだろう。人間の身体など仮の姿にすぎん」

「この姿が恒久的なものになるというのですか」

テン・ブリンケンは首をふって、ゴリラのような笑みを浮かべた。

「恒久的なものなど何ひとつありはしないよ、ヘル・ポオ。彼らは永久に変化しつづけるだろう。そのつど戦いに必要な形態をとりながらな」

男爵が姿勢を正したまま翼をたたみ、壁の開口部から外を見あげた。空では剃刀のように星がきらめいている。カモフラージュ用ネットがあおられて塔内にはいりこみ、強風が床を吹き抜けていった。科学者たちがあわてて、飛び散りそうになったノートを押さえこむ。ポオはコートの中で身ぶるいした。

テン・ブリンケンとロトヴァンクが祈禱のようなものをつぶやきながら、変身した飛行士の周囲をまわりはじめた。ポオもひきよせられるようにそのあとに従った。マンフレート・フォン・リヒトホーフェンはもはや人間ではない。獣のにおいに包まれて涙がにじみ、鼻孔がうずいた。強烈な麝香は胡椒のような味がする。

ポオは男爵を比喩する言葉をさがした。巨大な怪物《ガルガンチュア・ガーゴイル》、獣戦士《ビースト・ウォーリア》、死の天使《キリング・エンジェル》、日耳曼の半神《ゲルマン・デミゴッド》。どれももうひとつだ。男爵がおのずから語ったように、彼は彼以外の何者でもなく、それがすべてだった。

科学者たちがしりぞいたので、ポオはひとり足もとに残って巨人を見あげた。開口部からネットがとりのぞかれた。リヒトホーフェンは長靴で敷石を揺るがせながら、離着陸台へと進んだ。ポオもまた男爵の翼の影におおわれ、歩調をあわせてついていった。

リヒトホーフェンが背を丸め、頭をさげて開口部をすり抜け、離着陸台に立った。胸がひろがり、翼が風をはらんでふくらむ。

ポオは突風をものともせず男爵のあとを追った。離着陸台は何もない空間に突きだしている。下は闇の海で、湖に映った星の光でかろうじて地面までの距離がわかる。数マイル遠方でひらめく光が、塹壕の位置を示している。雷のような爆撃の中に、かすかな悲鳴が聞こえる。

リヒトホーフェンは離着陸台の端に立って、黒い帆のように翼をひろげた。キュルテンが——台から吹き落とされないよう、腰に巻いたロープでハールマンとつながっている——男爵の長靴の留め金をはめ、足首から膝までをひとつに固定した。大腿部にぶらさげた革袋には予備の弾倉がつまっている。装着された強化ヘルメットは、穴があいて大きな耳が突きだしている。一部の飛行士は変身後もゴーグルをかけるが、リヒトホーフェンにはそんなものは必要ない。眼窩がせりあがってゴーグルのように目を守っているのだ。

ポオは風と戦いながら、男爵に近づいた。気をつけろとテオがさけんでいる。風に飛ばされて森の中に落ちてしまえと祈るエーヴェルスのささやきも聞こえる。

男爵がふり返り、一フィートもある牙をむきだしながら口をひらいた。黒い毛皮に包まれた顔にぱっくりとあいた口の中は、目がさめるような赤だ。

「わたしは空腹なのだ、詩人よ」男爵が言った。「童謡ではなんといったかな。『イギリス人の血が匂う』だったか」（「ジャックと豆の木」の巨人の台詞。マザー・グースにもなっている）

ポオは仰天した。変身した男爵があたりまえに話せるとは考えてもいなかったのだ。だが声には驚くほど変化がなかった。

「もしものときは、あなたに死亡記事を書いてもらいたい」

翼がもちあがり、肩の関節がぐるりと回転すると同時に、リヒトホーフェンの身体は傾いて離着陸台からまっすぐ落下していった。翼が風をはらむ。後流に煽られ、ポオは四つん這いになった。

男爵は一度離着陸台の下に沈んでから、螺旋を描き星々にむかって舞いあがった。あまり羽ばたかず、意志の力で空気を切り裂いて気流に乗っていく。ときおり翼を動かすだけで、上昇できるらしい。

ポオは立ちあがろうとした。全身がふるえている。よろめいて倒れ、そのまま台の端まですべっていった。いままでは男爵が風除けになっていたのだ。ひとり離着陸台に残された彼を、風がさらおうと狙っている。もう一度用心深く立ちあがり、しっかりと足を踏みしめた。リヒトホーフェンはもう塹壕の上空あたりを飛んでいる。腹部が砲火によってかすかに赤く照らしだされるため、かろうじてそうと見わけられる。じつにすみやかで優雅な飛行だ。

塔までもどると、テオがぐいとひきずりこんでくれた。

「気をつけてください、エディ。あなたを失ったら、マブゼに何と説明すればいいのですか」

まだ身体のふるえはおさまっていない。

科学者たちが集まって、書類に書きこみをしながら、細かい点について議論していた。ふたりの従兵が片づけをはじめた。カルンシュタイン将軍は男爵が変身した場所に立って、脱ぎ捨てられたローブを見おろしている。キュルテンが従者らしく、さっとそれをひろいあげて埃をはらった。

テオが踵を鳴らして敬礼し、カルンシュタインが返礼した。

「マンフレートは勇敢な若者だ」長生者《エルダー》が言った。「彼の無事な帰還を祈る」

「もし誰かのために祈らなくてはならないのならば、わたしはリヒトホーフェン男爵によって狩られる者たちのために心を砕いてやりたいと思います。男爵はつまるところ、無敵なのですから」

カルンシュタインの顔は灰色で、壮年を装った仮面の下から真の年齢が透けて見える。将軍は疲労のにじんだ声で答えた。

「クレッチマー＝シュールドルフ。無敵な者などありはしない」

32　回復

目覚めを迎えた頭の中で闇がこだまを起こし、両眼は二、三日眠りつづけたあとのように目やにでふさがっていた。歳をとることのない死体に魂をつなぎとめている糸が、死者に変じて以来かつてなかったほどもろくなっている。この身体はまるで、季節のうつろいや国際紛争の勃発によって、ふいに誰もいなくなってしまったホテルのようだ。もはや〝家〟とはいえない。

すぐさま食餌をしなくてはならないと、激しい胸焼けが告げている。一刻の猶予もない。腫れあがったぎざぎざの牙が、割れた大理石のようだ。涎が流れ、貴重な体液が失われていく。ケイトはごくりと唾を飲みこんだ。目やににひびがはいった。夜だ。まだエドウィンの宿舎にいる。ドレスといっしょに、シーツが身体に巻きつけてある。間に合わせの夜着は悪臭を放っている。それにしても眼鏡はどうしたのだろう。

ベッドに男がすわっていた。薄暗い部屋で、葉巻の火が遠い太陽のように燃えている。疲れ果てたシルエットだ。

「エドウィン」

かすれた声しか出なかった。からからに渇いた咽喉が痛い。

影が動いてランプをつけた。チャールズだ。ランプの光の中で陰影の濃い顔が驚くほど年老いて見える。

「それで、こんどは何をしたんだい、ケイト」

焼けつく心臓を、刺すような痛みが貫いた。頑迷なヴァン・ヘルシング信奉者に熱い鉄の杭を打ちこまれ、眠りから呼び覚まされたかのようだ。

「エドウィンは……」

チャールズが首をふった。

「ウィンスロップは変わったよ。ひどく変わった。おそらくきみが考えていたようにではないだろうが」

こんなのはフェアじゃない！ チャールズは勝手にあれこれ推測し、誤った結論を導きだしている。わたしが非難されるのは筋ちがいだ。だがケイトは声をあげることができなかった。説明できなかった。

「きみはフランスを離れることになっていたんじゃなかったかな」

ケイトはこぶしを握って自分の胸を打った。この状況をチャールズに発見されたのかと思うと、ひどくきまりが悪かった。どうしようもなく弱りきって、しかも裸でいたところを。

「かわいそうに」

チャールズが灰皿に葉巻を押しつけ、天井にぶつからないよう背中を丸めて立ちあがった。老人のように身体がきしみ、膝を折ってベッドの脇にかがみこむにも苦痛の息が漏れる。ベッドサイドのテーブルの下にエナメルの洗面器があった。チャールズが濡れたフランネルの布を見つけ、涎と目やにをぬぐってくれた。きれいになると、テーブルの上の眼鏡をとりあげ、つるをひらいて彼女の顔にそっとのせる。

めまいがするほどはっきりと、室内のようすが認識された。間近に見えるチャールズの目のまわりに、小さな皺が刻まれている。

「渇いているの」

ゆっくりと、自分の耳にも聞こえないほどかすかな声でつぶやいた。自分自身に対して猛烈に腹が立った。わたしという船の指揮をとっていいのはわたしだけだ。

「渇いているのよ」もう一度、こんどははっきり口にした。

言葉どおりにしか理解できなかったのだろう、チャールズが洗面器の横においてある水差しに手をのばした。

ケイトは首をふった。

「渇いているのよ」

「ケイト、きみはわたしたちの友情に甘えすぎているよ」

どう言えばいいのだろう。赤い渇きがなぜこんなにも切実なのか、説明できればいいのだが。血を失いすぎたのだ。アロウスミスの本国送還負傷者たちのために、そしてエドウィンのために……

チャールズが咽喉に触れてきた。ふたりのあいだに火花が走り、チャールズは理解した。ジュヌヴィエーヴとともにすごした時間が彼に教えたのだ。

「飢えそうになっているね。まるで血の気がない」

彼がランプを近づけてきた。じっと見つめられて、ケイトはまばたきした。

「髪に灰色のものがまじっているよ、ケティ」悪意はないまでも面白がっているような声だ。「転化しなかったら、きみはきっとこんなふうに歳をとっていったんだろうな。きみ自身に見せられないのが残念だ」

ケイトは鏡に映らない。写真に撮ることもできない。絵を描いてもらっても、他人のようにしか思えない。そもそもが温血者《ウォーム》であったころから、取り沙汰されるような容姿ではなかった。

「ずっと生きていたら、きっとすてきな女性になっただろうに」声がやさしい。

「わたしは土竜みたいよ、チャールズ。髪はくしゃくしゃだし、そばかすだらけだし」

彼女がちゃんと話せたので安堵したのだろう、チャールズが笑い声をあげた。

「きみは自分を過小評価しているよ。きみより綺麗だといわれていた女の子たちは、みな太って怒りっぽくなった。でもきみは三十代になってから美人になるタイプだ。顔に性格があらわれるからね」

「くだらないわ」

「どうして？」

「わたしたちみんながまだ生きていたころ、あなたは美人のペネロピに求婚して、土竜顔のケイトになんか目もくれなかったじゃないの」

古傷を呼び起こされ、チャールズのひたいに皺がよった。

「若者に間違いはつきものだよ」

「わたし、あなたに夢中だったのよ、チャールズ。あなたがペニーとの婚約を発表したときは、何日も泣き暮らしたわ。それでフランク・ハリスの腕に身を投げだしたの。その結果がどうなったか、ごらんのとおりよ」

粘つく髪を指ですいて、こびりついた埃をとりのぞいた。

「ほんのしばらくでも、きみに腹を立てていられたらと思うよ、ケイト」

チャールズが膝に手をかけて立ちあがり、スツールに腰をおろした。ケイトはシーツを胸に押しあてたまま、びくびくと壁ぎわまであとじさった。

「ここで何があったんだ」

「エドウィンはどうしたの」

秘密をかかえて半生をすごしてきたチャールズだ、何ひとつ明かしてくれるわけがない。

「きみの話が先だ」

「わたしの血を飲んだわ」

首を縦にふる。

「でもわたしは一滴も飲まなかった」

首を横にふる。

「転化しないでヴァンパイアの力を手に入れる方法を見つけたみたいだった」

「そんなことが可能なのか」

「知らないわ。長生者《エルダー》か科学者にきいてちょうだい。それともご自分の胸にね」

チャールズは理解できないふりなどしなかった。ジュヌヴィエーヴとともにすごした時を通じて、彼はその力の一部をおのがものとしている。あれは愛によるものなのだろうか。それとも単なる浸透性だったのだろうか。

「エドウィンは……どうなったの？」

チャールズが案じているのは可愛い部下のことだ。だからこそこうやって、眠りもせずに彼女の目覚めを待っていたのだ。

「身体に異常はない。航空学校を卒業し、ディオゲネス・クラブの人間としてコンドル飛行隊に所属することになっている。彼は自分で独自の立ち位置をつくり、それにあわせて自身をつくりかえたのだ」

「でもあなたは心配なのね？」

「さっきも言ったように、彼は変わった。軽々しく口にできることではないが、わたしは彼が恐ろしいよ。見ているとケイレブ・クロフトを思いだす」

胸でまた新たな痛みが爆発した。骸骨の手で握られたかのように、肋骨が心臓を圧迫する。ケイトは身体を抱きしめて、四肢の痙攣を懸命にこらえた。

チャールズが右手のカフスボタンをはずし、上着とシャツの袖を肘までまくりあげた。ケイトは首をふったが、きつく閉ざしたくちびるの下で、長くなった牙がうずいた。心臓が血を求めてやまない。

「ヴィンテージ物にしても歳をとりすぎているがね、美食家《ミス・グルメ》さん。もう酢になっているんじゃないかな」

ジュヌヴィエーヴと別れて以来、チャールズは誰にも血を与えたことがないはずだ。ケイトもそれは知っている。

チャールズが床にすわり、彼女を膝に抱きよせた。その身体の温かさがショックをもたらした。自分はこんなにも冷えきっていたのか。こんなにも真の死に近づいていたのか。

「飲みなさい、ケイト」

内側をむけて手首がさしだされた。かつてジュヌヴィエーヴがくちびるをあてた場所に、古い小さな傷痕がある。

かつて望んだ関係に至るにはあまりにも遅すぎる申し出だが、これを飲めば生きることができる。そして生きてさえいれば、予期せぬ第二、第三のチャンスがあるかもしれない。

「ヴァニラがほしいわ」

チャールズが笑った。

彼の手をとって、ざらざらした長い舌で手首を舐めた。唾液にふくまれる成分が、一時間もしないうちに傷口をふさいでくれる。そんなこともすでに承知しているのだろう、チャールズが微笑を浮かべ、穏やかに促した。

「さあ、飲みたまえ」

上下の犬歯で皮膚をはさんだ。牙が皮膚を貫き、血が口の中にあふれる。

赤い味覚が爆発し、通常の愛の行為よりはるかに強烈な衝撃が全身を駆け抜けた。時間がアコーディオンのように縮む。チャールズの血が舌の上で、口蓋の裏側ではじけ、乾いた咽喉をころがり落ちて燃える心臓をなだめた。

ケイトは喜びの身ぶるいをこらえた。だが食餌を制御する冷静さは失わなかった。首筋から飲んでいたらこうはいかなかっただろう。手首は心臓からも、魂からも、頭からも、充分な距離がある。いま伝わってくるのは感覚だけだ。秘密をかかえたチャールズの精神には幕がかかっている。

新しい傷から口を離して、彼の顔を見あげた。浮かんだ微笑がこわばっている。あごの下で血管が脈打ち、青い指で招いている。両手が彼の上着にかかった。そのまますがりついて、源から飲みつくしたい。

血臭が鼻を刺激した。手首からしたたる血が呼んでいる。ケイトはそれに口をつけ、われを忘れて……

……白昼夢を見ていた。血のおかげで咽喉は楽になったが、口のまわりが粘ついている。

「ありがとう、チャールズ」ケイトは息をついて、もう一度傷口を舐めた。

チャールズがそっと髪を撫で、手首に顔を押しつけたときに曲がってしまった眼鏡をなおしてくれた。

それほど多くの血を飲んだわけではない。分け与えてもらったのは精神の強靭さだ。身体が借り物のようだった違和感が、ようやく消えた。痛みもやわらぎ、四肢が意のままに動くようになった。筋肉も心地よいしなやかさをとりもどしている。

ケイトがそっとよりそっているあいだに、チャールズはシャツの袖をおろし、ヴェストのポケットからカフスボタンをとりだした。

そしてまたランプをとりあげ、彼女の髪をながめた。

「灰色が消えた。赤錆の色だ」

なけなしの慎みを保とうと、ケイトはドレスをしっかりと押さえたまま、足を踏みしめて立ちあがった。

「残念だよ。年齢を加えたきみはすてきだったのに」

ドレスの袖で彼の顔をはたいた。

「冗談はもうたくさんですわよ、ミスタ・ボウルガード」

「怒ったきみはまさしくアイルランド人だね」

赤面した。食餌のあとなので、労働者のように血色がいいはずだ。

チャールズが立ちあがろうとして失敗した。忘れていた、いまの交流で、一時的にせよ弱っているはずだ。

ケイトは手をさしだしてからかった。

「さあさあ、おじいちゃま。そんなに無茶をしてはいけないわ。もうお歳なんですからね」

彼の頰にキスをしてから、慎みをかなぐり捨て、悪臭を放ちはじめたドレスに身体をつっこんだ。腰まではなんとかなったが、背中の留め金に手が届かない。

「ねえ、チャールズ、背中、とめてくださらない?」

「はてさて、わたしにできるかねえ」

33 人殺し

「わたしの父は狩人と狩猟家を区別して考えた。狩猟家は楽しみのために狩りをする。弟の本質は狩猟家だ。ロタールは空を飛び、危険を冒すことを楽しむ。だがいっぽう、狩人が狩りをするのは獲物を殺すためだ。わたしは獲物を見つけ、すばやく殺す。そしてそのたびに強くなる」

リヒトホーフェン男爵は重い口をひらき、懸命の努力をはらって説明しようとしている。あとからついてくるテオは何も言わない。男爵がすぐさま獲物を殺さず、もてあそぶことを選んだあの瞬間のことを思いだしているのだろう。テオの心はまだ、アルバート・ボールの偵察員のことで乱れているのだ。

「イギリス人をひとり殺すと、わたしの狩猟熱は十五分間ほど満たされる。そしてまたすぐに衝動がもどってくる……」

三人のヴァンパイアは大きな庇つきの帽子をかぶり、黒い眼鏡をかけて、曇天の湖畔を歩いていた。昨夜の飛行に満足したためか、今日の男爵は以前の会見より開放的だ。外に連れだしたほうが話を聞きだしやすいだろうと助言してくれたのはテオだった。狩人にとって壁の中に閉じこめられるのは、早すぎた埋葬のようなものなのだろう。

動物が一匹、三人のあとを尾けてきている。丈高い草がさわさわ鳴るのでそうとわかる。小型犬か何かだろう。男爵もまた尾行者に気づいていて、ときおりその方向に飢えた視線を投げている。

昨夜リヒトホーフェンは、三時間の飛行で四つの勝利をおさめた。ＲＥ８偵察機、フランスのスパッド、ソッピース・キャメル、そしてイギリスの観測気球だ。六人が真の死を迎え、うち四人がヴァンパイアだった。観測気球はべつ勘定なので、スコアは三つ増えたことになる。スパッドのフランス人、ナンジェッセは数多くの勝利をおさめてきたパイロットだ。公式報告書ではすべて同じ比重で扱われているが、これは男爵の勝利の中でもっとも大きなもののひとつとして数えられることになるだろう。

「昨夜の仕事をご自分ではどうお考えですか」

「よい狩りだった。ひとりをのぞき、獲物全員の血を飲むことができた」

「血を飲むことと殺すことと、男爵にとってはどちらが大切なのでしょうか」

たずねてすぐに後悔した。リヒトホーフェンの防壁がまた固くなったのだ。ポオは最初、男爵は純粋にこうした詮索を嫌っているのだろうと考えた。だがいまでは、航空隊の検閲を気にして言葉を選んでいるだけなのだと知っている。

犬が——悲しげな目をした白いビーグル犬が、草むらから出て近づいてきた。きっと死体を食って生き延びているのだろう。

「大切なのは勝利だ」ようやくリヒトホーフェンが答えた。

「男爵にとって勝利とはなんでしょう」

リヒトホーフェンはふり返って、穏やかな湖面に視線を走らせた。

「あなたにとって湖とはなんだ、詩人よ」

これはなんの変哲もない湖だ。陰気だが悪臭を放つほどではなく、美しくはないがグロテスクでもない。リヒトホーフェンがボールの偵察員を逃した夜、一機のイギリス戦闘機がこの湖に落ちた。機体はひきあげられ、戦利品として城の壁に飾られたが、パイロットの死体は発見されなかった。

「わかりません。しかしわたしにとって食餌がなんなのかを説明することはできます。女の血は……」

「女か」リヒトホーフェンは鼻を鳴らした。

テオが微笑を押し殺して顔をあげた。

「わたしというものの本質について言い訳はやめておきましょう」ポオは言った。「わたしは余儀なく軍人になりましたが、その本質として殺人にはむいていません」

「わたしの弟はいつも、戦士であるより恋をしたいと言っている。だがあれは自分自身に嘘をついているのだ」

「わたしにとって、吸血行為は穏やかな精神の交流であり、孤独の慰めであり、生の中の死を確認する手段で……」

「それを聞きたいのではない、詩人よ。あなたは殺すことはないのか」

ポオは恥じ入った。白い死女の面影が彼につきまとっている。歯。目。長い長い髪。

「殺したことはあります」彼は告白した。「新生者《ニューボーン》だったころに。自分の状態があまりよく把握できていなかったので」

「わたしは新生者《ニューボーン》だ。ヴァンパイアになってまだ八年しかたっていない。テン・ブリンケン教授によると、いまもまだ変化しつつあるらしい」

「そしてさらにすぐれた人殺しになるのですか」

リヒトホーフェンは一度だけうなずき、革のホルスターから拳銃をひき抜いてすばやく撃った。不意をくらったビーグル犬は頭を撃ち抜かれ、足を蹴りあげ、耳から血をあふれさせて死んだ。

「くだらぬ犬だ」

リヒトホーフェンは身ぶるいをこらえている。なぜかこの無害な獣に、疫病もちの鼠のような不快感をおぼえたらしい。

無造作な殺生にテオがはらはらしている。銃声が反響して、敏感なポオの鼓膜に襲いかかった。葦の繁みから鴨の群れが飛びたった。犬の血の匂いが赤い渇きを刺激する。犬に嫌悪をおぼえながら、甘やかなジジが思いだされた。マランボワではときどき飛行士たちに温血者《ウォーム》の女が与えられる。ポオは飢えていた。

「わたしが人殺しであることを国が求めた」リヒトホーフェンが言った。「わたしは義務を果たしているだけだ」

「つぎの世紀になれば、男爵も大きく変化しているかもしれません。国の要求も変わり、男爵も義務から解放されることになるでしょう。そうすれば、恋もできるかもしれませんね」

穏やかで冷ややかで青ざめた顔が、まっすぐにポオを見つめた。

「つぎの世紀などというものは存在しない。わたしはすでに死んでいるのだから」

ポオは当惑してテオに目をむけた。

「たしか男爵は死を経ずして転化なさったのでは？　男爵ご自身そう話してくださいましたが」

男爵はうんざりしたように答えた。

「そういう意味ではない。わたしはすでに真の死者なのだ。ＪＧ１に所属する者はみなそうだ。一時的に死体を利用しているにすぎない。この戦争を生き延びることなど、まずできはしまい」

テオのくちびるがひきしまった。彼は煙を吐き、煙草を湖に投げこんで言った。

「ナンジェッセですね。あなたは彼の血を飲んだ。あの男の思考がはいりこんでいるのでしょう」

ちっぽけな吸殻がシューと音をたてた。

「わたしの思考はわたし自身のものだ、クレッチマー＝シュールドルフ。だがあなたの言葉も間違ってはいない。あのフランス人はわたしとよく似ていた。彼は自分が死者であることを承知していた。いくつ勝利をおさめようと、すべては執行猶予にすぎないのだ。わたしに殺されたときも驚愕はなかった。いずれ死が自分に追いつくと、わかっていたのだ。あの男の咽喉を切り裂き、熱い血を飲みながら、わたしはそれを知った」

「ご自分の倒した敵を友人と見なしておられるのですか」ポオはたずねた。

「戦争の悲劇は同類同士が戦わなくてはならないことだ。われわれ飛行士は、守るべき民たちよりも戦うべき敵により大きく共感する。わたしもおそらくは空で死を迎えるだろう。わが師オスヴァルト・ベルケはもっとも愚かしい事故で死んだが。英雄と呼ばれるわれわれも、いずれは全員が死ぬ。炎となって空より墜ちる。生き残るのは地面を這いずる犬どもだけだ」

さまざまな姿が頭をよぎっていった。全員のスコアを数えあげるゲーリング。昇進させろと役人を困らせるエーヴェルス。計測するテン・ブリンケン。あるじの銃器を手入れするキュルテンとハールマン。そして、宣伝広告を書くまでに身を落としたエドガー・ポオ。

「テン・ブリンケン教授が、あなたは無敵になると言っていましたが」

「あの男はカリパスとストップウォッチをもってわれわれを追いまわし、測定値と科学についてしゃべりまくる。あの男は一度も空にあがったことがない。あれにわかるはずがない。空には科学などないのだ」

「では何があるのですか」

「あなたは詩人だ。あなたがわたしに教えてくれるのではないのか」

「知らないことを語る詩はつくれません」

リヒトホーフェンは黒眼鏡をはずした。陽光を浴びても瞳孔は縮まない。その顔は大理石のように静謐《せいひつ》だ。

「あそこには、夜の空には、戦いがある。永遠の戦い。イギリスやフランスとの戦いではない、空との戦いだ。空はわれわれを歓迎しない。われわれを、あつかましい侵入者を、殺そうとする。空はベルケやインメルマンのような男たちを、ボールやナンジェッセのような男たちを捕らえ、地面にたたきつける。われわれはけっして天空の生き物にはなれないのだ」

話しながら、リヒトホーフェンは顔をあげようとしない。

「戦争が終わったら、どうなさるおつもりですか」

ポオの知るかぎりはじめて、リヒトホーフェンが声をあげて笑った。枝が折れるような、短い笑いだった。

「〝戦争が終わったら〟だと？　〝戦後〟などというものは存在しない」

34　インメルマン・ターン

暗黙の休戦条約が結ばれた。もはやケイトを戦争から遠ざけておく話が出ることはない。

チャールズがケイトをそばにおくのは、客観的な意見を聞きたいからだ。血が吸収されるにつれて薄れていく絆を通して、ケイトは彼が自分の中に慰めを見出していることを知った。ディオゲネス・クラブの相談役として受け入れられたとはいえ、それがケイト自身の価値を認められたためではなく、彼女が、この老紳士が若いころに知っていた女たち——亡き妻パメラと、聖なるジュヌヴィエーヴを偲ばせるからだという事実には、いささか傷つくものがある。

オープンカーでマラニークにもどる道すがら、血をとられて疲労困憊したチャールズはうたた寝をはじめた。ケイトはその膝を毛布でくるみ、身体をまっすぐに起こしてやった。眠りの中で、チャールズが腕をまわしてきた。

誰だと思っているのだろう。フランク・ハリスの死後も永らえ、〈恐怖時代〉とその後の三十年をヴァンパイアとしてすごしてきたケイトは、安定した人格をもっている。だがその彼女にとっても、チャールズの夢の女たちは脅威だった。思いきって、彼に取り憑いた幻の女になってみようか。パメラとジュヌヴィエーヴのほかにも、ペネロピが、ミセス・ハーカーが、メアリ・ケリーが、先の女王が、マタ・ハリがいる。ドラキュラ到来以前に他界したパメラをのぞけば、全員がヴァンパイアだ。

ヴァンパイアの人格は不安定で移ろいやすい。つねに他者より滋養を得るため、積み重なった犠牲者たちの断片に本来の人格が押しやられ、失われてしまうのだ。ケイトの闇の姉妹たちは、肉体の消滅以前にすでに精神が枯れ果てていた。

チャールズの婚約者だったペネロピは、転化によって完全に自我を失ってしまった。いまは世捨て人のように、若い温血者《ウォーム》の客を薄暗い家に招いて、嫌悪しながら死者の生にしがみついている。

ケイトは自分の強さを自覚している。不死者《アン＝デッド》でありながら、自分自身を失わず、いまだ正気を――少なくとも以前と同じくらいの正気を、保っていられるのだから。もし生者のままでいたら、やさしいチャールズの言葉とは逆に、変わり者のオールドミス、ズボンを穿いた奇妙な老女になっていただろう。

車はいま、エドウィンが行方不明になったあの夜にケイトが自転車で走った道を進んでいる。空はやはり泥のように白いが、これは夕暮れではなく、夜明け前の白さだ。そしてやはり飛行機が飛んでいる。飛行場にもどるキャメル戦闘機が三機。前線のほうからきたのではないから、攻撃パトロールの帰りではない。彼らは眉をひそめるような〝曲芸飛行〟をやっていた。それぞれが空中で、仲間よりも小さな輪を描こうと競いあっているのだ。戦闘で死ぬパイロットがふたりいれば、ひとりのパイロットが訓練や遊びの飛行で生命を落とすという。二機のキャメルがもう一機を追いかけ、獲物に襲いかかる鷹のようにたたき墜とそうとしはじめた。

翼を生やして空を飛べるヴァンパイアはごく少ない。もちろん、ケイトはそんなヴァンパイアではない。顔をあげると空の呼び声が聞こえた。自分もあんな機械を飛ばしてみたい。子供のころ、男の子のような服を着て船乗りになりたいと打ち明けると、チャールズと結婚しそこねた憎らしいペネロピは、情け容赦もなくケイトを嘲笑った。これはあのときと同じ衝動だ。転化は彼女の中に残っていた子供らしさを一部そのまま凍結してしまったらしい。

追われて先頭を飛んでいたキャメルが、制御に失敗したのだろう、スピンを起こしてみすぼらしい木立めがけて落下しはじめた。ケイトは不安のあまりチャールズを揺り起こし、空を指さした。

「馬鹿なやつだ」

戦闘機は木々のてっぺんをかすめ（枝の折れる音が聞こえ、地面に落ちるのが見えた）、あっと思った瞬間には制御をとりもどしていた。ケイトは口笛を吹いた。キャメルは急上昇して仲間の背後にまわりこんだ。このまま銃を撃てば、両機ともに撃墜することができるだろう。

「エドウィンだな」チャールズが言った。

「あら、ベテランに決まってるわ。エドウィンはまだ初心者でしょ」

「ベテランはあんな危険な真似はしない」

空中戦においてもっとも確実に勝利をつかむ方法は、たったいまエドウィンが模擬戦で実行してみせたように、敵の後下方から攻撃することだ。複座機の後部レールにすえつけた銃でも、後下方からせまってくる敵を撃墜することは難しい。空中戦法はこの三年でずいぶん進歩したとはいえ、煎じつめれば敵の背後をとるというひと言につきる。

「ドイツ人みたいな飛び方ですね」運転手が淡々と言った。「まるで流れ星だ。二週間でヴィクトリア十字勲章、一ヵ月で死体ってやつですよ」

エドウィンの獲物がふた手にわかれた。一機はさっきのエドウィンを真似てキャメルを錐揉みで急降下させ、もう一機は雲にむかって上昇する。

「みごとなダイヴでしたが、実際の空中戦じゃあ逃げられてますな」

チャールズは首をふった。

「実際の空中戦なら、引き離される前に墜としている」

かたかたとかすかな音がした。

「こりゃ驚いた」と運転手。「あの野郎、仲間を銃撃してますよ」

だが先行しているキャメルに弾丸があたったようすはない。

「音だけの空砲でしょ」ケイトは言った。

「それはないですよ、お嬢さん」

急降下していた戦闘機がよろよろ上昇しはじめたが、エドウィンはなおもぴったり背後についている。またかたかたと音が聞こえた。

キャメルの水平尾翼に小さく煙があがった。

「こんどはあたったな」と運転手。

車がマラニークのメインゲートに到着した。入場は許可されたものの、守衛による敬礼はない。VIPではあっても、所詮チャールズは軍人ではない。守衛に立っていたのは、この前ケイトを通してくれた伍長だった。

車が宿舎の前につくと同時に、キャメルがもどってきた。黒いロング・コートに鍔広帽子のアラード大尉が、パイロットの一団を従えて外に立っている。以前に知りあったバーティとジンジャーの顔も見える。アラードは黙然としているが、パイロットたちは熱心に議論を戦わせていた。何が話題となっているのか、ケイトにもわかる気がした。建物の脇に将校乗用車がもう一台停まって、かたわらに運転手が立っている。有名人の匂い。何かほかにも心にとめておかなくてはならないことがあっただろうか。

日の出とともにキャメルが着陸した。まずエドウィンが接地し、みごとなタキシングで格納庫にむかった。飛行帽とゴーグルで顔を隠していても、ケイトはひと目で自分の血を飲み干した男を見わけることができた。熱い針が心臓を貫き、中途半端なままの仕事を思いださせる。

二機めの水平尾翼には穴があいて、まだ煙があがっている。そのキャメルはどさりと着地すると同時に片方の車輪を轍に突っこみ、よたよたとむきを変えて停止した。激昂したパイロットがとびおりてきて、飛行帽と手袋を脱ぎ捨てながらフィールドを横切っていった。機動性よりも暖かさに重点をおいた大きな長靴が、その動きを喜劇映画のような滑稽なものに変えている。

三機めのキャメルが慎重に着地したとき、怒り狂った二番機のパイロットが、静かにゴーグルをはずそうとしているエドウィンにつめよっていった。聞くに耐えない罵声が浴びせられる。

ケイトはチャールズを支えながら、フィールドに足を踏み入れた。アラードとパイロットたちも口論の場に近づいていく。

「本気で撃ちやがったな、この冷血漢の悪魔め！　いったいなんのつもりなんだ。ドイツ軍の勝利を手伝ってやろうってのか」

「落ち着けよ、ラトレッジ」ジンジャーが口をはさんだ。「そんなんじゃ、ウィンスロップだって説明できないだろう」

ラトレッジは新顔で、小さな角とものすごい口髭を生やしたヴァンパイアだ。

「それで……？」

見あげるラトレッジの目の前で、エドウィンはスカーフをほどき、マスクとゴーグルをはずした。冷徹な目の周囲に黒い煤が隈をつくっている。

「こいつは勝利を主張したかったのかもしれないが」エドウィンはアラードにむかって言った。「おれは自分の獲物にしるしをつけることを選んだ」

「何を言ってやがる。もう少しでおれはお陀仏だったんだぞ！」

「しるしをつけただけだ。現に死んではいない」

仲裁をまかされたアラードはしばし考えこんだ。

「アラード、もしおれが本気で墜とすつもりだったら、いまごろラトレッジは生きていない」

アラードが燃える目でエドウィンの心の奥底までをのぞきこみ、結論した。

「そのとおりだな」

ラトレッジは抗議しようと口をひらき、そのままエドウィンの戦闘機の側面を殴りつけた。帆布が揺れる。

ほとんどヒステリー状態だ。

「大尉、こいつはおれを撃ったんだ！　イギリス人がおれを撃ったんだぞ！」

「ウィンスロップの言うことは事実だ。彼にはおまえを殺すつもりはなかった」

「国王陛下の財産に傷をつけた」

「一日分の飛行手当てをさっぴく」

エドウィンはアラードの裁決を受け入れた。飛行隊長代理とこの新人パイロットのあいだには、穏やかな理解が通いあっているらしい。

ラトレッジは憤然と立ち去った。エドウィンが操縦席を抜けだし、上翼の支柱から猿のようにぶらさがった。

「キャメルってやつは訓練で乗ったパップとちがってなかなか手ごわいな。調教が必要だ。だが夢みたいにみごとなターンができる」

アラードがうなずいて同意した。

三機めを飛ばしていたアメリカ人ヴァンパイアが、着地してゆっくりこちらに歩いてきた。青ざめているのは怒りよりも興奮のせいらしい。

「ロックウッド、あんなご友人といっしょになっておれを襲おうとしたこと、後悔してるんだろう」エドウィンがたずねた。

「あのときはいい考えだと思ったんだよ」

ロックウッドは肩をすくめて歩み去った。エドウィンは飛行帽を脱いで、来客に挨拶した。

「やあ、ボウルガード。それにミス・リード」

〝ミス・リード〟ですって！

ケイトの癇癪《かんしゃく》が燃えあがった。この新たな変化を迎えたエドウィン・ウィンスロップの前では、ほとんどの者が絶えざる怒りにさらされるだろう。

「ショーはお楽しみいただけましたか」

「生まれながらのパイロットみたいだな」

「実際におれは生まれ変わったんですよ」

エドウィンはサーカス曲芸師のように地面にとびおり、すっくと立ちあがった。彼はまだ温血者《ウォーム》のままだ。だがその微笑はヴァンパイアのように鋭く、両眼には冷やかな酷薄さが宿っている。

この表情なら以前にも見たことがある。長生者《エルダー》の血を数滴与えられ、いずれ転化してやるという契約のもとに奉仕を強要されていた温血者《ウォーム》の召使たちのものだ。だがエドウィンはいかなるヴァンパイアの奴隷でもない。もちろん、ケイトのものでもない。

「ボールと同じ飛び方だな」バーティが称賛するでもなく淡々と事実を述べた。

新人パイロットはその判定を受けいれた。彼の中にはアルバート・ボールの一部が、そしてケイト・リードの一部が宿っている。だが彼を支配しているのはエドウィン自身だ。鉄の意志が、すべてをエドウィン・ウィンスロップのものとなさしめている。

「だけど、さすがにラトレッジの野郎を撃ったのはまずかったんじゃないか」ジンジャーが評した。「ああいう派手な真似をされると、あとあとまでひきずる。ドイツ人にうしろをとられて、そいつを撃ち墜とせるのがラトレッジだけだなんて場面だって、今後あるかもしれないんだからな」

「そんなことはまずあり得ない」

バーティもほかの連中も、エドウィンの技量を認めてはいるが、仲間として受け入れたわけではない。彼が底の知れないみずからの目的を、飛行隊の意義より重視していることを見抜いているからだろう。ケイトには彼らの気持ちが理解できた。

「ウィンスロップ、少し話をしたいのだが」チャールズが言った。「きみとわたしとケイトでね。はっきりさせたいことがある」

「プライヴェートでですか」

「きみがそうしたいのなら」

整備員のジッグズがエドウィンの戦闘機のカウリングをひらき、噴きだした油っぽい蒸気に舌打ちを漏らした。

「一時間のうちにパトロールに出ます。おれは隊で唯一の温血者《ウォーム》ですからね。昼間用の人手が足りないんですよ」

このエドウィンの、いったいどこまでが温血者《ウォーム》のままなのだろう。

「そんなに長くはかからない」

「なら結構です」

35　賓客

　城の中庭に、車体の長い黒い自動車が停まっていた。軍服を着てオートバイにまたがった護衛が六人、その周囲で波状壁をつくっている。

「賓客ですね」テオが言った。

　のぼってきた太陽に吐き気をおぼえながら、ポオは怖じ気づく心をなだめた。経験からいって、お偉方の到来は状況の逆転を意味することが多い。アメリカの出版社でもヨーロッパの出版社でも、激烈な議論につづく契約の破棄、そして後味の悪い結末がいつまでも尾をひいたものだった。いま現在の雇い主も、木の杭と銀の弾丸でもって、彼の作品を批判しようというのだろうか。

　帝国の鷲の旗が車のボンネットにかかっている。護衛をしているのはいかにも優雅な新生者《ニューボーン》たちだ。軍服にはちがいないのだろうが、見おぼえのない黒い革服を身につけている。おそらく航空隊か、ドクトル・マブゼの秘密警察のために、新しくあつらえたものなのだろう。

　ユートピアたるドイツでは、誰もがすばらしい制服を着ることができる。トイレの案内係でさえ陸軍元帥のようだ。そして陸軍元帥はといえば、モールや飾りの重みでよろめいている。

　ポオはただひとりの民間人という、マランボワにおける自分の立場をひしひしと実感した。エーヴェルスまでもが近頃は、よくわからない身分を申し立てて、小綺麗な騎兵隊将校の軍服で歩きまわっているのだ。

　リヒトホーフェンの背後に身を隠したい衝動がこみあげてきた。

　護衛のひとりが敬礼の姿勢を保ったまま、車の後部ドアをひらいた。昆虫のような長生者《エルダー》が、暗い車内で背筋をのばした。それとともに墓場の瘴気が漂いでてきた。お付きの者たちが黒い日除けを頭上にひろげ、それのために日陰をつくる。影の中で鼠のような顔をもたげ、濁った白目を動かしながら、それがぎくしゃくと立ちあがった。

「オルロック伯爵です」テオが説明した。「ドラキュラ伯爵のもっとも親しい側近のひとりですよ」

とてつもなく古いものにのみ見られる厭《いと》わしさだ。何十ものボタンや留め金のついた、ひどく古めかしい軍用大外套を着ている。背中は丸く、指は蜘蛛のよう、歯は鼠みたいにとがり、頬はこけている。毛皮の帽子をかぶった無毛の頭はふくれあがっているし、両手は関節炎で曲がったまま固まっている。こんなにもおぞましいヴァンパイアは見たことがない。テン・ブリンケンも、これを測定して分類しようなどとは思わないだろう。オルロックは科学による創造物ではなく、地獄の悪鬼だった。

「もう少し時間があると思っていたのだがな」テオがつぶやいた。

ポオは説明を求めようとしたが、すでにもうしゃべりすぎているのだろう、テオは口をつぐんでしまった。

オルロックが日除けの下から周囲を見まわし、眼窩の中でぐるりと両眼をうごめかせた。ポオはとっさに背筋をのばした。リヒトホーフェンも反射的に、視察にそなえた直立不動の姿勢をとっている。

カルンシュタイン将軍が、テン・ブリンケンとドクトル・カリガリを従えて、巨大な正面扉から姿をあらわした。そのあとから飛行士たちがぞろぞろついてくる。彼らは与えられた短い時間で可能なかぎり身なりを整えていた。ふだん英雄たちに許されている放縦も、いましばらくは鳴りをひそめることになるのだろう。

将軍が敬礼したが、オルロックは爪をふって鼻を鳴らしただけだった。どうやら口をききたくないらしい。

湖畔を散策していた三人も、カルンシュタインの一団に加わった。リヒトホーフェン男爵は飛行士たちの先頭に、テオは将軍の左後方に居場所を定めた。ポオがテオの隣に立つと、誰かが——もちろんハンス・ハインツ・エーヴェルスに決まっている——ずいと彼の前に割りこんできた。

いちばん長身の護衛がカルンシュタインに敬礼を返し、ゴーグルをはずした。ハンサムなプロイセン人の新生者《ニューボーン》だ。口髭を刈りこみ、決闘の傷痕が残る顔に貼りつけたような微笑を浮かべている。

「参謀幕僚のハルトです」

では、黒い革上着にヘルメット姿のこの新生者《ニューボーン》がオルロックを代弁するのだ。ハルトは中庭を見まわし、それから空に目をむけた。

「ではこれが、われらが空の騎士の隠れ家なのですね。わたし自身は海軍に所属しています。潜水艦ですが」

カルンシュタインがうなずいた。

「すばらしい宿舎ですね、将軍。記録もみごとです。それで、どなたが赤い戦闘鷲なのでしょう」

カルンシュタインの合図を受け、リヒトホーフェンが進みでて敬礼した。ハルトは敬礼を返し、男爵の手を握った。

「光栄です」ハルトが言った。「あなたは英雄だ」

「わたしは自分の義務を果たしているだけです」

ポオはオルロックから視線をはずすことができなかった。この長生者《エルダー》はいかにも虚弱そうに見える。長い指など、枯れ枝のように折れて崩れてしまいそうだ。陽光を浴びれば、たちまち塵になってしまうだろう。だが彼の内には数世紀にわたってつちかわれた力が秘められている。生への執着はすさまじく強烈にちがいない。真に古きものは、人の理解を超えているのだ。

「失礼ながら」エーヴェルスがずいと割りこんでハルトに声をかけた。「ドクトル・マブゼはわたしの報告書をごらんくださったでしょうか」

「あなたは……？」

「ハンス・ハインツ・エーヴェルスです」

「いずれドクトルもあなたの訴えに相応の判断をくだすでしょう、ヘル・エーヴェルス。しかしあなたもご承知のように、ドクトルはさしせまった用事でいろいろとお忙しいのです」

エーヴェルスはうなだれ、怒りをこめてくちびるを噛んだ。

「そして、あなたの問題はこれが原因というわけですね、ヘル・エドガー・アラン・ポオ」

つまりは裏切り者のエーヴェルスが、ポオを中傷する報告書をマブゼに送っていたということだ。そもそも友人ではないのだから、ポオの立場を貶めるため、さぞやせっせとはげんだにちがいない。ポオには肩をすくめることしかできなかった。ハルトは上から下まで彼をながめまわし、にやりと笑ってたずねた。

「ヘル・エーヴェルスの主張によると、あなたは本来よりも過大な評価を受けているということなのですが」

ポオは虚勢が不安を隠してくれることを願いながら、新生者《ニューボーン》にむかってまっすぐ視線を返した。

「とんでもない。卑怯な盗作がこれほど多くなければ、もっと高い評価が得られたろうにと思いますよ。これが過大評価であるというなら、なぜこんなにも大勢の作家がわざわざわたしを模倣するのでしょう」

エーヴェルスの悪意に満ちた視線が突き刺さる。彼がこれほど深い嫉妬に身を焼いていたとは気づかなかった。

「わたしたちはヘル・ポオの仕事ぶりに満足しています」驚いたことに、リヒトホーフェンが言葉をはさんだ。

ハルトが皮肉っぽく眉をあげた。

「ヘル・ポオがこの仕事にふさわしい協力者であると考えるわけですね」

「まさしくそのとおりです」

ハルトはエーヴェルスに辛辣な笑顔をむけ、フランス風に軽く肩をすくめた。

「これ以上の話しあいは無用のようですね、エーヴェルス。判断はわれらが戦闘鷲にまかせましょう。問題を提起してくれたことについては感謝します。まったく根拠のない心配ではありましたが」

エーヴェルスの顔が怒りを飲みこんで真っ赤に染まった。こめかみの血管が浮きあがり脈打っている。おそらくポオは、いまのリヒトホーフェン男爵の言葉で生命を救われたのだろう。少なくとも、この地位を奪われることは免れた。エーヴェルスは彼を排除しようとしたのだ。

「中にはいりませんか」ハルトが促した。「オルロック伯爵は日の出以後、戸外にいるとお疲れになります」

カルンシュタインが脇にさがり、飛行士たちが近衛兵のように、大広間の入口までずらりと列をつくった。オルロックはオートバイ乗りの護衛を両脇に従え、日陰とともに一歩一歩敷石の上を進んだ。ハルトがそのとがった肘を支えてエスコートする。大扉の前には三段のステップがある。オルロックの足がいちばん下の段にかかった。

そこですべての動きが静止した。この無言のヴァンパイアは伝統主義者で、招かれることなく敷居をまたぐことができないのだ。

「オルロック伯爵」カルンシュタイン将軍が声をかけた。「ようこそ、マランボワ城へ。どうぞご自由に出入りなさってください」

オルロックは蟬のように爪をこすりあわせ、ハルトに支えられてステップをあがった。いったん屋内の闇に包まれると、長生者《エルダー》はのたくるように足をはやめて護衛のそばを離れた。オルロックの古い衣装からたちのぼる死臭が、大広間に通じる狭苦しい廊下いっぱいにひろがる。ポオは息がつまりそうになった。

ハルトとオルロックについで、カルンシュタインがステップをあがり、広間へと案内した。一歩控えたポオの、さらに背後にテオとエーヴェルスが残っている。エーヴェルスがいまにも背中に短剣を突き立ててくるのではないかと、背骨がちくちくうずいた。

長生者《エルダー》たちを先に行かせて、リヒトホーフェンがポオとテオのあいだにはいった。そして戸口に立ったまま、いちばん下のステップで懸命に怒りをこらえているエーヴェルスをにらみつけた。

「エーヴェルス。きさまがわたしの自伝にかかわっていないことを感謝する」

「男爵、わたしは……」

背後に立っているポオには、きれいに整えられた男爵の後頭部しか見えない。だがエーヴェルスは恐怖にすくんでいる。一瞬、リヒトホーフェンの耳がとがり、あごの形が変わった。だがふり返ったリヒトホーフェンの顔は、いつもの冷静さと穏やかさをとりもどしていた。いまの数秒間、正面から男爵の顔を見ていなくてよかったと、ポオは心から安堵した。エーヴェルスの頬を血の涙がしたたり落ちた。彼はいまだ恐怖にとらわれたままだった。

エーヴェルスを中庭に残してオルロックの一行に追いつくと、カルンシュタイン将軍が壁の戦利品を示しながら、飛行士ひとりひとりの勝利について説明しているところだった。

「じつにすばらしい」ハルトが感嘆した。「オルロック伯爵はＪＧ１の偉業を高く評価しておられます。やんごとなきその従兄弟、ドラキュラ伯爵も同様です」

「彼らにとって身にあまる光栄です」カルンシュタインが答えた。「彼らのような新生者《ニューボーン》が、このように尊い任務に選ばれることなど、めったにあるものではありませんからな」

何か重要なことを聞き逃したようだ。カルンシュタインが言っている任務とはいったいなんだ。

「この地の重要性を知らしめんため、ベルリンでは正式に名称の変更を決定いたしました。マランボワ・シャトーというのは、われわれの好みからすればいくぶんフランス風にすぎます。ただいまより、ＪＧ１の鷲たちを称えて、この地はシュロス・アドラーと呼ばれることになるでしょう」

〝鷲の城〟という意味だ。（Schloss Adler の名はブライアン・G・ハットン監督、アリステア・マクリーン原作・脚本、リチャード・バートン主演『荒鷲の要塞』Where Eagles Dare（一九六八）よりとったものと思われる）

オルロックは戦利品の壁の前をうろつき、死者たちの遺品をながめながら、細長い指であごをつついている。一見話など聞いていないようだが、あの大きな鼠の耳は間違いなく、ポオを悩ませるごくごくかすかな音までとらえている。ハルトは単なる笑い仮面、踊る操り人形にすぎない。支配者はあくまでオルロックなのだ。

「それでは、そちらの情報将校の都合がよろしければ……」

テオがすみやかに進みでた。いつもの屈託のなさは影をひそめている。いまここにいるのは、最後の審判の喇叭が鳴るまでみずからの地位にしがみつくだろう、クレッチマー＝シュールドルフ大佐だった。

「……当城砦の警備増強の手筈について、調査をおこなうつもりでおります。われらの総司令官が、もっとも優秀なる配下のもとにお越しになるときのために」

厳格なるカルンシュタイン将軍が、誇らしげに透明な涙をこぼした。ストイックなリヒトホーフェンをのぞき、飛行士たちも全員、衝撃と当惑にぼんやりしている。では、この連中でさえ感銘を受けることはあるのだ。偉大なる最高司令官がマランボワに——いや、シュロス・アドラーにやってくる。心に思い浮かべることさえはばかられる、あの名前の男。

ドラキュラが。

36　闇に馴染んで

「なんだか両親に説教されているみたいな気がしてきましたよ。おふたりとも本気で怒っておられるみたいですし」

「あなたにはまだわかっていないようだけれど」ケイトは言い返した。「わたしはある意味、ほんとにあなたの母親なのよ。そしてチャールズは父親だわ。あなたを情報の世界にひきこんだのはチャールズなんですもの。名誉に思いなさい」

エドウィンはにやりとしたが、納得したわけではなさそうだった。気安く微笑を浮かべても、目は笑っていない。壁のように彼女の精神をはね返す。あの精神交流のあとでここまで強固な壁を築くのは、さぞやたいへんだったろう。

「たしかにラトレッジの尻に弾をぶちこんだのはまずかったかもしれませんがね、あれがやつの生命を救うことになるかもしれないじゃないですか。あいつは上にあがっても、いつだって注意力散漫でたるんでたんだ。これからはそんなこともなくなるでしょう。つぎにやつのうしろをとるのはキャメルじゃないでしょうからね。ロックウッドはちゃんとわかってましたよ」

ここは格納庫で、両側にはずらりと飛行機がならんでいる。チャールズはぐったりステッキによりかかっている。すぐそばではジッグズが、エドウィンが〝しるしをつけた〟キャメルの尾翼を修繕している。油っぽい機械臭が強くにおう。

飛行機のあいだで間近にむかいあうと、転化の兆候がはっきり見てとれた。身のこなしは以前よりすばやく、表情は冷たくなった。そして話すたびに、とがった歯のあいだからかすかに息が漏れるのだ。

「ケイトから血を奪ったそうだな」チャールズが言った。

エドウィンは一瞬恥じ入るように踏み固められた格納庫の地面に視線を落としたが、すぐさま怒りを燃えあがらせて顔をあげ、まっこうからふたりの視線を受けとめた。

「血じゃないけれど、あなたから奪ったものだってありますよ、ボウルガード。アルバート・ボールからも。そしてほかの人たちからも。人はみな他人から奪う。そうやって成長し、適応していくんだ」

エドウィンはいずれ生に近いステーキを食べ、赤い液体の中で泳ぐようになるのだろう。がつがつむさぼり食っては、ロータリーエンジンのように燃料を消費し、つねに飢えにつきまとわれて。

「危険だとは思わないの、エドウィン」

「ミス・リード、怒らないでほしいんだが、あんたはヴァ、ヴァ、ンパ、イ、アだ。だから他者から血を――い、い、かなるものでも奪うということについて、おれに講釈をたれる資格はありませんよ」

自身の爪でひらかれた咽喉の傷が痛い。完全に治癒しているはずなのに、幻の傷がうずき、血をはらむ。

「エドウィン、あなた、わかってないわ。あなたはヴァンパイアじゃないのよ」

「おれは転化したいわけじゃないんだ、ケイト。死にたいわけじゃない。おれには義務がある。それを果たすためには、あんたの血を体内にいれるのがいちばんだった。あんたを傷つけたとか驚かせたとかしたんだったら、すまなかったと思う。だが大義の前にはおれたちの気持ちなんか問題じゃない」

彼はひらいたままの入口から空を見あげた。

「あの空に怪物がいる。おれはそいつを倒すと誓った。ボールのために」

「まったく血に手を出さないか、完全に転化するか、どちらかよ。温血者《ウォーム》と不死者《アン＝デッド》のはざまにとどまった人たちがどうなったか、わたしは何度も見てきたわ。自分の精神と肉体がどんな危険にさらされているか、あなたにはわかっていないんだわ」

エドウィンはチャールズにむかって訴えた。

「ボウルガード、あなたなら、危険なんかどうだっていいことがわかるでしょう。そんなこと気にしちゃいられない。大切なのは義務なんだ」

ケイトは内心で身悶えた。ふたりとのあいだに築かれた血の絆がそれぞれにうごめいている。つまるところ彼らが言いたいのは……

「それは義務じゃないわ、エドウィン。私怨よ」

エドウィンの顔がこわばった。

「わたしの血があなたの中にはいっている。それが心を曇らせ、意志をゆがめているのよ」

「リヒトホーフェンを墜とさなくてはならない」

「リヒトホーフェンもいつかは墜ちるでしょう。ドラキュラだって滅びるでしょう。でもそれはあなたの仕事じゃないわ。わたしたち全員が負うべき義務よ。みんなの総意としてね。あなた、そのままじゃ最低の人間になってしまうわ。これは少数の強力な騎士《ナイト》と消耗用の歩兵《ポーン》を使ったゲームじゃないの。ヴァンパイアも温血者《ウォーム》も等しく、あらゆる人間がかかわっていくべき問題なのよ」

「まるで論説委員のようだね、鼠のお嬢さん《ミス・マウス》」

ケイトはかっとなった。

「とんでもない思いちがいを正してあげようとしているだけよ。狂気と真の死から救おうとしているのよ。あなたは自分が経てきた地獄のような体験を、すべてひとりの若いドイツ人のせいにしようとしているけれど、真に責められるべきなのは、生きるよりも簡単だというだけの理由で何百万もの人間を虐殺してきた両陣営の老人たちだわ。どこの国でも、ひと握りの人間が権力を掌握して維持しようとすることで、すべての民が殺されてきたのだし、いまも殺されつつあるのよ」

「まるでボルシェヴィキのようだ」

「そうかもね。わたしは昔からずっと革命家だもの。チャールズも同じよ」

「それがおれとなんの関係があるんです？」

「あら、関係のない人間なんかいないわ。あなたは自分だけが特別だと思っているみたいだけど」

怒りに満ちた沈黙が流れ、ケイトは赤面した。もう少しで手が届きそうだったのに、エドウィンはまた頭のまわりに鎧を築いてひっこんでしまった。

「それで結局、なんの用なんですか、ボウルガード。おれは攻撃パトロールに出なきゃならないんですが」

チャールズは本来の年齢よりも老けこみ、動きものろく、悲しそうだ。少し考えてから、彼は答えた。

「負傷後の前線復帰がはやすぎたのではないかと思ってね」

「おれは健康ですよ。健康以上です」

エドウィンは深く膝をかがめて二十フィートも跳躍し、頭上にある桁をつかんだ。ふたりの上で長靴が揺れている。傲慢な新生者《ニューボーン》がよくやる芸当だ。自分が温血者《ウォーム》とはかけ離れた存在であることを誇示したがり、ヴァンパイアをダーウィン進化論の頂点に座する地上の覇者と見なし、生者を家畜として囲っておこうとする連中――つまり、怪物どもだ。エドウィンは猫のように身軽にとびおりると、落ち着きはらって、だが子供のように得意げに、身体を起こした。

「最初は麻薬と同じなのよ」ケイトはチャールズに説明した。「多幸症というのかしら。自信過剰になるの」

「それはちがう、ボウルガード。おれは慎重にやってますよ。おれは自分自身を武器として鍛えあげたんだ」

チャールズは彼を信じたがっている。この冷酷でしなやかな生き物を名簿に載せておけば、ディオゲネス・クラブの役に立つ。だがチャールズの良心は理解できないふりをおのれに許さない。

「きみを危険にさらすわけにはいかない。ケイトはこの状況で三十年を生きてきた。彼女の言葉に耳を傾けるべきだろう」

「だけどそんなこと、馬鹿げてますよ」エドウィンはヒステリカルな笑みを浮かべて顔をそむけた。「おれは大丈夫だ。JG1を倒さなくてはならない。ドイツ軍に、あんな生き物をつくることをやめさせなくてはならないんだ」

ケイトはぴくりと耳を動かした。あんな生き物を〝つくる〟ですって？

「わかっているだろう。きみは慎重さを失いつつある。いまも、けっして口にしてはならないことを言った」

エドウィンはいらだたしげに目をむいた。

「なぜこんな議論をしているんです。おれたちの目標はひとつでしょう、ちがうんですか」

チャールズは考えこみながらケイトにむきなおった。

「ケイト、JG1について何かを書くときは、必ずわたしの許可をとってからにすると約束してくれないか。国土防衛法によって、きみの身に危険がおよぶかもしれない」

こんどはこっちに矛先がむいた。

「わかったわ。でもどういうことなの？」

チャールズが説明してくれた。

「彼らは――リヒトホーフェンとその戦士たちは、変身能力者なのだ。飛行機を飛ばしているのではない。みずから翼を生やして空を飛ぶ」

「なんですって！」

「彼らはドラキュラの子《ゲット》だ。あいだに代理人がはいってはいるがね。その血が怪物をつくりだしているんだよ」

こんどはケイトが秘密を守る番だった。いまやっと、マタ・ハリの告白の重大さが理解できた。

エドウィンはうかつに口をすべらしたことを謝罪しなかった。

「任務を解いたほうがよさそうだな、エドウィン。きみには治療が必要だ」

抗議の言葉はない。

「あなたのためなのよ、エドウィン」

彼がケイトに目をむけた。だがその思考は閉ざされたままだ。

「すごいわね」ケイトは褒めた。「その技を習得するのに、わたしは何年もかかったのよ」

「きみを読むのは簡単だ。リトマス紙みたいに顔色が変わる」

この口調は以前のエドウィンそのままだ。

「きみへの信頼に変わりはない」チャールズが言った。「今回の後遺症から抜けきれば、きみはわれわれの中でもっとも優秀な人材になるだろう」

エドウィンをあとに残し、ケイトはチャールズに手を貸して格納庫の外に出た。エドウィンはいかにもさりげなくジッグズに歩みより、キャメルのエンジンをつつきながら、謎めいた機械のあれこれについて議論しはじめた。

エドウィンが、予期していたほど激しく議論をふっかけてこなかったことが、かえって心配だった。ヴァンパイアの血はあつかいにくいしろものなのだ。

とりわけ彼女の血はそうだ。それとも、もしかするとその力が弱まってきたのだろうか。

陽光をあびて、チャールズがヴァンパイアのようにたじろいだ。わたしのせいで具合を悪くしたのでなければいいのだけれど。

「転化しましょうよ、チャールズ。わたしにはそんなお手伝いしかできないけれど」

彼は首をふった。

「いまは駄目だ、ケイト」

「あなたはエドウィンとはちがうわ。たしかな人格をもっているもの。狂気に陥ることなく仲間になれるわ。わたしたちみたいな者がヴァンパイアにならなければ、怪物どもが勝利をおさめることになるのよ」

「矛盾しているよ、ケイト。きみは自分の血は毒だと言った。なのにこんどは、わたしにそれを飲めと言うんだな」

「チャールズったら、エドウィンみたいよ。理屈抜きに心を決めてしまって、死ぬまでそれにしがみついてるつもりなのね」

「自分のことは棚にあげ、か……」

ひと言ひと言が苦しそうだ。

「大馬鹿者だわ、あなたたちみんな」

「温血者《ウォーム》のこと？」

「男の人」

チャールズは声をあげて笑った。

宿舎の入口までくると、チャールズはステッキでドアを押しひらき、ケイトを先に通した。

帽子をかぶって顔を隠したアラード大尉が、机にむかって書類に目を走らせていた。すぐそばの肘掛け椅子には、魚のような目をした灰色スーツの民間人がすわっている。剃刀のような冷気。ミスタ・ケイレブ・クロフトだ。

「アラード大尉、ウィンスロップを勤務表からはずしてもらいたい。彼はまだ本調子ではない」

チャールズの言葉に、アラードがクロフトに視線を流した。

「ディオゲネスからはべつの優秀な若者をよこそう」

クロフトが眼球を左右に動かして否定の意を示した。

「ウィンスロップをはずすことはできませんな、ミスタ・ボウルガード」

断られたことが意外で、チャールズはもう少しで声を荒らげそうになっている。

「危険なのだ、クロフト。あの若者は自分自身にとっても、ともに任務につく者にとっても、危険すぎる」

クロフトは何も言わない。彼の皮膚はまるで蜥蜴のようだ。全身から湯気のように残忍さが噴きだしている。

「この重要な局面で危険を冒すわけにはいかない」

意志と意志の戦いだった。クロフトは目に見えないじっとりした雲を放出している。呼吸によって他者の生命力を吸いとることができるのだ。彼はいまだ十八世紀末を生きている。噂ではかつて絞首刑に処されたことがあり、その縄の痕を隠すために襟のつまった服を着ているのだという。いまのクロフトは、ルスヴン卿のための鉄の法律文書だ。

「残念なことをお知らせしなくてはなりません、ミスタ・ボウルガード」しわがれたひと言ひと言がうつろに響く。「マイクロフト・ホームズが死にました。よって、あなたがたの闇内閣は定数を割りました」

チャールズは激しい衝撃に打ちのめされた。マイクロフトはディオゲネス・クラブにおける彼の強力なうしろ盾だったのだ。

「したがって、この地におけるあなたの計画は保留となりました」

クロフトが胸の内ポケットから書類をとりだした。

「首相より、わたしがあとを引き継ぐ旨、言いつかっております。あなたには休暇が与えられました」

チャールズの顔がクロフトの上着と同じくらい灰色になった。胸の鼓動も乱れている。彼の身体を案じて、ケイトの胸は刺すように痛んだ。

「せめて、ウィンスロップのことは承諾してくれないか」彼は懇願した。

「彼は貴重な人材です。アラード大尉にしても、彼抜きでこの隊を運営していくのは困難でしょう。あなたの心配はもっともですが、中尉は隊にとどまることになります」

「彼ならすぐに昇進しますよ」アラードが言い添えた。

「むろん、大尉の推薦つきでです」クロフトが締めくくった。

チャールズはもう限界だ。進みでて、倒れないよう支えてあげたほうがいいだろうか。駄目だ。そんな真似をしてもチャールズは喜ばない。

「ああ、もうひとつあります、ボウルガード」とクロフト。「交代にあたって最後に、マラニーク飛行場へのジャーナリスト立入禁止令を出されてはいかがですか。比類ないあなたの経歴が、またひときわ映えることになると思いますよ」

底知れない死者の目がケイトにむけられた。くちびるが裂けて不気味な笑みを形づくり、緑に染まった牙がのぞく。革命かドラキュラの旗か、両者のあいだで首相が揺れ動いていた〈恐怖時代〉、クロフトはケイトに対し、逮捕しだい即刻死刑という指令を出した。その結果、ひとりの女がケイトと間違えられてカルパティア近衛隊に逮捕され、グレート・ポートランド・ストリートで串刺しにされた。

「アミアンまでこのご婦人を――ミス・リードでしたかな?――じきじきに送っていかれたらいかがですか」

チャールズは背をむけ、むなしく両手でステッキを握りしめた。強烈なイメージが流れこんできた。チャールズは銀メッキの剣を抜いて、ケイレブ・クロフトの胸に突きたてるおのが姿を思い描いていたのだ。

「ごきげんよう、ミス・リード」しわがれ声が背後から響いた。「そして、さようなら、ミスタ・ボウルガード」

ふたりはその場をあとにした。戸外の朝の空気は凍えるように冷たい。雲が不吉に垂れこめている。キャメルの一隊が騒々しい音をたてながら、危険な空へとあがっていった。

37　世界の支配者

ヴィルヘルム皇帝およびフランツ・フェルディナント皇帝兼王の直接保護を得たドラキュラ伯爵は、ルーデンドルフ、ヒンデンブルクらと協議の末に、同盟軍を大勝利に導く計画を立案した。まもなく皇帝の戦《カイザーシュラハト》が――いちかばちかの大攻勢が開始され、百万の元東部戦線兵士によって増強されたドイツ軍が、連合軍にぶつかっていく。百ヵ所で前線を破れば、パリはもう目の前だ。パリが陥落すればフランスは壊滅し、イギリスは脅え、アメリカは驚愕するだろう。どのような和睦条件も思いのままだ。それを成し遂げればおそらくつぎは――ポオの予想では――新生ロシアを支配する成り上がり《アリヴィスト》の農民どもに対する、新たな戦いの準備をはじめることになるだろう。

シュロス・アドラーと改名された城は、この重要な決戦におけるドラキュラの最高司令部となる。ヨーロッパにおけるヴァンパイアの父は、空飛ぶ半神《デミゴッド》の軍団を従え、城のもっとも高い塔に立って、自軍の勝利を見守るのだ。

そのときのことを考えるだけでポオの精神は昂揚する。日没の胸壁に立っていると、使われていない部屋を改装する騒音が、城じゅうに響きわたるのが聞こえてくる。さっき城までの道を車輪で踏み固めひろげながら、トラックの一隊が到着した。いまは技師たちが手際よく、電話線と電信線を設置している。

軍服を着た男たちが、無線アンテナを立てようと奮闘している。古めかしい建物の上に、てっぺんに巨大な逆さ鉤をつけた新しい鋼鉄製の構造物がそびえ立つ。

軍服を見ていると、やはり正義を信じて戦った灰色の軍人たちのことが思いだされた。五十年以上も昔、ポオは同じような興奮で胸をふくらませながら、部隊の先頭に立ってゲティスバーグ（ペンシルヴェニア州南部の町、南北戦争最後の決戦場）に乗りこんでいったのだ。あれもまたいちかばちかの総攻撃であり、ひとつの転機だった。だがあのとき、歴史は進路を誤ってしまった。今回はそんなことは起こらない。ヨーロッパの向こう端から、兵士と軍需品を積んだ列車がやってくる。この高みにいると、夕日で赤く染まった大地を、体節のある蛇がうねうねと進んでいくのが見える。線路を走る車輪のきしみも聞こえる。ドイツは一分ごとにその国力を増しているのだ。

この数日、ポオはずっと執筆にはげんでいた。『赤い戦闘機《デア・ローテ・カンプフリーガー》』はマブゼが命じたような代筆自伝ではなく（エドガー・ポオは、たとえ相手がマンフレート・フォン・リヒトホーフェンであろうと、自分の言葉を他者のものとすることができなかったのだ）、理想と哲学を撒き散らし、国家の政策と宇宙の本質をまぜあわせてとめどなく疾走する、伝記物語にしあがっていた。『ユリイカ』（ポオの形而上学的散文詩）以来の壮大なテーマだ。

ポオは全神経を集中してこの本に取り組んだ。書きながら気づいた。これは、単純で愚かな『サンクトペテルブルクの戦い』で被った汚名をすすぐ最後のチャンスになるのではないか。手にも指にも、黒いインクが永遠にこびりついてしまったみたいだ。カフスにも染みがついている。あるべき世界の姿を、あるべき人類の姿を詳細にわたって視覚化し、文字にあらわすことによって、ポオはそれを現実のものとする。狂気の縁にまでひきのばされた精神で、おのれがこの仕事に耐えうる強靭さを秘めていることを証明しなくてはならない。

「エディ、よろしければ、一、二、三お話ししたいことがあるのですが」

テオだ。ポオは気づいていなかったが風が吹いているのだろう、コートの襟を立てている。

オルロックの到着以来、テオは山のような仕事に追いまくられていた。長生者《エルダー》は笑顔を貼りつけたハルトを通して、情報と警備に関するすべてを、細部にわたるまで掌握しようとしたのだ。どれほどの調査をおこなっても充分ということはなかった。カルンシュタインの副官から城の掃除夫にいたるまで、十人以上もの記録にささやかな疵が発見され、解雇された。

ほかの者たちと同じように、テオもこのごろはいつも正装に身を包んでいる。飛行士たちは四六時中礼装を着こみ、重たげな勲章をぶらさげるようになった。そして軍人作法をまとめた分厚い書物が丸暗記された。今日のテオは、非の打ちどころのない軍服の上に、毛皮襟の防寒コートを羽織っている。上着にはベルギーでの勤務で授かった鉄十字勲章がかかっている。そして、大きな平たい箱をかかえていた。

「まず、エーヴェルスとの問題は片がつきましたよ」

オルロックの前で本性を暴露して以来、エーヴェルスは機嫌をそこね、昇進をはかろうとタイプライターにむかって〝報告書〟を書きつづけていたのだ。

「男爵が個人的に解決しました」

それがどういう意味なのか、あまり想像したくはなかった。

「ご承知のように、われわれのささやかなこの巣はいま、はるかなる上空を飛ぶ鳥を迎え入れる準備を整えています。ＪＧ１の記録ゆえに、これまではある程度、大目に見られてきた大雑把さも、今後は許されなくなります」

テオはいかにも話しにくそうだ。

「あなたは、南部連合軍では大佐でしたね」

「たしかにその地位までいきましたが。そのときの名前はペリーでした」

テオがトレイのように箱をさしだした。蓋をひらくと、風で薄紙がめくれあがった。

「ご承知のように、南部連合は現在、われらが敵であるアメリカ合衆国の一部となっています。状況はきわめて複雑ですが、しかしあなたにはこれを着る資格があると思います」

箱の中には、丁寧にたたまれた槍騎兵大佐《コロネ》の軍服がはいっていた。ポオは上着をとりあげてみた。最高級品だ。ボタンが二列に輝いている。テオが敬礼した。

「これでわたしたちは同じ階級についたというわけですね、ポオ大佐」

まずは、絶えずむけられる敬礼に慣れなくてはならなかった。再認されたポオの地位はシュロス・アドラーにおけるほぼ全員から敬礼を受けるもので、ポオのほうでもすみやかな返礼をしなくてはならなかった。

「西の塔をひらいたときは、まず年代もののゴミと格闘しなくてはなりませんでした」ゲーリングが語った。「結局はエンメルマンを送りこんで、棲みついていたすべてのものと、汚物の大半を食べさせたのですがね」

エンメルマンはコボルトのような姿に変じ、人間にもどることができなくなった飛行士だ。虫のように手足をひきずって歩きまわり、通路を完全にふさいでしまうほどの巨体をもっている。その彼すらもが、いまではぴしっとした軍服に身体を押しこんでいる。

大広間も改装されつつあった。戦利品はそのままだが、いたるところに電球がぶらさがり、丸天井の部屋から影を消し去った。数世紀前から貼りついていた蜘蛛の巣は情容赦もなく焼きはらわれ、掃除夫たちは役得として、蜘蛛を腹におさめて肥え太った。

「中庭の怪物を見ましたか」ゲーリングがたずねた。「工場の煙突よりでかい砲身です。技師たちはあれでパリを落とせると言ってますがね」

城では全方位にむけて砲台が設置された。主として対空用だ。JG1は本拠地の近くで空戦をおこなうことになるだろう。アルバート・ボールの幸運な偵察員のおかげで、連合軍は自分たちが何と直面しているかを知った。きっと大がかりな攻撃をかけてくるにちがいない。

「すべてを書きとめておいてください。歴史が決する瞬間です」


ポオは階級において、リヒトホーフェン大尉を凌駕してしまった。それによって飛行士の心が閉ざされてしまうことが心配だった。数週間かけてようやく、思考や感情を少しずつひきだせるようになったところなのに、ふたたび鋼鉄のカーテンがおりてしまうかもしれない。もしそんなことになったら、もっとうちとけるよう、命令すればいいのだろうか。

リヒトホーフェンはここ数夜、日暮れから夜明けまで全隊を率いて飛びまわり、前人未到の撃墜《スコア》数百まであと一歩という戦績をあげていた。彼らにくだされた命令は、連合軍機を一機たりとも帰還させるな、大攻勢《カイザーシュラハト》のため集結した戦力についての情報をもち帰らせてはならないというものだった。加えてJG1は、連合軍側のベテラン観測員を不足させるべく、半ダースもの観測気球を破壊してのけた。男爵はそうした激務にも疲労の色を見せず、むしろ敵の血を飽食したため血色がよくなり、いくらか太りさえした。頭の回転も鋭く、精神的な余裕も出てきたようだ。

「わたしは気球には興味がない」リヒトホーフェンが言った。

「スコアに関係がないからですか」

はじめのころならとてもこんなことは言えなかっただろう。だがこの男を理解するにつれて、軽口もたたけるようになってきた。

「あれは狩りではない。なのに危険は大きい。あなたもご存じだろうが」

JG1は対空砲火によって最初の犠牲者を出した。気球を襲おうとしたエルンスト・ウーデットが、不運にも銀の弾をくらい、人間の姿にもどって空から転落したのだ。

「あなたの闇の父がまもなくここにこられる」

「ドラキュラ伯爵にならお目にかかったことがある」

その会見を記念してつくられた男爵と伯爵のザンケ・カードは、百万枚も売れたという。リヒトホーフェンは写真に撮ることができるが、ドラキュラはからっぽの軍服しか写らない。握手をかわすふたりを描いたそのカードでは、背筋をのばした男爵とならんで、伯爵の顔はコインに刻まれている堂々たる肖像がそのまま絵であらわされていた。

「五十スコアをあげた直後、二十五歳の誕生日にベルリンに召された。ヒンデンブルク閣下とルーデンドルフ閣下と、皇帝《カイザー》陛下と皇后陛下と、ドラキュラ伯爵にお目にかかった。皇后陛下はお祖母さまのようにやさしげな方だった」

「ほかの方々はどうでした」

上官を褒めるのが義務だと考えたのだろうか、リヒトホーフェンはためらってから答えた。

「皇帝《カイザー》陛下からは誕生日プレゼントとして、ブロンズと大理石でできた陛下ご自身の等身大胸像を賜った。じつに陛下らしい贈り物だと思う」

控えめな表現にポオは微笑した。このように穏やかな形であれ、男爵が批判を口にするのが意外だった。

「その像はどうしました？」

「シュヴァイトニッツの母のもとに送り、子供のころの狩猟の記念品といっしょに飾ってもらっている。輸送中に片方の口髭が折れてしまった。不完全なものを人前に出すわけにはいかない」

「そのほかの方々はいかがです」

「ヒンデンブルク閣下とルーデンドルフ閣下は、技術的な問題について講義し、質問なさったが、浅学なわたしには答えられないものが多かった。わたしがヴァールシュタットの宿舎で使っていたのは、ヒンデンブルク閣下が在校中にはいっておられたのと同じ部屋なのだ。閣下はそれを知って、ひどく懐かしがっておられた。閣下の時代からわたしのときまで、あの部屋にはほとんど変化がない。だが閣下はあの場所に関して、わたしよりもずっと幸福な思い出をもっておられるようだった」

ヒンデンブルクがヴァールシュタットにはいったのは、ポオがウェスト・ポイントで苦汁を舐めていた時代の、すぐあとくらいではないだろうか。

「わたしの陸軍学校の思い出も、年月を経たからといって楽しいものにはなりませんよ」

「さもありなん」

「ドラキュラ伯爵はどうでした」

ポオはほんの一瞬ドラキュラとすれちがったときのことを、そのときに感じたすさまじいほどの畏怖を思いだした。

「巨大な方だ。重力を秘めているといってもいい。見えない手で精神がひきよせられる。そうやっておのが血統に連なるすべての者を支配しておられる」

「新生者《ニューボーン》は自分を転化した長生者《エルダー》に束縛されることが多いですからね」

「パール〝叔母〟はそうではなかった。従順で、自分の立場をわきまえておられた。だがわたしの中には伯爵の血があり、それがわたしを縛りつける。伯爵の前に出ると、強風にさらされて心が粉々に砕け散りそうになる。だが伯爵にそんな意図は微塵もない。あの方はただそういう〝存在〟なのだ。だが伯爵のために役立とうと思うならば、わたしは、数世紀にわたってあの方に仕えてきた生き物たち――あの妻や奴隷たちのようになってはならない」

「そのときも、その者たちが……？」

「……御前にいた。わたしは強くあって長く生き、伯爵の意志をかなえたいと願う」


その夜、マリアンヌという温血者《ウォーム》の女がポオに与えられた。非戦闘員の食餌として、戦士たちへの報奨として、列車が一団の女をシュロス・アドラーに運んできたのだ。厚化粧で年齢のわからないマリアンヌは、首のかさぶたはそれほど多くはないものの、長年ヴァンパイアに使われてきたことを示す従順さを身につけていた。その血とともに、過去に彼女をむさぼったヴァンパイアたちの痕跡が伝わってきた。マリアンヌ自身の人生はほとんど感じられない。彼女の精神は疲弊し、枯れ果てていた。それでもポオは赤い渇きをやわらげることができた。

うとうとと眠りに落ちた女の、血をにじませている首と胸の傷にまた口をつけた。心から霧がはらわれ、情勢が変化しはじめて以来城の住人全員に取り憑いているあのいらだちが静まった。

扉が乱暴にひらかれた。ポオはシーツをひきあげてマリアンヌの顔を隠してやった。

「西の塔へ」テオだった。「完全礼装で。十五分後に」

夜明け前の靄と分厚い雲のせいで、あたりはまるで海の底のようだ。ポオとテオはカルンシュタイン将軍の横にならんだ。飛行士たちはイギリス人を殺しに出ているが、残った幹部は閲兵式でもあるかのように階級順に整列している。全員が軍服を着ている。テン・ブリンケンも、ロトヴァンクも、カリガリも、ほかの科学者たちも、ふだんは使わない軍服をひっぱりだしてきたようだ。オルロック伯爵までもが角兜《ピッケルハウベ》をかぶり、燕尾服にモールを飾っていた。

ＪＧ１飛行士部隊——巨大蝙蝠の一団が、完璧な編隊を組んで西の空からあらわれた。楔の先頭は、大きく翼をひろげたリヒトホーフェンだ。あの生き物たちを見ると、いまでもポオは畏怖をおぼえずにはいられない。棘のある翼に引き裂かれた薄い雲を抜けて、飛行士部隊がシュロス・アドラーに接近した。男爵が石の離着陸台におりたち、軽くうずくまってから、まっすぐ身体をのばした。部下たちがすみやかにその背後にならぶ。

技師の一団が塔に設置されたスカイフックのまわりでそわそわしている。城に影が落ち、全員が顔をあげた。巨大な黒い鯨のようなものが、雲のあいだを降下してくる。急ごしらえの楽団が、『ニーベルングの指環』より「ヴァルキューレの騎行」を奏ではじめた。（ワーグナーの楽劇。およびその中でもっとも有名な、勇壮な前奏曲）

ケーブルが空からおりてきた。ハルトの命令で、技師たちがあわてて鞭のようにしなるケーブルをつかまえた。飛行船がさらに高度を落とす。ケーブルがフックに固定され、電動ウィンチが巻きあげをはじめる。前線のこれほど近くで飛行船が見られることはめったにない。夜のような漆黒に塗られたすばらしい船だ。ガス袋の船首、ゴンドラのすぐ前に、ドラキュラの紋章が真紅で描かれている。

すべての首が上むきに固定されたみたいだった。すべての目が驚異の乗物、雲のような弩級戦艦にむけられている。これがアッティラ号——ドイツ空軍の旗艦なのだ。

その船腹でトラップドアがひらき、蝙蝠の翼のようなマントをまとった人影が、空中を漂いおりてきた。角の生えた兜で顔面をおおい、磨きあげた鎧をまとっている。ドラキュラが塔におりたつと同時に、全員が敬礼をした。

間奏曲——マイクロフト・ホームズのプライヴェート・ファイル

葬儀に参列した閣僚はチャーチルひとりだった。ラヴェンダー色のパラソルをさしたルスヴン卿も、弔辞を述べるためにキングステッド墓地を訪れはしなかった。〝マーガトロイド〟として知られるヴァンパイアたちは、埋葬品を抱きしめて柩台に横たわったり、屍衣をまとって地下室に集まったりする。しかしながらルスヴンは、墓や柩とは、現実の死という不面目を選んだ哀れな温血者《ウォーム》どもがすがる、恥ずべきものだと考えている。

ボウルガードはスミス＝カミングとならんで墓の脇に立った。ちょっとした小屋の基礎ほども、ひろくて深い穴だ。マイクロフトはあらゆる意味において〝巨人〟だった。

これは縮小しつつある前時代の遺物たる〈老人〉たちのための儀式だ。彼らは馬車に乗って登場し、懐中時計で時間をたしかめ、若さという失われた宝石を思って舌打ちする。もはや買うことのできない砂糖菓子。記憶から失われた歌。一世を風靡しながら転化することなく衰えてしまった美貌。

前線では、この世代に対する激しい怒りが燃えさかっている。兵士たち——〈若者〉たちは、十九世紀の遺物どもが実った玉蜀黍《とうもろこし》を刈りとるだけのためにこの戦争を起こしたのだと信じている。葬儀への参列を拒んだ将軍や外交官のことを思えば、〈若者〉たちが正しいような気もする。英国にもミローと同じ間抜け、ドラキュラと同じ腹黒い悪党はいる。

ロバート・エルズミアが、あたりまえの牧師としてではなく旧友として、短く追悼の辞を述べた。マイクロフト・ホームズが母国のために果たした功績については、いまになっても公表することはできない。〈タイムズ〉では一般読者にむけて、ペルメルのクラブで非常に多くの時間をすごし、オフィスがあると思われるホワイトホールにはほとんど顔を見せることのなかった下級公務員として、彼の訃報を載せた。

ボウルガードは会葬者に目をむけた。ヴェールをつけた謎の貴婦人はいない。復讐を誓うジプシーもいない。アフリカからもどってきた長く行方不明だった息子もいない。ああした職業についていたにもかかわらず、マイクロフトの人生はメロドラマとは縁がなかったようだ。

スミス＝カミングがボウルガードを促して、鷲鼻の目立つ長身痩躯の老人を示した。顔には苦悶の皺が刻まれ、鹿撃ち帽をかぶり、涙で曇った目の上に深く庇をおろしている。

「〈ご老人〉の弟だよ」スミス＝カミングが言った。「あの諮問探偵さ」

彼もまた過ぎ去った時代の生き残り、昔の記憶だ。真の死者が眠るこの場所はそうした者たちであふれている。ルーシー・ウェステンラも近くに埋葬されている。ジャック・セワードも。その名は歴史からは忘れられてしまったが、チャールズ・ボウルガードの記憶にはとどまりつづける。秘密が重くのしかかる。

柩がゆっくりおろされていった。先頭に立って柩をかついでいたのはドレイヴォットだ。柩が安置され、マイクロフトの弟が最初の土を落とした。それから、ブリキの脚をひきずる数人の寺男がシャベルをふるいはじめた。

ボウルガードはマイクロフトの弟にごくありきたりの悔やみの言葉を述べた。顔をあわせるのははじめてだが、共通の知人は多い。隠退した探偵は、チャールズ・ボウルガードが何者であるかを正しく理解していた。

「ホワイトチャペル事件について教えてくれませんか」ホームズが言った。「あれはセワードだったのでしょう？　あの貴族、ホルムウッドではなく」

古い話を掘り起こされたことが衝撃だった。あまりにも長いあいだ沈黙を守ってきたため、いまさら何も口にすることはできない。それでもボウルガードは一度だけうなずいた。

「だろうと思っていました」ホームズはほっとしたようにつづけた。「事実はそこにあり、誰の目にも明らかだったのですからね」

そしてホームズはチャーチルの長話につかまってしまった。

ボウルガードとスミス＝カミングはぶらぶらとその場を離れた。スミス＝カミングの脚はまだ完全に再生しきってはいないが、驚くほどうまく動きまわっている。

門にむかう道の脇にウェステンラ家の墓所がある。かつてここで、ドラキュラの子《ゲット》が滅ぼされた。扉石にはひびが走っているものの、大理石はきれいに磨かれ、新しい花が供えてある。ボウルガードは元婚約者がきたのだと知った。ペネロピは生きていたときのルーシー・ウェステンラを知っていた。そして、現代における最初の新生者《ニューボーン》のあとを追って生ある死を選び、彼女の処刑人のひとりによって転化したのだ。

秘密の物語など忘れてしまえば楽になれるのに。国の運命と百万もの生命を決定する事件やその意味など、ほかの連中にたどらせておけばいい。おそらくはそれゆえに、彼は転化を拒んでいるのだ。自分が最後には、恐ろしい歴史の流れに耐えられなくなるだろうことがわかっているから。

墓所の草むらに小さな白い花が咲いている。

「スノードロップだ」スミス＝カミングが教えてくれた。「もう春なんだな」

今年の春は、喜びと再生を意味してはいない。今年の春は、ドイツ軍総攻撃を意味しているのだ。

ディオゲネス・クラブはもはや、メンバーにすらその扉を閉ざしている。入口には武装した守衛が立ち、ザ・マルでは長生者《エルダー》と新生者《ニューボーン》の兵士が道をふさいでいる。そして建物のすぐ外には首相の鳩羽色のロールスロイスが停まっているのだ。

「ルスヴンはきっと書類室にはいっているだろう」ボウルガードは言った。「マイクロフトがクラブの秘密を墓場までもっていってくれているといいのだが」

「わたしたちも行くべきではないのか」とスミス＝カミング。「最後のお勤めだ」

「少なくともケイレブ・クロフトはフランスにいる。あの死んだ指がプライヴェート・ファイルをあさると思うとぞっとする」

「じきにそうなるさ」

守衛は彼らを近づけるなと指示されているだろうか。だがドレイヴォットが敬礼をすると、ふたりはすぐさま中に通された。首相はホワイエに陣どっていた。狩猟ステッキによりかかり、無頓着を装いながら期待を隠しきれずにいる。

「おやおや、ちょうど必要としていた紳士たちのご到着だよ」ルスヴン卿が言った。「これで面倒な用事が片づくというものだ」

ロイド＝ジョージがどさりと椅子にすわりこんだ。上着を脱いだ次官が、壁からターナーの「日の出」をはずしている。巨大な絵の額縁はずっしりと重い金メッキだ。

「とんでもないしろものだね」というのが、その絵に対するルスヴンの評価だった。「一面恐ろしいオレンジ色ではないか。こんなものをずっと飾っていたとは信じがたいことだよ」

あの絵のうしろには金庫室の扉がある。そのむこうには、マイクロフトが大切に保管してきた記録がおさめられている。五十年分の秘密だ。ボウルガードですらその百分の一を知っているにすぎない。

「もしかするとこれで、マリー・セレスト号（一八七二年に発見された漂流船。食べ残しの朝食がまだ温かいまま、乗員全員が姿を消していた）の謎がとうとう解けるかもしれないね」首相はまるで、期待に胸躍らせるクリスマスの朝の少年のようだ。「エドウィン・ドルードの殺人犯の正体はどうだ（チャールズ・ディケンズ『エドウィン・ドルードの謎』The Mystery of Edwin Drood（一八七〇）の登場人物。ディケンズが未完のまま他界したため、彼の失踪の謎は結局解明されないまま終わっている）。ボルジア家の真珠のありかとか（シャーロック・ホームズ「六つのナポレオン像」にボルジア家の黒真珠が出てくる）。ノーチラス号の失われた設計図とか（ジュール・ヴェルヌ『海底二万里』Vingt mille lieues sous les mers（一八七〇）に登場する潜水艦）。グリフィンの透明人間になる薬の製法とか（H・G・ウェルズ『透明人間』The Invisible Man（一八九七）より）。リオネス（アーサー王伝説においてトリスタンの故郷とされる伝説の島。コーンウォール沖にあったが水没した）や、アトランティス（プラトンの記述にある水没した伝説の大陸）や、オパル（エドガー・ライス・バローズ〈ターザン〉シリーズに登場する都市。アトランティスの植民地だった）や、コル（H・R・ハガード『洞窟の女王』She（一八八七）に登場する失われた宝都）の正確な位置を記した宝の地図だってあるかもしれない」

ルスヴンは好奇心をうずかせると同時に、権力を求めてもいる。知識は、情報は、力なのだ。マイクロフトのファイルには、世界のいかなる資料より多くの秘密情報があふれている。くだらない謎の答えなど、その中ではもっともささいなものにすぎない。晩年になってから権力の座についた首相は、いつもまず第一に、永久にその地位を保持することを考える。マイクロフトの秘密を手に入れれば、ルスヴン卿は新たなる千年紀における大英帝国の絶対的支配者になれるだろう。

「それで、きみたちのうちのどちらが、いまは亡きかの男から暗証番号を教わっているのだろうね」

ボウルガードはスミス＝カミングに目をむけた。

ルスヴンが笑い声に近い音を発した。

「いざとなればダイナマイトも用意してあるよ」

次官が「日の出」を床におろした。鋼鉄の扉が輝いている。ダイナマイトを使った場合、建物は粉々になってもこの金庫室だけは無傷で残るのではないだろうか。

首相が扉を調べた。

「きっとすばらしい暗号なのだろうね。複雑怪奇な謎。才気走った者を陥れる罠。マイクロフトのことなら昔から知っているよ。八割方、頭がよすぎる男だった。一生をかけてゴルディオスの結び目を解こうとしていた」

アレクサンドロス大王の生まれ変わりを自認している長生者《エルダー》はルスヴン卿ひとりではない。

ロイド＝ジョージがいらだたしげに鼻を鳴らした。

「それで、あの男は何をしたのだね。きみたちにそれぞれ謎の断片をゆだねたのかな」

こんどはスミス＝カミングがボウルガードに視線をむけた。

ルスヴンの微笑がさらに凶暴になる。

「あたったようだな、そうなのだろう？」

「たしかにわたしたちは暗号をゆだねられています」スミス＝カミングが答えた。「ですが謎のすべてを知っているわけではありません。わたしは三分の一を預かっています。ボウルガードがさらに三分の一を……」

「そして……？」

ボウルガードは最後の三分の一が誰に預けられているかを確信しながら、ドレイヴォット軍曹の視線を避けた。そして答えた。

「そして、残りの秘密はマイクロフト本人が自分ひとりの胸におさめていました」

「そんな馬鹿なことがあるものか。国家的重要機密を子供のゲームにするなんて。デイヴィッド、外に出て世界一の金庫破りを連れてきたまえ。フロッグでも、アルセーヌ・ルパンでも」

ロイド＝ジョージははっと背筋をのばした。十ペンス分の肝臓と肺臓を買ってこいと言いつけられた肉屋の小僧のような扱いにショックを受けたのだ。

次官が金庫の冷たい金属に手をのせて、おずおずと声をあげた。

「閣下」

「それとも、必要なのはワイルド・ウェスト・ショーの強盗かな。ブッチ・キャシディとか。バッファロー・ビルとか」

「閣下」次官がくり返した。

「なんだね、フィンク＝ノトル」ルスヴンがいらだたしげにたずねる。

次官が押すと、扉が内側にひらいた。

「あいております」

金庫室の中からむっと焦げくさい空気があふれてきた。ボウルガードはすばやくドレイヴォットに視線をむけたが、軍曹の顔はなんの表情も浮かべてはいなかった。

「ここは封鎖しておくよう命じたのだよ」とルスヴン。「いくつかの首が飛ぶことになるな。比喩ではなく」

金庫室には電気照明が設備されている。次官がスイッチをさがしあてた。

中にはファイリング・キャビネットがずらりとならんでいる。すべての抽斗が抜かれ、積みあげてあった。

鋼鉄の壁には煤で縞模様が描かれている。

「だから扉に隙間をあけておいたのでしょう」スミス＝カミングが推測を述べた。「さもないと酸素がなくなって火が消えてしまいますからな」

マイクロフト・ホームズのかけがえのない秘密ファイルはすべて灰になってしまった。首相は灰色の顔を怒りで赤く染め、声をきしませて言った。

「戦いがつづいていることを評価する者は、わたしのほかに誰もいないのかね」

第四部　旅路の果て

38　攻撃パトロール

真夜中の二時前に目が覚めた。ウィンスロップは寝台の下につっこんであったバケツをひきだし、嘔吐した。変化にともなって、身体が食べ物や飲み物を拒絶するようになってきた。目覚まし時計が鳴るまで、まだ五分ある。暗闇の中でもさまざまなものの輪郭が鮮明に見える。もの自体がさらに深い黒に輝いているみたいだ。そして空にあがれば、理解力と洞察力が発揮される。蝙蝠のように、内なる耳が空にある他者の存在を感知するのだ。

寝台に腰かけて、飛行服《シドコット》と長靴《ちょうか》を身につけた。怖じ気づいてなどいられない。これははじめての夜間パトロールなのだ。そう……最初の偵察飛行以来はじめての。

完全な夜型ではないウィンスロップは、何時間かの睡眠を必要とする。だがヴァンパイアたちは階下で酒盛りをしている。ほかのヴァンパイアたちは、だろうか。恐ろしい戦慄が駆け抜ける。胃の中の吐き気は、彼がまだ温血者《ウォーム》であることを告げている。そして口の中の苦みは、彼がどれほど生ける死者に近いかを教えている。いや、こんなことを考えている余裕はない。義務と復讐だけに集中しなくては。

何も考えずにボタンをかけ、紐を結び、身支度をした。防具で関節を固めたまま、大きな足音をたてて階下におりていった。地上では着ぶくれて窒息しそうだが、空にあがればキャメルと同じくらい敏捷になれるし、冷気は十枚の衣服をも貫いてくる。

「やあ、ちゃんとあったかくしてるか」バーティが声をかけてきた。

バーティにとってこの戦争は、終わることのないお祭り騒ぎだ。姿を消してしまった連中だって、ちょっと一服やりに席をはずしただけで、すぐにもどってくると考えているのだろう。

「あんた、ボールとおんなじように飛行服《シドコット》を着るんだな」ジンジャーが言った。

ウィンスロップは自分でも気づかないうちに、食堂にはいるときにボールの手すりで身体を支えていた。長靴は歩きにくく、装備を整えたパイロットはしばしば丸太ん棒のように転倒する。それにしてもウィンスロップは、このところずっとアルバート・ボールのようだと言われつづけている。飛行も、射撃も、のろのろ歩くときも、戦うときも。

今夜の遠征に出るパイロットは、すでに全員が支度を終えていた。以前からコンドル飛行隊に所属しているベテランもいるが、アラードは今回大半のメンバーを、ウィンスロップと同じ新規採用者の中から選んでいた。そのほとんどが、刃物のように果敢で、猫のように孤独を愛する、アメリカ人ヴァンパイアだ。

「じゃあがんばれよ」食堂を出るウィンスロップを、バーティが激励した。「また夜明けにな」

ウィンスロップは曖昧にうなずき返した。彼はまだパトロールのたびに、その飛行が真の死をもって終わるかもしれないという可能性にとらわれてしまう。もどったときのことなど、考えられるわけがなかった。

アラードはいつも出撃前のパトロール隊員を、視察のときのようにずらりとならべ、もう一度詳細をくり返す。ウィンスロップはダンドリッジの横に立った。この戦争には初参加だが、略奪行為に慣れたアメリカ人長生者《エルダー》だ。彼は温血者《ウォーム》にまじり、生者の町を忍び歩いて数世紀をすごしてきたのだ。新規採用者の中にはほかにも、カウボーイのセヴェレン、強欲なブランドバーグ、理想主義者のナイトら、一八八〇年代以前に転化した古い者たちがいる。迫害の時代を経てきた者には、敵を殺しても生き延びようとする本能があるはずだと、ミスタ・クロフトは説明する。だがこれら長生者《エルダー》の撃墜王《エース》と、クンダルの現代人とのあいだには軋轢《あつれき》があった。口論が起こるわけではないが、たがいに忌み嫌いあっていたのだ。

ヴァンパイアではないウィンスロップは、結局どちらにも与してはいない。アラードから聞いた話によると、クロフトもウィンスロップを認めているという。これまでのところ彼は、もっぱら長生者《エルダー》たちとパトロールに出ることが多い。長生者《エルダー》は敏感な皮膚をもった新生者《ニューボーン》よりも昼間の遠征にむいているのだ。

アラードが物陰からするりと部下たちの前にあらわれた。

「今回のパトロール目的が変更になった」

アラードの背後にケイレブ・クロフトが立っている。ヴェルヴェットのような闇の中で、灰色が陰鬱な光を放っているみたいだ。

「今夜、われわれはマランボワ城におもむく」

ウィンスロップの心臓は氷のような平静さを保っていた。興奮も恐れもない。いつかこの日がくることはわかっていたのだから。

「現在では、ドイツ軍最高司令部シュロス・アドラーと呼ばれている場所だ」

新規採用者たちはすでに、マランボワに関する説明を受けていた。JG1の変身能力者については、コートニーとの偵察飛行によるウィンスロップの報告が、唯一の信頼できる情報とされている。ウィンスロップの入院中にも、リヒトホーフェンの蝙蝠部隊は前線を飛びまわり、偵察機を墜としたり気球観測員を殺したりするところをしばしば地上から目撃されている。だがあの生き物と空で出会い、生きて報告をもち帰ったのは、ウィンスロップただひとりだった。

アラードがつづけた。

「リヒトホーフェンどものおかげで、ドイツ軍の夜間行動に関する情報収集が不可能になった。大攻勢にそなえて、大量の人員と軍需品が前線に送りこまれている。それも夜間にだ。だがこのところ、あの地域からは一機として無事に情報をもち帰ることができない。そしてわれわれにはもはや、打ちあげる気球も、それに乗せるベテラン観測員もない。JG1の支配を打ち破るよりほか道はないのだ。いま、われわれはドイツ軍飛行士どもと一戦まじえ、やつらが無敵ではないことを証明しなくてはならない」

まったくだしぬけに、アラードが笑いだした。古き者たちすらもが衝撃を浮かべている。人を力づける笑いではない。不吉な含み笑いがふくれあがって、みずからをも聞く者をも狂気に誘いこむ高笑となる。比較的生まれの新《ニューボーン》しいヴァンパイアとしては、アラードの奇矯さはまさしく群を抜いていた。

パイロットたちが待機している飛行機にむかって走りだした。ウィンスロップが座席についたときも、空気中にはまだアラードの笑いのこだまが漂っていた。

コンドル飛行隊は新しいキャメルを支給されていた。御しにくくはあるが、ドイツ軍が飛ばすどんな機械にも劣らないすぐれた飛行機だ。

アラードは棘矢《きょくし》型の編隊を好んだ。先端を自分で務め、背後の上下左右に部下を展開させるのだ。ウィンスロップは飛行隊長の後上方に位置し、そのさらに後上方には高潔なるダンドリッジが陣どった。

ドイツの変身能力者は燃料を積んでいないため、一般の空戦においてもっとも効果のある銃撃があまり役に立たない。彼らが炎をあげて墜落することはないのだ。だがヴァンパイアであるからには、頭か心臓に銀を撃ちこめば致命傷を与えることができる。キャメル搭載の二連ヴィッカース機銃の弾倉の半分には、銀の弾丸がこめられている。二十秒撃ちつづければ、百ギニーが消費される勘定だ。いまでは両陣営ともに、犠牲者のつぶれた死体やちぎれた四肢から銀をとりだし回収している。

ウィンスロップは銀であれ鉛であれ、すべての弾丸の先端に十字を刻みつけている。ヴァンパイアは十字架を恐れるといった迷信のためではなく、そうしておくと弾丸が衝撃で砕け、もぐりこんだ体内で爆発しやすくなるからだ。先週、十数回の昼間パトロールに出たウィンスロップは、六機の敵を撃ち墜とし、撃墜王《エース》と認定された。炎をあげて落下する敵を見るのは最高の快感だ。戦いは楽しいし、アルバート・ボールの勘も身につけている。いまは夜間戦闘が待ち遠しい。リヒトホーフェンを獲物の数に加えたくてたまらない。そうすればきっと、ボールの魂も安らぐだろう。

また胃が引き攣った。ウィンスロップは痛みを表に出さず、痛みとともに生きていく術を学んだ。それは危険なやり方だと、ケイトは忠告してくれたが。すべてが終わったら、ケイトとのこともきちんとしよう。いや、すべてを終えることができたら、そのときには。駄目だ、ケイトのことなど考えてはいけない。カトリオナのことも、ボウルガードのこともだ。いま、この瞬間のことだけを考えよう。

　操縦桿を握って高度を維持した。刺すような胃痛がおさまった。夜の空は生きている。ふり返らずとも、仲間のキャメルの存在が感じられる。矢尻の形が心にくっきりと刻まれている。

　眼下では、人員と物資をドイツ軍前線に供給する乗物の列が、延々とつづいている。だが気にする必要はない。彼らはいま偵察飛行ではなく、攻撃パトロールに、狩りに、出ているのだから。

　かすかな音が聞こえた。地上のドイツ兵がひとり、上空のキャメルにむけて無益な射撃を試みたのだ。ウィンスロップはあやうく発射ボタンを押しそうになった。落ち着けよ、とアルバート・ボールが忠告する。片方の肩にはボールが、もう一方の肩にはケイトがのっている。あまり心休まる組みあわせではないが。

　パトロール隊は、かつてウィンスロップがコートニーとともに飛んだコースをたどっていた。前方にあるのは、シュロス・アドラーと改名されたあの城だ。あそこに血まみれレッド・バロンがいる。

　今夜ＪＧ１が巣を飛びたちアミアンにむかったことは、前線からの報告でわかっている。だが彼らが襲ったのは、じつはガイ・フォークスの人形を乗せただけの寄せ集めの気球隊にすぎない。そして欲求不満でもどってきたところを、敵が待ち受けているというわけだ。変身能力者はこれまで攻撃されたことがない。パトロール隊にとっては、不意打ちをくわせることがささやかな利点となるはずだ。

　肉眼で目視する前に敵が感知され、耳に戦慄が走った。音も立てずに城へもどる飛行隊。蝙蝠のようにときどき翼をはためかせるだけで、気象図に書きこまれていない気流に乗って、すべるように空を飛んでいる。

　アラードもドイツ人どもに気づき、片手をあげた。キャメルが編隊を維持したままそれぞれ機間距離をひらき、矢尻が大きく拡大する。

　集中攻撃を忘れるな。ホースで水を撒き散らすのではなく、正確に撃て。

心がすべてを脱ぎ捨て、余分な思考と感覚が消えた。何にもとらわれることのない新たな人間として、ヴィッカース機銃の背後の意志として、彼は生まれ変わった。

やつらのほうでも、キャメルに気づいた。

アラードが敵の側面に接近し、先制攻撃をしかけた。一体の敵の翼に銀の閃光がひらめき、象の声よりも大きな、恐ろしい人間の悲鳴がとどろきわたった。傷ついた怪物が隊列から落伍した。翼は破れたが、弾丸はそのまま貫通している。致命傷を与えるには、胴か頭部を狙わなくてはならないようだ。

ウィンスロップはじっと、突風に裏返った傘のように翼をひろげて落下していく飛行士を見守った。飛行士が体勢を整えなおし、安定した降下をはじめた。セヴェリンがそのヴァンパイアを追って、ブロンコ・ビリーのような歓声をあげながら銃を撃った。殺戮の欲求にとらわれて、まるで戦術を忘れている。銃が空になってしまえば、回復した敵に逆襲されるだけなのに。

ふたつの編隊が交叉してすれちがった。変身能力者の麝香のような匂いと、翼の起こす冷たい風が感じとれる。空中で反転しながら、ウィンスロップは矢のように通りすぎる黒い影に狙いを定めた。そのまま発射したい衝動にかられながらも、貴重な弾丸を無駄遣いしてはならないと自制する。

ドイツ人のほうも撃ってはこなかった。ダミーの気球にほとんどの火力を使い果たしてきたのだろう。それに、帰途につく飛行士たちは、敵の塹壕に残弾を撃ちこんで、余分な重量を減らしてくることを好むのだ。

視野いっぱいに翼がひろがった瞬間、ウィンスロップは銃撃ボタンを押しこんだ。弾丸が発射され、白い閃光が目を焼く。翼が消えたので、ボタンから指を離した。

わずか数秒の射撃だったが、まだ耳鳴りがしている。直感の命じるままにもう一度銃撃すると、ちょうど、またべつの翼がプロペラの前を横切っていくところだった。真正面から銃弾を受けた変身能力者が、悲鳴をあげて空中で身をよじった。膜のような翼に一列の孔があいている。毛深い樽のような身体にも、何発かあたったはずだ。

口の中に血の味がする。彼自身の血に、ボールとケイトの血がまじっている。歯が珊瑚《さんご》のようにとがっている。これこそ彼が願ってきた、限りなくヴァンパイアに近い状態だ。

もう一撃。はずれた。蝙蝠もどきは細い月にむかって完璧なインメルマン・ターンをやってのけた。ダンドリッジがそのあとを追って、正確に銃弾を撃ちこんだ。ターンを終えたドイツ人が大きく翼をひろげた。ダンドリッジの弾があたったらしく、黒い毛皮に赤い血がしたたっている。

変身能力者はいったん降下して、上昇するダンドリッジの下にまわりこみ、尾をふりたて翼を羽ばたかせながら、八目鰻のようにキャメルの腹に張りついた。キャメルのフレームがゆがみ、エンジンが停止する。プロペラがドイツ人の顔に食いこんで、そのまま動かなくなる。

ウィンスロップはぞっとした。

キャメルはばらばらになり、剥がれた上翼が嵐の中の凧のように飛んでいった。変身能力者が飛行機から離れた。つぶれた機体がワイヤで風を切りながら落下する。ダンドリッジは銃を撃ちつくしながら墜ちていった。ダンドリッジを殺したものは、懸命に空中にとどまろうとしている。幾発もの銃弾を受けているし、プロペラにつけられた顔の傷もかなりの深手だ。翼はぼろぼろに裂け、傷口からは黒い血がリボンのようにしたたっている。

あれがレッド・バロンなのだろうか。

ウィンスロップは傷ついた怪物に照準を定め、銀と鉛の銃弾を撃ちこんだ。急降下してそれの上を通過しながら、さっきダンドリッジが墜とされたときのように、敵がキャメルの裏側に張りついてくるのではないかと、一瞬不安にかられた。

血が騒ぐ。勝算はある。機を反転させると、アラードが同じ獲物にむかうのが見えた。怪物は懸命に上昇してアラードを迎え撃とうとしている。アラードはただの一撃で怪物の頭蓋に銀の塊を撃ちこんだ。即死だった。飛行士は縮んで人間の姿にもどり、重い銃器にひきずられるように黒い大地へと落下していった。

それでは、この生き物を倒すことは不可能ではないのだ。

勝利を横どりされてしまった。ウィンスロップはむきを変えてつぎの獲物をさがした。空中戦のど真ん中だ。あたり一帯、変身能力者とキャメルが飛びまわり、銃を撃ち、翼を引き裂きあっている。爆音とともに、一機のキャメル（ラトレッジだろう）が火球となった。膨張した熱気の塊に翼を煽られ、ウィンスロップはしかたなく後退した。

真下には城がある。頭上では巨大な黒いものが大地に影を落としている。

ラトレッジを墜としたのはＪＧ１ではなかった。いたるところに高射砲が設置されていたのだ。シュロス・アドラーは数多くの砲台によって守られていた。ウィンスロップの下で高射砲が火を噴く。夜に炎の絨毯が敷きつめられる。ゴーグルのレンズが煙で汚れ、目がしくしく痛んだ。

蝙蝠が接近してきたので、キャメルの機首をそらし、片手を操縦桿から離して曇ったゴーグルをむしりとった。氷のように冷たい突風が顔に吹きつけてくる。

見あげると、城の上空、空気より重い機械の限界高度よりさらに高い希薄な大気の中に、巨大な気球のような飛行船が浮かんでいた。血管内の血を凍らせ、毛織の飛行服さえひび割れた氷の鎖帷子に変えてしまうあの高度で生きていられるのは、ほんものの怪物だけだ。

アラードが撤退の合図を出した。変身能力者たちはつぎつぎと塔におりたち、石壁の中にひきあげていく。

ウィンスロップはさっき獲物を横どりされた。もしかするとレッド・バロンは、アラードの獲物として、すでに真の死を迎えてしまったのかもしれない。そう考えるだけで想像を絶する怒りにかられ、ウィンスロップはシュロス・アドラーに近づいていった。ひとりの変身能力者が離着陸台の上で翼をたたみ、かがんだ姿勢で城の中にはいろうとしている。

射程距離まで接近して銃を撃った。はずれ弾が石にあたって甲高い音をたてる。飛行士は蝙蝠から人間にもどりかけた姿のまま、攻撃に気づいてふり返り、とがった耳を動かした。二度めの銃撃が胸を貫いた。飛行士の身体は壁にたたきつけられ、薄れつつある毛皮に真紅の染みがひろがった。みごと、心臓を一撃だ。

スコア七。貴重なスコアだ。怪物を倒したのだから。

いや、公式には認められないだろう。殺戮の欲求が一時的に満たされたいま、これがアラードの退却命令に対する違反であることが意識にのぼった。この勝利が認定されることはけっしてない。しかも空中の敵を墜としたのではなく、地上の敵に銃を浴びせたのだ。正々堂々の戦いとはいえない。

それでもウィンスロップ自身の中で、この勝利は大きな意味をもっていた。怪物が一匹、滅びたのだ。

すべてはわずか数秒の出来事だった。ウィンスロップはすみやかに編隊にもどり、アラードの後上方についた。ブランドバーグ、ロックウッド、ナイト、レイシーがいる。

一行はすみやかに退却した。高射砲からは遠く離れた。変身能力者たちは全員城にもどっている。あの高度まであがっているということは、飛行船にも銃砲は搭載されていないだろう。

城に接近したキャメルは十四機。帰投するのはたったの六機だ。

ダンドリッジとラトレッジの死は目撃したし、セヴェリンが勝負に敗れたのも知っている。そういえば、変身能力者のひとりが人間の切れ端をくわえ、血しぶきを撒き散らしながら首をふっているのを見たようなおぼえがある。あれもパイロットだったのだろう。

あとの者たちは彼が気づきもしないあいだに殺された。八人を犠牲にして、倒した怪物は二匹。今回の空中戦はせいぜい二、三分しかかからなかったはずだ。

六機のキャメルはのぼりくる太陽を背に、戦場をあとにした。ひろがりつつある夜明けが毛布のように重くのしかかり、エネルギーを奪い、血を冷ます。ようやく塹壕線が眼下を通りすぎていった。

39 前線にて

「エンジン音が変ですね、お嬢さん」ウィン＝キャンディ大佐が言った。「うちの運転手に調べさせましょうか」

内燃機関の謎に通じていないケイトは喜んで礼を言った。大佐は彼女の救急車に道を譲ろうとして、将校乗用車を道端の泥にはめてしまったのだ。

一日じゅう、ほとんど間断なく爆撃がつづいている。敵は大型砲をもちだして、連合軍の塹壕をたたきつぶしはじめた。前線ではみなが頭を低くしていることだろう。

見あげた灰色の空には、雲以外、何も浮かんでいない。東のほうでは炎が闇を赤く照らしている。

「空にいる恋人でも気になりますか」

ボーア戦争を陽気に切り抜けてきた丸顔の大佐は、見かけどおりの間抜けではない。ケイトは肩をすくめようとして身ぶるいした。いつもなら言葉につまることなどないが、エドウィンとの関わりはあまりにも深く混みいっていて、簡単に説明できそうになかった。

「リヒトホーフェンが墜ちたとなれば、その彼もずっと安全になるでしょうね」

「レッド・バロンが墜ちたの？」

「今朝通信がはいりましてね。まだ公式なものではありません。ドイツ側は認めていませんが、むこうにもぐりこんでいる〝耳〟が聞きつけたんですよ。どうやら連合軍は制空権をとりもどしたようですな」

もしかしたらエドウィンはがっかりするかもしれない。自分を瀕死の窮地に追いこんでくれたあの生き物を倒すために、みずからを武器として鍛えあげたのだから。それとも、もうすでに目的を果たしたのだろうか。

いや、レッド・バロンが倒れたとしても、それをなしたのはエドウィンではない。もしそうだったら、血が告げているはずだ。

「残念じゃありませんか」ウィン＝キャンディが感慨をこめて言った。「これでこの戦いも少しばかり色あせてしまうでしょう。リヒトホーフェンは若者たちの目標でしたからな」

目標ではなく、標的だろう。

三百ヤードほど離れた場所に、砲弾が落ちて爆発した。ケイトとウィン＝キャンディはぱらぱらと降ってくる泥の中で身をすくめた。

「遠弾ですな」と大佐。「べつになんの害もない」

爆発のあった場所ではクレーターが煙をあげている。こういった穴が、塹壕線の背後にもずいぶん増えてきた。

「はずれ弾でも、あまり多ければ補給線に影響が出るかもしれないわ」

「よくおわかりですな、お嬢さん」

泥だらけの運転手が大佐の耳もとで、救急車についてロンドン訛の報告をした。

「なんてひどい話だ」ウィン＝キャンデイが驚きの声をあげた。

「気の毒っすが、嬢さん、あんたの救急車は、どっかのけしからん輩に弾をぶちこまれてるみてェです」

運転手はボンネットにあいた穴に指をつっこんでみせた。

「きっと事故だわ。まともなドイツ人将校なら、救急車を狙うような卑劣な部下をそのままにはしておかないもの」

エンジンそのものは無傷だ、と運転手は説明した。汚れを落としてきれいにすれば、絹のようになめらかに走るだろう。

ウィン＝キャンディが泥の海を見まわして言った。

「この土地で何かをきれいなまま保っておくというのは至難の技ですがね。ではお嬢さん、先をお急ぎなさい。

若者たちが前線であなたにお目にかかれるのを楽しみに待っていますよ」

身につけているのは三サイズも大きいカーキ色のコートだし、鳥の巣のような頭には泥がはねとんでいる。どう考えても、見て楽しい姿ではない。これではとても天使とはいえない。

大佐に別れを告げて、救急車にもどった。軍では当初この車に、身長六フィートの男を運転手として乗せるつもりだった。当時は誰ひとり予想もできなかったことだが、やがてその条件に見合う人間はすべて前線で必要とされるようになり、結局運転席には小柄なヴァンパイア女がすわることになった。座席にクッションを三つ重ね、さらに前かがみになって、ようやく直径一ヤードもありそうなハンドルに手が届く。そしてペダルはといえば、短い足でも操作できるよう、木片がくくりつけてあるのだ。

救急車全体がかたかた音をたてている。汚れたフロントガラス越しに空を見あげた。レッド・バロンが墜ちても、空にはまだ怪物がいる。エドウィンから放たれる引力が歯痛のようにわずらわしい。彼に奪われたものを回復するには数ヵ月かかるだろう。自我が半分失われて、いまにも幽霊になってしまいそうだ。

正統なるヴィクトリア時代人の例に漏れず、ケイトはいつも全力で義務を果してきた。いまだってできるものなら、みずから銃をとって戦場に出ただろう。長い時を生きてきたジュヌヴィエーヴは、幾度か少年の姿で戦いにおもむいたという——ジャンヌとならんでイギリスと戦い、ドレイクとともにスペインを相手どり、ボナパルトに従ってロシアに挑んだ。もちろんジュヌヴィエーヴはあらゆることをやってのけたのだ。彼女のたどってきた人生は、意図せずとも、ほかの女たちをつまらないものに見せてしまう。〝ほかの女たち〟とは、すなわちケイト自身だ。

一九一八年現在、生者の男の大半より強い力をもちながら、ケイトにできる仕事はせいぜいが救急車の運転手でしかない。つぎの戦争は男も女も、ヴァンパイアも温血者《ウォーム》も、みなが戦うことになるだろう。もしいまを生き延びることができれば、ケイトもそれに参加できる。そのつぎの戦いにも。さらにそのつぎの戦いにも。

リヒトホーフェンが死んだ。情報を集めなくては。記事になる。

道路が地下にもぐり、両側が高い壁となってそびえた。迷路のような塹壕にはいりこんだのだ。なまこ板が救急車の重みでがたがた音をたてる。主通路だというのにかろうじて通れるだけの幅しかない。くるたびにルートが変わり、古い道が封鎖されて新しい道がつくられている。

車からは見えなかったが、かなり近くでまた爆発が起こった。塊が降ってきてばらばらと屋根にあたったが、砲弾の欠片ではなく、どうやら土塊《つちくれ》らしい。

挫折を味わったとはいえ、ケイトはそれでもジャーナリストだ。レッド・バロンに関する情報がほしかった。マラニークの陽気な仲間たち、バーティやアルジーやジンジャーなら教えてくれるだろう。ほんとうに気のいい連中だ。一四年の休戦には皇帝《カイザー》にクリスマス・カードを贈ったのではないかと思われるほどに。（一九一四年十二月二十四日から二十五日にかけて、西部戦線各地で一時的休戦がかわされ、最前線のドイツ兵とイギリス兵が共にクリスマスを祝ったと伝えられる）

救急車ではいれるのはここまでだ。担架に乗せた負傷者が、一カ所に集められている。最近、死傷者があまり出ないのは、ドイツ軍が大攻勢の準備をしているためだろうか。壮大な嵐が吹き荒れるだろう。フランス国内にある連合軍の人員と銃砲はすべて前線に送りこまれ、後方はからっぽになるだろう。今日の激しい砲撃は、もしかすると連合軍の士気をくじくためなのかもしれない。連中が皇帝の戦《カイザーシュラハト》と呼んでいる大攻勢は、もうまもなくだ。

懸命にブレーキを踏んで車を停めた。覚悟を決めてとびおりると、ゲートルがずぶずぶと泥に埋もれた。帆布を張った屋根の下に、担架に乗せた怪我人がずらりとならんでいる。この救急車は五人しか運べないのに、ここでアミアンに送りもどされる順番を待っている兵士は、少なく見ても十五人はいる。

ここの責任者であるティージェンス大尉は、長い年月を泥の中ですごしてきたためくたびれ果ててはいるものの、上品さを失ってはおらず、泥にまみれたケイトにお茶を勧めてくれた。前線のヴァンパイアは、鼠の血でティータイムにするのだ。

「ありがとう、でも結構よ」そもそも乏しい食料を使わせては気の毒だ。「シートの下に徴発品の包みがあるわ。お茶が少し。まだ食べられそうなパンがいくらか。ミントキャンディの包み。ほかにもいろいろと」

貴重な包みを大尉に手わたした。これはケイト自身の財布をはたいて買い求めたものだ。だが彼女はヴァンパイアであり、自分ひとりくらい容易に養っていける。ティージェンスは受けとった包みをさっさとしまいこんだ。機会を見て少しずつ分け与えていこうというのだろう。

負傷者の多くは、大攻勢を食いとめるため新たに投入されたアメリカ兵だった。いくつもの新しい隊が、すでに戦闘に加わっているのだ。

ひとりの米軍歩兵が老婆のように腰をかがめ、担架のそばに膝をついて、重傷を負った戦友の両手を握りしめていた。担架の上の若者は、上半身だけしかないように見える。腰から下にかけられた毛布は平らで、甘やかな血で濡れている。間が悪く、ケイトの牙がにゅっととびだした。

負傷兵の友人が顔をあげた。恐怖も感じないほど心が麻痺しているらしい。バートレット——アミアンでケイトに声をかけてきた、あのアメリカ兵ではないか。彼は変わり果てていた。生意気さも熱意も消え失せ、迷子の子供のようでありながら、狂った老人のようでもある。彼の心からさまざまなイメージが流れこんでくる。できれば遮断してしまいたい。

「もうたくさんだわ」

エディ・バートレットは数週間で百万年分もの戦いを生き抜いていた。あのときアミアンのカフェにいた友人の中で、生き残っているのは彼と、担架に横たわる上半身だけの男、ふたりだけだ。渡欧のさいに同じ船に乗っていた仲間も、すでに全員が死亡している。

バートレットに与えてやりたいと思った。自分の身体でも、血でも、なんでも。少しでも楽にしてやれるものなら。

担架を救急車まで運ぼうにも、働ける者といえばティージェンスとケイトのふたりだけだ。バートレットがいかにもしかたがなさそうに、友人の白い手を離した。

「がんばれよ、アパーソン。またフランス娘をひっかけような」

バートレットも加えた三人で、慎重に最初の負傷者――両眼のまわりにぼろぼろの包帯を巻いたアメリカ人軍曹を救急車まで運んだ。やがてアパーソン兵卒の番になったが、若者はすでに息をしていなかった。ティージェンスがケイトに目をむけて肩をすくめた。

鋭い口笛のような音が宙を満たして耳に突き刺さった。ティージェンスがおずおずと手をのばして、ケイトの髪に触れた。

ごめんなさい、いちばんいいボンネットは家においてきてしまったの――謝ろうとしたそのとき、口笛が爆発した。ティージェンスが衝撃ではじきとばされてケイトにぶつかり、ふたりともに救急車にたたきつけられた。音につづいて熱気が襲いかかり、それから大量の土。すぐ近くに何かが命中したのだ。塹壕の壁がゆっくりと崩れ、残りの担架と負傷者たちを埋めていくのが見えた。

ティージェンスがアパーソンの担架に手をのばし、死者から何かを盗みとった。

ケイトは負傷者のほうへ駆けよろうとしたが、つぎの砲弾が炸裂して、また地面にたたきつけられた。背中が痛い。怪我をしたのだ。ティージェンスがすぐ背後に近づいてくる。

大尉がケイトの頭にアパーソンのブリキ製ヘルメットをかぶせた。ケイトもすぐに察して、あごの下でストラップをとめた。ヘルメットの縁にあたって、ずれた眼鏡が鼻に押しつけられる。

ケイトは獣のように両手で土を掘って、咳こんでいる温血者《ウォーム》歩兵の顔の上から、なだれ落ちる土をとりのぞこうとした。とりのぞけばとりのぞくだけ、新たな土が落ちてくる。地滑りから若者をひっぱりだすだけのスペースはない。

掘っているあいだに爪が長くなってきたので、それで土をひっかいた。牙ものびて口もとがゆがむ。いま自分は、もっともあさましい怪物になり果てているだろう。若者がケイトを見て自分が襲われるのだと思い、パニックにかられてもがきはじめた。悲鳴をあげようとひらいた口に泥が流れこみ、息をつまらせる。ケイトは若者の胸をたたいて、泥を吐きださせた。助けようとしているのだと説明したくても、うなり声と息の音しか出てこない。

さっきより大きく鋭い口笛の音が耳を打った。塹壕の底から見あげる細長い空に、何十もの軌跡と閃光が走っている。

轟音と炎と衝撃――身体が地面から浮きあがった。救急車が直撃されたのだ。口の中に血の味がする。宙にはじきとばされた車が金属音をたててばらばらに引き裂かれ、死体を撒き散らした。百トンもの土が舞いあがり、また落下する。しっかり目と口を閉じたケイトの上に、墓場の土が降りそそいで圧迫する。そしてふいに、驚くほどの静寂があたりを押し包んだ。

40　ドラゴン退治

　ウィンスロップはアルバート・ボールの椅子にすわって宙をにらんでいた。かなりの人数が集まっているにもかかわらず、食堂は静かだ。クンダルの部下だった新生者《ニューボーン》たちはカードに興じ、長生者《エルダー》たちはぽっちゃりしたフランス娘をもてあそんで小さな悲鳴をあげさせている。シガレットと名のった娘は、まさしく塹壕の煙草のように、口から口へとその身をゆだね、男たちに共有されていた。

　リヒトホーフェンが真の死を迎えたらしいとジンジャーから聞かされて以来ずっと、ウィンスロップは浄化された幽霊のような気分だった。コンドル飛行隊にとどまる理由は何ひとつなくなったというのに、ここを離れることは許されない。そしてボールとケイトがまだ内にとどまっているため、赤い渇きは高まってさらに苛酷な赤い飢えとなり、大酒飲みのように血のしたたる肉を求めている。

　胃の調子は相変わらずで、血の池に浮かんだ生焼けの肉を、ほんのわずか口にできるだけだ。そして気分が悪くなっては、すりつぶしたような赤い肉を驚くほど大量に吐きもどす。シガレットのような遊び女《フィユ・ド・ジョワ》のかさぶただらけの首にも魅力は感じるが、自分が温血者《ウォーム》の血を飲めないことはわかっている。体内で渦巻き心を赤く染めあげる、めくるめくような汚濁から解放されたいと、心から願う。

　もう一度ケイトに口づけをして、やりなおすことができれば。

　光がさえぎられた。顔をあげると、アラードが立っていた。

「われわれの勝利が確認された。ドイツ軍の発表があった」

「あんたの勝利だ。とどめをさしたのはあんただ」

「あれはたしかにリヒトホーフェンだったが、あのリヒトホーフェンではなかった」

ウィンスロップの血が躍った。

「われわれが倒したのはロタール——マンフレート・フォン・リヒトホーフェンの弟だ。それなりにすばらしい撃墜王《エース》ではある。四十の勝利をあげている」

では、血まみれレッド・バロンはまだ生きているのだ。この身を変えてまで成し遂げようとした仕事は、まだ終わってはいない。

「おまえの考えくらいお見通しだぞ、ウィンスロップ。喜んでいるのだろう。おまえはあいつを自分の手で倒したがっているからな」

〝ひとりは全員のために、全員はひとりのために〟とか、〝最後に勝利を〟とかいった言葉で、このアメリカ人をごまかすつもりはなかった。

「まだあの鷲を墜とすチャンスはあるさ」アラードが言った。「もしかすると、もっと大きな獲物だってな」

全身にふるえが走る。

シガレットの笑い声と悲鳴に、アラードが非難の視線をむけた。アレックス・ブランドバーグが娘を膝にのせ、胸にくちびるを押しあてていた。

ウィンスロップは会釈をして立ちあがったが、その手はわれ知らず、アルバート・ボールのためにとりつけられた手すりをつかんでいた。

「外の空気を吸ってくる」

二月二十日。暦は春だが、フランスではまだ冬の気候だ。ウィンスロップは宿舎の外に立って、冷たい空気を吸いながら精神を集中した。おれはまだヴァンパイアの血を捨てることはできない。決意がふたたびみなぎってくる。だが悩みは依然消えなかった。おのれを高め、ボールやケイトやほかの者たちを排除しようとするたびに、身がすくむのだ。心が縮みあがって、生き残ることと殺すことしか考えられなくなる。いけないと思いながら、赤い霧に包まれてしまう。これではあの穴居人どもと同じではないか。そして、無理やり軍服を着せられた、あの年老いた人殺しどもと。

細長い荷物をかかえた当番兵がふたり、厨房のドアから出てきた。血の匂いがする。運ばれているのは、血を奪われすぎて失神したシガレットだった。当番兵は彼女の自転車の脇にどさりと荷物をおろし、フェンスにもたせかけた。

ウィンスロップが近づいていくと、ふたりは汚物を捨てたあとのように両手をぬぐいながら、屋内にもどっていった。娘の身体にはショールが巻きつけられ、胸もとには煙草のように丸めた紙幣がはさまっている。雨つぶが涙のようにシガレットの顔を濡らす。縁の赤くなった目がぱっとひらき、シガレットは金をさぐりあてると、胴着のさらに奥深くに押しこんだ。

ウィンスロップは手を貸さなかった。女のほうでも感謝はしないだろう。シガレットは慣れた手つきで首筋と胸もとの噛み痕をさぐっていたが、ずたずたになった傷口に触れてびくっと全身をふるわせた。応急手当のつもりか、首筋にショールを巻きつける。毛織の布に古い血痕が点々と染みついている。ゆっくり立ちあがるその姿は、懸命に素面《しらふ》を装おうとしている酔っぱらいのように、奇妙な威厳を漂わせている。片手でフェンスにつかまって、足もとが定まるのを待ちながら、軽蔑に満ちた視線をウィンスロップに、宿舎に、フィールドに、投げつけた。もう悲鳴も笑い声もあげてはいない。この娘はきっとドイツ兵と同じくらい、金をはらって自分の血を飲んだ連合軍パイロットを憎んでいるにちがいない。

雨の中で血が匂った。

シガレットは車輪に巻きこまれないようスカートをたくしあげて自転車にまたがり、ハンドルに低く身を伏せて走り去った。養う家族がいるのだろうか。夫か、子供が。それとも、軍人のいるところについてまわる、将兵専門の娼婦なのだろうか。

なぜとつぜん、あの女のことが気にかかったのだろう。狼狽し、それから気づいた。女の身を案じたのは体内にひそむケイトだ。雨がそれを洗い流した。雨の中、用もないのに戸外に立っているのは愚か者だけだ。

日没時、アラードよりミーティングの招集がかかった。ウィンスロップはすぐさま重大事態だと察した。飛行隊の配備詳細を記した黒板はきれいに消されているし、壁にはこの地域の大縮尺地図がかかっている。そして大尉のそばには、表情の読めないミスタ・クロフトがすわっているのだ。

ウィンスロップはバーティとジンジャーに近い、ボールの席についた。

「ミスタ・クロフトより話がある」アラードが言った。

これはただごとではない。情報部所属のこの男がみずから口をひらくのを、ウィンスロップはこれまで一度も見たことがなかった。

クロフトが立ちあがって一同に軽く会釈をし、話しはじめた。

「諸君、われわれはいま諸君らが気づいていなかった戦いをくりひろげている。秘密の戦いといってもいい。われわれはこれまで敵をあざむいてきたのだ。空の騎士どもの存在を許し、敵がリヒトホーフェンのような男たちの伝説をつくりあげ、それを信じ、相応以上の評価を与えるのを黙認してきた。たしかに代価は高くついた――だがいずれ諸君にもわかるだろうが、これはきわめて重要な戦略だったのだ」

クロフトのきしるような声に、ウィンスロップは怒りを燃えあがらせた。この男に好意をもつことは不可能だ。こいつはなんとおぞましいことを言おうとしているのだ。アルバート・ボールやトム・クンダルら、優秀な男たちが犠牲になったのは、ドイツ軍に変身能力殺人鬼たちを過大評価させる、ただそれだけのためだったというのか。

「諸君らも知ってのとおり、JG1はシュロス・アドラーに駐屯している。前回の諸君のパトロールにより、城の上に飛行船が停泊していることが判明した」

あのときは、思いがけない情報にたいへんな騒ぎが起こった。

「飛行船が前線近くまでくりだしてくるのはきわめてまれなことだ。あれは敵の空軍旗艦アッティラ号だ。きたる大攻勢において、最高司令官はあそこから指揮をとるつもりでいるものと思われる」

ウィンスロップは黒い巨体を思いだした。

「つまり、ドラキュラがあの船に乗ってるってことなのか」レイシーがたずねた。

クロフトが質問にいらだちながら言葉をつづけた。

「大詰めは近い。目論見どおりにドラキュラは巣よりおびきだされ、われらの手の届くところまでのりだしてきた」

〝もっと大きな獲物〟といったアラードの言葉が、いまやっと理解できた。空を飛ぶ鷲は、雀と同じくらい数多いだろう。だが空にはまた、ただ一頭のドラゴンが――ドラクルがいるのだ。

「敵の攻撃がはじまったあかつきには、あの飛行船を墜とすことが当飛行隊の目標となる。首さえ落としてしまえば、身体の勢いはすぐに衰える。諸君の一撃が勝利を決めるのだ」

「そいつはいいがな」アルジーが口をはさんだ。「だがおれたちの機じゃ、あのご立派な飛行船のいるところまではあがれない。上空の寒気で目ん玉が氷になっちまう」

「むこうからおりてきてくれる。ルスヴン卿はドラキュラ伯爵の傲りをよく理解しておられる。やつは自分の玩具、あの飛行機械に大きな愛着を抱いている。また、自軍が敵を一掃するさまをすぐ近くで見ずにはいられないだろう。変身能力をもった撃墜王《エース》たちを護衛に従えていれば、危険はないと信じてな。その子供っぽい増上慢が生命とりとなる。諸君らがドラキュラを討ち果たすのだ」

「いっぺん飛行船に穴をあけてやりたいと思ってたんだ」とバーティ。「だって卑怯じゃないか。民間人を爆撃したり、そんなことばっかでさ」

「これはスポーツではない」クロフトがたしなめた。「戦争なのだ。つまるところは殺人でもある。間違えるな」

「お馴染みＪＧ１の連中はどうするんだ」

「必要ならば、そして可能ならば、殺せ。だが個人的な戦闘をしかけてはならない。何よりもまず飛行船とドラキュラ伯爵を優先させろ」

「ドラキュラをやっちまえば、それで終わりなのか」

「これはあの男の戦争だ。ドラキュラがいなければ、同盟軍は壊滅するだろう」

「ドラキュラが死んじまったら、誰が降伏宣言を出すんだよ」

クロフトは肩をすくめた。

「皇帝《カイザー》がいる。ドラキュラがいなければ、あの男は迷子の子供も同然だ」

ルスヴンの右腕による演説は、説得力にあふれてはいるものの、その声はうつろで、視線はじっと一点にすえられたままだった。これはスポーツではないと言いながら、大詰めについて語るその口調は、この泥の大陸がチェス盤ででもあるかのようだ。空から見た大地にも、そして空にも、秩序などというものは存在しない。頭を失った獣は、密林のあらゆる生き物が死に絶えるその瞬間まで、のたうちまわるかもしれない。ヨーロッパ全域が穴居人の国になってしまうかもしれない。いや、そんなことを想像するのはやめよう。いまはただ、狩人どもを狩ること、鷲とドラゴンを追うことだけを考えよう。

電話が鳴って、アラードが受話器をとった。耳を傾け、うなずき、もとにもどす。そして大尉は宣言した。

「はじまった」

41 大攻勢《カイザーシュラハト》

呼吸ができない。もちろん呼吸はしようと思ってするものではなく、無意識のうちにおこなわれるものだ。だが何か重く固いものが胸の上にのっている。すべての感覚が四肢から失われ、肩には銀と思われる鋭い痛みが突き刺さっている。

ケイトは闇の中でまばたきした。顔に押しつけられた眼鏡のおかげで、目に泥がはいることは免れた。転化してヴァンパイアの暗視能力を手に入れて以来、こんなにも完璧な闇に包まれたのははじめてだ。墓場の静寂を縫って、遠くかすかな音が聞こえる。悲鳴、爆発、機械音、単発の銃声、機関銃。

わたしはもう何年も前に死んでいる。なんら状況が変わったわけじゃない。

肩から指先まで、痛みが右腕を走り抜けた。ぐっと手を握りしめると、長い爪が手のひらにくいこむ。土を押しもどすのはたいへんだろう。道具はないし、腕全体がこわばり、肩は何かが刺さっているうえにねじれている。こみあげてくる悲鳴を押し殺そうと、きつくくちびるを噛みしめた。

土の棺桶にひびがはいり、腕が動かせるようになった。上にのばすと、指が不快なものにぶつかった。死体だ。その横の土をえぐった。死体の腕を支えにして、苦痛をこらえ、思いきり力をこめて起きあがろうとした。だが胸にのしかかった柱のようなものはぴくりとも動かない。

もしここでヴァンパイアの眠りに陥ったら、そのまま何年も、何世紀も、意識を失ったまま生きつづけることになるだろう。もしかすると目覚めたときには、人間が成長して戦争のない楽園《ユートピア》が生まれているかもしれない。それとも、ドラキュラが絶対的支配者として君臨する荒れ果てた世界になっているだろうか。眠りは逃亡だ。彼女の義務は〝いま〟にある。

こぶしが地表に突き抜けた。空気に触れた指を大きくひらいた。

胸にのしかかっているのは、梁のようなものか、救急車の破片らしい。深く地面に突き刺さっている。ケイトはその下から抜けだそうと、もう一度身体を低くして土の上を這いずった。

お父さまがこの姿を見たらなんとおっしゃるだろう。

肩をよじっていると、やわらかい土が身体の下から押しのけられた。あらゆるものが湿っている。懸命にもがいているうちに、固い土もほぐれはじめた。

誰かがしっかりと彼女の手をつかんだ。男の手だ。ケイトはその手につかまりながら、爪をひっこめようとした。救い主を切り裂いてはいけない。どんな男なのだろう。ふいに手のひらに鋭い痛みが走り、金属の――銀ではない――先端が皮膚と肉を貫いた。救い主が銃剣を刺したのだ。猫のような舌がしたたる血を舐め、むさぼり飲んだ。

顔をつかむと口髭に触れた。頭蓋に爪を突き立てようとした。血を盗んだ男が立ちあがると同時に、身体が土の中からひきずりだされた。胸が、腰が、障害物をすり抜ける。ふたたび銃剣の一撃。肩が焼ける。腕がもぎとられそうだ。そのときようやく顔が外に出たので、思いきりさけんだ。

奇跡的にも無事だった眼鏡は泥で汚れているし、日はもう沈んでいる。なのに、あまりの明るさに目が痛い。そして信じられないほどの騒音があふれている。

ハイエナのような男をつかんだまま立ちあがり、服にこびりついた泥をはらい落とそうと身体をふるわせた。何枚も重ねた衣服のあいだに土がはいりこみ、冷たい泥の皮が三、四層にも身体をおおっている。

捕虜を離して視線を落とすと、彼女の手は大きく節くれだち、拡大した骨格の上で筋肉がひきのばされていた。指も長くのびて、六インチの枝に三インチの刃が植わっているみたいだ。だがその手も、観察しているあいだに縮んでもとの大きさにもどった。奥底に眠っていた変身能力が、絶体絶命の危機に発現したのだ。

いま自分を見つめている新生者《ニューボーン》がドイツの軍服を着ていたら、ケイトはそいつを殺して心臓をむさぼり食っていただろう。だが身体じゅうから血を流し、口に彼女の血をこびりつかせたその兵士は、狂気にかられたイギリス人だった。男はあとずさり、脱兎のごとく逃げ去った。ひとり泥の山に残されたケイトは、怒りにかられたまま、この惨劇によって呼びさまされた赤い渇きと戦っていた。

視力が回復し、救急車の破片や塹壕の支柱が見わけられるようになった。いくつもの死体がばらばらになって飛び散っている。ありがたいことに、原形をとどめているものはひとつもない。きっとあの中にはティージェンスやバートレットもまじっているのだろう。もはやここは塹壕ではない。爆撃によって埋められた新たな地表に立つと、無防備に全身がさらされた。近くの塹壕の溝が見える。ほとんどがまだ無事で、前線にむかう、もしくは前線からひきあげてきた男たちが、せわしなく行き来している。

肩に刺さった破片が押しだされてきたので、抜きとって捨てた。痛みはすでに消えていた。いたるところで爆発が起こっている。危機一髪の一撃を生き延びたいま、もう怖いものはない。ふり返って前線をながめた。冗談にもならないほど危険な場所だが、見晴らしはすばらしくいい。この小山の上に立っていると、連合軍のあわただしい塹壕も、中間地帯《ノーマンズ・ランド》でとぐろを巻いている有刺鉄線も、ドイツ軍の砲煙も、すべてが一望できる。遠く敵陣の堡塁までもが見わけられる。空から降ってくる奇怪な音楽は――ワーグナーだろうか。中間地帯《ノーマンズ・ランド》では鉄の怪物どもがうごめいている。そして頭上には、空の巨海獣《レヴィアタン》が浮かんでいた。

シュタルハインはふたたび観測員を命ぜられた。今回は人間の姿のまま、アッティラ号で待機するのだ。

装甲ゴンドラは司令官の集まる秘密会議所で、飛行船勤務の下士官たちは悪夢のような軍規に従って、上下関係を把握しながらひたすら敬礼ばかりしている。飛行船艦長のペーター・シュトラッサーは〝空気よりも軽いもの〟マニアで、この戦争のごく初期にロンドン空襲を実行に移した男だ。そのシュトラッサーの上官が、飛行船の設計と宣伝に多大な功績をあげたドイツ帝国飛行船部隊長官、ロビュール技師だ。そしてもちろん、ドラキュラ伯爵はその誰よりも高い地位にある。伯爵は黒い革服の護衛たちから数歩離れてひとりで立ち、観測窓越しに泥の中の戦いをながめている。ツェッペリン伯爵と、ヒンデンブルク元帥と、皇帝陛下《カイザー》を乗せる余地のなかったことがありがたい。全員の勲章があわさった日には、アッティラ号はその重みで作戦高度まであがることもできなかっただろう。

乗員のすべてがそれぞれ仕事をもっている中で、シュタルハインとドラキュラ伯爵だけが例外だった。変身していない身体に上空の冷気を感じながら、シュタルハインは疎外感を味わっていた。JG1の仲間たちはまもなく行動に移るはずだ。

シュトラッサーが座席についたまま、伝声管で命令をくだした。有能な部下たちは、軍服を着た猿のように、レヴァや支柱がならんだ幻想的な船内を走りまわっている。

夕日に赤く染まった大地に、長い影が落ちる。

荘厳なる乗物にふさわしく、アッティラ号にはパイプオルガンが設置されている。ロビュールが鍵盤の前にすわって『ローエングリン』のテーマを演奏すると、船の外殻にとりつけられた拡声器から音楽が流れだした。

シュタルハインはいつになく控えめな態度で、ゴンドラの床にとりつけられた直径三ヤードの丸いガラスの観測窓に近づいた。これがアッティラ号の目だ。祖国《ファーターラント》全軍の総司令官は、無骨な両手を真鍮の手すりに預けて、下界の戦闘を見おろしている。人工照明に照らされた顔は灰色で、わずかに腫れぼったく、憂愁をふくんでいる。永遠なる戦士の王ドラキュラなら、さぞや流血を喜ぶだろうと思っていたのだが。

シュタルハインはまた、伯爵の前に出ればさぞや感慨深いだろうとも期待していた。ひと世代おくとはいえ、ドラキュラはシュタルハインの闇の父だ。その血統が長生者《エルダー》フォスティーヌを通じて伝えられ、彼に変身能力を与えた。シュタルハインはドラキュラによってつくりだされたのだ。なのに血が歌わない。あるじの前に拝跪したいという衝動がこみあげてこない。シュタルハインはドラキュラとならんで観測窓を見おろした。

沈みゆく太陽の光の中で、戦況がはっきりと見てとれた。のろのろ前進する戦車隊は、第一波がまもなく連合軍の塹壕に到達する。その轍のあとを歩兵が進んでいく。ここから見ると、その群れはまるで蟻のようだ。とすると戦車は、小さな障害物の中を突き進む大型の甲虫か。中間地帯《ノーマンズ・ランド》じゅうで炎が噴きあげている。いったいどれだけの金が浪費されているのだろう。

先頭を行く戦車群が火を噴いて、液体のような炎を敵塹壕に流しこんだ。炎に巻かれた死など見慣れているはずなのに、身ぶるいが起こる。ロビュールをはじめとする天才たちは、この戦争のため、銃や剣で温血者《ウォーム》を殺すように、たやすくヴァンパイアを消滅させる武器を開発してきたのだ。敵塹壕が火の川となって、黒い地図の中で赤々と燃えあがった。

アッティラ号はいまや敵陣の上空で、高射砲も届かない高度に浮揚している。重砲はまだどれも占拠されていないが、いずれ地上部隊がやってくるだろう。無意味な攻撃で砲弾を無駄にすることはない。

恐怖と畏怖にしゃちほこばった下士官が、伯爵に近づいてメモをわたした。伯爵は深刻な顔で思案してからうなずいた。士官の合図を受けて、シュトラッサーが伝声管に命令をくだした。

黒い物体がゴンドラの開口部から落とされ、地面に突き刺さった。爆発と同時に、キノコ形の炎があがる。伯爵の両眼は見えているのかと不思議なほど、赤く血に染まっている。下界の炎に照らしだされた巨大な顔がシュタルハインにむけられた。

「神、われらとともにあり」ドラキュラがのたまった。

いたるところで火の柱があがっている。こんなふうに小山の上に立っているのは、いかにも無防備で危険だ。だがケイトは魅せられたようにその場を動くことができなかった。ここにとどまって目に映るものを記憶し、語り伝えることがわたしの役目だ。目をそらしてはならない。

これがドイツ軍の春の大攻勢、皇帝の戦《カイザーシュラハト》なのだ。ヘイグから荷馬車馬にいたるまで、攻撃があることは誰もが承知していたというのに、それでも連合軍はあわてふためいている。

夜になり、塹壕の上で照明弾が炸裂した。マグネシウム光が目に突き刺さる。地上装甲車が鉄条網と死者の荒野を前進し、歩兵のために道をひらいていく。

「馬鹿者が！　そんなところで何をしている！」誰かがさけんだ。

わたしのことだ。

「粉々にされんうちに、その頭をひっこめんか」

数年にわたる塹壕生活のにおいを染みつかせた男が、ラグビーのようなタックルをかけてきて、やわらかな土で半分ほど埋もれた穴の中にケイトをひきずりこんだ。

「娘っこじゃないか」

兵士の言葉に上官が悪態をついた。ケイトは赤十字の腕章から、こびりついた泥の汚れをぬぐい落とした。

「看護婦であります」

「そいつはよかった」上官が言った。

「死者のようであります」

あごがゆがみ、牙をむきだしたケイトの口は、まるで鮫のようだろう。

「そいつは気の毒なことだ」

「いえ、そうではありません」兵士が言った。「死んでいるのではなくて、死者なのであります。つまり、ヴァンパイアということで」

この小隊の兵士は全員が温血者《ウォーム》だ。生者に固執する連隊もあるのだ。

「ああ、その、吸血鬼のお嬢さん《レディ・ブラッドサッカー》」上官はやや年長の、三十がらみの男だ。「怪我はありませんかな」

「わたしはケイト・リード。大丈夫よ」

「ペンデレル大尉です。ではひと働きしていただけませんか」

シャベルがわたされた。血の手形がついている。

「あの土です。あれを掘ってもらいたいのです」

ペンデレルの部下たちもシャベルをふるっている。塹壕が地滑りによって埋もれたため、後方から送りこまれてきた援軍が、行く手をふさがれて動きがとれなくなってしまったのだ。障害をとりのぞけば、彼らも戦いに加わることができる。ケイトは敬礼して作業にとりかかった。彼女が記者になったことさえ、家族は恥だと考えている。工事人足として働いたことは一生黙っていよう。

爆風で積もった土にシャベルを突き刺しては、すくった土を塹壕の外に放りだす。シャベルが何かやわらかなものにあたった。ひと塊の土がこぼれ、悲鳴をあげたまま凍りついた顔があらわれた。ケイトはあとずさった。兵士たちがとんできて、死体の腕をつかんで土壁からひきずりだした。五体が完全にそろった死体だ。兵士たちは一、二の三のかけ声とともに塹壕の外へと投げ捨て、あるべき場所に死体を送りだした。

死体がとりのぞかれたあとは、作業もおおいにはかどった。ヘルメットをぶつけることなく、どうにか通り抜けられるだけの道ができた。ペンデレルは満足して部下たちに前進を命じ、敬礼をしてケイトの横を通りすぎていった。あとにはシャベルをかかえたままの、ケイトだけが残された。


「前線があちこちで突破されたようだ」コンドル飛行隊における電信の権威、ジンジャーが報告した。「かなりの被害だぜ」

この飛行場からでも、戦いの激しさは見てとれる。塹壕の上空が燃えているし、砲声と瀕死の男たちの悲鳴が数マイル彼方から聞こえてくるのだ。

コンドル飛行隊のパイロットは全員、出撃準備を整えていた。飛行機もすべて格納庫から出され、燃料を補給されている。

戦場の上に、腹を真紅に染めた黒いものがおおいかぶさっている。アッティラ号だ。

「でかいガス袋だな」バーティが言った。「何発か焼夷弾をぶちこめば炎をあげて爆発する。気球と同じだ」

「気球より百倍もでかいぞ」アラードが警告した。「あれだけ大きな花火をあげるには、それなりの火種が必要だ」

「やつはほんとうにあそこにいるのか」

ウィンスロップの考えでは、ドラキュラからは間違えようのない邪悪と絶望のオーラが放射されているはずなのだが。

「ドラキュラ伯爵がアッティラ号に乗っていることは、情報部によって確認されている」ミスタ・クロフトはそこで、アラードにむかって宣言した。「きみたちの出番だ」

「地上部隊は掃射しなくていいのか」アルジーがたずねた。「こっちにかなりの被害が出ているようだが」

クロフトは若い飛行家に威嚇のこもる視線を投げた。

「アッティラ号以外、何ものも検討に値しない」

アラードも今日ばかりは不安にかられているようだ。だが最終的には彼も命令に従うだろう。

ドラキュラが空にあるならば、とうぜんリヒトホーフェン男爵もそこにいるはずだ。ウィンスロップの全神経が昂りふるえた。ヴァンパイアになるというのは、きっとこんな感じのものなのだろう。血が歌い、勝利を求めている。いずれにしても、今夜すべての決着がつく。

パイロットたちがジッグズをとりまいて、手紙や形見をわたしている。ウィンスロップには預けるべきものはなかった。自分がまだ生きていることは、カトリオナにも知らせていない。明日の夜明けには、知らせる必要もなくなっているかもしれない。だったら、いまさら知らせたりしないほうが親切というものだろう。

最初のキャメルが離陸し、あとの機を待ってフィールドの上空を旋回した。

幾台ものトラックに荷物が積みこまれている。マラニークにはいま、遊んでいる人間などひとりもいない。この戦いが終わったとき、マラニーク飛行場は敵の手に落ちているかもしれない。パイロットは燃料が残っていればアミアンに帰投することになっている。だが燃料が残ることはないだろう。コンドル飛行隊は最後の一秒まで戦うだろう。

ウィンスロップは飛行機にとび乗って、操縦席に落ち着いた。

「プロペラまわせ」彼はさけんだ。

ジッグズがプロペラをまわした。キャメルはなめらかに前進し、地面を離れた。太陽はすでに沈んでいるが、大地はなおも炎で明るかった。


ケイトはペンデレル隊についていった。背後からさらに援軍がやってくる。騒々しく進む部隊のあとを追いながら、ケイトは自分が前線にむかっていることに気づいていた。幾度か頭上を屋根がおおい、やがて塹壕はトンネルになった。ブリキの皿に立てた蠟燭が、ぽつりぽつりと明かりを投げかけている。大鎌のようにシャベルをふりまわして障害物をとりのぞいた。獣のように、本能に従って行動した。戦いのさなかに身をおこうという以外、なんの目的も浮かばなかった。

トンネルを抜けたさきは主塹壕で、いまにも崩れそうな砂嚢が十五フィートもの高さに積みあげてあった。梯子がいくつもたてかけられているが、どれもてっぺんが折れている。

すさまじい音が耳を襲った。戦車のキャタピラが壁のてっぺんで猛然と空転し、砂嚢を引き裂きはじめたのだ。機械じかけの巨獣は、泥と鉄条網にからめとられて動きがとれなくなったらしい。兵士たちが戦車の鉄板装甲にむかって銃火を浴びせた。金属にくぼみをうがって弾がはね返される。戦車がよたよたと一ヤードほど前進した。平らで巨大な鼻先が塹壕の上に突きだし、あわてふためく男たちの上に影を投げる。

戦車の中から煙が漏れている。ケイトは咳こみながら、毒ガスではないかと不安になった。戦獣の脇腹から突きだした砲塔がぐるりとこちらをむいた。あわてて塹壕の底のぬかるみに身を投げだす。砲弾がその上を横切り、トンネルの入口で炸裂した。一瞬前まで彼女のいた場所が狙い撃たれたのだ。

火炎に照らしだされて、脇腹のボルトの一本一本までがはっきりと見える。矢狭間と胸壁をそなえた城のようだ。榴散弾と炎があたりに飛び散った。男たちが貫かれ、血まみれになってのたうちながら倒れていく。

ケイトの中に殺戮の衝動がこみあげた。

戦車の重心がゆっくりと塹壕の縁を越え、鼻先が下をむいた。このままだと、穴の底を這いまわっている男たちが圧しつぶされてしまう。だがそのとき、キャタピラの先端が反対側の壁にのりあげて足場を得、バランスをとりもどしてゆっくり前進をつづけた。戦車は塹壕さえ、道にあいたひび割れのように乗り越えて進めるのだ。頭上を通りすぎる鋼鉄の腹に、兵士たちが銃弾を浴びせかけた。

ケイトは蛙のように身をかがめてから、爪の長い両手をのばし、ヴァンパイアの全力をこめて大地を蹴った。戦車の高さまでとびあがり、動きつづけるキャタピラにつかみかかる。回転する車輪にコートの裾が巻きこまれ、ひきよせられる。このままでは製粉機に投げこまれたみたいに、ぺちゃんこにつぶれてしまう。だが圧しつぶされたその身体によって、この化け物も停まるはずだ。肺を満たした鬨《とき》の声が、死の悲鳴となって口からあふれた。


ポオはその夜、テオに原稿をわたそうと思っていたのだが、結局そんな余裕はなくなってしまった。アッティラ号が城を離れた瞬間を合図として、それがはじまったのだ。隠してあった戦車が前線のいたるところに出現し、銃剣をかまえた兵士たちが塹壕を越えていった。強力なる同盟軍の前進が、連合軍を圧しつぶしていく。勝利はもう目前にせまっていた。

ポオはテオとふたり、塔で飛行士たちの支度を見守った。下界で展開されているあの戦い、ここまで音が運ばれてくるあの戦いに、彼らも加わりにいくのだ。いまでも畏怖をおぼえずにはいられないものの、ポオにとっても、飛行士たちの変身現象はもう見慣れた光景となっていた。

いま、リヒトホーフェンが変身した。男爵は弟の死を前にして、いかなる怒りも情熱も表に出すことはなかった。だがそれをきっかけに、取材にさいしてひらきかけていた鎧の隙間はふたたび完全に閉ざされ、生き生きとした表情を見せていた彼の一部もすべて内側に封じこめられてしまった。

冷徹な顔を毛皮がおおい隠した。きっと男爵はポオたちの存在になど気づいてもいないのだろう。だがキュルテンとハールマンがしりぞくと、リヒトホーフェンは宮廷人のマントのように翼をひろげて、おのが伝記作家に会釈を送った。ポオも挨拶を返した。男爵が塔から飛び立つ。部下たちもそのあとにつづき、飛行士部隊はアッティラ号の周囲に集結した。

テオは帽子の庇で目もとを隠したまま、夜の中にすべりでてゆく戦友たちを見送った。

「ここでの仕事はまもなく終わります」やがてテオが言った。「今後、わたしたちはいったいどうすればいいのでしょうね」

テン・ブリンケンの信奉者たちはすでに記録をまとめ、ひきあげの準備をすませている。カルンシュタインはイタリア戦線に移動する。シュロス・アドラーは伯爵の司令部として使われることになるらしい。軍事的重要性が増せばそれだけ、科学的な意味合いは薄れていく。報告書が書かれ、送りだされれば、実験は終了となる。

「彼らはきっと勝利をおさめますよ、テオ」

テオは肩をすくめて答えた。

「伯爵はそのために――勝利のために、彼らをつくったのですからね。ですがマンフレートが言ったように、〝戦後〟などというものは存在しません。彼らは征服のための道具であって、統治とは無縁なのですから」

「征服する相手がなくなることはありません」

「エディ、それほどの洞察力に恵まれていながら、あなたはときとして、驚くほどものごとの本質に気づけないのですね」

ポオは愕然とした。

科学者たちも地上整備員も残っているし、オルロックもどこかを歩きまわっているはずなのに、JG1が出撃したシュロス・アドラーは、まるで廃墟のように閑散としてしまった。飛行士たちが小さな蝿のようにアッティラ号の周囲に集まっている。ポオの鋭い目は、闇の中でも彼らを見わけることができた。

ポオは最終章に、弟を失った男爵のことを記した。それはあたかもリヒトホーフェン兄弟ふたりともが死を迎えたかのようだった。だがひとりは呪わしき運命によって、いましばらく地上にとどまらなくてはならないのだ。

「かわいそうなマンフレート」ポオの気持ちを察したのだろう、テオが言った。「つまるところ、彼は忠犬なのですよ」

「彼らとともに行けるものなら、わたしは何を捨てても惜しくないのに」

テオが彼に目をむけてぎこちない微笑を浮かべた。

「いまさらわたしたちの行動を見張っている者などいないでしょう。偵察用のユンカースＪ１が準備してあります。いっしょにきますか」

「テオ、あなたは飛べるのですか」

「飛行機に乗ればね」

戦場に火の柱があがっている。ポオは決戦場を見おろす空に思いを馳せた。

「わたしは一度も空にあがったことがない……」

「未来の予言者としてはけしからぬ怠慢ですね」

「そうですね」

テオがようやく以前のような才気をひらめかせてにやりと笑った。

「大鴉だって翼はもっているでしょう」

最後の瞬間が訪れたとき、ケイトはすべての人を許そうと考えていた。だが結局、その機会に恵まれることはなかった。

キャタピラに巻きこまれて、コートが拘束衣のように身体を締めつける。死をもたらす歯車に近づくにつれて、重油とグリースのにおいが強烈になる。ケイトを側壁に磔にしたまま、そのとき戦車のエンジンが停まった。機械の故障か、弾丸がまぐれあたりしたのか、それとも天の配剤だろうか。ケイトの生命は危機一髪のところで救われたのだ。ほんのしばらくではあったけれども。

片手が自由に動いたので、指先をそろえて爪をナイフのようにふりあげ、ぴんと張ったコートの肩に突き刺し、引き裂いた。縫い目が破れて自由になった。落下するところを、停止した車輪の縁に片手をかけ、歯を食いしばって脂っぽい鋼鉄に鋭い爪を突き立てた。右手をのばし、左手をのばし、少しずつ戦車をよじのぼっていく。ついさっき炎がかすめていった金属が熱い。

この動く檻の中に敵がいる。温血者《ウォーム》だろうとヴァンパイアだろうと、その体内には、いまケイトが必要としている血が脈打っている。銃眼から機関銃が突きだし、ぐるりと回転した。ケイトは弾道を避けて接近すると、銃をつかんで、ひとひねりでもぎとり――中から高地ドイツ語《ホッホドイッチェ》の悪態が聞こえた――背後に投げ捨てた。

それから銃眼に顔を押しあて、獣のようなうなり声をあげた。乗員たちの恐怖がにおい、パニックを起こしてあがく音が聞こえる。すばらしい戦争機械も、停止してしまえば牢獄と同じだ。火をそそぎこめばそのまま丸焼けになる。

ふいに、一対の長靴《ちょうか》が目の前にあらわれた。ヨーロッパ全軍の中でただひとつ、閲兵にも耐えられそうなくらい磨きあげられた長靴だ。視線をあげると、戦車のてっぺんに軍人が立っていた。あたりを飛びかう銀や鉛の弾丸が、まるで雹の嵐ででもあるかのように平然としている。着ている軍服は合衆国のものだが、明らかにあの国より古くから存在しているヴァンパイアだ。

長靴が実体を失い、霧のように白くなった。話に聞いたことはあるが、見るのははじめての魔術だ。ヴァンパイアの全身が幽霊のように、かすかな光を放ちはじめた。軍服や装備も、髪や身体とともに非物質化する。すぐそばで、弾丸が戦車にあたってはね返った。ぎくりとしながらも、魅せられたように長生者《エルダー》から目を離すことができない。人の形をした雲はしばらく銃眼の上を漂ってから、ふいと細長くなり、喫煙家が煙を吸いこむように戦車の中にすべりこんでいった。

何層もの鋼鉄の壁越しに悲鳴がとどろき、ケイトは心底ふるえあがった。誰かが銃を撃ったのだろう、狭いコクピット内ではね返っている。銃眼から赤い飛沫が噴きだし、ケイトの顔に温かい血が飛び散った。心躍らせて舐めると、血とともに恐怖までがはいりこんできた。

長生者《エルダー》が出てくるのを待たずに戦車からとびおり、ふたたび大地を踏みしめた。ふり返ると、中間地帯《ノーマンズ・ランド》はもはや無人《ノーマン》ではなくなっていた。夜の中で、灰色軍服の兵士たちが幾重もの隊列を組んで、仲間の屍を無情にも踏み越え、連合軍の塹壕にむかって潮流のように歩きつづけている。

三十ヤードほど離れた場所で機関銃が火を噴き、前進していた隊の一角が崩れた。さらに多くの兵士がその隙間を埋めたが、二度めの銃撃でそれ以上の者が倒れる。やがて隊列が銃座をのみこみ、機関銃は沈黙した。射撃手たちは不死者《アン=デッド》の兵士によって引き裂かれ、あたり一面に血が撒き散らされた。ドイツ人どもの口はみな真っ赤に染まっている。

さっきの長生者《エルダー》が戦車の上に実体化した。美しい顔が新たな血で艶を増している。

誰かの撃った鉛弾がケイトのふくらはぎを貫いた。傷口はすぐさまふさがり、痛みが消えてしばらくしてから、ようやく銃声が耳に届いた。

新たな戦車があらわれ、連合軍にむかって燃えるガソリンを吹きつけた。地面に炎がひろがる。周囲の男たちは退却しはじめたが、その場に倒れ伏す者もある。

長生者《エルダー》が新しい戦車にむかって漂っていった。このような形態をとれるとは、よほど年月を経たヴァンパイアなのだろう。ドラキュラやジュヌヴィエーヴより以前から、中世より昔、もしかすると紀元前から存在していたのかもしれない。長い長いあいだ人類にまぎれて姿を隠してきた恐ろしいもの。

さぞや多くの名前をもっているにちがいない。

戦車ががたがたと前進し、新たな炎を吐いた。火炎は胸にあたり、長生者《エルダー》を蝶のように燃えあがらせた。人知れず数世紀にわたる歳月を生きてきたひとつの生命が、野蛮な現代の前にきらめく破片となって砕け散り、またたくまに消滅した。

誰かが彼女の腕をつかんでひきもどし、ささやかな生命を救ってくれた。ケイトはひきずられるままに、前線を逃れる男たちの群れと合流した。

「退却するんだ」

42　将軍たちの夜

アミアンの司令部では誰もかもが大声でわめきたてていた。ずらりとならんだ二十もの電話にそれぞれ人がつき、参謀将校たちが走りまわって前線各ポイントからの重大ニュースを伝えている。数人の中尉がデッキブラシをかかえ、テニスコートほどもある地図テーブルの上のマーカーを動かしている。堅固な壁が爆撃で震動する。町なかでは随所で火の手があがり、町外れでは砲弾が降っている。道端の退避所は急速に混みあってきた。誰もが予測していた大攻撃がついにはじまったのだ。

あわただしく嵐の海峡をわたってきた深い疲労と、マイクロフトの葬儀による傷心をかかえたまま、ボウルガードはパニックを起こした戦略家たちによって隅に追いやられてしまった。彼がさまざまな事件の間近にいられたのはまったくの偶然によるものだ。そしていま司令部に出頭しているのは、敵前線の背後で暗躍しているディオゲネス諜報員のリストをミスタ・ケイレブ・クロフトに手わたすよう命じられたためだ。たぶんこれが、この戦いにおける彼の最後の任務になるだろう。あとは自由にチェイニ・ウォークのわが家にもどり、回想録を書くことでも考えればいい。

クロフトはマラニークから直行するはずだ。コンドル飛行隊はいま空にいて、テーブルの上では赤い三角の木片で示されている。デッキブラシが三角を、アッティラ号を意味する黒い楕円のほうへと押しやった。連合軍をあらわすブロックは、おそらくは現状そのままに、混沌としている。あまりにも大量の人員がつぎこまれたため、同盟軍をあらわす黒いブロックが足りなくなり、准大尉が紙を破っては靴墨でマルタ十字を描きこんで、その代用品をつくっている。

ボウルガードは疲れた両眼をこすった。百もの煙草からあがる煙が地図の上で渦を巻き、司令室内の空気をどんより濁らせている。

サー・ダグラス・ヘイグ元帥が電話でルスヴン卿と話している。受話器を胸にかかえて伝令に指示を与えると、それが電話係へ、さらに戦場の将校へと伝達され、ようやく兵士に命令がくだされるというわけだ。何か計画があるのだろう、ヘイグは今回の攻撃にもまったく動じていない。赤い両眼が電球のように光を放ち、とがった歯が下唇に突き刺さってあごを血で汚している。指揮をとりながらいまにも泡を噴きそうだ。

この虐殺のためにロンドンから派遣されてきたウィンストン・チャーチルは、興奮のあまり上着を脱ぎ、カラーをはずし、シルクハットも頭の後方にずり落として、火のついた葉巻をくわえたまま事実と数字をわめきちらしている。ついさっき食餌をしたばかりなのだろう、顔は赤い風船のようにふくらんでいるし、指はソーセージのよう、こめかみでは太い血管が脈打っている。

アメリカ派遣軍総司令官ジャック〝ブラックジャック〟パーシング将軍も、ゲームに加わりたくてたまらないらしい。両手にアメリカ軍のブロックを握りしめて地図の脇に立つさまは、チップをたんまりかかえて新しくテーブルに参入してきた熱心なギャンブラーそのものだ。将軍のかたわらに従う肉食猿人の〝モンク〟メイフェアは、まるでモローの患者が将軍の軍服をつけてカウボーイハットをかぶったかのようだ。

ヘイグやチャーチルやパーシングら、ヴァンパイアの将軍たちは、酔っぱらったかのようにあらゆる出来事に興奮している。きっと、塹壕にすわりこんで爆撃のたびに首をひっこめるだけの膠着状況に、ようやく終止符が打たれたことを歓迎しているのだろう。報告によると、十ヵ所以上で前線が破られ、戦車につづいてドイツ騎兵隊がなだれこんで戦闘をはじめているという。

灰色の男があらわれ、うっすらと自己満足の笑みを浮かべて地図を見わたした。新たな報告が伝えられ、コンドル飛行隊の三角がアッティラ号の楕円のそばに押しやられる。

ボウルガードは完全に無視された。昇進以来、クロフトの中にディオゲネス・クラブは存在していないのだ。

内ポケットの名簿がずしりと重く感じられた。ボウルガードがスミス＝カミングとともに丹精こめて育成して任務につけたエイジェントたちは、無慈悲なスパイ長官によって文字どおり無駄死にすることになるのだろう。

「くそ馬鹿野郎に撤退と伝えろ」

ヘイグが首相を待たせたまま、べつの電話機にむかって怒鳴った。それから室内の男たちとルスヴン卿にむかって言葉をつづける。

「じつに腹立たしい。くそいまいましいフランス人どもがどうしても退却せんのだ。後方に安全確実な陣を用意しているというのに、ミローのやつは兵どもを戦車の下に送りこんでおる。フランス語に〝退却〟という言葉はない《ル・リトリート・ネ・スパ・フランセ》、か。部下どもに串刺しにされても不思議はないぞ」

ミローのフランス軍をあらわす青いブロックが地図からとりのぞかれ、捨てられた。かわりに黒のブロックがその場所を埋めていく。

「ミローの問題は処理しますよ、首相。これは戦争なのですから《セ・ラ・ゲール》」

ボウルガードは戦慄した。この部屋にいると、戦争とは、地図と玩具とブロックとデッキブラシにすぎないと容易に信じてしまいそうだ。とりのぞかれたブロックが床に散らばり、将校たちの長靴に踏みつけられる。そのひとつひとつが百人かそれ以上の死傷者をあらわしているというのに。

敵はパリを目標とした三叉攻撃をしかけている。戦車と空襲と長距離爆撃によって、連合軍の後方陣地への撤退を阻止し、パニックをひろめて戦術的撤退を無秩序な敗走に変えようとしているのだ。

「問題は数だ」ヘイグが言った。「敵には無駄にできるほどの戦力がない」

連合軍が撤退すれば、突撃するドイツ軍には信じられないほどの被害が出るだろう。四年間もトンネルに隠れていたあげく、馴染みのない土地で、迫撃砲に、爆弾に、機関銃に、地雷に、火炎放射器に、重砲に、簡単に生命を奪われていくだろう。いまのところ両陣営とも、たがいの重要拠点に大がかりな攻撃を加えることは控えている。

「百万くらいおるのかもしれんぞ」チャーチルが口をはさんだ。「鉄の蒸気ローラーがしきりとヨーロッパを横断しておったからな」

「われわれの兵力は百万以上だ」元帥が言いきった。「アメリカ人を投入できるのだからな」

パーシングが歯をむいて鬨の声をあげた。

「ヤンキーがくるぞ」（ジョージ・コーハン作詞作曲のアメリカ軍歌「オーヴァ・ゼア」Over There（一九一七）の歌詞より）

メイフェアがはねるように手袋をはめた片足で電話をとり、うなり声でアメリカ陣営に命令を伝えた。すかさずパーシングが、アメリカ軍をあらわすブロックを地図にのせる。負けのこんだ流れをなんとか変えようと、ホイールがまわるたびに賭け金を吊りあげる自棄になったギャンブラーのようだ。メイフェアは延々と配備に関する指示を伝えている。

近くで砲弾が炸裂して建物が揺れた。天井からはらはらと埃が降ってくる。ボウルガードは肩をはらった。ウィンスロップはコンドル飛行隊とともに、あのまっただなかにいるのだ。

「部隊を配備して反撃に移れ」ヘイグが命じた。「まもなく黒ブロックどもは地図の上から一掃されるだろう」

43 アッティラ陥落

観測窓の下には刺繍をしたキルトのような景色がひろがっている。もはや明確な塹壕線は見えず、蟻と炎が波うっているばかりだ。大攻勢は完全な成功をおさめたようだった。前線のいたるところから無線連絡がはいってくる。敵の防御は破られ、目標は奪われ、堡塁は突破された。祖国《ファーターラント》の軍はさらに進撃をつづけている。

「明日の日没までにはパリに入城しているでしょう」シュトラッサーが最高司令官に報告した。

ドラキュラは答えない。

アッティラ号がゆっくりと高度をさげた。敵の砲台はほぼ占拠もしくは破壊されたので、地上に近づいてもそれほど危険はない。シュトラッサーがさまざまな確認をしながら降下の指示を出している。窓から見える景色が拡大し、細かい部分までが見わけられるようになった。這いずりまわる蟻が、戦い苦悩し死んでいく人として認識される。

戦場のにおいがゴンドラの中にまではいりこんできて、シュタルハインの変身を促した。顔が獣のようにとがり、歯肉から牙が突きだし、服の下で毛皮が生えはじめた。耳も蝙蝠のようにひろがり、聴覚が鋭くなる。

新生者《ニューボーン》のシュトラッサーが、シュタルハインの変身のきざしにあからさまな不安を示した。このタイプの人間なら知っている。すべての飛行船乗り同様、シュトラッサーは飛行機を空の厄介者と見なしているのだ。自分の翼を生やせる人間など、いっそう嫌悪の対象となるだけだろう。ツェッペリン伯爵やロビュール技師より引き継いだ彼の夢は、難攻不落の飛行船でゆったりと大空を漂い、雲にドーナツ形の穴をあけ、ときどき爆弾を投下して、世界の覇者となることなのだ。低空で騒がしく戦闘をくりひろげる連中など、わずらわしいだけの虫けらにすぎない。

こうしたことすべてが、艦長《カピテーン》の視線を一瞬とらえただけで、心の中に流れこんできた。シュタルハインは変身することによって、他人の表層意識を読めるようになるのだ。脊髄がふくれあがらないよう、ぐっとこらえた。完全に変身してしまったら、軍服が裂けてしまう。

舷側の窓からJG1の戦友たちの姿が見える。儀仗兵のように飛行船を取り囲んだ、魔王の編隊だ。地上から恐怖がわきあがってくる。アッティラ号とその従者たちの到来は、連合軍にとっては最後の審判とも思えるにちがいない。その壮麗なる威容に、多くの者がドラキュラのもとに改宗するだろう。そしてそれよりさらに多くの者が、なすすべもなく狂気に陥るだろう。

塹壕線を越えて、ほんの一時間前まで敵のものだった土地の上を進んでいく。アッティラ号は戦車隊の第一波と速度をあわせている。飛行船の影の落ちるところ、これすべてドイツ領だ。

若い乗員がぴしっと敬礼し、敵機影の目撃を報告した。全員の視線が床の窓から全景を映しだす船首の窓へと移動する。アッティラ号の前方を巨大な蝙蝠が飛んでいる。編隊の先頭で空を支配しているのは、いうまでもないリヒトホーフェン男爵だ。

地上の炎で明るい夜空を、敵機と思われる小さな点が接近してきた。敵軍中のJG1、コンドル飛行隊だ。リヒトホーフェンは弟を倒した男たちとの再戦を歓迎するだろう。

「いまこそ飛行船が無敵であることを見せつけてやるのだ」ロビュール技師が両手をこすりあわせた。「われわれに戦いを挑むとは、愚かなやつらだ。空の害虫どもをたたきつぶせ」

ドラキュラが重々しくうなずいて命じた。

「戦闘域まで降下せよ」

口いっぱいに血と苦痛がひろがった。歯があごを引き裂いている。彼の中のヴァンパイアが目覚め、視野を真っ赤に染めあげる。ウィンスロップはゴーグルとマスクをむしりとり、風の中で両眼をひらいた。いがらっぽい氷のような空気がはいりこんでくる。戦争の味だ。闇の中でも完璧に目が見える。ボールとケイトの声が脳髄で、闘技場へ急げとささやいている。

アッティラ号は化け物のように巨大だった。フランスの空にそんなものが浮かんでいるのは屈辱だが、ウィンスロップは飛行船にもその乗客にも関心がなかった。彼の狙いはただひとつ、飛行船の前を飛ぶ血まみれレッド・バロンあるのみ。今夜、リヒトホーフェンは地に墜ちるのだ。

戦いが観測窓の下をすみやかに流れすぎていく。アッティラ号を狙った銃火も見える。景観はさらに拡大し、ひとつひとつの小戦闘まで見わけられるようになった。一台の戦車が農家を押しつぶして突き進み、崩れた煉瓦を乗り越えていく。歩兵が砲台によじのぼり、柄付手榴弾を目標のそばに投げつける。

ドラキュラはゴンドラの最前部に立って、両手を背後に組んだまま、キャメル戦闘機が群らがって空全体にひろがるさまを、にこりともせずにながめていた。

艦長《カピテーン》のあわただしい言葉に、ロビュール技師が操縦桿をつかんでもどかしげに首をふる。ふたりのあいだに意見の相違があったようだ。シュトラッサーが不安と不満もあらわに、乗員にさらなる命令を伝えた。

シュタルハインの前腕で筋肉がふくれあがった。上着の縫い目が引き攣り、袖がはじけそうだ。

最初のキャメルが撃ってきた。小さな閃光がプロペラの周囲ではじける。まだ射程距離には届いていないが、イギリス人は戦闘にはいる前に、こうやって相手の注意をひくのだ。愚かなことだと思いつつ、シュタルハインはその習慣に敬意をはらっている。

飛行船の両脇から飛行士たちが進みでて、リヒトホーフェンとともに前方で隊列を組んだ。

びりびりと大きな音が響き、乗員たちがあたりを見まわした。シュタルハインの上着が背中で引き裂けたのだ。彼は肩をすくめて破れた服を脱ぎ捨て、深呼吸をした。翼があらわれ、脇の下から両腕の内側に、膜質の襲がひろがった。

アッティラ号は進撃するドイツ軍の先頭に立っている。眼下の道路は退却するイギリス軍とアメリカ軍でいっぱいだ。

シュトラッサーが砲撃責任者であるライトベルクと短く言葉をかわした。おもな砲台を破壊しなくてはならない。そうすれば、連合軍の撤退は大混乱に陥るだろう。ライトベルクは何かつぶやきながら、爆弾倉へと通路をよろめいていった。

先頭のキャメルが決死隊のように突進してきた。飛行士がふたり、上下から同時に襲いかかってシュパンダウ機銃を撃ちこむ。飛行機のエンジンが目のくらむような炎を噴きあげた。爆発に巻きこまれないよう、飛行士が翼をはためかせて後退する。飛行機は燃えながら、螺旋を描いて墜ちていった。

シュトラッサーの部下たちが大歓声をあげたが、ロビュールににらまれてすぐさま凍りついた。飛行船の乗員たるもの、単なる翼の曲芸ごときに喝采してはならないのだ。シュトラッサーがまたロビュールのそばに近寄り、袖をひいて主張した。

「低すぎる。地面に近づきすぎるぞ」

艦長《カピテーン》をふりはらいながら、技師自身もきざしはじめた疑惑から逃れることができずにいるようだ。飛行船マニアであるロビュールは、自分が設計した乗物の限界を承知してもいるのだ。

ドラキュラがなかばふり返って片手を動かした。さらに降下、だ。シュトラッサーは抗議しようとしたが、伯爵の命令に異議を唱えることなどできようはずもない。艦長《カピテーン》が思考停止に陥ってさがったところを、ロビュールが巧みに主導権を奪って指示をくだしはじめた。乗員がきびきびとレヴァやワイアをひいてガスを放出し、アッティラ号をさらに地表に近づける。シュトラッサーが両手をあげて絶望を示した。

シュタルハインは観測窓を迂回して、ドラキュラに近づいていった。空飛ぶ獣、人間蝙蝠の形態をとってはいるが、体格そのものはわずかに背が高くなっただけにすぎない。身体のバランスをとるために翼をひろげた。

ドラキュラのかたわらで、キャメルと戦う仲間たちを見守る。さらに何機かの戦闘機がばらばらになり、炎をあげて田園地帯に降りそそいだ。

ロビュールはオルガンの椅子に陣どって、みずからの権威に酔いしれている。乗員は飛行船の伝説ともいえる男に畏怖し、唯々として従っている。シュトラッサーは完全に命令系統からはずされてしまった。

窓に何かがあたり、分厚いガラスにひびが走った。ドラキュラの頭のすぐそばに、先端が銀色にきらめく弾丸が撃ちこまれている。伯爵は肩をすくめたが、間近にいたシュタルハインには、その肩がわずかにおののくのがわかった。最高司令官はふるえる両手を背後でさらにきつく握りしめた。

何かが間違っている。ドラキュラは恐れなどしないはずだ。ドラキュラという存在そのものが、恐怖なのだから。

シュトラッサーがそばによってきて、船を上昇させる命令を待った。そろそろ凍えそうな上空にひき返し、ゆるがない勝利を見守るときだろう。

炎が点々と散らばる闇に顔をむけて、ドラキュラが命じた。

「さらに降下せよ」


コンドル飛行隊に気づけばアッティラ号は上昇するだろう。そのときに飛行船の腹部を攻撃するというのがアラードの計画で、各パイロットには限界高度に関する警告が与えられていた。飛行船にはどうということのない高さでも、空気の薄さと寒気が飛行機には命とりとなるのだ。

だがアッティラ号は反対に、退却する軍を爆撃しながら雑然とした地表に近づいていった。正気の沙汰ではない。引火性の高い百万ガロンものガスのように危険なものが、銃撃戦のこんな近くまでやってくるなんて。もちろんドラキュラは狂っているのだ。

編隊を離れて最初に行動に移ったのは、ウィンスロップのキャメルだった。下からエンジンと補給燃料を集中攻撃するというアラードの計画はとうぜん中止になるはずだ。

車輪が広々とした硬化シルクをかすめそうなほどの距離でガス袋の上を通過する。爆弾がひとつあればこの巨船を破壊できるのだが、あいにくキャメルは爆撃機ではない。

上翼に恐ろしい圧力がかかることを承知のうえで機首をさげ、両手の親指で銃撃ボタンを押しこんだ。ルイス機銃が発射され、ガス袋に小さな穴が平行線を描いた。だがこれでは白鯨《モビー・ディック》に帽子ピンを突き刺したほどの効果しかない。焼夷弾は硬いものにぶつからなくては炸裂しない。ちっぽけな弾薬がからっぽの風船の中に無為にのみこまれていくばかりだ。

アッティラ号を追い越したところで銃撃をやめた。つぎの攻撃のために反転すると、あとを追ってきていた蝙蝠もどきとむかいあうことになった。銃撃。ウィンスロップは弾丸の雨の中に飛びこんでいった。

爆撃を受けながら銃を撃ってくる連合軍兵士の顔が見えた。その弾があたって、ゴンドラがかたかたと揺れる。小銃などどうということはない。ゴンドラは装甲されているし、巨大なガス袋は百万の虫食い穴があいても爆発することはない。

だが爆弾ひとつで。迫撃砲一発で……

砲撃責任者のライトベルクが揺れ動く通路をもどってきたと思うと、よろめいて倒れ、リギングにしがみついた。カラーが血に染まる。流れ弾が首にあたったのだ。その身体が通路から観測窓の上にどさりと落ちた。ガラスはきしみをあげたが割れはしない。丸い枠の中に血がひろがり、下界の景色を染めあげた。

「上昇しなくてはなりません」

シュトラッサーがさけび、死に物狂いの視線でドラキュラに訴えた。異議を唱えることのできない艦長《カピテーン》は、ただひたすら命令が撤回されるのを待っている。だがドラキュラは彫像のように凝然と、空中戦を見つめているばかりだ。シュトラッサーはつづけてロビュールに目をむけた。技師は自分の創造物を制御するのに夢中で、配下の者の不安など一顧だにしなかった。

エンジンに被弾しなかったのは奇跡としかいいようがない。機体にいくつか穴があいてひゅーひゅー音をたてているが、どうということはない。ウィンスロップがいま対決している変身能力者はレッド・バロンではなく、もっと小物だった。

キャメルを側面飛行させ、敵のすぐそばをかすめながら銃を放った。正確な射撃で穴のあいた翼を風がなぶる。肩がはずれ、そいつは空中でのたうった。回復は無理だ。きっとそのまま墜ちるだろう。

アッティラ号の巨体にそってかなりの速度でまわっているあいだに、戦闘が視野から消えてしまった。弾倉を交換する一瞬、空には自分と飛行船だけしか存在していないような錯覚に陥る。だが巨大なガス袋を越えるとふたたび、翼と炎をまじえて激しく戦うコンドル飛行隊とＪＧ１が目にはいった。飛行機が彗星のように爆発していた。

翼をもった火の塊がキャメルの進路から落ちてきた。あの大きさはエンメルマンだろう。炎が巨体にひろがり、翼の膜にまで飛び散る。接近してくるエンメルマンに気づいて、シュトラッサーが息をのんだ。もしガス袋に突っこまれたら、飛行船は間違いなく爆発してしまう。

そのときふたたびキャメルが襲いかかり、エンメルマンはコースを変えて地表めがけて落下していった。飛行士を追っていたパイロットは、そうとは知らずアッティラ号を救ったことになる。

「狂っている、気狂い沙汰だ」シュトラッサーがさけびながら、レヴァのならんだ壁のほうによろめいていった。「上昇しなくてはならんのだ」

ドラキュラが炎を宿した視線をすっと脇に流した。

伯爵の意を受けたハルトが、拳銃をかまえて艦長《カピテーン》の脚を撃った。シュトラッサーは悲鳴をあげてよろめき、手をのばしたまま前のめりに倒れた。

「コースはこのまま維持する」ハルトが宣言した。「われらはみな勇者だ、そうではないか」

すでに正気を失っているのだろう、ロビュールがコースの維持を乗員に命じた。そして鍵盤にむかい、パイプから苦悶に満ちた和音をとどろかせた。

シュトラッサーは身体を丸めてうずくまった。乗員たちが集まってきて、抱き起こそうとする。艦長《カピテーン》は立ったまま気を失った。

エンメルマンが地面にぶつかってはじけ散った。


下界の木立で何か大きなものが爆発した。ウィンスロップは上昇しながらあたりを見まわした。いま彼は怪物に変じている。だが怪物にならなくては血まみれレッド・バロンを倒すことはできない。

数で負けているにもかかわらず、変身能力者どもは倒された味方以上に多くのキャメルを墜としている。

ブランドバーグのキャメルとすれちがった。蝙蝠もどきが尾翼に爪を突き立て、缶切りのようなあごでパイロットに襲いかかろうとしている。キャメルがスピンを起こし、変身能力者を道連れに墜落した。地表でまた爆発が起こる。味方一機、敵一匹。

高射砲はない。敵の大攻勢はすでに塹壕線を越え、こちらの領土深くにまではいりこんでいる。だがウィンスロップには大局など関係なかった。自分はただ獲物を見つけて殺すだけだ。


「諸君」ハルトが言った。「諸君らは皇帝陛下《カイザー》のおんために、未来永劫記録に残る業績を成し遂げたのだ」

ドラキュラが顔をそむけた。ロビュールの奏でる狂気の音楽がゴンドラじゅうに響きわたる。

「われらの生命が勝利をもたらすのだ」

銃弾がばらばらと窓にあたった。ガラスが内側に飛び散り、風が吹きこんでくる。シュタルハインは無意識のうちに翼をすくめていた。いつでも空に飛びだせる。ハルトが一同に敬礼を送った。

ウィンスロップはアッティラ号の陰でおこなわれている戦いをやりすごしながら、リヒトホーフェンをさがして、戦闘を見おろせる高度まで上昇した。

細い炎が飛行船のゴンドラにからみついている。だがそれも、すぐさま冷たい風に吹き消された。

キャメルが一機、近づいてきた。飛行隊リーダーの旗をなびかせているということは、アラードだ。変身能力者がひとり、隊長機を追っている。ウィンスロップはその胸に弾丸を撃ちこんだ。そいつは降下しながらバランスをとりもどしたが、あの傷ではすぐさま誰かに倒されるだろう。大切なのはただひとつの勝利だ。認定されるかどうかすら問題ではない。ウィンスロップ自身が、それを成し遂げたことを知っているだけでいい。

アラードがいったんアッティラ号から離れ、大きな弧を描いて舞いもどると、仮設滑走路であるかのようにガス袋に肉薄し、ヴェリー信号銃をぶちこんだ。ガス袋の上で紫の炎が燃えあがり、アラードの進路を照らしだす。隊長の意図を読みとり、ウィンスロップも操縦桿をひいて高度をあげた。アラードのキャメルは車輪で絹布をひっかき、ひろがる炎の中に突っこんでいく。それからぐっと機首をあげて宙返りをしたと思うと、翼をゆがめながらプロペラで絹布を切り裂いた。ガス袋のてっぺんに裂け目がひらき、アラードがその中に飛びこむ。破れた区画からガスが噴きだした。

アラードのエンジンがうなりながら停まるのが聞こえた。ガス袋の中で銃が連射される。ルイス機銃を撃ちつくす閃光が絹布越しに見える。そして紫の閃光。可燃性ガスの海の中で、飛行隊長が新たな炎を放ったのだ。

何かがぶつかってアッティラ号が揺れた。美しい船を冒瀆されたロビュールが、悲鳴をあげて両手を鍵盤にたたきつける。苦しげな音がオルガンのパイプを走り抜け、金属支柱がきしみ、折れる音が響いた。

ハルトが、ライトベルクが横たわったままの観測窓の上に立ちはだかり、がっしりとした踵を踏みおろした。ガラスが粉々に砕ける。ライトベルクは人間爆弾のように落下していった。

ならないのに。

ゴンドラの壊れた壁に囲まれていては身動きがとれない。シュタルハインは自由に空を飛びまわらなくては

ドラキュラはまだ周囲のパニックから顔をそむけたままだ。

ハルトが敬礼し、微笑を貼りつけたまま穴から身を投げ、重りのように落ちていった。残りの護衛たちもあとにつづく。祈禱を捧げている者もあったが、ほとんどは石のように無言だった。

苦痛の中でかろうじて正気を保っていたシュトラッサーが、懸命にレヴァをひいている。だがほとんどの接続が断たれてしまったため、効果はない。オルガンのパイプだけがうなりをあげている。

最初の大爆発が起こり、ゴンドラじゅうに異臭がひろがった。そして二度めの爆発。

アッティラ号の船腹で火球が爆発し、紙製ランタンであるかのようにガス袋を突き破った。熱気がたちのぼる。

ウィンスロップは顔をそむけようとした。だが目をそらすことができない。飛行船の中央部がよじれる。ひとつの気嚢が猛火を噴きながら裏返しになった。もみくちゃになった水平尾翼が折れ曲がる。火明かりに、天命のつきた巨大船の引力から必死で逃れようとしている十数人の飛行士が浮かびあがった。

船首近くでまたべつの気嚢が爆発した。キャメルと変身能力者の姿が炎を背景に黒く浮かびあがり、そのままのみこまれて消失する。ウィンスロップは落ち着いていた。リヒトホーフェンがこんなにもたやすく、愚かな終焉を迎えるはずはない。レッド・バロンは彼と対決するためにまだ生き残っているはずだ。またひとつ、気嚢が爆発した。

ゴンドラの床にあいた穴から、昼間のように明るく照らされた森が見える。アッティラ号はさながら赤く燃える太陽だ。火が通路を走り、ロープをのぼり、乗員を追ってひろがっていく。

何人かの乗員がハルトにつづいた。その彼らが、五百フィート下方の樹木にぶつかって引き裂かれるのが見える。奇跡を得て生き延びられる者もいるだろうか。シュタルハインは最後の義務を果たそうと時を待った。シュトラッサーがきわめて冷静に制御装置から離れ、髪を撫でつけて帽子をかぶりなおした。穴に近寄ろうとはしない。船と運命をともにするつもりなのだろう。

ロビュールが鍵盤からふり返って、部下に目をむけた。

「勝利はわれらのものになるはずだったのだ。すべてはあの虫けらどものせいだ」

彼にとって戦いは、連合軍とドイツ軍ではなく、飛行船と飛行機のあいだでおこなわれたのだ。

ドラキュラはじっと立っている。いまこそその時だと判断し、シュタルハインは床を離れた。翼をなぶる熱風に逆らいながら、背後から伯爵を抱きあげて両脚を巻きつけ、ひきずるように船首まで進んで、残された最後の窓をぶち破った。

燃える飛行船から何かが飛びだしてきた。翼のある姿。脚に何かをかかえている。

ウィンスロップは銃撃もせず、それが視界から消えていくのを見送った。いまはそんなものにかかずらっている暇はない。

彼はより大きな獲物を求めて、ゆっくりと大空をまわった。

ドラキュラの重みにひきずられて落下していった。頭上では、ガス袋の黒い膜が炎の海の中に溶けていく。最後の狂乱にかられた技師が、オルガンで狂気の音楽を奏でている。

翼がいちだんと大きくひろがり、ドラキュラが軽くなったように感じられた。ふたりはまっすぐ木々にむかっておりていった。

アッティラ号は陥落した。ひと連なりの燃える気球が空から落ちてくる。百ヤードほど背後で、ゴンドラがばりばりと木々の梢を切り裂いた。

炎の指に追いつかれないよう、シュタルハインはスピードをあげた。

アッティラ号の墜落によっていったんは散開した戦闘が、またはじまっている。同盟軍飛行士も連合軍パイロットも、生き延びることなど念頭におかず、ひたすら死にむかって突き進んでいる。シュタルハインは着陸する場所をさがした。義務を果たし終えれば、空にもどって戦友たちに加わらなくてはならない。

飛行機が一機、頭上にせまってきた。武器はないが、ちょっとした戦闘くらいならなんとかなる。ドラキュラを離せばパイロットの首をひきちぎることも可能だ。だが司令官をここで放棄するわけにはいかない。

一瞥して、生命びろいしたことがわかった。それはドイツ軍のユンカースＪ１複座偵察機だった。彼らを掩護しているつもりなのだろう。

燃える森を通りすぎた。まっすぐな道がのび、鏡のような湖に炎が映えている。シュタルハインは翼をひろげ、風を使って加速ではなく減速しながら、地表にむかった。激しい衝撃。思わず伯爵を離した。翼と四肢をもつれさせるようにして地面をころがる。

怪我をしたようだ。地平線を視野にとらえようとふり返った。穏やかな飛行のあとで、地面が不安定に、嵐にあった船の甲板のように揺れ動いている。

ユンカースはまだ上空で、守護霊のように旋回している。

ドラキュラが立ちあがって軍服をはたいた。それにしてもなぜアッティラ号が、自殺ともいうべき無意味な最期を遂げなくてはならなかったのだろう。伯爵が近づいてきてシュタルハインを見おろした。平らな顔に表情はないが、シュタルハインはその奥に混乱を読みとった。なみの男だったら戦争神経症《シェルショック》ともいうべきものだ。だがドラキュラがそんな弱さをもちあわせているはずはない。

そこにいるのは彼らだけではなかった。英語のさけびとともに、銃声が響きわたった。シュタルハインははっとたじろいだ。

顔をあげると、ドラキュラが負傷しているのがわかった。胸が血で濡れている。

「死ぬ」ドラキュラが芝居がかった声で唱えた。「真の死を迎え……」

影のような男たちが包囲をせばめてきた。ユンカースは無意味に数百フィートも離れた場所を掃射している。光を受けて銀が光った。銃剣が近づいてくる。

伯爵はまだ話しつづけている。

「哀れなり、ベラ」

いったい何を言っているのだ。

「いま幕がおりる」

何本もの刃が立ちすくむヴァンパイアを貫き、肋骨と首を切り裂いた。シュタルハインにはどうすることもできなかった。両の翼と片脚が折れていた。数分あれば、治癒してもとの身体にもどれる。だが彼にはその数分が与えられていなかった。

男たちはドラキュラを引き裂き、その身体をあたり一面にばらまいた。それから倒れた飛行士に気づき、変身した姿に嫌悪の声をあげながら近づいてきた。銀の切っ先が胸に突きつけられる。心臓を貫いたその刃には、憐憫がこもっていた。

44　KAGEMUSHA物語

　クロフトがみずからの手でアッティラ号の黒い楕円を地図からとりのぞいた。くちびるが勝利の喜びにゆがんでいる。

「諸君」彼は宣言した。「ドラキュラは倒れた。まもなくその首級が届けられるでしょう」

　かつて同じことがあった。ヴラド・ツェペシュが殺されたときも、その首は切り落とされ、サルタンのもとに届けられたはずだったのだ。だがそれでも彼は生き延びた。

　あまりにもめまぐるしい展開に、クロフトの宣言もたいした衝撃とは思えない。ヘイグとパーシングは口角泡を飛ばして、突破された前線に部下を投入する名誉ある役割を押しつけあっているし、首相とつながった電話は放りだされたまま、悲しげな鳥のようなさえずりをあげている。

　ミローが消えてからは、フランス軍もかなり善戦している。アメリカ軍はドイツ軍の進軍に真正面からぶつかっている。未熟な新兵対百戦錬磨の古参兵、もしくは意気盛んな若者対戦い疲れた敗残者だろうか。そしてイギリス兵は塹壕にもぐりこんでいる。

　司令部の屋根で砲弾が炸裂した。天井から漆喰が降って、クロフトとチャーチルをパントマイム劇の幽霊のように染めあげる。白塗りの顔の中で、ねっとりしたくちびると火のような両眼だけが赤い。バケツをもった准大尉たちが消火に駆りだされた。

「これまでの諜報戦に関して、ディオゲネス・クラブのとるべき責任は明らかでしょう」幽霊のようなクロフトがほくそ笑んだ。「不必要な犠牲が多々あったわけですからな」

ドイツ軍は波のように押しよせ、頑丈な堡塁をものみこんで、ひろがり突き進んでいく。

チャーチルが心の中で計算しながら言った。

「この調子もあとわずかでしょうな。アッティラ号が墜ちた以上は、士気もさがり混乱が生じるにちがいない」

冷笑的な将軍ユベール・ド・シネストル伯爵が、ドラキュラが目撃されたという報告を伝えた。

「アッティラ号ででですね？」クロフトが確認する。

「いいえ」シネストルは答えた。「ドラキュラは黒馬にまたがって完全武装で騎兵隊を率い、銀の剣で左右の敵をなぎ倒しています。ここ、左翼ですな。勇猛なるミローが陣どっていた場所です」

将軍はドイツ軍の突撃地点を示した。

クロフトが動揺した。

「伯爵が飛行船に乗っていたというたしかな情報がはいっている。やつは地上部隊の手にかかって死んだはずです」

フランス人ヴァンパイアは肩をすくめた。

「イギリス情報部はあてにならないことで有名ですからな。これはもっとも信頼のおける将校、ダックス大佐よりの情報です」

「やつは空にいたはずだ。やつの性格からしてそれ以外はあり得ない」

「まさしく神出鬼没ですな」チャーチルが言いだした。「わたしはロイヤル・フリントシャー・フュージリアーズ連隊のジョージ・シャーストン大尉より、ドラギュリャが右翼で歩兵を率いて突撃し、銀の弾丸の雨を浴びたという特電を受けとっておりますよ。これまた祝うべきことなのでしょうな、ミスタ・クロフト」

クロフトはアッティラ号の楕円ブロックを握りつぶした。

「ドッペルゲンガーが随所にはびこっているようですね」ボウルガードは言った。「つぎはピカデリーで、麦藁帽子をかぶって散歩しているところでも目撃されるのではありませんか」

「古臭いトリックだ」チャーチルが丸々とした手でこぶしをつくった。「部隊を率いて敵弾の標的となるための身代わりか」

「ほんもののドラキュラは飛行船に乗っていたはずだ。わたしはそう断言する」

クロフトは灰色の顔を緑に染め、両手を突きだしてさけんだ。

「騎兵隊のドラキュラは倒れました」とシネストル。「機関銃によりまっぷたつにされました。彼の部隊も敗れ、ミローの復讐は果たされました」

「どうということはない、みんな殺してしまえばいいんだ」チャーチルが言った。

「やつはすでに死んでいる。真の死を迎えた」クロフトが言い張る。

「伯爵はどこか安全な場所にいるはずです」ボウルガードは結論した。「おそらくベルリンでしょう。これはみな目くらましです」

「そんなことはあり得ない」

執拗に言いつのりながら、クロフトの指がボウルガードの咽喉にかかった。

「わたしが正しい、間違っているのはきさまだ」

目の前にせまった顔は、貼りついた皮膚の下で腐り、漆喰の粉の下でおぞましい緑色に染まっている。ボウルガードはヴァンパイアの手首を握って、締めつける力をゆるめようとした。

クロフトを引き剥がそうと将校たちが駆けよってきた。

「やめたまえ」ヘイグが鋭い声で命じた。「ふたりともだ。争っている場合か。戦いの最中なのだぞ」

クロフトがどんと彼を突き放した。ボウルガードは咳きこみながら息をつき、痛む咽喉からカラーをはずした。灰色の男は意気消沈しておとなしくなった。彼ももうこれで終わりだろう。

ヘイグとパーシングが合意に達し、アメリカ軍とイギリス軍のブロックをアミアンに通じる道に積みあげはじめた。黒いブロックと十字をつけた紙片が、じりじり押しよせてくる。

間断ない爆撃がさらに近づき、一撃ごとにテーブルの上でブロックがとびはねる。電話線が切断され、また修復された。

すべての目がテーブルを見つめている。ブロックはもう収拾のつけようもないほど入り乱れている。失われた生命を思って、ボウルガードの胸は痛んだ。

「ああ、人なるものよ……」

45　宴の果て

アッティラ号の残骸がまばゆい炎をあげて燃えているため、昼間の空を飛んでいるような気分だった。森のむこうは、てんでにアミアンに撤退する連合軍兵士でひしめきあっている。道路は貨物トラックで渋滞している。そのため兵士たちは野原を突っ切っているのだ。

墜落した飛行船から噴きあげる熱風で顔が痛い。ウィンスロップは敵を求めて、キャメルの上を、下を、見わたした。欲求不満がうめきながら腹に爪をたてる。もしかするとコンドル飛行隊とＪＧ１両陣営において、あの空中戦を生き延びたのは自分ひとりなのだろうか。リヒトホーフェン男爵がどのような運命をたどったのか、正確なことは一生わからないのかもしれない。

そんなことなら炎をあげて墜落したほうがましだ。いや、炎の墜落より悪いことなどあろうはずはない。アラードの犠牲以上にひどいものなどありはしない。ブランドバーグの最期やアッティラ号に乗っていた何十人もの死を思えば。おれはいま――いや、さっきからずっと、正気を失っていたにちがいない。

内なるアルバート・ボールが敵を追いつめ滅ぼせと駆りたてている。だが異議をはさむものもある。内なるケイト・リードだけではなく、彼にも良心はあるのだ。以前の自分が思いだされる。戦争によって大人になる以前の、少年としての自分。戦争によって怪物になる以前の、人間としての自分。いずれカトリオナに説明しなくてはならない。ボウルガードにもだ。

男爵との禍々しい経緯に心を奪われるあまり、彼はみずからを奇形にしたてあげてしまった。この常軌を逸したエドウィン・ウィンスロップは、舞台で血管をひきずりだしていたイゾルドや、皇帝《カイザー》の魔物たるＪＧ１の蝙蝠部隊ほどにも厭わしい。

顔にあたる風のおかげで心の靄が晴れた。口をあけて風をとりこみ、操縦桿をひいて高度をあげた。上へ行けば行くほど残忍な所業から遠ざかる。地球の大気圏を離れれば、戦争から、永遠の殺戮と浪費から、逃れることもできるのだろうか。

そのとき、獲物を追う鮫のようにただひとり、目的ありげに焼けた木々の梢をかすめ飛ぶ生き物が目にはいった。飛行隊長のしるしであるリボンが足首にたなびいている。リヒトホーフェンだ。火明かりを受けて、男爵はまさしく真紅に染まっていた。

あれが最後の変身能力者であればいい。もう彼らの最期を見るのはたくさんだ。魔法はすでに効力を失っていた。彼らもまたほかの者たちと同じく、血を流して死ぬ生き物なのだ。

だがそんなためらいも赤い潮流にのみこまれてしまった。氷のように冷静に、ウィンスロップはすばやくキャメルを降下させた。弾薬がまだ残っているのが奇跡のようだ。変身能力者は後方にむけて銃を撃てない。背後からなら、男爵も簡単に墜とせるだろう。

リヒトホーフェンはすでにキャメルに気づいていた。あの蝙蝠の耳はすばらしい聴力をもっているにちがいない。キャメルに銃をむけられるよう、上昇反転しようとしている。ウィンスロップは連射を浴びせ——だがほんの短時間だ、とどめを刺すため弾は節約しておかなくてはならない——男爵を森の中に追いこんだ。

木々の梢をかすめ飛んでいると、男爵が張りめぐらされたような枝のあいだをすり抜けていくのが見えた。信じられないほど機敏な動きだが、木々に邪魔されてスピードは出ない。生い繁った森の中を泳いでいるみたいだ。アッティラ号から出た火が燃えひろがっている。木を焼く濃い煙が渦を巻いてたちのぼり、両眼を刺激し、プロペラにまとわりついてくる。

地面におりれば、今夜を生き延びることができるだろう。ドイツ部隊の進軍を待って、英雄としてシュロス・アドラーに連れ帰ってもらえばいい。だがマンフレート・フォン・リヒトホーフェンが戦いから逃げだすはずはない。

森はごく狭く、キャメルはすぐさまその上とその先の平地を飛び越えてしまった。正面は小高い丘陵地帯で、連合軍が陣を敷いている。人々の流れはその丘にむかっている。ドイツ軍の大攻勢はここを破ろうとしているのだ。それとも、ここで敗戦が決まるのだろうか。

反転してふたたび森にむかったそのとき、リヒトホーフェンが木々のあいだから舞いあがってきた。二十世紀の武器をそなえた先史時代の怪物。男爵が撃ってきたので、ウィンスロップも反撃した。銃弾が飛びかい、すさまじい衝撃音が響く。プロペラが被弾したようだ。

両者ともに猛スピードのまま、あやうく衝突しそうな距離ですれちがった。男爵の翼の起こす風が感じられたほどだ。

このような怪物になるのは、どんな感じのものなのだろう。

急いでキャメルを反転させた。機動性は男爵のほうがはるかにすぐれているのだから、限界まで機を酷使しなくてはならない。

リヒトホーフェンには何もない。ただひたすら国に身を捧げた、修道僧のように清貧な戦士。それがやつの弱点だ。何かのために戦うという、その目的が彼にはない。スコアが増加していくという、虚しい功績よりほかには何ひとつ。

地に墜ちて男爵の勝利のひとつとして数えられるのはまっぴらだ。だがウィンスロップは、もはやリヒトホーフェンを殺す必要性を感じてはいなかった。もうこれ以上人を殺したくなかった。にもかかわらず、せまりくる蝙蝠もどきにむけてルイス機銃を撃っている。

男爵は飛んでくる銃弾をかわし、至近距離を通過していった。ウィンスロップはその変身した顔を目のあたりにした。人間の青い目に、つねにむきだされた蝙蝠の牙。口から血をしたたらせた悲しい仮面だ。

空にもう一機の飛行機があらわれた。ゆっくりと梢をかすめ飛んでいる。複座偵察機。ひと目で色彩が見てとれた。ドイツ機だ。

キャメルで男爵の後上方をとった。とどめのための弾を残して、短く銃火を浴びせる。追いつめられたリヒトホーフェンは前に進むしかない。

蝙蝠は左右にかわそうとしているが、追いこまれた狭い進路から抜けだすことができない。だがもう弾が残り少ない。あと数瞬、この状態がつづいたら……

森が終わり、丘陵地帯がせまってきた。ぞろぞろ歩いていく兵士たちの頭上を、ぎょっとするような低空で飛びすぎていく。男たちがふり返り、通りすぎるリヒトホーフェンとウィンスロップにむかってさまざまな喚声をあげる。風圧で帽子が吹き飛んだ。ライフルが空にむけられ、火を噴いた。

馬鹿者どもが。速度を考えろ。先行する飛行士を狙った弾が追撃者にあたるじゃないか。

偵察機が追ってきているが、そんなものは無視する。戦闘機にとって推進プロペラ機など問題ではない。さほど燃料を消費することなく、簡単に引き離して大地にたたき落とすことができる。

前方の空に迫撃砲の弾幕がひろがった。ぎょっとしたリヒトホーフェンが、翼をはためかせて急上昇した。ウィンスロップもすばやく操縦桿をひいて、そのあとを追う。

目蓋がひらくように、雲間から月が顔を出した。

速度を一定に維持する。男爵が照準内にはいった。いま発射スイッチを押せば……

親指が鉄のように凍りついている。

前方にあるのは高射砲だ。丘陵の砲台が砲弾の絨毯を敷きつめている。リヒトホーフェンは激しい砲火にむかって飛んでいく。

周囲一帯の爆撃音に刺激されて、ウィンスロップはようやくボタンを押しこんだ。銀の弾丸が流れだす。男爵の毛皮に赤い傷がひらいた。リヒトホーフェンにしるしをつけたぞ。

親指はまだボタンを押しつづけている。だが弾丸がつきた。

リヒトホーフェンの翼が巨大なカーテンのようにひろがり、空をおおう。ウィンスロップは防御の手だてもなく、男爵と偵察機にはさまれていた。両者が一度に襲いかかってきたら、真の死を迎えるしかないだろう。だがもしかすると、それがいちばんかもしれない。このまま生きつづけてますます怪物になってしまうよりは、死んだほうがいい。

その生き物の目には凶暴な殺意が燃えていた。エドウィン・ウィンスロップはいま、男爵のスコアのひとつになろうとしている。

反射的にボタンを押しこんだ。ルイス機銃がかたかたと音をたてたが、弾は出なかった……

リヒトホーフェンは空中でくり返し全身を痙攣させていた。まるでウィンスロップが幻の弾丸を撃ちつづけているかのように、のたうち、翼をよじり、いくつもの傷口から血を噴きだして。

ウィンスロップは愕然とした。

もちろん地上からの砲火だ。その衝撃ですっと狂気がひいていった。自分もまたドイツ人と同じように高射砲によって穴だらけになる危険があることが思いだされ、螺旋を描きながら瀕死の飛行士よりも上空にあがった。リヒトホーフェンは砲撃に押しあげられるように、空中で身体を引き攣らせている。

ひろがった翼がぼろぼろに裂け、身体が収縮していく。銃器の重量にひかれて四肢がねじれる。そして生命を失った物体は地上めがけて落下し、火と闇の中に消えていった。

ウィンスロップは正気をとりもどし、自分はいったい見知らぬ空で何をしているのだろうといぶかしんだ。

46　ヴァルハラ

ふたたび地上におりたとき、ポオは大きな変化を遂げていた。はじめての飛行は果てのない悪夢だった。大地を離れると同時に混沌の嵐に——恐怖の大渦に巻きこまれ、ヴィジョンの根底が破壊されてしまったのだ。アッティラ号は陥落し、巨大な炎がヨーロッパにおけるヴァンパイアの父をのみこんだ。リヒトホーフェン男爵も死を迎え、傷ついた身体は変身を解きながら地に墜ちていった。『赤い戦闘機《デア・ローテ・カンプフリーガー》』は未完成に終わった。出版するには、巻末に男爵の死亡報告を載せなくてはならない。大攻勢はたしかに成果をあげたが、それにしてもどれほどの代価をともなったのだろう。

テオが湖畔の仮設滑走路でタキシングにはいった。シュロス・アドラーの影が空にそびえている。誰もいないのだろうか、明かりはひとつもともっていない。車輪が草地に沈み、飛行機ががくんと停止した。ふいに訪れた静けさが、心を包む平穏が、かえって意外だった。顔が乾いた涙でこわばっている。テオがパイロット操縦席から這いだしてきて地面におりたち、ヘルメットと手袋を脱ぎ捨てた。

そして、これからどうすればいいのだろう。

巨大な門がわずかにひらいている。足を踏み入れたシュロス・アドラーは、まったくの無人だった。いままで耳に慣れていた戦闘音が消えて、足音だけがうつろにこだまする。この基地はすでに放棄されていた。

テオが平然と言った。

「オルロックはベルリンにもどっているでしょう。上官への報告がありますからね。計画がどれほどうまく運んだか、ドラキュラが知りたがっておられる」

「ドラキュラが？　伯爵はアッティラ号に乗っていて、亡くなられたのではないのですか」

テオが疲労と嫌悪をこめて首をふった。

「あれは身代わりです。連合軍をあざむくために扮装させた、哀れな道化のひとりですよ。標的となるべく使われたのですが、みごとに役目を果たしました。敵は空にある彼を殺すことに夢中になるあまり、地上の進軍を放置しましたからね」

「誰だったのですか。アッティラ号に乗っていたあのヴァンパイアは」

「ハンガリー人の役者ですよ。ルゴシュ生まれの二枚目俳優です。ドラキュラの子《ゲット》のひとりで、身代わりとなるべくつくられました。ほかにもいますよ。おそらくは十人以上もね」

「しかし……アッティラ号の乗員たちは？　飛行船そのものは？」

「煙と鏡。虚飾の背景……」

「いったい誰がそんな計画を推し進めたのです」

テオの親指が巨大な肖像画を示した。さりげなく、かつ勇ましく、皇帝《カイザー》のかたわらにドラキュラ伯爵が立っている。どちらもモールの重たげな軍服に身を包み、針のように口髭をとがらせている。

「あの方々ですよ」

もうひとり、とり残されている者があった。ハンス・ハインツ・エーヴェルスだ。誰かがわざわざ銃で撃っていったようだが、使われたのが鉛弾にすぎなかったため、いま彼は砕けた頭蓋骨をつなぎあわせながら治癒しようとしている。

ポオの心は千々に乱れた。名誉と栄光を求めたはずなのに、見つかったのは人殺しとならず者ばかりではないか。

テオが冷静にエーヴェルスの傷を調べ、回復するかもしれないと告げた。

「誰のしわざだ」ポオはたずねた。

「飛行士が……ひとりもどってきたのだ」苦痛に目を閉じたまま、エーヴェルスは答えた。「おまえの原稿をとりにだ、ポオ。ゲーリングだった」

「記録将校ですよ」テオが言った。「なるほど、そういうわけか。エディ、つまり、大切なのは歴史の記録なのですよ。記録が書きつづけられるかぎり、彼らは勝利する。でもドイツには英雄が多すぎる。だから記録係がそれを選別する。ゲーリングが、マブゼが、ドラキュラが。彼らは軍人ではなく、記録係なのです。伯爵と、彼の愛する鉄道時刻表を考えてごらんなさい。名誉ある功績も、結局は、株式取引所や徴税局のような、数字に貶められてしまうのです」

「わたしの原稿は？　どこにあるのだ」

エーヴェルスがかろうじて微笑を浮かべた。

「ゲーリングがベルリンにもっていこうとした。出版するためにな。わたしはそれを邪魔してやったのだ」

エーヴェルスは上目づかいに自分の頭の傷を見ようとしている。

「おまえの作品が本になるのを防ぐというただそれだけのために、なぜわざわざこの頭を犠牲になどしたのだろう。わたしはおまえが大嫌いだ。それでも、たとえ衰え枯渇したものであろうと、おまえの才能が手にはいるものなら、何をなげうっても惜しくはない。嫉妬と呼んでくれてかまわん。わたしがおまえの本を邪魔したのは、嫉妬のためだ」

ぴったりした上着のいちばん上のボタンをはずそうとしているが、負傷したエーヴェルスの手はうまく動かない。テオが襟をひらき、呼吸を楽にしてやった。その内懐から、ポオの筆跡で埋もれた紙束があふれこぼれた。

「おまえは偉大な作家だ、ポオ。ああ、認めてやるとも。だがどうしようもなく狂っている。わたしのやったことは、もしかするとかえっておまえのためになったのかもしれん。ゲーリングがもっていった原稿の、最初の三ページはおまえのものだが、あとはすべてわたしの原稿とすり替えてある。せっかくの傑作だが、無駄になったな……」

　エーヴェルスの意識が途切れた。手袋を血で汚して、テオが立ちあがった。ポオは肩をすくめて恐怖をふりはらい、懸命に頭を働かせた。謎の、最後の一片が手にはいった。


　湖のほとりで、ポオとテオは夜明けを待った。戦闘の喧騒はすでに前線を越えて、敵の領域へと移動している。

「ささやかな物語しかもたないちっぽけな男たち。彼らは英雄という存在に不安をおぼえずにはいられないのでしょう。勇者の栄光を必要としてはいますが、われわれが血を糧とするように、その栄光を餌として消化するのです。あなたの本は記念碑となるはずのものでした。さらに多くの英雄を生みだすための、栄光の奥津《おくつ》城《き》です。記録係は何世紀もの時をかけてのろのろと這いずっていきますが、英雄は彗星のように一瞬の炎をあげて燃えつきます。この戦いで、単なる数字として、名も知られぬ何百万もの人間が死んでいきました。ドラキュラがそうなさしめたのです。死者の書に記された、意味なき名前として」

　ポオは原稿に目をやった。輝かしいひらめきの書。夢であり、霊感でもある。この未来の騎士の物語を読めば、いつの世でも少年は、マンフレート・フォン・リヒトホーフェンのようにドイツにわが身を捧げたいと熱い心を燃やすだろう。

「ドラキュラはリヒトホーフェンのような英雄など歯牙にもかけていないのですよ、エディ。優秀な男たちも。勇敢な男たちも。狂った男たちも。ドラキュラはゲーリングのような、薄ら馬鹿の死の官僚に囲まれていればご機嫌なのです」

　ポオは原稿の最初の数ページを抜きとり、湖面へとすべらせた。静かな水に浮かんだ紙の上でインクがにじむ。心が痛んだ。あれは彼の最後の天才、文字となすことのできる最後の言葉だったかもしれないのに。彼の思考はヴァンパイア特有の愚鈍さに冒されつつあるのだから。

テオの手が理解をこめて、そっと肩にかけられた。ポオはすばやく原稿を宙に投げあげた。紙片は雲のように舞い散り、水を吸って固まりながら、何ヤードにもわたる湖面を埋めつくした。ポオは外套を脱いで、新しい肩章に指をすべらせてから、それも水中に投げ入れた。原稿のサルガッソーが乱れた。

「わたしの任務は終わりですね」

外套の袖が、死体の腕のようにもつれている。湖の中心に生まれた未知の潮流が、布と言葉の塊をその底にひきずりこむ。深い沼地のような湖が『赤い戦闘機《デア・ローテ・カンプフリーガー》』の断片の上で、むっつりと静かに扉を閉ざした。

「ここにいたら、いずれフランス軍がもどってきますよ」テオが言った。「また新しい本を書けばいい。こんどは真実を伝える、正直な本をね」

「真実にはあまり興味を惹かれないのですよ」

将校を肩をすくめた。

「なるほどそうかもしれませんね」

「あなたはこれからどうするのです?」ポオはたずねた。

背をむけて城の影から立ち去る前に、テオは以前どおりの微笑を浮かべて答えた。

「祖国のために戦うだけですよ」

47　余波

銃弾は撃ちつくし、燃料も残りわずかだ。着陸することを考えなくてはならない。マラニークはおそらくドイツ軍の手に落ちているだろう。アミアン方面に基地をさがそうとしたが、ウィンスロップは興奮のあまり、方位を見失っていた。

星を頼りに東にむかった。眼下では、援軍の輸送車隊が前線に急いでいる。ぞくぞくと撤退していく兵士の中には、そのまま通りすぎていく者も、抵抗しようと塹壕を掘りはじめる者もいる。少なくともこのあたりはまだ、ドイツ軍が絨毯のようにひろがっているわけではなさそうだ。着陸しても降伏する必要はないだろう。

体内のボールとケイトはすでに燃えつき、心はくっきり澄みわたっている。恐ろしい、だが面白い夢から、たったいま目覚めたかのような気分だ。だが身体は疲れ果てているし、いままで忘れていた傷もまた痛みはじめた。そして襲いかかる喪失感。ボールのささやきが聞こえなくなったいま、彼は凡庸な一パイロットにすぎなかった。

手の中で操縦桿が暴れる。さっきまで一心同体だった機体が、いまでは、弱みを見せればすぐさまふり落としてやろうと手ぐすねひいている反抗的な騎獣のようだ。ワイアが悲鳴をあげ、エンジンが咳こんだ。

操縦桿をひき、無にむかってどこまでも上昇していきたい誘惑にかられる。自分はもはやさっきまでの怪物ではなく、さらには人ですらなく、幽霊の、そのまた影にすぎない。

だがそのとき、生きつづけたいと願う小さな火花が彼の中ではじけた。ぎこちない手で操縦桿を握り、翼を水平に、アルコール水準器の気泡を中心に維持する。障害物さえなければ、道でも草地でもどこでもいい、着地しよう。だが今夜はどこもかしこも人であふれかえっている。数年にわたる膠着状態に終止符が打たれ、激動の戦争が再開したのだ。

左手に懐かしい光が見えた。

炎をあげるヴェリー信号光が、ずらりとならんでフィールドの位置を示している。この仕掛けをつくった者が、ちゃんと障害物を片づけてくれていますように。旋回して確認するだけの燃料はない。ウィンスロップは紫の光のあいだを目指して高度をさげた。

車輪が丈高い草にぶつかった。キャメルは地面にあたってはずみ、機首を下にむけた。このまま逆立ちして、ウィンスロップの頭を泥の中に放りこむつもりなのだ。

鋭い音とともに何かがひゅっと顔にあたり、キャメルが裏返しにひっくり返った。ベルトのロックを解除し、操縦席からとびだそうとした。操縦桿が腹と鼠蹊部に突き刺さり、しわくちゃになった翼がまとわりつく。地面がもちあがって頭にぶつかり、二百ポンドあまりの残骸が背中にのしかかった。

誰かが大声でさけんでいる。何かの液体がちょろちょろとかたわらを流れていく。ガソリンのにおいだ。

骨なしになったような身体を残骸の外にひきずりだされた。残りわずかな燃料に火がついて爆発音がとどろき、油っぽい熱風が吹き抜けていく。炎の雨が矢となって降りそそいだ。

彼にむかって手をのばし、もう少しでその心臓と頭をとらえようとしていた死は、だがその最後の瞬間に目標をつかみそこなったのだ。ウィンスロップは生命をほとばしらせてさけんだ。深く息を吸うと、誰かが身体を起こしてすわらせてくれた。

ひらいた両眼に、彼のキャメルだったものを燃やしつくす巨大な篝火が映る。

「賭けてもいいが、もう二度とあんな真似はできないだろうな」誰かが言った。

ケイトは負傷者といっしょにトラックの荷台に放りこまれた。がたがたの道を二マイルも進むあいだに、負傷者の大半は死んでしまった。彼女も二度ほど銃弾を受けたが、いずれも銀の弾ではなかった。衣服にこびりついた泥は乾き、ミイラを包む布のようにこわばっている。死者から奪ったヘルメットはなくなってしまった。何もかもがぼんやりとして、身体から抜けだしたみたいな奇妙な感覚だ。生きた死体を残して、このまま闇の中に漂いこんでしまいたい。わたしが離れても、身体は生きつづけていられるのだろうか。きっとヴァンパイアはこうやって精神を失い、渇きだけに支配される生き物になっていくのだろう。

腕に抱いている若者が、エディットと呼びかけてきた。なんとかして元気づけてやりたい。応急手当の布に血がにじんでいる。それでもこの若者の血を飲みたいとは思わない。不死なる存在になってはじめて、ケイトは血に食傷していた。

かつてジュヌヴィエーヴが言ったことがある。

「ヴァンパイアが血を飲むのは、その必要があるからではないわ。血を飲むのが好きだからよ」

もうジュヌヴィエーヴみたいになろうとするのはやめよう。いまこそ二十世紀の女になってしまおう。五週間もかかって髪にこびりついた泥を洗い落とすかわりに、ばっさり断髪にしてしまおう。顔をおおう泥にひびがはいり、少しずつ剥がれはじめた。

増援部隊に道を譲って、トラックはしじゅう端によってばかりいる。ドイツ戦車を迎え撃つため、イギリス軍戦車が地響きをたててころがっていく。新たに参戦したアメリカ人部隊が、死体だらけのトラックに同情の声をあげ、煙草の箱を投げてよこした。

安モクを一本くわえたが、マッチがない。だがいまは煙草の匂いだけでも元気が出そうだ。

戦いの渦中にいたため、ケイトは全体的な戦況をまったく把握していなかった。ドイツ軍の大攻勢は前線のいたるところを突破して進撃した。連合軍はその後、温存していた予備部隊を投入したらしい。そして結果はどちらにころんだのだろう。勝利か、敗北か。

トラックが道を離れ、新しく敷かれた板をきしませながら、がたがたと野原を走りはじめた。

森のほうで大きな火が燃えている。飛行船が墜落した場所だ。首をのばすと、飛行船の巨大な肋材が、なおも炎をまといつかせてそびえているのが見える。熱気にエディットの恋人が目を覚まし、ふり返って息をのんだ。

「地獄の平野だ」

フィールドのはずれにテント群が設営され、少なからぬ男たちがたむろしていた。撤退してきた前衛部隊のパイロットだ。ウィンスロップは気がつくと、生乾きの草の上でぐったりとしていた。誰かが煙草と火をくれた。コンドル飛行隊のパイロットで無事帰投した者がいるかどうか、たずねてみた。いるんじゃないかと誰もが答えながら、はっきりその名をあげられる者はひとりもいなかった。

汗まみれの飛行服《シドコット》に身を包み、目のまわりを煤で汚したパイロットたちが、フィールドのあちこちに立っている。何も言わないが、負傷している者が数人。ほとんどが疲れ果てている。できたてほやほやのイギリス空軍（一九一八年四月一日に陸軍航空隊と海軍航空隊の融合によって設立された）作業班に所属するアメリカ人、チャンドラー軍曹代理が、帰投したパイロットと飛行機の確認をまかされていた。

「きみは温血者《ウォーム》なのか」チャンドラーがたずねた。

ウィンスロップはちょっと考えてから、そうだと答えた。

「そいつはよかった」

チャンドラーも温血者《ウォーム》だが、ここに集まったパイロットの大半はヴァンパイアだ。

「おめでとうを言いたいくらいだ」

「所属はコンドル飛行隊だ。誰か仲間を見かけなかったか」

チャンドラーはリストに目を通した。

「ビグルズワースという白い騎士が今夜到着している。一週間前に撃ち墜とされて、徒歩で前線を突っ切ってきたそうだ」

「それはそれは」

「いまはまだそれだけだ。だが諦めるのははやいさ。何もかもがとんでもなくごったがえしているからな」

ふいに、人だかりの中から不揃いな歓声があがった。テントのひとつに設置された野戦電話に朗報がはいったらしい。

「くそ野郎どもを撃退したってか？」

満面に笑みを浮かべた若いパイロットに、チャンドラーがたずねた。

「いや、もっとすごい知らせさ。リヒトホーフェンが死んだんだ。確認された。オーストラリアの対空砲火にやられた。重高射砲だとさ」

「どうせならおれたちの手で墜としたかったぜ」これはイギリスの航空大尉だ。「ホーカーや、オールブライトや、ボールの仇は、やっぱりパイロットの手で討ってやりたかったじゃないか」

「リヒトホーフェンちがいだ。ボールをやったのは弟のほうだぜ」

すでに事実は靄に包まれはじめている。リヒトホーフェン男爵が墜とされる直前、その身体に銃弾を撃ちこんだのはウィンスロップだ。勝利を請求してもおかしくはない。だが彼は何も言わず、ただ黙って耳を傾けた。

「葬式の話も出てるぜ。礼をつくして勇者にふさわしい儀式をとかなんとか」

「腐った首を切り落として、口に大蒜をつめこんでやればいいんだ。それから真っ黒な心臓に銀の杭を打ちこんで、うつ伏せに十字路に埋めちまえ」

「私情丸だしだな」

ウィンスロップはもはや聞いていなかった。彼の戦いはすでに終わっていた。

いくらか気力が回復してきた。こんなふうにぼんやりすわりこんでいないで、ほんものの怪我人に場所を譲らなくては。ケイトはエディットの恋人を残して、トラックの荷台からすべりおりた。

脚がまだふらついている。

歩いているうちに、衣服から乾いた土がなだれ落ちていった。いま熱い風呂にはいれるなら、百年の寿命だって投げだすのだけれど。夜明け前の光が空に薄くひろがるころ、ケイトは群衆の中を歩きまわって、噂やニュースの断片をひろい集めた。

ドイツ軍の進撃がとまったという点では、ほとんどの意見が一致していた。連合軍はドイツ軍をまんまとおびきだし、後方の塹壕でずたぼろにたたきのめしたのだという者もあった。ドイツ軍は最初の進撃の成功で調子にのりすぎた結果、命令が末端まで行き届かなくなり、目的もなくうろついたあげく、連合軍の食堂で見つけた補給食料に度肝を抜かれたのだと言いだす者もあった。数年にわたる封鎖で飢餓に苦しんでいたドイツ人どもは、焼きたてパンの目のくらみそうな匂いに陥落したのだ。

今夜の出来事を文章にすることが、はたして自分にできるだろうか。

どこにむかっているのかわからないまま、ただ歩きつづけた。リヒトホーフェン男爵が死んだという噂が、いたるところでひろまっている。では、そういうことなのだろう。


夜明けとともに、新生者《ニューボーン》のパイロットはテントの中に避難した。ウィンスロップは丸めた飛行服《シドコット》を枕にして、そのままごろりと横になった。春の陽射しが顔に降りそそぐ。戦闘の音はすでに遠くなっていた。

チャンドラーが、よその臨時飛行場からはいった情報を伝えてくれた。コンドル飛行隊の生き残りがほかにもいたという。ケアリ・ロックウッドと、バーティと、ジンジャーだ。それでは、全滅というわけではなかったのだ。

JG1側にも生存者はいるのだろうか。だがそんなことはどうでもいい。最悪の敵は倒された。恐怖は終わったのだ。

ウィンスロップの中に、もはやリヒトホーフェンに対する憎悪はない。連合軍が礼をつくして葬儀をおこなうというなら、柩をかついでやってもいい。ドイツの上空を飛んで、変身能力者が携えていた形見の品を落としてきてやってもいい。たぶんそれが、彼の最後の飛行になるだろう。

野原と陽光が以前の人生を思いださせる。グレイフライアーズ校でのクリケットの試合。カトリオナとの春の散歩。やりなおさなくてはならないことが山ほどある。ふいに膝が痛み、中間地帯《ノーマンズ・ランド》での記憶がよみがえった。だが、けっしてとり返しのつかないこともまた、あるのだろう。

流れのはやい小川があった。ケイトは慎みといっしょにごわごわになった服を脱ぎ捨て、こびりついた泥を剥がし、川底にひろげて石で重しをした。

視線を落とすと、血とさまざまな色の泥におおわれた身体が、まるで野蛮人のようだ。傷はすべてふさがっているが、かさぶたはまだ剥がれていない。

通りすがりの部隊から口笛と野次が飛んできた。パリからやってきたばかりの連中だ。フォリー・ベルジェールでもっと綺麗な裸を見てきたばかりだろうに。

川の中に腰をおろし、太陽でまだらになった水を全身にまといつかせた。オフィーリアのように仰向けに浮かんで髪をなびかせると、泥が尾をひいて流れすぎていく。ケイトは目を閉じて、すべて消え去れと念じた。

温血者《ウォーム》の男たちが湯沸かしをセットして、お茶を淹れてくれた。マグがひとつもなかったので、ウィンスロップはボウルを使った。ようやくコンドル飛行隊の生き残りと出会うことができた。整備員のジッグズだ。彼は危機一髪の脱出劇と、ぴかぴかのドイツ製長靴を携えていた。

大攻勢はほぼ阻止されたらしい。ドラキュラが死んだという噂もあったが、それは流れはじめると同時に消えていった。

「水の精があらわれたぞ」チャンドラーが教えてくれた。「臨時格納庫のそばで、美人が溺れかけてる。イヤリングのほか、何も身につけていない」

長い口笛が白昼夢を破った。ケイトは目をあけ、肘をついて身体を起こした。ポケットに両手を突っこんで、ひとりの男が川岸に立っていた。

「やあ、鼠のお嬢さん《ミス・マウス》じゃないか」エドウィンが言った。「陽にあたるとまたそばかすが増えるんじゃないか」

ケイトは目を閉じて、ふたたび水の中に頭を沈めた。

48　イギリスの呼び声

電話が鳴っても受話器はとらない。ボウルガードはチェイニ・ウォークの自宅でじっと腰かけていた。デスクには未開封の手紙が丁寧に積み重ねてある。使用人のベアストウが毎朝そろえてくれるのだ。
その中に、淡い紫のインクで宛名を記したカリフォルニアからの薄い封筒がある。心惹かれるが、乗り越えたはずの混乱にひきもどされてしまいそうで、あけることができない。ジュヌヴィエーヴはトラブルを呼ぶ。トラブルをひきずって数世紀を生きてきた。自分はまだ彼女を愛しているのだろう。だがそれは重荷にしかならない無益な感情だ。郵便配達やメッセンジャーがくり返し、〝至急〟とスタンプを押した公文書をもってくる。それらも封を切らず、そのままにしてある。

新聞も読んでいないが、戦争のおおまかな経緯だけはベアストウが伝えてくれる。ケイレブ・クロフトが解任されたと知っても、さほど嬉しくはなかった。ルスヴン卿のもとにはあの手の男がまだ大勢残っていて、後釜を狙っているのだ。

ベルリンでは、皇帝《カイザー》と口論したあげく、暗雲をまといつかせて王宮をとびだしていくドラキュラが目撃された。せんだっての敗北で意気消沈し分裂しかけている全軍をまとめるべく、ヒンデンブルクが最高司令官に就任した。ドラキュラは大攻勢《カイザーシュラハト》の最終的失敗の責任を負ったのだ。替え玉たちの死によって戦列は大きく混乱し、士気もはなはだしく低下した。今世紀に中世の戦術は通用しなかった。だがドラキュラの失墜は一時的なものにすぎない。最大の悪党はいつだって再起するものだ。

ボウルガードは額にいれた古い写真をながめて時をすごしている。若さをとどめて未知なる未来に伝える写真は、すべての人間をヴァンパイアに変える技術なのかもしれない。パメラがふたたび生命を得て、セーラー服を着た少女たちといっしょに、川のほとりでポーズをとっている。背景にはぼんやりとボートが写っている。ともにいるのは、ペネロピと、ケイトと、ルーシーと、ミナだ。全員が奔放な温血者《ウォーム》で、いずれふりかかる運命のことなどまだ何も知らない。

ミセス・ハーカーからも手紙がきた。人々をまとめて組織をつくるあの習性は、永久に変わることがないだろう。それは新しい活動計画に加わってくれないかという依頼だった。

ベアストウが錫《すず》のトレイに名刺をのせてはいってきた。銀のトレイは数年前に供出してしまった。ボウルガードは手をふってさがらせようとしたが、ベアストウを押しのけて、全身灰色の足長蜘蛛が闖入してきた。

「首相でしたか」

ボウルガードは声をあげながらも、椅子から立ちあがろうとはしなかった。

「ボウルガード、なんとも不条理なことではないか。いまどれほどの急務がわたしの裁決を待ってひしめきあっているか、きみにはわかっているのかね。なのにこのわたしが、卑しい商人のごとく、きみの家の戸口にまで駆けつけ答えを請い願わねばならないとは」

ルスヴンのいらだちが伝わってくる。内閣が瓦解寸前であることは、チャーチルから聞いて知っている。ロイド＝ジョージは想像以上に頑固だった。そして首相の地位は、ゆるぎないとはいえ、絶対安全とは言いがたい状況なのだ。

ルスヴン卿はひとりではなく、新しい脚を生やしたスミス＝カミングをともなっていた。

「ディオゲネス・クラブが会員のためにふたたび扉をひらいたよ」スミス＝カミングが伝えた。

「クロフトの部下どもは無能というにも値しない」首相が芝居がかって嘆いた。「軽はずみでとりとめもないあやつの暗殺計画のおかげで、われらはあやうく敗戦の憂き目をみるところだった。わが国に必要なのは、生ける者の知恵なのだよ」

「闇内閣におけるマイクロフトの椅子はいまだ空席のままだ」とスミス＝カミング。「そこを埋められる者はただひとりしかいない」

ボウルガードはふたりのヴァンパイアに目をむけた。ふがいのない長生者《エルダー》と、頼もしい新生者《ニューボーン》。危機にさらされているとはいえ、ルスヴンはまだすべての舵を握っている。そして吸血鬼であろうとなかろうと、スミス＝カミングが善良な男であることに変わりはない。善良な人間もまだ残っているのだ。

マイクロフトは過去の中から、多くの価値あるものを変動の今世紀にまで伝え残してくれた。彼がいなければ、ルスヴンやクロフトのような男たちは確たる目的もなく自己本位に権力を追い求め、多くの生命が無駄に失われていただろう。

「ボウルガード、お願いだよ」首相が懇願した。

クロフトもディオゲネス・クラブも失ったイギリス情報部はいま、蝶の翅《はね》のスケッチに秘密暗号を隠すような指揮官によって運営されている（イギリスの軍人・作家・ボーイスカウト創設者であるロバート・バーデン＝パウエル Robert Baden-Powell（一八五七‐一九四一）のこと。一八八七年、蝶の収集家に変装して独陸軍・仏陸軍をスパイし、蝶の翅のスケッチに偽装して敵の軍事施設の見取図を描いた）。どう考えてもいい結果が得られるはずはない。

「イギリスはきみを必要としているのだよ、ボウルガード」ルスヴンが言いつのった。「そしてわたしにも、きみは必要なのだ」

だが、イギリスはルスヴン卿を必要としているだろうか。

写真の中のパメラと目があったような気がした。パメラなら、妥協する彼など見たくはないだろう。

「わかりました」ボウルガードは答えた。「その話、お受けしましょう」

スミス＝カミングの手がばんと背中をたたき、ルスヴンが安堵の笑みを浮かべた。

「しかし条件があります」

「ああ、なんでも言ってくれたまえ」首相が手をふった。

「それについてはいずれ相談しましょう」ボウルガードは答えた。

49 決意

もちろんあなたは帰っていくのよ、でもその前に、借りはきちんと返してちょうだい。ふたりはカレーのホテルの一室で愛をかわしあった。そしてそのあと、ケイトはそっとエドウィンの血を飲んだ。以前とは味が変わっている。たぎっていた赤い渇きが燃えつきてしまったのだ。ケイトは改めて、ぬくもりと、新たな力をとりもどした。

よりそった彼女にあやされるように、エドウィンはうとうととまどろんでいる。紅潮したケイトの胸に、針で突いたようなそばかすがくっきりと鮮やかだ。

ささやかな恋くらいしてもいいだろう。これまでの人生の大半を、多忙か臆病に支配されてすごしてきたのだから。いずれは教区牧師の娘のところに帰っていく男だけれど、いまだけはわたしのものにしていたい。カトリオナがわたしの考えているような娘だったら、きっと大目に見てくれるだろう。ここはフランスで。いまは戦争で。従うべきルールが異なるのだから。

舌で歯をなぞってみた。満腹したため、牙はひっこんでいる。

エドウィンが彼女を抱きよせ、ちがう名前を呼んだ。そんなことにも慣れてしまった。親しくなった男たちはみな、彼女の中にべつの女を見るのだ。

明日、ふたりはともに海峡を渡る。でも〝明日〟までにはまだ数時間ある。ケイトは男の胸にもたれ、首筋に顔をすりよせた。エドウィンが応えて身じろぎする。髪が彼の顔を撫でる。男の両手が腰にかかり、彼女をひきよせて自分の身体の上にのせた。ケイトはくちびるを彼の首に押しあてたが、その歯が皮膚を貫くことはなかった。

イギリスにもどればふたりの関係は一変する。航海のあいだに、エドウィンがだんだんぎこちなくなっていくのが感じられた。メランコリーが忍びよってくる。何が起こるか予測できるからといって、平気でそれを受け入れられるわけではない。

ともにすごした幾夜かのあいだに、エドウィンはコンドル飛行隊での日々について話してくれた。最後の飛行の話も聞いた。正式な請求こそ出していないが、エドウィンはマンフレート・フォン・リヒトホーフェン撃墜にひと役買っていたのだ。だがケイトは、彼のことを英雄としてもてはやす記事は発表しないと約束した。

これからの生涯、ふたりはずっとこの秘密を共有していく。彼らがいかにして獣のごとく恐ろしい変貌をみずからに許したか、他人にはけっして理解できないだろう。

月の美しい春の夜だ。こんな場合でさえなければ、ロマンティックな航海になっただろうに。エドウィンは黙ったまま、手すりによりかかってフランスをふり返っている。エドウィンにとって、そして生き残ったすべての人々にとって、今後永久にヨーロッパは墓地となるのだ。

ときどきエドウィンは無口になる。失われ二度ともどってはこない何かを自分の内にさがし求めている。完全に壊れてしまったのか、それとも一時的に虚脱しているだけなのか、ケイトにはわからない。何時間も冷やかな態度を崩さずにいることもある。まだヴァンパイアの欠片が体内に巣食い、心臓を氷がとりまいているのだろう。

戦争は、ふたりの中にいまも傷痕を残していた。

チャールズがヴィクトリア駅まで迎えにきてくれていた。彼らふたりともをだ。ケイトは一瞬、隠れている警官に逮捕され、デヴィルズ・ダイクまで連行されるのではないかと不安にかられた。群衆の中にドレイヴォット軍曹の姿も見える。

チャールズとエドウィンは握手をかわした。エドウィンが謝罪したが、チャールズは手をふってそれをしりぞけた。エドウィンが正気でなかったことをちゃんと理解しているのだ。

「きみには休暇が出たよ」チャールズが言った。「ぜひとも西部地方ですごしてきたまえ」

「まず死人から復活しなくてはなりませんね」

「あら、そんなこと、考えるほどたいへんじゃないわよ」ケイトは言った。

「言うのは簡単だ。ミス・カトリオナ・ケイに説明するのはきみではないんだからな」

「エドウィンだって説明なんてする必要ないわ。わたしを信じなさい。彼女にはなんの説明もいらないの。あなたが帰るだけで充分なはずよ」

立派にふるまってはいるけれど、息がつまりそうだ。ケイトは彼の手を握り、すばやくキスをした。友人としての挨拶のキス。目の奥が涙でうずいたが、このひと幕を湿っぽいものにしたくはなかった。

もどってきた恋人を見て、教区牧師の娘はなんと思うだろう。カトリオナのたどる道は平易ではない。二度とふたたびもとどおりにならないかもしれないと思いながら、回復期の彼を支えていかなくてはならないのだ。

「これからあなたがどうするか、楽しみに追いかけさせてもらうわ」わざと喧嘩腰でふっかけてやった。「だからいい子でいなさいね」

「〈ケンブリッジ・マガジン〉は定期購読している。だからきみの忙しい脳髄がいま何に夢中になっているか、いつだってわかるさ」

エドウィンは彼女の手を離し、背嚢をとりあげて歩み去った。

チャールズの手が肩にかかった。そういえば彼は、ケイトの気持ちを読みとることができるのだった。

「彼はきみには若すぎるよ」チャールズが言った。

「それを言いだせば、わたしの相手なんていなくなるわ」

「わかっているだろう、この世界にはきみよりはるかに年上の生き物がいくらでもいるじゃないか」

正面からチャールズとむきあった。彼はまた以前のように、穏やかに落ち着いている。秘密の戦いの末にとりもどした平安だ。それを思えばケイトにも新たな力がわいてくる。

エドウィンが兵士とその恋人たちの群れの中に姿を消した。ふたりの絆はいまここに断ち切られたのだ。ドレイヴォットもそのままエドウィンを旅立たせ、チャールズのもとにとどまっている。

「それで、こんどはロシアに行って、ボルシェヴィキの女神にでもなるつもりなのかな」

チャールズの問いに、ケイトは首をふった。

「まだしばらくその予定はないわ。わたしはまだこの国に興味があるもの。年寄り連中はまだまだ力つきていない。このまま野放しにしておくのは犯罪よ。戦争のこともあるし、それにアイルランド問題もあるわ。マルキエヴィッチ伯爵夫人とアースキン・チルダーズから、アイルランド自治委員会に加わってほしいと要請がきているの」

「それ以上話さないでくれ。いずれ敵にまわるかもしれないからね」

ケイトはチャールズの上着の襟を撫でながら言った。

「そんな事態にならないことを祈るわ」

「ルスヴンの統治はまだつづくだろう。内閣のほうは反乱を企てているがね。ドラキュラだって、失脚したとはいえまだ皇帝《カイザー》の顧問団と接触している」

ケイトは現状についてじっくり考えてみた。

「ヨーロッパじゅうが赤い渇きで完全におかしくなっているのよ。それをいうなら、アメリカもだけど。世界じゅうが、だわね。だからといって、人殺しの群れに加わるわけにはいかないじゃないの。運命の車輪をまわそうとする死者の手に抵抗しないわけにはいかないじゃないの」

チャールズは微笑している。気力が充実しているのだろう、以前より若返ったみたいだ。ケイトにとってエドウィンはすでに死んだ人間だ。もしかするとエドウィン自身、生きているという実感を失っているかもしれない。だがチャールズはこれからも戦いつづけていく。

まだ血を流したことのない徴集兵と志願兵の新たな一団が、列を乱して臨港列車に乗ろうと押しあっている。温血者《ウォーム》であれヴァンパイアであれ、そのあけっぴろげな表情にケイトはいらだちをおぼえる。彼らは炎と栄光という側面でしか、戦争を知らないのだ。虚言が語りつづけられるかぎり、狂気は絶えることがないだろう。

「きみを逮捕させたほうがいいのかもしれないな」チャールズが言った。「何か新しい悪戯を思いつく前にね」

こんどは何について書こうか。戦争について、政府について、老人たちについて。ケイトは書きつづけるだろう。大声をあげて、甘言を弄して、口やかましく。その声が人々の耳に届き、主戦論者の主義主張や政治家のたわごとを消し去るまで。彼女が倒れれば、つぎの真実の巫女があらわれてあとを継ぐ。人々は耳を傾けるだろう。世の中は変わっていくだろう。

「悪戯って言うけれど」ケイトは答えた。「チャールズ、あなたはその半分もご存じじゃないのよ」

ヴァンパイア・ロマンス
——ドラキュラ紀元一九二三

Anno Dracula 1923: Vampire Romance

目次

1　髪を切るジュヌヴィエーヴ

ロンドンでまだ髪を切っていない女は彼女ひとりかもしれない。

ほどいたときのジュヌヴィエーヴの髪は、すわると尻に敷けそうなほど長い。月に一度の眠りにはいる前、彼女は必ず髪を梳き、アイダーダウンのようにふわふわにする。だが三日後に目覚めたときはいつも、たいていは首のまわりに、ロープのようにからみついている。おまえは五百年のあいだ死んでいるのだと、無意識が思いださせようとしているかのように。だがこれからは無意識も、その意見をひっそりしまっておくだろう。

今夜、彼女は当世風《モダン》になるのだ。

日没直後にムッシュ・ウジェーヌに予約をいれた。昼夜交替制《コックス・アンド・ボックス》(ジョン・マディソン・モートンの笑劇 Box and Cox (一八四六) をもとに、アーサー・サリヴァンが作曲した喜歌劇 Cox and Box (一八四七) より。昼勤と夜勤のふたりがたがいにそうとは知らずひとつの部屋を借りて起こる騒動を描いた)のサロンだ。二十四時間オープンしているが、昼と夜ではスタッフも客も変わる。彼女はとりたてて太陽を避ける必要はないし、この陰鬱なイギリスの秋ともなればなおさらだったが、とりあえずはヴァンパイア時間を守ることにしている。ドラキュラが月光の中に足を踏み入れてからおよそ五十年、いまでは温血者《ウォーム》と不死者《アン＝デッド》はこの町を整然と礼儀正しく共有している。元プリンス・コンソートは、〝トランシルヴァニア風〟鋸壁のついた、そもそもから破壊されたようなタワーブリッジ(正史では一八八六年に着工、一八九四年に完成している。ドラキュラが治世中に意見をさしはさんだようだ)をはじめ、サー・フランシス・ヴァーニー・メモリアルの醜い蝙蝠のフレスコ画まで、あらゆるものに爪痕を残してこの国を去った。事実上《デファクト》の革命と、少なくともふたつのクーデターと、世界大戦ひとつと、遅れてもたらされた選挙制度改革のおかげで、すべてはふたたび変化した。ベルリン、パリ、ロンドンのカフェやダンスホールで聞いたアメリカ音楽のしだいに速度を増していくシンコペーションのように、すべてが変化しつづけている。そしてイングランドでは、大戦前からいまはじめて、ジュヌヴィエーヴまでもが変わろうとしているのだ。

ウェスト・エンドで夜の世界が動きはじめた。金曜夜のシフトチェンジが終わるまでのあいだ、シャフツベリー・アヴェニューのメゾン・ライオンズで指貫一杯の鼠の血を飲みながら時間をつぶした。温血者《ウォーム》は家路につき、ヴァンパイアが出てくる時間だ。

レストランを出ても、まだ少し時間があった。

一八九〇年代、このあたりは炎と血の戦場だった。いま人々は何も考えず、戦闘によって獲得された街路を急ぎ足で歩いていく。あのころ、レスター・スクエアにはバリケードが築かれ、ピカデリー・サーカスでは国家の敵が串刺しにされていた。だがいま、クライテリオン(ピカデリー・サーカスのレストラン)ではカクテルが飲まれ、トロカデロ(コベントリー・ストリートのレストラン)ではラグタイム(二十世紀初頭にかけてはやった、ジャズの先駆けとなるシンコペーションを主体とする音楽)がかかっている。

何かが神経に触れる。牙が鋭くなった。危険かチャンスに対する無意識の反応だ。いまもまだカルパティア近衛隊がスパイや密告者に彼女を見張らせているのかと、人混みを見まわした。愚かしいおめでたい連中が目にとまるばかりだ。馬鹿馬鹿しい。〈恐怖時代〉は終わったのだ。いずれ新たな悲しみがやってくるかもしれないが、いますぐではない。

ドラキュラはもはや世界でもっとも著名な人物ではなくなった。いささかうさんくさいその称号の新しい保持者は、チャーリー・チャップリンだ。太陽の照りつけるカリフォルニアで撮影された映画の中で、温血者《ウォーム》の英国人コメディアンは〈リトル・ヴァンプ〉として(チャップリンの代表的な役柄、小さな放浪者(リトル・トランプ)のもじり)ぼろぼろの牙をもった浮浪者を演じ、いまだ喜んでほんもののヴァンパイアに杭を打ちこみたがる聴衆たちに熱狂的に迎えられた。二巻ものの喜劇『午後一時』では、血宴で酔っぱらったヴァンパイアの王が柩にはいろうとしながらマントにつまずくさまを演じて、ドラキュラその人を風刺している(『午後一時』One P.M. ではなく『午前一時』One A.M.(一九一六)で、深夜酔っぱらって帰ってきた男が寝室にたどりつくまでの騒動を描いている)。

近くの広告掲示板では、血を固めたオクソ(本来は牛肉エキスのキューブ)や『神経にはニュートラックスを』(ドロシー・L・セイヤーズの『殺人は広告する』Murder Must Advertise(一九三三)に出てくる強壮剤の広告)やネザービースト・グラモフォン(ディーン・ロナルズ監督 Netherbeast Incorporated(二〇〇七)に出てくる電話器を売る不死者の会社にちなんで)のポスターの上に、大きな落書きが描かれている。脚のよじれた男や背中の曲がった男たちが、細い疑問符をもった指導者についていく棒線画だ。同じような落書きが町じゅうに描かれている。疑問符をもった男だけのこともある。新聞の暗号競争だろうか。近頃ではどの社も、発行部数をのばすためになりふりかまわず人目を惹こうとしている。だがそれにしても、曲がり男はいささか不吉ではないか。

ムッシュ・ウジェーヌのサロンでは、シフトチェンジがまだ終わっていなかった。従業員が壁の鏡に黒いヴェルヴェット――二流の美容師《コワフューリステ》はクレープ地を使う――をかぶせている。新生者《ニューボーン》の中には自分が失ったものを思って傷つく者もいるのだ。煙のような染みが目にはいった。それが彼女の鏡像のすべてなのだが、ジュヌヴィエーヴはとっくの昔にそんなものに当惑することをやめている。

何世紀ものあいだ、〝血液中の共生生物〟によって引き起こされる〝善意的突然変異〟としてヴァンパイアを〝解釈〟しようとしたエドマンド・コーデリーのような科学的思考家でも、鏡の現象は説明できずにいる。世界はしかたなく、自然の一部として魔法を受け入れた。マックス・プランクが一九〇二年に提唱した〈黒い血屈折仮説〉がそれにいちおうの終止符を打った。ジュヌヴィエーヴも物理学者が書いた論文の要約に目を通したが、難解な論考についていくことはできなかった。自分では中世的思考形態から脱却したつもりでいるが、科学を理解しようとして頭痛を起こすよりは魔法に逆行したほうが幸せに思えることもある。

フロントには額にはいった写真、もしくは写真と区別のつかない肖像画が飾られ、さまざまなスタイルの断髪を紹介している。ダンサーのアイリーン・キャッスル。長生者《エルダー》のエリザベート・バートリー。服飾家《モディスト》のココ・シャネル。映画スターのマリアン・マーシュ、そしてコリーン・ムーア。最新流行をとりいれたアヴァンギャルドの推進者たちだ。

看護婦のようにきっちりと白い制服を着こんだ温血者《ウォーム》の娘が——（もっぱら男性からなる）教養人を客とするレヴューで看護婦を演じるコーラスガールのようだ——昼の薔薇から夜の百合へと交替していた。彼女ももちろん小粋な断髪姿で、生きた広告となっている。短く切り揃えた金髪の下から綺麗なうなじがのぞき、見慣れた噛み跡を化粧で隠している。美しいロングヘアを切ってしまう流行は、いざ噛みつこうというとき背中をおおう髪をもちあげなくてはならず、それでもなお口の中に髪がはいってくるのにうんざりしていた（もっぱら男性からなる）ヴァンパイアたちにとっては、便利なものかもしれない。

ムッシュ・ウジェーヌのもうひとつの売り物は、白熱したフックと熱したローラーでできたヒース・ロビンソン考案の装置で、巻き毛をストレートにのばすことだ。まるで流刑地で見られそうな機械だが、女たちは喜んでひっぱられ、アイロンをかけられ、スプレイを吹きつけられ、蒸気をあてられて、〝パーマネント・ウェーヴ〟を獲得しようとしている。

サロンは混みあっていて、あいている椅子はなかった。温血者《ウォーム》の金髪娘——名札によると、ミス・バンティングというようだ――が予約リストを調べ、すぐにお呼びいたしますと言ってコートと帽子を受けとった。

真珠のような牙と蜂に刺されたような真紅のくちびるをもった新生者《ニューボーン》になりたての娘が、まだ椅子を占領している。チャールズ・ボウルガードのチェルシーの邸になぜか積んであった〈タトラー〉（社交界人士の話題を集めた英国の雑誌）のバックナンバーから、ジュヌヴィエーヴはその娘が大富豪パーシー・ブラウンの令嬢であることに気づいた。良家の娘たちの例にならって彼女も二十一で転化し、真夜中の社交界にデビューした。ゴシップ記事によると、まさしく蝙蝠のように夜をすごしているという。ポリー・ブラウンとその仲間たちは有名な尻軽なのだ。ドローンズ（P・G・ウッドハウスの作品中に出てくるロンドンの紳士クラブ）に属する若者の半分で食欲を満たしたあげく、いまでは近衛旅団の将校に片っ端から噛みつきはじめているという。

悪意をもつ権利などないことは承知の上で、蝶のような不死者の娘の一団が、未来にとってなんの役に立つのか考えずにはいられない。

ほっそりとした器用な若者が銀の鋏をひらめかせるたびに、カットクロスの上で髪の房がしなびていく。ラファエル前派のように豊かだったポリー・ブラウンの髪が、いまは女流飛行士のヘルメットのように短くなっている。美容師はそのあいだじゅう噂話をつづけていた。アイヴァー・ノヴェロは女装芸人ハンデル・フェインとつきあっているらしいとか、オルガン奏者のアントン・ファイブスはティヴォリ座の広告に関してマネージャーと喧嘩をしているとか、ノエル・カワードも転化したがっているとか。美容師は見せびらかすように鋏をふるっていく。刃がわずかでもすべったら、綺麗なポリーの顔には何十年も消えることのない傷がつくだろう。

ジュヌヴィエーヴは顔のそばに銀がくるのはきらいだ。好きなヴァンパイアはめったにいないが、ハイデルベルクの愚か者たちは、いまでも銀のレイピアで決闘し、独特の傷をつくっているという。（ハイデルベルクは大学のあるドイツの町。学生たちがしじゅう決闘騒ぎを起こしたことで有名）

ジュヌヴィエーヴの番になった。

椅子にすわると、紫の絹のケープが肩にかけられた。ミス・バンティングがみごとな手つきでピンを抜きとり、髪が滝のようになだれ落ちる。毛先が床に触れないよう、椅子がリフトされた。

彼女のためにオーナー自身がのりだしてきた。ウジェーヌ・スーテルはカールした口髭と長い指をもったスイス人で、アントワーヌ・ド・パリ以後、当代最高の美容師だ。

「長生者《エルダー》のお客さまですね。どれくらいのあいだこのスタイルでいらっしゃるんですか、マダム」

「マドモアゼルよ。二十年以上ね」

ドラキュラがかかえるカルパティア近衛隊の雌狼、ヴェルデル伯爵夫人と戦ったときに髪の半分――と顔の大部分を――焼かれ、みずからの手でジャンヌ・ダルクのように短く切ったのが、髪に鋏をいれた最後だった。ジュヌヴィエーヴの顔の火傷はもう治っている。だがヴェルデルの頭は肩の上に再生してはいないはずだ。

ポリー・ブラウンのカットを担当した若いスタッフがつくのだろうと考えていたのだが、先生《メトル》は手をふって若者をさがらせた。

「長生者《エルダー》のお客さまのカットはわたし自身がお引き受けいたします」

今夜、オーナーみずからが関心を示した客はひとりもいなかった。ジュヌヴィエーヴは、特別扱いを期待していた高慢な新生者《ニューボーン》たちの〝あの女は誰よ〟と言いたげな当惑を平然と楽しんだ。

ムッシュ・ウジェーヌの目が赤く光り、これ見よがしに両手をひろげると、指先から六インチの爪がのびて先端まで鋭くとがった。ただの床屋だったらこれで髭が剃れるだろう。解剖学を学んだら、骨と筋肉のあいだをすり抜けて輪を描くように突き立てるだけで、傷ひとつつけずに完全な心臓をとりだすことだってできるかもしれない。

彼は剃刀の指を蜘蛛のように髪の中に這わせ、頭部を調べている。集中するにつれて頬に剛毛が生え、くちびるを割って歯が大きくなる。

「デイジー」彼が命じた。

ミス・バンティングが首をさしだす。人差し指の爪が頸静脈をたどり、化粧の上からひっかく。血があふれ、爪にそってしたたった。独特の匂いにジュヌヴィエーヴの目が潤む。ムッシュ・ウジェーヌは長い舌に血を一滴落としてじっと考え、そして宣言した。

「イメージがわいた」

温血者《ウォーム》の娘は首にガーゼをあてて、うしろにさがった。

ムッシュ・ウジェーヌがジュヌヴィエーヴの背後に立った。爪が髪に触れてもちあげる。不安になった。何よりも、これは高くつくのではないか。

カットはすぐに終わった。ムッシュ・ウジェーヌは偏執狂的な正確さで、彼女の髪を切るというよりは削ぎ落とした。爪をかちかち鳴らしながら、それを伴奏に牙の隙間からカンカンを口ずさんでいる。むきだしになったうなじがひんやりと涼しい。

「ふむ」ムッシュ・ウジェーヌが金髪の房をつまんでつぶやいた。「不思議です。腐りませんね」

「わたしの血統の特徴なのよ」ジュヌヴィエーヴは答えた。

その気になれば、戦におもむく恋人の一部隊に形見の髪を与えることもできるだろう。だが彼女の戦士は、思い出のよすがにべつのものをもっていった。

〈チャールズ〉またべつの鋭い匂い。

チャールズはいまインドに行っていて、ジュヌヴィエーヴは彼の邸で暮らしている。まだ彼の味をおぼえている。ここは彼の町だ。最悪だった〈恐怖時代〉が最高のチャールズ・ボウルガードを思いださせる。思いだせないのは、ドラキュラが飛び去り目的が達せられたとき、なぜ自分が英国から——そして彼から——離れていったかだ。カリフォルニアのオレンジ農園がふっと心に浮かんで……

ブラシがかけられ、ケープがはずされた。どうしても我慢できず、新しい前髪に触れてみた。もう目の上にかぶさってはこない。ムッシュ・ウジェーヌが断固として自分の作品から彼女の手を引き剥がし、ぽんぽんとたたいた。

美容師の爪は、形を整えマニキュアをしたもとの大きさにもどっている。彼がブラシをとりあげ、幾度か髪に通した。まるで、兎のトピアリをつくろうとしている庭師のようだ。

ムッシュ・ウジェーヌが指を鳴らした。

スツールにすわって〈ブリティッシュ・ブラック〉の最新号を読んでいた若者が、あわててやってきてスケッチブックをひらいた。ムッシュ・ウジェーヌが監視する前で、鏡役の少年がさらさらと鉛筆を走らせる。正面から、横から、うしろから。これはドラキュラ時代《アンニ・ドラクラエ》の新しい職業だ。老伯爵は鏡を〝人の虚栄の玩具〟と呼んで蔑んだが（『吸血鬼ドラキュラ』第二章より）、いまでは仕事のはやいデッサン画家が小粋なヴァンパイアのために姿見の役目を果たしている。よい鏡は対象に媚びない。少年は彼女の顔は曖昧なまま、髪だけを描写した。前髪は切り揃えられ、頬にも髪がかかっている。うなじは剃ってある。もはやヴィクトリア朝後期の面影はない。

「ご満足いただけたでしょう」ムッシュ・ウジェーヌが言った。これは問いではない。

ジュヌヴィエーヴは静かに、だがいそいで椅子から離れた。ほかにもカットを待っている客がいる。つぎはぞろりとした髪の伊達男——戦前の美学の遺物だ。ヴァンパイアではないが、時の中に凍結された生者で、あまりにも完璧な蠟のような肌をもっている。たぶん猿の生殖腺を使っているのだろう（一九二〇年代、猿の生殖腺を人間に移植すると精力強壮になるという理論が発表された）。もしくは、もっとよくない何かを。直感がひらめいて身ぶるいが起こった。これは関わりをもってはならない相手だ。ジュヌヴィエーヴはときどき他者から〝ある種の印象〟を受ける。たいていは共感できる相手からだが、今回はちがう。その客は注意深く人との接触を――とりわけ鏡係の少年を避けている。たぶん絵を描かれたくないのだろう。彼本人がすでに肖像画のようでありながら、目だけはどこか異質だった（この若者は、オスカー・ワイルド『ドリアン・グレイの肖像』The Picture of Dorian Gray（一八九〇）の主人公、ドリアンだろうとニューマンは主張している）。

ポリー・ブラウンのカットをした男が新しい客を担当した。美容師は今回、芸能界の噂ではなく、最近の恐ろしい犯罪について嬉しそうにしゃべりはじめた。バイウォーターズは恋人の無実をさけびながら、紳士らしく絞首台にのぼった（だがその甲斐もなく、トンプソンも絞首刑に処せられたが）。アクロイド殺しで有罪を宣告された恐るべきドクター・シェパードは、ヴァンパイア死刑囚にふさわしい方法――すなわち、銀の刃のギロチンで処刑されるだろう。曲がり男団はイースト・エンド中を練り歩いては、新聞売り場や礼拝堂をたたき壊している。暴力行為がささやかれるたびに、客の頬はぴくぴくと引き攣った。

ミス・バンティングがコートを着せかけてくれたが、ボンネットをかぶると目の上までかぶさってしまった。ジュヌヴィエーヴは帽子を脱いで、ポケットにつっこんだ。

「新しい帽子を買う口実ができましたね」ミス・バンティングが言った。

断髪にするならクローシェかベレーが必要なことはわかっていたが、こんなにすぐ入り用になるとは考えていなかった。数軒先に婦人帽子店がある。サロンで新たに毛を刈られた羊たちを相手に、カロリーヌ・ルブーの店は大繁盛しているにちがいない。同様に、高級服飾店ビーズ・ニーズでは、ローズ・ド・スティル（ぴったりした身頃とロングのゆったりしたスカートからなる婦人用正装ドレス）やドレス、身体を美しく見せるユーラリー・スール（P・G・ウッドハウスの小説に出てくる婦人用ランジェリーの専門店）のスリップ、駝鳥羽毛の襟巻き、ロール・トップ・ストッキング（ガーターの上でストッキングを丸めておくことがはやった）などを売っている。数軒の宝石屋が競いあうように真珠のネックレスを提供し、それでフラッパー（一九二〇年代に若い女性のあいだで流行したファッション・生活スタイル）のできあがりだ。ガラード（一七三五年創業の英国最古の宝石店。王室御用達）では徹頭徹尾モダンなヴァンパイアにふさわしい完璧な黒真珠のネックレスを売っている。

「ここの支払いをすませて新しい帽子を買えるだけの

お金が残っていたらね」ジュヌヴィエーヴは答えた。

「ご請求はございません」とミス・バンティング。「お客さまのお支払いはあちらの紳士がおすませになりました」

あちらの紳士？

その男は戸口に立って彼女を待っていた。温血者《ウォーム》で、刈りこんだ口髭を生やし、たぶん二十五歳かその上くらい。夜会服を着て、鋭い目をしている。彼女は身ぶるいした。椅子にすわった伊達男のような邪悪さを放射してはいない。それでも危険のひらめきと、潜在する本質的な酷薄さと、ひっかくような魅力が感じられる。この男は、少なくとも一度、噛まれたことがある。糊のきいたカラーの下に、ミス・バンティングのような傷痕が隠れている。もっと深い傷もある。戦争だ。この輝かしい新時代においても、つねに戦争が影を落としている。

紳士がシルクハットをもちあげた。眉もあがった。見たことのない顔だった。それでも彼がどこからきたかはわかった。

ディオゲネス・クラブだ。


（訳注：章題 Geneviève Bobs Her Hair は、フランシス・スコット・フィッツジェラルドの短編「髪を切るバーニス」Bernice Bobs Her Hair（一九二〇）より）

2 白黴館《ミルデュー・マナー》

白黴館《ミルデュー・マナー》にヴァンパイアがやってくる！

〝ちゃんとした《プロパー》〟ヴァンパイア。年月を経ていて、若くて、カルパティア人で、男の人で。屋根裏に住みついている血まみれアガサ伯母《ブラッディ・アーント・アガサ》さまみたいなのじゃなくて。

今夜はリディア・インチフォーンにとって人生最高の夜になる！

いつもなら湖水地方の長期休暇には何も起こらない。ただ雨が、シーツのようにどかどか降ってくるか、目に見えないほどしとしと降ってくるかのちがいだけだ。イングランド北部のこの荒野では、いつも雨が降っている。

いまだって、館ではヴァンパイアを（そう、〝ヴァンパイア〟だ！）待っているのに、絶え間なく雨が降りつづいている。血《B》まみれアガサ《A》伯母《A》さまの屋根裏部屋は必ずぽたぽた雨漏りがする。ヴァンパイアは雨よりも霧が好きだ。とりわけ、霧に変身して扉の下や鍵穴から忍びこむようなヴァンパイアは。ヴァンパイアは満月の夜が好きだ。月は、喜んで身をまかせてくれる温血者《ウォーム》の恋人の肌を青白く輝かせる。ヴァンパイアの目に、月明かりに照らされた人の血管は青と赤に脈打って見える。今夜は満月じゃない。日記帳のうしろにある月齢表を調べたから知っている。どっちにしても雲がとっても分厚いから、誰の首もピカデリー・サーカスみたいに照らしだされることはない。つまらない、うんざりだ。必ず天気が邪魔するんだから！

リディアの部屋にもバルコニーに出られるフランス窓があればいいのに。そうしたら、ささやくような呼び声に応えて蝙蝠がとまり、たたんだ翼がマントに変わるだろう。石の窓敷居はしっかりしているから立つこともできるし――お母さまは、落っこちたら頭が割れるからやめなさいと言うけれど――ほとんどバルコニーみたいなものだ。いざとなったらバルコニーとして使える。窓を打つ音はたたきつける雨で、長く鋭い爪のノックじゃない。窓辺にやってくるヴァンパイアはきっと、身体の芯までぐっしょり濡れて、つらい思いをしているだろう。蝙蝠だってこんな泥みたいな雨の中ではためくことができない。

蠟燭を窓に近づけて、車まわしをながめようとした。館では電気を使っているけれど、しじゅうついたり消えたりする。ヴァンパイアは黒馬にひかせた霊柩馬車でやってくるはずだ。鼠顔の従者が運ぶ磨き抜かれた木の柩には、古いカルパティアの紋章が緋色で描かれているだろう。でもいまはまだ、何もきていない。

雨にもひとつだけいいことがある。「一日じゅう本に鼻をつっこんでいないで、外に行って遊びなさい」なんて馬鹿げたことを言われないですむ。外で遊んだりしたら、風邪をひいて死んでしまうかもしれない。小さいときに一度、わざと風邪をひいたことがある。お母さまがカーライルから吸血鬼を呼んで、転化してくれるかもしれないと考えたのだ。そのころからリディアはヴァンパイアに夢中だったのだ。

クラスメイトたちが騒ぎだす前から、リディアは〈黒い炎〉を愛読していた。自分が情熱を捧げているものがみんなに共有されてしまったのが腹立たしい。このあいだまでひたすらクリケット選手やテナー歌手にいれあげていた愚かな小娘どもが、いまではヴァンパイアのことならなんでも知っていると大口をたたいているのだ。でもこれだけは言える。〝ちゃんとした《プロパー》ヴァンパイア〟なら、ただのファンとほんものの崇拝者を見わけられる。〝ちゃんとした《P》ヴァンパイア《V》〟なら、隣の部屋からだって〝真の崇拝者《トルー・ディヴォティ》〟の鼓動を聞きわけることができるし、ひと目で純粋な甘い血が流れているのを見てとるだろう。〃ちゃんとした《P》ヴァンパイア《V》〃なら——イモジェン・エイムズやカーリ・チャトパディヤイや、そのほか五年生の魔女たちのような——うわっついた恋心なんか冷やかに無視して、〃真《T》の崇拝者《D》〃の血を選ぶだろう。学校でいちばんの（そしてただひとりの）親友、みんなにスマッジと呼ばれているヴェリティ・オクセンフォードも、それに同意してくれている。スマッジも、リディアと同じくらい昔からの〃崇拝者〃なのだ。

　遠い昔のあの日、彼女は寒さに血の気を失った。そこまではうまくいったのだ。でもそれだけだった。〈死の扉〉まで行くことはできなかった。〈死の庭の入口〉までもたどりつけなかった。いまはそれでよかったと思っている。永遠にずんぐり太った子供でいたくはない。あのころのリディアは、リボンや巻き毛のせいで、人というよりプディング《のろま》のようだった。いまでも、自分がほんとうに永遠の肉体を望んでいるのかどうか、よくわかってはいない。英雄的な勇気をふるってジャムつきクランペットを断ってはいるけれど、パリでヴァンパイアがまとっているような裾の短い屍衣が似合うほどスマートにはなれない。〈黒い炎〉のうしろについていた型紙を切り抜いて自分で屍衣を縫おうともしてみたが、そもそも裁縫はあまり得意じゃない。

転化したら新陳代謝も変わるだろう。意志の力だけで数ポンドの体重を落とせるかもしれない。〃ちゃんとしたヴァンパイア〃は豹や狼にだって変身できる。服のサイズを落とすことなんて朝飯前に決まっている。それに、この邪魔っけな眼鏡だってはずせるだろう。リディアの目は読書と映画ですりきれしまったんだってお母さまは言うけれど。

　本も映画もなかったら、ヴァンパイアのことなんて何ひとつわからなかった。屋根裏にいるのが火を噴くドラゴンだってこと以外は。それは従兄のバーティに教えてもらった。バーティはまともなあごもないくせに、年がら年中何かしらトラブルを起こしている。きっとどこか頭がおかしいんだろう。誰かしっかり面倒を見てくれる人がいなければ悲しい最後を迎えることになるって、お母さまはいつも言っている。

　〈黒い炎〉の編集者ミス・カーロッタ・フランシスは、雑誌を読んでいるヴァンパイアにむかってよく語りかけているけれど、彼女に助言を求める手紙は——〈生命の血〉欄に載っている告知の十分の九がそうであることはいうまでもなく——温血者《ウォーム》の女の子たちからのものだ。個人広告欄を見るかぎり、ヴァンパイアの関心を惹こうとしている生者のご婦人方——と、ごくわずかのおかしな紳士——は、夜の子供たちそのものより数が多いようだ。転化にはもうひとついい点がある。男の子の中でも最高の相手を選べることだ。食餌以外に浮ついたことをしたいわけじゃない（ああ、もちろん空も飛びたいけれど）。これから何世紀にもわたって、彼女のモットーは〝貞節〟でありつづけるだろう。

〈あたしのヴァンパイア〉のことを考える。

彼はミルデュー・マナーに集まるヴァンパイアの中にいるはずだ。いないなんて、そんなひどいことはあり得ない。この週末、彼女の真の人生が——〝死の中の人生〟が、はじまる。十五年に近いこれまでの年月は、誤ったはじまりだった。そのほとんどは学校と家庭教師で費やされた。プディング《のろま》だったから、いつも叱られ、おいてきぼりにされた。

〈あたしのヴァンパイア〉がどんなふうだか、はっきりわかっているわけじゃない。

……でもきっと、『伯爵』でマグナスを演じたルドルフ・ヴァレンティノみたいな人だろう。エリノア・グリンの有名な小説を原作にした映画だ。リディアはスマッジといっしょに『伯爵』を五回見ているけれど、映画館に行くたび恍惚とする。目を閉じれば、「伯爵の城で」という章の、いちばんすてきなシーンが頭の中で再生できる。そして事実、しょっちゅう再生している。コールで目を縁取ったノーマ・デズモンド演じるレディ・ダイアナが——ぜんぜんこの役にあっていない、マダム・グリンの描くヒロインは、もっと細身の、眼鏡をかけていないリディアのような女だと思う、とスマッジが言った——ウィーンの舞踏会で仮面をつけた見知らぬ紳士と出会い、夜までワルツを踊っているあいだに彼の腕の中で気を失ってしまう。目覚めたときは人里離れた城の見知らぬ寝室にいる。暖炉の上にはチューダー・スチュアート時代の衣装をつけた女の肖像画がかかっていて、その顔はダイアナそっくりだ。部屋にはフランス窓があって、バルコニーに出ることができる。ダイアナは恐れながらも心はずませ……小さなこぶしを胸に押しあて、脈打つ心臓のように握ったりひらいたりしている。外に翼をひろげた人影がある。窓をひっかいている。カーテンがはためく。魂に直接語りかけてくるささやきに応えて、英国婦人は窓をあける。するとそこに彼がいる。

ヴァンパイア、マグナス伯爵だ。

「わたくしになんのご用ですの？」ふるえる字幕で彼女がたずねる。

ヴァレンティノの目がきらめく。映画雑誌には、彼はほんもののヴァンパイアではなく巧みな照明で効果を出しているのだと書いてあったが、〈黒い炎〉は、かのイタリア人俳優はこの役のためひそかに転化したのだと示唆している。彼が微笑する。鋭くはあっても整った歯が見える。映画に出てくるヴァンパイアはみんな、鼠の耳と狼の牙、ほとんど髪のないふくれあがった頭、鉤爪、そして長い長い顔をもっている。くさくなった古いぼろをまとい、甲虫を食べる。だけど伯爵は染みひとつない夜会服を着ている。艶やかで豊かな黒髪に、大理石の天使のような顔。伯爵の中には計り知れない悲しみがある。彼はまだ一族の残虐性に屈していない。のちに判明するのだが、彼はべつの血統に属し、おまけに英国生まれだったのだ。彼はいつも自分がほかのノスフェラトゥとは異なっていることを意識してきた。そしてダイアナの血の味により、自分が本来どれほど〝デリケート〟であったかに気づく。彼女の血は、これまで彼を満たしてきたがさつな田舎娘たちよりずっと上質だった。ダイアナは、マグナスがヴァンパイアに転化する以前に愛し、失ってしまった王女の生まれ変わりだったのだ。はるかな年月を超えて、いまふたりの魂がふたたびめぐり会った。

だがこの場面において、彼はまだそのことを知らない。

「わ、わたくしに、なんのご用ですの？」レディ・ダイアナがくり返す。

「おまえも女ならわかっているだろう」くちびるを舐めながら伯爵が言う。

いまだけは、彼の牙も小さく優美だ。

ダイアナは押さえこまれ、胴着が剥ぎ取られる。首と――映画で可能なかぎりの胸があらわになる。マダム・グリンの原作では、伯爵は気短に彼女の寝衣を完全に引き裂いてしまう。マグナスに牙を突き立てられ、ダイアナは恐怖と恍惚のあまり気を失う。それから、伯爵はくちびるを真紅に染め（本にはそうあるけれど、映画の中では艶やかな黒だ）無限の悲しみをこめて腕の中の娘を見つめ、道にはずれた自分のおこないに恥じ入る。カルパティア育ちの中に、英国の血が見える。すべての女性観客と同じく、レディ・ダイアナは彼を許す。彼の高貴な頭を抱いて、切望する自分の傷に彼のくちびるを押し当てる。スマッジはどうすれば傷が切望するのかとたずねて二日間にわたる口論を引き起こしたが、最後にはあやまって、ヴァンパイア・ロマンスのより細かい点についてリディアから喜んで教わろうと認めることで、喧嘩に終止符が打たれた。

ヴァンパイアはほかにもいる。〈黒い炎〉もすべての号でマグナスをとりあげることはできないが、それでも定期的に特集している。スマッジは（ふわりとした髪がすてきで感傷的な）ヴァイオリンの名手ラルフ・ルヴェを敬愛している。彼はすばらしく長い指をもったパガニーニの弟子なのだ。リディアとスマッジはふたりとも、一時的にではあるが、『ゼンダ城のヴァンパイア』でヘンツォ伯ルパートを演じるジョージ・ヴァレンティンに悩殺された。ルリタニア人の悪党は、最終的に決闘で彼をやりこめる堅物の主人公、ルイス・ストーン演じるゴダルミング卿（ただし心臓を銀で貫くことはしない）よりはるかに魅力的だった。リディアとスマッジはふたりとも、〈世界でもっともおぞましい男〉チャーリー・チャップリンを軽蔑している。山高帽をかぶり、ぶかぶかのズボンを穿いて、鼠の尻尾をつけて、ちっとも面白くなんかないし、〈リトル・ヴァンプ〉なんか〝ちゃんとしたヴァンパイア〟じゃない。唾棄すべき恥だ。スマッジはチャーリー・チャップリンをどうしてやりたいか、苛烈な意見をならべたてる。リディアは、チャップリンの下劣な映画に対する商務省の許可を取り消すべく請願を起こすようミス・カーロッタ・フランシスに手紙を書くからと約束して、彼女をなだめた。

　エリノア・グリンは当代最高の作家だ。リディアは〈黒い炎〉で『伯爵の息子』が連載され、ルディの映画になるのをじりじりしながら待ち焦がれている（『伯爵』の元ネタはE・M・ハル原作、ジョージ・メルフォード監督、ルドルフ・ヴァレンティノ主演の『シーク』The Sheik（一九二一）。その後E・M・ハルはThe Sons of the Sheik（一九二五）を執筆、一九二六年にはジョージ・フィッツモーリス監督『熱砂の舞』The Son of the Sheik として映画化。これがヴァレンティノの遺作となった）。だがリディアはまた、サロメ・オッタボーン、ロージー・M・バンクス、ハリエット・ヴェインも〝ちゃんとしたヴァンパイア〟の小説を書いていると考える。どれも楽しめるレヴェルではあるけれど、どれもマダム・グリンのレヴェルには到達していない。オッタボーンの〈ナイトライト〉サーガはあまりにも失神しすぎで、著者自身しょっちゅう発作を起こしているのではないかと思えるほどだ。彼女の主人公はクリスマス・ツリーのようにぎらぎら光っていて、ヒロインは物語の語り手なのにどの本でも最初の七章くらいのあいだ気を失っている。バンクスの〈マル・ド・メル〜めまい〉というミステリー・シリーズは子供のおしゃべりみたいで、三十分もあれば読んでしまえる。温血《ウォーム》者の登場人物はスヌーキー（あかんべの意味）とかラーリーン（ローレライの意味）とかスクィッツ（役立たずとか下痢の意味）とかいったくだらない名前で、ヴァンパイアには誰かの兄弟みたいなとりわけありふれた名前がつけられている。ヴェインの〈ヴァンピリック・クロニクル〉は古代歴史やローマ・カトリックに関する長い講義でしょっちゅう中断する——スマッジは、そうしたものはスキップしても平気だというけれど。ミス・ヴェインの物語はまた、ヴァンパイアの視点から語られている。彼女は研究のためブルームズベリー・グループ（二十世紀初頭にブルームズベリーに集まった文学者・知識人の集団）のひとりに嚙みつき、もう少しで刑務所送りになるところだったともいう。

ブラム・ストーカーの歴史改変小説は、ドラキュラをさえない老人にしたてあげていて、あまり〝ちゃんとしたヴァンパイア〟には見えない。『吸血鬼ドラキュラ』はいまではもう禁書ではなくなっているけれど、リディアとスマッジは没収されないよう蠟燭の光のもとでこっそり読んだ。ほんもののドラキュラは女王と結婚した。でも大戦のときはドイツに味方するなんてやくざな真似をしたのだから、ちっとも〝ちゃん《P》としたヴァンパイア《V》〟ではない。

自分は将来、必ずマグナス伯爵みたいな人と出会う。これは霊的な絆《サイキック・ボンド》だ。霊的な絆については、〈黒い炎〉でダイアン・フォーチュンやルナ・バーテンデールの記事を読んだ。ヴァンパイアの恋人に――最終的には子《ゲット》になるべく運命が定められているとき、人は何年も前からそれを感じることができるという。夢でその顔を見ることもあるし、直感がひらめくこともある。自分のヴァンパイアが魂の伴侶を見つけるまでに耐えなくてはならない暴力的な悲しい歳月を目撃することもある。そうした経験は、ヒステリーの発作や精神錯乱として、冷淡に皮肉に受けとめられてしまうことが多い。リディアももちろんそうした誤解をこうむってきた。たしかに彼女もときどきひとつの顔を見る。それは雑誌に載っていたマグナス伯爵のイラストと、学校でベッドの上に貼っているルディ・Vとジョージ・ヴァレンティンの写真と、戦死した兄エリックの軍服姿（いまも餞別にもらった時計をもっている）の記憶が入り混じったものだ。ときどきそうした混乱をすべて心から締めだして、〈あたしのヴァンパイア〉の真の顔に集中しようとしてみる。でも見えるのは、赤い目だけが光る楕円形の霧だ。彼をほんとうに見つけるまでは、ずっとこのままなのかもしれない。

リディアは、アケメネス朝太守領リュディア王国からとったギリシャの名前だ（リュディアは紀元前七～六世紀にかけて小アジア西部で栄えた古代の王国。アケメネス朝によって滅ぼされる。アケメネス朝は紀元前六～七世紀にかけて古代オリエントのほとんど全域を支配したイラン人の王朝）。もしかしたら、彼女はその時代その国で〈あたしのヴァンパイア〉とはじめて出会い、愛しあい、悲劇の末に別れたのかもしれない。彼女はタンタロス王の娘、誇り高く美しいニオベ。〝彼〟は夫である竪琴の名手アンピオン。女神レトの嫉妬を買って、アルテミスとアポロに息子や娘たちが殺されたとき、夫も失ってしまった。夫と子供たちが埋葬されずにいるあいだ、ニオベは九日間断食をして、そして石に変えられた。シピュロス山の泣き岩として知られるものがそれだ。

外が騒がしくなってきた。警笛が鳴っている。

大急ぎで窓辺により、外をうかがった。車まわしにヘッドライトが光っている。馬車ではなくて、自動車だ。暗いからはっきりとはわからないけれど、たぶん黒いと思われる自動車が、ものすごい泥の中で悪戦苦闘している。

リディア・インチフォーンの敬虔な胸が高鳴る。彼らがやってきた！　ヴァンパイアたちが！

3　「トム・ティルドラムにティム・トルドラムが死んだと伝えてくれ……」

サロンの外の縁石に、黒いルーフをあげた緑のベントレーが停まっていた。ジュヌヴィエーヴはなぜ自分がさっきそうと察したかを知った。車の脇に、運転手の制服を着た顔馴染みのヴァンパイアが立っていたのだ。

「ドレイヴォット軍曹ね」

彼は民間人にふさわしい挨拶を返した。

象の牙のようにけっして小さくなることのない犬歯が、灰色の口髭の下で曲線を描いている。大男であるにもかかわらず、物音ひとつたてず影の中に隠れることのできる男だ。それでもジュヌヴィエーヴは神経にひっかかりを感じて彼の存在に気づく。ダニー・ドレイヴォットもまた〈恐怖時代〉の生き残りだ。よい軍人であるが、だからといって必ずしも人間として善良なわけではない。

いったいいつから、ディオゲネス・クラブは彼女を見張っていたのだろう。

紳士が彼女を車のほうにエスコートし、ドレイヴォットがドアをあけた。

「ミス・デュドネ、ドライヴはいかがですか」紳士が言った。

「わたしはこのあいだまでアメリカにいたのよ。カリフォルニアとシカゴに。『ドライヴをする』というのがどういう意味か、あなたはご存じ?」

紳士はゆったりと微笑した。

「わたしたちはそのような不作法はしませんよ」

「でもまったくちがった意味での不作法をするのでしょう?」

「そうかもしれませんね」彼は認めた。「いまのところは静かにお話ししたいだけです。それにはこの車が便利ですから。誰にも聞かれずにすみます」

「何かのお誘いがあるのかしら」

「レディをベントレーに招待するからには、たしかに何かのお誘いがあるのでしょうね」

ゆっくり考えてみた。話を聞かなければ、それはそれできっと後悔するだろう。

「わたしはエドウィン・ウィンスロップ」ああ、その名前なら知っている。「あなたとは共通の知人があるはずです」

この男は〝友人〟とは言わなかった。もちろんチャールズのことだ。そしてキャサリン・リード。彼女は大戦のあいだじゅう、ずっと手紙をくれた。ウィンスロップはケイトの噛み跡をもっている。

「いいわ」答えて車にすべりこんだ。

ウィンスロップが隣の席に乗りこんできた。ドレイヴォットがハンドルを握る。馬車の流れの中を進むベントレーは羊の群れにまぎれこんだ豹のようだ。ひろい道でならスピード記録を塗り替えることもできるだろう。だが町の中では自転車ほどの機動力もない。

「乗り心地はいかがですか」

ウィンスロップがたずね、銀のシガレットケースをとりだして勧めた。ジュヌヴィエーヴは丁重に断った。彼は一本を口にくわえ、銀のライターで火を点けた。そして思いきり吸いこんで煙を吐いた。

「お目にかかれて光栄です、ミス・デュドネ。あなたはクラブにおける伝説的存在です。なんといっても最初の女性メンバーなんですから」

「そして最後の、かしら」

「とんでもない。わたしたちは傑出したご婦人方のリストをつくっていますよ。ジェニファー・シュヴァリエ……幽霊ランタン少女グレイス・キー……レディ・ジェイン・エインズリー。もちろん年長のメンバーが亡くなったときにかぎりですが、そうした方々が承認されています。わたしたちも進歩しつつあるのですよ。もちろん、それ以外にやっていきようはないですからね。アメリカはいかがでした。まだあなたは少ないのでしょうね」

「わたしが少ないとはどういうことかしら」

「あなたのような方、複数形。ヴァンパイアです。きっと珍しがられたでしょう」

「一ヶ月ほどのあいだ、報道関係者につきまとわれたわ。でもそのあと、ジャーナリズムは蝿人間に夢中になったの。〝人間〟のほうにアクセントをおいてね。ヴァンパイアがビルの壁をのぼりおりしたってアメリカでは誰も気にしないわ。もしハロルド・ロイドが壁をのぼったら、きっと市の鍵を授けられるでしょうね。それから禁酒法が施行されたわ。どの新聞もアルコールのことは大きくとりあげたけれど、ヴォルステッド禁酒法では血の売買も違法になってしまったのよ（禁酒法は一九一九年一月に施行。同年十月に具体的な内容を定めたヴォルステッド法が成立する。一九三三年に廃止）。自由の女神の首に〝ヴァンパイアお断り〟の看板をぶらさげたようなものだわ。密造血の中に何がはいっていたか、悪魔のみぞ知るというところね。だからわたしはアメリカを離れたの。もううんざりしていたし。若い国なのよ。四六時中子供にむかって話しかけているみたいな気分だったわ」

「それはすばらしい。失礼してメモをとらせてください」

彼は小さな手帳と銀のシャープペンシルをとりだして、走り書きをはじめた。銀製品が三つ。これは意図的な行動だ。

「回想録を書くことは禁じられているのではなかった？」

「禁じられているわけではありませんよ。さりげなく不賛成を示されるだけです。わたしたちは秘密組織の人間です。功績を自慢するために働いているわけではありません。わたしがメモをとっているのは、友人のカトリオナ・ケイのためです。彼女が記録をとっているので」

「その方も女性メンバーなの？」

「協力者ですね。〝外部の視点〟を提供してくれます。自分でルールを定めなくてはならないときには、細部まであれこれ言ってくれる相手が必要です。道徳とか、責任とか、そういうことについて。ドラゴンを殺そうとする者は、自身もドラゴンになる危険を冒すことになる。そうニーチェが言っています。深淵を見たら見返してくるとかいう言葉はもっとぞっとしますけれどね。冷たくて陰鬱なドイツ精神ですね、ニーチェというやつは。ですがあなたならおわかりになるでしょう。マイクロフト・

ホームズによって設立されたディオゲネス・クラブは、〈より大いなる善〉のために奉仕しています。歴史においては、組織がおのれの永続のみに腐心して独裁に走るという悲劇が見られます。星法院しかり（十五世紀末から十七世紀まで存在した専断・厳罰で有名な英国の裁判所）、光明会しかり（歴史上、イルミナティと呼ばれる団体はいくつかあるが、十八世紀にバイエルンに起こった自然神教の秘密結社のことと思われる）、ほかにもいろいろとあります。わたしたちにはつねに、外から否定意見を述べてくれる相手が必要なのです。わたしたちがしでかすかもしれない行動に対して、キャットだけがノーと言えるんです。危機に陥ったとき、わたしたちはもっとも簡単な解決法を〝はっきりとしたヴィジョン〟として目にし、なすべきことをしようという恐ろしい誘惑に駆られます。そしてあとになって、自分が何をしてしまったか後悔するのです。あのとき誰かがそばにいてノーと言ってくれればよかったのにと考える。そう、わたしは自分の苦い経験から話しているのですよ。マイクロフトは外から物事を見ることのできる偉大な人物でした。〈ご老体〉はそれ以上に几帳面ですね」

〈ご老体〉――ジュヌヴィエーヴはしばらくのあいだ、その言葉がチャールズを意味することに気づかなかった。チャールズ・ボウルガードが老人だというなら、自分はいったいなんなのだろう……

「〈ご老体〉が抑制と均衡《チェック&バランス》について語るとき、それはあなたを意味しているんです」

ジュヌヴィエーヴははっと顔をあげた。

英国軍とインド人が等しくドラキュラの総督サー・フランシス・ヴァーニーに対して立ちあがった二度めの反乱以後、亜大陸は御しがたい状態に陥っている。サアムリが率いるカルト教団は、ミスタ・ガンジーほど穏やかではない形で大英帝国からの独立を目指した。インドを熟知しているチャールズが必要な事態だ。だがその任務は、ジュヌヴィエーヴがけっして共有することのできない人生に彼を連れもどすことでもある。かの高原の国にはチャールズの妻が眠っているのだ。この家にもパメラの写真が何枚か飾られている。だがジュヌヴィエーヴは写真に残らない。ヴァンパイアは幽霊に対抗できない。もしかの地で亡くなったら――サアムリ教団との戦いだ、つねにその可能性は存在している――チャールズは亡き妻とともに葬られるだろう。妻の死後、彼はジュヌヴィエーヴの牙だけではなく、いくつもの傷を帯びてきた。だが、いつまでも消えないもっとも深い傷を残したのはパメラの歯だ。

チャールズはロンドンの邸を自由に使うように言ってくれた。だがジュヌヴィエーヴが大陸からもどったとき、彼自身はすでにそこにはいなかった。彼女を避けるために逃げたのだとは思わないが。それにしてもディオゲネス・クラブには、ほかにインドをまかせられる人材はいないのだろうか。このエドウィン・ウィンスロップのように鋭利な若者とか、ドレイヴォット軍曹——北西辺境州（パキスタン北部カイバル・パクトゥンクワ州の旧称。インドと国境を接し、戦略上重要な地域）に未経験というわけではない——のような古いヴァンパイアとか、自由に使える人間ならほかにもいるだろうに、なぜいまもまだチャールズ・ボウルガードなのだろう。彼はまもなく七十になる。チェイニ・ウォークの使用人たちも、彼女が彼と暮らしていたころから残っている者はひとりもいない。新しい使用人たちは礼儀正しく、仕事もてきぱきこなしているが、用心深く、よそよそしい。思い出をべつにすれば、ホテルに泊まっているのと大差ない。

「……それで、あなたにも顔を出していただきたいのです。そうですね、情報収集といえばいいでしょうか」

「ごめんなさい、なんのお話だったかしら」

「失礼、先走ってしまいましたか。妖精とお出かけのようでしたね。それとも、何か感知していらしたのでしょうか。あなたには〝直感〟があると聞いているのですが。あなたの血統の力だと」

「ごめんなさい」

ウィンスロップは微笑した。

「例によって、ほかの誰にも頼めない一件なのですよ。もちろんわたしたちのメンバーにもヴァンパイアはいます。まずはドレイヴォット軍曹。ほかにも承認された者はいます。あなたもご存じのケイト・リードは協力者ですね。ですがアイルランド問題で不和が生じ、近頃ではほとんど連絡がありません。大戦によって役に立つ連中が何人か加わり、平和に退屈しています。ビグルズワース、ウルタス、ハネイ。とりわけ優秀な一流の男たちですよ。悪党をやっつけるなら、わたしたちも彼らを送りこみます。悪党はいくらでもいますからね。近頃は奇妙な犯罪が増えています。アメリカで猫《キャット》と蝙蝠《バット》に会いませんでしたか」

「〈ケーン・ペーパー〉はそんな話だらけよ。仮面をつけた犯罪者ね」（バットとキャットはバットマンおよびキャットウーマンを連想させる。ケーンは、新聞王を扱ったオーソン・ウェルズの『市民ケーン』Citizen Kane（一九四一）ではないかと思われる）

「そうです。正体不明の連中です。マントと手袋をつけて、真夜中に人を殺す……」

「わたしがアメリカを出たもうひとつの理由がそれだわ。〝蝙蝠《バット》〟が事件を起こすと、警察はすべてのヴァンパイアを逮捕するのよ。三度か四度くり返して、アメリカで逮捕されるのはいやになったわ。ほんとうにゴムホースを使うのよ。猫《キャット》はつかまったのだけれど——驚いたことに《ケル・シュプリーズ》！——温血者《ウォーム》だったの。蝙蝠《バット》がヴァンパイアだというなら、どうして殺した相手の血を飲まないのかしらね」

ウィンスロップが片眉をあげた。いじめてしまったようだ。

「正体が何者であろうと、蝙蝠《バット》の犯罪はじつに極悪非道です」ウィンスロップはつづけた。「同じようなことがパリでも流行りはじめました——ファントマ、ル・ラット、ベルフェゴルなどですね。ほとんどが泥棒か無政府主義者で、死の喜び《ジョワ・ド・モール》が少しだけまじっています。いま、同じように見えながら仕組まれた厄介事がロンドンでも疫病のようにひろまりつつあります。フランスの従兄弟たちよりも組織化されて、アメリカの不良どものように揃いの服装で駆けまわる連中です。フロッグとか、グールとか、覆面の恐怖とか。こういう名前はいったい誰が考えるのでしょうね。ジム・モリアティ教授やアスホール・ルパンが可愛らしく見えてきませんか。昔は悪党どもも、すばらしい仕事をやってのけて名声を築きあげたものです。ところがいまでは、極悪非道の犯罪者を目指す連中は、酔っぱらいを殴る前にまず広報係と衣装デザイナーを雇うんですよ」

「それをはじめたのはあなた方だわ。〝切り裂きジャック〟という名前をでっちあげたのは誰だったかしら」

ドレイヴォットに聞こえていることはむろん承知だ。

ウィンスロップが鼻の横に指をあてて微笑した。

「善意による計画が招いた、予期せぬ結果とでも申しあげておきましょうか。いかにも大衆受けのするあの綽名を提供したとき、まだ生まれてもいない不道徳な連中が、そのせいでそれぞれおぞましい芸名《ノン・ド・プリューム》をつけるようになるなんて、〝あのミスリードを招く手紙を書いた何者か〟にどうして予測できたでしょう」

伝声管から運転手のうなりが聞こえてきた。あまりにも大きい悲しみに対する謝罪——にもっとも近いものだ。どうしよう。大目に見てあげようか。しかたがない。

「いずれにしても、わたしたちの手もとには血気盛んな野郎ども——と、数人の美しいご婦人——がいて、緑の《グリーン・》射手《アーチャー》（エドガー・ウォーレス The Green Archer（一九二三）のちに映画化、より）や、つかみかかる手《クラッチング・ハンド》（アーサー・リーヴ The Clutching Hand（一九三四）のちに映画化、より）のようなありふれた事件には彼らがあたっています。ディオゲネスの中にだって、誰にも負けずみごとに仮面をかぶる連中はいるんですよ。たとえばドクター・シェイドですね——もっとも彼は〝会友〟にすぎませんが。それから幽霊ランタン少女。グレイシーがなぜ顔を隠しているのかは知りませんが、まあそういった跳ねっ返りです。ブリクストン・ヒル（ロンドン南部）にサアムリのカルト寺院がないのは彼女のおかげです。そうした優秀な諜報員のおかげで、ディオゲネス・クラブはやっていけるのですよ」

「戦争がないとき、あなた方は何をしているのか不思議だったことがあるわ」

「戦争はいつだってあるんです。ただ気づかれていないだけで」

楽しい考えだ。もぞもぞと身じろぎしたくなった。ムッシュ・ウジェーヌがうなじを剃ったとき、こまかい髪が背中にはいってしまったらしい。ちくちくする。ジュヌヴィエーヴは背筋をのばして不快感を忘れようとした。

「目下最大の問題は、そうした仮面をかぶった殺人者なんです。手にはいった情報ではフードをかぶっているそうで、なんと……ここで劇的な音楽がはいります、ジャジャジャーン！……曲がり男《クルック》と名のっているんです」

「それってあからさますぎやしない？」

「ローブを着たときは羊飼いの杖《クルック》によりかかっているんです。主教の杖《クルック》かもしれません。ですが〝黒い主教〟を名のることはしていません。〝黒い僧院長〟がすでに存在していますからね（エドガー・ウォーレス The Black Abbot（一九二六）のちに映画化、より）。北部訛で話していますが、偽装かもしれません。出現したのはリーズ（イングランド北部の都市）ですが、ロンドンで名をあげました。犯罪者どもはたがいに反目しあっているんですよ。曲がり男はいま売り出し中です。やつの一味、曲がり男団のせいで、最近アルビノのゼニスは宝石密売をやめました。勇断です。ナイトホークが翼を縛られてテームズに沈められた背後には、曲がり男がいるという噂もあります。曲がり男はヴァンパイアです――というか、ヴァンパイアであると主張しています。わたしたちは曲がり男団に詐欺師《リンガー》をもぐりこませていたのですがね。アーサー・ミルトンという有能な諜報員です。近頃彼から連絡がないんです。よくないしるしです。連絡が途絶える前に、ミルトンはわれわれが追っているもうひとつの件に関係する情報を伝えてきました。そこであなたの出番というわけなんです」

やっとここまできた。ディオゲネスが曲がり男につけた最後の男ミルトンが、もちろん死んでいるだろうことは、言われなくとも理解している。

「さきほども言いましたように、メンバーの中にはヴァンパイアもいます」ウィンスロップがつづけた。「ですがわたしたちは――あなた方古い人たちはなんと呼ぶのでしたっけ？――そう、新生者《ニューボーン》です。ひとりとして百歳を超えた者はいません。ドレイヴォットでやっと九十二です。死なない者の中ではほんの赤ん坊にすぎません。わたしたちが関心をもっている週末のパーティーに招かれるには、長生者《エルダー》でなくてはならないんです。ディオゲネス・クラブの名簿にはひとりしか載っていません。あなたです、ミス・デュドネ」

河を渡ってはいない。ドレイヴォットは遠まわりをしてチェルシーにもどるつもりらしい。

「週末のパーティ?」ジュヌヴィエーヴは先を促した。

「湖水地方でひらかれます」ウィンスロップが答える。「とても気持ちのよいところだそうですよ。白徽館《ミルデュー・マナー》——そんな名前ですが、腐った穴蔵ではなく、千の神々《ミル・デュー》という意味で、キリスト教布教以前に神殿があったという話です。あなたは気にしませんよね。イングランドでもっとも幽霊が出そうにない館です。快適にすごせるよう最新式の設備が整っています。アガサ・グレグソンというヴァンパイアが所有する館ですがね。非常に意志強固なご婦人です。ふたりか三人の夫の血を飲み干してからは、血を与えることはできるけれどうまく摂取できない金持ちのもやしに目をつけています。連中、結局は血を失って死ぬんですが、よみがえることはなく、たとえよみがえってもまともではないため、長く生きることはできないんです。ミセス・グレグソンは——レディ・ワープルズドンでもあるんですが——すばらしい大金持ちで、結婚する可能性はなく、よけいな干渉癖があります。つまり、愚かにも思いついてしまったんですよ。ドラキュラが英国とドイツから追放され——けっして日の暮れることのないあの遠い北の島に行ってしまったいま、ヴァンパイア一族がもっとも望んでいるのは新たな〈猫の王〉なのではないか、とね。あのお伽話、ご存じですか」

「『トム・ティルドラムにティム・トルドラムが死んだと伝えてくれ……だったらぼくが猫の王だ』でしょ」

「それです。元プリンス・コンソートに面とむかって〈猫の王〉と呼びかけた者がいたかどうかは知りませんが、いまではそれが彼の称号のひとつと見なされていて……そして、そのつもりになれば誰でも手に入れられると思われているんです。もっとも、立候補できるのは長生者《エルダー》だけですが」

「話には聞いていたけれど、冗談だと思っていたわ」

「冗談だったらよかったんですがね」

「ドラキュラを教訓としてヴァンパイアが学ぶべきなのは、わたしたちには君主など必要ではないし、君主がいてもどうしようもないし、そんなものをもつべきではないということだわ。世界中の左利きの人々すべての、もしくは赤毛の人々すべての指導者になると宣言するようなものよ。馬鹿げているわ。ヴァンパイアには共通認識なんかないのだもの」

「わたしに言われても。説得するならアガサを相手にお願いします」

「だれが出馬しているの？　ルスヴン？」

「彼は賢明にすぎますね。王は首を切られるものです。ですが大臣がそんな目にあうことはありません。つぎの王が大臣を必要とするからです。だからといって彼が今後かかわってこないという保証はありませんがね。ルスヴンはぶらぶらと暇をもてあましています。つまり、つねに何かを企んでいるんです」

ドラキュラの首相だったルスヴン卿は、ヴァンパイアのブレイ村の牧師《かざみどり》（十六世紀ブレイ村の牧師が支配者が変わるたびにそれにあわせて宗旨を変えたことから日和見を意味するようになった）で……どんな王が玉座につこうと、そのそばに侍っておこぼれをひろう。彼は〈恐怖時代〉のあとの短期間ヘンリー・キャンベル＝バナマンにとってかわられた以外、一八八六年から一九一八年までしっかりとその職にとどまった。いつプリンス・コンソートと袂をわかてばいいか、いつ王政復古に味方すればいいか、しっかりと見きわめていた。そもそもはホイッグ党でありながら、自分の政権をトーリー党と称し、その後も自由党、またトーリー党と変遷したあげく（大戦中は）挙国一致内閣と名のった。そして一九一八年、闘争に疲れたと主張して、デイヴィッド・ロイド＝ジョージにその席を譲った。おそらくは、誰がトップに立っていようと大連立の崩壊は免れないと予想していたのだろう。同時に、温血者《ウォーム》のご婦人方——愚かな！——に対する自分の人気を充分承知して、新たに選挙権を獲得した未亡人たちがいずれ自分を権力の座に呼びもどしてくれることを疑わなかった。かの貴族閣下は、公開演説をおこなえば十把ひとからげで彼女たちに催眠術をかけられると自惚れていたようだ。一九二二年、ロイド＝ジョージが危機に陥って退陣。ルスヴンが保守党党首に就任。そしてアンドルー・ボナー・ローが選挙に勝利した。それはローが法律的には死んでいるあいだ——ヴァンパイアに転化しようと苦悶しているあいだのことで、アガサ・グレグソンの夫たちと同じく、彼もまた生き延びることができなかった。英国史上、在任期間最短となった首相は、ぼろぼろのヴェルヴェットの翼をもった巨大な蝙蝠の死体となって、無名戦士の墓の隣に埋葬された。いま現在首相をつとめているスタンリー・ボールドウィンは温血者《ウォーム》で、ルスヴンを排除するためならいかなる手段にも訴えるだろう。〝あの先祖返りのマーガトロイド〟よりは、ダウニング・ストリート一〇番地（首相官邸）に野党労働党のラムゼイ・マクドナルドを見る方がほうがましだという彼の言葉はひろく喧伝されている。

ほかに誰が〈猫の王（もしくは女王）〉になることを夢見るだろう。考えたくもない問題だ。

「エリザベス・バートリーかしら」ふるえながら言ってみた。

「彼女は富豪ですからね」とウィンスロップ。「いまはリヴィエラで、黒い帆のヨットで億万長者を誘惑していますよ」

「ではカルパティアのごますりの誰かかしら。ヨルガとか、ミッターハウスとか、ヴァルカンとか。自惚れて夢を見るのかしら」

「その中の誰もリストにはあがっていませんね。もっともリストにある連中も似たりよったりですが。マインスター、ザレスカ、カルンシュタインです」

「カルンシュタイン？」

「たしか令嬢とお知り合いでしたね」

「カーミラ。ミルカラ。しじゅう名前を変えていたわ。ミラーカ。マーシラ。文字を入れ換えてつくるどの名前も、ほんとうには好きでなかったのでしょうね」

「カルンシュタイン将軍はドイツでドラキュラの幕僚でした。運よくヴェルサイユ後も追放を免れましたが。あの男が、新しい〈偉大なるヴァンパイア〉になろうと考えるでしょうか」

「彼は生者を憎んでいるわ。〝カーミラに何が起こったか〟を考えたら、あなたにもわかるでしょう」

〝カーミラに何が起こったか〟は、ドラキュラがあらわれ、ヴァンパイアは地獄からきた悪魔ではなく人類の異種にすぎないと世界に認めさせる以前、物事がどのようであったかの最たる例である。彼女を殺した者たちは記念として彼女の首をとり、身体に杭を打ちこみ、ずたずたになった遺体を一族の墓所に放置した。彼女の父がそれを発見した。カーミラはたしかに愚かではあったけれども、邪悪ではなかった。彼女は病弱な温血者《ウォーム》の少女たちに執着した。そして少女たちは、転化して生き延びることができなかった。そうした結果を誰よりも悲しんだのはカーミラ自身だ。亡くなった少女たちの家族はべつだ。そして、飾り物にすぎなかった長い彼女の人生に終止符を打ったのは、故人の家族だった。

「将軍はあなたの話に耳を傾けるでしょか」ウィンスロップがたずねた。

言外の含みがわかる。

「娘のかわりを求めているから？　だとしてもわたしは選ばれないわ。カーミラに悪い影響を与えていると言われたこともあるのよ。でもその三人の中では将軍がいちばん王にむいているわね。マインスター男爵は小心者だわ。〝小心者〟っていい言葉ね。ドラキュラの後継者をさがしているというなら、ザレスカ伯爵夫人はドラキュラの娘を名のっているわ。たとえそれが事実だとしても、彼女では玉座にはあがれないわね。あまりにも感傷的で厭世的ですもの」

やめておけと思いつつ、好奇心がかきたてられる。馬鹿げたゲームではあるが、なんらかの結果は出るかもしれない。

「ほかにも参加者はいます」ウィンスロップがノートを見ながらつづけた。「ホッジ、クレオパトラ、カー・パイ・メイ、です」

名前は知っている。

「リチャード・ホッジはオーストラリアからもどってきたところですが、生まれは英国だということです。金持ちであるうえに資金援助者もいます。クロフトがコーナーについているところを見ると、ルスヴンの駒でしょう」

ケイレブ・クロフトは秘密警察の長官だ。〈恐怖時代〉の終わり、ホワイトホールの奥の部屋で裏取引がおこなわれたとき、彼はコートを裏返して自分の首と職を守った。チャールズにその話を聞かされ、ジュヌヴィエーヴは悲鳴をあげた。クロフトは、おそらくは個人的に、多くの友人を殺してきた男だ。彼女は狂人の国大英帝国を罵倒した。

「ドラキュラを残してクロフトを追いだしたほうがましだったわ！」

かの怪物はいまも在野のルスヴン執務室にとどまっている。彼はどこに死体が埋められているかを熟知し、死体が告発や復讐を求めて墓から這いだしてくるのを阻止する術も心得ている。

「ホッジ自身についてはなにもわからないの？」ディオゲネス・クラブらしくもない。

「一七八六年、ヨークの巡回裁判において、〝ディッコン・ホッジュ〟という男が〝牛を暴行した〟罪で有罪を宣告され、オーストラリアに流刑になりました。一八三一年、シドニーで〝リッチ・ホガート〟という男が二重殺人の容疑をかけられました――ふたりの子供が寝台で咽喉を掻き切られたのです。一八九二年、ニュー・サウス・ウェールズのライトニング・リッジで〝リチャード・ホッグ〟という男がオパール鉱山の採掘権を登録しています。わたしたちはそれらすべてが同一人物であると信じているのですが、それを証明するには膨大な時間が必要とされます。〝ホッグ〟はもちろん〝ホッジ〟でしょうし、資産はブラック・オパールによるものです。牛の血を飲んでいるところを田舎者たちにつかまるまで、この男が何をしていたかは誰にもわかりません。そのときもすでに新生者《ニューボーン》ではなかったということです。もしかすると、一七〇〇年代はじめにエッピングの森（ロンドンの北東方にある行楽地。もと王室狩猟場）で馬車をとめてはご婦人方に嚙みついていた〝キャプテン・ホグ〟として知られる山賊も、この男だったのかもしれません」

ジュヌヴィエーヴは残りの名前を投げ返した。

「クレオパトラとカー・パイ・メイは？」

「ヨーロッパ人ではないので可能性は低いですね。カルパティアの伯爵やブルガリアの男爵が有色人種の異教徒から指示を受けると思いますか」

ときとして〝トルコにくだる鉄槌〟であったドラキュラは、ヨーロッパのヴァンパイアに他大陸からきた従兄弟たちに対する軽侮の念を植えつけた。それは最近の風潮だ。ジュヌヴィエーヴが中国や南アメリカやアフリカですごしたときは——インドに行ったことはまだないが——少なくともその地の古き血統に敬意を表したものだった。

クレオパトラはかつてナイルの女王だったが——もしくはだったと自称しているが、アントニウスや毒蛇のクレオパトラではない。彼女は〝カトリナ女王〟として舞台に登場し、ホテルでは〝アカーシャ・ケメット〟と署名する。昨シーズンは、要所要所に鰐の鱗をつけただけの姿で〈ナイルの踊り《ダンス・デュ・ニル》〉を演じ、みごとパリの花形の地位を射止めた。ヘミングウェイは彼女に、〝かつて見た中でもっとも煽情的なヴァンパイア〟という賛辞を送った（「かつて見た中でもっとも煽情的な女性」というヘミングウェイの賛辞は、一九二五年パリのシャンゼリゼ劇場で、アフリカの血をひくアメリカ人のダンサー・歌手であるジョセフィン・ベーカーに送られたもの）。ジュヌヴィエーヴは彼女の演技を見たことがない。ヴァンパイア劇場を贔屓にして金を出すフリルのシャツを着たマーガトロイドに我慢がならないからだ。

カー・パイ・メイはカンフーの師父《シーフー》で、空とぶギロチンの達人であり（ジミー・ウォング監督・主演『片腕カンフー対空とぶギロチン』獨臂拳王大破血滴子/Master of the Flying Guillotine（一九七六）より）、五毒拳の実践者で（チャン・チェ監督『五毒拳』Five Deadly Venoms（一九七五）より）、猿拳の大家で（リュー・チャーリャン監督『マッドクンフー 猿拳』Mad Monkey Kung Fu（一九七九）より）、血塗れの神に仕える能筆家で、黄金ヴァンパイア寺院の大僧正（ロイ・ウォード・ベイカー監督『ドラゴンVS.七人の吸血鬼』七金屍/The Legend of the 7 Golden Vampires（一九七四）より）である。カンブリア（イングランド北西部の州）で出くわしそうな人間ではない。だが近頃、英国のカントリーハウスの週末は国際色豊かなのだ。

「もしわたしたちに夜の軍隊を率いる者を決めさせてもらえるなら、いまあげた誰も指名はしないでしょう」

彼のいう〝わたしたち〟が何を意味するか、ジュヌヴィエーヴはもちろん知っている。

「あなた方、まさかわたしに〝天空と闇の女王〟（Prince of the Darkness, Prince of the Air はどちらも魔王サタンを意味する）としてノミネートしろというのではないでしょうね。そんな暇はないわよ。先週から新しいチャールストンのステップが五つ届いたのに、わたしはまだ三つしかマスターしていないのですもの」

　ウィンスロップは鼻から煙を吐きだした。ダンスをする彼女を想像したのだろう。

「あきれているわね」

　心をのぞかれても彼は寛大に受けとめてくれた。ほんとうの秘めごとが眠っている奥深くまでさぐりをいれるわけではない。

「わたしたちがあなたにお願いしたいのは、ただこの秘密会議《コンクラーヴェ》に出席し、その貝殻のような聴覚器官をしっかりとそばだてて、みんなの動向に注意をはらっていていただきたいということです。今回の出来事はあまりにもとつぜんで、わたしたちは出遅れているんです。ドラキュラのせいですよ。この五十年にわたってあまりにも巨大な存在でありつづけたため、彼が消去されたとき誰の支配に耐えなくてはならないのか、考えもしなくなっていたんです。わたしたちは名前のリストをもってはいますが、実際にその候補者たちを知っているわけではありません。でもあなたは、そのほとんどと会ったことがあるでしょう」

「ドラキュラが英国にくる前、ヴァンパイアは年次舞踏会をひらいたりはしなかったのよ。首を切り落とされずにいるいちばんの方法は、静かな暮らしを送ることだったの。わたしたちはみんな、〝カーミラに何が起こったか〟知っていたのですもの。そしてそれはカーミラひとりのことではなかったのよ」

　ウィンスロップは両手をひろげた。

「わたしが生まれる前のことですから」

しかたがない、見逃してやろう。

「それで、曲がり男はその話のどこにはいるのかしら」

「ベルが鳴ったのはそこなんです。湖水地方は正確にいってやつの縄張りじゃないんですが、つながりはもっています。残念ながら失われてしまった詐欺師《リンガー》の報告によると、その男は——もしくは女は——この週末、ミルデュー・マナーにあらわれるだろうというんです」

「つまり、フードをかぶった黒幕が秘密の通路をうろついているのね」

「秘密の通路があるなんて、どうしてわかったんですか」

「そういう場所には必ず秘密の通路があるものよ」

「ええ、あるようですね。今回は館の地下に天然の洞窟の迷路が走っています。正確には秘密ではありませんが、べらぼうに危険です。洞窟探検家がひとりならず姿を消しています。キリスト教以前の千もの偶像が、古代人の手によって刻まれた壁龕に隠されています。二度それを数えて同じ数字を得られた者はこれまでひとりもいません」

「では、あなた方の曲がり男にははじめから隠れ家が用意されているというわけね。そこで何をしようとしているの？」

「もちろん何か野望をもっているんでしょう。〈猫の王〉になろうとしているのかどうかはわかりません。そんな地位をほしがるのは、狂人か愚者だけでしょう。犯罪者の組織を統率していくには実際的な精神が必要です。そうした連中は一見狂っているように見えますが、たいていそうではありません。そのほうがわたしたちにとっては事が簡単になるんですけれどね。わたしたちは、曲がり男がルスヴン卿と同じく、権力に影響し得る立場を求めているのではないかと危惧しているんです。候補者のひとり、もしくは複数にやつの鉤がひっかかったら、より大きなトラブルが生じることになります。たとえば、黄金ヴァンパイア寺院の大僧正のそばに貼りつけば、罌粟の販売でシ・ファン（サックス・ローマ〈フー・マンチュー〉シリーズの秘密結社）に対抗することができるでしょう。すばらしいオパールを関税消費税庁をわずらわすことなくあふれるほど輸入できれば、少なからぬ軍資金となります。ミセス・グレグソンのパーティはささやかなようですが、町の街路にもたらす影響は計り知れず、わたしたちはそれを阻止したいと考えているんです。おわかりいただけますか」

包囲がせばまってきている。

「わたしがそこに参加してどんなお役に立てるかしら。たしかにわたしは長生者《エルダー》だけれど、一族の中でそれほど好かれているわけではないわ。とりわけドラキュラの取り巻きのあいだではね。ドラキュラの〝妻たち〟は相変わらず活動しているの？　あの女たち、きっとわたしを殺そうとするわ」

「ミルデュー・マナーに休戦旗を掲げると、アガサ・グレグソンが約束しました。ですからあなたがベッドで首を切り落とされることはありません」

「わたしはこれから一ヶ月のあいだ、ベッドを必要としないわ。眠るためにはね」

「ああそうでした、あなたは〝ヴァンパイアの脱力期〟を終えたところで、昼夜ぶっとおしで動くことができるんでしたね。たいへん便利です」

チャールズの家にいる誰かがウィンスロップに話したのだろう。

「食餌はしたんですか。目覚めたあとは食餌が必要なんでしょう？」

「ありがとう、すませたわ」

その話題になってから、ウィンスロップの手はずっとカラーにかかったままだ。温血者《ウォーム》の男のしぐさ。噛まれることを知っている温血者《ウォーム》の男のしぐさだ。ケイトはエドウィン・ウィンスロップとのいきさつを赤裸々に手紙で知らせてきた。

〝信頼できない〟男。たしかに完璧に紳士らしい魅力を備えてはいるが、でも彼はチャールズ・ボウルガードではない。ディオゲネス・クラブにおいて、チャールズは例外なのだ。クラブの創設者マイクロフト・ホームズは、感情に左右されない策士だった。大詰めの場にジュヌヴィエーヴという予想外の駒がいなかったら、ドラキュラを玉座から追い落とすことを最終目的とした彼の計画は、忠実なるチャールズの死によって達成されていただろう。マイクロフトにはチャールズのような男も必要だが、クラブはまたドレイヴォットのような、裏路地でナイフをふるう男もかかえておかなくてはならない。

マイクロフトの頭脳とドレイヴォットの心臓をそなえたチャールズの身体。そうして手にはいるのがウィンスロップだ。いま、それが現実になりつつあるのかもしれない。もちろんこの男は伝統的な育ち方をしているのだろう。パブリックスクールはグレイフライアーズ校（チャールズ・ハミルトン〈ビリー・バンター〉シリーズ（一九〇八－）で舞台となるパブリック・スクール）、オックスフォードはジューダス・カレッジ（マックス・ビアボーム『ズリイカ・ドブソン』Zuleika Dobsonor,or, an Oxford love story（一九一一）に出てくるカレッジ）、諜報部ＤＭＩ６、そして英国陸軍航空隊に寄り道をして、ケイト・リードの血をもらった。

「ほんとうにあなたがレッド・バロンを撃墜したの？」

ジュヌヴィエーヴはたずねた。

「たしかにわたしは彼にむけて銃を撃ちましたよ。そして彼は墜ちました。結論はそこから導きだしてください」

「オーストラリア軍の対空砲火でしょ」

彼はにやりと笑った。

「ボウルガードが、あなたは棘のある薔薇だと言っていました」

彼は棘に刺されることを楽しんでいるらしい。

ジュヌヴィエーヴはいらだつと同時に途方に暮れてもいた……新たにヴァンパイアの王を定めようというアガサ・グレグソンの目論見は、どうしようもなく愚かではあるが、ごく幼いうちにしっかりとつぶしておかなくては根をおろすような類のものだ。

どうしてもこの依頼を受けなくてはならないわけではない。

「ようこそ、お帰りなさい。ディオゲネスにもどってくださって嬉しいですよ、ジュヌヴィエーヴ」ウィンスロップが言った。

ドレイヴォットはずっと北にむかってベントレーを走らせている。ここはすでにロンドンのはずれだ。ウィンスロップは最初からそのつもりだったのだ。そんなことをしてはいけないと学ばせなくてはならない。だが彼はまだ若い。生者としてすら、あまりにも若い。

「心配ご無用。荷造りはしてあります。カトリオナと買い物に行ったんですよ。新しい髪型に似合う、ふさわしい衣装が一式そろっています。せめてそれくらいはさせてください」

4 敷居

リディアは邪魔をせずひっこんでいるよう言われていた。彼女にどうこうしろと言えるなんて、ロデリック・スポードはいったい何さまのつもりなのだろう。お母さまが認めているわけじゃない。あいつは血まみれ《ブラッディ》アガサ伯母《アーント・アガサ》さまの子分で、子分にしたってぜんぜん役に立っていない。しょっちゅう嚙まれていて、生きている栗鼠や虫を食べているけれど、Vじゃない。血まみれ《B》アガサ《A》伯母《A》さまは誰と何がVで、誰と何がVでないか、しっかり考えているのだ。伯母さまのかわいそう《プア》な夫たちは（実際には貧乏《プア》なわけじゃなくてお金持ちだった）みんなそれなりに有望だったけれど、結局は期待外れに終わって最後の障害を越えることができなかった。Vになれないまま墓場に送られ、そこからもどってこなかった。

リディアは間違いなく軽々ととびこえてみせる。ミルデュー・マナーの誰かがVになるというなら、それはリディアだ。まもなく、夜の翼を手に入れる……

アガサ伯母さまはめったに屋根裏を出てこないから、指示はすべてスポードを通して家の者たちに伝えられる。すべてがでっちあげだと責めることはできないけれど、BAAはおおまかな指示を与えているだけで、空白部分はスポードが自分の思いつきや勝手な誇張で埋めているんじゃないかと思うこともある。ほんとうに変なやつだ。いつだってぞっとするような雰囲気を漂わせて館の中を歩きまわり、身をかがめているときでも鴨居に頭をぶつけている。

一度、スポードのブリーフケースをのぞいたことがある。スケッチが何枚かはいっていた。あいつは暇な時間に、制服（黒の短ズボン）や記章（逆さ十字と髑髏）や敬礼の仕方（矢印で腕の動きを示している）なんかをデザインしているらしい。いつか自分の軍をもとうと考えているのだろう。女子用の制服デザインもあったけれど、それは男子用と同じような――というより男子用より十二段ほど劣った、黒い短いスカートとベレー帽だった。どっちかといえば軍隊じゃなくて、ボーイスカウトやガールスカウトみたいだ。でも銃をもたせるつもりなのだろう、ベルトにはホルスターがついていた。

偉大なるスポードの命令なんか知るものか。リディアはもちろんヴァンパイアの到着を見逃すつもりなどなかった。

一張羅の淡いブルーのドレスを着て、階段の上に出た。陰になっているけれど、玄関ホールがよく見える場所だ。稲妻が走れば、彼女の姿ははっきり浮かびあがるだろう。ヴァンパイアたちも彼女の存在に気づくだろう。

でもこれはあたりまえのふつうの雨だ。雷も鳴らないし、稲妻も光らない。

立っているのに疲れ、いちばん上の段に腰をおろした。誰も彼女に気づかない。

点検のために使用人たちが集められた。一列に並んだ使用人の前を、スポードが歩いていく。執事のメイティと男の使用人には適当にうなずくだけなのに、女たちの服装にはいちいち文句をつけて、エプロンの皺をのばしたり、いちばん上のボタンをとめたりしていく。女中のロッティは、いつだっていちばん上のボタンをはずしたまま、紳士のスープをつぐときに深く身をかがめるような女だ。こっそりお客さまの会話を盗み聞きしては告げ口をするから、BAAもかろうじて馘首にしないでいるけれど。ロッティは一度、スポードに嚙まれそうになったと言いふらしたことがある。だけどスポードはぜんぜんVじゃない。ほんとうのところ、ロッティは紳士のお客さまに嚙ませたり、それに近いことをさせているのだ。

スポードがお母さまのところまでやってきた。お母さまが手をふって追い払う。スポードに検査なんかさせるわけがない。もしお父さまがここにいらしたら、またスポードの鼻にパンチを食らわしているところだ。でもお父さまはいまスコットランドで、鮭をとったり、雷鳥を撃ったり、ウィスキーを飲んだりしている。ハロルド・インチフォーンは捕虜になっていたから、ほとんど戦争を体験していない。戦争捕虜《POW》がしでかす悪戯の話を聞いていると、捕虜生活がまるで学校のようだ。お父さまは学校生活を楽しむことのできた変わり者なのだろう。お父さまが釣りや狩りやお酒を飲むときの仲間はデーベリッツ捕虜収容所時代の悪友で、ボルシェヴィキのために帰国できなくなってしまったロシア人がひとり、看守だった敵将校ふたりもまじっている。お父さまはエリックを殺したドイツ人を非難しなかった。骨の髄まで〝ヴァンパイアでないもの《ノン＝V》〟であるお父さまは、不死者《アン＝デッド》の英国人よりは温血者《ウォーム》のドイツ人のほうがましだとつぶやいている。

厳密にいえば、お客さまの一団が車まわしにはいった時点で正面玄関をあけるべきなのだろう。でもこの雨では玄関に水たまりができるし、絨毯が湿気るし、使用人たちがぐっしょり濡れることになる。

それでもリディアは興奮していた。ヴァンパイアがくる！ハンマーで殴るような音が響いた。ミルデュー・マナーでは新しいオーク材の扉に中世のノッカーをつけている。古い扉は木食い虫にやられてしまった。この館は金を食うヴァンパイアだとお父さまは言う。吸っても吸っても満足することがない。お母さまはそんなとき、わたしの姉がお金持ちでよかったわねと答える。あなたの恩給では、すぐに扉をつけかえることも、排水管を調べさせることもできませんもの。そうしたらお父さまはいつも長い散歩に出かけ､必ず一杯ひっかけて帰ってくるのだ。

ノックの音がこだまする。

メイティが扉をあけた。思い切りひっぱらないとあかない扉だ。雨が吹きこんできて、糊付けしたような執事に正面から襲いかかる。

彼らが玄関ポーチに立っている！

リディアの心臓はしばらくのあいだ鼓動を停めた。いまこそ稲妻が光るべきなのに。そうしたら彼らの顔が見える。彼らにも彼女が見える！

お母さまはいらいらしている。スポードは腹を立てている。ふたりともやきもきと舌打ちをしている。何が問題になっているのか、リディアは理解した。

ヴァンパイアは招かれなければ他人の家にはいること

ができないのだ。

伝説のとおりではないとしても、それが礼儀というものだ。では誰が声をかけるのだろう。〈黒い炎〉のお手紙コーナーで何号かにわたって議論されそうな問題だ。執事では駄目だ。スポードは成り上がりの子分だからそんな資格はない。この館の女主人なんだから、お母さまなら大丈夫だろう。それとも、お母さまがヴァンパイアを招き入れる権利をもっているのは、自分の部屋だけだろうか。もちろんお母さまはそんなことはしないけれど。

背後で小さな笑い声が聞こえ、リディアの骨がきしんだ。手が肩にかかる。神経が鷲づかみにされたみたいだ。

血まみれアガサ伯母さまにつかまってしまった！

「嬢や……わたしを下まで連れていっておくれ」

頼んでいるんじゃない、これは命令だ。BAAは見せかけている半分も弱々しくなんてない。肩を握る手は鉄のようだし。ただ、人によりかかるのが好きなだけだ。

何百歳も歳を重ねたヴァンパイアは若く見える。一九一九年に転化してヴァンパイアになったばかりのアガサ伯母さまは何百歳もの老人に見える。髪の毛がなくなっているので、黒い巻き毛の奇妙な鬘をかぶっている。歯は正面から見える二本の長い牙しか残っていない。

リディアは立ちあがり、杖のかわりを務めた。

アガサ伯母さまはヴァンパイアを招き入れるためにわざわざ敷居をつくらせたのだ。

全員がふり返って伯母さまを見た。陰になったポーチで光る赤い目も同じだ。もちろんリディアを見ているわけじゃない。それでもその視線の中に自分もふくまれているのだと思うと心がはずむ。

アガサ伯母さまはよろめきながらゆっくりと階段をおりていく。そしてようやく声をかけた。

「ようこそ、どうぞおはいりくださいませ」

ロデリック・スポードがまた呼吸をはじめ、ヴァンパイア一行が真の意味で到着した。

リディアは興奮のあまりまともに見ることもできなかった。黒髪と金髪、貴公子と貴婦人、優雅で、青白くて、赤い目をして、鋭い微笑を浮かべている。彼らはとても歳をとっている。BAAよりも、ミルデュー・マナーのノッカーよりも歳月を重ねている。顔が熱くなった。

「なんてぼろ家なんだ」髪に粉をふった金髪の若者が言った。

「言うなよ、ヘルベルト」灰色マントの連れが応じた。

「これも週末だけだ」

「週末が永遠になるかもしれないぞ」

そうよ、とわくわくしながらリディアは考える。永遠になるのよ！

アガサ伯母さまがお客さまたちに挨拶をしている。スポードがそれぞれの名前を呼びあげて、いまだけは役に立っている。マリア・ザレスカ伯爵夫人は取り憑かれたみたいに神経質な顔の中年婦人で、官能的なくちびるをもったヴァンパイアの若い娘イロナ・ハーツィを秘書として連れている。伯爵夫人はイロナのことを、ドリアクリフのホッケー・チーム・キャプテン、シェリンガムが、特別なペットにしている三年生のディムジーを相手にするときみたいにかまっている。〝そういう〟ヴァンパイアもいるのだ。リディアも昔から、ターキッシュ・ディライトをくれる見知らぬ貴婦人の黒い馬車に乗ってはいけないと、ずっと教えられてきた。（C・S・ルイスのナルニア国物語『ライオンと魔女』The Lion, the Witch and the Wardrobe（一九五〇）で、エドモンドはターキッシュ・ディライトをくれる魔女の馬車に乗ってしまう）

それから、着飾った土民の集団がふたつ。石炭みたいに黒くて山ほどの黄金をつけたクレオパトラと、トルコ帽をかぶって羊皮紙のような顔をしたベイ教授。白いローブを着た細い口髭（と驚くほど長い眉毛）の中国人カー・パイ・メイと、セーラー服を着て背中に剣をくくりつけた目の吊りあがった女の子。この人たちが何歳なのか、どれくらい重要なのかはどうでもいい。土民なんだから！　マグナス伯爵みたいにじつは英国人だったなんて可能性はまったくない。リディアにだって好みはある。有色人種に嚙まれるのはまっぴらだ。

いまのところは期待はずれだ……

灰色服の男はマインスター男爵デイヴィッド。華やかな連れはフォン・クロロック子爵ヘルベルト。〈黒い炎〉に載っていたから、リディアはマインスターがドラキュラの子《ゲット》であることを知っている。一八八〇年代、彼はカルパティア近衛隊の高官だった。傷がないことからも明らかなように、十把一絡げの戦闘員ではなく、参謀将校だ。彼の連れはトランシルヴァニアの名士の子息だ。フォン・クロロック伯爵は永遠に生きつづけるつもりでいるようだから、ヘルベルトが父の城や領地や銀行預金を相続できる可能性はかぎりなく低い。おかげで彼は将来の見通しもなくぶらぶらしている。来客名簿の職業欄には「パーティ・ゲスト」と書きこまれていた。その子爵の身なりときたら、バックルシューズに鮮やかな青いブレザー、それと揃いのプラスフォーズ（第一次世界大戦前ごろから一九三〇年代までゴルフなどのスポーツに用いられた長めでゆったりした男性用のニッカーズ。普通のニッカーズをゆったりさせるため四インチ長くしたことからこの名で呼ばれた）、そして襟もとにはラヴェンダー色のレースをたっぷりあふれさせている。

ヘンツォ伯ルパートは映画のためにつくられたキャラクターではなく実在のヴァンパイアで、カルパティア近衛隊にいたときは戦闘員だった。だけど残念なことに、BAAの来客リストには載っていない。

マインスター男爵は〝ものすごく長い時間をかけて髪をとかす〟タイプの美男子だ。ヘルベルト子爵は娼婦よりも濃い化粧をして、マスカラで白くした頬に星の形の付け黒子を貼りつけている。似た者同士のトランシルヴァニア人ふたりがリディアに関心をもつことはない。それはたしかだ。伯爵夫人と同じく、このふたりもあちら側の人間なのだから。

ミスタ・ホッジは商売で財をなした参事会員みたいなずんぐりした男で、リディアに注意をはらった最初のヴァンパイアだった。虫酸が走った。頬はたるんでいるし、牙は曲がっている。あちらこちらへ頭をふらつかせながら、どこに嚙みつけばいちばんいいか決めようとするみたいに、さまざまな角度からリディアを吟味している。ホッジにはミスタ・クロフトという男がついていた。マネージャーなのか、使用人なのか、もしかしたら看守かもしれない。死体のような顔をしたクロフトは、怒髪天をついているときのアガサ伯母さまもふくめ、これまで会った中でもっとも恐ろしいと思える相手だ。霊的な直感がなくたって、この男が歯をむきだして咽喉に食いつきたがっていることはわかる。きっと最初にロッティが襲われるだろう。リディアの順番もすぐにまわってくる。

まったく認めたくはないけれど、すべて大はずれだ！

「マムワルド王子からお詫びが届いております」スポードがベイ教授からわたされた手紙に目を通して報告した。

クレオパトラが嘲るような笑い声をあげた。

「あの男がわれわれと関わりをもちたがるわけがないよ」とヘルベルト。「あの成り上がりのアフリカ人は、ヨーロッパは文明化が遅れているなんて言っているのだもの。誰であろうと闇の王冠を得る者は、まずあの血まみれの猿を殺させるべきだろうね」

なぜだろう、全員の目が中国人少女にむけられた。

あのヴァンパイア少女が自分と同じくらいの歳だとは思っていない。もちろん、リディアと同じ年頃で転化して――そのまま凍りついたのだ。スポードが名前を告げなかったのだから、きっと重要人物ではないのだろう。

お客さまはまだそれだけではなかった……

カルンシュタイン将軍とその家族。シュタイアーマルクの有名な血統だ。ハリエット・ヴェインは――まさしく！――カルンシュタイン一族についての伝記論文を書いていて、リディアは〈黒い炎〉の冬の特別号でそれを読んだ。将軍は礼装用軍服に身を包み、勲章をつけている。オーストリア人で、髪は白いけれど、髭は黒い。オーストリア人はドイツ人と同じくらいよくない。将軍の奥方エセリンドはアイルランド人だ。アイルランド人のほとんどは反逆者だけれど、英国人に近い。ただし、英国人より少しばかり刺激的だ。

将軍と奥方が敷居を越えて……

そしてそのあとに、〈あたしのヴァンパイア〉がいた。

ひと目見てわかった。雷鳴も鳴らず稲妻も光らなかった。それでもリディアはこの瞬間を思いだすたびに——きっと何度もくり返し思いだす——雷鳴と稲妻を描き加えるだろう。心臓に衝撃が走り、〝霊的な絆〟が築かれた。彼はアンピオンだ。彼女はニオベだ。ふたりの〝愛〟が歌と物語になる。

〈あたしのヴァンパイア〉は美しかった。白い肌に、悲しげな目をした青年だ。髪はブラシのように逆立っていて……そうじゃない、ブラシのようになんかじゃない。どうしてそんなことを考えてしまったんだろう！　誇り高い雄鶏の鶏冠のように。獅子のたてがみのようにだ。頬骨はすっきりしていて、歯は平らで——牙じゃない！——輝いている。皮膚には傷ひとつなく、やわらかな大理石のようだ。耳は少しだけとがっている。深い深い緑の目がまっすぐ彼女を見つめている。いまにも膝が崩れてしまいそうだ。

「レディ・ワープルズドン」カルンシュタインがアガサ伯母さまに声をかけた。「息子を紹介します。リアム……」

リ・ア・ム。〝天使〟の名前だ。雪の中のダイヤモンドのように、皮膚の奥に光が宿る。そのたたずまいは無限の孤独を漂わせている。

完璧だ！　〈あたしのヴァンパイア〉は。

スマッジに手紙を書いてすべてを話すのが待ちきれない。友はきっとかんかんに腹を立てるだろう。ルディ・Vの写真はみんな片づけてしまおう。もうあんなものはいらない。

リディアはアガサ伯母さまの袖をひいた。

「なんだえ、嬢や」

言葉が出てこない。消防車みたいに真っ赤になっているにちがいない。死んでしまいたい。

「これは妹の娘、リディアでございますの」血まみれアガサ伯母さまが言った。「どうぞ嚙みつかないでやってくださいまし」

ああ、なんということだろう。ほんとうにこのまま死んでしまいたい。

リディアの人生はいま終わった。

5 旅路

車はひと晩じゅう走りつづけ、やがて夜が明けた。典型的な温血者《ウォーム》であるウィンスロップは眠りにつき、小さく幸せそうな寝息をたてている。ジュヌヴィエーヴの考える〝長旅の連れ〟に、ドレイヴォットはあてはまらない。だから話しかけることもしなかった。

眠りに落ちる前、ウィンスロップがひと束の書類をわたしてくれた。ディオゲネス・クラブがもっている——もしくはジュヌヴィエーヴに知らせてもよいと判断した、ミセス・グレグソンの〈ヴァンパイアの週末〉参加者の背景情報だ。来客についてはほとんどが既知の事実ばかりだ。ただひとつ、カルンシュタイン将軍夫妻にリアムという息子がいることは知らなかった。カーミラは一度も兄弟の話をしなかった。カルンシュタイン一族はいわゆる純血種で、親族同士で結婚してヴァンパイアの子供を産む。一度も温血者《ウォーム》であったことがないまま、数世紀をかけてゆっくり歳をとっていく。カルンシュタイン一族全員が何かを失っているように見えるのはそのせいだろうか。あの血統は他者を転化させることができない。カーミラは幾度も特別な友に闇の口づけを与えようとし、すべて失敗に終わった。

英語とドイツ語の新聞切り抜きが、戦争中にカルンシュタインが指揮をとっていた鷲の城《シュロス・アドラー》について詳述している。ウィンスロップの著名な仇敵フォン・リヒトホーフェン男爵の本拠地。魔術的科学とグロテスクな実験薬の巣窟。カリガリ、テン・ブリンケン、クルーガーら——アドラー集団に比べると、ジキルやモローですらアレクサンダー・フレミングやルイ・パスツールのように思えてくる。戦後、あのマッド・サイエンティストたちは何をしているのだろう。どうせまともなことではないだろうけれど。

曲がり男に関する調査書類には、行方不明になっておそらく殺害されたと思われるアーサー・ミルトンによるインタヴューの写しがはいっていた。曲がり男団は単なる犯罪者集団ではなく政治活動もおこなっていて、絶望している者、不利益をこうむっている者、忌むべき者たちを仲間にひきこんでいる。ジュヌヴィエーヴは茶色いシャツを着たナチ党の暴漢突撃隊《シュトゥルムアプタイルング》がベルリンでヴァンパイアの所有する企業をたたきつぶし、ノスフェラトゥ居住区《ゲットー》の外で十字架を燃やすのを見たことがある。曲がり男団のちらしは形を変えたファシストのプロパガンダのようで、異国の支配に対する抵抗者としてアーサー王やボアディケアまで引き合いに出している。謎が解けた。棒線画の落書きは曲がり《クルック》男団のしるしだったのだ。細い疑問符は羊飼いの 杖《クルック》 と主教の 杖《クルック》 の両方をあらわしていて、この群れに強力な指導者が必要なこと、そしてこの運動が半宗教的なものであることを示している。ジュヌヴィエーヴはまた、ミュージック・ホールでは鉤を使ってしくじった芸人を舞台袖にひっぱりこむことを思いだした。曲がった《クルック》ものはとつぜん人を消すこともできるのだ。

夜が明けるころ、ウィンスロップが目を覚ました。ここはもう北部だ。

気がめいるような村ロイストン・ヴェイジー（BBCのテレビ番組『リーグ・オブ・ジェントルマン 奇人同盟!』The League of Gentlemen（一九九九）に出てくる架空の町）で車を停め、朝食をとった。主としてウィンスロップのためだ。彼はベーコンエッグと一ガロンの紅茶を頼んだ。そのカフェではヴァンパイアの食餌を出していなかった。このあたりではその必要があまりないのだ。真ん丸顔のカフェ・オーナーが近所の肉屋から〝肉 汁《ドリッピング》〟を届けさせようかと申しでてくれたが（ロイストン・ヴェイジーには人肉を売っていると噂の肉屋がある）、ジュヌヴィエーヴは丁重にお断りした。

雨のせいで道はひどい状態だ。ベントレーも見た目がだいなしになっている。ウィンスロップの主張によると、この車はモーター付きヨットにも使えるような車体に、戦争中に彼が飛ばしていたソッピース・キャメルと同じエンジンを積んでいるのだという。ルーフが雨漏りしないのは、地味ながら英国の良品質のおかげだ。いまも大水と泥の中で軽快な音をたてている。子供たちが嵐ものとせずにとびだしてきて自動車に歓声をあげたが、ドレイヴォットににらまれて、あえて近づいていこうとはしなかった。

「遮断されないうちにミルデュー・マナーまで突っ走ったほうがいいですね」ウィンスロップが言った。

「遮断って?」

「湖があふれると、唯一の道路が通行不能になるんです。舟を出すしかありません」

「つまり、この週末が何週間もつづくかもしれないということ?」

「なんとも楽しそうな話ですね」とウィンスロップ。「あなたは流れる水を渡れるんですよね」

「ええ。そもそもどうしてそんな伝説がひろがったのかしらね。馬鹿げているわ。水道管はどうなるの」

「事例がありますよ」ウィンスロップが語った。「戦時中、ヴァンパイアの捕虜を老朽船に収容していたんですけれどね。流れる水に対する――なんというか、心理的ブロックをもっている者がいました。でもイギリス海峡を渡って運ばれるのは気にならない。つまり彼らの解釈によると、その制限は〝みずからの意志〟で流れる水を渡る場合にかぎられていたんです。ドッティヴィルの報告書がどこかにあるはずですよ」

　車にもどる前に、ふたりはカフェの化粧室で着替えをした。ウィンスロップはシルクハットに燕尾服の洒落者紳士から、山高帽にピンストライプのズボンを穿いた事務員に変身した。

「新しい秘書がご挨拶申しあげます。推薦状も用意しております」

「きっと優秀な秘書になれるわね。それで、すてきな偽名もあるの？」

「本名のままでいきます。わたしは以前〈ご老体〉といっしょにクロフトに会ったことがありますからね。ザレスカ伯爵夫人にも会っています。彼女が推定上の父親に関する嘆願書を出そうとしているときでした。父親への面会権を求めて、ヴェルサイユ列強国を困らせていましたよ。結局は否認されたんですけれどね。ドラキュラが復讐心に燃える某々からひきだせる慈悲といったらそんなものでしょう。杭に刺したやつの首を求めるのはわたしたち英国人だけだと思われるかもしれませんが、フランスはわたしたち以上に腹を立てていますし、それは米国人《ヤンキー》も同じです」

　化粧室にいるあいだに、彼は髭を剃っていた。古い嚙み跡をひっかいたのだろう、やわらかなカラーの下から血の匂いがする。糸切り歯がわずかに鋭くのびた。エドウィン・ウィンスロップは自分の首を提供しようとしているのだろうか。微笑を浮かべ、片眉をあげたのは、〝いいですよ〟という意思表示なのだろうか。彼女の牙にも気づいているはずだ。まだ赤い渇きにとらわれてはいない。だが何かが感じられる……誘惑か、好奇心のようなもの。

　ジュヌヴィエーヴも、ドレイヴォットが車から運んできたいくつものスーツケース――彼女のイニシャルがはいっている――から新しい服を選んで着替えた。膝上丈のグリーンのワンピース。それに似合いのクローシェ帽とスカーフ。そして、この建物以上の価値がある高価なウェンディゴ・ファーのマントだ（ウェンディゴは北米のネイティヴのあいだに伝わる人食い鬼。アルジャーノン・ブラックウッドが『ウェンディゴ』Wendigo（一九一〇）を著したのち、多くの作家がとりいれるようになった。いまではさまざまなゲームで、ウェンディゴ・ファーのマントが貴重なアイテムとして使われている）。

「あなたを充分な資格のある立派な候補者として紹介

しなくてはなりませんからね」ウィンスロップが説明した。「財源には不自由していませんので」

「あとで返せなんて言わないでね」ジュヌヴィエーヴは白い毛皮を抱きしめながらつぶやいた。

これで、寝床と衣装箪笥をディオゲネス・クラブから借りることになってしまった。つぎにはイートン（大ロンドンの西にある一四四〇年設立のパブリックスクール）とハロー（大ロンドン北西部にある一五七二年設立のパブリックスクール）から手つかずの少年を連れてきて、食餌として提供してくれるかもしれない。

感謝感激だ。

6 ケジャリー

〝リアム〟のことを考えると眠れなかった。もしかしたらちゃんと眠っていて、彼の夢を見ていたのかもしれない。スマッジに長い手紙を書きはじめたけれど、途中で諦め、あとで電話をかけることにした。嫉妬をこめて息を吸う音を、ただ想像するだけじゃなくてほんとうに聞きたかった。あたしのニュース。あたしのヴァンパイア。あたしの勝利。

リディアはもちろん、みんなより何時間もはやく、召使以外は誰もいない時刻に起きだした。メイティはひどく不機嫌だ。競馬に夢中な執事はついこのあいだも大負けしたのだ。彼の資金がなくなると、シガレットケースとかイアリングといった、小さいけれど高価なものがお客さまの荷物から消えていく。招待されてもミルデュー・マナーにやってくるお客さまが少ないのはそのせいだ。

それと、雨だ。いくらメイティでも、ヴァンパイアの長生者《エルダー》から何かを盗んだりはしないだろう。

お母さまは朝食におりてこなかった。

郵便配達より熱心に、道路が冠水してもしっかり役目を果たして日給を稼ぐ少年が、濡れた新聞を届けてきた。お父さまは〈テレグラフ〉(ロンドンの保守系新聞)を、お母さまは〈メール〉(英国の大衆新聞)を、アガサ伯母さまは〈ビースト〉(英国の日曜大衆紙〈ピープル〉のもじりと思われる)をとっている。新聞が乾いたら、リディアはすべてに目を通して、自分のスクラップブックのためにヴァンパイアの記事を、スマッジのために未解決の犯罪事件の記事を切り抜く。彼女は花柳界《デミモンド》の犯罪者に深い関心を抱いていて、一時はデカダンな冒険家アンソニー・ゼニスに夢中だった。麻薬中毒のアルビノにはまっていたのは去年のことだ。いま現在スマッジのアイドルは、神出鬼没のギャングのボス、正体不明の曲がり男だ。曲がり男はいつだって、大胆不敵な銀行強盗をたくらんだり、慈善舞踏会で公爵夫人のダイヤモンドを盗んだり、事件が法廷にもちこまれる前に証人が謎の絞殺死をとげるように画策したりしている。曲がり男団の棒線画はいたるところに——ドリアクリフ・グレインジの壁にまで描かれている。あいにくながら、それは暗号を解こうとスマッジ自身が殴り書きしたものなのだけれど。学校を卒業したら、彼女はきっとスコットランド・ヤードの刑事になって曲がり男をつかまえるか、もしくは窓から忍びこむ泥棒の名人になって曲がり男団に加わるのだろう。フードをかぶった悪党がヴァンパイアかヴァンパイアでないかについては議論が戦わされている。もしヴァンパイアだったら、きっと鼠のような醜い顔をしているにちがいない。そうでなかったら、わざわざ顔を隠す必要なんかないじゃないか。

ケジャリー(米、割り豆、玉葱、卵、香辛料をいれたインド料理)を食べていると、女中たち——ロッティ、メイ、ジャネット、エレン——がお客さまの噂をしているのが聞こえてきた。ザレスカ伯爵夫人ったら、肉屋にならべた牛の肋肉みたいにあたしのことをつねったんだよ、とジャネットが言った。メイはイギリス娘が有色人種や中国人に仕えるべきではないと考えている。〝綺麗なふたり〟マインスターとフォン・クロロックが寝室のベッドをもっとくっつけるよう要求したというのはロッティの話だ。こぶしに人差し指を突き刺す卑猥なしぐさで笑いが起こる。長生者《エルダー》の使用人たちはほとんどがミルデュー・マナーの使用人と同室になっているが、カー・パイ・メイのげいしゃとザレスカ伯爵夫人の秘書だけは、主人と同室かすぐ近くの部屋を与えられている。ベイ教授がクレオパトラの使用人なのか配偶者なのかは、誰にもわかっていない。

「あの女の昼飯になるほうに賭けるね」とロッティ。

リディアは音をたててスプーンをおろし、自分がここにいることを知らせた。

「ヴァンパイアには敬意をはらってちょうだい」自分の声が甲高くなるのがわかる。「あの方たちはお客さまで、貴族なのよ」

だらしなくおしゃべりをしていた女中たちは、びっくりして口をつぐんだ。たいていの人は召使が聞き耳を立てていても気づかないものだけれど、女中たちも同じようにリディアの存在に気づかなかったのだ。

一瞬、笑われるのではないかと思った。

四人とも、リディアと同じくらいか、ほんの少し年上の娘だ。そう、自分はいつだって彼女たちをほんの少し怖がっている。

「申し訳ありませんでした、お嬢さま」ロッティが驚いたような顔で謝罪した。

「そうよ。気をつけなさいね」力がよみがえってくるのを感じながら答えた。

アガサ伯母さまは昼間は眠っているのだから、お母さまがいらっしゃらないいま、リディアがミルデュー・マナーの女主人だ。何をするべきか、何を言ってはならないか、何を考えるべきか、召使たちに教えるのは彼女の役目だ。

この女中たちはヴァンパイアについて何ひとつ知らないのだから。

畏怖すべきなのだ。ほんの少しでも失礼なことをしたら、どんな目にあうか。

少なくとも、彼女たちは〝彼〟のことは噂していなかった。

「もう仕事にもどりなさい」

さがるよう命じられて、女中たちは腰をかがめ——揶揄や皮肉はまじっていない——散っていった。

ひとりになったとたん、興奮が全身を走り抜けた。

すでに物事は変わりはじめている。リディアは新たな食欲を起こしてケジャリーと取り組み、皿をきれいにからにした。

7　到着

　雨がベントレーのルーフに音をたててあたり、フロントガラスを洗う。牧草地の境界を示す低い石壁と道のあいだが水路となって、はぐれた牛が溺れている。くぼみに新しい池ができる。湖水地方の湖はどんどん大きくなっていくらしい。

「方舟をつくりたくなるような天気ですね」ウィンスロップが言った。

「少し遅すぎるのではないかしら」ジュヌヴィエーヴは答えた。「それよりも、進化して鰓をつけたほうがいいわ」

「できるんですか」ウィンスロップは金魚のように頬をふくらませ、またすぼめた。「あなたは人魚に変身できるんですか」

「わたしはできないわ。できる人もいるでしょうけれど」

「あなたは毎日何かを学んでいるんでしょうね」

「わたしの歳になると、何かを忘れていくことも必要なのよ」

「わたしも忘れられたらいいのにと思いますよ。長いリストがあるんです」

　ドレイヴォットが伝声管にむかって咳払いをした。到着の知らせだ。

　ベントレーはひらいた門を抜けてアプローチにはいった。両側に巨石がずらりとならんでいる。古代神殿を破壊して館を建てたときに、迫石《せりいし》を移して目印にしたのだ。ミルデュー・マナーが前方にそびえている。英国の田舎によくある継ぎ接ぎだらけの大きな建物だ。一部が壊れ、一部を建てなおし、何百年もそうしつづけているため、どこをとっても統一感がまったくない。窓の鎧戸が閉まっているのは繊細なヴァンパイアの客を日光から守るためではなく、雨を防ぐためだろう。そもそもこの地に太陽がのぼることがあるとはとても信じられない。

　アプローチは流れのはやい小川のようだ。ベントレーは水陸両用車のようになめらかに、前庭にはいっていった。何台か車が停まっている。もし迂闊な運転手が隙間だけでも窓をあけたままにしていたら、帰りには水槽を運転することになるだろう。雨が激しく打ちつけて、赤みを帯びた砂利を芝生の中に押し流している。

　運転手役のドレイヴォットが車をおりて玄関扉をノックしにいったが、庇のついた帽子を吹き飛ばされ、繁みの外まで追いかけていく羽目に陥った。ジュヌヴィエーヴはこっそりそのひと幕を楽しんだ。

ようやく扉がひらき、ウィンスロップとジュヌヴィエーヴは大急ぎで屋内に駆けこんだ。

玄関ホールでは大柄な温血者《ウォーム》の男と幾人かの召使が待機していた。男は永遠に変わることのないだろう渋面をつくっている。カフスの下にのぞく手首の噛み跡は、彼がヴァンパイアに血を提供しているしるしだ。

ジュヌヴィエーヴは新しいマントを女中にわたした。女中は期待したほどの驚きは示さず、それでも「ほかのお客さまのものといっしょにお預かりして、乾かしておきます」と言った。さきに到着した長生者《エルダー》の貴婦人たちは、きっともっと高価な衣装を預けたのだろう。

どちらさまでしょうとたずねる渋面の男をさえぎって、ウィンスロップが堂々と宣言した。

「こちらはジュヌヴィエーヴ・サンドリン・ド・リール・デュドネ。ダク一族の長生者《エルダー》だ。とうぜん招かれるべきお方である」

渋面の男が一瞬不安を浮かべた。

それから彼は女中に、遅れて到着した客のために部屋を用意できるかたずねた。女中はふたりを品定めし、青の部屋を用意いたしますと答えた。ドレイヴォットのベッドは召使部屋でさがすことになる。

「わたしはロデリック・スポードです」もちろん知っているだろうと言いたげに、渋面の男が名のった。「レディ・ワープルズドンの助言役です」

それが彼の職務だというなら、ジュヌヴィエーヴもこれまで、さまざまな血管から直接たっぷりと助言を飲んできたことになる。

「最初の会合は一時間後におこなわれます」スポードがつづけた。「あなたも立候補なさいますか」

たずねられたのはジュヌヴィエーヴだが、ウィンスロップがかわって答えた。

「レディ・ジュヌヴィエーヴはもちろんリングに帽子《シャポー》を投げ入れる（競争に加わる、立候補するの意味）」

たぶんディオゲネス・クラブも、彼女のためにそれなりの身分を考えてくれているのだろう。

スポードが顔をしかめた。

「レディが〈猫の女王〉にふさわしくないとお考えか」ウィンスロップが穏やかにたずねる。「類まれなる経歴をおもちの方だ」

「こちらのレディのお噂は聞いたことがあります」スポードは不快感を隠そうとしている。

「それはよかった。ではなかばまで目的は達せられたようなものだ」

「会合では、候補者はひとりの代理人をもつことができます」

「それはわたしが務める。わたしはウィンスロップ。レディの秘書だ」

スポードはさしだされた手を無視した。ウィンスロップは気づかなかったかのようにすっと手をもどした。

助言役の男が空気中に異臭を嗅ぎつけたかのように、鼻を鳴らし、唾の音をたてた。偽物を嗅ぎわけようとしているのだろうか。

ちがう。ジュヌヴィエーヴも気づいた。血だ。召使たちを驚かさないよう、しっかりと口を閉じる。

ウィンスロップが首から血を流している。髭を剃りながら自分でひっかいた傷だ。わざと小さな傷をひらいて印象づけようとしている。レディ・ワープルズドンの腰巾着はこれで、ウィンスロップをジュヌヴィエーヴのレンフィールドだと思いこんだだろう。

「来客はわたしたちで最後だろうか」ウィンスロップがたずねた。

「これ以上予定外のことがなければそうなります」スポードが答える。

「それはよかった」

8 ねずみ

新しく到着したヴァンパイアはがっかりだった。フランス人で、金髪で、がりがりだ。いまにも消えてしまいそうな、いつも貧血気味のヴァンパイア女。連れの温血《ウォーム》者の男は悪くない。うっとりするほどじゃないけれど、噛みつく価値はある。

ううん、先走りすぎた。本命以外との戯れの前に、リアムのことを考えなくては。

ヴァンパイアたちが起きだしてくるのが待ち遠しい。たぶん午後遅くになるのだろう。リディアは部屋にもどって予習することにした。

カルンシュタイン一族に関するハリエット・ヴェインの論文が掲載された〈黒い炎〉特別号を見つけて、読みなおした。残念なことに、リアムについては何も載っていない。もしかすると、ルートヴィヒ（もしくはレオポルド）・カルンシュタインとエセリンド（・フィオンギュアラ）・カルンシュタインの息子として（疑問符付きではあるが）記載されている、カール・カルンシュタインと同一人物だろうか。ルートヴィヒ・レオポルドはカルンシュタイン将軍のことだけれど、著者は彼のことをカルンシュタイン伯爵と呼んでいる。長生者《エルダー》は長い年月のあいだにいくつもの名前と称号を手に入れるのだ。ミス・ヴェインは学者らしい忍耐を示しながら、一族の中でもっとも有名ないまは亡きミルカラ・カルンシュタインが使用したおびただしいアナグラムによる名前について、怒りに満ちた脚注を記している。彼女が名声を得たのは愚かさゆえに殺されたためだと、腹を立てているのだ。そして、それ以上の関心を大勢のカルンシュタイン一族にむけている。リアムとカールが同一人物だとしても、ミス・ヴェインは彼についてほとんど何も知らないようだ。彼女はまた、珍しいオーストリアとアイルランドの結びつきについても深い考察を重ねている。何百年にもわたるその歴史には、ダーワードと呼ばれる沼地の住人と、英国に対する嫌悪がかかわっている。〈あたしのヴァンパイア〉はもちろん、そんなものを引き継いではいないだろう。

　リディアは最新号をとりあげ、リチャード・レストレンジによる新しい連載『ヴァンパイアを愛して』を読もうとした。目の前で言葉が泳ぎ、雨の吹きつける窓ごしに外をながめるかのようにイラストがぼやける。〈あたしのヴァンパイア〉がこの館にいるいま、つくりものの魅力は薄れてしまった。

　午後の時間がのろのろとすぎていく。〈黒い炎〉を脇にやって〝計画〟を練った。何がなんでももう一度リアムに会って、もっとよい印象を与えなくてはならない。

　それにはＢＡＡがそばにいないことが絶対条件だ。アガサ伯母さまはいつだって、とんでもないことを言いだすのだから。できればひとりでいるリアムと偶然出会うのがいい。もっといいのは、リアムが偶然リディアに会うことだ！　リアムは風雨にさらされた石が散らばる地所内を歩きまわって、消えかけたルーン文字を解読しようとしたりしないだろうか。何世紀も前に書いたけれど一冊も手もとには残していない失われた愛についてのロマンティックな詩集をさがしに、図書室を訪れたりしないだろうか。最初の案はまず無理だ。こんなじめじめした天気だもの、ヴァンパイアだって散歩に出て思索にふけったりしない。そして遠い昔に失われたロマンティックな詩集は――〈パンチ〉（一八四一年に創刊された英国の絵入り週刊諷刺雑誌）の合本を好むお父さまが、ミルデュー・マナーの図書室からみんな放りだしてしまった。駄目だ。では音楽室は？　リアムはピアノで古い曲を弾いたりしないだろうか。でもあのピアノはもうずっと調律していないから、五、六鍵ごとに鍵盤が沈んであがらなくなる。

出会いのパターンばかり想像していてもしかたがない。結局リディアは、現実の出会いをつくるために部屋を抜けだしていった。

目覚めたヴァンパイアは、柩ではなく、客室のベッドから出てくるはずだ。

階段に、ヴァンパイアがひとりいた。リアムじゃない。剣をもった東洋人の女の子だ。彼女は階段のてっぺん――昨日リディアがいた場所で、クッションがわりなのか鞄の上にあぐらをかいて、玄関ホールを見張っていた。階段の下では、新しくきたヴァンパイアと連れの男が、アガサ伯母さまのつまらない会合がおこなわれる音楽室の横で待っている。ヴァンパイアの長生者《エルダー》を集めて退屈な会議をひらくなんて、BAAにしか思いつけないことだ。もしリディアにまかせてもらえるなら、決闘によって優勝を決める。敗者は首を落とされる。そして（もちろん）最後には、リアムがあのフランス女をめった斬りにして勝利をおさめるのだ。なのにあの人たちは、学校の文化祭委員会のように、話し合いで決着をつけようとしている。

こっそり部屋にもどろうとしたとき、少女がふり返って剣に手をのばした。首を落とされるのはリディアだ！


だが少女は剣を抜こうとはしなかった。リディアを見て何かを認めたのだろう、うなずいた。

この子と話してみよう。リアムと話す練習になる。まるっきりの間抜けに見える危険も、消防車みたいに真っ赤になる心配もない。アガサ伯母さまではないヴァンパイアに慣れておかなくては。

「こんにちは。あたし、リディア・インチフォーンよ」

「知っている」少女は答えた。「わたしはSだ」

「Sって。アルファベットのS？」

Sはうなずいた。おかしな名前だ。

「あたしは十六歳なの」これは嘘だ。「あなたはいくつ？」

Sはしばらく考えてから答えた。

「わからない。たぶん、千歳」

それはすごい。

「そうでなかったら十三。転化してからずっと十三だ。死ぬまでずっと十三のまま」

リディアはヴァンパイアの隣に腰をおろした。

フランス人のヴァンパイア、ジュヌヴィエーヴは、チャールストン（一九二〇年代にアメリカで流行した爪先を内側にむけ膝から下を強く外側に蹴って踊るダンス）かブラック・ボトム（一九二〇年代にアメリカで流行した尻を激しくくねらせて踊るダンス）のパーティに参加するためこっそり寮を抜けだす六年生のような格好をしている。ヤンキーのダンスは馬鹿げていて、まるで土民の踊りみたいだ。リディアだって、ワルツやクイックステップやマズルカを教えてもらうミス・ダウンズのダンスの授業はそんなに嫌いじゃない。リーダー役に身をまかせて、癇癪もちのカンガルーみたいにとびはねている。ミス・ダウンズの授業では、女子が交替で男役を務める。スマッジはそれが役に立つのならずっとリーダー役でもかまわないと言っている。

「あなたはここにいるヴァンパイアの中でいちばん年上なの?」リディアはたずねた。

「ちがう。わたしが忠誠を捧げているカー・パイ・メイのほうが年上だ。エジプト人のクレオパトラはもっと歳をとっている」

「忠誠を捧げているの? じゃあ、あなたは召使なの?」

「わたしはようじんぼう――護衛だ。負債を返済するためカー・パイ・メイに従っている。あなたはまだ結婚していないのか」

リディアはびっくりして答えた。

「もちろんよ。あたしはまだ、その……」

「十六なのだろう?」

Sはきっと、十六で未婚の娘は嫁き遅れと見なされる国からきたのだろう。英国でもそれほど歳がいかないうちに多くの娘が結婚する。アッパー・シックス(英国中等教育の最上級学年。十七~八歳に相当する)のほとんどは、非公式ではあるけれども婚約している。

「わたしは結婚していた」Sが言った。「生きていたときのことだが」

「その人も転化したの?」

「夫とは会ったことがない。赤ん坊のときに家が決めた結婚をした。それによって同盟を結ぶ。この会合と同じだ。誰かがヴァンパイアのみかどになって……それから、同盟と結婚だ」

アッパー・シックスの何人かも、同じように家の決めた婚約者をもっている。英国人の場合、将来において縛りつけられることになる相手は従兄弟とか家の関係者で、少なくとも会ったことくらいはある。首席のオリヴィア・ギバーンは四十一歳というぞっとするような年寄りと結婚して、チェルム伯爵夫人になる。ジャングルの太鼓が言っていたけれど、ギバーンは学校の図書室から毒薬に関する本を借りていたという。ほんとうに毒殺を実行するつもりなら、曲がり男を雇えばいいのにとスマッジは言っている。

「まあ」とリディア。「いまでも恋しい? その人のこと」

Sはためらった。ほとんど表情が変わらず集中しているようには見えないが、リディアには彼女が思考をめぐらしていることがわかった。

「そうだ。わたしはいつも恋しく思っている。これまでに会った多くの人よりも懐かしく思う。もし一度でも会っていたら、いまごろは忘れてしまっていただろうけれど」

「ごめんなさい」

「気にするな」

「わかってるわ。でも……悲しい話だもの」

「そうだ」

「あたし、ほんとうは十四なの」リディアは告白した。

「学校に行っているのか」ヴァンパイアがたずねた。

「残念ながら行ってるわ。ドリアクリフ・グレインジよ。サマセットにある。どうしようもないド田舎で、天気だってここよりひどいくらい。いまここに帰ってるのもそのせいよ。雨が降りすぎて、寄宿舎の屋根が落ちちゃったの。先生たちはうすのろだし。そこいらじゅうにがみがみ女《ハーピー》がいるし」

Sは剣の柄に手をかけた。

「空を飛ぶ魔物か」

「ほんもののハーピーじゃなくて。監督生のこと。生きてる人間すべてに敵意をもってるのよ。ああ、ごめんなさい。そんなふうに言うつもりじゃなかったんだけど。怒った？」

Sは首をふった。目の上と胸のあたりで真っ黒な髪をふっつりと切り揃えている。とても生真面目な顔をしている。

「監督生がどういうものかなら知っている」とS。「ホッケーとクリケットも。〝真夜中のパーティ〟も。あなたは寮にはいっているのか」

「デズデモーナよ。ドリアクリフの寮はシェイクスピアに出てくる女の人の名前なの。ゴネリル、タモラ、ヴァイオラ、エアリエル、そしてデズデモーナ」

「あなたは自分の寮に忠実か」

Sは猛烈な好奇心を燃やしている。がっかりさせてはかわいそうな気がする。

「ええ、もちろんよ」

リディアは適当にデズデモーナに放りこまれたのだし、ほかの子たちもみなごくあたりまえの少女ばかりだ。リディアにとっては寮の友達も学校の友達も同じようなものだ。ただ顔をあわせる機会が多くなるだけで、そのため、あまり会わない少女たちよりよけい嫌いになる。はっきりいって、寮なんてもののどこがいいのかわからない。

「もちろんそうだろう」とS。「忠誠は大切だ。それから〝愛校心〟。そして〝正しいおこない〟」

さむらいヴァンパイアがそんなことを言いだすなんて。

「だけど、S……どうしてそんなことを知ってるの?」

ヴァンパイアは恥ずかしそうに鞄からおり、本をとりだした。日本の文字だ。染みのような文字が縦にならんでいる。そういえば、日本ではうしろから前にページをめくるのだったと、本来なら裏表紙にあたる面をながめた。目の大きな、制服を着た——ドリアクリフ・グレインジで許されているよりもスカートが短い——黄色い髪の少女が、クリケットのバットをふりまわしながら泥棒を追いかけている。たぶん、縞模様のセーターを着て、ドミノマスクをつけ、牙があり、燭台をつめた袋をかかえた禿げ頭の男は泥棒だろう。

「ブラズル・アンジェラの『ゲーブルズ校の総代』だ。ブラズル・アンジェラはほかにもいろいろと読んだ。『最高に楽しい学期』、『下級学級のリーダー!』、それに『聖チャド学院の新入生』。わたしがいちばん好きなのは『監督生マール』だ。マールは〝いかしている〟。そうだろう?」

「そうね、〝いかしてる〟わね。だけど、アンジェラ・ブラズルよ」

Sはきまりが悪そうにうなずいた。

「もちろんそうだ。英語では、ファースト・ネームのあとにファミリー・ネームがくる。あなたはブラズ……アンジェラ・ブラズルを読んだことがあるか」

「一冊か二冊」

Vへの情熱が正しく燃えあがる前、リディアも夢中になって学園ものに読みふけったものだ。でも実際に学校にはいったことでその魅力は半減してしまった。現実の監督生はマールみたいに率直でも寛大でもなくて、意地悪だ。本はけっして、恐るべきフリットンがきーきー音をたてながら末端堆石の線図を黒板に書き殴る水曜午後二時間つづきの不愉快で退屈きわまりない地理の授業のことも、フリットンがどれほど正確に居眠りをしている少女にむかってチョークを投げつけるかも、伝えていない。アンジェラ・ブラズルの物語に出てくる学校の暖房は、冬に壊れて窓の内側に霜がついたり、酷暑の夏にとつぜん動きだして教室を熱帯の温室に変えたりしない。

「寮の名誉のために戦ったことはあるか」

リディアは運動が苦手だ。投げるのはいつだって最後、スマッジのあとだ。リディアの番になると魔女のワルマーグレイヴは、まだ最初の投球がはじまりもしないうちに、「またまた暴投六回」とつぶやく。リディアは窓を割った数では寮の記録を保持している。それにもきっと何かの価値があるのだろう。

「あたし、イングランドの王と女王の名前をぜんぶ、順番もちゃんとおぼえてるかって競争で賞をもらったわ」

それはほんとうだ。対戦相手のヴァイオラ寮クローフォードは、塔の中の王子エドワード五世を忘れたのだ。エドワードは戴冠して三週間もたたないうちに、リチャード三世によって弟とともに幽閉され――シェイクスピアによると――窒息死させられた。賞品としてもらったペンは、その後なくしてしまったけれども。

Sは感動している。

「まごうかたなき名誉だ。わたしはあなたに敬意を捧げる、リディア・インチフォーン」

「ニオベって呼んで。みんなそう呼んでるわ」

その名前を使ってくれるのはスマッジだけた。ドリアクリフのほかのみんなは、〝尺取り虫《インチワーム》〟か、もしくは〝四つ目〟と呼ぶ。

「ニオベ、だな」Sがくり返した。

「あなたにはべつの名前はないの？　アルファベットのほかに」

ヴァンパイアの少女はうつむいた。前髪が目にかぶさる。

「名前はみんななくしてしまった。一族が負債を負ったときに」

ミス・ヴェインが熱く語っていた問題とはまったく逆のこともあるのだ。

「わたしは英国風の名前がほしい」Sが照れたように言った。「女の子はみんな、寮の友達のあいだでは特別な名前をもつ」

「お父さんやお母さんはあなたのことをなんと呼んでいたの？　もちろんアルファベットじゃなかったでしょ」

しばらく沈黙したあとで、Sは答えた。

「〝ねずみ〟だ。ふた親は少女のことを〝ねずみ〟と呼んでいた。でもそれがほんとうにわたしの記憶なのか、夢なのか、べつの女の子のことなのかはわからない」

「〝ねずみ〟」リディアはくり返した。

剣をもってはいても、Sは十三より幼く見える。そして、故郷からほんとうにほんとうに遠くまできてしまったのだ。

「〝ねずみ〟って、どういう意味なの？」たずねた。

「鼠《マウス》だ」

「だったらあたし、あなたのことをそう呼ぶわね。マウス」

「ありがとう、ニオベ。そうしてほしい」

なぜだろう、涙がこみあげてきた。

ヴァンパイアとこんな会話をするなんて、考えてもいなかった。なんだかものすごくふつうで――だからかえって――奇妙だ。リディアが知っているただひとりのヴァンパイア、アガサ伯母さまは会話なんかしない。宣言をくだすか、リディアにはわからない難しい話をするか、つぎつぎに辛辣な言葉を投げつけるだけだ。Sはリディアが考えていたヴァンパイアとはちがう。BAAならこの日本人少女を〝ヴァンパイアではないもの《ノン＝V》〟と決めつけるだろう。それくらい彼女の考え方は変わっている。いまになってリディアは気づく。この鋭い歯をしたマウスの頭にある真夜中のパーティは、アンジェラ・ブラズルの本で女の子たちがわけあう御馳走いりのバスケットよりも、身悶えと血であふれているのかもしれない。

この千歳の少女を抱きしめ、大丈夫、すべてはよくなるからと言ってやりたい衝動にかられる。

ヴァンパイアたちが部屋から出てきた。ミスタ・ホッジとミスタ・クロフトとトランシルヴァニアの美青年ふたり。スポードがついてきて、遅れて到着したヴァンパイア、ジュヌヴィエーヴについて説明している。誰ひとり嬉しそうな顔をしない。マインスターはとりわけ腹を立てている。その昔、このフランス女が何か不名誉なことをしたらしいのだが、男爵はそれが何なのか、はっきりしたことを言わない。いらいらする。ヴァンパイアにとっての〝不名誉〟って、どんなことだろう。お祈りを間違いなく唱えるとか、誰かのお城を焼きはらうとか、山羊のペニスを食いちぎるとか。

Sが立ちあがった。

「何を見てるんだ、中国人形」ミスタ・ホッジが乱暴な声をかけた。「間食をつかまえたのか。よく太った娘っこじゃないか」

〝太った〟ですって！　リディアの顔が火を噴いた。

ミスタ・ホッジがくちびるを舐める。ほとんどの歯が黄色く腐っているが、牙だけは白い完璧な形を保っている。陽気な気持ちのいい人間のふりをしているけれども、何かがおかしい。この飽食してふくれあがった吸血鬼は、ヴァンパイアとしてもどこか間違っていて、しかもそれだけではなさそうだ。

リディアはSの背後に隠れた。

「わたしは日本人だ」少女が言った。「中国人形ではない」

ミスタ・ホッジの息はくさい。彼が一瞬奇妙な角度に首をよじった。一度絞首刑にされて、そのままもとにもどらなかったみたいだ。ミスタ・クロフトが嫌悪を押さえ、彼をリディアたちから引き離して階下へ連れていこうとした。

「わかったよ、ケイレブ、いま行くよ」とミスタ・ホッジ。「あんたのくそったれなスケジュールにちゃんと従ってやるよ」

このふたりは仲間と思われているようだけれど、ミスタ・ホッジはミスタ・クロフトが嫌いだ。ミスタ・クロフトは好かれないことに慣れているので、なんとも思っていない。でもそれは間違っている。ミスタ・ホッジは誰かを嫌いになったら、すぐには何かしようとはしないで、長期計画を立てる。いまだけは、ミスタ・クロフトやスポードやアガサ伯母さまが期待するとおりの行動をとるけれども――頭の中には自分自身の考えをもっている。そう、あの男は四六時中、人を殺すことを考えている。

直感だ――リディアはいま、〝直感〟を得たのだ。ヴァンパイアについて！

あとでSに話そう。

「あんなやつのことは気にしなくていいんだよ、お嬢ちゃんたち」ヘルベルト・フォン・クロロックが声をかけてきた。「あの男はオーストラリアからきたんだ。あそこでは誰も彼も逆立ちしているんだよ。頭に血がのぼっちゃって、だからみんな狂ってるのさ。あいつはアボリジニと羊の毛刈り職人の血を吸っていたんだ」

Sはほかのヴァンパイアたちが階下におりていくのをながめている。

彼女のあるじ、カー・パイ・メイがあらわれた。Sが頭をさげ、彼が何かを言った。中国語なんだか、日本語なんだか、とにかくちんぷんかんぷんだ。

Sはいま仮面をかぶって、ほんとうに人形みたいな顔をしている。

カー・パイ・メイが階段をおりはじめた。リディアには目もくれず、Sが彼に従う。

妙な気分だった。館じゅうにヴァンパイアがいる。でもみんな、リディアが想像していたものとはちがっている。ぜんぜんちがう。小さな疑惑の虫がうずいた。マダム・グリンやほかの作家たちが、ヴァンパイアについてゆがんだ情報を伝えているとか、正しいことが見えていないとか、完全に間違っているとか、そんなことがあるだろうか。そう、アンジェラ・ブラズルの書く女子寄宿学校のように。

階段をおりきったところで、Sがふり返ってリディアを見あげた。リディアは片手でおどけたしぐさを送った――指先をあわせて鼠の頭をつくり、チーズを齧らせたのだ。人形の顔に一瞬微笑がひらめいたが、カー・パイ・メイがふり返ると同時にそれも消えてしまった。

新しい友達があんまり長くあの大僧正のそばにいなければいいのだけれど。、ものすごい圧迫感だ。陰ではさんざんなことを言っておきながら、美青年たちはジュヌヴィエーヴにとびついて、なんて美人なんだともちあげはじめた。ドレスや髪型についてまくしたて、上から下までモダンだと褒めそやしている。とりわけ子爵は、男爵の嫉妬を煽ろうとするかのように執拗だった。

背後で息づかいが聞こえ、ふり返った。

驚きのあまり心臓がはねあがった。彼の顔がすぐそばにあった。電球にかぶせたマスクのように半透明な皮膚。〈あたしのヴァンパイア〉。リアムだ。どうして彼のことを忘れていられたのだろう。Sと話しているあいだ、彼のことは心から消えていた。〝霊的な絆〟を強化するため、一日じゅう、彼のこと以外何も考えないと誓ったのに。

彼が何か言っているみたいだけれど、よくわからない。頭の中がわき返って、すべてを消してしまう。

リディアは階段の上に立って、通り道をふさいでいたのだ。前よりさらに突飛な軍服姿のカルンシュタイン将軍がいっしょにいる。リアムは士官候補生の上着を着ている。味わえそうなほど近くて……

……でももちろん、そんなことはできない。

彼はそこにいるけれど、どこかはかなげだ。霧が集まって、でもまだはっきり形をとっていないみたいに、彼を透かしてむこうが見えそうだ。彫像のような頬で光がきらめく。

リディアは真っ赤になって——そう、消防車のように。でもそんなことはどうでもいい——脇にのいた。彼が真横にきた。

彼のくちびるがひらいた。名前をたずねるのだろうか。ひと目見ただけではすべてを知ることができないのだろうか。それとも、彼が知っているのはあたしの顔と、そう、べつの、遠い昔の名前だけなのだろうか。

「リディアよ」ささやいたけれど、耳障りなおかしな声になってしまった。

「リディア」彼がくり返した。

彼が名前を呼んでくれた！　ほかの誰ともちがう呼び方で。またすわりこんで本に夢中になって、この木偶の坊が！　と、お母さまやBAAが小言を言うときみたいな〝リーディーアッー〟ではなく。〝リ・ディ・ア〟——彼女自身が考えていたとおりの。シピュロス山（ニオベの故郷。石になったニオベがそこに運ばれたという）の鳥たちが呼びかけてくれる名前。空を飛ぶための名前。

彼女の名を呼びながら、彼の目がきらめいた。

膝から力が抜ける。恍惚感が押しよせる。そのとき、猫のようにすばやく彼が抱きとめてくれた。彼の腕は霧ではなく、しっかりとした実体をもっていた。

「気をおつけ」彼が言った。

彼の声には軽やかなアイルランド訛がある。彼の発音は正確で明快すぎる。異国から学校にきている少女たちを見ていればわかる。第二言語として英語を学んだ者のぎこちない完璧さだ。

彼の顔があまりにも近く、ものすごく大きい。

彼が階段の下までエスコートしてくれる。まるで宙に浮かんでいるみたいだ。踵に触れる階段の感触がない。

〈あたしのヴァンパイア〉！

9　猫の目

この週末が退屈と悪夢のシーソーになると決まっているにしても、ささやかな楽しみを見つけることはいつだって歓迎だ。

ミルデュー・マナーの玄関ホールで、ジュヌヴィエーヴはしかたなく彼女に対して礼儀正しくふるまおうとするマインスターの困惑を楽しんだ。ヘルベルト・フォン・クロロックが彼女のモダンな姿を大袈裟に褒めまくるあいだ、男爵は牙をきしらせていた。マインスターは金髪の若者として転化したが、時計は正しく停まらなかった。いまの彼は永遠の若者というよりも、防腐処置を施した死体のようだ。踵の高い靴を履いているのに、それでもジュヌヴィエーヴのほうが数インチ背が高い。カルパティア人の例に漏れず、彼もまたドラキュラの子《ゲット》を自称している。伯爵は男同士の〝関係〟に対していささか偏屈だから、〝花嫁〟以外のものに闇の口づけを与えることはない。あくまでドラキュラの血統を主張するということは、男爵はきっと嫌悪をのみこみ、あの雌猫のひとりに頼みこんでかじってもらったのだろう。マインスターは怒りをつのらせ、恋人の青年はますますジュヌヴィエーヴをちやほやする。錆色のキルトでつくった子爵のスモーキングジャケット（家でくつろぐときに着るゆったりとした男性用上着）は床に届くほど長く、女の舞踏会ドレスとしても通用しそうだ。彼は趣味の悪いパトロンをもった無害な装飾品ですというポーズをとり、同性愛者らしい香水をつけて、糸切り歯と同じくらい鋭い精神を隠している。だが〈猫の王〉に立候補はしていない。

「ジュネ、是非ともミスタ・ホッジと知りあわなくては」ヘルベルトが言った。「オーストラリアからきた男なんだよ。じつに男性的な国だね」

ホッジにはさして注目するところもない。たるんだ腹と、たくましい腕をもった男だ。ホッジの二歩うしろに控えているケイレブ・クロフトは、ジュヌヴィエーヴとウィンスロップが何者であるかを正確に承知している。ホッジがうなるような声をあげたので、ジュヌヴィエーヴはにっこりと笑ってやった。ウィンスロップとクロフトが鋭い視線をかわしあった。

「以前お目にかかったことがあったかしら」立候補者にたずねた。

「たぶんはじめてだろ」

だが彼には何かがある。それから彼女は気づいた。

「いつ転化なさったの？」ぶしつけではなく単なる好奇心に聞こえるよう、気をつけながらたずねた。

「十五世紀だ」驚いたからだろう、正直な答えが返った。「あんたは？」

「あら、いっしょだわ。わたしは一四三二年なの」

「一四八五年だ。じゃああんた、おれよりも年上なんだな」

ジュヌヴィエーヴはつねに、十五世紀――いまでも自分の時代だと考えている――に転化したヴァンパイアを見わけることができるのだ。温血《ウォーム》者だった時代の生き残りと出会っても、それが楽しいことはめったになかったが。もうひとりの十五世紀のヴァンパイア、ドラキュラは、ジュヌヴィエーヴがけっしてああはなるまいと務めているまさしくそのままの形で、あの時代を体現している。

ヴラド・ツェペシュは一四七六年に転化した。何か関係があるのだろうか。ホッジはどこかドラキュラに似ている。粗野で、誠実さに頓着しない。彼の世界は、たとえばルスヴン卿やマイクロフト・ホームズの世界に比べ、単純だ。食欲と、野望と、蛮力しかない。ホッジがあとになって、じつは英国に生まれて長く行方不明だったワラキアの君主《ヴォイヴォド》（一七〇〇年以前のワラキア、モルダヴィア両国の君主を示す言葉）であったと判明したりしなければいいのだけれど。だが、これほど出自の知れない人間が玉座への立候補をするとなれば、そういうこともあり得るかもしれない。

「ミスタ・ホッジはヴァン・ディーメンの国（もと英国の流刑地、タスマニアの旧称。ヴァン・ディーメンはオランダ東インド会社の総督。彼によって派遣されたタスマンがタスマニアを発見した）でのとても楽しい功績について話してくれたんだよ」とヘルベルト。「荒野で人食い人種の犯罪者を狩ったんだって」

ホッジがまたうなり声をあげた。そういえば彼は、以前〝豚《ホッグ》〟と呼ばれていたのだ。たぶん、野豚《レーザーバック》（米国南東部産の背のとがった野生のブタ）にちなんでいるのだろう。

中国の大僧正が合流した。カー・パイ・メイは重要にして著名な人物だ。口髭と顎髭が腰まで届き、黒いまっすぐな髪をもっている。思わず考えてしまった――ムッシュ・ウジェーヌに断髪にしてもらったら、どんなふうに見えるだろう。

ジュヌヴィエーヴは堅苦しい微笑を浮かべて一礼しながら北京語で話しかけた。

「わたしが黄金ヴァンパイア寺院で学んでからずいぶんになりますが、尊い導師のもとで学んだ教えについていまもよく考えます」

「そのほうに門をくぐらせたのは過ちであった」カーは侮蔑をこめた英語で答えた。野蛮人に自国語を語られては汚れるといわんばかりだ。「先代の大僧正はどうしようもなく怠慢であった。そのほうの〝尊い導師〟とやらはポルトガルの暴漢どもによって滅ぼされた。いまでは西洋人は禁制となっておる。われらはもはや、戒律の欠如による技の汚染を見みすごしにはせぬ」

「出すぎたことを申しました」

この大僧正は眉だけで彼女を三通りもの方法で殺すことができる。

それほどの力をもつ者に、なぜ護衛が必要なのだろう。体面を保つため。ほかの候補者たちはみな付添人を連れている。だからカーも誰かを連れていなくてはならないというわけだ。あの日本人の子供には見おぼえがない。背中に負ったかたなは、華道《フラワー・アレンジメント》や茶道《ティーセレモニー》の道具ではない。

マインスターとカーとホッジがにらみあった。

この数世紀、仲間の長生者《エルダー》たちとの交流をできるだけ避けてきたのにはそれなりの理由がある。いまそれを思いだした。

何かが気にかかり、ふり返って階段の上を見あげた。幽霊を見ているのだと思った。カーミラ・カルンシュタインが、青年の姿で、自失した女の子をかかえている。そうではない。あれは弟のリアムだ。ほんとうに瓜ふたつといってもいい。だが双子であるはずはない。もしカーミラに双子の弟がいたら、ジュヌヴィエーヴが知らないはずはないのだから。

　リアム・カルンシュタインが彼女に目をむけた。目までもが姉と同じだ。ある角度から光を受けると、カーミラの目は猫のように瞳孔が細くなった。闇の中では緑の炎をひらめかせた。リアムの目もそうだ。それでも完全に等しいわけではない。カーミラの右目はわずかに不完全で、赤味がかった疵があった。リアムも同じ疵をもっている。でもそれは左目だ。彼は姉の鏡像なのだ。カーミラがもつことのなかった鏡像。

　ジュヌヴィエーヴはその若者に魅了された。彼を前にして、ふいに自分が弱くなったように感じられた。換気の悪い暑すぎる部屋にいるみたいな。大腿動脈の怪我の手当てをしないまま風呂にはいってしまってからそれに気がついたみたいな。温血者《ウォーム》になったみたいな感覚。彼女自身が泡となって、ゆっくり消えていくような。

　マインスターとヘルベルトも衝撃を受けていた。騒がしい温血者《ウォーム》の女中の一団が、扉の隙間から顔を出してリアム・カルンシュタインを見つめている。彼は〝それ〟を――有名なヴァンパイアの魅了の力をもっていた。コブラのように、もっとも抵抗の激しい獲物ですら魅了することができる。ジュヌヴィエーヴは〝それ〟をもっていない。他者の意志を曲げる能力をもっていたら、人生はもっと楽になるだろう。だがそれをもたないことを残念には思わない。その技を習得した者のほとんどは自己欺瞞的な怪物となり、気紛れと癇癪と手当たりしだいの残虐性に陥ってしまう。血に飢えた巨大な赤ん坊。例をあげるならば、すなわち、ドラキュラ伯爵だ。

　カーミラは〝それ〟をもっていたが、幸せにはなれなかった。恋人を魅了しておきながら、結局はいつも、魅了した恋人なんて自分に話しかけているのと変わりがないとこぼしたものだった。しかも〝それ〟は、より明るい電球がそばにくればたちまち効力を失ってしまう。マインスター男爵はワット数の低い光を放っている。だがそれも、サーチライトのようなカルンシュタイン青年とならべば蠟燭にすぎない。自分は免疫があると考えていたジュヌヴィエーヴですら、カルンシュタインからは視線をそらすことができないのだ。

　リアム・カルンシュタインはかたわらを漂っていた少女をやさしく長椅子におろした。あおいであげたほうがいいのではないだろうか。それにしても誰だろう。ミルデュー・マナーに住んでいる温血者《ウォーム》について、ウィンスロップにたずねるのを忘れていた。もちろん召使はいるだろうし、ミセス・グレグソンには生者の親族もあるはずだ。

「ジェラルディン、なんと奇妙な格好をしているのだね」カルンシュタイン将軍が話しかけてきた。彼は誰に対しても英国風の名前で呼びかける癖があり、何度訂正してもなおそうとしないのだ。「いったい髪をどうしてしまったのだ」

「今世紀の女の子はみんなこうしているのよ、将軍」

「くだらん、今世紀だと！」

カーミラが身体を締めつける中世のコルセットを拒み、ハイウェストのゆったりしたドレスを着はじめたときも、将軍は同じように言ったものだった。そのとき彼が言った『くだらん、今世紀だと！』の〝今世紀〟は十八世紀だ。彼は神聖ローマ帝国（九六二－一八〇六）の時代からずっとそうしてきたのだ。

「ぼくは好きだな」リアムが目を緑にきらめかせながら言った。「耳が見える。あなたの耳は可愛い」

彼の声には軽やかなアイルランド訛がある。だがその声音は姉のものだ。

カーミラがそのつもりになったときにどれほど圧倒的な力をふるったか、忘れていた。破滅的な運命に定められながら、彼女の魅了の力はほんとうに強力だった。

「ありがとう。わたしはジュネ。あなたのお姉さまの友達よ」

一瞬、不思議な両眼に当惑が浮かんだ。あの赤い疵が縮み、またひろがったのではないか。

「ああそうだ」リアムが冷静さをとりもどして彼女の手に口づけをした。「あなたのことなら知っている。あなたのことならずっと知っていた」

電流が走ったようだった。うなじの剃りあとがちりちりと痛む。

なぜだろう、長椅子にすわったずんぐりした温血者《ウォーム》の少女がうなり声をあげた。

「わたし、あなたとは会ったことがないはずよ」ジュヌヴィエーヴは言った。「会っていたらおぼえているはずだもの」

リアムがにっこりと謎めいた微笑を浮かべる。わずかに牙がのぞいた。

リアムのもつ最高級の〝それ〟を壜詰めにしてブーツ（英国のドラッグストアチェーン）の薬局で売ったら、ひと財産稼げるだろう。こうなったらもう選挙なんかやめたほうがいいのではないか。〈猫の王〉にふさわしい者がいるとしたら、それはリアム・カルンシュタインだ。

ジュヌヴィエーヴは口をつぐんだ。

「ミス・デュドネ」ずっと成り行きを見守っていたウィンスロップが声をかけた。「何か問題でも？」

ジュヌヴィエーヴは意識を集中して心の靄を追いはらった。

「さっきまではあったけれど、もう大丈夫よ」

ウィンスロップが警戒を解いた。

それでいい。彼女は知っている。リアムは危険だ。姉と同じだとしたら、他者にとってと同じくらい、彼自身にとって危険だ。

ほんとうになんてこと！　もう少しで噛まれるところだった。もちろん酔っぱらっていたのだ。

もっと分別をもってしかるべきだろうに。これだけの歳月を生きてきたのだから……

10　緑のきらめき

〝魔女〟が彼を誘惑している。リディアはそれを見ながらどうすることもできない。

あの女はほんとうに歳をとっている。ただ年月を重ねているだけじゃなく——リアムだって年月だけでいえば歳をとっているはずだ——見かけだって年老いている。下品なドレスと断髪で誰を騙そうとしているのだろう。あの女は残りかす、過去の遺物、化石だ。

〈あたしのヴァンパイア〉はそんなごまかしに惑わされたりしない。

彼を信じている。彼の心臓がリディアの心臓といっしょに鼓動を打つ。彼があの女に触れ、あの女に触れさせている。階段をおりきるまでの時間は永遠につづくように感じられた。リディアの人生の中でもっとも完璧な一瞬だった。

ふたりはともに別世界に、雲の中にいた。

愛だ。そう考えるには勇気がいった。これが愛なんだ！

頬を染めて蜥蜴みたいな目でリアムを見つめている女

に、将軍が険しい声をかけた。ジュヌヴィエーヴの牙はほんとうに三インチくらいのびている。恥知らずのあばずれ！　あれがどういう意味か、リディアは知っている。赤い渇きに冒されているのだ。誰もかれもが危険だ！

リアムがジュヌヴィエーヴの皺くちゃの手をとって、骨ばった関節にくちびるを押しあてる。

なんていやらしい！

ヴァンパイアを殺す方法なら知っている。邪魔をする魔女は焼き殺さなくてはならない。

S——マウスとは友達になった。リディアが頼んだら蛙の王女の首をはねてくれるだろうか。かわいそうなチビさんが嚙みつくところを見たい。あの子の目は、人間の皮をかぶせた腐った仮面の中の、生命のない赤い大理石みたいに禍々しくはない。

ジュヌヴィエーヴの金髪は染めたものに決まっている。ほんとうは脂っぽい灰色なんだ。そうじゃない、緑だ！　正しい光の中で見たら疣《イボ》があるはずだ！　蜥蜴みたいな咽喉袋と。あいつの膝はがくがくだから、箒の柄にしがみつかなくてはならない。ジャスミンの香水は墓土のにおいを消すためにつけているんだ。

リディアの心が空高く舞いあがった。

あの女がリアムから離れた。あのふたりはもうなんの関係もない。

彼にはちゃんとわかっている。リディアは一度だって疑ったことなんかない。ほんとうに。リアムは霧を通してものごとを見る。彼のために用意された魂はただひとつ。彼はいま、そして永遠に、〈あたしのヴァンパイア〉だ！

11　曲がり男　襲来！

一部だけにカヴァをかけたピアノと、弦を翼に模した稚拙な天使の形をしたハープがあるため、かろうじて音楽室だとわかる。壁にはいかめしい作曲家たちの肖像画がならんでいる。ここで、終わることのない夜をすごすことになるのだろう。ピアノのスツールにはたぶん、「オケフェノキー・スワンプ・ストンプ」（オケフェノキー・スワンプは北米最大の湿原地帯。ストンプはビートの強いジャズにあわせて足を踏みならして踊るダンス）や「真昼のヴァンパイア」や「アレキサンダーズ・ラグダイム・バット」（アーヴィング・バーリン作曲「アレキサンダーズ・ラグタイム・バンド」（一九一一）より）のシート・ミュージック楽譜がつまっているのだろう。

電灯の光度が一定しない。電気がとまったときのために、いたるところにランプと蠟燭がおかれ、マッチまでが用意されている。館じゅうの電球が音をたてて明滅しているところから察するに、発電機が不調なのだろう。ドレイヴォット軍曹は召使区画にはいったとたん、電気の修理ができるかどうかとたずねられた。できないと答えると——ジュヌヴィエーヴは〝修理できる〟の指貫にソブリン金貨一枚を賭けてもいいと考えている（三つの指貫のどれに豆がはいっているかをあてるゲームから）——執事はただ「残念だ」とつぶやいた。

ヘルベルト・フォン・クロロックが所在なげにハープを爪弾いている。弦が大きく鳴り響き、マインスター男爵がにらみつけた。男爵はしじゅういらだっている。不死者《アン＝デッド》の君主になろうという者にとって、望ましい特性ではない。ドラキュラはすぐに怒りを爆発させて人を殺した。ルスヴン卿は冷静に相手を言いくるめる。不機嫌に舌打ちする王は、一週間とたたないうちに首を斬られるだろう。

ヘルベルトはそれでもめげず、スカートのようなジャケットをひろげてピアノのスツールに腰をおろした。そして繊細な手から袖口のフリルを押しのけ、「白鳥の湖」（チャイコフスキー作曲のバレエ音楽（一八七七））の陰気なフレーズを弾きはじめたと思うと、そのまま古くさい「タイガー・ラグ」（ジャズのスタンダード・ナンバー。一九一七年にオリジナル・ディキシーランド・ジャズ・バンドによって録音された）に流れこみ、チコ・マルクスかジミー・デュランテのように大きく肩を揺すって演奏した。音を間違えたときは大袈裟な反応を示しながら、ピアノにあわせて「虎をつかまえろ《ア・レティネ・ティグル》……虎をつかまえろ《ア・レティネ・ティグル》」と陽気に歌っている。

「ミルデュー・マナーのピアノは壊れています《イスト・カプト》ね」ウィンスロップが評した。

マインスターがヘルベルトの指を切断しようとするかのような勢いでピアノの蓋を閉めたが、子爵はすばやく手をひっこめた。

「きみたちのわびしい退屈な人生を陽気にしてやろうとしただけじゃないか」とヘルベルト。「ぼくはもう芸術活動から身をひいて、堕ちた船乗りのあいだで善行を施そうかと思う」

そしてあごをひっぱると、ヘルベルトの顔が長くのびた。頬に小さな蝙蝠が貼りつき、眉の上に三日月がのぼる。

前座が終わり、アガサ・グレグソンが一段高くなった玉座のような肘掛け椅子に腰をおろした。食餌をしたばかりなのだろう、襟とあごに染みがついているが、誰も指摘しない。ジュヌヴィエーヴは女主人のあごに目をむけ、それから自分のあごを示した。ミセス・グレグソンは顔をしかめながら、ハンカチで汚れをぬぐった。

七脚の椅子が半円形にならんでいる。ディオゲネス・クラブの通常会員が居眠りをして午後をすごすのにちょうどいい、すわり心地のよさそうな革張りの椅子だ。席次について明確な指示がなかったので、ジュヌヴィエーヴは左からふたつめの椅子にすわった。ウィンスロップには椅子の横やや後方におかれたスツールで我慢してもらう。内緒話をかわすには最適の配置だ。もっとも彼はそんな危険は冒さないだろう。周囲には鋭い耳があまりにも多い。

諜報員という新しい職についた以上は、注意して手がかりをさがさなくてはならない。なんとなく口にされた言葉も聞き逃してはならない。

「うん、この椅子にしなよ」ヘルベルトがマインスターに声をかけて、左の端に陣どった。「すてきなジュネの隣にさ」

男爵は、隅に立っていなさいといわれた少年のように下唇をつきだしている。ジュヌヴィエーヴは甘い微笑を投げてやった。

彼女の右側にはホッジがすわった。その身体が予想以上に深くクッションに沈む。クロフトはみっともなくスツールにしゃがみこむより、立ったままでいることを選んだ。

ホッジのさらに右はザレスカ伯爵夫人、カー・パイ・メイ、クレオパトラ、そしてリアム・カルンシュタインだ。リアムが椅子にすわり、将軍がスツールに腰をおろした。では、カルンシュタインは息子のために〈猫の王〉の座を求めているのだ。たしかにリアムは王にふさわしいカリスマ性を発揮しているが、それ以外の点ではあまりにも漠としている。あの父親は、リアムが頬骨と悲しげな微笑ときらめく目でもって、なんなく玉座を手に入れられると期待しているのだろうか。玄関ホールでの短い出会いから考えれば、たしかにそれくらいはやってのけるかもしれない。でもそのあとは？　ドラキュラは女――いわゆる花嫁たち――を転化させ、有能な男に闇の口づけをひろめさせることによって、新たな家臣を宮廷に集めた。上品で薄いカルンシュタインの血統ではその方法は使えない。新しい世代のリアムやカーミラで議会をつくるには、あまりにも時間がかかりすぎる。

　将軍のスツールは、ほかの代理人たちの椅子よりさらに遠く背後にさがっている。この場にいる者たちに近づきたくないのだ。なぜそんなにも念を入れて、息子からすらも距離をとろうとしているのだろう。

　ザレスカ伯爵夫人はジュヌヴィエーヴの記憶にあるままの姿だった。豊かな腰に、どっしりしたヴェルヴェットのイヴニングドレスをまとい、揃いのターバンを巻いて、わざとらしい倦怠ともの悲しさを撒き散らしている。秘書の娘は――これぞまさしくとんでもないあばずれというものだろう――その足もとで猫のように丸くなっている。伯爵夫人の手がイロナの濃く短い黒髪を撫でる。もしかするとミス・ハーツィも、ムッシュ・ウジェーヌのサロンに行ったのかもしれない。気がつくとウィンスロップも、ほかの者たちがリアムを盗み見るような視線で、好色で肉惑的な蓮っ葉娘をながめている。ありがたいことに、モダンな服装は若い外見によく似合う。ジュヌヴィエーヴは十九世紀の礼装をまとうと、学期末の余興で無理やりドレスを着せられた少年のように見えたものだ。めったにつけることはなかったが、腰あて《バッスル》だって、それに見合うだけの胸がなければまったく役には立たないのだ。ザレスカの取り巻きたる多くの女とほとんどの男にたずねてみるがいい、イロナの深い襟ぐり《デコルタージュ》はけっして流行遅れなどではないと断言するだろう。現代娘《フラッパー》の下着として必須であるサイミントンのサイドレーサー（サイミントンは十九世紀のコルセット・メーカー。サイドレーサーは両脇を紐で絞って胸を平らに見せることを目的としたブラジャー）も、あのバストラインを押さえることには成功していない。ディオゲネス・クラブは、こうした誘惑に抵抗するための何かをウィンスロップのお茶にいれてくれているだろうか。この秘密会議《コンクラーヴェ》に必要な最後の要素は、閉会後に寝室に忍びこむフェドー風笑劇の夜這いの一幕だ。

　そのイロナですら、クレオパトラとならぶと慎み深く見える。彼女が身につけているのは、絹の切れ端で固定した金鎖と真珠だけなのだ。露出した肌――すなわち彼女のほとんど――は、疵ひとつない褐色だ。その顔は異国の彫刻さながら、獰猛ではあるが威厳のある美貌だ。

パリで評判の古代エジプト美女がジャマイカのスペイン町からきた新生者《ニューボーン》の踊り子なのかそうではないのか、ジュヌヴィエーヴもはっきり知っているわけではない（カトリナ女王を演じたグレイス・ジョーンズがジャマイカ系アメリカ人であることを示している）。ファラオのように壮大なシミー（一九二〇年代に流行した腰や肩を揺すって踊るラグタイムダンス）はとんでもない詐欺なのかもしれない。ひと言も口をひらかないので、訛から正体が明らかになることもない。かつて生きていたころの歴史をたずねられて、見破られることもない。彼女はうなるような声を出すだけで意思の疎通をはかり、くちびるの曲がり具合や鼻孔のひろがり方に精通した代理人が文章に変換して通訳するのだ。クレオパトラはいったいどこでベイ教授を掘りだしてきたのだろう。彼はヴァンパイアではないが、温血者《ウォーム》と呼ぶのもためらわれる。吸血鬼のあいだにいてもまったくなんの危険もない男。あの乾ききった学者に噛みついたら、口いっぱいの塵を吸いこむことになるだけだろう。

　ホッジは茶色い紙袋からこちこちになった血の塊をとりだして食べている。豚の咽喉を掻き切って血を抜きとったあと、最後のしたたりをバターがじゅうじゅう音を立てている鍋に落として固めたものだ。ケニヨン・プロデュース（英国の製菓会社。主としてスナック菓子を販売している）はこうしたぞっとするような残り物を〝スクラッチング〟（本来は、ラードを抽出した後に残ったカリカリのブタ肉。軽食に用いる）として販売しているが、それも北部だけのことだ。もちろんロンドンのヴァンパイアの口にはあわない。嫌悪をまじえた彼女の好奇心に気づいて、ホッジがからかうように紙袋を勧めた。ジュヌヴィエーヴは鼻に皺をよせた。

「ひとつどうだ、嬢ちゃん」

　ほかの者たちはみな上品であろうと心がけているのに、このオパール長者だけはわざと粗野な一面を見せつけてくる。ホッジの意図的な下品さが、とりすました優美な怪物たちのあいだでひときわ目立つ。候補者の中でもっとも読みにくい相手だ。彼を見ていると、あまり気持ちのいい出会い方をしなかったアル・カポネを思いだす。また、温血者《ウォーム》だった昔、なんの解決ももたらさなかった戦いの直後、医師である父を手伝っていたころに出会った残虐な貴族たちをも思いださせる。ホッジは一四八五年にもこんなふうだったのだろうか。生まれたときから自己本位な悪党で、思いやりを侮蔑し、細かいことにいらだち、失敗を恐れず。彼は薔薇戦争（一四五五-一四八五。赤薔薇の紋章のランカスター家と白薔薇の紋章のヨーク家による王位継承争い）の時代を生き抜き、終戦と同時に死んだことになる。そしていまはクロフトとつるんでいる。それを忘れてはいけない。クロフトの背後にはルスヴァンがいる。

以上が候補者と付き添い人だ。なんと多種多様な集まりだろう。これにアガサ・グレグソンとロデリック・スポードを投げこめば、もう救いようがない。ウィンスロップはすわったまま熱心な部下のような顔でノートをひろげ、アガサとスポードの滑稽な似顔絵を描いている。風刺マンガ家としてもなかなかの才能だ。ユーモアのある諜報員だ。

　この部屋にいる誰かが曲がり男なのだろうか。

　誰もが何かを隠している。ジュヌヴィエーヴ自身もふくめて。すべての者を疑うのが傍観者の役目だ。その理屈でいけば、ウィンスロップですら曲がり男として指名することができる。

　もしくは執事か。ジュヌヴィエーヴにもメイティが悪党であることはわかる。化粧台の上に貴重品をおいたままにしてはいけない。もちろんジュヌヴィエーヴはそんなものを所有してはいないが。執事は間違いなく、館じゅうの扉と机の鍵をもっているはずだ。だからといって首謀者になれるわけではなく、彼は手癖の悪いただのこそ泥にすぎない。こんな土地ではよい使用人を雇うことなど不可能だ。それともミセス・グレグソンは、自分の指示に従わなかったときに監獄に放りこめるような人間を集めているのだろうか。

　フードをかぶって羊飼いの杖をふりまわすだけでいいのなら、曲がり男の役は何人かで交替に務めることができる。無政府主義者の集まりなら、権威を欺くために身代わりを立てることもあるだろう。でもあの狂気は脱兎のごとく逆方向にむかっている。ファシストは指導者《フューラー》が大好きなのだ。つまり、ほんものの曲がり男がいるということだ。

　それにしても、どうやれば探偵になれるのだろう。ジュヌヴィエーヴは医師としての訓練を受けた――それも複数回だ。犯罪は道徳的問題であるのと同じくらい、社会的問題だと思う。彼女はこれまで、あまりにも多くの警官や宗教裁判官や恐れ知らずのヴァンパイア・ハンターに追われてきたため、いかなる国の法律も信じることができなくなっている。ここに集う金持ち連中は経済的な理由から犯罪に走ったりはしない。カルンシュタイン将軍だけはべつだ。彼は何世紀にもわたって、上流階級につきものの資金不足を隠しつつ、貴族らしく華麗にふるまってきた。彼が罪を犯すとしたらその動機は、スラムで生まれ、ひと部屋に十二人で住んで、干からびたパンを鼠と争い、父の給料がジンに消えるような貧困生活を送ってきたからではなく、執行官に城を差し押さえられ、先祖伝来の宝石を質にいれ、とっておきの娘と結婚させる金持ちの商人を見つけられなかった、そうした類の貧困ゆえだろう。

スポードが小槌で間に合わせのテーブルをたたいた。

「ようこそ、長生者《エルダー》のみなさま。レディ・ワープルズドンよりひと言ご挨拶がございます。この会合が……ええと、その、会合に……会合を、はじめる前にです」

いくつもの冷たい視線がすっと横にそらされた。

アガサ・グレグソンが牙の隙間から息を吸いこみ、冷やかな視線に氷のような凝視を返す。ヘルベルト・フォン・クロロックが皮肉っぽく鼻を鳴らした。

「ヴァンパイアは血に飢えた犬になりさがった」女主人が宣言した。「わたしはそれを知っている。あなた方もそれを知っている。どのような愚者であろうと知っている。八〇年代の力は失われた。背骨もなく、芯もなく、血も薄れた。このようなものはVではない。プリンス・コンソートの評価はさまざまであろうが、彼はある基準をもち、それを維持した。曖昧さを認めず、苦情も受けつけず。揺るぎなき鉄の手をふるった。ヴェルヴェットの手袋も同様よ。われらはみなドラキュラを懐かしんでいる」

つまり、ミセス・グレグソンは自身が懐かしんでいるということだ。

「わたしは現状を変えたいと思う」彼女はつづけた。「そのためにはここにいる誰かが、この部屋にいる誰かが、その座にあがらなくてはならない。われらは舵なき船、首長なき部族である。あなた方の中の誰かが、〈猫の王〉にならなくてはならぬ」

その称号は、いまではまるでラグタイムの歌詞のようだ。

「マダム、ひとつ、おたじねしたい」ベイ教授が口をひらいた。「今後予想しゃれる苦情に対して、あなたはどのような力をもっておりゃれるのか」

「亡き夫ワープルズドン卿は、三つの全国紙と〈リーズ・マーキュリー〉(イングランド北部の町リーズの地方紙)の支配的利権を有していた。いまはわたしが所有している。新聞で大きく、誰それが〈ヴァンパイアの王〉であると宣言すれば、みな受け入れるであろう」

「英国でのみ、でしね」エジプト人が言った。

「大英帝国全域でだ」ミセス・グレグソンは主張した。「帝国内で受け入れられれば全世界で認められる。野蛮国アメリカも同様である。新聞のほかにも行動の用意はある。誰であれ、選ばれたものを支持する」

ジュヌヴィエーヴはウィンスロップに目をむけた。アガサはいま、曲がり男と協定を結んでいることを認めたのだろうか。

「どうやって選ぶのさ」ヘルベルトがたずねた。「麦藁で籤でもつくる？　それともカードをひく？」

「全員で徹底的に話し合い、最後に決定をくだす」

じつに英国的で、救いようのないほど楽観的だ。全員が自分自身に投票するに決まっている。ジュヌヴィエーヴをのぞいて。つまり、彼女は驚くほどの影響力をもつことになる。彼女が誰かを支持すると、その候補者はライヴァルの二倍の票を得ることになるのだから。

ひたすらに悪戯心がわいてくる。

「駄目だ」とカー・パイ・メイ。

ミセス・グレグソンは驚いたようだった。

大僧正は立ちあがり、もう一度くり返した。

「駄目だ」

「駄目、とは？」ミセス・グレグソンが問い返す。

「駄目だ」とカー。「駄目だ。それはうまくいかぬ。それは起こらぬ」

中国人ヴァンパイアは発言権を得て話しはじめた。護衛の少女がさりげなくかたなに手をかけている。

「わたしはここまできた。徒歩で大陸を横断し、船で海を渡った。楽しい旅ではなかった。どの国も野蛮だった。あなた方欧州の貴族ドラキュラは、大言壮語の愚か者だった。彼の名よ、呪われてあれ。何世紀ものあいだ、われら僵屍《キョンシー》は――あなた方がヴァンパイアと呼ぶものは、恐れられてきた。なのにいま、活動写真の役者風情がわれわれを笑い物にする。商人はわれらにフライド・ブラッドの袋を売りつけようとする。伝説は、われわれは太陽にあたると無力になると語る。それはつまり、おおやけの場に姿をあらわせば力が失われるということだ。強くあらんと欲するならば、僵屍《キョンシー》は目に見えぬ存在でなくてはならぬ。黄金ヴァンパイア寺院はひそかに統治する。あなた方英国の王冠よりも広大な帝国を、何千年ものあいだ維持してきた。温血者《ウォーム》の君主らが黄金を、奴隷を、娘たちの血を、献上した。僵屍《キョンシー》に逆らうものはたたきつぶされ、その名は歴史の羊皮紙から抹消された。敵の過去と未来を等しく把握する秘術を、われわれのみが有していた。文明世界においてはそれが通常であった。ドラキュラが――性急で思慮の浅いあの者が英国の玉座にすわり、『われを見よ。われここにあり！』とさけんだとき、その破滅は必然であった。その後任者など立てるべきではない。いまこそわれらは、ふたたび恐れられる存在になるのだ。わたしはいまここにひとつの提案をする。西洋のヴァンパイアですら理解できるであろう簡単なものだ。わが寺院に誓約を捧げるがよい。西洋のヴァンパイアすべてが、黄金の導師の臣下となるがよい。さもなくば、みな大鎌の前の葦のごとく刈られるであろう」

そのとき電灯が消えた。いくつかのうめきがあがった。

「そのまま、席を離れないでください」スポードが言った。「電気はすぐにもどります……そうしたら、ミスタ・カーが提起してくださった非常に興味深い問題について検討いたしましょう……」

闇の中でカルンシュタインの目が緑に光る。

奇妙な、甘ったるい、胸の悪くなるような匂い。

電灯が一瞬点り、また消えた。ジュヌヴィエーヴの心にカー・パイ・メイの顔が焼きついた。何フィートも垂れさがった眉、とびだした目、長い舌がだらりとのびている。

「ウィンスロップ、明かりを」彼女は命じた。

ウィンスロップがライターをさしだした。手がうずく。銀だ。

「申し訳ない」

ジュヌヴィエーヴは火をつけた。そのとき電灯が点った。

「ぶったまげた、心臓が停まっちまうぜ」ホッジがさけぶ。

「どういう意味かよくわからないけれど、是非そうあってほしいね」とヘルベルト。

ザレスカ伯爵夫人が金切り声をあげて失神した。この女がドラキュラの娘だというなら、ジュヌヴィエーヴはチャーリーの叔母だ。

カーはまだ立っていた。だがその両腕は力なく垂れさがっている。胸から杭が突きだしている。反対の端が床にあたって、案山子のように全身を支えている。血が酸のようにローブを腐食させる。彼の内側が音をたてて腐敗しはじめている。顔が溶け、すばらしい眉がぼたぼたとこぼれる。一本の牙がカーペットに落ちた。

こういう瞬間、ジュヌヴィエーヴはヴァンパイアの鋭い嗅覚を残念に思う。マインスターとヘルベルトはハンカチで鼻をおおっていた。

「杭を抜いたほうがよくはありません?」イロナが言った。

イロナ自身はそんな仕事で自分の手を汚すつもりはないのだろう。ずたずたに裂けた頬の上では蛆がうごめいているし、髪は粘つく汚れた白髪だ。

「じつにみごとに串刺しにされていますね」ウィンスロップが近づいて傷口をのぞきこみながら言った。「真の死を迎えていますよ。遠路はるばる旅をしてきて、こんな目にあうとは」

ウィンスロップが死体に手を触れようとしたとき、護衛の少女が剣を抜いて彼の咽喉に突きつけた。

「ちょっとばかり遅すぎたようだね、きみ」

日本人ヴァンパイアの目が恥辱で燃えあがった。

「その剣《ビッグ・スティッカー》（鋭い長ナイフを示す言葉。それなりに役に立つ武器とされているので、ウィンスロップも馬鹿にしているわけではないと思われる）をしまってくれないか。これはきみの成績簿に失点として記録されるだろうね、きゅうけつ・しょうじょくん」

少女は彼の指示に従った。

ウィンスロップは勝手に秘書から昇格したようだ。

ジュヌヴィエーヴは周囲を見まわした。さっきまでと同じく、全員が疑わしい。電気が消える前には気がついていなかったのだが、メイティも室内にいる。もしこの殺人をアメリカの警察が捜査することになったら、執事は二日にわたる暴行の末に――有罪であろうとなかろうと――自白をして、そこで捜査打ち切りとなるだろう。

「ひどい話ね」ジュヌヴィエーヴは評した。「これにはかなりの力が……」

……ここにいるすべてのヴァンパイアがその力をもっている。同性愛者のなよなよした若者も、病人のふりをした老女も、例外ではない。

「……必要だわ。それから、音をたてずに動くこともできなくては」

その技を身につけた者は少ないだろう。

一同の中には彼女より暗視の効く者もいる。誰も告発の声をあげようとはしない。

「わたしには……何も聞こえなかった。何も感じられなかった……」護衛の少女が言った。

さむらい少女は迷子の子供のようだ。頬に血の涙がこぼれている。ちがう。あれは彼女のあるじの傷からあふれた血だ。

「ジュネ、武器を見てください」とウィンスロップ。「お馴染みの、とがらせた杭だ」

六尺棒のようなかなりの長さの杭が、下後方からカーの背中に突き刺さり、心臓を貫いて胸からとびだしている。

「ドラキュラ公のことをあんなふうに言うべきではなかったんだよ」とマインスター男爵。「串刺しにされてもとうぜんだ」

カーの姿はたしかに、杭の上にさらされたドラキュラの犠牲者そっくりだ。だがこの犯罪をドラキュラの幽霊のせいにしてはならない。

「興味深いことだ」とウィンスロップ。「もっとも、わたしはそういうつもりで武器に注目してくれと言ったわけではないんですけれどね」

ウィンスロップの指が下を――カーペットを示した。

杭の周囲で敷物が皺になっている。ウィンスロップがしたたる血を避けながら膝をついた。おぞましい酸を帯びた液体は床板まで食いこんでいくだろう。

ウィンストロップがカーペットの皺をのばした。杭の先端は疑問符のような曲線を描いていた。

「杖《クルック》ね」

12 英国式ぶしどう

「もしもし、警察ですか」スポードが電話にむかって怒鳴っている。「殺人事件です……はい、人が殺されました……ひとりか複数か、とにかく犯人は誰だかわかりません！」

リディアの心臓がぎゅっと締めつけられた。

リアム！

ううん、リアムは大丈夫だ。ほかの人たちといっしょに音楽室から出てきた。胸のこわばりがほどけた。

いなくなったのは誰だろう。

あのフランスのあばずれだったらいいんだけど――ちがった――あの女は相変わらずぶらぶらしている。

ちぇっ残念。

「中国人の紳士です」大声を出さなければ電話が通じないとでもいうように、スポードがさけぶ。

それって、マウスの雇い主の大僧正だ。

なんてこと！　マウスはどこだろう。

リディアはリアムの目に自分がいちばん綺麗に見える

よう、玄関の長椅子に腰かけていた。彼がみずから音楽室を離れて、彼女をさがしにきてくれることを期待していた。パニックを起こして混乱したヴァンパイアの一団なんかといっしょじゃなくて。気持ちよくくつろいでいるあいだに居眠りをしたかもしれない。でもいまはすっかり目が覚めている。

　さっき悲鳴が聞こえた。まるで〝ヴァンパイアでないもの《ノン＝V》〟みたいだ。がやがやと騒がしい。Vはいつだって、氷のように冷静で、感情を表に出さず、落ち着いていなくてはならない。このけたたましい集団みたいなものじゃない。でも、これが長生者《エルダー》なのだ。〝ちゃんとしたヴァンパイア〟。一瞬優越感がこみあげ、リディアは――いつもめそめそした馬鹿な少女たちにむかって言いたいと思っていたように――「まあ、大人になりなさいよ！」と叱りつけたい衝動にかられた。

「そうです、警部さん、ああ、ハウンド警部ですね」とスポード。電話にむかって話すと同時に館の中で起こっていることを把握しようとしているあいだに、腰にコードが巻きついてしまっている。「……はい、ただちに……みなさんの到着まで、わたしが責任もってお引き受けします」

　スポードはコードをほどいて受話器をもどした。そして大きく咳払いをした。けたたましい話し声はとまらない。アガサ伯母さまがどんと足を踏み鳴らした。全員が口をつぐんで伯母さまに目をむける。

「みなさまを館から出さないようにと、警察に指示されております」スポードが宣言した。

「まるでぼくたちが、この不快きわまる英国式天気の中でどこかに行けるみたいじゃないか」フォン・クロロック子爵が言い返した。「自動車は水の中だよ」

　いつだってミルデュー・マナーは孤立してしまうのだ。一度などは洪水のため、三週間学校にもどれなかったことがある。どろどろの道も、すぐに流されてしまう橋も、それほど悪いとは思わない。でもお母さまは、血を手に入れられないアガサ伯母さまがおかしくなって召使を襲うんじゃないかと心配していた。

「よくお聞きください。この事件はしっかり解明されなくてはなりません」とスポード。「候補者が殺されたのですから……」

「カーが候補者であったとは思えないのだが」ジュヌヴィエーヴの連れ、ミスタ・ウィンスロップが言った。「彼はさっき演説したではありませんか。王の選定に反対のようだった」

「もう候補者じゃないよ」と子爵。「いまじゃ水たまりさ。カーペットの染みは洗ってもとれないだろうな、レディ・ワープルズドン。燃やすしかないと思うよ」

アガサ伯母さまはあまり嬉しそうじゃない。

「こうしてひとりずつ排除されていくのか」リアムのお父さんだ。「これは英国式の裏切りなのか」

「お静かに願います」スポードがうなった。

メイティがするするとスポードに近寄り、ひっそりと何事かを告げた。

「いま知らせが届いたのですが……その、館への道路が通行不能に……」

……つまり、誰かが逃げだそうとして立ち往生してしまったということだろうか。たしかにメイティの靴は泥だらけだ。

「……警察の到着も遅れるかもしれません」

動揺。メイティひとりだけが安堵を浮かべている。きっと、隠さなくてはならない戦利品をつめた鞄があるのだろう。

スポードがまた声を高めた。

「ですからわたしたちは、この状況でもなんとか最善をつくさなくてはならないのです」

「この中に暗殺者がいるんだぞ！」子爵がさけんだ。

「そっちをなんとかしてくれよ！」


褐色の女が——ほとんど服を着ていないので、ほんとうに全身がその色なんだとわかる——うんざりしたような音をたてた。女の爪は六インチほどもある。筋肉のクッションをならべたみたいなお尻は、なにか特別な下半身体操をしているんだろうか。

「クレオパトラさまは納得しておられましぇん」ペットのミイラが言った。「安全《あんじぇん》が保証しゃれていたはずでし。わたしたちはきゅうしぇんの白旗の下に集いました。しょういう約束《やくしょく》だったはずでし」

九千？　ああ、休戦の白旗だ。

スポードが拳銃を抜いてふりかざし、声高に告げた。

「いまはもうあなた方全員が安全です。あの恐ろしい殺人を犯したひとりをのぞいて！　そいつに安全はない。狩られるんだ！」

さらなる動揺。リディアはスポードが天井を撃つのではないかと心配になった。シャンデリアがタイミングよく不安定になって、誰かの頭の上に落っこちてくるかもしれない。

「おれがここにきたのは、殺人で訴えられるためじゃないぞ」ホッジがさけんだ。

「そうなんですか」とウィンスロップ。「それじゃいつもは、どこに行って殺人で訴えられているんですか」

ウィンスロップは温血者《ウォーム》にしては面白い。それになかなかイケている。もちろん〈あたしのヴァンパイア〉とは比べものにもならないけれど。

リアムは黙っている。館の中でただひとり、中国人の死に取り乱していない。冷静で、穏やかで、賢明だ。きっと何か策があるのだ。白狼に城を包囲されたとき、マグナス伯爵には策があった。狼の群れにさらわれたら、レディ・ダイアナは捕らわれの女王となって仔を生まされるところだったのだけれど。

リアムに話さなくてはならないことがある。とても重要なこと。手がかりだ！

リディアとリアムのふたりで殺人犯をつかまえることはできるだろうか。冒険！　本でも映画でも、登場人物は冒険のあいだに親しくなっていく。それをやってみよう。

ザレスカ伯爵夫人が秘書に支えられて音楽室から出てきた。伯爵夫人はいつもよりいっそう血の気がない。それでも、見せかけほど憔悴しているわけではなさそうだ。伯爵夫人はイロナの肩に頭をのせて、彼女を抱きしめている。おかげでふたりとも、ひどく歩きにくそうだ。それでも伯爵夫人はなかば閉じた目で慎重にあたりをうかがい、くちびるを舐めると、すばやくイロナの首にキスをした――首を噛んだ。慣れているのだろう、イロナはそのままあるじを運び、長椅子にすわらせた。伯爵夫人はぱたぱたと自分をあおいでいる。

リディアは音楽室にひきよせられていった。ドアがあいている。

「どこへ行くつもりなんですか、お嬢さん」スポードに声をかけられた。「あっちへ行きなさい。何も見るものなんかありません」

それがほんとうじゃないことは、のぞいてみればわかる。マウスが頭をたれ、あぐらをかいてすわっていた。その横に、溶けた蠟人形のようなものがある。リディアは身ぶるいとともに、自分がはじめて死体を見ていることを知った。そう、はじめての、ヴァンパイアではない死体。歩きまわっていない死体だ。

大僧正はあまりにも年をとっていたため、ほとんど跡形もなく腐ってしまっている。埋葬するにしても火葬にするにしても――中国の異教徒が真の死を迎えた者をどうするのかわからないけれど――床をこすって引き剥がさなくてはならないだろう。

ぞっとする。

大僧正には杭が刺さっている。

「あれ、杖《クルック》なの？」リディアはたずねた。

「よく気がつきましたね、お嬢さん」ウィンスロップが答えた。「そのとおりですよ」

曲がり男団がリディアの館で暴虐を働いたのだ！　スマッジは青筋をたてて怒るだろう！　もしかしたら、曲がり男本人が近くにいるのかもしれない。

「みなさま、客間におはいりください」スポードが言った。「メイティ、すまないが、キッチンから何か軽いものをもってきてくれないか。それから、みなさまの気持ちを落ち着かせる熱い飲み物だ。ナニがはいって熱い飲み物。いいな。たいへん役に立つもの。紅茶をポットでな」

「わたしは紅茶は……飲まない」マインスター男爵が言った。

アガサ伯母さまはヴァンパイア用のリプトン紅茶が大好きだ。血の塊がはいったダージリン。ロージー・M・バンクスはきっとリプトンの株をもっているのだろう。だって彼女が書くミステリーのヴァンパイアたちは、しょっちゅうティー・ブラッドを飲んでは、なんてすばらしいと語りあって物語を中断しているのだから。ヴァンパイア・ロマンス熱にとりつかれた最初のころ、リディアはそれを飲もうとして、お腹を壊したことがある。お母さまはそれから二度とあのお茶にさわらせてくれなくなった。

ヴァンパイアたちはぶつぶつこぼしながらもスポードの言葉に従った。文句をならべつつ、全員が客間にはいっていったのだ。客間ではお母さまがロザリオのようにかたかたとネックレスを鳴らしている。そのうちにいつもの頭痛を起こすだろう。スポードが主導権を握ると、お母さまはいつだって頭が痛くなるのだ。

リアムだけは玄関ホールに残ってくれればいいのに。リディアの願いもむなしく、カルンシュタイン将軍が彼を連れていってしまった。

スポードが、下男に音楽室を見張らせるようメイティに命令した。遺体――の残骸――に手を触れてはならない。スポードはとりわけその点を強調した。

「それからお嬢さん」スポードはリディアを指さして言った。「あなたはもうおやすみの時間でしょう」

リディアはおとなしく腰をかがめたが、スポードが背中をむけた瞬間、舌を出した。

ベッドに行くつもりなんかない。これから面白くなりそうだっていうのに。

それに、リディアの就寝時間はまだずっとずっとさきだ。エリックの時計に目をやると、まだ八時にもなっていない。ミルデュー・マナーでは昼と夜の区別がつきにくく、夕方というものはなくなってしまった。分厚い雲とやむことのない雨のため、お昼を食べ終わったらすぐに日が暮れてしまう。

メイティがあわてて走り去り、スポードは客間にはいってばたんと扉を閉めた。リディアは彼をごまかすため階段にむかおうとしていたが、玄関ホールに誰もいなくなると、足をとめて耳を澄ました。

客間で誰かが怒鳴っている。もしかして、ヴァンパイアたちがスポードを殺そうとしているのだろうか。それとも、殺人犯がカップに毒を塗ってみんなを殺そうとしているのかもしれない。願わくば神さまが――ちゃんとした神さまでも、館の洞窟にいる千もの古き神々でもどっちでもいいけれど――やっとリディアのお祈りに関心をむけて、忌むべきスポードに雷を落としてくださいますよう。

もう死人が出ている。朝までにはもっと死体が増えるかもしれない。だから、ロデリック・スポードがそのひとつになると考えるのは――期待するのは――間違っていないはずだ。曲がり男団はきっと、彼に狙いをつけているだろう。飾りのついた短剣で咽喉からへそまで切り裂かれればいい。パチンコで撃ちだした石の聖甲虫《スカラベ》で目を撃ち抜かれればいい。高い窓から投げ落とされるのはどうだろう。その運命は、いちゃつき蝙蝠のジュヌヴィエーヴにくれてやろうか。図書室の本のうしろにしかけた石弓の矢で心臓を撃ち抜かれるとか。いろんなことを期待しながら、リディアはふと、アガサ伯母さまもいつか最後には死んで安らかな眠りにつくのだろうかと考えた。彼女の知っているヴァンパイアはそんな死に方はしないけれど、いつだって最初というものはある。BAがいなくなれば、お父さまとお母さまはミルデュー・マナーをどこかのアメリカ人に売って、まともなところ――水がちゃんと捌けて、電気がちゃんとついて、バスで行ける距離に映画館があるところに引っ越せる。

ミルデュー・マナーの悲劇がもたらすかもしれない幸せな結末に嬉しくなって、リディアはスキップをしながら音楽室にはいり、そこで殴られたように足をとめた。

ヴァンパイアが死んだときに何が起こるか本では知っていたけれども、こんなひどいにおいは予想していなかった。カー・パイ・メイは顔の皮膚が剥がれ落ち、杭の上の頭蓋骨になっていた。眉毛がまだ骨にくっついている。

マウスが大僧正を見あげていた。

完璧な形の頬に血の染みがついている。リディアは親指でぬぐってやったが、染みは――傷は、消えなかった。

マウスの手に短剣がある。なまくらで、何も切れそうにない。彼女は刃の一部にスカーフを巻きつけていた。

「ニオベ。あなたでよかった」

「ほんとにびっくりした」リディアは言った。「スポードがあたふたしてるわ」

「頼みがある」

「どんどん言って。あたしにできることなら、なんだってしたげる」

「わたしは腹を切らなくてはならない。だがそれだけでは恥辱を終わらせることができない。誰かに手伝ってもらわなくては。頼む……」

マウスは短剣をおいてかたなを抜き、それをリディアの手に押しつけた。

「このやすつな（安綱。平安時代中期の刀工およびその刀。個人名が確認されている最古の刀工）はわたしよりも古くから存在している」

リディアはティボルトを演じて決闘をしたときに剣の重さを知った。トレヴリンのロミオに殺されるよりも、カーステアズのマキューシオを殺すほうが楽しかった。マウスのかたなは剣先にボタンをつけた小道具のフルーレよりずっと重く、美しい。磨き抜かれた銀に自分の姿が映る。それから鋭い刃が光をとらえ、赤い目をした黒髪の身悶えする恐怖が見えた。マウスだ。二度と見たくなくて、刃のむきを変えた。いまの映像を心から消してしまいたかった。

「わたしが腹を切ったら首を落としてくれ」

リディアはぎょっとした。もう少しで剣を離してしまいそうになった。

「どうしてあたしがそんなことをしなきゃならないの」

「名誉のためだ。わたしはようじんぼうだ。なのにあるじを守れなかった……」

その点に関して反論は難しい。カー・パイ・メイの片腕が音をたてて床に落ちた。骨張った人差し指が何かを示している。

「あなたのミスタ・ウィンスロップは、これはわたしの成績簿に失点として記録されるだろうと言った」

彼は〝あたしの〟ミスタ・ウィンスロップじゃない（あいにくだけど）。

「だけど、マウスが大僧正を殺したわけじゃないでしょ」

「わたしは大僧正を守ると誓った」

マウスはセーラー襟の上着の裾をスカートからひっぱりだした。平らなお腹が見える。ふたたび短剣をとりあげて脇腹に突きつけた。まだ肌を傷つけてはいない。

「わたしは恥をすすがなくてはならない……」

ヴァンパイアは身体をこわばらせ、いまにも腹に短剣を突き立てようとしている。いつだったか、日本に異常なほど熱をあげているマレーンが、はらきりとかせっぷく（話し言葉と書き言葉のちがいだけで、同じもののことだ）について、ぞっとするような細々とした説明をしてくれたことがある。寮じゅうが大喜びで耳を傾けた。高貴な日本人は味方を裏切ったとき、手順が面倒な、でも優雅なやり方で、自殺の儀式をおこなわなくてはならない。マウスはたんとう（切れ味の悪いナイフ）で腹を切りひらき、はらわたを膝の上にひきださなくてはならないのだ。その夜、はらわたをひきずりだす芸ができないときは、かたなをもって控えたかいしゃくにん（忠実な家臣）が、名誉を汚したさむらいの首を切り落とさなくてはならない。厳密にいえば、かいしゃくにんはだきくびにしなくてはならないのだが、その場合、首は皮一枚で胴体につながり、胸の前に落ちる。

リディアは剣をふりあげなかった。

「駄目、マウス、そんなこと、できない」

マウスが前髪ごしに真面目くさった視線をむけてくる。

「そうよ、できるわけないわよ」怒りがふくれあがる。「ゲームをしてるんじゃないんだもの。降伏しましょうよ」

「これがぶしどうのやり方だ」

「デズデモーナ寮じゃそんなやり方はしないの」リディアは言った。「誰かが脱落したってお腹を切ったりしない。みんなで立ちあがって……そう、なんとか挽回しようとするのよ」

マウスは耳を傾けている。

「愛校心よ。そう、英国式ぶしどうね」リディアはアンジェラ・ブラズルを思いだそうとした。「得点なしのままアウトになって、のそのそベンチにもどったりはできないの。ゲームはまだ終わってないんだもの。まだイニングはあるんだからプレイしなきゃ。マウスが死んじゃったら、誰がミスタ・カーの仇をとるの。少なくともボールを投げなきゃ。誰かがミスタ・カーを殺したのに、それが誰なのかわからないのよ。これはミステリーだわ。〝殺人〟ミステリーよ。あとの人たちは――大人たちは、ぺちゃくちゃおしゃべりばかりしていて役に立たない。あんなんじゃ犯人を見つけることなんかできるわけがない。そうよ、マウスがいちばんやらなきゃいけないのは、殺人犯人をつかまえることよ。そのあとでどこにでも短剣を突き立てたらいいわ……」

マウスの緊張がゆるみ、短剣の切っ先がさまよった。脇腹からくぼみが消えた。

「それは名誉なことだ」マウスが同意した。

「そうよ、マウス。頭のおかしいやつがうろついてるんだもの。あたしたちがとめなきゃ。また誰かが殺される前に。何人か殺されてしまうかもしれないけれど、それでも日がのぼって館じゅうが死体だらけだなんてことになる前に」

「わたしたちが」

「マウスと、あたしと……それからリアムよ」

「リアム・カルンシュタイン？」

マウスがかすかに顔をしかめた。そういえばこのヴァンパイアの友に、自分とリアムのことを話していなかった。とんでもない失態だ。

「リアムはあたしたちと歳が近いでしょ」リディアは説明した。「大人じゃないもの」

リディアはあることに気づいた。少なくとも、気づいたように思った。ヴァンパイアの歳は生まれてからすごしてきた年数ではなく、転化した年齢なのだ。だからアガサ伯母さまは、何世紀も生きてきたヴァンパイアを相手に威張り散らすことができるのだ。

けれどもマウスはまだどこか不安そうだ。

「手伝ってくれるだろうか」

「もちろんよ。なんていうかな、あたしたち……あたしたち、相性抜群なんだから。ねえ、マウス、あたしね、いいいあることを知ってるの。ほかの誰も気がついてない、とってても大切なこと。ひとりだけ知っている人がいるけれど、そいつは口をつぐんでる。〝事件に関係のある〟ことよ」

マウスはたんとうを木の鞘にもどした。そして立ちあがり、膝からカーペットの屑をはらい落として上着の裾を整えなおすと、スカーフを結んでかたなを受けとった。一瞬輝く刃をじっと見つめて——何かの儀式だろうか——自分を見つめ返す恐ろしい顔をながめ、しゃきんと音をたててそれもまた鞘におさめた。

いま、リディアは自分ひとりが知っている事実を友に告げる。

「スポードが電話で警察と話してたの」

「それで？」

「洪水で道が遮断されてるから、警察もすぐにはこられないって。それでスポードは、ハウンド警部って人が自分に館の全権を委ねたって言ってるの。一等軍曹みたいに命令しながらのしのし歩きまわってる」

マウスがうなずいた。

「だけどね、二十分ほど前、あたしが電話をかけようとしたとき……」

……スマッジにリアムのことを話そうと思ったのだ。

「……電話線は切れてたの。つまり、スポードは警察と話してるふりをしてただけなのよ！」

リディアはあのとき受話器をとってスイッチを押し

た。ぴっとも音はしなかった。

「すごいや！」マウスがさけんだ。

「二段重《クランペット》ねのクランペットよ」とリディア。「ストロベリー・ジャムつき」

「……それにクリームもだ！」（クランペットは英国のパンケーキ）

「それじゃリアムに話しにいきましょ」リディアは言った。「リアムは男の子だもの。どうすればいいか、きっと知ってるわ」

マウスは無言でしっかりとうなずいた。

「その意気ごみよ」とリディア。「あごをあげて、戦い抜きましょ」

「リディア。あなたは〝プリック〟だ」

「マウス、あなたが言いたいのは頼り甲斐のある人《ブリック》〟でしょ。プリックは針で刺した傷とか……その、男の子の……」（prickには針で刺すほかに、男性器の意味がある）

ふたりは学校友達のようにくすくす笑いあった。

13　客間にて

「わたしたちのうちの誰でも、大僧正を殺すことはできました」スポードが言った。

あなた以外はね、とジュヌヴィエーヴは考える。

誰であれそれをなした者は、すばやく音もなく動くことができ、腕力もある。すなわちヴァンパイアだ。

となると、おそらくウィンスロップも除外されるだろう。だがドレイヴォットはべつだ。彼はいまもどこかで何かを企んでいる。

ディオゲネス・クラブは平然と大胆な手を打ってくる。長生者《エルダー》ヴァンパイアひとりをリストから消すことを大義と見なしていたとしても、闇内閣は——チャールズがいないいま、誰がその座についているのか彼女には見当もつかないが——けっしてジュヌヴィエーヴにそれを知らせたりはしないだろう。そういえば、そもそものはじめに彼らと口論したのも同じような問題からだった。

「警察が到着したら全員の証言が求められるでしょう」スポードがつづけた。「何を話すか整理しておいたほうがいいのではないでしょうか。うっかりちぐはぐな話をしてしまっては捜査のさまたげになります」

「中国人が死んだ」とマインスター。「それはそもそも犯罪なのか」

「男爵、それは自白ですか」ウィンスロップがたずねた。

マインスターは口をつぐんだ。ヘルベルトが愛情をこめて男爵の頭を撫でる。だが何をためそうとしたのか逆向きに手を動かしたため、男爵の髪はリアム・カルンシュタインのように逆立ってしまった。子爵はつぎにマインスターにオックスフォード・バッグズを穿かせ（一九二〇年代にオックスフォードの学生が好んだ、ゆったりしたズボン。バギー・パンツの原型）、麦藁のカンカン帽をかぶせ、バンジョーとチャールストンの稽古に送りだすのではないだろうか（チャールストンは一九二〇年代のアメリカで一世を風靡したダンス。当時、ジャズの流行とともにバンジョーがひろく用いられた）。

「わたくしたちみんな、破滅ですわ」ザレスカ伯爵夫人が嘆いた。「でもそれが何よりですわね」

ジュヌヴィエーヴはまだ降伏するつもりはない。伯爵夫人のような長生者《エルダー》はいつも永遠の生命がもたらす倦怠《アンニュイ》に不満をならべたてる——はっきりいえば、泣き言をこぼす。充分な資産があり、自分でつくりあげた心配事よりほかなんの問題ももたない長生者《エルダー》たちは、いつもそうなのだ。近頃、ウィーンにいんちき療法の一派が誕生して、そうした連中を食い物にしている。フロイトとその仲間にはジュヌヴィエーヴも敬意をはらっている。アーネスト・ジョーンズの論文「ドラキュラと口唇加虐衝動」は、もし老伯爵が実現する前に自分の夢について語っていたらトラブルを避けられたかもしれないと、なかなか的を射た論理を展開している。しかしながらフロイトは、髭を生やし眼鏡をかけた詐欺師の男たちに精神分析医を名のる口実を与えてしまった。彼らは法外な料金をとって居眠りを隠しながら、ヴァンパイアの患者がカウチに横たわって語る複雑に入り組んではいるがありふれた人生に耳を傾ける。ジュヌヴィエーヴなら、マリア・ザレスカの話を五分聞くのに料金なんかとらない。資格をもった医師として、盛大に財布の紐をゆるめて新しいすてきなターバンを買い、温血者《ウォーム》のコーラスガールと羽目をはずすよう助言するだけで、伯爵夫人を奈落の底からひきあげてみせる。

ジュヌヴィエーヴにとっての世界は、概して退屈というより面倒なものだ。それでもつぎに何が起こるか知りたくないわけではない。

ホッジが立ちあがって出口にむかった。

「こんなことはもうたくさんだ。おれはおりる」

「全員がいっしょにいるべきです」とスポード。

「だったらあのあばずれ《ヤムヤム》娘はどこにいるんだ。チュウ・チン・チョウ（『チュウ・チン・チョウ』Chu Chin Chow。オスカー・アッシュ&フレデリック・ノートンの戯曲（一九一六）およびそれをもとにしたハーバート・ウィルコックス監督の映画（一九二五）。中国商人の名前をタイトルとしているが、物語のベースはアリババ。のちに映画化され、日本では『朱金昭』のタイトルで知られる）が串刺しにされたとき、あいつはその隣にいたんだぞ。実行するのにうってつけの位置だろう」

ホッジに同意するのは業腹だが、それはそれで一理ある。誰かを殺すのに本人の護衛以上に有利な者がいるだろうか。先例としてはカリギュラまでさかのぼることができる。ヴラド・ツェペシュが最初の死を迎えたのも、自分の護衛の剣によるものだという噂だ。冗談にトルコ人の服を着た彼は、部下たちが本気にして自分を殺そうとしたとき、さぞや驚いたことだろう。あとになって彼らは、ヴラド・ツェペシュだとは気がつかなかった、すべては間違いだったと語った。ドラキュラはけっして、それほどすぐれた役者ではなかったはずなのだが。

あの少女からは裏切りを働くような印象は受けなかったが、彼女の直感はあまりあてにならない。ジュヌヴィエーヴは何ヶ月ものあいだジャック・セワードとともに働きながら、彼が〈銀ナイフ〉であるなどと疑いもしなかったのだから。

「ミスタ・ホッジ、あの女の子を——なんという名前だったかな、連れてきたら、客間にとどまっていただけますか」

「なんだっていうんだ。冗談じゃない。おれは一分だってこんなところにいたくない。それにミセス・カルンシュタインはどうなってるんだ。あの女もここにいないじゃないか」

ホッジはドレイヴォットには気づいていない。こうした種類の人々にとって、召使は——驚嘆すべき恐ろしい召使であっても、存在しないも同然なのだ。さもなければドレイヴォットもほかの容疑者たちとひとまとめにされていただろう。

「妻は休んでいる」カルンシュタイン将軍が言った。「邪魔をせんでくれ」

これは調べたほうがいいかもしれない。ジュヌヴィエーヴはウィンスロップと顔を見あわせた。彼もまた、とつぜん愛妻家になった奇妙なカルンシュタインの動向に着目している。エセリンドに何かある。息子と同じく、彼女からもどこかまともでない印象を受けた。とはいえエセリンドは、人を騙すことにかけても年季を積んでいるのであるが。

カーミラが生きていたころ、あの一家は郭公のように、間抜けな成り金《ルーヴォー・リーシュ》の巣に娘を押しつけるのをつねとしていた。すばらしい邸の近くで都合よく馬車が事故にあったり失神の発作が起こったりする。そして伯爵夫人があれこれさりげなく示唆した結果、半病人の娘は空《スペア》いた部屋に泊めてもらうことになり、ほっそりとした《スペア》少女で食欲を満たすのだ。そのあいだに将軍（当時は〝伯爵〟と名のっていた）は金持ちの間抜け、もしくは上流階級に食いこみたい間抜けの妻に、軍の馬術協会への投資や、勇猛果敢な従兄弟ダーワード卿の乗馬像設立基金への寄付をもちかける。そしてなんの根拠もないまま、いずれブルジョワジー階級から爵位を与える者を選ぶことになる、自分は皇帝陛下にそれなりの影響力をもっているなどと、さりげなく語るのである。だが〝カーミラに何が起こったか〟によって、そうした詐欺もおしまいになった。

「休んでいるだって？　はん」とホッジ。「酔っぱらってるんじゃないのか。アイルランド人はみんなアル中だからな」

そしてなおも断固として出ていこうとした。

「失礼ですが、いまはまだここを出ていかないほうがいいと思いますよ」ウィンスロップが言った。「疑いをかけられることになりかねませんからね」

ホッジは足をとめて、はじめて真っ正面からウィンスロップを認めた。

「それで若造、おまえは何者なんだ」

「レディ・ジュヌヴィエーヴの秘書、エドウィン・ウィンスロップと申します。どうぞお見知りおきを。助言役としてこの場に参加しております」

「きさまの助言なんざ尻の穴につめこんじまえ。わかったか」

「了解いたしました、ミスタ・ホッジ。ですがもしここを出られても、〝警察の捜査を助けるため〟夜明けまでに必ずさがしだされることになるでしょうね」

「なんだっておれが中国人を殺さなきゃならないんだ」

「殺さない理由はありますか。言わせてもらえば、あそこにいたほとんどの者がカー・パイ・メイを殺したいと考えていたでしょう。ほんとうに、とてつもなく恐ろしい男でした。考えてみれば、わたしもあの男を殺したいと思いますよ。ですがわたしはヴァンパイアではない。だから、わたしに彼を殺せる可能性はほとんどない。そして、この場にいるほとんど全員には――すなわち長生者《エルダー》には、それができるのです。あなたはべつですね、スポード。あなたは〝噛まずに吠える〟人間だから。みなさんにとってはきっと奇妙なものなのでしょう。ノスフェラトゥ、ウピール（東欧におけるヴァンパイア）、僵屍《キョンシー》、きゅうけつき――すべてヴァンパイアです。あなた方は長い年月を闇の中ですごしてきた。もちろん迫害されていたことは知っています。将軍、あなたのお嬢さまのこともお聞きしています、お気の毒に思います。ですが当時、あなた方は〝力〟をもっていた。カーが言ったとおりです。あなた方は隠れた存在であり、ほとんどの人間はあなた方の存在すら信じてはいなかった。そう、あなた方は事実上、何をしようと逃げおおせることができたのです。魅了の力、死せる運命にある者の十倍の腕力、がらがら蛇のすばやさ、豹の爪、変身能力――。さぞさまざまな誘惑にかられたことでしょう。殺人すらものともしない。それらの年月、あなた方は誰かを殺したいと思えば……とんでもなくみごとにやってのけることができた。警察も無力だった。はるかな昔に警官がいたらですけれどね。もし誰かに腹を立てたら――そう、たとえば、あなた方は害虫よりもくだらぬ存在で、はるかな中国にあるという黄色い邪悪な神殿に恭順の意を示すべきだなどという演説を聞かされたら、さっさとそいつを殺して終わりにするでしょう。ヴァンパイアになる以前から、あなた方のほとんどは男爵や伯爵や公爵であって……あなた方の時代、一〇六六年（ノルマンジー公ウィリアムによるイングランド征服があった年）とかなら、やる気のない雇い人を殴りつけたって癇癪を起こしたってかまわなかったし、貢ぎ物をよこさない村を焼きはらったり、ダブレットやズボンにシチューをこぼした女中の血を吸いつくして八つ裂きにしたりすることもできた。ドラキュラが城を出て世界を変えたとき、あなた方はふたたび王になった。おおやけに……だがそれと同時に、われわれ人間もあなた方という存在に慣れ、あなた方はただの人となった。もちろん尋常ならざる人であることは間違いありません。だがいまではあなた方にも法が適用される。税務署がやってくる。靴を磨かせれば料金を支払わなくてはならない。そして聖書は『汝、殺すなかれ』と教えている。そこで、わたしにはひとつの疑問があるのです。論理的な疑問です。結果を案じることなく人殺しのできるそうした年月をすごしてきたあとで、人はそんな習慣を簡単に諦めることができるのでしょうか」

「もう一度問う。きさまは何者だ」カルンシュタイン将軍がたずねた。

「ウィンスロップですよ、将軍」けっして誰も握り返してこないだろうと承知しながら、彼は微笑を浮かべて手をさしだした。「ただ意見を述べただけです、告発しているわけではありません」

ホッジは結局客間を出ていかなかった。ウィンスロップのささやかな演説が身にしみたのかもしれない。

「ぼくは誰も殺したことがないし、いまとなってはそんな真似をして、みずからの価値をさげるのもごめんだな」とヘルベルト。「ぼくは積もりはじめた雪のように潔白だよ……」

「積もりはじめた雪は多くの人を殺してきたわよ」ジュヌヴィエーヴは言った。

「ああそうだね。温血者《ウォーム》は身体が冷えきってしまうと死ぬんだったね。忘れていたよ」

ジュヌヴィエーヴはヘルベルト・フォン・クロロックに好意に近いものを抱いた。有能であるふりをしない。彼が候補者だったら一票いれてやるのに。

だがマインスター男爵は悪意に満ちた惰弱者。ウルワース（アメリカで創設、カナダ・イギリスなどにも展開する廉価販売の雑貨店チェーン）で売っていそうな串刺し公ヴラドだ。

「ひとつおたじねしたいのでしが、あなたはなぜ鉤《フック》を気にかけていりゅのでしか」

ベイ教授――この男も馬鹿ではない――がウィンスロップにたずねた。

「なんのフックだ」ホッジが怒鳴りつけた。「いったいなんの話をしてるんだ、このたわけが」

「杖《クルック》ですよ、教授。羊飼いの杖。ほら、夜に靴下を洗う人たちです（羊飼いが群れを見張っている夜 While shepherds watched their flocks というクリスマス・ソングが、羊飼いが靴下を洗っている夜 While shepherds washed their socks という替え歌になった）」

「でしが、杖にどういう意味がありゅのでしか」

「興味深いと思っただけです」ウィンスロップがためらいがちに答える。

「でしがあなたはそちらのレディに、くり返し、しつこく、その話をしてました」

「話してやりたまえ、ウィンスロップ」ケイレブ・クロフトが言った。

めったに口をひらかない男の言葉に、全員が耳をそばだてた。この中の何人かは彼の正体を知っているが、正体を知らない者たちも彼が恐ろしい男であることには気づいているだろう。クロフトは無害に見せかけることすらしていない。たしかにウィンスロップの言うとおり、この客間にいるほとんど全員がくり返し人殺しをしてきただろうが、程度というものがある。異常な新事実でも明らかにならないかぎり、ケイレブ・クロフトはこの場にいる者たちの中で、ぶっちぎり断トツで最悪の男だろう。

「どういう意味だえ」アガサ・グレグソンがたずねた。

ウィンスロップがふたたび発言権を得た。彼にはどこか人々が耳を傾けたくなる雰囲気がある。もし彼がヴァンパイアだったら――もしくは、もしヴァンパイアの要素がもっとそなわっていたら――指を鳴らすだけで〈猫の王〉になれただろう。

「あなたは何か公的な資格をもっているのですか」スポードがたずねた。いまや恐怖で青ざめている。

「公的な資格は何も」ウィンスロップは認めた。「こちらにおいでのような秘密警察でもありません。関心をもった一市民です」

「鉤《フック》はどうなのでしか」ベイがくり返した。

「壁に描かれた棒線画を見たことはありませんか。曲がり《クルック》男です」

ほとんど全員が当惑を浮かべた。少なくとも、当惑を浮かべるふりをした。

「見たことあるわ」イロナ・ハーツィが手をあげた。「ジプシーの目印みたいだけれど、でも町の中にあるのよね」

「外の石にも同じようなひっかき傷がある」とカルンシュタイン将軍。「アプローチの両脇だ」

それには気がつかなかった。

「わたしもしょれ、見ました」ベイが言った。

「落書きはぞれぞれ異なっていますが、行列の先頭には必ず、杖《クルック》をもった傴僂が描かれています。曲がり男団の首魁で、曲がり《クルック》男と呼ばれる男――もしくは女です。わたしが勘違いをしていないかぎり、この曲がり男があなた方ヴァンパイアを殺そうとしているのです。この危険ならず者の履歴《クリクルム・ウィタエ》はミスタ・クロフトが提供してくださるでしょう」

全員の首がくるりとむきを変えた。

「曲がり男は犯罪者だ」秘密警察長官が言った。「そのような男が存在していればではあるが。曲がり男団は間違いなく存在している。国家の敵だ。だが曲がり男は幻だ。子供を怖がらせるお伽話にすぎない」

「ほう、あなたがそう考えておられるとはなかなか興味深い」とウィンスロップ。「あなたは以前、ジョナサン・ワイルドとつきあいがありましたね。〝チャールズ・クロイドン〟と名のっていたころのことです。ディック・タービンやキャプテン・ホグやジャック・シェパードのように山賊やごろつきをしてすごした楽しい日々。聞いた話によると、あなたはワイルドから商売を教わった……」

クロフトはひと言も答えない。

「J・ワイルド殿はじつに魅力的な男だったのでしょう」ウィンスロップはつづけた。「卑しい生まれから捕手の大将――ロンドンでもっとも恐ろしい強力な警官にまでなりあがったのですから。でも彼にはもうひとつの仕事があった。ロンドンで最強の盗賊――最高の詐欺師《クルック》です。両方の立場を手にするとは、じつに巧妙なゲームだ。ワイルドはどんどん盗み、どんどん泥棒を捕まえた。

片方の仕事によってもう一方の仕事が増える。ミスタ・クロフト、もしかしてあなたも、もうひとつの職業をもっているのではないでしょうね」

勝負に出た。

クロフトがこぶしを握り、またひらいた。爪がのびる。エドウィン・ウィンスロップの心臓をえぐりとろうというのだろうか。それとも、もっと悪いパターンとしては、〝未来の仕事〟として彼に目をつけ、この無礼にふさわしい罰をじっくり考えようとしているのだろうか。

「やめとけよ、クロフティ」ホッジが割りこんできた。「ウィンフィールドだっけか、まあなんでもいい、おれはおまえが嫌いだ。おまえの見解も、おまえの女もな。おまえは何事もはっきりさせず、遠回しにまわりくどく話す。だが馬鹿じゃあない。よかったら仕事をやろう。おれの宮廷でな。いまひとつだけ明らかなことがある。おれしかいない。カマ野郎と黒いのとすぐに失神する婆あは駄目だ。できるわけがないだろう。おれだ。おれが〈猫の王〉だ」

ミセス・グレグソンが拍手をはじめた。

ジュヌヴィエーヴはほかの者たちを見つめた。カルンシュタインは息子のために、マインスターは自分自身のために、口をひらくだろうか。だがそれで相殺になる。ザレスカは脆弱すぎるし、クレオパトラは関心をもっていない。

「ほかに名のりをあげる者はいるか。ようし、それじゃくそったれの戴冠式にかかろうじゃねぇか」

「ほかにも……」ウィンスロップがジュヌヴィエーヴに目をむけた。

やめてよ。わたしはいやよ。

「わたしは……リアム・カルンシュタインを推薦するわ」ジュヌヴィエーヴは言った。

将軍すらもが驚いている。黒い眉が白い前髪近くまで吊りあがった。

誰かひとりを選ばなくてはならないのだ。そしてリアムは……あの目をもっている。カーミラの目。信じられないけれども。マインスターは短気で悪意に満ちた軟弱者だし、ほかの連中では太刀打ちできない。だからリアム。美しくて、空っぽなリアムだ。

「うん、ぼくも推薦しよう」ヘルベルトが言った。「リアムは完璧で楽しい〈猫の王〉になるだろうね」

ヘルベルトは新しいボーイフレンドを求めている。マインスターの顔は熱した鉄仮面のようだ。

将軍は言葉を控えた。自分から何もせずに欲するものが手にはいるなら、なぜ言葉を無駄に使う必要があるだろう。

ホッジは、たとえ腹を立てていたとしてもそれを表には出さなかった。

「おれにも推薦者はついてるんだぜ」

クロフトがうなずく。怒りにふるえながらマインスターもそれに同調した。

「逃げたくなってるんじゃないか、小僧」ホッジがリアムを挑発する。

カルンシュタインの若者は玉座にあがる可能性にも無関心だ。

「辞退するつもりはない」

「じゃあそういうことだ。おれとおまえ、ふたりだけだ。王冠を賭けてな」

ウィンスロップが肘で突ついてくる。だがジュヌヴィエーヴは腕を組んだまままじっと立っていた。立候補はしないと、そう言っておいたはずだ。

「ミセス・グレグソンが本日の集まりを閉会いたします」あるじに爪をたてられて、スポードが宣言した。「休憩ののち、真夜中に改めてお集まりください」

14 恐れ知らずの三人

お父さんから引き離すのは難しいんじゃないかと思っていたんだけれども、〈あたしのヴァンパイア〉はそのときひとりだった。

大人たちは忙しそうだ。カルンシュタイン将軍とマインスター男爵とザレスカ伯爵夫人たち、外国の貴族はホールの片隅に固まり、ミスタ・ホッジとミスタ・クロフトとミスタ・スポードら、称号のない英国人はまたべつの隅に集まっている。間違いなく何かの計画が進んでいるのだ。中国人の殺害は議題のひとつで、この週末に討論するはずの問題にあとから加えられたものにすぎない。小説や映画では、〝ちゃんとしたヴァンパイア〟は退屈な政治になんか時間を使わない。誰を長にするか決めなくてはならないときには、大蝙蝠に変身して爪や牙で戦い、群れの支配者が誰であるかをはっきりさせる。戦いはすぐに決着がつく。うっとりするような出来事があればもっといい。そうした長生者《エルダー》は手続きの申請や順序なんか無視して、魂の伴侶の血を飲むためにバルコニーにとびおりたり、ゴシック様式の塔の壁をよじのぼったりする。それに比べたら、この長生者《エルダー》たちは考えられないほど退屈だ。

リアムは長椅子にじっと腰をおろしている。用事で席をはずした腹話術師が放りだしていった人形みたいだ。故郷の土を敷きつめた柩のベッドで昼の時間をすごすという、世界から感覚が遮断されたあの状態にはいっているのだろうか。リディアには、(a)不快、(b)汚い、としか感じられないけれど。転化したあとも、カンブリア(英国北西部の州)の土をつめた旅行鞄をひきずって歩くような羽目に陥りたくはない。それでもスマッジが言ったように、敷きつめた土の上で寝ることだってドリアクリフのごつごつしたベッドで寝るよりはましなのかもしれない。リアムは寝ているんじゃなくて、ただじっと観察していた。リディアのことを考えているのだろうか——うん、きっとそうだ。リアムが考えることなんて彼女のことしかないに決まっている。目には見えないしなやかな絆がふたりの魂を結びつけているのだから。

危険危険。ロール・トップのストッキングを履いたおぞましいジュヌヴィエーヴが、禿鷹のように襲いかかろうとしている。もしリアムが情熱的なアンピオンの生まれ変わりなら、このフランス女は残酷なレトだ。天の配剤か、フォン・クロロック子爵とミス・ハーツィが邪魔にはいって、死すべき人間の女にはわからない理由でフランス女を悩ませはじめた。

「きて、マウス」リディアは友を長椅子にひっぱっていった。

ふたりの少女に見おろされて、リアムが生命をとりもどした。優雅だけれど機敏な動き。リアムがふたりを見あげる——あの目で。ああ、なんてすてき！　そしてリディアはひらめく緑に心を奪われた。彼は微笑を浮かべない。皺のない顔に愚かしい笑みは似合わない。でもくちびるがわずかにひらいている。白い歯のむこうで赤い舌が動く。彼は空気を味わっている。彼女を味わっている。

「リアム」意識を集中して声をかけた。

彼の前で、彼の名を口にしたのはこれがはじめてだ。けっしてこの時を忘れない。きっと彼もおぼえていてくれるだろう。

「いっしょにきて。あたしと、マウスと。とっても大切なことなの」

一瞬が流れた。リアムは理解していないようだ。だけどマウスが袖をひっぱるとまた生き返った。彼は立ちあがり——もちろん、リディアよりも背が高いから、見あげなくてはならない。そして、ふたりに案内されて図書室にはいった。彼はぼんやりと夢心地で、何を言っても素直に受け入れる。リディアの言葉を真剣に受けとめなくてはならないと、直感的に気づいている。これもまた霊的な絆の証だ。ふたりは、〈リアムとリディア〉としてはほとんど言葉をかわさず、ほとんど触れあうこともない。でも〈ニオベとアンピオン〉として魂が結びついているのだ。

　図書室は館の中でもっとも使われることのない場所で、それも無理はなかった。天井の一部が腐っているのだ。どこからか雨がはいりこみ、漆喰にあいた穴からこぼれて、ずらりとならんだ瀬戸物――ほとんどが古い室内便器だ――にぴちゃぴちゃぽたぽた音をたてて落ちてくる。

　マウスは、本でいっぱいの部屋にはいると背表紙をながめずにはいられないああした連中のひとりだった。そのマウスも三、四秒で、ミルデュー・マナーには読む価値のある本は一冊もないと判断したみたいだ。リディアの本は、湿ったり黴がはえたりしないよう、自分の部屋においてある。中でも『伯爵』は最高の場所を提供されていて、マグナス伯爵の視線が――蝙蝠翼のカラーをつけたルディ・Vのブロマイド写真だ――眠りに落ちる彼女を貫くように立てかけてある。リディアは毎週サロメ・オッタボーンとロージー・M・バンクスとハリエット・ヴェインの本をならべかえる。発行順にするべきか、作品内の年代順にするべきか、決断できないのだ。ヴェインの物語は年代がばらばらなのでとくに問題だ。どれほど退屈な展開になろうと〈ヴァンピリック・クロニクル〉が出るかぎり、リディアは必ず一冊ずつ買って全巻をそろえるだろう。

　そうだ、忘れずに『伯爵』を裏返さなくては。ルディ・Vなんかリアムに比べたらぜんぜん〝それ〟が足りない。

「スポードは殺人事件に関係があるのよ」リディアは言った。「警察と話したなんて嘘なの」

　リアムがさきを促すようにうなずく。

「だから、あたしたちがやらなきゃならないの。リアムと、あたしと、マウスが。大人は誰も頼りにできない。みんな事件にかかわっているか、でなきゃなんにも気がつかないぼんくらよ」

「ぼくたちが」〝ち〟の音に息が混じる。

「わたしたち三人だ」とマウス。「恐れてはならない。わたしたちはこのスポードという男の悪を見破り、正義をおこなわなくてはならない」

「正義を」とリアム。

　マウスは果敢だ。忠実な友であり、精力的な戦士だ。

さむらい少女が味方についているのだから、リディアとリアムは必ず勝てる。

だけどマウスはどこか具合が悪そうだ。ヴァンパイアも疲れたり病気になったりするとは知らなかった。マグナス伯爵はけっして鼻風邪で三週間も寝こんだりはしないのに。

「どこからはじめればいいと思う？」リディアはたずねた。

リアムは何も答えない。静かな顔。考えている。

「スポードの部屋は？」マウスが提案した。

リアムがうなずく。彼もきっと同じことを言おうとしていたのだ……

……リアムは……マウスとも……霊的な絆を結んでいるのだろうか。ううん、そうじゃない。同じ思考経路をたどっただけだ。マウスのことを心配する必要なんかない。スマッジと同じだ。もちろんこの日本の少女もリアムに恋してるに決まっている。もしここにいたら、スマッジだって恋に落ちる。彼の顔を見た者すべてが魅了されるのは、〈あたしのヴァンパイア〉にかけられた特別な呪いなのだ。リアムだって、リディアじゃない女の子を傷つけずに断ることには慣れているだろう。マウスは――かわいそうなバタフライは、リアムとリディアが運命の定める魂の伴侶であることを知りながら、東洋の無欲で献身的な心で恋をするのだ。桜の下でため息をつき、恋い焦がれながら耐えなくてはならない。リディアは一瞬、友の悲劇に同情した。永遠に若すぎる年齢にとどまり――そう、結婚したことがないわけじゃないけれど――〈ヴァンパイア・ロマンス〉の世界にけっしてはいることができない。世界から締めだされた少女への憐憫がこみあげ、リディアは今後、毎週月曜日と木曜日のお茶――もくしは血茶に、マウスを招待しようと決意した。

マウスはヴァンパイアだ――つまり、〈黒い炎〉によれば、不滅の真の愛を手に入れることはできないということだ。ヴァンパイアはヴァンパイアを愛するのだろうか。本に出てくる主役級のヴァンパイアの中には、過去にヴァンパイアのガールフレンドをもっていた者もいる。彼が最初に嚙みついた女たちだ。厄介なあばずれは物語をこみいらせはするけれども、ヒロインに対する主人公の献身的な愛に真の脅威をもたらすことはない。スマッジは異端だから、小説の語り手であるめそめそした温血者《ウォーム》の女の子より、こうした夜の女狐のほうがほんの少しわくわくすると言う。問題はそこだ。以前のガールフレンドは、ミルデュー・マナーのヴァンパイア女たちと同じだ。浮気なフランス女や、ミス・ハーツィや、ほとんど裸のエジプト人。けばけばしくて、色気過剰で、どぎつい。黒い下着に真っ赤なリップスティック。大切なのは霊的な絆による愛だ。一時的な愛憎劇なんかよりずっとずっと真実の、運命に定められた一度にして永遠の愛。リディアがリアムとのあいだに求めているのは、血を与えあうことや不死を得ることではなく、調和だ。そう、ニオベがアンピオンをとりもどすのだ！

　でもいまこの瞬間はなすべき冒険がある。ふたりの未来を考えるとぞくぞくするけれど、いまはまず行動しなくてはならない。愛しあうための時間は永遠にあるのだから。いまここでは、マウスと三人で殺人犯を追おう。

「わたしたちは〈恐れ知らずの三人〉だ」マウスが親指で小指を押さえ、三本の指を掲げた（英国では三を示すとき、小指と薬指を曲げて親指・人差し指・中指を立てる。日本式の数え方は珍しいようだ）。「これがわたしたちの秘密の挨拶だ」

　リディアはそれを真似た。

　少女たちの視線を受けて、リアムもそれにならった。

　マウスが手をのばし、壁紙に三本の平行線を刻んだ。

「これがわたしたちのしるしだ」

〈恐れ知らずの三人〉のしるしを刻むにはヴァンパイアの爪が必要だ。ふつうの人間にはその爪がないことを、マウスは忘れているのだろうか。たぶん爪鑢《やすり》を三本使えば、同じひっかき傷をつくることができるだろう。

「では、スポードの部屋はどこだ？」

「四階よ。アガサ伯母さまの屋根裏に通じる螺旋階段のすぐそば」

「そこで何がわたしたちを待っているのだ？」マウスがたずねる。

　リディアはリアムに目をむけた。リーダーは彼だ。

　ようやく彼がうなずいた。

「悪人ども、〈恐れ知らずの三人〉に気をつけろ」リディアは宣言した。

　リディアとマウスが指でしるしをつくる。一瞬遅れて、リアムもそれにならった。

15　ネーム・ゲーム

「なぜリアム・カルンシュタインなんですか」ウィンスロップがいらだちをこめてたずねた。

「いちばんましな選択でしょう?」

自分がなぜカルンシュタインの若者を推薦したのか、ジュヌヴィエーヴにもはっきりわかっているわけではない。あの目だろうか。カーミラの顔のせいだろうか。

「あなたはほんとうにホッジでいいと考えていたの?」ジュヌヴィエーヴは問い返した。「クロフトの駒よ。ルスヴンの手先よ」

ウィンスロップは口をつぐんだ。

「あいつはほんとうにクロフトの駒なんだろうか」彼女にというより自分自身にむかって問いかけている。「たしかにクロフトはあいつを推薦しているけれど、あのふたりは同じ譜面の聖歌を歌ってはいない。ミスタ・ホッジだかホッグだかホグは、自分自身以外誰の駒でもない。もっとあの男のことを知らなくてはならないな。そして、あなたの青白いすてきな若者のこともね」

「みんなのことを知るのがあなたの仕事ではなかったの?」

「わたしはマイクロフト・ホームズではありませんから」

「誰もあの人にはなれないわ。そしてそれはそれで、べつに悪いことでもないでしょう」

「あなたは天国にいるわれらが創設者をあまりお好きではないんでしたね」

「またそれを蒸し返すの?」

ウィンスロップは微笑した。いらだちは消えたようだ。怒りよりも好奇心にかられている。

ふたりはジュヌヴィエーヴの部屋で、名目としてはつぎの会合の準備をしながら、不吉な真夜中に呼びだされるのを待っている。雨がひどくなってきた。ほんものの嵐になりそうだ。ウィンスロップは神経質ながら身軽な動きで、エネルギッシュに歩きまわっている。まだケイトの血が残っているのだろう。それとも最近ヴァンパイア要素を追加注入したのだろうか。自分が——そして彼女が!——どのような危険にさらされているか、まるで頓着していない。こうしたタイプなら知っている。知的探究者だ。彼にとっては殺人事件もただの〝謎〟にすぎない。誰も悲しむ者のいない大僧正殺害も、より大きな謎のピースにすぎないのだ。

夜のために着替えたほうがいいだろうか。ザレスカ伯爵夫人やクレオパトラはどうするだろう。そしてマインスターは。ヘルベルト・フォン・クロロックはもちろん着替えるだろう。彼は午後なかば以後だけでも三組の衣装を披露している。カーが殺された会合と事件後の客間での話し合いのあいだにも、殺された中国人の染みがクラヴァットについたのを恐れるかのように、すばやく着替えてきた。もしかしたらジュヌヴィエーヴのドレスにも腐敗の染みが飛び散っているかもしれない。それで心が決まった。

緑のシルクを脱いで、淡い藤色のドレスを着よう。

衝立のうしろで着替えた。ウィンスロップは彼女のベッドにのんびりと寝ころんで、声に出して考えごとをしている。気に障る癖だ。とにかくどうにも腹の立つ男だ。それでも……

「ミスタ・ホッジ、わたしはあなたが嫌いです(マザー・グースの「フェル先生 僕はあなたがきらいです」I do not like thee, Doctor Fell のもじり)。歯に衣着せぬあの下品な話し方。最悪の虚言癖はそれ自体がありのままの率直さとなってしまう。あの男は雲に包まれている。クロフトのやつ、考えなおせばいいのに。ルスヴンが求めているのは操り人形の王だ。ディック・ホッジは自身で王の地位を望んでいる。そしてあなたの選択、若きリアム・カール・カルンシュタインは……そう、彼は鏡像をもたないヴァンパイアではない。ヴァンパイアをもたない鏡像だ」

稲妻が走った。数秒後、雷鳴がとどろく。ジュヌヴィエーヴは衝立のうしろから身をのりだした。

「もう一度言ってちょうだい」

「失礼、いや、赤面してしまうな。ちゃんと服を着てくださいよ」

言いながら目をおおってはいるが、しっかりと指の隙間からのぞいている。ジュヌヴィエーヴは身をよじるようにしてドレスの裾をおろした。

「さっき言ったリアムのこと……」

「単なるジョークですよ。鏡像をもたない……」

「それではなくて」

「それじゃない？　ではどれです」

「彼の名前」

「リアム・カルンシュタイン。リアム・カール・カルンシュタイン。それともカール・リアムかな。誰もたしかなことは知りません」

「カール・リアムですって？」

「そうです」そこで彼も気づいた。「ああ、ああ、そうか。なんてことだ」

例によって、またあのいまいましいアナグラムだ。リアム・カール。カール・リアム。ミルカラ。マーシラ。カーミラ。

「いや、そんなはずはない」

「カルンシュタイン将軍に娘がいることは――娘がいたことは誰もが知っているわ。あの一族のことでいちばん有名なのは〝カーミラに何が起こったか〟ですもの。将軍に息子がいるなんて、この週末まで誰ひとり口にした者はいなかったのよ。あれは彼女。カーミラなのだわ。もどってきたのよ。どうやってか首をつなげて。男の子の服を着て」

ウィンスロップが身体を起こした。

「戦時中にパリでヴァンパイアの踊り子を見たことがあるんです。イゾルドといって、〈ご老体〉に連れていかれたんですけれど。なかなかグロテスクな出し物でしたよ。彼女はギロチンで首を落とされ、その後新しい身体を生やしたのだといわれています」

「このケースはちがうわ。リアムは逆転しているの。さっきあなたが言ったように、鏡像なのよ。目を見ればわかるわ。カーミラの片目には赤い疵があった。リアム・カールの疵は反対側の目にあるのよ」

「では彼は何者なんです。それとも、彼女というべきでしょうか」

「女の子ではない。男の子でもない。何者でもない。エドウィン、わたしにはリアムがヴァンパイアなのかどうかもはっきりとはわからないわ」

「われを憐《なん》れ《て》み《こ》た《っ》ま《た》え」

「憐れみなら、わたしたち全員に必要ね」

16　ロデリック・スポードの秘密の生活

上の階へあがるにつれて電気はますます不安定になっていった。発電機が調子を崩したときをのぞいて、一階の照明は明るい。けれども上の階は薄暗く、電球もしじゅう音をたてている。そして覆いのない蠟燭は隙間風で消えてしまうのだ。

リディアはミルデュー・マナーの中なら明かりがなくても歩くことができる。ずっと前から真っ暗闇の中で幾度もこの階段をあがりおりしているから、どの板がきしみをあげるか、どのカーペット・レールがゆるんでいるか、どこの手すりがぐらぐらするか、すべて心得ている。マウスは闇の中でも動ける。けれどもリアムはとりたてて夜目が効くようではなかった。彼の目はもっとよいものを見るためにあるのだ。少女たちはふたりでリアムを四階まで導いていった。召使部屋のある階だ。どれほど思いあがって命令を怒鳴り散らそうと、アガサ伯母さまの子分はただの使用人にすぎないのだ。

スポードの部屋には鍵がかかっていた。

マウスもリアムも霧に変身できるヴァンパイアではないため、ドアの下からはいりこむ選択肢はない。マウスがドアをぶち破ろうかと提案したが、リディアはヘアピンをとりだして鍵あけにとりかかった。恐るべきフリットンが没収品をおさめている机の抽斗攻略が、彼女の得意技のひとつなのだ。その才能はほかの何よりも多く友達をもたらしてくれる。

スポードの部屋の鍵はフリットンの机ほど難しくなかった。はじめて抽斗に挑戦したとき、スマッジがこれはトラップかもしれないと忠告した――でもそれは杞憂だった。またリディアは、スポードが罠をしかけているだろうと真剣に考えたわけでもなかった。数秒の試みで――かちり！――ドアがあいた。

「やった！」マウスが声をあげる。

リアムもまた賛意をこめてうなずいたようだ。温血者《ウォーム》である自分は〈恐れ知らずの三人〉の中でいちばん役立たずだという弱気が消えていった。

明かりのない部屋に忍びこみ、リディアが最後にドアを閉めた。リアムの圧倒的な〝存在〟が感じられる。彼がこの薄闇の中にいて、彼女の早鐘を打つ心臓に鋭い耳を傾けているのだと思うと胸が躍る。彼の赤い渇きは彼女の鼓動とともに高まり、やがて繊細な自我を圧倒するだろう。彼は自分の獣性を抑制している。ものすごい努力をはらって。抵抗できない無力なリディアを前にして、彼女の血管にとびかからずにいる自己犠牲のなんと尊いことだろう。その抑制がゆるむ最後の瞬間を思うとぞくぞくする。

マウスがオイルランプを見つけて火をつけ、炎を大きくした。スポードの部屋はリディアの部屋と同じ大きさだ。シングルベッドは軍隊式に整えられ、アイロンをかけてきれいにたたんだ縞のパジャマが枕の上においてある。折り目は怪我をしそうなほど鋭くとがっている。

ベッドの上に、雑誌を切り抜いた写真が貼ってある。下着姿の青白い痩せたヴァンパイア女と、軍服姿の温血《ウォーム》者の男たち。ベッドサイドのテーブルにはサイン入りのフレーム写真が立っている。リディアは一瞬〈世界でもっともおぞましい男〉だと思ったが、それはチャップリン髭をはやしたオーストリアの政治家だった。スポードはほかにもミスタ・ヒトラーの写真を何枚かもっていた。さらには、ふつうに受勲できると思えないほどたくさんの勲章をぶらさげ、二サイズも小さすぎる上着を着ている、重量挙げ選手のような太ったイタリア人の熱狂的ファンでもあるらしい（このイタリア人は当然、ヒトラーとならぶ独裁者ベニート・ムッソリーニ（一八八三 - 一九四五）である）。

「手がかりをさがすのよ」リディアは宣言した。「殺人犯はいつだって手がかりを残すわ」

マウスがうなずいてすばやく室内を見まわした。

いちばん怪しいのはロールトップ・デスクだ。鍵がかかっているが、簡単にあけられそうだ。リディアはヘアピンをとりだした。

「それ、どうやるのだ、教えてくれ」とマウス。

お手本を示してやった。マウスは一生懸命観察している。

最後のひとひねり。かちり！

リアムはふらりと離れてスポードの写真をながめている。ふたりが見逃した手がかりを見つけたのだろうか。彼はリディアよりも多く、写真の中の顔を見わけたのかもしれない。きっとあの下着姿のヴァンパイア女だって何人か知っているのだろう。

蓋をあけるとごちゃごちゃと紙がはいっていた。

「こいつ、絶対におかしいわ」リディアは言った。

何枚かのスケッチ。下手ではないけれど、この画家に才能なんか認めてやるものか。どれも女だが、顔はなく、四肢も途中までで手や足は描かれていない。女の身体は薄い鉛筆描きなのに、ランジェリーは細かいところまでインクで描かれている。スリップ、パンタレット（足首まであるズボン状の下着でスカートやペチコートの裾からフリルが見える。十九世紀前半に流行した）、ブラジャー（現在のブラジャーに近いものができたのは一九一〇年代）、ホーズ（下着の中でも靴下類の総称）……ドリアクリフ・グレインジで許されている唯一の下着、濃紺のニッカーズ（膝でくくるゆったりとしたブルマ式の下着）や胸を締めつけるヴェスト（袖と襟のないシャツ状の肌着）とはちがう。スポードは長い時間をかけて丁寧にフリルを描いている。

　紙の山に目を通していくと、一枚だけ異質なものがあった。英国の王と女王の系図だ。賞をとったくらいだからリディアも詳しく知っている。王位継承に関していえば、つい最近のヴィクトリア（在位一八三七－八八）からヴィクター（在位一八九七－一九一九）までの空位期間は〈恐怖時代〉としてごまかされている。ヴィクトリアにはヴァンパイアも温血者《ウォーム》もとりまぜて何人かの子と孫があり、つぎの王として候補にあがっていたが、英国はドラキュラと戦うのに忙しく、誰に王冠を与えるべきか決めることができなかった。一八九三年に発行されたドリアクリフ・グレインジの歴史の教科書は、ヴラド一世（在位一八八六－）を現在の君主としている。ヴィクトリアが自死したあと、ヴラドはみずから王位につこうとしたのだ。スペインのフィリップが血まみれメアリとの結婚によってメアリの生存中英国の共同統治者として認められたのと同じように（在位一五五四－一五五八）、ドラキュラもリストに加えるべき（在位一八八六－一八八八）かという問題において、ヴァイオラ寮のクローフォードとリディアは激しい論争をくりひろげた。ヴァンパイアに転化しようとしている最中に銀を盛られて崩御したヴィクター王――いまだ正確な事実は解明されていない――のあと、彼の（温血者《ウォーム》の）甥がジョージ五世として戴冠した（在位一九一九－）。

　奇妙なことに、系図は折り畳まれて、ランカスター家とヨーク家がいちばん表になっていた。幼くして殺されたエドワード五世のおかげで、リディアが特別な思いを抱いている時代だ。塔で王子を窒息死させた邪悪なリチャード三世（在位一四八三－一四八五）と、チューダー朝初代の王ヘンリー七世（在位一四八五－一五〇九）のあいだに、スポードか誰かが曲がり男を描いている（暗号だ！）。これが何とどう関係するのか、リディアにもすぐには判断できない。ＢＡＡとスポードは誰がヴァンパイアの王になるかを決めようとしている。どこかの王子をひっぱりだし、おだてて玉座にあがらせる方法を、歴史の中に求めているのだろうか。

　その称号はとうぜん、崇高なるリアムのものだ。決まっている。

　でも彼はそれに関しては何も言わない。あまりにも謙虚だ。それが彼の義務なのだと、誰かが説明してやらなくてはならない。彼は王冠を求めていないのだから。アンピオンのように。アンピオンは竪琴をかき鳴らして愛をはぐくむだけで満ち足りていた。もしリアムが〈猫の王〉になったら、リディアも幸せの一部を犠牲にするのだろうか。自分は〈あたしのヴァンパイア〉を世界と共有することができるだろうか。そう、また大戦や同じような危機が起こり、世界を救うために彼が必要になったら——彼にしかそれができないとなったら。そう考えると、痛みをともなう喜びが心に突き刺さる。彼は彼女のもので、彼女は彼のものだ。それでも彼の心はあまりにも美しいから、彼の種族に——人類すべてに必要とされたら、それを断ることなんかできるはずがない！

マウスが、石の上にオーク材を貼った壁をこつこつたたいて空洞をさがしている。うつろな音。

「秘密の羽目板だ」マウスが言った。

「衣装箪笥でしょ」とリディア。

「秘密の衣装箪笥なのか？」

マウスが言っているのは、スポードの部屋の衣装箪笥がすこしばかり秘密めいているということだ。リディア自身の部屋にある衣装箪笥も、羽目板の裏につくりつけられているため、ドアと間違えられることがある。把手と掛け金はあるが、鍵はかからない。スポードの衣装箪笥には鍵があって、把手がなかった。把手があった場所はわかる。把手がとりのぞかれたあとには、それを隠すように新しくニスが塗ってある。鍵穴もほとんど目立たない。

マウスがヘアピンを貸してくれと言って、鍵に挑んだ。おぼえのはやい生徒だ。かちりと音がして鍵があいた。彼女は自殺用の短剣で衣装箪笥のドアをこじあけた。

香水の匂いがあふれる。

スポードは高価な婦人下着の絵を描くだけではなく、なんと、それを集めていた！　スマッジはクラフト＝エビングの本でこういう男について読んだことがあると言っていた。性的倒錯、フェティシズムというやつだ。クラフト＝エビング博士によれば、そうした人は哀れむべきであって、馬鹿にしてはならないという。スマッジとリディアはそれでも、その考え自体に海豹のような声をあげて笑ったものだ。ロデリック・スポードみたいに肩幅のひろい粗野な男がユーラリー・スールのスリップを着てはねまわっているところを想像すると、忍び笑いを漏らさずにはいられない。

ほんとうに！　うひゃあ！

これは殺人事件と関係があるのだろうか。カー・パイ・メイは娼婦のような格好をしたスポードの写真をＢＡＡ

に見せると言って脅迫したのだろうか。黙っていてほしかったらそのかわりに……何を要求したのだろう。すべてのヴァンパイアの支配者に大僧正を推薦すること？　アガサ伯母さまの銀行口座からお金をひきだすこと？　弾をこめた拳銃をもって図書室に立てこもること？

スポードの脳髄が束になった〈パンチ〉の上に飛び散る光景を楽しんでいるあいだに、マウスは衣装箪笥の中を調べはじめた。スポードが小さな女の子サイズのものをもっているとは思えないけれど。

マウスが腕いっぱいのランジェリーをカーテンのように脇によせた。衣装箪笥の中から風が吹いてくる。

「謎が深まった」マウスが宣言した。「これはただの衣装箪笥ではない。階段がある。下につづいている……」

秘密の階段だ！

17　カーミラに何が起こったか

「あの青年に、シャツをひらいて女かどうか見せろと言うわけにはいきませんよね」エドウィンが言った。「礼儀というものがありますから。ひとつ屋根の下の客同士として」

「その〝客〟のひとりは中国人を串刺しにするのが〝礼儀〟だと考えたみたいだけれど？」

彼は首をかしげて考えこんだ。エドウィンは正しい人々――つまり、ディオゲネス・クラブが正しいと判断した人々――が先端を尖らせた杭であるかぎり、串刺しに反対はしないだろう。

真夜中の会合まであと一時間ほどだ。ミルデュー・マナーでは腕時計も掛け時計もそれぞれが勝手に好きな時間を示しているため、たしかなことは誰にもわからない。会合はミセス・グレグソンの時間で開催される。

そのときまでにカール・リアムに関する事実を調べなくてはならない。もし彼が〈猫の王〉になったら、それはジュヌヴィエーヴの責任だ。彼女がカルンシュタインの亡霊を推挙したのだから。いったい自分は何を考えていたのだろう。そもそも考えていたのだろうか。ほんとうにあの魅了の力というやつは！ カーミラ・カルンシュタインは〝友人〟だった——いまもそうだろうか。

死からよみがえったとき、人はすぐ友人に伝えるものだ。エドウィンの〝礼儀〟でいうならば、浮き彫り印刷の挨拶カードを送らなくてはならないらしい。となれば〝破壊〟から——首を落とされ手足を切断されたはずだ！——よみがえったときは、風船を飛ばすべきではないだろうか。〝カーミラに何が起こったか〟という悲しい伝説に新たな一章が書き加えられたのに、ジュヌヴィエーヴがそれを知らずにいたとは。

客室はすべてこのフロアにある。踊り場ごとにおかれたオイルランプが煙をあげてくすぶっている。稲妻がひらめき、一瞬エドウィンの顔が骸骨のように浮かびあがった。

「カルンシュタイン一家の部屋はどこ?」

彼なら知っているはずだ。物事を知っておくのが彼の仕事だ。

彼が一枚の扉を指さした。すばやくノックをして、招かれも追い返されもしないうちに中にすべりこんだ。そう、ジュヌヴィエーヴは招かれなくとも敷居を越えることができるのだ。

はじめは誰もいないのだと思った。天蓋付き寝台の横、テーブルにおかれた小皿の中で、短くなった蠟燭が炎をあげている。テーブルにはフレーム入りの写真が何枚か立っている。リアムかつ／もしくはカーミラの写真が光を受けている。旅行用トランクがあいたままになっている。

「気をつけたまえ」エドウィンの手が肩にかかった。「あそこに……」

寝台で誰かが身動きした。エドウィンの手に力がこもる。彼が背後で音もなく扉を閉めた。

「どなた?」かすかな声が聞こえ、天蓋の帳がひらいた。将軍の奥方だ。エセリンドの目は乳白色に濁っている。見えていないのだ。いったいいつからそうなったのだろう。

「ジュネ・デュドネです、伯爵夫人。カーミラの友達だった。おぼえていらっしゃる?」

「ええ」と彼女は答えた。「利発だったお嬢さんでしょう。それであなたは幸せになれまして? 利発だったことで」

伯爵夫人はレモンを齧ったように〝利発〟をくり返している。

「いまはべつのことをお話ししたいの」ジュヌヴィエー

ヴは言った。

「夫に言わせれば、〝利発な女〟なんて明らかな矛盾なのですって。わが家の知恵はすべて伯爵ひとりがもっていますのよ。一族が必要とするすべての知恵を」

ジュヌヴィエーヴは寝台の端に腰をおろした。

蠟燭の光の中で、カルンシュタイン伯爵夫人が干からびているのがわかる。むきだしの腕は皮膚をかぶせただけの骨だ。

「伯爵がいちばんよくわきまえていますのよ」

「あなたの息子のことでお話があるの」

言いかけたジュヌヴィエーヴの言葉を、伯爵夫人は苦々しくきっぱりと否定した。

「わたしには息子などおりません。愚かな娘がひとりいただけ。わたしは役立たずですのよ」

エドウィンが興味深そうに近づいてきた。

「部屋の中に殿方がいますわね」伯爵夫人が盲いた目で室内を見まわした。

若いころのエセリンド・フィオンギュアラはとびきりの美人として有名で、その評判は数世紀にわたってつづいた。ジュヌヴィエーヴがおぼえている彼女は、成熟した彫像のような美女——年齢と威厳を身につけたカーミラだった。いま、そのエセリンドが老婆のようだ。

「わたしはエドウィン・ウィンスロップと申します、マダム」

「わたしの秘書よ」ジュヌヴィエーヴは説明した。

「秘書ですって！」伯爵夫人が鼻を鳴らした。「近頃ではそう呼ぶようになりましたの？　もちろん血の供給者《ブリーディング・ボーイ》ですわね」(bleedingには〝とんでもない〟の意味がある)

いかにもアイルランド人らしい言いぐさだ。

だがジュヌヴィエーヴは話題をそらさなかった。

「リアムとは何者なの？」

いらだちとともに、伯爵夫人の意識がそれる。

「マダムといっしょに旅をしている若者です」とエドウィン。「将軍は息子として紹介なさいましたが」

悪意とともに、伯爵夫人の意識が集中をとりもどした。

「あれは〝もの〟ですわ。鉢植えの植物のように種から育ちましたのよ。わたしの子ではありません。誰の子でもない。人造人間《ホムンクルス》、怪物《モンストルム》ですわ」

「それはちがう」誰かが言った。

カルンシュタイン家について、ひとつ言えることがある。ジュヌヴィエーヴにすら気づかれず、部屋に忍びこむことができるのだ。カーミラも音をたてなかった。器用で狡猾だった。それがこの血統の特色なのだ。

カルンシュタイン将軍が拳銃をかまえていた。ジュヌヴィエーヴの乏しい霊力を使わなくとも、銀の弾がこめられていることはわかる。

「かわいそうな妻を困らせないでくれたまえ」将軍が言った。「具合が悪いのだよ」

「具合が悪い、具合が悪いですって」彼女がさけんだ。「わたしの具合が悪いとおっしゃるのね。なぜ伯爵夫人の具合が悪いのか、その理由をたずねてごらんなさいな。何をしたか、たずねてごらんなさいな！」

家族のあいだに明らかな不和が生じている。

「将軍もわたしたちを撃ちたいわけではないでしょう」エドウィンが言った。「ミセス・グレグソンも、これ以上客から死者を出したくはないはずです。彼女の夜会《ソワレ》は危険だと噂がひろまりますからね。招待しても断られるようになります。ちょっとした屈辱ではありませんか」

カルンシュタインの微笑は、彼をいっそう非情に見せる。

「すでに殺人がおこなわれている。わたしの部屋に侵入者があったのだ、家族を守るのは正当防衛ではないか。おそらく、カー・パイ・メイを殺したのもきさまたちなのだろう」

「たしかに一理ありますがね。ここでミス・デュドネを排除すれば、あなたの推す候補者に推薦人がもうひとり必要になります。簡単ではないでしょうね。彼があなたの申請するとおりのものでないことに、ほかにも誰かが気づいたかもしれません」

「怪物ですわ」と伯爵夫人。

「ここでは由々しい告発に聞こえます」とエドウィン。「でも考えてみてください。ディッコン・ホッジやクレオ女王やデイヴィ・マインスター以上の怪物。むしろ称賛されるべきではありませんか」

「いったいどうやったの？」ジュヌヴィエーヴはたずねた。「リアムはカーミラなの？」

「あれはカーミラがなるべきはずだったものだ」将軍は頑固に主張した。「カルンシュタイン一族の息子だ」

「わたしは息子なんか産んでいませんわ」伯爵夫人はいまにも泣きさけばんばかりだ。

「黙れ、エセル」

「将軍、あなたもすべてを話したくてしかたがないのでしょう」とエドウィン。「驚くべきことを成し遂げながら誰もそのことを知らないなんて、腹立たしいではありませんか。だが自慢をするわけにもいかない。ではこうしましょう、わたしが手伝います。わたしもある程度の推察をしています。わたしの考えが正しければ、ただうなずいてください」

カルンシュタイン将軍が銃口をエドウィンにむけた。

「シュロス・アドラーでしょう」エドウィンの声は軽やかだ。「テン・ブリンケン教授。アルラウネの実験（H・H・エーヴェルス作『アルラウネ』Alraune（一九一一）において、テン・ブリンケンは死刑囚の精液を娼婦に人工授精してファム・ファタルの典型ともいうべきアルラウネをつくりだした）。さきほど奥方は、『鉢植えの植物のように種から育った』とおっしゃった」

カルンシュタインはいまにもエドウィンを撃ちそうだ。

「それには種が必要なはずです。頭ではなく。何を使ったのですか」

「心臓ですわ」伯爵夫人が答えた。「あの子の破れた心臓を使ったのよ！」

将軍は笑っている。エドウィンの言ったとおり、自慢したくてしかたがなかったのだ。

「このテン・ブリンケンというのは」エドウィンがジュヌヴィエーヴに説明した。「さきの不愉快な大戦のあいだ、ドラキュラお気に入りの錬金術師だった男です。わたしはフランスの空で、彼のビーカーから生まれた生き物たちに出くわしましたよ。あの男は怪物制作者《モンスター・メイカー》です。若きリアムはフォン・リヒトホーフェンの飛行隊より見た目はすぐれていますが、人間からははるかに遠ざかっています。テン・ブリンケン得意の手品ですね。ヴァンパイアと植物と鉱物をまぜあわせる。ジュネ、リアムはヴァンパイアでもないと言ったあなたは正しかったんです。正しいヴァンパイアではない。人というよりマンドレイクなんです。蕪も少しくらいまじっているかな。植物ヴァンパイアは何を吸うんでしょうね。樹液かな。カルンシュタイン将軍、あなたは本気で堆肥の山をドラキュラの玉座に据えられると思っているのですか」

「なぜ駄目なのだね」

手札がすべて明らかになったいま、カルンシュタインはふたりを殺すだろう。その時がせまっている。まずジュヌヴィエーヴがさきに撃たれる。何世紀ものあいだ、将軍は彼女を殺せる理由をさがしていた（彼はまさしく、女の知性について極端な見解をもっているのだ）。それに、もしさきにエドウィンを撃てば、銃のむきを変える前にジュヌヴィエーヴに襲われるだろう。

「衣装箪笥をあけろ」将軍が命じながら、銃をふって箪笥のドアを示した。

彼はよくある将校の典型で、わざわざ自分で死体を運んだりはしない。戦争中なら、即決処刑の前に囚人に自分の墓を掘らせるような輩だ。

「これかな？」

エドウィンが陽気にたずね、カルンシュタインがうなずく。

将軍の背後の扉がゆっくりとひらいた。伯爵夫人にはもちろん見えていない。たとえ視覚以外の鋭敏な知覚で何か起こりつつあると気づいていたとしても、彼女は口をつぐんでいた。ほかの誰よりも将軍に愛想をつかしているのだ。ジュヌヴィエーヴはいつも、あの家族にじっと耐えているエセリンドをえらいと思ったものだ。いまの彼女の姿を見るのはつらい。

エドウィンが衣装箪笥の把手を握り、ひっぱるようなそぶりをした。

「動かないな。この雨だ、湿気でゆがんでしまったんじゃないかな。なぜここが白徽館《ミルデュー・マナー》と呼ばれているか、よくわかるというものだ」

カルンシュタインは性急だった。牙がとびだす。ジュヌヴィエーヴの心臓を撃ち抜いてから、エドウィンで食餌をしようというのだろう。

将軍の背後にドレイヴォット軍曹が立った。ダニー・ドレイヴォットに対する見解を改めよう。古きよきドレイヴォット軍曹。彼には彼の役割がある。

エドウィンが衣装箪笥のドアをひっぱり、何かがどさりところがり落ちた。伯爵夫人をのぞく全員がはっと息をのんだ。

「どうしたの？　何がありましたの？」音を聞いて何かを察したのだろう、伯爵夫人がたずねる。

ドレイヴォットが将軍の銃をとりあげ、腕を首にまわして締めあげた。

カルンシュタインは怒り狂っているが、驚きのあまり抗議することもできずにいる。顔が赤く染まっていく。それもとうぜんだろう。

絨毯の上に、マリア・ザレスカ伯爵夫人が横たわっていた。矢が心臓を貫いている。

階段のほうが騒がしくなり、人々が部屋になだれこんできた。

「非常にまずい事態になりましたね、カルンシュタイン将軍」エドウィンが穏やかに言った。「なにか釈明することはありますか」

みじめに目を見ひらいて、カルンシュタインはかぶりをふった。

「そうでしょうね」とエドウィン。「軍曹、将軍に手錠をかけたまえ」

18　千の神々の迷路で

リディアがランプをもって先頭に立った。美しい髪をぶつけないよう身をかがめて、リアムがそのあとにつづく。最後がかたなを抜いたマウスだ。ランプが熱くなってきた。〈恐れ知らずの三人〉で謎を解くつもりなら、懐中電灯を買ったほうがいいかもしれない。

秘密の螺旋階段はミルデュー・マナーを下へとくだっていった。

しじゅう使われている通路なのだろう、蜘蛛の巣はない。ほかの部屋の衣装箪笥にもドアはあるのだろうか。アガサ伯母さまはこの館を買ったとき、秘密の通路があることを知っていたのだろうか。ＢＡＡが身を縮めて通路にはいり、よろよろと階段をおりているところなんて想像もできないけれど、伯母さまはただ虚弱なふりをしているだけだ。この通路を見つけて使っているのは、たぶんスポードだろう。でも、なんのために？

階段をおりはじめてからもう何年もたったような気がする。空気がじっとりと冷たくなってきた。

一階を、キッチンを、地下室を通りすぎて、さらにくだっていく。煉瓦が削った石壁になった。ところどころ岩に輪がとりつけられて、つかまれるようになっている。

階段は最終的に洞窟につながっていた。石筍が生え、鍾乳石がさがっている。どちらも杭のようにとがっている。壁の火架で松明が燃えている。誰が点したのだろう。こんなふうに水がにじみ、したたり、流れ落ちているのに、どうして消えずに燃えていられるのだろう。岩床はでこぼこで、縦横に溝が刻まれて水が流れている。リアムは靴を濡らしたくないようだったが、マウスが押して前に進ませた。

人声が聞こえた。教会のような、呪文を唱えるような声だ。この洞窟はかつて異教の神々の礼拝に使われていた。壁龕に気持ちの悪くなるような邪神像が立ったりすわったりうずくまったりしている。いくつかのとりわけ気持ちの悪い像は、個人収集家が買っていった。バフォメット（キリスト教における山羊の頭をもった悪魔。黒ミサを司る）とバアル（カナンをはじめとする古代オリエント世界で崇められた嵐と慈雨の神。聖書では邪神の代名詞ともされる）。ミスルン（歴史的背景不明。ニューマンがときどき異神の名としてとりあげている）とパズズ（アッカドの風と熱風を司る悪霊・メソポタミアの風の魔王。ウィリアム・フリードキン監督の映画『エクソシスト』The Exorcist（一九七三）では悪魔の名前として使われている）、シュマ＝ゴラス（マーベル・コミックス社に登場するクトゥルフ神話をモチーフとする邪神）とシュブ＝ニグラス（クトゥルフ神話に登場する豊穣の女神。ヨグ＝ソトースの妻）。アザル（イギリスのTVドラマ『ドクター・フー』Doctor Who（一九六三‐　）に登場する異星人。地球各地の神話に悪魔として記録される）とアザゼル（旧約聖書に登場する堕天使。もしくは悪魔）とアザトース（クトゥルフ神話における神・魔王・造物主）。アブラカダブラとアレヤコレヤとアダコウダ。彼らの神官は禁欲や慈善について説教することなく、信者の肺臓と肝臓をえぐって祭壇を飾る。邪悪な種族どもは祝祭日に裸でみだらな行為にふけり、キリスト教徒の尻の皮を剥いでつくったトムトム太鼓でラグタイムのリズムを打ち鳴らす。ロンドンからきた馬鹿者たちはいつだって地下通路にはいりこみ、古代の宗教をよみがえらせようとする――そうロッティが言っていた。前の持ち主は頭がいかれたやつらを締めだすため、丘の中腹にある洞窟の入口を鉄の門で閉ざした。メイティはほどよい賄賂をもらって、ときどき扉をあけてやっている。二度と地表にあらわれなかった者もいるから、もしかするとこのあたりにはまだ退化した悪魔崇拝者がさまよっているのかもしれない。

　リディアはランプの火を小さくした。こっちの存在を知られてはまずい。

〈恐れ知らずの三人〉は慎重に声のほうに近づいていった。

　ウェリントン（膝の上まであるゴム長靴）を履いてくればよかった。靴の中まで水がしみてきた。全身がふるえている。ヴァンパイアは濡れても寒くても苦にならない。冒険のためだ、リディアもささやかな不快感など我慢しなくては。心の中にリアムの存在が感じられる。もうずっといっしょにいる。

　不思議だ。幸せを手に入れて、あたしはほんとうに変わった。苦しいほどに。

　浅い水たまりのあいだの、何世代にもわたって異教徒のサンダルが行き来したため滑らかになった通路を進んでいく。つぶやきが大きくなる。この邪悪な行為にかかわっているのはスポードひとりだけではなさそうだ。

　前方の洞窟で火明かりが揺れている。マウスが剣で岩壁を示した。膝の高さに、背中の曲がった棒線画がならんでいる。古くさい不具者の群れが舞踏病の発作を起こしたかのように行列をつくっている。やっぱり黒幕は曲がり男だったのだ！　スマッジを思って心が痛んだ。スマッジは冒険なんかとはなんの縁もなく、両親とプレタティンに（ウェールズ北部デンビーシャーのリゾート地）取り残されている。リディアがこの週末だけでヴァンパイア・ロマンスを見つけ、しかも曲がり男と対決したのだ知ったら、歯噛みして悔しがるだろう！　このしるしは侵入者にたいする警告だろうか、それとも異教の信者への指示だろうか。曲がり男の群れはみな同じ方向をむいている。炎にむかっている。

　マウスとリディアは壁に身体を押しつけた。リアムはそんなごまかしを軽蔑するかのようにためらっていたが、やがてふたりにならった。リディアは身じろぎするついでに、少しだけ彼ににじりよった。ふたりのあいだに電気のような衝撃が走った。

騒がしい声の中から奇妙な言葉がひろえるようになってきた。

火の燃えている洞窟をそっとのぞいた。小さな礼拝堂ほどの広さの場所で、汚らわしい集会がおこなわれている。岩でできた座席がしだいに高くなって、天井までつづいている。きらめく丸天井は天然の岩で、蝙蝠の群れでもぶらさがれそうなほど高い。会衆の中にスポードがいた。修道僧のような防水加工のローブを着て、フードをはずしている。曲がり男団だ！　こんなところでひそかに集まるためには、たしかに防水加工の服が必要だ。リディアの知っている顔もいくつかあった。有色人種や中国人を嫌っている女中見習いのメイ……ザレスカ伯爵夫人の秘書イロナ……この教区の副牧師ハートレイ……召使のジョージ。ほかにも二、三人、見たことのない人がいるけれど、いかにもといった連中ばかりだ。全員が防水加工のローブを着ていて、胸にはそれぞれ異なる曲がり男の絵が描かれている。

火は安定して燃えつづけている。かなりの煙が会衆のほうに流れていくため、ローブ姿の陰謀団は咳をこらえ、目をこすっている。一段高くなった岩におかれた玉座のような椅子に、フードをかぶり、ローブを着た傴僂がすわっていた。彼の胸にだけは特別に、豚の絵が描かれている。男は先端の曲がった杖を握り、フードだけではなく白い仮面をつけている。曲がり男だ！

はっきりいって、あれなら誰だって曲がり男になれる。だがリディアは一瞬にしてその男の正体を悟った。頭のもたげ方。あの肩の形。

ミスタ・ホッジが曲がり男だったのだ！

スマッジはきっとがっかりするだろう。大好きな犯罪者のアイドルが……もっと……そう……〝魅力的な〟誰かではなく、不平ばかりこぼしている豚のような顔の客だったなんて。フードや仮面をはずそうとしないのも無理はない。

そして何よりも――リディアはいまやとびきりご機嫌だった。ほかの誰だって想像もしていないだろう。だけどリディアは、ミスタ・ホッジがほんとうは何者であるかに気づいたのだ。たったいま、わかった。

すごいや《クランペット》！　鳩の群れの中に猫がいる。ううん、猫じゃなくて、〝豚〟だ。

リアムに話さなくては。マウスにも。

ふり返ると、背後のトンネルにローブ姿の人影があった。遅れてやってきた者がいたのだ。マウスがかたなで切りかかったが、その男は防水ローブの下に鎧をつけていたため、剣は布地を切り裂いただけで、金属にあたって火花を散らした。そもそも大柄な男が、鎧とあわさって巨人のようにふくれあがって見える。曲がり男の戦士が籠手をつけたこぶしで殴りつけた。マウスの顔が血まみれになる。

いまこそリアムが助けてくれる！

リディアは彼が蜂鳥のようにすばやく、マウスを傷つけた悪漢をやっつけるのを待った。マグナス伯爵なら同じような状況で一度に五、六人の敵を倒し、そのあとで十人以上を相手に戦うはずだ。

けれどもリアムは無感動にただその場に立っているばかりだ。きっと、何かほかに計画があるのだろう。

不屈のマウスが曲がり男の戦士の咽喉に剣を突きつけた。男は籠手をつけた手首ではらいのけ、彼女の肩と腰をつかみ、頭よりも高くもちあげた。鎧がきしむ。マウスは兜に切りつけたが、壊れた鐘のような音がしただけだ。曲がり男の戦士がヴァンパイアの少女を高く掲げ、天井から一面に垂れさがる鍾乳石に押しつけた。マウスが血を流してのたうつ。逃れることはできず、幾本もの鍾乳石にくり返し突き刺され――。それでも肋骨を貫いた石はないから、致命傷ではないのだろう。いまやぼろぼろになった男のローブに血が雨と降りそそぎ、あらわになった鎧の上ではねる。兜にはエナメルで白い薔薇が描かれている。

そのとき、手がリディアをつかんだ。

19 混みあった部屋、そしてそこにいない者

クレオパトラはザレスカ伯爵夫人の亡骸をひと目見るなり悲鳴をあげ、ジュヌヴィエーヴの不快感をつのらせた。何世紀にもわたって――自己申告によれば――殺人と流血を楽しんできた長生者《エルダー》が、自分の仲間が殺されるととつぜん怯えだすのも奇妙な話ではないか。

「誰やらが年寄りのたわごとを真に受けたみたいだね」ヘルベルト・フォン・クロロックが言った。「マリアはしじゅう、永遠の生命という重荷がどれほどつらいかこぼしていたんだ。これでやっと解放されたね」

「これに関してはわたしはまったく無関係だからな」カルンシュタイン将軍が宣言した。

詐欺師のやり方だ。形勢が悪いと見ると大袈裟に威張り散らす。

「もちろんそうでしょうとも」エドウィンが言った。「将軍はただの人殺しなどというくだらない真似はしないでしょう……ああ、だけどあなたは、とても冷静にわたしとジュネを撃つと脅した。そして、死体《コルピ・デリクティ》の最高の隠し場所としてこの衣装箪笥を指示した。いかなる状況下でも、押し入れの中の死体はいささかの疑惑を呼び起こします。もっともあなたは、無事にやってのけられる可能性さえあれば喜んでふたりの人間を殺すと認めたんですから、〝十二人の善良な男と真実〟(陪審員を示す)もためらいなくあなたに銀のギロチンを約束するでしょう」

ジュヌヴィエーヴは膝をついて伯爵夫人を調べた。

脈や心拍がなく、息で鏡が曇らなくとも、それは真の死を絶対的に保証するものではない――とはいえ、それらは健康のしるしでもない。即時の腐敗がない場合、ジュヌヴィエーヴはバーツ(セント・バーソロミュー病院の愛称。ロンドン最古の病院)の若者たちが親指の法則と呼ぶものに頼ることにしている。眼球をそっと押さえるのだ。昏睡状態のヴァンパイアであろうと、それを受けてじっと横たわっていることはできない。ジュヌヴィエーヴはマリア・ザレスカのひらいたままの目に親指を押しつけた。反応はない。目蓋を閉じようとしたが、それには頑な抵抗があった。

伯爵夫人は死んでいる。だが腐敗してはいない。新鮮な死体を残すヴァンパイアもたまにいる。

彼女に突き刺さった矢は中世英国の弓兵が使うようなものだ。またしても十五世紀の殺人だ。パターンが見え

はじめた。矢柄には背中の曲った男の棒線画がいくつも刻まれている。名刺だろうか。ジュヌヴィエーヴとしてはカルンシュタインを弁護してやるつもりなど毛頭ないが、それでもこれは曲がり男のしわざだ。

将軍が曲がり男だとは思えない。疑いを自分からそらそうと企てているのでないかぎり。そしてカルンシュタインはそこまで狡猾な男ではない。

「侮辱だ」将軍が言った。「誰かがカルンシュタインを〈猫の王〉にさせまいとしているのだ」

「殺人が悪いことだと知るために、わざわざ人を殺す必要はないのよ」ジュヌヴィエーヴは言った。

「ジュネはかわいいリアムを推薦してたんじゃなかったっけ？」とヘルベルト。

たしかにそのとおりだ。

「支持を取り消すわ」

「それは真夜中の会合まで待ったほうがいい」マインスター男爵がむっとした声をあげた。「それが手順というものだ」

マインスターにしてみれば、候補者がひとりリングからおりたことになる。それでもあえて喜びを表には出さないようにしている。亡くなった伯爵夫人は、たしか同じ血統の従姉妹ではなかっただろうか。

「手続きには従わなくてはならないよね」ヘルベルトは楽しそうだ。「とりわけ、長生者《エルダー》がどんどん木みたいに切り倒されているんだから」

「木に近いヴァンパイアもいますよね」エドウィンが無造作に言葉をはさんだ。

「どういう意味なの？」とヘルベルト。

「最近の例について聞いていませんか」とエドウィン。「将軍は挿し木用の切り枝からご子息を育てそうですよ。堆肥の中でね」

「ああ、あれか！　うん、ほんものにしては美しすぎるよね」

ヘルベルトは上品にマニキュアした爪を軽く頬にあて、大袈裟に驚いてみせた。とんでもなく驚いてはいるものの、カルンシュタインの不快さをさらに深めるかのように、周囲の受けを狙った演技を忘れない。

「そのような中傷を聞く耳はもたぬ」将軍が言った。

「だったら耳栓でも買ったほうがいいですね」とエドウィン。「夜が明けるまでにもっと多くの中傷が投げつけられることになるでしょうから」

「この無骨な男にわたしから手を離すよう命じたまえ」ドレイヴォットのことだ。軍曹は将軍の両腕をとらえている。捕虜より優に一フィートは背が高いため、カルンシュタインがジンジャーブレッドマン（ジンジャーブレッドを人の形に焼きあげた菓子）であるかのように、いまにも頭に噛みつきそうだ。

　エドウィンの合図を受けてドレイヴォットが将軍を解放した。将軍はぶつぶつこぼしながら上着を整えなおしている。勲章がかちゃかちゃと音をたてた。

「館のあるじに苦情を申し立てるからな」

　エセリンド・カルンシュタインは顔をしかめているが、夫が邪険に扱われることをむしろ楽しんでいるようだ。

　寝室は人でいっぱいだった。証人は大勢いる。非難があふれている。クレオパトラは教授によりかかっている。ヘルベルトは皮肉っぽく、歯を食いしばって冷静さを維持するマインスターを観察している。クロフトはひどく静かで、床の上の女よりも生命が感じられない。

　ミセス・グレグソンがうさんくさい執事と虐げられた温血者《ウォーム》の女をともなって、しずしずと登場した。毛皮の飾りがついた黒い礼装に着替え、黒い鬘には絹でつくった緑の小さな蛇が巻きついている。

　すべての視線が伯爵夫人と将軍にむけられた。

「遅い晩餐の用意はひとり分減らしてくれてかまわないよ、メイティ」ヘルベルトが言った。

　クロフトは誰ともつるんでいない。候補者と縁を切ったのだろうか。ホッジがいまや王冠にむかってさえぎるものなく突っ走っているのだと思うと、あまり嬉しい気はしない。イロナ・ハーツィの姿もない。彼女は雇い主を失ったわけだが、悲嘆に暮れたりはしないだろう。すぐさま付き人《コンパニオン》としてつぎの職を確保するに決まっている。イロナはまさしく付き人《コンパニオン》むきの女なのだ。

　もうひとり、この場に見えない顔がある。

「将軍、リアムはどこ?」

　すべての虚勢が消失した。カルンシュタインの緑の目が狂おしい光を放った。

20　リアム、噛みつく

〈恐れ知らずの三人〉は狭い部屋に押しこめられた。曲がり男の地下の隠れ家ともなれば、火薬樽やライフルの箱や装甲した掘削マシンなんかがいっぱいにつまっているべきじゃないだろうか。なのにここはつくりつけの押し入れみたいだ。いくつもの茶箱がおいてある。ひとつだけ蓋があいていたのでのぞいてみたら、中には半分くらい白紙がつまっていった。近くには手回し輪転機が立っている。乾いた場所に曲がり男団の暗号で書かれた小冊子が積んである。

マウスのセーラー服は破れ、血だらけだった。意識はないけれど、傷は治りはじめている。顔はもうほとんどもとにもどって、磁器のような肌からかさぶたが剥がれ落ちていく。彼女は片隅でほんものの鼠のように丸くなっている。剣もナイフ――リディアが知らないものまでたくさんもっていた――もとりあげられてしまった。とても助けになる状態じゃない。

リアムは何を考えているのだろう。それでもリディアはたずねたくなかった。

彼は茶箱に腰かけてぼんやりと微笑している。危険を前にしても冷静で、自分の身を心配していない。

でも、マウスのことも心配していない。

リディアの友人を助けることだってできたはずなのに。きっとリアムは何かを知っているんだ。

曲がり男が――ミスタ・ホッジが信者たちへの演説を中断し、捕虜のところにやってきた。リディアのことは一瞥をくれただけで無視し、マウスのことはどうせすぐに死ぬと考えている。それでもリアムには興味をもったようだった。

「戦おうとしなかったとは利口な坊やだ」彼が言った。「おまえには何かある、カルンシュタイン。何か〝つねならざる〟ものがな。曲がったものだ。おれたちは優秀な〝曲がった男〟を必要としている。よかったらしばらくおれたちのところにいないか。まあ、よくなかったとしたって、いてもらうことになるがな。おまえを無駄に失いたくはない。渇いたらそこの小娘を間食につまんどきな」

曲がり男《クルック》が杖《クルック》のまっすぐなほうの先端でリディアを示した。

リアムは何にも関心を示さない。ホッジの声が聞こえていたとしても、ほとんど注意をはらっていない。自分の内側深くにこもって考えている。

リディアはまだ彼に〝推測したこと〟を話していなかった。いずれふさわしいときがくるだろう。脱出を果たしたら。もちろん脱出できるに決まっている。そうでなかったら、リアムがあたしたちをむざむざつかまえさせたりするはずがない。もちろん彼はこの牢獄から抜けだす方法を知っているんだ。

曲がり男は捕虜の見張りにふたりの信者を残し――リディアの知らない顔だ――どんな用事を抱えているのかいそいで去っていった。洞窟の中をずるずる歩きまわっているせいだろう、ローブの裾が汚れている。ゆがんだ背骨をごまかそうとするかのように、杖によりかかっている。そういえばホッジの頭は、奇妙にぐらぐらしていたっけ。

リディアはリアムに視線をむけた。なんだか痩せたみたいだ。人が痩せるようにではなく、絵の具を水で溶いたみたいに薄くなった。だけど透明になれるのなら――それよりもっといいのは非実体化できることだけれど。そうしたら簡単にこの苦境からあたしたちを連れだせる。でもそうじゃないみたいだ。どうしてだか、前より弱くなったみたいで。〝存在〟そのものが薄れている。

そのときリディアは気づいた。ホッジが言ったじゃないか。リアムはずっと食餌をしていない。リディアと会ってから、彼女の気持ちを考えてずっと我慢していた……愛が波のように押しよせて彼女を圧倒した。それから、痛み。

我慢なんかする必要はなかったのに。彼が我慢していることに、リディアが気づいてやめさせるべきだったのだ。もしリアムが全力で戦えたら、マウスが傷つくこともなかった。三人が捕まることなんてなかった。

霊的な絆が合図を見逃していたのだ。

いま、リディアは自分が何をなすべきか知っている。この身を捧げるのだ。

侮蔑とともにリアムのもとにリディアを残していったのは曲がり男のミスだった。『そこの小娘を間食につまんどきな』と彼は言った。〝間食につまむ！〟あいつはリディアが喜んで血をさしだすだろうことを、リディアが〈あたしのヴァンパイア〉に戦いつづける勇気を与えるだろうことを、知らなかったのだ。ミスタ・リチャード・ホッジは必ずそれを後悔する。豚野郎《ディック・ザ・ホッグ》が！

リディアは襟をゆるめ、シャツの一番上のボタンをはずした。鼓動がはやまり、顔が赤くなるのかわかる。頸静脈がどくどく脈打っている。

「リアム。あたしの……」

彼は反応しない。深く沈みこんでいる。

何かひっかくものはないだろうか。彼の関心を惹かなくてはならない。茶箱の錆びた釘は——やめておこう。破傷風になるのはいやだ。木片は？　駄目だ。

リアムの隣にすわり、彼の手をとった。冷たくはないけれど、しなやかで、妙な感じだ。その手を胸にあて、それから爪を自分の咽喉に導いた。長く鋭いこの爪ならうまくやってくれるだろう。

潤んだ緑の瞳をのぞきこんだ。

いまこそ全生涯をかけて待ち望んだ瞬間だ。すべてがひとつにまじわる瞬間。

曲がり男の部下たちはあえて無視した。じっと見てはいるけれど、何ひとつ理解できるわけがない。

リアムの美しいくちびるがひらいた。のぞいた歯が鋭くなって、準備を整えている。

「いいのよ、リアム。あたしは傷ついたりしないから」

全身が剃刀のような口づけを待ち焦がれている。あたしはもう大人の女なんだから、このヴァンパイアが何を望んでいるかちゃんと知っている。大人の女なんだから、自分が何を望んでいるか、何を必要としているかだって
……


「さあ、噛んで。あたしのアンピオン」

リアムの目が彼女を見つめた。彼の全存在が彼女とむきあっている。全身に鳥肌がたつ。それから彼の視線がむきを変え、リディアを離れて暗い部屋の隅に、マウスにむけられた。

マウス！

彼がリディアの咽喉に近づいてくる。顔が首筋に押しつけられる。湿った舌が肌に触れる。ぞくぞくする。

そして彼は身をひいた。濡れた首筋が冷たくなった。

「幼すぎる」リアムが言った。「年齢が足りない」

そして立ちあがった。いかにもヴァンパイアらしいすばやい動きだ。彼の体重がなくなったために茶箱が倒れ、リディアは背中から床に落ちた。彼は虫が飛ぶように部屋を横切ると、眠っているマウスの匂いを嗅いで襲いかかった。彼女がわずかに身じろぎした。

「年齢だ」とリアム。「たっぷりの年齢」

リアムの両手に口がひらいた。緑の歯に縁取られている。彼は両手をマウスの服の裂け目にすべりこませ、肌に押しつけた。ヴァンパイアの血が流れこむ。こわい髪が山荒の棘のように突っ立ち、電気がぱちぱちとはじける。鳥の濡れ羽色だったマウスの髪に雪の白がまじりはじめた。

皿の上におきっぱなしにされていたリンゴのように、彼女の顔がしなびていく。腕と脚が縮み、曲がる。そしてリアムはふっくらと、存在感を増していく。見張りの片方が幾度かおぞましい悪態をついた。もうひとりが「これは曲がり男さまにお知らせしなくては！」とさけんでとびだしていった。

熱い涙があふれた。こんな……こんな裏切りが、こんな卑劣さが、こんな酷《むご》さが！

〈恐れ知らずの三人〉はばらばらになってしまった。自分はいったいどうして彼らと……ヴァンパイアと、友達になれるなんて考えたんだろう！

マウスが目をあけた。年老いた目だ。子供のようなパニックに襲われて弱々しい泣き声をあげている。小さな長生者《エルダー》は懸命にあがいているが、いまや力は失われ、老いが全身をむしばんでいる。リアムが彼女の力を吸いとったのだ。小さなこぶしがむなしく彼の胸をたたく。

リアムは彼女を殺さなかった。殺す以上に残酷なしうちだ。

彼の手が――吸盤のような口をもった手のひらが離れたとき、マウスの身体にはかろうじて生命をとどめておくだけの力しか残されていなかった。リアムの接触によって、マウスの身体はぼろぼろになってしまっていた。

リアムが立ちあがった。

緑の目が室内を見まわす。彼はいまや警戒心にあふれ、動きも機敏だ。リディアに目をむけたが、茶箱や印刷機械や紙の箱ほどの関心しか示さない。彼にとってはすべてが〝もの〟にすぎないのだ。

リアムが歩みよると、見張りは恐怖にかられてあとずさった。リアムが両手をもちあげる。口は閉ざされて見えなくなっているが、電気を帯びているかのように手の縁がぱちぱち音をたてている。マウスから盗んだ〝生命力〟があふれているのだ。

見張りが逃げだした。リアムは悠然とそのあとを追っていく。

リディアの脇を通ったが、一瞥もくれない。どうしよう、ついていこうか。ここから逃げだすだけのためにも。

心が死んでしまった。あたしはけっしてヴァンパイアにはならない。いまだってただの歩く死人だ。何も考えず、ただリアムのあとについていこう。その行為に何か意味があるわけじゃない。意味なんかもうどこにも見出せない。

部屋の隅でしわがれた声があがった。

「ニ……」

マウスだ。千年も使って乾ききった咽喉からひとつの名前を絞りだそうとしている。

「ニオベ……」

リアムが去っていく。

リディアも倉庫の外に出た。

「ニオベ、助けて……」

心の中の釣り針がぐいとひっぱられた。そしてリディアは引き返した。マウスの——真の友のもとへ。

21　思いがけない事実

シーツをかぶせたザレスカ伯爵夫人を残して、一行はふたたび客間に集まった。ミセス・グレグソンが女中に命じて血のアペリティフを配らせた。巨大な暖炉で湿った丸太が燃えようとがんばっている。ジュヌヴィエーヴはこれまでさまざまなアパートで暮らしてきたが、そのほとんどはこの暖炉ほどの広さしかなかった。炉棚には堂々とサミアド（イーディス・ネズビット『砂の妖精』Five Children and It（一九〇二）に出てくる妖精）が寝そべり、その腹に埋めこまれた模造金箔《オルモル》の不細工な時計が、奇妙な音をたてながら真夜中にむかう時間を刻んでいる。（数を減らした）長生者《エルダー》ヴァンパイアの秘密会議《コンクラーヴェ》。つぎの会合は、魔女の時間《まよなか》にひらかれる。

ジュヌヴィエーヴは頭数をかぞえた。リアム・カルンシュタインはいない。ほかには、ミスタ・ホッジも、ロドリック・スポードも、イロナも、きゅうけつ・しょうじよもいない……。それにさっきまでは、不機嫌そうな顔のずんぐりした温血者《ウォーム》の女の子がうろうろしていたのではなかったか。なぜこの館にあんな少女がいるのかは、まったくわからなかったけれども。

全員が腰をおろし、もしくはぼんやりと立っている。ミルデュー・マナーには山ほどの家具があるが、どれも時代がばらばらで統一性がないうえ、ろくに修理もされていない。

「怪物《モンストルム》は下ですわ」長椅子に落ち着いたエセリンド・カルンシュタインが言った。

どうしても必要だといって、冷湿布をひたいにあてている。

「なんだって？　どこにいるだと？」彼女の夫がたずねた。

「館の下ですわ。わたしには感じられますの。動いていますわ。わたしはいつも感じていますのよ。あれの中にはずいぶん多くのわたしがあるのですもの」

エセリンドは〝カーミラがなったもの〟との関わりを否定したがっているのではなかったのか。そこでジュヌヴィエーヴは気がついた。リアムは文字どおり、母親から〝多くのもの〟を奪いとっているのだ。

「リアムはあなたで食餌をしているのね」ジュヌヴィエーヴは言った。「だからあなたは……」

「歳をとった？　そのとおりですわ」

ほかの者たちもそくざに理解した。マインスター、クレオパトラ、ヘルベルト、クロフト。彼らのような生き物はめったに不安をおぼえることがない。だがその概念は屈辱であり——真剣に受けとめるべき脅威だった。捕食者として生きてきた彼らは、獲物として扱われることを侮辱と考えて怒りを燃やす。

リアムは温血者《ウォーム》の血では生きることができない。自然が与えた寿命を超えて生きてきた者たちから盗むことによってのみ、若さを維持しているのだ。

彼はヴァンパイアのヴァンパイアだった。

エドウィンもすぐさますべてを理解した。以前から予想していたのだろうか。

「そいつは……ぞっとするな」マインスターが言った。

「何を言っているのさ」とヘルベルト。「きみだって自分の母上の血を吸ったじゃないか。実際のところ……」

「それはちがう。母は温血者《ウォーム》だった」

カルパティア近衛隊の噂によると、マインスターは自分の母を転化させたのだそうだ。母のいない不死に耐えられなかったからであるが、結局ふたりはうまくやっていくことができなかった。母は彼を鎖につないだという。マインスター伯爵夫人は恵み深き息子から闇の口づけを受けて以後、長く生きることはできなかった。

ともあれそういうわけで、リアムは長生者《エルダー》ヴァンパイアにとって危険な存在なのだ。だがそれはどのようにおこなわれるのだろう。あたりまえに血を吸うのではなさそうだ。ジュヌヴィエーヴはリアムの前で自分が弱くなるのを感じながら、それをあふれる魅了の力のせいにしてしまった。いま、彼女は理解した。カーミラは単なる歩く食虫蘭ではなかった。そして、海綿《スポンジ》として生まれ変わったのだ。

「モンシュターですか」ベイ教授が分析した。「恐怖の中の恐怖でしね」

私刑の雰囲気が高まってきた。名誉にかけて、この連中に無意味な魔女狩りをさせてはならない。

「リアムが何であるかはべつとして」ジュヌヴィエーヴは言った。「伯爵夫人やカーを殺したのは彼ではないわ」

マリヤ・ザレスカは死んだあとも、この百年と変わらぬ容貌を保っていた。大僧正はごくふつうに腐敗した。もしリアムに血を吸われていたら、このふたりも彼の母と同じように、ひどく年老い衰弱しながらも真の死を迎えることはなかっただろう。彼女にわかるかぎりでは、リアムに若さを盗まれても生命にかかわることはない。くり返し生気を奪われたエセリンドも年相応の姿になっただけだ。

「わたしたちの中にいまだ殺人者がいるということですよ」エドウィンが言った。「なんということでしょうねえ」

全員がゆっくりと時間をかけて、全員を疑いの視線でながめた。ミセス・グレグソンだけは例外で、自分の所有する館ですべての者がスケジュールどおりに行動することを期待している。

「ホッジだな」ケイレブ・クロフトが言った。

全員が彼にむきなおった。ミセス・グレグソンまでもがだ。

「あの男は身が軽い」クロフトが説明した。「明かりが消えたとき、やつは想像以上にすばやく動いた。そしてわたしたち全員がいる前で大僧正を殺した。わたしはそれに気づいたが、見えてはいなかった」

「なぜとめようとしなかったのだね」カルンシュタイン将軍が非難する。

「将軍は奥方の血を吸うご子息をとめようとしたのか」

将軍とミスタ・クロフトはふたりともにパーティに怪物を連れこみ、コントロールに失敗したのだ。

「どうやって杖を部屋にもちこんだのでしょう」エドウィンがたずねた。

「わからんね」とクロフト。「自分でやつにたずねたまえ」

「ホッジが曲がり男なの?」ジュヌヴィエーヴはたず

ねた。

　クロフトが肩をすくめる。

「どうやらそのようだ」

「そして、いまになってようやくその情報を公開するわけなの？」

　クロフトはまた肩をすくめた。

「ミスタ・ホッジは……協力関係において……あまり積極的では……その……」

「あなたとルスヴン卿に対してあまり協力的ではなかった、と」エドウィンが促す。

長生者《エルダー》ヴァンパイアの世界において影の実力者《エミナンス・グリーズ》である彼が、曲がり男に騙され利用されたとは。いかにも滑稽な話だ。

「矢に描かれたしるしはどういう意味でしょう」エドウィンがたずねた。「小さな曲がり男の行列は何かのメッセージですか。それともただの示威行為でしょうか」

　クロフトが当惑を浮かべる。

　エドウィンは手帳をとりだしてページをめくり、写しとった暗号を見せた。クロフトが肩をすくめる。

「きみさあ、ほんとうは彼女の秘書なんかじゃないよね」ヘルベルトが言った。

　エドウィンは微笑した。

「ディオゲネス・クラブからきた男だ」クロフトが答えた。

「そしてあなたは秘密警察ですよね」エドウィンが言い返す。

　クロフトはいつものように、いまにも誰かを殺しそうな顔をしている。この瞬間、それにもっともふさわしい候補者はエドウィン・ウィンスロップだ。ドレイヴォット軍曹がわずかに身じろぎし、灰色の男に自分がこの場にいることを思いださせた。クロフトはおとなしく、突きだした牙の上で死者のくちびるを閉ざした。

「誰かほかにも隠していた素性を打ち明けたい人はいる？」ヘルベルトがたずねた。「ぼくはいつも言っているとおりのぼくそのままだよ。警官なんかじゃ――秘密のでも、おおやけのでも、ない。ぼくはほんとうに、何ものでもないんだ」

「それはそれは何より重畳」とクロフト。

「クロフト」マインスターがたずねた。「ではホッジの支持はひきさげるのだな」

　男爵はまだこのゲームをつづけるつもりでいるようだ。

「問題は〈猫の王〉などではない」とクロフト。「くだらぬ称号だ、もちろん……」

　マインスターはその言いぐさに腹を立てた。彼とミセス・グレグソンは、おそらくふたりだけだろうが、その称号を真剣に受けとめているのだ。

「問題は王といっても……」

そのとき、ふたたび照明が消えた。

明るくなったとき、クロフトの姿はなかった。さっきまで彼が立っていた絨毯をひっかいて、曲がり男の棒線画が描かれている。

「慈悲深きミトラ神よ（ペルシア神話の光と真理の神、のちに太陽神）」ヘルベルトが言った。「また、これか。いやになるね」

22 真夜中の宴

マウスを助けられる薬はたったひとつしかなく、リディアの血管には充分なだけのそれがなかった。リアムがあまりにも多くを奪っていったからだ。マウスをもとにもどすには血の川が必要だ。

現実的な解決策を見つけなきゃ。

リディアは「火事だ」とさけんだ。洞窟の中で、彼女の声が忘れられた千の神々の祭壇に反響する。スマッジの話だけれど、襲われたときは「助けて！」ではなく「火事だ！」と声をあげるよう〈ポリス・ガゼット〉（英国の一七七二年創刊新聞。）は忠告しているという。人はふつう火事場にむかって走る。だが助けを求める声は無視する。

さけびつづけた。

曲がり男の部下が、ローブにつまずきそうになりながら走ってきた。逃げだした見張りも、マウスのかたなをもってもどってきた——握り方が間違っているけれど。ほかの者たちもそれぞれ、中世風ヴァンパイア退治の道具を携えている。リディアは倉庫にひっこみ、洞窟の壁に貼りついた。

修道士のローブを着た曲がり男の部下が四人、とびこんできた。

男たちがぶつかる。臆病な見張りが倒れて、盗んだ剣を落とした。危険を前にして心臓が早鐘を打つ。リディアは刃の下に爪先をいれ、それが猛毒コブラであるかのようにふるえながら、男の手の届かないところへ蹴りとばした。

そのときマウスが見張りにとびつき、ローブの中をさぐった。白髪の小さな猿のようだけれど、長い爪と牙をもっている。食いつき、嚙み裂いた。男が悲鳴をあげる。悲鳴がやんだ。血を吸う音が聞こえる。目にはいってくるのは混沌と惨状ばかりだ。友の食餌風景は上品な美しいものではなかった。

曲がり男団のひとり――召使のジョージだ――が、腰のロープにさげた鞘からナイフを抜いた。マウスは威嚇の音をたてながらそれをとりあげ、男を切り裂いた。血が降りそそぐ。

マウスはいまや粘つく赤にまみれている。常軌を逸した荒々しいもの――さっき目にした光景よりさらにおぞましい。

リディアは壁を見つめた。


悲鳴は長くつづかなかった。だが食餌はいつまでも終わらない。

もう自分が何を感じているかもわからなかった。あの男たちは悪いやつだ。曲がり男が命じたら、ためらうことなく彼女やマウスを殺しただろう。友には川ほどの血が必要だった。だからこれでいいんだ。

マダム・グリンの本には、ヴァンパイアの食餌の〝音〟についてはひと言も書かれていなかった。

においのこともだ。レディ・ダイアナの「甘く香る血のしたたり」や、それが「どれほどマグナス伯爵の暗い情熱をかきたてた」かという描写はあった。だけど血は甘く香ったりしない。熱した銅とごみのにおいだ。血はしたたるだけじゃない。ほとばしる。あふれでる。ヴァンパイアの歯と爪は、ミルク皿のクリームを舐めとるように皮膚の表面に血をにじませるだけじゃない。マウスは曲がり男の部下たちからどろどろねばねばしたぞっとするようなものをひっぱりだしている。

リディアがふり返ったとき、マウスは真っ赤な汚物にまみれていた。

友の足もとに曲がり男の部下四人が倒れている。召使のジョージ、副牧師のハートレイ、そして知らない男がふたり。彼らはいまやほんとうに曲がっていた。背中があり得ない方向にねじれ、首が折れて咽喉がむきだしになっている。マウスは剣と短剣をとりもどしているけれど、どちらもぜんぜん汚れていない。彼女はこのすべてを、自分の手と口でやってのけたのだ。

マウスの顔と両腕はまたふつうにもどっていた。彼女にとってのふつう。子供の顔と腕だ。だけど髪だけは衝撃を受けたときのまま真っ白だ。リアムはマウスが二度ととりもどすことのできない何かを奪っていったのだ。

「ここは危険だ」剣を鞘におさめながらマウスが言った。

リディアも同感だった。

マウスがリディアの腕をつかんでぎゅっと握った。ものすごくいやなもののにおいがする。

「ありがとう、ニオベ。あなたは生命の恩人だ」

「どうってことない」リディアは穏やかに答えた。「寮の名誉の問題だもの。マウスだってあたしのために同じことをしてくれるでしょ」

マウスがすばやく、彼女の頬にべとべとのくちびるを押しつけた。

「お馬鹿さん」とリディア。

マウスは自分がリディアの顔に残した汚れに気がついた。

「わたしはどんなふうに見える？　ひどい格好なのだろうか」

「どうしようもないくらいひどいわね」

「まったくもう！」

ふたりは洞窟を駆け抜けていった。リディアはマウスにリードをまかせた。あまり壁にはぶつからなかった。驚くほど音も聞こえてこない。地下に残った曲がり男団は、マウスが食いつくした四人だけだったのだろうか。残りの連中はどこにいるのだろう。そしてリアムは――〝怪物〟リアムは、いま何をしているのだろう。彼も外のどこかにいるはずだ。

〈あたしのヴァンパイア〉に対する熱は完全に冷めてしまった。リアムはサボテンほどにも誰かを愛することなどできやしないのだ。リディアが考えていたようなヴァンパイアじゃなかった。彼はマウスに心の交流を求めたんじゃない。自分勝手に渇きを癒しただけだ。友情をぶちこわす行為、許しがたい恥辱だ。もし月曜日まで生きていられたら、〈黒い炎〉の定期購読をキャンセルして、あなたの雑誌はヴァンパイア一般について、とりわけヴァンパイアの美男子について、誤った見解を無責任にひろめていると、ミス・カーロッタ・フランシスに丁寧な手紙を書こう。

深い池があり川が流れている大きな洞窟にやってきた。

「手伝ってくれないか、血を洗い落とす」マウスが言った。「肉屋の乱痴気騒ぎみたいな格好で歩きまわるわけにはいかない」

23　豚のもとで

「秘密のドアがあるはずだ」

エドウィンが言いながら、木の羽目板をたたいた。どこもかしこもうつろな音がする。

「曲がり男《クルック》はさっきの話を聞いていたんですよ」

「クルックとはなんだ」何人かがたずねた。

「曲がり男《クルック》ですよ。気をつけて」

ジュヌヴィエーヴはケイレブ・クロフトがどこに行ったか、彼の身に何が起こったかよりも、さっき彼が言いかけた言葉のほうに気をとられていた。曲がり男がクロフトを黙らせたというのなら、彼の善行リストにひとつくらいチェックをつけてやってもいい。

「問題は王といっても……」

そう……〈猫の王〉ではない。カイバー銃隊の王（セポイの反乱を扱ったタルボット・マンディ King of the Khyber Rifles（一九一六）およびそれを原作とした映画、ヘンリー・キング監督、タイロン・パワー主演『壮烈カイバー銃隊』King of the Khyber Rifles（一九五三）より）？　ジャズの王（アメリカのジャズバンド指揮者ポール・ホワイトマン（一八九〇‐一九六七）の愛称）？　スペードの王（南北戦争時代のアメリカの軍人ロバート・リー（一八〇七‐一八七〇）の愛称）？　カルパティアの王？

明らかな答えがひとつだけある。

……夜のあいだじゅうずっと心の奥にひっかかっていた小さな小さな思考がすとんと落ちた。

ホッジは一四八五年に転化した。

あの年には何があった？

そう、フランスとブルターニュのあいだで〈狂った戦争〉（「戦争なんてみんな狂っているでしょう？」と言いたいのは彼女ひとりではないはずだ）として歴史に知られるとりわけ無益だった争いがあり、彼女は看護婦として戦場をさまよっていた（ブルターニュ公フランソワ二世とフランス王シャルル八世の対立によって引き起こされた。〈道化戦争〉ともいう）。〝フランスでもっとも愚かでない女〟（ついでながら、ハンカチーフというものを普及させた人だ）アンヌ・ド・ボージューの摂政政治のもと、フランスは遠い公国で君主になろうともくろむ男たちが引き起こす陰謀や暴動や駆け引きに翻弄された。そして〈狂った戦争〉である。

フランスの外では……ハンガリーのマーチャーシュはフリードリヒ三世からウィーンを奪ってみずからの都となし……スペインの異端審問官ペドロ・デ・アルブエスは、伝えられるところによるとユダヤ人によって、暗殺された。何世紀にもわたるあまりにもはなはだしい迫害に対する正当な報復であるという。

そして英国では、リチャード三世がボズワースの戦いに敗れている（ヨーク家の国王リチャード三世とランカスター家のリッチモンド伯ヘンリー・テューダーによる戦い。リチャードの戦死、ヘンリー七世の戴冠により薔薇戦争が終結する）。

「ホッジが何者かわかったわ」ジュヌヴィエーヴは言った。

「曲がり男でしょう」とエドウィン。「そんなことはわかっていますよ」

「ただの曲がり男ではないわ。〝背中の曲った男〟よ」

エドウィンが壁をたたく手をとめ、彼女に目をむけた。部屋じゅうの者が彼女を見つめている。

「名前にもはいっているわ。豚《ホッグ》よ。グロスター公の紋章は白い猪。リチャード三世になってからの取り巻きはケイツビーとラトクリフ、そして狼を紋章とするフランシス・ラヴェル。『猫と鼠と犬のラヴェルが……豚のもとで全イングランドを統治する』」（エドワード四世の家臣ウィリアム・コリンボーンが書いた詩。セント・ポール大聖堂の扉に貼ってリチャード三世を批判した。ケイツビーの猫、ラトクリフの鼠、ラヴェルの犬（狼）と、それぞれの紋章をならべたうえで、リチャードの白い猪を豚と表現して嘲笑している）

「その娘は何を言っているのだえ」ミセス・グレグソンがたずねる。

「シェイクスピアだよ、頼もしいやつ《メ・ブラーヴ》（シェイクスピア『リチャード三世』Richard III 一幕三場。フランス語訳より、リチャードの台詞）」ヘルベルトが言って、炉棚にもたれてポーズをとった。「ぼくはいつだって舞台に立ちたいと思っているんだ。ぼくの脚はタイツが似合うと思わない?」

「リチャード三世が長生者《エルダー》ヴァンパイアだというんですか」エドウィンがたずねる。

「そういえば、あいつ、以前父上がひらいた舞踏会にきたことがあったよ」ヘルベルトが言った。「どこで会ったんだったか、この週末じゅうずっと気になっていたんだ。ダンスをするっていっても、カーペットにつまずいてばかりだったけれどね」

「ふん」ミセス・グレグソンが鼻を鳴らした。「それで、おまえは何を話そうとしていたのだえ」

「つまりあの男は王に……イングランドの王になろうとしているのよ」ジュヌヴィエーヴはクロフトが言いかけた言葉を補完した。「グレートブリテン連合王国……あの条約でアイルランドはどうなっていたのだったかしら。とにかく。リチャード三世は玉座をとりもどそうとしているのだわ」

ぞっとするような音がきしりをあげ、暖炉の火格子のうしろで石の扉がひらいた。炎の光をドラマチックに浴びて、ホッジが立っていた。赤いローブの上に白い豚を描いたタバードをつけ、杖によりかかっている。彼は部下をひき連れていた。その中に、スポードと――イロナ・ハーツィがいるのを見てもさほど驚きはしなかった。咽喉から血を流したケイレブ・クロフトが、鎧を着た巨漢にひきずられている。

「なぜそれがいけないんだね、嬢ちゃん」ホッジが言った。「おれは最後の英国人のイングランド王だ。おれのあとといえば、異国の私生児(ウェールズ生まれのヘンリー七世のことか)、男娼野郎(妻を六人も取り替えたヘンリー八世のことか)、くそ餓鬼(九歳で即位したエドワード六世のことか)、鬼婆(血まみれメアリと異名をとったメアリ一世およびそのあとのエリザベス一世のことか)、狂人やら庶出のごろつきどもばかりだ。ウェールズのチューダー、スコットランドのスチュアート、陰険なオランダ人(スチュアート王朝ではあるがオランダ総督からイングランド王となったウィリアム三世を示すと思われる)、でぶのドイツ人(スチュアート朝のあと王座についたハノーヴァー朝を示す)。そしてくそったれなドラキュラ伯爵ときたもんだ。おれの国にはおれが必要なんだ!」

ホッジは火をよけて、足をひきずりながら部屋の中にはいってきた。ヴァンパイアに転化してのち、彼はみずから背中を折って嵌めなおし、不充分ながら温血者《ウォーム》時代の不具合を修正していた。だが昔の癖を完全に消すことはできていない。なるほどまっすぐに立ってはいる。だが気を抜くと、どうしても足をひきずってしまうのだ(リチャード三世は脊椎側彎症で跛だったといわれている)。

女中のひとりが随行に加わって、顔に白い薔薇の絵を描いている(リチャード三世のヨーク家の紋章は白薔薇。敵対するランカスター家の紋章が赤薔薇であったことから、薔薇戦争の名前の由来となった)。王は四人の家臣を従えていた。ふたり(スポードと女中）はあきらかに温血者《ウォーム》で、ひとりは明らかにヴァンパイア（イロナ）だ。鎧を着た男はどちらともわからない。あの男は〝筋肉〟と分類しておくことにしよう。

「どうしてわざわざ〈猫の王〉なんて茶番をしたの？」ジュヌヴィエーヴはたずねた。

「笑わせるなよ」ホッジが嘲笑した。「おれは血まみれにゃんこの王なんかどうでもよかったんだ。誰でもいい、外国からきた馬鹿者に名のらせてやる。マインスター、おまえさんはほかと比べてべつに悪くもよくもない。よし、おまえに王冠をやろう。そのかわり、ちいとばかしお返しがほしい。おまえさんたち——外国の血まみれヴァンパイアども全員、イングランドから出ていってくれ。そのあいだに、おれはおれの国を征服する。そう、そしてあのくそったれなウェールズだ。あんな場所は破壊しつくしてやる！　男声合唱団とラグビー・フォワードの、血を飲み尽くした死体で炭鉱を埋めてやる」（ウェールズの男声合唱団は世界的に有名。ラグビーは国民的スポーツとされている）

「英国にはもう王さまがいるんじゃなかったっけ？」とヘルベルト。「エドワードとか、ジョージとか、そういった名前の」

「尻でソーセージを食うような野郎さ。おれにとっちゃくそだ。イングランドにとってもくそだ」

ディオゲネス・クラブですら気づいていなかったが、曲がり男団は野心をたぎらせる陰謀団——プランタジネット朝（ヘンリー二世からはじまる王朝。ランカスター家とリチャード三世のヨーク家もこの一族にふくまれる）の再興と封建制度の復活を目指す政治運動だったのだ。曲がり男団は〝異国人統治者〟による社会的搾取の脅威をプロパガンダとしてくり返し説いている。ジュヌヴィエーヴはそれをドラキュラに対する怒りの名残と見ていたのだが、ホッジはどうやらヴィクトリアとその後継者たちをも、串刺し公ヴラド同様のよそ者と見なしているらしい。

「あなたを転化させたのは誰なの？」ジュヌヴィエーヴはたずねた。

「なんだよそれは、二十の質問か。名前に意味があるってんなら教えてやるが、グレゴリー・フォン・バイエルンだよ。ボズワースでいっしょに戦ったんだ。ドイツ人傭兵のヴァンパイアさ。血を流して倒れてるおれのところにやってきた。知ってるだろう。『馬だ、馬をよこせ、かわりに王国なんとかかんとか……』（シェイクスピア『リチャード三世』Richard III 第五幕第四場リチャードの台詞）。あの芝居は嫌いだ。ぜんぶ嘘っぱちだからな。まあ、ほとんどが嘘っぱちだ。フォン・バイエルンは馬をもってきてはくれなかったが、おれの血を吸って、おれに血をいれやがった。いまもきっとそこいらをうろついてるんだろう」

「その男なら知っている」カルンシュタイン将軍が言った。「グレゴリー・フォン・バイエルンは大戦中にドラキュラの幕僚のひとりだった」

「おれはやつに感謝なんかしてねえからな。転化したおれをそのまま放りだして、ずらかりやがった。おかげでおれは自分でやってかなきゃならなかったんだ。あのころは、死者からよみがえって自分の土地と称号を維持しようとしたら、聖職についてる間抜けどもが漏れなく鎌と杭をもって押しかけてきやがるんだよ。おれが何百年もさすらってるあいだに、ホモ野郎やら娼婦のガキやらごろつきどもが、おれのものであるはずの王国をずたぼろにしやがった。なんも言えやしねえ。もう終わりだ」

「言わせてもらえれば、われわれはあなたなしでも立派に帝国を運営してきましたよ」エドウィンが指摘する。

「おれがいたらもっとべらぼうにすげえ帝国が見られただろうさ」リチャードは断言した。

「褒むべき《ウィバート》かな、褒むべき《ウィバート》かな……リチャード《リカルドゥス》」ミセス・グレグソンが声高に唱え、きしませながら膝をつき、リチャードの杖に口づけした。

館の女あるじははじめから関わっていたのだろうか。いや、そうではない。彼女はたったいま、ヨーク派に転向したのだ。

客間の中にはほかに家臣になりそうな者はいない。リチャードはきっと、アンヌ・ド・ボージューがチューダー家のヘンリーに加勢するためボズワースに軍を送りこんだことをいまだ恨みに思っていて、フランスには利子をつけて報復しなくてはならないと考えているだろう。だからジュヌヴィエーヴは論外だ。クロフトは英国人だが、自分で血をあふれさせることを好む。エドウィンはあきれたようにホッジの主張を馬鹿にしている。だがそれは間違いではないだろうか。中世の王を見くびってはならない。リチャードやドラキュラのような男たちにとっては、剣や弓をとって戦うことこそが生きる手段だったのだ。政治運動をする忍耐もなく、クロフトやルスヴンや、そう、それをいうならばディオゲネス・クラブ閣内閣らの繊細な神経を悩ませる複雑な問題など、アレクサンドロス大王のやり方で解決して(マケドニア王アレクサンドロスはゴルディオスの複雑な結び目を剣を抜いて両断した)。

「おい、そこのおまえ」リチャードが、こんどはドレイヴォットに声をかけた。「おまえはどんな王がほしい。髭面のジョージか。そのどもりの息子か(ジョージ五世は立派な髭をたくわえている。その次男にあたるジョージ六世は、ひどい吃音に悩まされていた)」

ジュヌヴィエーヴはドレイヴォットが好きではないが、少なくとも彼の忠誠心は認めている。

だが、それは何に対する忠誠だろう。ディオゲネス・クラブはつねに〝王冠〟とか〝玉座〟と口にする。それは宝石のついたかぶりものや手のこんだ座り心地の悪い椅子以上のものを意味している。ヴァンパイアの血統以上のものを意味している。

なぜ自分は気にするのだろう。イングランドの王が誰であろうと、彼女になんの関係があるというのか。カー・パイ・メイは好きではなかった。ケイレブ・クロフトなんか大嫌いだ。彼女にいわせれば、彼らを殺そうと傷つけようと、たいした罪にはならない。だがマリア・ザレスカはなんの害にもならない女だった。そしていまわかっているかぎりのことから判断しても、曲がり男団など好きになれるわけがない。ヒトラーやムッソリーニや、フランスにおける騒々しく不快で唾棄すべき愛国集団〈王の売り子《カムロ・デュ・ロワ》〉（二十世紀前半に活動したフランスの右翼団体。王党派アクシオン・フランセーズの行動隊であったが、過激な行動に走り数々の暴力沙汰を起こした）以上に好きになれない。

ジュヌヴィエーヴは以前に一度、偶然ではあったが、英国の玉座にすわる者の決定にかかわったことがある。

「おまえたち全員がおれを支持することになる」リチャードが言った。「すべてのヴァンパイアがな。温血者《ウォーム》のやつらは温血者《ウォーム》で好きにすればいいさ」

エドウィンがミセス・グレグソンの親族である温血者《ウォーム》の女に目をむけた。湿った鱈で殴られたかのように呆然としている。厳密にいえば、ベイ教授もまたヴァンパイアではない。

リチャードがジュヌヴィエーヴに関心をむけてきた。

「嬢ちゃん、おれはおまえさんをひざまずかせることだってできるんだぜ」

「あら、どうやって？」

片頬だけの笑いに、シェイクスピアが描きだしたグロスター公の幽霊が見える。悪党になってみせると決意している（シェークスピア『リチャード三世』一幕一場リチャードの台詞より）。

「おまえさんは長生者《エルダー》だ。おれのように。この部屋にいる連中と同じように。おれたち長生者《エルダー》は死を恐れない。あの婆さんは死を望んでいたがな。おまえたちのほとんどはすでに一度死に、だがいまは生きている。おまえたちには気骨と誇りがある。おまえさんみたいなカマ野郎でもな、ヘルベルト。閉じこめられた鼠のように戦うだろう。おまえらのような者が十人いれば、町をひとつ手に入れることだってできる。たとえばバーミンガムだ（イングランド中部の工業都市でロンドンにつぐ英国第二の大都市）。そうさ、おれたちにとっちゃ死なんか屁でもねえ。箔がつくってもんだ。だがおれは長生者《エルダー》のヴァンパイアにすら恐怖を植えつけられるもんを手に入れたんだ。あんたに感謝するよ、カルンシュタイン将軍。あんたの妖精の姫さんが、おれの猟犬になるんだ」

リアム・カルンシュタインが――優雅で、美しく、そして心をもたぬものが、ふらりと暖炉からあらわれた。

「こいつがおまえらに何ができるか。おまえらみんな、それを恐れているんだ!」

24 深淵《デ・プロフンディス》より

リディアはマウスに、ミスタ・ホッジが何者であるかを説明した。

ヨーク家のリチャード。とてもひどい王だった。

それでもリディアには、どうやって彼が曲がり男になったのか、なぜミスタ・クロフトと友達のようなふりをしていたのかまではわからない。大人の問題。政治や策略なのだろう。

いちばん簡単なのは、あいつは人殺しだと考えることだ。アメリカのギャングみたいな悪党。ローブも鎧も曲がり男の落書きも、みんなごまかしの仮装だ。

「あなたはとても賢い、ニオベ」マウスが言った。「あの男の正体を見破った」

誇りで胸がいっぱいになった。王と女王のことならちゃんと知っている。

でも知っているだけでは役には立たない。

ふたりは慎重に洞窟を抜け、階段をあがってミルデュー・マナーにもどった。マウスの餌となった四人のほかに、曲がり男の部下はいなかった。

マウスは曲がり男の部下からローブを奪って、ぼろぼろになったセーラー服の上に羽織っている。裾を踏まないようにたくしあげて、ロープを腰に巻いている。

もう〈あたしのヴァンパイア〉のことは考えない。

倉庫での出来事を経験したいま、リディアの中から何かが失われてしまった。

スマッジになんと話せばいいだろう。

ヴァンパイア・ロマンスは終わってしまったのだろうか。

25 真夜中

客間にいたすべての長生者《エルダー》が、逃げるようにリアム・カルンシュタインから離れてあとずさった。まるで彼が目には見えない病原菌の雲をまとい、疫病を撒き散らしているかのようだ。ジュヌヴィエーヴはもう少しで、艶々した鉢植えの葉蘭にぶつかるところだった。この綺麗な若者に何ができるかを知ったいま、彼女は本能的な恐怖と戦っていた。

リチャードはにやにや笑いながら足をひきずり、それでもやはり彼からは距離をとっている。

この生き物に対する彼の支配は、どれくらいたしかなものなのだろう。

「カーミラ」ジュヌヴィエーヴは呼びかけた。「その中にあなたの一部でも残っていないの?」

リチャードが笑った。

「つづけな、嬢ちゃん。やってみなよ」

彼女はリアムに近づいた。

「カーミラ?」

緑の目はなんの感情も意識も知性も浮かべず、ただうつろだ。

　刺すような痛みとともに涙がにじんできた。死よりも酷《むご》いものを与えるとはいえ、この生き物自体もまた悲劇をかかえている。かわいそうなカーミラ。こんなにも恐ろしい扱いをされて……みじめに使われて……いま、植物の人造人間《ホムンクルス》としてすら、無駄に、不当に、搾取されている。以前は傘貝のような両親に貼りつかれ、いままたリチャードに利用され、彼女という存在が彼女自身に益をもたらさない。益をもたらしたことなど一度もない。

　彫像のように美しいリアムの顔にむかって手をのばした。

　クレオパトラが嫌悪の声をあげた。自分自身の容貌を心配しているのだ。ほかには誰も声をあげず、行動も起こさない。

　生命力がひきだされ、カルンシュタインがつくった生き物の脈打つ蘭の心臓に流れこんでいくのがわかる。疲労が高まる。心も身体も痛む。

　それに触れることはできなかった。

　一歩さがった。視線が追ってくる。

　リアムは飢えているのだろうか。

「それを殺して」エセリンドが――それの母が言った。

「家族の絆はどうした、ええ？」とリチャード。「こいつのお袋でさえ怖がってる。なんて不人情なんだ、ミセス・カルンシュタイン。あんたは美しいものをつくっておいて、捨てちまったんだ」

　ジュヌヴィエーヴは塔の中のふたりの王子を思いだした。よこしまな叔父の命令によって殺された――

「あの芝居は間違ってるぜ」彼女の思考を読んだのだろう、リチャードが言った。「おれは殺し屋を送りこんでガキどもを窒息させたりはしなかった。おれはいつも言ってるんだ。何かをやりたけりゃ自分の手でやれってな」

　そして大きな両手をひらき、細い首をつかむかのように閉じてひねった。

「ガキどもを殺ったことで、病みつきになっちまった」彼は言って微笑した。「ちっぽけな生命なんか、簡単に吹き消しちまえる。生きてるころは親指か枕でやったもんだ。でなきゃ、鼻と口をしっかり押さえつけるかだな。〝バーキング〟ってやつだ。まるでエディンバラの死体泥棒がそのやり方を発見したみたいだけどな（一八二七‐二八年にかけて、ウイリアム・バークとウイリアム・ヘアが解剖用の死体をエディンバラ医学校に売ったことから、「死体を傷めないよう絞殺する」を意味するバーク burke という言葉ができた）。ふん、むしろおれにちなんで〝ディッキング〟と呼ぶべきだろう。おれはちゃんと〝ディック〟してるんだぜ」（ディック dick はリチャードの愛称であると同時に、動詞としてはセックスする・人を騙すなどの意味がある）

「あなたが〝ディック〟であることは誰も否定しませ

んよ」とエドウィン。（名詞のディックには、男性器・馬鹿・刑事などの意味がある）

リチャードは陰気な含み笑いを漏らし、エドウィンの尻に何か中世的なことをしてやろうと決意したようだった。彼の両手はいまやさらに大きくなり、指も太く、関節が増え、短く分厚い爪がのびている。

彼はリアムの肩に手をかけてふりむかせ、輝く緑の目で順番に全員を凝視させた。

「将軍、ためしてみるか」リチャードの愛想のよさは偽物だ。「おまえの猟犬はおれの支配下にある。呼びもどせると思うか」

カルンシュタインは一心に考えている。動物と植物がどのようにまじりあっているかは神のみが知ることだけれども、将軍は娘の心臓からつくられたこの生き物の制御法をある程度は心得ているはずだ。いまならジュヌヴィエーヴにもわかる。リアムは基本的に心をもたず、強い意志をもったあるじからの指示を必要とする。戯曲に出てくるロッサムのように（カレル・チャペクの戯曲『ロボット』RUR（一九二〇）に出てくる架空の会社名ロッサム万能ロボット会社より）。テン・ブリンケンはロボットをつくりだしたのだ。将軍はリアムとの関係性を築くことができなかった。カルンシュタインの意志は野望ほど強くはなかった。だがリチャード三世は、シェイクスピアも言っていたように、〝決意している〟。

エドウィンがシガレットケースをとりだそうとするかのように無造作な動きでディナージャケットに手をいれた。銀メッキの自動拳銃が顔を出したところで、鎧を着た巨漢が戦棍のようなこぶしで殴りつけてきた。銃が板石の上をすべっていく。エドウィンはくしゃりとつぶれた。

「それでも何かしようってタマをもってるだけすげえよ」とリチャード。「ディオゲネス・クラブからきた男ってのは、そういうもんなんだってな。ああ、おまえらのことならみんなわかってるよ。ここにいるクロフティから聞いたからな」

そしてクロフトを蹴とばした。クロフトは血を流しながら倒れた。咽喉が深く切り裂かれている。

ドレイヴォットがエドウィンを助け起こそうと進みでたが、巨漢が胸を割りこませて行く手をさえぎった。軍曹はいまにも男の兜に頭突きをくらわせそうだ。どちらも譲らない。

エドウィンがめまいを起こしながらも立ちあがった。ジュヌヴィエーヴは彼の腰に腕をまわし、支えてやった。顔をつたう血に刺激されて牙がのびはじめる。

リチャードが銃をひろいあげ、銀の銃身に触れないよう指先でバランスをとりながら、火の中に投げ入れた。銃は薪の上におち、熱せられていった。

「なぜ殺したの?」ジュヌヴィエーヴはたずねた。

「誰のことだ。ガキんちょ王子か」

ジュヌヴィエーヴは首をふった。

「ああ、あいつら、今夜の収穫のことか。そうだな、チンケな中国人は我慢ならねえくらい無礼だったじゃねえか。おれたち全員、東洋に頭をさげろってなんか、受け入れられるわけがねえ。おれにいわせりゃ、ライムハウス同盟からだってもう充分迷惑こうむってるんだ。あんがとよってなもんだ。伯爵夫人は、さっきも言ったろう、そもそも死にたがってた。あの女とは古いつきあいでね。真夜中の会合でおれに投票してくれって、交渉しにいったんだよ。だがあいつは意外なことを要求してきやがった。結婚だよ。ヨーク家とドラキュラ家を結びつけようってんだ。おれはくそったれな異国のあばずれとは結婚しねえ。なかんずく、若い女を囲ってるようなくそったれの異国のあばずれとはな。それで協力関係はおじゃんってわけだ。だがな、自分の立場ってものを心得てる異国のあばずれなら大歓迎だぜ、嬢ちゃん。この小さなイロナみたいにな。こいつがあの女を射程内まで連れてきたんだ」

　リチャードが弓の弦をひく身ぶりをする。イロナが仔猫のように咽喉を鳴らした。


シェイクスピアはリチャードの性癖を的確にとらえていた。秘密を打ち明ける聞き手を——打ち明けると同時に自慢できる相手を必要とすることだ。だからこそ彼はいまここにいる。自分と同等の者たちに、自分が何をしたかを知らせ、不承不承ながらも称賛の言葉をひきだし、英雄的な極悪非道を承認してもらうために。この男は変わっていない。玩具の劇場を手にした大きな子供だ。ボズワース以後の歳月を、メロドラマに耽溺してすごしてきた——フードをかぶった極悪人として、暗号の手紙をやりとりし、明かりが消えると人を殺して。

　火の中の銃がぽんぽんとはじけはじめた。

　ベイ教授が膝を撃たれ、ジュヌヴィエーヴには理解できない歯擦音の多い言語で悪態を垂れ流した。あとの者たちもとびはねるようにあとずさる。リチャードが腹の底から大笑いしている。彼は決して弾が飛んでこない場所を確保しているのだ。葉蘭の鉢が砕け、絨毯に土が飛び散った。

　時計が複雑なチャイムを奏で、それから真夜中を告げる十二の鐘を鳴らしはじめた。

「さて」リチャードが言った。「おれは王になる。そのおれの請求を、誰がとめる? 誰がとめたい?」

　小柄な人影が暖炉からとびだしてきた。服に火がつくのもかまわず、剣の切っ先をしっかりと掲げたまま飛ぶように部屋を横切る。

かたながリチャードの咽喉仏に突き刺さり、うなじからとびだした。

「おれの首が！」リチャードがしわがれた声でうめいた。

日本人ヴァンパイアは、ぼろぼろになったローブに炎をまといつかせたままリチャードを押し倒した。剣の柄をしっかりと握りしめて彼を床に縫いとめる。

鎧の巨漢が遅まきながら行動を起こしたが、ドレイヴォットがレスリング選手のように彼をとらえ、兜をむしりとった。兜の内側には、あばただらけで頭の禿げたヴァンパイアがいた。ジュヌヴィエーヴの知らない顔だった。

リチャードの胸に体重をかけたまま、カー・パイ・メイの護衛が銀の星形手裏剣をとりだし、無造作に、だが正確に狙いを定めて投げつけた。手裏剣は禿げたヴァンパイアのひたいにぐさりと刺さった。男はドレイヴォットにつかまれたまま、鎧の中でぐったりと力を失った。

スポードとイロナも窮地に立たされていた。マインスターとヘルベルトが口いっぱいに鋭い歯をむいて威嚇の音をたてている。クレオパトラがふたりの首をとらえて宙に吊りあげた。踊り子の力だ。両腕の筋肉が盛りあがっている。

ヨーク家に鞍替えした女中は隅で気を失っている。

リアムは動かない。

姿の見えなかった温血者《ウォーム》の子供が、おそるおそる暖炉から顔を出した。ジュヌヴィエーヴにはまだ少女が何者なのかわかっていない。

リチャードが咽喉に銀を突き立てられたまま、声を絞りだした。

「おれの王国を。王国をやるから……」（シェイクスピア『リチャード三世』第五幕第四場リチャードの最後の台詞）

日本人少女は――髪が真っ白になっている！――剣を片側に切りおろし、つづいてむきを変えて反対側に倒した。

そしてすばやく立ちあがり、刃をぬぐって鞘におさめた。

真夜中を告げる最後の鐘の音が響きわたる。

最後の英国人イングランド王の首が、暖炉の中にころがっていた。

26　誰　アドネイスを悼むや

「あいつ、傴僂のリチャードだったの」リディアは言った。「胸に豚がついていたからわかったの」

「リーディーアッー」お母さまはかんかんだ。

お母さま以外の人は、誰も彼女に気づきさえもしていない。

マウスはたぶん、雇い主を殺した男に報復したことで、名誉を回復できたのだろう。

いまはいそいで火を消さなくてはならない。マウスのローブはまだ燃えているのだ。

部屋にいるヴァンパイアが誰も動いてくれなかったので、リディアは自分で火をたたき消そうとした。手のひらを火傷してから気がついた。そうだ、脱がせてしまったほうが楽じゃないか。そしてローブを投げ捨てた。

服を貸してあげなくてはならないけれど、マウスは小柄だから、あたしの服ではどれも大きすぎるだろう。

褐色の女がスポードと伯爵夫人の秘書をつかまえている。彼女の歯はものすごく大きい。ふたりともがりがり食べてしまいそうなくらい怒っている。

曲がり男の戦士は鎧の中で灰になっている。そしてグロスター公リチャードは真の死を迎えた。

曲がり男団は、少なくともミルデュー・マナーにいた連中は、壊滅したのだ。

でもこれで終わりなんじゃない。部屋にいるヴァンパイアはみんな——マウスをのぞいて——少しでも動いたらブラックマンバ（アフリカ東部・南部に生息するコブラ科の猛毒ヘビ）にすばやく噛みつかれてしまうみたいに、息をひそめている——そもそも呼吸しているのだろうか。

みんな、リアムを恐れている。リアムの両親でさえも——ちがう、いちばん恐れているのが両親だ。

リディアは一瞬、リアムを彼らにけしかけることができるだろうかと考えた。命令したら、マウスが曲がり男の手下を襲ったように、リアムもこのヴァンパイアたちで食餌をするのだろうか。つぎつぎと引き裂いて、長生者《エルダー》の血を吸いつくし、脱け殻を投げ捨てて盗んだ生命で満ち足りるのだろうか。

そうしたら、この人たちもいまほど美しくはなくなるだろう。ジュヌヴィエーヴもクレオパトラも……マインスターもフォン・クロロックも……。しなびた案山子みたいになってしまうのだろう。

血まみれアガサ伯母さまも、口髭をたくわえた大男の運転手も。

あたしにはそれができる。

リアムは少しのあいだだったけれどリディアに従った。それも渇きに圧倒されて終わってしまった。あれは〝霊的な絆〟なんかじゃなかった。いまならわかる。リアムは誰にだって従うのだ。

いままではホッジに従っていた。でもそれも終わった。もちろんだ。

リディアは〈あたしのヴァンパイア〉を見つめた。ただの氷の彫刻だ。彼はちっとも変わっていない。リディアが変わったのだ。

「どうすれば……」

ジュヌヴィエーヴが言いかけ、言葉を途切れさせた。

「わたしの息子はカルンシュタインとして義務を果たす」将軍が言った。

「でもこれはあなたの息子ではないわ」とジュヌヴィエーヴ。「これはあなたの娘。あなたの娘の成れの果てよ」

リアムは女の子だったのか！　リディアは一瞬の恐怖にとらわれた。

彼の顔を見つめ、男の美しさだと思ったものが女のやわらかさであったことを理解した。うげえ！

ちがう。リアムは女の子ですらない。リアムはつまるところ、なにものでもないのだ。その衣服の下の彼は――彼女は？　それは？――人形だ。どんな仕立屋でもほしがる綺麗なマネキン。洞窟の神々と同じ、もはや崇拝するもののない邪神だ。

ほかに誰もそれをしようとしなかったので、リディアはリアムの手をとって、暖炉の中へと導いた。暗い通路へ、秘密の階段へ。

彼は逆らわなかった。

リアムには彼女の血を吸うことができない。彼といても、リディアに危険はないのだ。

（訳注：章題　Who Mourns For Adonais? は『スタートレック』三十三話のサブタイトル。日本語タイトルは「神との対決――誰、わが主をいたむや？」。そのもとは、パーシー・シェリーがキーツの死を悼んで著した詩「アドネイス」Adonais（一八二一）の一節。アドネイスはオリエント神話の死と再生の神アドニスのこと）

27　カーミラの最後の安らぎ

「あの子はいったい何をしているの」ミセス・グレグソンの親族らしい温血者《ウォーム》の女――たぶん〝あの子〟の母親なのだろう、この館の付属品たるミセス・インチフォーンが言った。

ジュヌヴィエーヴにわかるかぎりでは、〝あの子〟――リディアは、彼ら全員の生命を救おうとしている。

カーミラは遠い昔に死んでしまった。リアムは一度も存在したことがない。カルンシュタインが息子と呼んだ生き物は、ヴァンパイアにとって危険だ。

ジュヌヴィエーヴは彼の魔力を感じながら、〝それ〟だと勘違いしてしまった。リアムは力を抜きとるのだ。彼が部屋にいるとすべてのヴァンパイアが調子を崩す。将軍すらも妻と同じ目にあうことを恐れて息子から距離をとる。

いちばんひどい目にあったのはあの日本の少女だ。

ミセス・グレグソンが卒中を起こして目をむき、まったく役に立たなくなったので、ジュヌヴィエーヴは女中に命じて、焼け焦げた服を着た白髪の少女のために部屋着をとりにいかせた。

エドウィンは鉄のこぶしで殴られた後遺症で、まだぼんやりしている。それでも膝を撃たれたベイ教授ほどの不平をこぼしてはいない。応急手当はほどこした。そのほとんどは、蒸しタオルとウィスキーだったが。

エセリンド・カルンシュタインが身体を起こし、何があったのだとしきりにたずねている。

ジュヌヴィエーヴが抜けても、この場はドレイヴォットがなんとかしてくれるだろう。

マウスと名のった日本の少女と、志願してきたヘルベルト・フォン・クロロックを連れていくことにした。

三人そろって暖炉をくぐり抜け、あとを追った。難しくはなかった。秘密の通路はこれまで掃除されたことがなかったのだ。埃の上の足跡や破れた蜘蛛の巣のカーテンが、ふたりの進んだ道筋を示している。

寡黙な少女、マウスが先頭に立った。

「あなたさあ、あいつを殺すつもり?」ヘルベルトがたずねた。「殺せるの?」

ジュヌヴィエーヴにもわからない。それでもたしかめておきたかった。

館の下には洞窟があった。千の神々の住み処。最近では曲がり男団が利用していた。

　少女とリアムは巨大な洞窟にいた。リディアはあの生き物を壁龕の中に誘いこみ、一歩さがって、生き物というより彫像のようなそれに見惚れている。リアムは多くの偶像のひとつになろうとしているのだ。

　リディアが手をあげて、近づかないでと警告をよこした。

「あなたたちがいなかったら、リアムだって何もしない」リディアが言った。「だから離れてて」

　ジュヌヴィエーヴにも理解できた。カーミラの心臓をもったそれは、ヴァンパイアから遠ざけられているかぎり、みずから行動を起こすことはないのだ。マンドレイク。テン・ブリンケンのほかの実験体と同じく、いずれ根を張りはじめるだろう。すでに肉から生じた塊茎や葉芽が服を突き破っている。肌が光の中で緑を帯びている。両眼がまだ緑に燃えている。

　リディアが壁龕を閉ざそうと石を積みはじめた。壁はもちろん、敷居をつくるだけの石もない。

「もどりましょう」ジュヌヴィエーヴは声をかけた。「あとは執事がやってくれるわ。煉瓦とモルタルで。あなたはもう充分にやったわ」

　マウスが勇気をふるって歩みより、肩に手をかけて少女を連れもどした。リアム・カルンシュタインは壁龕に残っている。これだけの距離があれば安全だ。

「ニオベ」日本の少女が呼びかけた。

「尺取り虫《インチワーム》よ」リディアが答えた。「みんなそう呼んでるの」

　ジュヌヴィエーヴはもう一度だけ友の顔をふり返り、カーミラの心臓に最後の別れを告げた。

28 出発

翌朝、雨がやんだ。道路がまた通れるようになったと、メイティが報告した。

ヴァンパイアたちは言い訳をしながら早々に出発した。誰が〈猫の王もしくは女王〉になるとかならないとかいった問題は、結局誰にとっても満足のいく形で決着をつけることはできなかった。

アガサ伯母さまは不機嫌に屋根裏にこもっている。伯母さまはリチャード三世の熱狂的なファンだったのだ。メイティがミスタ・ウィンスロップの指示に従って、〈あたしが二度と名前で考えたくないあの人《パーソン・シー・ウッド・ネヴァ・アゲイン・シィンク・オヴ・バイ・ネーム》〉を煉瓦で封じる作業を監督した。

だからお客さまの見送りはお母さまの仕事になった。お母さまはまだ、冷たい昼の光の中でも、夜の生き物たちを怖がっていたけれども。リディア自身もヴァンパイアについて多くを学んだ。でもそれをどんなふうにスマッジに話せばいいかはわからない。ぞっとするようなやつもいた——もう少しで首を切り落とされそうになりながら、それでも生き延びたミスタ・クロフトは、中でも最悪だ。まるで役に立たないのもいたけれど、でもほとんどはごくふつうの人たちだった。

最初に出発したのはクレオパトラとベイ教授だ。ロッティの報告によると、ふたりの部屋からシーツと枕カバーとタオルがすべてなくなっていたそうだ。最後の一日と半分のあいだに、ロッティの咽喉には小さな嚙み跡ができていた。誰かが彼女をつまみ食いしたのだろう。

大扉をひらいた玄関ホールに出ると、側溝を流れる水音が聞こえ、水浸しになった緑の芝生が見えた。車はどれも流されなかったし、ちゃんと動いている。

「ミセス・インチフォーン、楽しい週末をありがとう」ヘルベルト・フォン・クロロックが皮肉っぽく挨拶をした。「レディ・ワープルズドンによろしく。じつにすてきな余興だったな。またすぐにもお目にかかりたいよ」

嘘をつくとき、子爵の牙は長くなる。

マインスター男爵は、ヴァンパイアの君主の座にあがれなかったことをいまも納得できずにいる。まだ野望を諦めていないのだろう。子爵はそうしたことすべてにどうしようもなくうんざりしていて、少しでもはやく文化的な生活にもどりたがっている。彼の考える文化的生活とは、停電することのない電気設備が整っていて、お湯と水のようにコーラスボーイが出入りする、サヴォイ(ロンドンの高級ホテル)のスイートルームだ。

「さあ、行こうよ、モリー」彼は男爵を屋根のないロードスターのほうにひっぱっていった。「じゃあね、きみたち、さよならだ」

リディアはそれまで気がついていなかったのだけれど、マインスターとフォン・クロロックはヴァンパイアの運転手を連れていた。ぴったりした制服を着たイタリア人のような男で、素敵な目をして、いつも微笑を浮かべている。その運転手がどきりとするようなウィンクを投げてよこしたため、リディアはもう少しで――いや、ちゃんとわかっているけれども――くらりとなってしまいそうになった……

昨夜リディアがベッドにはいったあとで、大人たちは残った曲がり男の信者をどうするか、相談した。今日になって朝食のあいだに、ミスタ・ウィンスロップとミスタ・クロフトがすべての片をつけた。電話もまたつながって、ミスタ・ウィンスロップが長々と話していた。何もかもを処理しなくてはならないのだから、今日の電話の相手はきっと警察よりえらい人なのだろう。ミスタ・クロフトはいまは筆談でしか話ができない。ミスタ・ウィンスロップは、かわって幾本もの電話をかけながら、ミスタ・クロフトの字が読めないようなふりをする。ミスタ・クロフトがものすごく腹を立てているのが、面白くてたまらないのだ。

イロナ・ハーツィは夜のあいだにこっそりと逃げだした。きっと口髭のたくましいヴァンパイア、ドレイヴォットにキスをして、見逃してもらったのだろう。この原野を突っ切って逃げるつもりなら、ストッキングがぼろぼろになってしまうけれど。それに、流れる水を越えられないヴァンパイアだったら、動きがとれなくなってすぐにつかまるだろう。

スポードは館の中で監禁されている。おかげで、いまでは大声で命令を怒鳴ることもない。あいつが今回のことで何かを学んだとは思えないけれど、しばらくのあいだは、くだらない制服を着こんだ連中があいつに従うこともないだろう。

メイが曲がり男団の一員であったことに気がついているのはリディアだけだ。つまり、メイはもう一生あたしの奴隷なのだ。これは役に立つ。

カルンシュタイン夫妻は〈あたしが二度と名前で考えたくないあの人〉《PSWNATobN》を残していくことに心残りがあったとしても、それを表には出さなかった。今朝、カルンシュタイン伯爵夫人は前よりも元気そうで、頬もふっくらしはじめていた。リディアは〈あたしがナントカカントカ〉がどうやって彼の／彼女の／それの美貌を保っていたかを知った。今回の事件は文字どおりそういうことだったのだ。伯爵夫人の視力ももどったみたいだ。いまではまっすぐものや人に目をむけている。蛇のように頭を動かしているので、ものすごく長い首が目立つ。将軍が荷物を運んでいる。昼の光の中で見る将軍の軍服は、玉座の背後の権力者というよりは、ホテルの守衛みたいだ。

　カルンシュタイン夫妻を見送ろうというのか、ミスタ・ウィンスロップが姿をあらわした。

「パスポートはちゃんと用意してありますか」彼がたずねた。「まもなく、あやしげな書類をもってわが国にやってくる客をいっせいに逮捕しようという動きがあるそうです。滞在するなら大陸のほうがいいでしょう」

「わたしたち、アイルランド自由国（一九二二年－三七年、イギリスより分離して南アイルランドに成立した立憲君主制国家）に行くつもりですの」伯爵夫人が答えた。

「ああ、あそこを訪問するにはいい季節ですね」

「一年じゅういつだってひどいものですわよ、ミスタ・ウィンスロップ。それでもわたしの生まれ故郷ですから。もう二度とお会いすることもありませんわね」

「残念です。今朝の伯爵夫人はとてもお美しいと申しあげてもよろしいでしょうか」

冷やかで無感動な視線が彼をにらみつける。将軍が奥方をひっぱっていった。

　ミスタ・ウィンスロップがお母さまとリディアに微笑をむけた。頭に包帯を巻いているけれど、とても楽しそうだ。太陽のもと、生きているだけで物事はよくなっていく。彼の連れのヴァンパイア女は今朝はまだ顔を見せていない。

　もしかすると、ジュヌヴィエーヴだってそれほど不愉快ではないのかもしれない。それでも……

　マウスがおりてきた。小さくなったリディアの制服、ドリアクリフ・グレインジ三年生のスカートとブレザーを着て、麦藁帽をかぶっている。マウスの髪は永久に白いままだ。

「ゆきおんなだね」ミスタ・ウィンスロップが言った。

　マウスは厳かにうなずいた。

「〝雪女《ウーマン・オヴ・ザ・スノウ》〟という意味だ」マウスが説明した。「日本の有名なヴァンパイアだ」

　車まわしに残っているのは、ミスタ・ウィンスロップのベントレーとミスタ・クロフトのサンビームだけだ。

「マウス、きみはどうやってここまできたんだい」ウィンスロップがたずねた。

「歩いてきた」

「中国から？」

マウスは肩をすくめた。

「ほとんどは。プレストンからはクレオパトラが車に乗せてくれた」

「きみはいまろうにんだよね？」

マウスがうなずく。五年生のマレーンのおかげで、リディアも〝ろうにん〟というのが〝あるじのいないサムライ〟であることを知っている。

ミスタ・ウィンスロップがマウスに名刺をわたした。

「仕事がほしくなったら、これをもってペルメルのディオゲネス・クラブにきなさい。ミス・マウス、英国はきみに借りがある。きみのために何かしてあげられるだろう」

マウスは恥ずかしそうに答えた。

「わたしは学校に行きたい」

ミスタ・ウィンスロップは驚いたようだった。

「それなら手配できる。どこの学校にするか、心当たりはあるのかい」

「もちろん」そしてマウスはリディアの腕をとった。

「ああ、友達になったんだね。いいことだ。リディア、きみもそう思うだろう？　そうそう、きみもお手柄だったんだよね」

また顔が赤くなった。ミスタ・ウィンスロップの目は、笑うときらきら輝く。顔はヴァンパイアみたいにすべすべじゃない。目のまわりに皺があるし、髭剃りに失敗して小さな傷をつくっている。それでも彼は、ただ生きているだけじゃない力にあふれている。

「それじゃ、ごきげんよう《チェリオ》」

そして彼は歩み去った。

リディアはため息をついた。マウスがこつんとたたいてきた。親しみをこめたやり方だけれど、ちょっと痛すぎる。

「インチワーム。わたしにクリケットを教えてくれ」

ドリアクリフ・グレインジのつぎの学期は、まったくちがったものになりそうだ。

29 チェルシーの朝

丸一日がかりの長いドライヴを経て、ようやくロンドンにもどった。真夜中はとうにすぎた。もう月曜日の朝だ。エドウィンは、自分たちの手柄ではなかったにしても、この週末の結果に満足しているようだ。

「今回のささやかな事件はわたしたちの名誉にはなりませんね」彼は言った。「ヴァンパイアの長生者《エルダー》ふたりが殺害され、さらにふたりが正義のもとに処刑され、わたしは頭を殴られ、最後には全員が、ホッケースティックみたいな愉快な女の子ふたりに助けられたんですから」

すべてが語られているわけではないが、きわめて公平な見解だ。

「少なくとも〈猫の王〉の問題は片がついたわ」

「うやむやになったというべきじゃないですか」とエドウィン。「モリー・マインスターはまだ諦めていないようですよ」

「モリーですって？」

「ヘルベルトがそう呼んでいました。うっかり口をすべらせた感じでしたけれどね」

「わざとかしら」

「あなたはどう思います？」

ジュヌヴィエーヴは笑った。

「わたしに言えるのは……ヘルベルト・フォン・クロロックは腕白小僧だから、目を離してはならないということね」

「これからは監視の目をゆるめないようにします」

ベントレーはキングズ・ロードをゆっくりと進み、セント・ボトルフを通りすぎた。縁石に曲がり男団の棒線画の落書きが見える。

「あの連中はどうするの？　組織はまだ残っているわ」

「頭のない鶏の群れです。洋服箪笥に意味なく修道士の服を吊るしている、ふつうの犯罪者や狂人です。危険な連中をまとめて逮捕し、何かの罪状を見つけますよ。スポードが共犯者の名前をあげるでしょう。クロフトが塔までひきずっていくまでもなく、もう完全に怖じ気づいていますからね」

クロフトが声をとりもどしたときは、まだ半分も怖じ気づいていなかったのだけれど。同情しそうになる。もしクロフトが自分のやり方を通したら、曲がり男団の粛清は、微妙な法的手続きなしに敢行されるだろう。もちろん、もしリチャードが勝利をおさめていたら、ヨーク家の敵に対する粛清はそれと同じくらいか、それ以上に苛酷なものになっていた。秘密国家の仕事はいつもジュヌヴィエーヴを悲しませ、かつ怒らせる。

「ミセス・グレグソンは週末をだいなしにしたスポードを排除したがっています」とエドウィン。「つまり、彼はパトロンを失ったことになりますね」

「ミセス・グレグソンはプランタジネット家再興にすっかり夢中になっていたのね」

「狂信的なご婦人ですからね。その熱狂も月のように満ち欠けしますが。ディッコンが首をはねられたことで、その情熱も終わりました。つぎは何か無害なものにいれあげてくれるといいのですが。カントリーダンスとか（カントリー・ダンスは十七世紀から十八世紀にイングランドで流行した民族舞踊）」

「あら、カントリーダンスにだって危険なものはあるわよ」

「まあそうでしょうね。ああ、つきましたよ」

チェルシーのチェイニ・ウォークだ。ずらりとならんだ街灯が安心感を与えてくれる。ドレイヴォットが家の前に車を停めた。カーテンはひかれているが、明かりがついている。

ジュヌヴィエーヴはエドウィンの頬に口づけをし、彼がたじろぐさまを楽しんだ。包帯を巻きながら気づいたのだが、頭を殴られたときの彼は脳震盪を起こしかけていた。とにかくこれで、〝秘密情報組織に永久に所属させるための署名〟カードを押しつけようとするすべての試みを、みごとにかわしたことになる。

「またお会いしましょう」彼が小さく敬礼しながら言った。

「もうお会いしたくないわ」ジュヌヴィエーヴはやさしく答えた。

ベントレーをおりると、あまりにも長いあいだ車に乗っていたため、身体がこわばっていた。それに、渇いてもいる。

ベントレーが走り去った。だが彼女はひとりではなかった。チェルシー界隈はいつも、ヴァンパイアも温血者《ウォーム》もあわせ、人々でにぎわっているのだ。元気のよい不死者《アンデッド》をいっぱいに乗せたアルバフォードのオープンカーが轟音をたてて通りすぎていった。後部座席ではポリー・ブラウンが、片眼鏡をかけた高貴な馬鹿者の肩にすわっている。ストッキングよりも上までドレスをたくしあげ、前髪をゆらめかせ、断髪の頭にブラック・オーストリッチの羽根を斜めにさして、可愛いくちびると小さなあごを赤いものでべたべたに汚している。片手にはシャンパンのボトルを、もう一方の手には血を流す鼬を握っている。そんなものをまぜあわせてハッピーな飲み物ができるなどと、いったい誰が考えるだろう。彼女の仲間の半分は「ダークタウン・ストラッターズ・ボール（シェルトン・ブルックス作曲（一九一七）のジャズのスタンダード曲）」を歌っている。あとの半分は「なつかしきイングランドのローストビーフ（ヘンリー・フィールディングの戯曲『グラブ街オペラ』Grub-Street Opera（一七三一）の劇中歌で、愛国的なバラッド）」をがなっている。どちらの歌も調子っぱずれだ。大きすぎるチェックのキャップをかぶり、ハンドルと格闘している娘は、さかんにクラクションを鳴らして合唱に加わっている。ポリーがやっほーと声をかけながら手をふってよこした。ムッシュ・ウジェーヌのサロンで会ったことをおぼえているのだろうか。それとも、乱痴気騒ぎに新しい仲間をひきずりこもうとしているだけなのだろうか。オープンカーは角を曲がり、縁石にのりあげ、街灯の柱をがりがりと傷つけ、警官をとびあがらせた。警官は笛を吹き鳴らしたが、ポリー・ブラウン急行はすでに去ってしまっていた。あとに残されたのは空き壜と、数枚の衣類と、溝の中で気を失っている温血者《ウォーハ》のボーイスカウトひとりだけだ。

「こんばんは、お嬢さん」警官が声をかけて通りすぎていった。

「こんばんは」ジュヌヴィエーヴも、牙を見せないようくちびるを閉じたまま挨拶を返した。

ハンドバッグから鍵を出したが、玄関にたどりつくまえに扉がひらいた。

それは、どうしても名前のおぼえられない執事ではなかった。

「お帰り、ジュネ」チャールズが言った。「あれはエドウィンの車だね。何か冒険をしてきたの？」

彼は日に焼け、片方の耳たぶがなくなっていた。真紅のスモーキング・ジャケットを着て、ブランデーグラスを手にしている。

「もちろんよ」彼女は答えて彼のくちびるに口づけをした。ブランデーの味がする。「王国に大災害がもたらされる危機は回避できたわ。正義が勝利をおさめ、悪は滅んだ。真の勇士は傷ついたけれど、すぐにたちなおるわ。あなたのほうはどうだった？」

「ああ、いつもどおりさ。帝国の運命は先月よりほんの少しだけ好転したよ。それでもやはり太陽は沈みつつある。玄関の階段は冷えるね」

ふたりは中にはいり、改めて、さっきよりもゆっくり時間をかけて、口づけをかわした。

ジュヌヴィエーヴはカーミラのことを、海綿《スポンジ》のことを考えた。ミルデュー・マナーの地下の洞窟にリアムを連れていった、リディア・インチフォーンのことを考えた。ふたりのあいだにはいったい何があったのだろう。

くちびるを離した。怪我をしそうなほど牙が鋭くなっている。気をつけなければ彼のくちびるも傷つけてしまう。

「チャールズ、わたしはヴァンパイアよ。あなたはわたしの中に何を見ているの？　わたしたちはほんとうに哀れな種族なのに。どこに魅力があるというの？」

「きみがヴァンパイアだって？　気がつかなかったな。ああ、そういえばときどき噛みついてくるね。それには気がついていたよ。だけどキニーネだって同じ効果をもたらすだろう？　病人用の牛肉スープだって。キニーネや牛肉スープを飲めば元気になるじゃないか」

そして彼女の鼻をつまんだ。気分が明るくなった。

「それ以上の効果があるわ。だからあなたはまた噛まれるのよ。まもなく、それもひどくだわ」

彼の目が――この歳の男にしては若々しい目が、悪戯っぽくきらめく。

「そうなの？」

「ええ、約束するわ」

著者による付記（※は訳注）

『ドラキュラ紀元一八八八』の新版と同じく、借用・悪用されたキャラクター、および歴史上の実在人物・設定・事件などのすべてを説明するつもりはない。だが、これなくしては読者が見逃してしまうだろういくつかの要素に光をあて、重要な情報源について知らせることはわたしの楽しみでもある。本書を読みなおし、どれほどの情報を完全に忘れてしまっているかに気づいて青ざめもした。人物にせよ出来事にせよ、わたしが何を意図していたか、読者のほうがわたし以上に正しく調査できることもあるだろう。いくつかはやはり謎のままに残しておきたいと思う。もちろん本書はファンタジイ小説である——だが描かれた中でももっとも信じがたい出来事の多くは事実である。わたしは〝そう、これはほんとうにあったことだ〟とか〝なんと、彼らはほんとうにそれを言ったのだ〟という言葉を使いすぎないよう気をつけた。

巻頭辞

世界大戦がおこなわれ、著者が敵撃墜王《エース》として活躍している最中に、その自伝が英語に翻訳され、英国で出版されたという事実は、マンフレート・フォン・リヒトホーフェンの名声を証明すると同時に、一九一八年におけるさまざまな道徳観をあらわしているといえるだろう。リヒトホーフェンは回想録を速記者に口述している。当然ながら出版前にプロの編集者や宣伝担当者が手をいれてはいるだろうが、グレイが序文で記しているように、その自伝は驚くほど飾り気がなく率直である。リヒトホーフェンの伝記作家はすべてこれを信頼できる一次資料として扱っている。だが彼の親族の中にはまったくの作り事であると非難する者もある。つまるところ、Der Rote Kampfflieger は〝ゴーストライターによる〟というよりは、〝聞き書きによる〟著名人の自伝であるようだ。英語版の印税が誰の手にわたっているのか、わたしは不思議に思っている。

第一部　西部戦線異状なし

このタイトルはもちろん、エーリヒ・マリア・レマルクの戦争小説『西部戦線異状なし』Im Westen nichts Neues（一九二九）からとった。英語タイトルをつけたのは翻訳家アーサー・ウェズリー・ホイーンである。ルイス・マイルストン監督によるハリウッド映画『西部戦線異状なし』All Quiet on the Western Front（一九三〇）は、のちの『プラトーン』Platoon（オリバー・ストーン監督、チャーリー・シーン主演による一九八六年の映画）や『ハート・ロッカー』The Hurt Locker（キャスリン・ビグロー監督、ジェレミー・レナー主演による二〇〇八年の映画）に匹敵する、リアルかつ刺激的な戦争観と反戦感情を融合させた作品で、アカデミー賞最優秀作品賞を受賞している。

1 コンドル飛行隊

エドウィン・ウィンスロップ――わたしはこのキャラクターを初期の作品のあいだじゅう凍結しておいて、〈ドラキュラ紀元〉シリーズとはべつの場所であらためてとりあげた。最初に登場したのは一幕ものの戯曲 My One Little Murder Can't Do Any Harm ――ただ一度おこなわれた一九八一年公演においてわたしがその役を演じている――で、そののち長編小説 Jago 内の回想シーンにあらわれ、ジャック・ヨーヴィル名義の Demon Download においても名前があがっている。『鮮血の撃墜王』以後は、Angel Down Sussex, Clubland Heroes, Seven Stars, Sorcerer Conjurer Wizard Witch に登場しているが、これらの作品は、Secret File of the Diogenes Club および Mysteries of the Diogenes Club (Monkey Brain) において読むことができる。

ドレイヴォット軍曹――『ドラキュラ紀元一八八八』よりの再登場であるが、ヴァンパイアでないドレイヴォットは、ラドヤード・キプリングの「王様になりたい男」The Man Who Would Be King の最後で死亡している。不死者《アン＝デッド》としてよみがえったことでいくらか性格がよくなったようである。

エリオット・スペンサー（Spenser）――彼と、彼の〝モルダヴィア式頭痛療法〟に関しては、クライヴ・バーカーと、ピーター・アトキンスと、ダグ・ブラッドレイに感謝する。そう、IMDb（インターネット・ムービー・データベース）もウィキペディアもその他のソースも、〝Spencer〟と綴っていることは知っている。だがわたしは、実際にこのキャラクターに名前をつけたピーターにスペルを確認したのだ。

※登場人物辞典でも紹介しているが、エリオット・スペンサーは、クライヴ・バーカー原作・監督の映画『ヘルレイザー』Hellraiser（一九八七）に登場する魔道士ピンヘッドが魔道に落ちる前の正体。ダグ・ブラッドレイが演じている。スペンサーの名前が出るのはパート2以後。ピーター・アトキンスは二作目以後の脚本を担当している。

コンドル飛行隊のメンバーは、アルバート・ボール、アーサー・リス＝デイヴィッズら実在の人間と、パルプマガジンや文学作品からとったエース・パイロットが混在している。ほとんどはよく知られた名前であるからいまさらの説明は不要だろうが、ここでは特に、トム・クンダルを生みだしたV・M・イェイツの名をあげておく。クンダルはイェイツの傑出した自伝的小説 Winged Victory（一九三四）の登場人物である。ある意味では W・E・ジョンズの〝少年〟冒険小説 The Camels are Coming（一九三二）（Biggles シリーズの第一作）への回答として書かれたものであるが、第一次大戦の空中戦を描いた数多くの作品の中でも最高の一冊であるといえるだろう。ウィキペディアでわたしの〝実在〟キャラと〝フィクション〟キャラを区別しているリスト作成者は、ヘンリー（ビル）・ウィリアムソンに関していささか混乱している。ウィリアムソンはWinged Victory に登場し、その編集者として献辞に名をあげられた人物でもあるのだ。ジョンズ(Biggles シリーズよりいろいろ)、ウォルター・ギブソン(The Shadow シリーズよりアラード)、ジョン・モンク・ソーンダース(Single Lady よりケアリ・ロックウッド)については、もちろん当たりである。

Boche(両世界大戦中のドイツ兵を意味する卑俗語。本文中は〝ドイツ兵〟と訳した)——この蔑称は、文字どおり「ドイツ人のキャベツ頭」を意味するフランス語の俗語〝alboche〟から派生したものである。わたしがはじめてこの侮蔑的な言葉に出くわしたのは一九六〇年代の特殊部隊を扱ったコミックで、フランス人の主人公が年がら年中〝ドイツ人ども les boches〟のしでかした恐ろしい所業にぷりぷりしていた。たしか、レスリー・ボッシュと呼ばれるとりわけ邪悪なナチスの将軍がいたと思う。

3　真夜中すぎ

「プア・バタフライ」のレコードは、ジョン・モンク・サンダースのシナリオ『暁の偵察』The Dawn Patrol（一九三〇）から拝借した。

飛行服《シドコット》 Sidcot——オーストラリアの飛行家フレデリック・シドニー・コットンが発明したため、その名をとって名づけられた飛行服。一九一七年にシドコットが紹介されるまで、パイロットは空中で体温を維持することができなかった。空中戦の最中に手がふるえ歯がかたかた音をたてていては、非常に大きな危険がさらにひとつ加わることになる。コットンはまた、初期の航空偵察に使用するさまざまな装置を考案した。

4　灰色の宰相

カルンシュタイン将軍——彼の「おぞましい娘」は、J・S・レ・ファニュ作「吸血鬼カーミラ」Carmilla（一八七二）に登場する。『ドラキュラ紀元一八八八』では、ジュヌヴィエーヴがより好意的な気持ちで彼女を回想している。

「やつは巨大な子供なのだよ」〝He is a monstrous child〟——『吸血鬼ドラキュラ』において、ヴァン・ヘルシングは「子供の頭 child-brain」という言葉で同様の見解を示している。

※章題　Grey Eminences は、オルダス・ハクスリー『灰色の宰相』Grey Eminence（一九四一）と思われる。

5　プラハの予言者

エドガー・アラン・ポオ――彼がヴァンパイアに転化しているということはつまり、〈ドラキュラ紀元〉世界はドラキュラがヴァン・ヘルシングの一党を敗北せしめた一八八五年以前から、われわれの世界とは異なっていたことを意味する。それに関して、いまではもう書くことができないストーリーをひとつ、考えていた（『ドラキュラ紀元一八八八』のビリー・ザ・キッドに関する注釈を参照してほしい）。エドガーを不死者《アンデッド》に位置づけたのはわたしが最初ではない。佐藤嗣麻子の『ヴァージニア』Tale of A Vampire（一九九二）ではケネス・クラナムがヴァンパイアのポオを演じている。わたしはジャック・ヨーヴィル名義の Route 666 でポオを扱い、さらには短編「ジャスト・ライク・エディ」（別題「もうひとりのエドガー」）Just Like Eddy および Illimitable Dominion でふたたびポオにもどっている。

6　マタ・ハリ

セダ・バラ――一九一七年に、ヴァンパイアの名をあげてくれと言われたら、ほとんどの人はドラキュラではなくセダ・バラと答えただろう。当時〝ヴァンパイア〟という言葉は、血を吸う不死者《アンデッド》ではなく、男を食い物にする魔性の女を意味したのだ。そのような用法が定着したのは、ラドヤード・キプリングの詩 The Vampire と、それを原作とする一九一五年の映画『愚者ありき』A Fool There Was によるものである。バラ（本名はシオドシア・グッドマンという）はこの映画によってスターとなった。『ドラキュラ』の舞台とそれにつづく映画が成功してはじめて、〝ヴァンパイア〟という言葉はバラの〝ヴァンプ〟を打ち消し、本来の意味をとりもどすことができたのである。バラは一度もマタ・ハリを演じたことはないが、悪女のみが映画においてセクシーでいられた時代に、カルメン（Carmen（一九一五））、シガレット（Under Two Flags（一九一六））、椿姫（Camille（一九一七））、サロメ（Salome（一九一八））、マダム・ミステリー（Madame Mystery（一九二六））などを演じた（エスメラルダ（The Darling of Paris（一九一七））やジュリエット（Romeo and Juliet（一九一六））も演じているが、正統派ヒロインより悪女のほうが人気が高い）。宝石だけをつけたクレオパトラの肖像ポスターは一九六〇年代に人気の品だった。わたしが育った家では、ハンフリー・ボガード、ブリジット・バルドー、クラーク・ゲーブル、W・C・フィールズなどのクラシックな写真とともに、そのポスターも壁に張ってあった。

ミロー将軍――スタンリー・キューブリック監督の映画『突撃』Paths of Glory（一九五七）における最高の悪役である（ジョージ・マクレディが演じている）。ハンフリー・コッブの原作では、アソラン将軍と呼ばれていた。攻略不能と考えられる敵陣への進攻を鼓舞するため自軍を砲撃するよう命令したジェロー・レヴェイラック将軍をモデルとしたものだ（文書にされていない命令には従えないと砲兵隊長が拒否したため、レヴェイラックが命令を撤回した)。ミロー／アソランは最高司令部によって(法的には正しいとされながらも)排斥されるが、レヴェイラックはレジオン・ドヌール勲章グラントフィシエを受賞している。

※ニューマンはGérard Réveilacと表記しているが、レヴェイラック将軍のファーストネームはGéraudである。

Poilu(本文中はフランス兵と訳している)――ナポレオン時代から世界大戦までにいたる、フランス歩兵に対するあだ名。本来の意味は〝髪の毛のあるやつ〟。

7 ケイト

シドニー・ホーラー――コリン・ワトソンのイギリス通俗小説に関する欠くべからざる研究書Snobbery with Violence: English Crime Stories and Their Audience(一九七一)において、「刺激的なシドニー・ホーラー」と評されている。彼は戦争中〈デイリー・メール〉のために働いていた。また、空軍情報局の宣伝部門にも関係していた。この事実は彼の『鮮血の撃墜王』出演に対するもうひとつの根拠となり得るが、わたしは本書執筆中にはそのことを知らなかった。もし知っていたらいま以上の役割を与えていただろう。彼は一九二〇年代に、サッパーやエドガー・ウォーレスを真似て、数多くのスリラー小説を執筆した。彼の〝ほとんど記憶に残らない〟作品群は、無愛想で心優しいイギリス的豪胆さを、性的行為と外国人に対する神経症的なほど強い嫌悪感に結びつけたものである。ホーラーのThe Vampire(一九三五)はまぎれもなく『ドラキュラ』の模倣作品で、邪悪なソヴラニア(ホーラーによる架空の国)貴族ジィスカ男爵が登場する。

※サッパーSapper(一八八八 - 一九三七)本名ハーマン・シリル・マクニール。イギリスの作家。〈ドラモンド〉シリーズなど。

※エドガー・ウォーレスEdgar Wallace(一八七五 - 一九三二)イギリスの作家。数多くのミステリー小説・スリラー小説を著した。

初版では、チャールズは六章において腕時計を見ているのに、七章では懐中時計をもっている。いやいや。わたしはほかにもいくつか、綴りの間違いや、ケイトの身長に関する矛盾や、ヒットラーの目の色など、初期の版のミスを〝それとなく〟訂正している。それらを指摘してくれたみなさんに感謝を。

8 城砦

テン・ブリンケン教授――H・H・エーヴェルスのもっとも有名な小説『アルラウネ』Alraune(一九一一)の登場人物である。この作品は幾度か映画化され、ドイツ無声映画ではパウル・ヴェゲナーが演じている。

ドクトル・クルーガー――マランボワ城の科学者スタッフのほとんどはあまりにも有名であるため、注釈の必要はないだろう。だがこの教授を連続児童殺害のフレッド・クルーガー（ウェス・クレイブン監督、ロバート・イングランド主演の映画『エルム街の悪夢』A Nightmare on Elm Street（一九八四）の主人公）と関連づける読者がいるかもしれない（確かにその可能性はある）。その曖昧さをとりはらうために、主たる情報源を明らかにしようと思う。クルーガーはロバート・J・ホーガン作のパルプ・マガジンG-8 and His Battle Acesシリーズにくり返し登場する悪役で（数々のとんでもない悪事を企てる）、The Bat Staffel（一九三三）から Scourge of the Sky Monster（一九四三）まで幾度も姿を見せている。マランボワ城のプロジェクトはまさしく、蝙蝠形の航空機と、ゾンビのパイロットと、興奮したヴァイキング戦士と、空に描かれた巨大なこぶし／骸骨／兵器をふくむ鮮烈なアイデアを思い描ける人間が考えだすたぐいのものだ。The Blood Bat Staffel（一九三六）において、クルーガーは〝見るからに不気味な蝙蝠男〟を展開した。G‐8と空飛ぶ英雄たちがわれらの味方であったことはじつに幸運だ――もちろん、ドイツ語版を読んでいたらべつであるが。さもなければ、われわれはクルーガーのクリーチャーに蹂躙されていただろう。

「JG1の中でも例外的に〝フォン〟のつかない飛行士」――敵国のエース・パイロットをさまざまなフィクションから集めるにあたって、ささやかな問題が生じた。ほとんど全員が――ブルーノ・シュターヘルをのぞいて――マンフレート・フォン・リヒトホーフェンの焼き直しだったのだ。そこで何人かは除外しなくてはならなかった（たとえば、『暁の偵察』The Dawn Patrol（一九三〇）のフォン・リヒター男爵や、『チキチキマシン猛レース』Wacky Races（一九六八‐六九）のレッド・マックスだ）。さもなければクローンの戦隊を書く羽目に陥っていただろう。W・E・ジョンズ（Bigglesシリーズのエーリッヒ・フォン・シュタルハイン）、モート・リーヴ&ハリー・ステイン（Heapのエリック・フォン・エンメルマン男爵）、ロバート・カニンガー&ジョー・キューバート（Enemy Aceのハンス・フォン・ハマー）、ジャック・D・ハンター（The Blue Maxのブルーノ・シュターヘル）に感謝を。

※章題 Castle Keep は、ウィリアム・イーストレーク作 Castle Keep（一九六五）と思われる。シドニー・ポラック監督、バート・ランカスター主演『大反撃』Castle Keep（一九六九）として映画化されている。

9　パリの死《ラ・モルト・パリジェンヌ》

Ecdysiast（本文中はストリッパーと訳している。「脱衣者」の意味）――さる投書が、この言葉は一九一八年よりもかなりあとになってから、H・L・メンケンが、単なるストリッパー以上の存在となることを目指したジプシー・ローズ・リーのために考案した造語であることを指摘してくれた。わたしは『ドラキュラ紀元一八八八』のあとがきにおいて、ブラム・ストーカーの『吸血鬼ドラキュラ』そのものがすでに並行世界であり、ヴァンパイアが比較的少ないわれわれの世界よりもはやく、いくつかの言葉が使われていることを記している。であるから、これもまたその現象のひとつと考えられるだろう。

10 高尚なる人々

グレゴリー・フォン・バイエルン――彼はジョン・M・フォード作 The Dragon Waiting（一九八三）に登場する。この本は、魔法とヴァンパイアと英国王室を扱った中世の歴史改変小説であり、ブライアン・ステイブルフォードの The Empire of Fear（一九八八）とあわせて、読者は歴史改変ヴァンパイア小説を理解できるとわたしに確信させてくれた。マイク・フォードの書いたものはすべて、一読の価値がある。

セバスチャン・ニューキャッスル――ドン・セバスチャン・ド・ヴィラヌーヴァはレス・ダニエルズのすばらしい歴史ヴァンパイア小説、The Black Castle（一九七八）、The Silver Skull（一九七九）、Citizen Vampire（一九八一）、Yellow Fog（一九八六）、および No Blood Spilled（一九九一）に登場する。

11 ケイトはつぎに何をしたか

ホテル・トランシルヴァニア――チェルシー・クィン・ヤーブロの、これまたすばらしいヴァンパイア歴史小説の第一巻、Hotel Transylvania（一九七八）を見てほしい。

※章題 What Kate Did Next は、スーザン・クーリッジの〈ケティ〉シリーズの第三巻、What Katy Did Next（一八八六）を意識しているものと思われる。

12 血統

レディ・マリコヴァ――ストーカーはドラキュラの三人の妻に名前を与えなかった。そこでほかの者たちがその空隙を埋めている。マリコヴァは、The House of Dracula（一九八七）においてR・チェトウィンド＝ヘイズがつけた名前である。

13 ドクター・モローとミスター・ウェスト

インゴルシュタット大学――ヴィクター・フランケンシュタインの母校。（メアリー・シェリーの『フランケンシュタイン』Frankenstein（一八一八）で、怪物をつくった科学者）

14　ケイトとエドウィン

エディ・バートレット——ラオール・ウォルシュ監督『彼奴は顔役だ！』The Roaring 20s（一九三九）でジェイムズ・キャグニーが演じている、これまた〈ドラキュラ紀元〉シリーズにおけるわたしのテンプレートだ。終戦直前のオープニングで各個掩体にいる三人は、米国本土でそれぞれ異なる人生を送り、それによって激動の十年における不穏な社会に多角的視点を提供する。歌とモンタージュと、とりわけ気持ちの明るくなるワーナー・ブラザーズの気の利いた台詞が満載の映画だ。

ヴァニラがほしいわ　I'll take vanilla——「あのときはいい考えだと思ったんだ」it seemed like a good idea at the time という台詞と同じく、「ヴァニラがほしいわ」というキャッチフレーズは、ジョン・モンク・ソーンダースが自作の小説 Single Lady（一九三一）を脚色した映画『最後の偵察』The Last Flight（一九三一）によって一般化された。これはニッキというキャラクターの台詞であるが、ニッキ役のヘレン・チャンドラーは、同年製作のベラ・ルゴシ主演による『魔人ドラキュラ』Dracula において、ミナを演じている。

カトリオナ・ケイ——『鮮血の撃墜王』ではほとんど出番がないが、カトリオナ・ケイは、戯曲 My One Little Murder Can't Do Any Harm にエドウィン・ウィンスロップの相手役として登場した——名前は、彼女を演じた女優、カトリオナ・オカラガンからとった。そしてその後も、わたしの長編 Jago や、Secret Files of the Diogenes Club および Mysteries of the Diogenes Club のいくつもの物語に登場している。今後も登場する予定である。

第二部　中間地帯《ノーマンズ・ランド》

わたしは『鮮血の撃墜王』において、各部の章題すべてを、第一次大戦の有名な物語から拝借するつもりでいた。英語では一般に Hell on Earth. Niemandsland として知られているドイツ映画『戦は既に終れり』Niemandsland（一九三一）（フリッツ・フィリップ原作、ヴィクトル・トリヴァス監督、ジョルジュ・ペクレ主演）はほぼわたしの意図にかなうものであるが、本書を書いているときわたしはまだこの映画を見ておらず、かろうじて話を聞いたことがあるだけだった。Niemandsland では交戦中の各国の兵士が、前線と前線のあいだの塹壕の中で協力して生きていく姿を描いている。

15　悪徳と暴虐と血管

ポオはまた、ウォルター・ジョン・ウィリアムズ作 No Spot of Ground（二〇一四）においても、南部連合のために戦っている。わたしの琴線に触れたポオを扱ったもうひとつのフィクションは、マンリー・ウェイド・ウェルマン作『月のさやけき夜』When It Was Moonlight（一九四〇）で、ポオはその物語の中でヴァンパイアに出会っている。

16　二度噛まれれば

ハリー・テイト――RE8飛行機に対する押韻スラング（アール・イー・エイトと韻をふんでいる）。語源は有名なコメディアン。彼は、記録に残る最初のヴァニティ・プレート（車の持ち主が数字や文字を選ぶことのできるナンバープレート）獲得者であることと（プレートはT8）、「グッドバイイイ」というフレーズで知られている（このフレーズは、『素晴らしき戦争』Oh, What a Lovely War!（一九六九）（リチャード・アッテンボロー監督のミュージカル映画）で使われた歌曲からとられている）。この飛行機はパイロットたちに嫌われ、〝ハリー・テイト〟という言葉は、流行遅れとか、役に立たないことを意味するようになった。

※ハリー・テイトHarry Tate（一八七二‐一九四〇）本名、ロナルド・マクドナルド・ハチソン。ミュージックホールや映画で活躍したイギリスのコメディアン。

17　孤独な自転車乗り

ニコルソン大佐とホレイシオ・ボトムリー――ニコルソンを、ピエール・ブール作『戦場にかける橋』The Bridge Over the River Kwai/Le Pont de la rivière Kwai（一九五二）で、アレック・ギネスの演じたキャラクターだと考えた人がいるようだ。だがそうではない（映画はデヴィッド・リーン監督『戦場にかける橋』The Bridge on The River Kwai（一九五七））。第十五ハイランド師団所属、聖マイケル＝聖ジョージ勲章殊勲賞を授与されたW・N・ニコルソン大佐は、Behind the Lines: An Account of Administrative Staffwork in the British Army 1914-18（一九三九）の作者である。わたしは、ボトムリの前線訪問に関する彼の批評を、リン・マクドナルドの1914-1918: Voices and Images of the Great War（一九八八）からとってきた。ボトムリは全盛期には絶大な影響力をもっていたが、一九二二年に詐欺罪で有罪宣告を受けた。ボトムリの〈ジョン・ブル〉は英国刊行物の中でも最高に鼻持ちならない盲目的愛国主義の産物であるが、一九一八年に脱走の罪で銃殺刑にされたエドウィン・ダイエット中尉のために、驚くほどの運動をおこなっている（成功はしなかったが）。

※リン・マクドナルドLyn MacDonald（一九三四‐）イギリスの軍事歴史家。

※エドウィン・ダイエットEdwin Dyett（一八九五頃‐一九一七）ニューマンは一九一八年と書いているが、一九一七年に死亡。戦闘に加わらなかったことを脱走とみなされ、不充分な証拠で有罪とされた。

※章題は、アーサー・コナン・ドイル〈シャーロック・ホームズ〉シリーズの、「孤独な自転車乗り」The Adventure of the Solitary Cyclist（一九〇四）からとったものと思われる。

18 地獄の天使

章題は一九三〇年製作ハワード・ヒューズ&ジェイムズ・ホエール監督のトーキー映画（『地獄の天使』Hell's Angels）からとった。これは、ウィリアム・ウェルマン監督のサイレント映画『つばさ』Wings（一九二七）とならび、戦後、一九一四－一八の戦闘機パイロットに関する神話製作に重要な役割を果たした作品である。このタイトルはまた、第二次世界大戦におけるフライング・タイガース（アメリカの第二次大戦参戦以前に、中国国民党政府に加担して日本軍と戦った米国人義勇兵の戦闘機部隊）の部隊名でもあり（第一部隊がアダム&イヴ、第二部隊がパンダベアーズ、第三部隊がヘルス・エンジェルズだった）、その後――アポストロフィー抜きで――暴走族《モーターサイクル・ギャング》の名称ともなった。ヒューズの強迫症的なこだわりのおかげでこの映画の制作過程は伝説となり、『最後の偵察』The Last Flight（ウィリアム・ディターレ監督一九三一年作品）、『華麗なるヒコーキ野郎』The Great Waldo Pepper（ジョージ・ロイ・ヒル監督一九七五年作品）、『スタントマン』The Stunt Man（リチャード・ラッシュ監督一九八〇年作品）、『アビエイター』The Aviator（マーティン・スコセッシ監督二〇〇五年作品）など、エースパイロット映画制作がいかに危険であるかを題材とする一連の映画が生まれた。

19 ビグルズは西に飛ぶ

章題 Biggles Flies West は、一九三七年のW・E・ジョンズの小説から。十代前半のころ、夢中になって読みふけったものである。ビグルズ・シリーズは明らかに『鮮血の撃墜王』に大きな影響を及ぼしている。イギリスのポップカルチャーにおけるビグルズ・シリーズの卓越した地位は、『空飛ぶモンティ・パイソン』Monty Python's Flying Circus（一九六九－一九七四年に放映されたイギリスのコメディ番組）における痛烈なパロディによって撃墜された（「あなたのジョークが理解できない」）。これに関しては、少なくともマイケル・ペイリンは後悔するに至ったはずである。だが、〝ビグルズは飛ばない〟Biggles Flies Undone というジョークは、モンティ・パイソンが引用するずっと前からネタとして遊ばれていた。第一次大戦に舞台を設定した初期のジョンズの小説は後期よりも勇気にあふれて個人的だが、セシル・ルイス（Sagittarius Rising）やV・M・イェイツのクォリティには達していない。子供のころのわたしは、より空想的な後期の作品が好きだった。ジョン・ピアソンの Biggles: The Authorised Biography（一九七八）には助けられた。

※マイケル・ペイリン Michael Palin（一九四三－）英国のコメディアン。モンティ・パイソンのメンバーのひとり。

20 異国の地

※章題は、チャールズ・スターリッジ監督の映画『ノルマンディーの黄昏』A Foreign Field（一九九三）ではないかと思われる。

21　城

ザンケ・カード――出版業者ヴィリー・ザンケは、一九〇九年から一九一八年にかけて、ドイツ軍飛行士を記念する葉書シリーズを発行した。そのコレクションは、http://www.sanke-cards.com で見ることができる。

※章題は、フランツ・カフカの小説『城』Das Schloss/The Castle（一九二六）だろうか。

22　穴居人

ミラクルマン――ウィンスロップはおそらく、ジョージ・M・コーハンの戯曲『ミラクルマン』The Miracle Man（一九一五）の上演を見たか、その戯曲の原作であるフランク・L・パッカードの小説（一九一四）を読んだにちがいない。一九一九年のハリウッド映画ではロン・チェイニーが、ねじれた手足がまっすぐになるという治癒の場面ですばらしい演技を披露している。穴居人に関しては、ヤロスラフ・ハシェク（シュヴェイク）、D・H・ロレンス（メラーズ）、アンリ＝ピエール・ロシェおよびフランソワ・トリュフォー（ジム＆ジュール）、ロバート・C・シェリフ（ローリー）、F・ポール・ウィルソン（フェルマン）、ダニエル・ブーランジェおよびモーリス・ベシー（プラムピック）に感謝する。

モンスの幽霊弓兵や、十字架にかけられたカナダ兵や、長靴に雪をつけたままのロシア兵――これらは第一次大戦における伝説である。モンスの幽霊弓兵（もしくはモンスの天使）は、アーサー・マッケンの小説「弓兵」The Bowmen（一九一四）からはじまったものと思われるが、一般にひろまり議論を呼んだ（第一次大戦中、ベルギーのモンスで連合軍がドイツ軍に囲まれて絶体絶命の危機に陥ったとき、どこからともなく弓兵があらわれてドイツ軍を撃退したという）。十字架にかけられたカナダ兵は、ドイツ兵の銃剣で納屋の扉に磔にされたといわれているが、連合軍のプロパガンダポスター（「あなたの自由公債でこれをとめることができる」）に描かれた残酷物語が広く喧伝されたものである。ロシア兵の逸話は、西部戦線（もしくはスコットランド）にとつぜん正体不明の部隊があらわれ、長靴に雪がついていたのでロシア兵であることがわかったというものである。

23　わが隊の機は一部行方不明

※章題　Some of Our Aircraft are Missing は、マイケル・パウエル＆エメリック・プレスバーガー監督の映画『わが一機未帰還』One of Our Aircraft Is Missing（一九四二）からとったものと思われる。

24　古い鉄条網にひっかかって

※章題は、第一次大戦の戦争歌 Hanging on the Old Barbed Wire より。

26　太陽のもとを歩いて

※章題は、はじめ A Walk in the Sun の名で発表されたが、のちに Salerno Beachhead と改題された、ルイス・マイルストン監督『激戦地』（一九四六）からとったものと思われる。

第三部　狐狩人の思い出

第三部の表題は、ジークフリート・サスーンの自伝的小説からとった。

※ジークフリート・サスーン Siegfried Sassoon（一八八六‐一九六七）イギリスの詩人・作家・軍人。反戦詩で知られる。Memoirs of a Fox-Hunting Man（一九二八）

27　赤い戦闘機

「従姉妹のひとりが、きわめて忌まわしい評判のイギリス人作家とふさわしからぬ関係に陥った」——一九一二年、フリーダ・フォン・リヒトホーフェン（正確な意味での従姉妹ではなく、やや遠い親族）——当時、アーネスト・ウィークリーという学者と結婚していた——は、作家D・H・ロレンスと駆け落ちした。彼女の離婚が成立したのち、ふたりは結婚した。大戦前、メッツにある妻の実家を訪問しているとき、ロレンスはイギリスのスパイの疑いをかけられた。ロレンスはのちに、潜水艦に合図を送ってドイツのためにスパイを働いていると疑われ、戦時国土防衛法に抵触したこともある。

パール・フォン・マウレン——カール・ジャコビがウィアード・テイルズに発表した「黒の告知」Revelations in Black（一九三三）の登場人物。

※章題はもちろん、マンフレート・フォン・リヒトホーフェンの自伝 Der rote Kampfflieger / The Red Battle Flyer（一九一七）だろう。

28　月はまた昇る

アミアン病院の医師と患者に関しては、シンクレア・ルイス（アロウスミス）、アーネスト・ヘミングウェイ（バーンズ）、およびD・H・ロレンス（チャタレイ）に感謝する。

『ヴラドのくる日』When Vlad Came——サキの小説 When William Came——わたしはこの物語を、マイケル・ムアコックのアンソロジー England Invaded で読んだ——は、〈ドラキュラ紀元〉シリーズのテンプレートのひとつである。一九一四年に書かれたこの物語は、皇帝ヴィルヘルムの軍に制圧された近未来の英国を舞台とし、ジョージ・トムキンス・チェスニーの The Battle of Dorking（一八七一）の成功以後数多く発表された未来戦争小説の中でもっとも優れた作品のひとつである。ノエル・カワードの一九四七年の戯曲 Peace in Our Time はナチスに征服された英国を舞台とする歴史改変物語で（この分野における最初期のひとつ）、サキのテーマを意識的にとりあげている。

※章題はもちろん、アーネスト・ヘミングウェイの『日はまた昇る』The Sun Also Rises（一九二六）である。

33　人殺し

「くだらぬ犬だ」――正直な話、このシーンを使ったのは二度めである。最初はユージン・バーンとの共著 Back in the USSA だった。今後もしマンフレート・フォン・リヒトホーフェンを登場させることがあれば、わたしはまた彼にビーグル犬を撃ち殺させるだろう。これでもくらえ、カボチャ大王！

37　世界の支配者

※章題は、ジュール・ヴェルヌの小説『征服者ロビュール』Robur le Conquérant（一八八六）の続編である『世界の支配者』Maitre du monde（一九〇四）、および、その両作品を原作とする、ウィリアム・ウィットニー監督、ヴィンセント・プライス主演の映画『空飛ぶ戦闘艦』Master of the World（一九六一）よりと思われる。

間奏曲　マイクロフト・ホームズのプライヴェート・ファイル

この短い章は前の版では割愛され、コンヴェンション（一九九六年のファンタジイ・コン）用ブックレット「クライム・タイム」に掲載された。そもそも初版からはずしたのは、このシーンひとつのためにイギリスにもどるより、戦争がつづいているフランスに舞台を固定しておいたほうがいいと考えたためである。この章をもどすにあたっては、第三部と第四部のあいだに挿入した。だから以前の版のように小説を楽しみたければ簡単にとばすことができる。『ドラキュラ紀元一八八八』から『ジョニー・アルカード』まで連綿とつづく新版の物語全体において、マイクロフト・ホームズの葬式は有用である――というか、むしろ重要であるとすらいえるだろう。シリーズ中、マイクロフトより有名な弟が登場する、唯一のシーンなのであるから。

第四部　旅路の果て

第四部の表題は、塹壕での生活を扱ったR・C・シェリフの一九二八年の戯曲 Journey's End より。ジェームズ・ホエールが原作戯曲の演出と一九三〇年の映画の監督を務めている。一九三一年のドイツ映画――ハリウッドの『西部戦線異状なし』All Quiet on the Western Front（一九三〇）の忘れられた鏡像だ――は、Die andere Seite（The Other Side）（ハインツ・パウル監督、コンラート・ファイト主演）と呼ばれている。一九七六年の映画 Aces High（ジャック・ゴールド監督、マルコム・マクダウェル主演）では、シェリフの歩兵が戦闘機パイロットに変更されている。

38 攻撃パトロール

新兵たちに関しては、トム・ホランド（ダンドリッジ）、エリック・レッド（セヴェレン）、キャッシュ・マークマン（ブランドバーグ）、ジェームス・D・パリオット&バーニー・コーエン（ナイト）に感謝する。アレックス・ブランドバーグは〈ドラキュラ紀元〉シリーズ全体を通じてもっともわかりにくい既存キャラクターかもしれない。

ブロンコ・ビリー――ブロンコ・ビリー・アンダーソン（一八八〇‐一九七一）は初期の映画におけるカウボーイ・スターである。マックス・アロンソンとして生まれた彼は、映画出演者の名前が画面上に表示されなかった時代に、西部劇シリーズで演じたキャラクターの名によって知られるようになった。ハワード・ウォルドロップの短編小説 Der Untergang des Abendlandes - menschen において、ブロンコ・ビリーはウィリアム・S・ハートとともに、『吸血鬼ノスフェラトゥ』Nosferatu のフォン・オルロック伯爵を追跡している。

※ウィリアム・S・ハート William S. Hart（一八六四‐一九四六）アメリカの俳優。サイレント映画の時代に最高の西部劇スターといわれた。

※章題は、ノーマン・マクミランの Offensive patrol: The story of the RNAS, RFC and RAF in Italy, 1917-18（一九七三）ではないかと思われる。

39 前線にて

章題 Up at the Front は、一九七二年のフランキー・ハワード作品 Up the Front（ボブ・ケレット監督）の、使われなかったもうひとつのタイトルから拝借した。この映画においては、ザ・ザ・ガボール――〈ドラキュラ紀元〉ワールドにおいて、のちにドラキュラの妻となっている――がマタ・ハリを演じている。

42 将軍たちの夜

※章題は、ハンス・ヘルムート・キルストの小説『将軍たちの夜』Die Nacht der Generale（一九六二）を原作とする、アナトール・リトヴァク監督、ピーター・オトゥール主演の映画『将軍たちの夜』The Night of the Generals（一九六七）ではないかと思う。

43 アッティラ陥落

人間蝙蝠――ハーバート・ウェストは「ゴッサム大学のラ

ングストロム」を人間＝蝙蝠の形態変化分野におけるパイオニアとしているが、わたしとしては、シュタルハインと仲間たちの変身は、フランク・ロビンスとニール・アダムスがつくりだした人間蝙蝠《マンバット》にその多くを負っていると思う。彼は実写のバットマン映画にはまだ一度も姿を見せていないが、アニメ・シリーズ『バットマン』Batman のパイロット番組 On Leather Wings（一九九二）に登場している。

※フランク・ロビンス Frank Robbins（一九一七‐一九九四）アメリカの有名なコミック・ライター、アーティスト。

※ニール・アダムス Neal Adams（一九六四‐）アメリカのコミック・ライター、イラストレイター、脚本家。

44　KAGEMUSHA物語

章題は〝替え玉の物語〟Tales of the Double を意味する日本語である。黒沢明の『影武者』と溝口健二の『雨月物語』を合体させた。

45　宴の果て

章題は To End that Spree は、六〇年代のノベルティバンド、ロイヤル・ガーズメンの「暁の空中戦」Snoopy vs. Red Baron（一九六六）の歌詞より。

著者おぼえがき、および謝辞

これは『ドラキュラ紀元一八八八』につけられた、すでにかなり長文の謝辞に対する補足であると考えてほしい。『鮮血の撃墜王』を書くにあたって以下の作品を参考とさせてもらった。マルコム・ブラウン著 The Imperial War Museum Book of the First World War, マシュー・バンソン著『吸血鬼の辞典』Vampire:The Encyclopaedia, ウィリアム・E・バロー著 Richthofen: A True History of the Red Baron, クレイグ・W・キャンベル著 Reel America and World War I, I・F・クラーク著 Voices Prophesying War: Future Wars 1763-3749, ジョン・クルート&ピーター・ニコルズ著 Encyclopedia of Science Fiction. グレッグ・コックス著 The Transylvanian Library: A Consumer's Guide to Vampire Fiction, ロバート・クリーマー著 Lugosi: The Man Behind the Cape, ロッテ・H・アイスナー著 The Haunted Screen, モードリス・エクスタインズ著『春の祭典 - 第一次世界大戦とモダン・エイジの誕生』Rites of Spring: The Great War and the Birth of the Modern Age, ピーター・フリッチェ著 A Nation of Fliers: German Aviation and the Popular Imagination, ポール・ファッセル著 The Great War and Modern Memory, ジャック・D・ハンター著 The Blue Max, サミュエル・ハインズ著 A War Imagined: The First World War and English Culture, W・E・ジョンズ大尉著 The Camels are Coming, Biggles in France, Biggles Learns to Fly, Biggles Flies East, ピーター・キルダフ著 Richthofen: Beyond the Legend of the Red Baron, ジークフリート・クラカウアー著『カリガリからヒットラーまで』From Caligari to Hitler: A Psychological History of the German Film, セシル・ルイス著 Sagittarius Rising, リン・マクドナルド著 1914-1918: Voices and Images of the Great War, グスタフ・マイリンク著『ゴーレム』The Golem（ロバート・アーウィンの序文つき）、ウルフ・マンコウィッツ著 The Extraordinary Mr Poe, ケネス・マンソン著『第1次大戦戦闘機：および攻撃機・練習機１９１４－１９』The Pocket Encyclopaedia of World Aircraft in Colour: Fighters, Attack and Training Aircraft 1914-1919,『第1次大戦爆撃機：および哨戒機・偵察機１９１４－１９』The Pocket Encyclopaedia of World Aircraft in Colour: Bombers, Patrol and Reconnaissance Aircraft 1914-1919, マイケル・パリ著 Winged Warfare: The Literature and Theory of Aerial

Warfare in Britain 1859-1917, マイケル・パウエル&エメリック・フレスバーガー作『老兵は死なず』The Life and Death of Colonel Blimp, デイヴィッド・プリングル著 Imaginary People: A Who's Who of Modern Fictional Characters, マンフレート・フォン・リヒトホーフェン著 The Red Air Fighter（ノーマン・フランクスの序文つき）、ケネス・シルヴァーマン著 Edgar A. Poe: Mournful and Never-ending Remembrance, デイヴィッド・J・スカル著『モンスター・ショー―怪奇映画の文化史』The Monster Show, ブラム・ストーカー著『吸血鬼ドラキュラ』Dracula, コリン・ワトスン著 Snobbery With Violence: English Crime Stories and Their Audience, エドモンド・テイラー著 The Fossil Monarchies: The Collapse of the Old Order 1905-1922, ジョン・ヴァン・デル・キステ著 Queen Victoria's Children, デニス・ウィンター著 The First of the Few: Fighter Pilots of the First World War, レナード・ウルフ著 The Annotated Dracula, A Dream of Dracula: In Search of the Living Dead, V・M・イェイツ著 Winged Victory（ヘンリー・ウィリアムソンの献辞兼序文つき）。歴史、飛行機、文化などに関しては、ユージン・バーン、マーク・バーマンおよびトム・タニーに感謝する。そして、ゲイル・ニーナ・アンダーソン、スーザン・バーン、クリフ・バーンズ、ジャッキー・クレア、ジュリア・デイヴィス、ジョン・ダグラス、ドラキュラ協会、マーティン・フレッチャー、クリストファー・フレイリング、ガブリエラ・ガルスラン、キャスリン・グリーン、アントニー・ハーウッド、アンドレ・ジャックメットン、ピーター・ジェイムズ、ジョン・ジャロルド、スティーヴン・ジョーンズ、ジョン・フィリップ・ロウ、ポール・マコーリー、トマス・モー、ブライアン&ジュリア・ニューマン、スカイ・ノンホフ、ジェニイ・オリヴァ、クェロウ・パレンテ、マーセル・パークス、ステュアート・ポラック、マンディ・スレイター、アダム・サイモン、ヘレン・シンプソン、リチャード・スタンレイ、ジャン＝マルク・トゥーサン、カロリーヌ・ヴィエ、ニック・ウェブ、リンダ・ルース・ウィリアムズ、そしてロード・ルスヴン協会のみなさんに、感謝の言葉を贈りたい。

キム・ニューマン　イズリントンにて　一九九五

レッド・スカイ

Red Skies

『ドラキュラ紀元一八八八』のタイタン版において、わたしは出版直後に執筆した映画用シナリオの抜粋を収録した。『鮮血の撃墜王』に関してはそのような原稿をつくっていないため、今回は同様の資料をあげることができない。しかしながら、ここで思いがけないものを提供しよう。

伝説的なプロデューサー、ロジャー・コーマンから『鮮血の撃墜王』の映画化権について問い合わせがあった。彼の一九七一年作品『レッド・バロン』Von Richthofen and Brown（もしくはThe Red Baron）は本書にも影響を与えている。エディンバラ国際映画祭でいつも躍動感あふれる陽気なロジャーとオンステージ・インタビューをおこなったとき、わたしたちはこの本について話しあった。わたしが想像していたとおり、彼は前作において使わなかった空中シーンのフィルムを再利用できるプロジェクトをさがしていた。彼はわたしの小説がシリーズの一部であること（それによって権利関係が複雑になる）、また、わたしのリヒトホーフェンが実際には飛行機を飛ばさないこと、したがって、真紅のフォッカーを飛ばすジョン・フィリップ・ロー（映画『レッド・バロン』においてリヒトホーフェンを演じている）のフィルムを使うわけにはいかないことを認識していなかった。だがロジャーはその後、複葉機と空飛ぶモンスターの映画をつくってサイファイ・チャンネル（アメリカの衛星TVおよびケーブルTVのためにチャンネルを提供するテレビ局）に売りこもうと言いだした。バロンの勝利がヴァルキューレに捧げられるというすばらしいアイデアを思いついたのだ。

わたしはもちろん、レッド・バロン／ヴァルキューレ映画のアウトラインを大急ぎで書きおろした。残念ながら『ワルキューレ』Valkyrieというタイトルは、ブライアン・シンガーがヒットラー暗殺をテーマとした映画で使用したばかりだった。つまり、CGで描かれた神話の生き物（ヒドラ、ケルベロス、オグル、ゴブリンなど）を映画タイトルにするサイファイのパターンは使えないというわけだ。わたしはコーマンの『レッド・バロン』を見なおして、再利用できそうな場面をチェックすると同時に、それが新しい映画の中でどのように使えるかを検討した。また、歴史的人物や借用キャラクターによるさらなるクロスオーバー・シーンを作成するべく、『鮮血の撃墜王』の参考文献とノートを掘りだした。
その成果を、いまここに紹介しよう……

※ロジャー・コーマン　Roger Corman（一九二六－）アメリカの映画プロデューサー・監督。「低予算映画の王者」The Pope of Pop Cinema「B級映画の帝王」King of the Bsなどと呼ばれる。

※ブライアン・シンガー　Bryan Singer（一九六五－）アメリカの映画監督。『X－メン』X-Men（二〇〇〇）などの監督をつとめる。問題の『ワルキューレ』Valkyrieは二〇〇八年作品。トム・クルーズが主演している。

レッド・スカイ

ロジャー・コーマンのアイデアをもとに
キム・ニューマンが作成したアウトライン

「……昔昔、ヨーロッパの暗き中心に……」

プロイセン。中世。古代の森。夜。火。地面にこぼれた血。戦いに敗れたのだ。アジアからの侵略者が盗み、殺している。マンフレート——傷つき疲れ果てた若者——は戦いを生き延びた。父である指揮官は死んだ。逃亡しながらも、甲冑が邪魔になる。キリスト教会に隠れようとして、彼は死者の祭壇に仕える修道女を見つける。敵の潰神に衝撃を受け、森の奥深くに逃げこむ。とりわけ執拗な三人の侵略者が彼を追い、獣のように狩ろうとする。マンフレートはよりはやく走るために甲冑を脱ぎ、川を渡るときに剣を捨てる。人ならぬ目が木々のあいだから見つめている。マンフレートは森の中の、より原始的な魔術の領域にはいりこんでいる。

マンフレートは滝にやってくる。これ以上進むことはできない。侵略者がすぐ背後にせまり、逃げ道はない。マンフレートはひざまずいて祈る。キリスト教の神ではなく、ドイツが信じる古代スカンジナビアの神々——オーディン、フレイア、トールにである。彼の祈りに応えて、言葉にならない不気味な歌声が聞こえる。三人の美女——ローレライ、ブルンヒルデ、カルニラ（ふたりはブロンドで、ひとりが黒髪）——が瀑布の背後からあらわれる。彼女たちは古代スカンジナビアの神々に仕えるヴァルキューレである。

川では、侵略者たちが剣から流れた血を見つけ、さらにマンフレートのあとを追ってくる。

戦士を愛するヴァルキューレは、剣を失い戦いに敗れたマンフレートを軽蔑する。彼女たちの顔が変化し、鷹のような、ヴァンパイアのような、魅惑的な恐ろしいものになる。すべての希望を失ったマンフレートは、恐怖に打ち勝って彼女たちの前に立ち、冷静に死を待つ。ヴァルキューレを率いるローレライが、彼の中に戦士の火花を見出し、取引を申しでる。戦い血の犠牲を捧げるなら、無敵の不死身にしてやろう。マンフレートは永遠にゲルマンの英雄となるのである。

侵略者が空き地の近くまでくる。ローレライが水の中から、黒い双頭鷲の記された赤い甲冑をとりだす。ブルンヒルデとカルニラが装着を手伝い、彼に力を与える。ローレライが鋭い爪で自分の胸を切りひらき、身体の中から血に濡れた剣をとりだす。彼女は滝で剣を洗い——血に染まった骨が磨かれた鋼に変わる——それをマンフレートに贈る。侵略者が空き地にはいってくる。マンフレートはすぐさまふたりを打ち負かし、切り刻む。三人めの侵略者は降伏して偃月刀をわたすが、マンフレートはそれを投げ捨てて短剣を抜く。そして三番めの侵略者の耳を削ぎ落とし、高く掲げる。血の匂いにヴァルキューレが高揚し、ハーピーのような翼あるモンスターに変身しはじめる。この段階ではその姿ははっきり見えないが、カメラが彼女らの視点で宙を飛ぶ。三人めの侵略者が襲われ、爪と牙でばらばらに引き裂かれる。滝壺が血で真紅に染まる。ヴァルキューレが女の姿にもどり、その水を浴びる。

マンフレートは自分が殺した敵の横にひざまずく。ローレライの腕に鷹がとまっている。狩人の鷹だ。彼女はマンフレートに、ドイツはおまえを誇りとする、おまえはふたたび戦いに呼ばれるだろうと告げる。鳩が飛んでくる。マンフレートは空を見あげる。ローレライが鷹を宙に投げあげ、口をひらいて、人のものならぬ美しい音を発する——セイレンの歌だ……

鷹とともに、晴れわたった空を切り裂いて鳩を追う。つづいてマッチカットにより、鳥が戦闘中の第一次大戦複葉機に変わる。空中戦に重なるクレジットが、さざ波をたてる滝壺の水ごしにゆがんで見える。テーマ音楽がセイレンの歌とあわさる。サンプリングされたワーグナーの「ワルキューレの騎行」かもしれない。

——つぎの段落は、ロジャーが——倹約家との評判にたがわず——費用がかかりすぎるといったので、アウトラインから削除された——

（滝壺の中で血が渦を巻き、クレジット・シークエンスのモンタージュが波で揺らめく。ストックショットによって、ドイツの戦争が時代順につぎつぎとあらわれる——三十年戦争（一六一八 - 四八年にわたり主にドイツ国内で行なわれた新旧両教徒間の宗教戦争）、ナポレオン戦争（一八〇五 - 一五年）、普仏戦争（一八七〇 - 七一年）、第一次世界大戦（一九一四 - 一八年）。（基本的に、戦争シーンは『アレクサンドル・ネフスキー』（Alexander Nevsky セルゲイ・M・エイゼンシュテイン監督、ニコライ・チェルカーソフ主演一九三八年作）、『バリー・リンドン』（Barry Lyndon スタンリー・キューブリック監督、ライアン・オニール主演 一九七五年作品）、『ワーテルロー』（Waterloo セルゲーイ・ボンダルチューク監督、ロッド・スタイガー主演一九七〇年作品）から）。精巧なゲルマン風の兜と甲冑をつけた騎士たち。十八世紀の騎兵。カノン砲。攻城戦。マスケット銃。ライフル。鳴り響く機関銃。それらすべての殺戮の中にマンフレートがいる。それぞれの時代に生まれ変わり、それぞれ異なる軍服を着てはいるが、つねに赤い金属と双頭鷲を身につけている。巨大な翼の羽ばたきと、吠えるようなセイレンの歌と、ヴァルキューレの影が、すべての爆発、戦闘、突撃、勝利に重なっている。歴史を映す血のさざ波が消えると、一九一七年フランスにおけるドイツ軍飛行場である。）

マンフレートが出てくる。飛行服に飛行帽姿で、真紅の飛行機に近づいていく。双頭鷲が描かれている。甲冑が、いまでは飛行機になったのだ。長剣と短剣は、飛行機に搭載された二挺のシュパンダウ機関銃である。

従者が敬礼する。「フォン・リヒトホーフェン男爵大尉」。マンフレートは基地病院をふり返り、看護婦の制服を着て立つヴァルキューレたちに会釈を送る。そして機に乗りこみ、ベルケが指揮する戦闘中隊《ヤークトシュタッフェル》とともに離陸する。ヴァルキューレが飢えたような顔で滑走路に出てくる。ケープが翼のようにひろがる。田園地帯の上空で、ドイツ軍飛行隊は空を所有するかのようだ。そこへイギリス軍の編隊があらわれ、空中戦がはじまる。両軍でそれぞれ何機かが撃墜される。マンフレートは機関銃を撃ちながら、ヴァルキューレの歌を聞いている。空を飛ぶ翼もつモンスターが見える。

マンフレートはイギリスの撃墜王《エース》、ホーカーと戦っている。だが思うようにいかない。戦闘から離れ、マンフレートはホーカーを追って雲の中にはいる。ようやくホーカー機に銃弾を撃ちこみ、側面に傷をつける。ローレライがホーカーをコクピットからひきずりだして、ばらばらに引き裂く。地上ではオートバイ乗り(ブラウン)が、雨が降りはじめたのかと片手をあげる。その手に血が飛び散る。空の上で、マンフレートがモンスターの姿をしたローレライを見つける。それはハーピーとヴァンパイアとゴルゴンと魔女とセイレンをまぜあわせたようなものだ。

ドイツ軍飛行隊が帰投する。飛行士たちがマンフレートに十番めの勝利の祝いを告げる。これでダブルエースだ。みな彼を英雄として崇拝している。彼らはまた、マンフレートが看護婦たちでハーレムをつくっていると信じて羨んでもいる。だがベルケは腹を立てている。マンフレートは自分のスコアをあげるために陣形を崩したのだ。今回の任務には連合軍基地の偵察もふくまれていたのに、マンフレートは偵察写真を撮らず敵を墜とそうとする。マンフレートの勝利がよい宣伝となることはベルケも理解している。だが何かがおかしいと感じてもいて、それに看護婦がかかわっているのではないかと疑っている。マンフレートは飛行場の将校クラブで乾杯を受け、新たな銀カップを記念トロフィーに加える。ベルケは今日戦死した飛行士の家族に手紙を書くため執務室にもどろうとし、ヴァルキューレに行く手をさえぎられる。看護婦が曖昧な言葉で彼を罵る。ベルケはなんとかしてマンフレートを排除しようと決意する。

オートバイ乗りのブラウンがイギリス軍飛行場に到着する。ホーカーの死に激しい衝撃を受けた飛行士たちが、弔いの意をこめて騒いでいる。新人であるブラウンがパブのような将校クラブにはいると、すぐさま若い飛行士ジミー・ビッグズのダンスに巻きこまれ、テーブルにひっぱっていかれる。上官であるクンダル隊長が酔っぱらったビッグズに謝れと命じ、ビッグズはそれに従う。クンダルがブラウンの書類を調べ、ビッグズの兵舎に部屋を割り当てる。ホーカーが使っていた部屋だ。それにより、飛行士たちは〝不吉な〟新人に反感を抱く。ブラウンはほとんど意識のないビッグズをひきずって兵舎に行く。ホーカーの恋人、看護婦のカトリオナが彼の荷物を箱につめている。彼女は新しい飛行士を目にしてわっと泣き伏す。彼もまた死すべき運命にあると考えたのだ。そして、空には打ち負かすことのできない赤い悪魔がいると語る。カトリオナが去り、ブラウンはビッグズを寝台に放りこむ。ブラウンはようやく革ヘルメットとゴーグルをはずし、分厚い革ジャケットを脱ぐ。ビッグズが相変わらず定まらない視線をブラウンにむける。彼の視点で、新人パイロットが若い女であることが明らかになる。自分は酔っぱらっているか夢を見ているのだと考え、ビッグズは寝台に埋もれる。

ホーカーの墜落現場。マンフレートがトロフィーとなる円形標識を切り取りにきて、打ち負かした敵の死んだ目をのぞきこむ。ローレライが見つめている。何世紀にもわたって安易な勝利を重ねてきたため、マンフレートはうつろな男に変貌しているが、ヴァルキューレはまだ血に飢えている。マンフレートはイギリスが挑戦してこないことを嘆く。ローレライが用心するよう忠告する。イギリスはドイツと同じく古い国で、巨大な力によって守られている。彼らが去る。墜落した飛行機の周囲で霊的な力が渦を巻いているのが、わたしたちの目にのみ見える。ホーカーの遺体が、燃える目と長い髭をもった、ローブ姿の生きた老人に変じる。

翌日、ブラウン——髭剃りが必要になる前に若者を戦場に送りこむ上層部について辛辣な意見をならべ、若い男として通している——が出勤してくる。二日酔いのビッグズが、レッド・バロンの狩猟場から離れた空域に気楽なパトロールに出ないかと誘う。だがその途中で戦闘中隊《ヤークトシュタッフェル》があらわれ、彼らを窮地に追いこむ。マンフレートがビッグズに照準をあわせる。轟音とともに飛びこんできたブラウンが、思いがけない曲芸飛行の技を披露してマンフレートを追い払う。マンフレートはいらだちながらも、挑戦に心躍らせる。必死になって新しいイギリス人飛行士を追うが、機が被弾し、しかたなく獲物を逃して離脱する。血を騙しとられたと感じてローレライがいらだつ。空が暗くなる。ブラウンが下手くそな着地をして機が壊れる。赤い雨が降りはじめる。みなが彼女に祝いの言葉を述べる。ビッグズは自分が彼女に借りをつくったことを認める。だが彼は、ブラウンを女だと思ったことを忘れてはいない。

クンダルが飛行士たちに、レッド・バロン問題解決のために派遣されてきた新しい民間顧問マレンを紹介している(変身したホーカーである)。若者たちは懐疑的だが、ブラウンはマレンに感銘を受ける。ツイードの服を着て刈りこんだ口髭と歳月を重ねた賢者の目をもつ男を紹介されたとき、その魔術師じみた容貌に霊的な直感を得たのだ。ブラウンは、格納庫の片隅に教室をつくるマレンを手伝い――彼がときどき痛みの発作に襲われていることに気づく。マレンが、自分はここに長くはとどまらない、だがなすべきことは多いと語る。

マンフレートは一機を逃したことで仲間たちにからかわれ、冷たい怒りを燃やしている。部屋にもどると、なかば変身しかけているヴァルキューレが怒りに燃えてかわりの犠牲を要求する。マンフレートは銀カップをみずからの血で満たさなくてはならない。それを彼女たちが飲む。さらに悪いことに、その夜、ベルケが朗報だと彼を呼びだす。皇帝が新たな栄誉を授けてくださるというのだ。またベルリンは、彼が宣伝旅行でドイツをまわり、祖国のため軍にはいって空を飛ぶよう若者たちに勧めることを望んでいる。マンフレートはこれが自分を前線から遠ざける策略であることに気づく。だが選択肢はない。マンフレートが去ったあと、ベルケは不安にかられるが、対面が終わり問題が解決したことに安堵する。彼は窓に目をむけ、そこに顔を見て驚愕する。モンスターであるローレライが、稲妻の光に照らされている。

マレンはブラウン――ジェイン・シャーロット・〝チャーリー〟・ブラウン――に特別な関心を抱いている。彼女が秘めている運命に気づいている。マレンはイングランドの危機に呼びもどされたマーリンであり、彼女は古代英国の女王戦士ボアディケアとアーサー王の女戦士ブラダマンテ（ルドヴィーコ・アリオスト『狂えるオルランド』Orlando Furioso（一五三二）に登場する女騎士。正確にはアーサー王の騎士ではなくフランスの騎士で、マーリンの亡霊と出会う。その後、さまざまな文学作品・芸術作品の題材となる）の新しい化身で、連合国に敵対する霊的勢力に対抗するため生まれ変わってきたのだ。ドイツはつねに戦争をしているため、マンフレートは永遠に存在する。ブラウンが新たに肉体を得たのは、英国が必要なときにしか戦わないからである。それゆえに、ブラウンは経験不足という弱点を克服しなくてはならない。マンフレートは赤いドラゴンであり、もっとも清浄な騎士によってしか倒されることがない。マレンはブラウンが女であることを知っている。彼女とその兄は戦前から飛行士だった。兄はあらゆる新聞に大きくとりあげられたが、飛行士としては妹の方が優秀だった。兄はここにくる途中、オートバイから落ちて背骨を折った。そこで、妹がかわりにやってきたのだ。彼女はマレンの魔術的な話に抵抗し、戦いに勝つために必要なのは現代的な科学と戦略だけだと主張する。そうしながら、マレンが身分を偽っている彼女を英国陸軍航空隊の勤務から追放しないことに驚く。

　マンフレートは、ベルケが彼の最後の仕事にしようともくろんでいる戦闘に出て、空中戦の混乱の中で上官にむかって発砲する。ベルケの機は急降下、墜落する。ベルケは残骸から生きて這いだし——上空ではまだ戦闘がつづいている——救急車がやってくるのを見て安堵する。救急車からヴァルキューレが出てきて彼を車内に運び、怪物の姿になってばらばらに引き裂く。

　ベルケの葬儀の場で、マンフレートは指揮官に任命される。快哉の声をあげる者もいるが、マンフレートとベルケの不和を知っている者たちは心配している。マンフレートは機体を派手な色に塗らせ、フライング・サーカスを結成する。彼はひそかに自分の機体を、ヴァルキューレが殺害したベルケからとってきた血で染める。だが、指揮官殺害という事実が彼自身の廉恥心とうまく折り合わず、マンフレートは超自然的なパトロンに対する怒りをおぼえはじめる。

　空ではドイツ軍がさらに多くの勝利を重ね、マンフレートはさらに多くの犠牲をヴァルキューレに捧げて引き裂かせ、ヨーロッパの大地に血の雨を降らせている。レッド・バロンの炉棚には、ひとつの勝利につきひとつずつ与えられる銀カップが、どんどん数を増していく。塹壕戦、毒ガス攻撃、爆撃、飛行船《ツェッペリン》の爆発など、第一次大戦のストックショットがつぎつぎにあらわれるが、それらは血に汚れ、この戦いがヴァルキューレに捧げられたとてつもない血の饗宴であることを見せつける。

　ブラウンは戦闘機パイロットとしてさらに腕をあげ、

毎日のように危機一髪の状況を切り抜けている。女王戦士の生まれ変わりとしてふさわしくなるため、魔術レベルの試練を突破しなくてはならないのだ。彼女はビッグズに惹かれている。彼のほうも気がつくと彼女の訓練を手伝い、彼女が女であることを仲間たちから隠している。マレンはいつまでもここにとどまって教えられるわけではない。彼は脇腹に血の流れる傷を負っている。それはホーカーに死をもたらした傷で、包帯を巻いても血をとめることはできない。ビッグズはブラウンを守りたいと願いながら、彼女の戦いの重要性をも理解していて、ふたつの思いのあいだで引き裂かれている。ブラウンはいまだ戦いの魔術的解釈を受け入れていないが、ヴァルキューレを目にしたことのあるビッグズはすでにそれを信じている。マレンはブラウンに、訓練が重要であること、だがそれだけでは充分でなく、赤いドラゴンを倒すには血によって鍛えられた武器が必要であることを語る。

一九一七年のクリスマス。銃声はやんでいる。一時的な休戦である。ドイツ軍と英国軍それぞれの飛行場のちょうど中間にあたる宿で、両軍の飛行隊がぎこちなく食事をともにしている。たがいに相手を称えて乾杯しながらも、誰が誰を撃ち落としたとか、誰が大へまをしでかした（地上掃射で落とされたパイロット等）とかの話題に、かっとなる場面もある。ビッグズとドイツ人飛行士ムルナウのあいだで殴り合いがはじまりそうになり、クンダルが仲裁に入る。マンフレートがヴァルキューレをともない、遅れて登場する。英国人たちは取り巻きを連れた彼に感銘を受けると同時に羨んでもいる。ブラウンは霊視によって彼女たちの真の姿を知り、自分の魔術的立場を少しずつ理解しはじめる。マレンが食事の前に祈祷を唱え——ヴァルキューレが威嚇の音をたてる——クンダルが力なく、すべての国の、地に墜ちた飛行士のために乾杯する（この場面は、まだ戦争が激化する前のごく初期の段階には友好的な雰囲気があったことを示すものである）。

食事が終わると、楽士たちが音楽を奏ではじめる。マンフレートがブラウンにダンスを申しこむ。いまでは英国人全員が彼女が女であることを知っていて、それを受け入れている。戦争においては、それくらいの狂気はどうでもいいこととして受けとめられてしまうようだ。マンフレートとブラウンははやいダンスを踊りながら、誰が誰を殺すだろうと刺々しい言葉で予想をかわしあう。マンフレートはブラウンの中に、血を捧げてすごした何世紀ものあいだに自分が失ってしまったものを見てとる。ブラウンに恋するビッグズが割ってはいろうとするが、人ならざる力で部屋の向こう端まで投げとばされる。真夜中、休戦時間が終了する。両飛行隊のあいだで喧嘩がはじまる。こぼれたビールやワインにまじって床に血が流れる。フランス人の宿の亭主は、英国とドイツが自分たちの国で決着をつけてくれればいいのにと嘆く。

外ではマレンがヴァルキューレに囲まれている。ヴァルキューレがセイレンの歌で彼の魔術的防御力をさぐろうとする。全員が真の属性を明らかにして、魔術的な戦いをくりひろげる。マレンはヴァルキューレを撃退することで力を使い果たす。瀕死の状態で最後の力をふりしぼり、ヴァルキューレがいまこの場でブラウンを殺し、英国の戦士を戦場から消そうとするのをくいとめる。ブラウンはその一部始終を目撃し、これまで自分が馬鹿にしていた魔術的な出来事すべてが真実であることを知る。彼女はなかばホーカーにもどりかけているマレンを抱きよせる。彼は、そのまま進んでレッド・バロンを倒せ、それによって戦いの終わりがはじまると言い残して息絶える。これを目撃していたビッグズは、マレンの知識の一部を受けとってブラウンの従騎士となる。立ちあがったブラウンは光り輝いている。ビッグズの目に彼女は、ローブをまとい鎧をつけたボアディケアもしくはブリタニアと見える。

ヴァルキューレの正体を見たムルナウが、戦闘中隊《ヤークトシュタッフェル》じゅうに噂をひろめる。だがヴァルキューレは魔術的な生き物として〝出現〟し、飛行隊にその意志をふるってすべての抵抗を押しつぶす。彼女たちは事態が急を要することを知り、十二月二十六日《ボクシング・デイ》、飛行士たちがプレゼントをあけて無花果プディングを食べているあいだに英軍を急襲せよという命令を出す。これは異教徒の犠牲の祭なのだ。ヴァルキューレはマレンを殺し、いままたブラウンを殺そうとしている。遠い昔に枯渇したマンフレートの感情がブラウンによって動かされる(ブラウンはプロローグで殺された修道女を思い起こさせる)。血に飢えた女主人たちの支配に反感はおぼえるものの、何世紀にもわたる習慣がその指示に逆らうことを彼に許さない。

ドイツ軍は英軍飛行場にすさまじい攻撃をかけ、クンダルをはじめ、大勢が生命を落とす。ヴァルキューレはドイツ機とともに公然と空を飛び、空から英軍を襲って、飛行士を、市民を、看護婦を、犬を、その場にいるあらゆるものを虐殺する。大地が血に染まる。ブラウンはビッグズにひきとめられて空にあがりそこなった。彼女は怒り狂っている。これを終わらせることができるのは自分だけだと信じているからだ。ビッグズは彼女に、きみはまだドラゴンを殺すための剣を手に入れていないと告げる。

ドイツ軍基地で、血に狂った飛行士たちが祝賀会をひらいている。食堂ホールで猪を追いまわし、剣を突き立てている。ヴァルキューレは、十二人の血に飢えた戦士が新たに生まれたことで大喜びしている。その中には将来のナチスや連続殺人鬼などもふくまれている。ブルンヒルデとカルニラが一行の中から愛人を選びだし、パーティは異教徒の乱交のようになっていく。マンフレートは懸命に良心を目覚めさせておこうと努める。ローレライが誘いをかけてきたとき、彼は勝利の代価についてたずねる。問題となるのは勝利ではなく、血だと答えが返る。ヴァルキューレは死せる英雄をヴァルハラに連れていく。その候補者は無限に必要とされる。彼女たちの目的を実現させるためには血を流さなくてはならないのに、勝利は流血の終焉を意味する。いま、ヴァルキューレはかつてなく強大になっている。この戦争はこれまでの歴史におけるいかなる戦いよりも多くの血を流しているからだ。マンフレートは炉棚から銀のカップをたたきおとす。

ビッグズとブラウンが森の中を歩いている。ブラウンはまだ彼に対して怒っているが、ビッグズは彼女が自分などよりずっと重要な存在であることを説明しようとする。勝利をおさめることができるのは彼女だけなのだ。ふたりは戦場を離れ、意図していたよりも深く森の中にはいりこむ。とうとうふたりは口づけをかわす。そのとき、自分たちを見つめる目があることに気づく。赤い目だ。ビッグズが銃を抜いて発砲する。闇の中からマンフレートがあらわれる。軍服が煙をあげているが、怪我はない。彼は、あたりまえの弾丸で自分を傷つけることはできないと語り、袋を地面におろす。袋が破れ、銀カップがこぼれる。「血で汚れた銀だ」。彼はビッグズから銃をとりあげ、殴り倒す。ブラウンが六尺棒のようなもので打ちかかるが、マンフレートはそれを受け流す。ふたりはたわむれあうように踊り／戦い、最後にマンフレートが口づけを盗む。ブラウンのくちびるに血が残る。ブラウンは彼に、女主人たちに抵抗していますぐ戦いをやめるよう忠告する。それだけの名誉を得たのだから、いまさら誰も非難はしないだろう。マンフレートは少し考え、残念だがそれは不可能だ、自分には義務があると答える。自分はドイツのドラゴンだ。ドラゴンがみずから身をひくことはない。ドラゴンは殺されるだけだ。そして彼は闇の中に姿を消す。ブラウンはマレンの幻を見る。幻は、おまえはいま必要な武器を手に入れたと告げる。銀カップに囲まれて、ビッグズが目をさます。

英国軍はどうにか飛行隊を編成しなおし、新しい指揮官ビッグズが、ドイツ軍飛行場に対する〝報復攻撃〟を命じる。いまやおのが運命に完全に目覚め、騎士のように輝いているブラウンは、自機に乗りこみながらもそうした命令すべてを超越している。英軍はドイツの司令部《HQ》を攻撃し、ヴァルキューレが負傷者や瀕死の患者から食餌をとっている病院を爆撃する。マンフレートとブラウンが空中で戦う。ビッグズがあいだにはいってくる。ブラウンはヴァルキューレが愛する男にむかってくるのに気づき、モンスターと一戦まじえる。マンフレートは彼女を殺すチャンスを得ながら、実行に移さない。ローレライが操縦席の彼を引き裂き、リンゴのように皮を剥ごうとする。よみがえった英国の戦士ブラウンが、ヴァルキューレに銃弾を撃ちこむ。

フラッシュバック。マレンの教えに従い、ブラウンとビッグズは銀カップを溶かして銃弾をつくる。だがそれに魔力を与えるのは、銀そのものではなく、カップについた血である。

ブラウンはブルンヒルデとカルニラを銃撃する。ふたりは老女の姿になって森の湖に落下する。湖が血に染まる。ブラウンは聖なる最後の弾丸をローレライにむかって撃つ。彼女は負傷し、重傷を負ったマンフレートを残して彼の機体から離れる。マンフレートはみずからの運命を受け入れ、ブラウンの銃撃を受ける。彼の機は無傷のまま着陸する。マンフレートは死によって、ついに安らぎを手に入れる。

ブラウンは感情的に疲れ果てて英軍基地にもどる。基地ではすでに彼女の勝利が知れわたり、称賛と話題の的になっている。彼女はビッグズと抱擁をかわす。ビッグズが、彼女の勝利はすでにほかの者たちによって確認されていること、さらには、戦争初期にモンスで目撃された幽霊弓兵や天使のような正気とも思えない噂が――翼のモンスターが戦いに加わっていたという話が、ひろまっていることを告げる。

森の中で、傷ついたローレライが美女にもどる。だがいまにも失血死しそうだ。彼女が不気味な、だが美しい死の歌をうたいはじめる。歌声が木々のあいだを流れていく。前線からの通信を運んでいるひとりの兵士が彼女を見つけ、ふたりの視線が電撃のようにからみあう。男の目に、彼女の姿はモンスターとして映っている。だが彼は微笑する。ローレライは男の顔に触れ、つぎの道具を見つけたと知る。男の仲間が声をかける。「そこに誰かいるのか、アドルフ」。若きヒトラーが答える。「天使だ、ドイツの天使だよ」

レッド・スカイのためのノート

ヴァルキューレ

ヴァルキューレは既存の伝説と神話をもとにしているが、まったく新しいモンスターである。だから彼女たちのためのルールを新たにつくらなくてはならない。要するにこの生き物は、セイレン、ゴルゴン、ローレライ、ハーピー、ヴァンパイア、ラインの乙女、ラミア、ノルン、魔女、その他さまざまな神話からインスパイアされたもので、それぞれの原型に見られる特性を有している。美女にも見えるし、翼をもったモンスターにも変身できる。象徴的な意味でも現実にも、血を食料とする。魅惑的であるが、恐ろしくもある。冷酷だが、肉惑的でもある。故郷の土に縛りつけられていて、つねにゲルマンの民から恐れられながら愛されてきた守護者だ。空を飛ぶが、ヴァンパイアの蝙蝠ではなく鷹や鷲や隼に似ている。だからモンスターとしての形態は、伝統的な爬虫類＝齧歯類の魔物ではなく、どちらかといえば鳥に近い（だがくちばしよりは牙のほうがいいだろう)。

※セイレン　siren　ギリシャ神話。美しい歌声で近くを通る船人を誘い寄せて難破させたという半女半鳥の海の精。

※ゴルゴン　gorgon　ギリシャ神話。蛇の髪と黄金の大翼をもつ、人を石にする力をもった三姉妹。

※ローレライ　lorelei　ドイツの伝説。ライン河の岩の上で美しさと甘い歌声で船人を誘惑し難破させた。

※ハーピー　harpy　ギリシャ神話。上半身が女、下半身が鳥で、翼と爪をもった強欲な怪物

※ラインの乙女　Rhine maiden　リヒャルト・ワーグナー作曲『ニーベルングの指環』Der Ring des Nibelungen　第一部『ラインの黄金』Das Rheingold に登場する三人の川の乙女。ラインに隠された黄金を守る水の精。

※ラミア　lamia　ギリシャ神話。上半身は女で胴体はヘビの怪物。

※ノルン　Norn　北欧神話。神々と人間の運命をつかさどる三人の女神。

戦士

マンフレートとブラウンはそれぞれの国――ドイツ(さらにいうならば、すべての北欧ゲルマン系人種)およびイングランド(さらにいうならば、グレート・ブリテンおよび第一次大戦連合国)の戦士である。マンフレートは本作用に改変された北欧の神々に仕え、ブラウンは、ケルト神話および魔術崇拝がキリスト教と結びついたアーサー王伝説に基礎をおいている。マンフレートは長く生きつづけてさまざまな時代で戦ってきたが、それはドイツがつねに戦っている国だからであり、ブラウンが自分の立場をあらためて知らなくてはならない若者であるのは、英国は挑戦を受けたときにのみ戦う国だからである。アーサー王が〝危急存亡の秋〟まで眠っているのもそのためである。そう。あまりにも歴史を簡略化していることはわかっている。だがこの考え方は象徴レヴェルにおいて強固であり、魔術的な敵が単なる自分の鏡像ではないことを意味している。わたしは第一次大戦における各交戦国が、それぞれ自分の女神戦士を――ロシアは氷の女王を、フランスはジャンヌ・ダルクを、生気にあふれた若いアメリカ人はアニー・オークレイかカラミティ・ジェーンを――いただいていると考えたいのである。

※アニー・オークレイ(一八六〇 - 一九二六) Annie Oakley アメリカ合衆国オハイオ州生まれの射撃の名手。アービング・バーリンのミュージカルおよび映画『アニーよ銃をとれ』Annie Get

Your Gun のモデル。

※カラミティ・ジェーン（一八五六 - 一九〇三）Calamity Jane
アメリカ西部開拓時代の女性ガンマン。別名平原の女王。

キャラクター

マンフレート・フォン・リヒトホーフェン男爵――歴史的には、フォン・リヒトホーフェンは二十六歳で死亡している。本作のマンフレートも同じくらいの年齢に見えるべきだが、ドリアン・グレイ／さまよえるユダヤ人／苦悶を抱えたヴァンパイアの伝統にしたがって、不死者の厭世観を漂わせている。はじめ、彼は倫理的な失敗から闇の神にとらわれた。だが名誉意識を捨てきれず、悪党でいるかぎり完全な幸福を見出すことができない。すなわち、彼は獰猛で残忍な戦士ではあるが、畏敬すべき敵役なのである。

※ドリアン・グレイ Dorian Gray オスカー・ワイルド『ドリアン・グレイの肖像』The Picture of Dorian Gray（一八九〇）の主人公。ドリアンは長年にわたって放蕩のかぎりをつくすが、その美貌はまったく変わらず、かわりに肖像画が醜悪な老人に変貌していく。

※さまよえるユダヤ人　Wandering Jew　十字架を背負って刑場へひかれていくイエスを嘲笑したため、最後の審判の日まで放浪をつづける運命を負わされたという伝説のユダヤ人。

ロイ・アーサー・ブラウン――英国に生まれ、カナダで育った十九歳。そして戦いに取り憑かれている。彼は自分で飛行機を組み立て、自分で飛ばすことを学習するタイプだ。空で戦う騎士の幻想を抱いた理想主義者として戦いにおもむき、皮肉なことに、ほんものの騎士の化身となる。直情的で、率直で、頭の回転もはやいが、慎重さや人生におけるヒロイズムの代価をまだ学んでいない。〝イングランド危急存亡の秋〟に故国を守るためによみがえると伝えられるアーサー王（ロイ・アーサー（Roi はフランス語で王を意味する））の化身である。だが、ヴァルキューレの介入により危機がはやまったため、ブラウンは連合国に対して配置された魔術的軍勢に立ち向かう用意ができていない。マンフレートが永遠に生きつづけるのは、ドイツがつねに戦っているからである。ブラウンが新しく生まれかわったのは、ブリテンは必要なときにのみ戦うからである。

（このキャラクター解説は、サイファイが〝少年に扮した娘〟を買ってくれなかったときにつけ加えた。わたしが最初にこの設定を考えたのは、ロジャーが昔から、ふつうならば男に割り当てられる〝戦う主役〟に女を使うことが多かったからである。たとえば、『早射ち女拳銃』The Gunslinger（一九五六）のビヴァリー・ガーランド、『女バイキングと大海獣』The Saga of the Viking Women and Their Voyage to the Waters of the Great Sea Serpent（一九五七）の主要キャストたち、『血まみれギャングママ』Bloody Mama（一九七〇）のシェリー・ウィンタース、『ダイナマイト娘』The Great Texas Dynamite Chase（一九七六）のクラウディア・ジェニングスとジョスリン・ジョーンズなどだ）

マレン／マーリン／ホーカー——ホーカーをマレンとしてよみがえらせたのは、以前のフィルムにあわせてコリン・レッドグレイヴを使いたかったからである。できない場合はキャスティングを調整すればいいと考えた。マレンはアーサー王伝説にふさわしく漁夫王《いさなとりのおう》の傷をもっているし、もちろん、オビ・ワン／ガンダルフといった主人公の導師役にもふさわしい人物である（もちろん、このふたりはそもそもがマーリンの焼き直しキャラである）。（残念ながら、コリン・レッドグレイヴ——この当時は初期映画の生き残りだった——はその後まもなく他界した。それによって、ヴァネッサが男装して演じたいと言いだしてくれないかぎり、レッドスカイはほぼ永久にお蔵入りとなったのである）

※マーリン　Marlin　十二世紀の偽史『ブリタニア列王史』Historia Regum Britanniae に登場する魔術師。グレートブリテン島の未来について予言をおこない、ブリテン王ユーサー・ペンドラゴンを導き、ストーンヘンジを建築した。アーサー王伝説においてはアーサーの助言者として知られる。

※コリン・レッドグレイヴ（一九三九 - 二〇一〇）Corin Redgrave　イングランドの俳優。テレビ・映画・舞台で活躍。コーマンの『レッド・バロン』（一九七一）において、ホーカーを演じた。

※漁夫の王　Fisher King　アーサー王物語に登場するカーボネック城のペラム王。ロンギヌスの槍によって癒えない傷を負っている。

※ヴァネッサ（一九三七 - ）ヴァネッサ・レッドグレイヴ Vanessa Redgrave　イングランドの女優。コリンの姉。映画・舞台・ドラマで活躍し、アカデミー賞、トミー賞をはじめ、数々の大きな賞を受賞している。

カトリオナ・ケイ——ホーカーの婚約者である看護婦。彼女は自分が運命によってこの戦争に引き寄せられてきたことに気づいていない。彼女は英国を支配する女神の化身であり、看護婦というよりは養育者である。湖の乙女であると同時に、グィネヴィアでありブリタニアでもある。彼女は魔術的な女性エネルギーの具現として立ち、われわれの側がむこうよりなぜすぐれているかを示す生きた指標となる。

（改訂版でブラウンの性別を変えたため、連合軍側の〝強い女性〟としてこの役が大きくなった。敵同士のあいだに男女の緊張が生じるため、わたしは最初のヴァージョンのほうが気に入っている。だがブラウンを男とし、カトリオナを半魔術的な女とした映画も、やはり面白いのではないかと思うようになった）

（そのヴァージョンにおける休戦中のダンス・シーンは、つぎのようになるはずだった――マンフレートがカトリオナにダンスを申しこむ。ブラウンの嫉妬心が刺激される。嫉妬がアーサー王の重大な欠陥であったことを知るマレンが（アーサー王伝説において、アーサーは王妃グィネヴィアと騎士ランスロットの関係に嫉妬し、破滅を呼びこむことになる）、冷静になれと忠告する。マンフレートとはやいダンスを踊っているうちに、カトリオナの姿が湖の乙女／グィネヴィア／ブリタニアなど、英国においてヴァルキューレに相当する存在になかば変容する。マンフレートはこの愛と慈しみに満ちた女神と、自分が仕える吸血ハーピーとの相違に愕然とする。ブラウンがついにとびだして割りこもうとするが、人ならざる力で部屋の向こう端まで投げとばされる。ブラウンとマンフレートが対峙する。ふたりのあいだに個人的な憎悪が走る。カトリオナはそれを遠ざけておこうと努める）

※湖の乙女　Lady of the Lake　アーサー王伝説に登場する水の妖精、もしくは魔法使い。

ビッグズ――ボーイズ・オウン（十九世紀半ばから二十世紀半ばにかけて、さまざまな形で出版された少年むけ雑誌、物語新聞等）で冒険をしていた主人公が、少年むけでも冒険でもない戦争のただなかに放りこまれた。おそらく、絶え間ない恐怖を隠すために、多すぎるほど酒を飲み、パブリック・スクール言葉で物憂げに話しているのだろう。彼は学校においてはブラウンのアイドルであり、クリケット競技場の英雄だった。だがいまでは、友より何十も年上に見え、かつての自分を思いだされることを嬉しく思ってはいない。

ベルケ――しるしを感知できるドイツ人。自分たちの味方であるモンスターのことで不安をおぼえている。

クンダル――英軍の飛行隊隊長。戦争映画では無愛想な年配のキャラクター俳優が演じる役柄である。だが第一次大戦では、この役職についている男はたぶん三十を越えてもいない。

ブルンヒルデ&カルニラ——ヴァルキューレの中ではローレライが主要キャラクターであるため、登場時間がもっとも長く、物語の最後をしめる役割を担ってもいる。しかしながら、その姉妹たちもそれぞれ異なる個性を有している。ブルンヒルデは黒髪で、厳めしく、芝居がかっている。カルニラはあとのふたりよりもセクシーで、狂っていて、サディステックだ。

※三人のヴァルキューレの名前について。ローレライはいわゆるライン川のローレライ伝説より。ブルンヒルデは北欧神話において実際にヴァルキューレのひとりとして名前があがることが多い。カルニラは、マーヴェル・コミックに登場するノルンの女王からとった名ではないかと思われる。初出はJourney into Mystery #107（一九六四）。

こうしたプロジェクトは、ちょうどよい森があり、使われていない軍施設のある東ヨーロッパで映像化されるものである。したがって、キャスティングはヨーロッパでおこなうことができる。アメリカ人俳優（ほんもののロイ・ブラウンはカナダ人だ）を主演とし、英国人俳優を連合軍に、ドイツ人をドイツ軍に、そしてできれば、ロシアかハンガリーの女優をヴァルキューレに配役できればと考える。

わたしは以前から、ストックショットと新しい素材を継ぎ目がわからないようにつなげる方法について考えていた（リヒトホーフェンとブラウンの飛行シーンは明るい昼間だが、モンスターの場面は夜か、雲の中のほうがより劇的になるだろう）。ヴァルキューレの存在が天候を左右することは強調してあるし——だからこそ仮タイトルが『レッド・スカイ』なのだ——空をデジタル処理すれば継ぎあわせた部分はカヴァーできる。ある解説者がエフェクトの品質問題を如才なくとりあげている。わたしは『プテロドン　零式戦闘機vs翼竜軍団』War Birds（第二次大戦パイロットvsプテロダクティルス）（ブライアン・クラウズ&ケビン・ジェンドロー監督　二〇〇八年作品）、『アドベンチャー・オブ・ジ・アース』Aztec Rex（コンキスタドールvs恐竜）（ブライアン・トレンチャード＝スミス監督　二〇〇八年作品　コンキスタドールは十六世紀にメキシコ・ペルーを征服したスペイン人のこと）などをふくめ、サイファイ・チャンネルでこの手の映画を山ほど見てきたが、それらはしばしばあやしげなCGIモンスターによって足をひっぱられている。地上におけるヴァルキューレのゴルゴン／ヴァンパイアの姿は特殊効果によって比較的容易につくれると思うが、空中シーンには注意が必要である。モンスターを高速で飛行させ、はじめのうちは一瞬しか見えないようにするのがいいだろう。最初の草稿ではもう少しセックスシーンもあった。それがサイファイの気に入るかどうかはわからないが、『ラット・ウーマン／倒錯の女たち』The Burial of the Rats（ダン・ゴールデン監督 一九九五年作品）や『ベルベット・バンパイア』The Velvet Vampire（ステファニー・ロスマン監督 一九七一年作品）などにさかのぼるコーマンのホラー映画目録にはふさわしい。女モンスターが出れば、当然いささか色っぽいシーンが期待される。だが、シリコンで補強したポールダンサーは、こうしたキャラクターを不気味とかセクシーとかよりも滑稽に見せることを忘れないでほしい。これらのシーンは放映版ではカットし、DVDに収録されることになる。

そしてどうなったか？

サイファイは食いつかなかった。彼らは『シャークトパス』Sharktopus（デクラン・オブライエン監督 二〇一〇年作品）の続編をほしがったのである。だが誰が彼らを責められるだろう。

登場人物事典

〔凡例〕
☆＝実在もしくは実在と目される人物で裏付けのとれたもの
★＝小説等、架空の人物で出典が確認できたもの
※各項目末の（数字）は初出ページ

ア

アーサー　Arthur ☆五世紀後半から六世紀初めのブリトン人の王。ローマン・ケルトのブリトン人を率いてサクソン人の侵攻を撃退したといわれる。アーサー王伝説として有名。（472）

アーノルド、マシュー（一八二二―一八八）**Arnold, Matthew** ☆英国の詩人・評論家。「ドーヴァー海岸」Dover Beachにおいて、宗教に対する懐疑をうたった。（222）

アガサ伯母さま　↓　グレグソン

アカーシャ・ケメット　Akasha Kemet ★アン・ライス『呪われし者の女王』The Queen of the Damned（一九八八）に登場する、すべてのヴァンパイアの母なるもの。マイケル・ライマー監督『クイーン・オブ・ザ・ヴァンパイア』Queen of the Damned（二〇〇二）ではアリーヤが演じた。（460）

アクロイド、ロジャー　Ackroyd ★アガサ・クリスティ『アクロイド殺し』The Murder of Roger Ackroyd（一九二六）の登場人物。殺害された大富豪。（441）

アシェンデン　Ashenden ★サマセット・モームのスパイ小説の古典『英国諜報員アシェンデン』Ashenden: Or the British Agent（一九二八）に登場する英国のスパイ。現在ディオゲネス・クラブのために働いている。（25）

アスクィス、エリザベス（一八九七―一九四五）**Asquith, Elizabeth** ☆アスクィス卿の娘。首相の娘として社交界の注目を集め、作家活動などをおこない、のちにルーマニア貴族ビベスコ公爵と結婚。（34）

アスクィス卿、ハーバート・ヘンリー（一八五二―一九二八）**Asquith, Lord** ☆英国の政治家・貴族。初代オックスフォード＝アスクィス伯。現内務大臣。実際には八年から一六年まで首相を勤めた。（34）

アッティラ（四〇六?―四五三）**Attira** ☆ヨーロッパに侵入し、大帝国を築いたフン族の王。四五一年にフランスで

ローマ人および西ゴート人に敗北を喫した。(22)

アパーソン、ジェイムズ　Apperson ★キング・ヴィダー監督の第一次大戦下のフランスを舞台にした戦争ロマンス映画『ビッグ・パレード』The Big Parade(一九二五)の主人公。ジョン・ギルバートが演じた。(362)

アポロ　Apollo ★ローマ神話の太陽神。ギリシャ神話ではアポロン。(448)

アラード大尉、ケント　Allard ★マクスウェル・グラント(ウォルター・ギブソン他数人の作家がこのシリーズのために用いたペンネーム)作のサスペンス小説 The Shadow シリーズの主人公。パルプ・マガジンからはじまり、ラジオドラマ、TVシリーズなどに発展し、映画にもなった。マントに帽子の姿で悪人と戦い、不気味な笑い声をあげる。現在連合軍コンドル飛行隊のパイロット。クンダルの副官。(15)

アラン、ジョン(一七七九—一八三四) Allan, John ☆エドガー・アラン・ポオの養父。羽振りのいい商人だった。両親の友人であったため、孤児となったエドガーをひきとった。(109)

アルジー　Algy ★オスカー・ワイルドの戯曲『真面目が肝心』The Importance of Being Earnest(一八九五)に登場するアルジャーノン・モンクリフと思われる。(230)

アルタマノフ、レオニード(一八五九—一九三二) Artamanov ☆ロシアの将軍。技師であり、地理学者であり、アフリカ探検家であり、作家でもあった。(33)

アルテミス　Artemis ★ギリシャ神話の狩りと月の女神。(448)

アルブエス、ペドロ・デ(一四四一—八五) Arbues, Peter ☆スペイン異端審問所の大審問官。ラ・セオ大聖堂の前で暗殺された。(559)

アレクサンドロス大王(前三五六—三二三) Alexander ☆マケドニア王。ギリシャの都市国家およびペルシャ帝国の征服者で、その領土はギリシャ、小アジア、エジプトからインドにまでおよんだ。将来アジアの支配者になる者のみが解けるという、フリギア王ゴルディオスの複雑な結び目を、剣を抜いて両断した。(343)

アロウスミス、マーティン　Arrowsmith ★シンクレア・ルイス作 Arrowsmith(一九二五)に登場する向こう見ずで世間知らずの野蛮人的な医学者。ひたむきで絶えず子供じみた誤りを繰り返し、笑うべき行動をつづけ、社会の壁と自分の限界とにつきあたって傷つくが、それでもまた立ちあがる。現在連合軍の医師。ジョン・フォード監督、ロナルド・コールマン主演で一九三一年に『人類の戦士』Arrowsmith として映画化もされている。(267)

アントニウス、マルクス(前八三—三〇) Antony ☆共和制ローマの政治家・軍人。第二回三頭政治のひとりとして権力を握る。クレオパトラと愛人関係になるが、オクタヴィアヌスに敗れる。(460)

アントワーヌ・ド・パリ(一八八四―一九七六) **Antoine de Paris** ☆本名アントニ・チェルプリコフスキ。ポーランドの美容師。パリにセレブ御用達のヘア・サロン「アントワーヌ・ド・パリ」をひらき、ムッシュ・アントワーヌ、もしくはアントワーヌ・ド・パリと名のった。(438)

アンヌ・ド・ボージュー(一四六一―一五二二) **Anne de Beaujeo** ☆フランス王ルイ十一世の王女。一四七三年にブルボン公ピエール二世と結婚したが、一四八三年に父王が亡くなり、王位を継承した弟シャルル八世がまだ幼かったため、一四九一年まで夫とともに摂政を務め、フランスを治めた。(559)

アンピオン **Amphion** ★ギリシャ神話に登場する竪琴の名手。ゼウスの息子でニオベの夫。(448)

イ

イサドラ(・ダンカン)(一八七七―一九二七) **Isadora** ☆二十世紀を代表するアメリカのダンサー。モダンダンス創始者のひとり。(59)

イゾルド **Isolde** ★ジャン・ローラン監督、サンドラ・ジュリアン主演『催淫吸血鬼』Le frisson des vampires(一九七一)に登場するヴァンパイア。ドミニクが演じている。(92)

インチフォーン、ハロルド **Inchfawn, Harold** リディアの父。一九三九年に The Little Donkey という本を出版しているハロルド・インチフォーンという作家がいるのだが、もしかして彼だろうか。(466)

インチフォーン、リディア **Inchfawn, Lydia** ★キム・ニューマン The Secrets of Drearcliff Grange School(二〇一五)の登場人物。「ヴァンパイア・ロマンス」の主人公のひとり。ドリアクリフ・グレインジ寄宿学校デズデモーナ寮の生徒。同作では三年生だが、本書では同級のカーリが五年生になっているので、おそらくリディアも五年生になっているものと思われる。(442)

インメルマン、マックス(一八九〇―一九一六) **Immelmann, Max** ☆ドイツのエース・パイロット。インメルマン・ターンの発明者。(42)

ウ

ヴァージニア(一八二二―四七) **Virginia** ☆ポオの従妹に

して妻。結婚したとき、ポオは二十七歳、ヴァージニアは十三歳だった。二十四歳にして結核で死亡。その影響により、ポオは若い女の死を繰り返し描くようになったともいわれる。(50)

ヴァーニー、サー・フランシス Varney, Sir Francis ★ジェイムズ・マルコム・ライマーの Varney the Vampire; or, the Feast of Blood(『吸血鬼ヴァーニー』一八四七)の登場人物。トマス・プレスケット・プレストの作という説もある。ジョージ二世下のイギリスで暗躍する、邪悪で魅惑的な典型的ヴァンパイア貴族。(435)

ヴァルカン、コンラッド Vulkan ★ロバート・R・マキャモン『やつらは渇いている』They Thirst(一九八一)に登場する外見十七歳のヴァンパイア。ヴァンパイア軍団を率いてロサンジェルスを制圧しようとした。元プリンス・コンソート直属カルパティア近衛隊将校。(458)

ヴァレンティノ、ルドルフ(一八九五—一九二六) Valentino, Rudolf ☆イタリア出身。サイレント映画時代のハリウッドで活躍した俳優。『伯爵』Count という映画には出ていないが、ニューマンはこの映画を、E・M・ハル原作『シーク—灼熱の恋—』The Sheik(一九一九)、ジョージ・メルフォード監督、ルドルフ・ヴァレンティノ主演の『シーク』The Sheik(一九二一)を参考にして創作している。(445)

ヴァレンティン、ジョージ Valentin, George ★ミシェル・アザナヴィシウス監督、ジャン・デュジャルダン主演『アーティスト』The Artist(二〇一一)の登場人物。サイレント映画の大スター。彼が出演しているという『ゼンダ城のヴァンパイア』は、とうぜんアンソニー・ホープの『ゼンダ城の虜』The Prisoner of Zenda(一八九四)である。一九二二年のサイレント映画では、ラモン・サマニヤゴがヘンツォ伯を演じている。(447)

ヴァン・ヘルシング教授、エイブラハム Van Helsing, Proff Abraham ★ブラム・ストーカー『吸血鬼ドラキュラ』Dracula(一八九七)の登場人物。ドクター・セワードの旧師でアムステルダムの医学・哲学・文学博士。セワードに呼ばれてルーシー・ウェステンラを診察し、すぐさま吸血鬼の仕業と看破した。ルーシーの死後、彼女の求婚者たちを集めて彼女を滅ぼし、さらにハーカー夫妻も加えてドラキュラ伯爵を追いつめ、退治した、はず——(32)

ヴィクター王 Victor, King, Edward Albert 現在のイギリス国王。このヴィクター王は何者かという質問に対して、ニューマンから、「一八八八年にはヴィクトリア女王の長男クラレンス公が存命であるから、女王崩御の場合には弟に先立って彼が即位したはずである」という回答があった。つまりヴィクター王とは、クラレンス公アルバート・ヴィクターであるというのだ。たしかにクラレンス公が死亡したのは一八九二年であり、『ドラキュラ紀元一八八八』でヴィクトリア女王が崩御した八八年にはまだ存命していた。しかし資料によると、ヴィクトリア女王の長男はエドワード七世（アルバート・エドワード）であり、クラレンス公はさらにその長男――つまり、ヴィクトリア女王の孫ということになる。史実では、一九〇一年にヴィクトリア女王崩御、エドワード七世即位。一九一〇年にエドワード七世が崩御している。そのとき長男であるクラレンス公はすでに他界していたため、次男であるジョージ五世が即位した。現実の第一次大戦時に王位についていたのは、このジョージ五世である。単なる勘違いかもしれないが、ニューマン・ワールドと現実の相違を、以上のごとく簡単に説明しておく。(26)

ヴィクトリア女王（**一八一九―一九〇一**）**Victoria, Queen** ☆英国女王、在位一八三七―一九〇一。十八歳にして即位。当時の首相メルボーンから君主としての教育を受ける。アルバート公と結婚後は聡明な夫の助けによって立憲君主としての地位をよくわきまえ、国民敬愛の中心となり、王室の地位をかためた。その六十四年にわたる治世は大英帝国の最も輝かしい時代となった。『ドラキュラ紀元一八八八』においては、ドラキュラと結婚し、国全体をその圧政にさらしたが、最後には「王婿」でしかないドラキュラの権力を無効にするため、自害した。(28)

ウィリアムソン、ビル **Williamson, Bill** ★V・M・イェイツ作 Winged Victory（一九三四）の登場人物。現在連合軍コンドル飛行隊パイロット。(21)

ウィルソン、ウッドロウ（**一八五六―一九二四**）**Wilson** ☆アメリカの政治家。第二十八代大統領。(49)

ウィルソン、ヘンリー・ヒューズ（**一八六四―一九二二**）**Wilson, Henry** ☆イギリスの陸軍軍人・政治家。参謀長、のちに陸軍元帥。(34)

ヴィルヘルム二世（**一八五九―一九四一**）**Wilhelm** ☆第九代プロイセン王国国王・第三代ドイツ帝国皇帝。逆子で生まれたため左半身に障害が残り、左腕が動かせなかったという。ヴィクトリア女王の長女ヴィッキーとフリードリヒ三世のあいだに生まれ、ヴィクトリア女王の孫にあたる。本文中、ドラキュラがヴィルヘルム二世の〝義理の叔父〟にあたるというのは、〝義理の祖父〟の勘違いではないかと思われる。(29)

ウィン＝キャンディ大佐、クライヴ **Wynne-Candy** ★マイケル・パウエル＆エメリック・フレスバーガー監督の映画『老兵は死なず』The Life and Death of Colonel Blimp（一九四三）の登場人物。ロジャー・リヴシイが演じた。(357)

ウィンスロップ中尉、エドウィン（一八九六―）**Winthrop, Edwin**　イギリス情報部軍人。現在ディオゲネス・クラブの諜報員としてチャールズ・ボウルガードの配下にある。本編の主人公のひとり。(12)

ウーデット、エルンスト（一八九六―一九四一）**Udet, Ernst**　☆ドイツ空軍軍人。第一次大戦中はエース・パイロットとして六十二機を撃墜。戦後に航空省勤務、第二次大戦では空軍補給局長となったが、ゲシュタポと衝突、自機を墜落させて自殺した。(84)

ヴェイン、ハリエット **Vane, Harriet**　★ドロシー・セイヤーズの〈ピーター・ウィムジイ卿〉Lord Peter Wimsey シリーズに登場する推理小説家。後にウィムジー卿と結婚する。彼女の〈ヴァンピリック・クロニクル〉Vampyrrhic Chronicles はアン・ライスの〈ヴァンパイア・クロニクル〉The Vampire Chronicles より。(447)

ウェステンラ、ルーシー **Westenra, Lucy**　★ブラム・ストーカー『吸血鬼ドラキュラ』Dracula（一八九七）の登場人物。ミナ・マリーの幼馴染みでゴダルミング卿アーサーの婚約者。ドラキュラのイギリスにおける最初の犠牲者となる。ヴァン・ヘルシング教授、ドクター・セワードらの尽力もむなしく吸血鬼と化し、一行の手によって滅ぼされた。(129)

ウェスト、ハーバート **West, Herbert**　★H・P・ラヴクラフトの中編恐怖小説「死体蘇生者ハーバート・ウェスト」Herbert West-Reanimator（一九二二）の主人公。スチュアート・ゴードン監督、ジェフリー・コムズ主演『ZOMBIO　死霊のしたたり』Re-Animator（一九八五）などとして映画化もされている。現在連合軍前線でドクター・モローの助手をつとめている。(143)

ウェルズ、H・G（一八六六―一九四六）**Wells, H. G.**　☆イギリスの小説家・思想家。『タイム・マシン』The Time Machine（一八九五）、『宇宙戦争』The War of the Worlds（一八九八）などを著して「SFの父」と呼ばれる。第一次世界大戦に対して批判的な態度をとった。(26)

ヴェルデル伯爵夫人 **Verdel, Countess**　★別名エジャクラ。アレッサンドロ・デル・マー監督 Ejacula, la vampira（一九九二）に登場するヴァンパイア。(439)

ヴェルヌ、ジュール（一八二八―一九〇五）**Verne, Jules**　☆フランスの小説家。『海底二万マイル』Vingt mille lieues sous les mers（一八七〇）、『八十日間世界一周』Le Tour du monde en quatre-vingts jours（一八七三）

などを著し、ウェルズとならんで「SFの父」と呼ばれる。(53)

ウジェーヌ、ムッシュ Eugene, M. ↓ スーテル、ウジェーヌ

ヴラド・ツェペシュ（一四三一―七六） Vlad Tepes ☆ヴァラキア公、在位一四四八年、一四五六―六二年、一四七六年。ハンガリーとトルコのあいだで小国の独立を維持した類まれなる名君と評価される一方で、捕虜や囚人を串刺しにして処刑した残虐さゆえに、串刺し公《ツェペシュ》と渾名され、恐れられた。父ヴラド公はドラクルと渾名されていたが、それには〈竜〉と〈悪魔公〉のふたつの意味があり、「ドラクルの子」という意味から、「ドラキュラ」という名が生まれたという。(28)

ウルタス Ultus ★ジョージ・ピアソン監督、アウレリオ・シドニー主演 Ultus, the Man from the Dead（一九一五）の登場人物。(453)

エ

エイムズ、イモジェン Ames, Imogen ★キム・ニューマン The Secrets of Drearcliff Grange School（二〇一五）の登場人物。ドリアクリフ・グレインジ寄宿学校の生徒。(444)

エインズリー、ジェイン Ainsley, Jane ★ルー・ランダーズ監督、ベラ・ルゴシ主演『吸血鬼蘇る』The Return of the Vampire（一九四四）の登場人物。フリーダ・イネスコートが演じた。(451)

エーヴェルス、ハンス・ハインツ（一八七一―一九四三） Ewers, Hanns Heinz ☆ドイツの怪奇小説家。『吸血鬼』Vampir（一九二一）、『アルラウネ』Alraune（一九一一）などを著す。(54)

S ↓ ねずみ

エセリンド ↓ カルンシュタイン

エディット Edith ★アベル・ガンス監督『戦争と平和』J'accuse（一九一九）の登場人物ではないかと思われる。マリーズ・ドーヴレーが演じている。負傷した若者は、セヴラン・マルスが演じた詩人のジャンだろう。(418)

エドワード五世（一四七〇―八三?） Edward V ☆ヨーク朝のイングランド王（在位：一四八三年四月十日―六月二五日）。エドワード四世とエリザベス・ウッドヴィルの長男。戴冠式挙行前に退位させられ、弟のヨーク公リチャードと共にロンドン塔に幽閉された。(485)

エリック Eric リディアの兄。第一次大戦で戦死。(448)

エルズミア、ロバート Elsmere, Robert ★メアリ・オーガスタ・ウォード（ハンフリー・ウォード夫人）による Robert Elsmere（一八八八）の登場人物。(339)

エレン Ellen ★ミルデュー・マナーの使用人。ロバート・アルトマン監督『ゴスフォード・パーク』Gosford Park（二〇〇一）より。カントリーハウス「ゴスフォード・パーク」の使用人。サラ・フリンドが演じた。（475）

エンメルマン男爵、エリック・フォン Emmelman ★四〇年代のコミック、モート・リーヴ&ハリー・スティン作 Heap 等に登場するキャラクター。現在ドイツ軍JG1の飛行士。（87）

オ

オーガスタ伯母 Augusta, Aunt ★オスカー・ワイルドの戯曲『真面目が肝心』The Importance of Being Earnest（一八九五）に登場する、アルジーの伯母レディ・ブラックネルではないかと思われる。なお、彼女が婦人参政権運動をしていたという記述は、戯曲にはない。（232）

オーラン Ouran ★H・G・ウェルズ『モロー博士の島』The Island of Dr. Moreau（一八九六）を原作として制作された映画、アール・ケントン監督『獣人島』Island of Lost Souls（一九三二）に登場する、モロー博士によってつくられた獣人。プロレスラーのハンス・シュタインケが演じた。（149）

オールブライト大尉、ジェイムズ Albright, James ★通称レッド。一九三八年から放送されたアメリカのラジオドラマ Captain Midnight の主人公。秘密部隊を率いて悪をたくらむ国と戦う大空のヒーロー。現在連合軍コンドル飛行隊のパイロット。のちにTVドラマ、映画、コミックなどにも展開されている。（15）

オクセンフォード、ヴェリティ Oxenford, Verity ★キム・ニューマン The Secrets of Drearcliff Grange School（二〇一五）の登場人物。ドリアクリフ・グレインジ寄宿学校デズデモーナ寮の生徒。スマッジと綽名される。リディアと同じ理由により、おそらく五年生。（444）

オッタボーン、サロメ Otterbourne, Salome ★アガサ・クリスティ『ナイルに死す』Death on the Nile（一九三七）に登場する小説家。彼女の〈ナイトライト〉Nitelite サーガは、ステファニー・メイヤーの〈トワイライト〉Twilight シリーズより。（447）

オッフェンバック、ジャック（一八一九―一八八〇）Offenbach ☆ドイツに生まれ、フランスで活躍した作曲家・チェリスト。オペレッタの原型をつくった。（91）

オフィーリア Ophelia ★シェイクスピア『ハムレット』Hamlet の登場人物。ハムレットの恋人で、最後は小川で溺死する。歌を歌いながら川に浮かぶ姿を描いたジョ

ン・エヴァレット・ミレーの絵画「オフィーリア」が有名。(422)

オルロック伯爵 Orlok, Graf ★F・W・ムルナウ監督、マックス・シュレック主演の映画『吸血鬼ノスフェラトゥ』Nosferatu - Eine Symphonie des Grauens(一九二二)の主人公。黒いケープをひるがえす貴族的なヴァンパイアではなく、妖怪じみた怪物として描かれている。ムルナウははじめストーカーの『ドラキュラ』を原作として映画を製作するつもりだったが、フローレンス・ストーカーの抗議により著作権が得られず、名前を変え、筋立てもわずかに変更した。(27)

オルロフ、ドクトル Orlof, Dr ★ジェス・フランコ監督、ハワード・ヴァーノン主演の映画『美女の皮をはぐ男』Gritos en la Noche(一九六二)の主人公。火傷を負った娘の顔をなおすため、女をさらってきては皮膚移植をしようとした。現在科学者としてJG1に所属している。(82)

カ

カー・パイ・メイ Kah Pai Mei ★☆「カー」はロイ・ウォード・ベイカー監督『ドラゴンVS.七人の吸血鬼』七金屍/The Legend of the 7 Golden Vampires(一九七四)に登場する高僧と思われる。「パイ・メイ」は小林寺五老のひとりにして白眉拳の始祖、白眉道人《パイメイ》。および、ラウ・カーリョン監督『少林虎鶴拳』(一九七七)でロー・リエ演じる白眉道人、クエンティン・タランティーノ監督『キル・ビル vol.2』Kill Bill: Vol. 2(二〇〇四)でゴードン・ラウ演じるパイ・メイ。(459)

カーステアズ Carstairs ★数人の作家がヒルダ・リチャーズ名義で共作している少女小説 Cliff House School シリーズ(一九〇九-)の登場人物。(511)

カーミラ Carmilla ★レ・ファニュ「吸血鬼カーミラ」Carmilla(一八七二)に登場する女ヴァンパイア。ドイツの古城にすむ令嬢ローラを誘惑するが、最後にヴォルデンベルグ男爵によって滅ぼされた。カルンシュタイン伯爵夫人ミラーカ(もしくはマーカラ)がその本体。ロイ・ウォード・ベイカー監督、イングリッド・ピット主演『バンパイア・ラヴァーズ』The Vampire Lovers(一九七〇)はほぼ原作に忠実な映画化作品である。(458)

皇帝《カイザー》 ↓ ヴィルヘルム二世

ガッツ、ジェイムズ Gatz, James ★F・スコット・フィッツジェラルド作『グレート・ギャツビー』The Great Gatsby(一九二五)の主人公。ジャック・クレイトン監督、ロバート・レッドフォード主演の一九七四年作品。

バズ・ラーマン監督、レオナルド・ディカプリオ主演の二〇一三年作品など、『華麗なるギャッツビー』としてくり返し映画化されている。(91)

カトリオナ → ケイ

カトリナ女王 Katrina, Queen ★リチャード・ウィンク監督、グレイス・ジョーンズ主演『ヴァンプ』Vamp(一九八六)の登場人物。高級ストリッパーのヴァンパイア。(460)

カフカ、フランツ(一八八三―一九二四) Kafka, Franz ☆プラハ生まれのユダヤ人作家。『城』Das Schloss(一九二二)、『変身』Die Verwandlung(一九一二)などを著す。(54)

カポネ、アル(一八九九―一九四七) Capone, Al ☆ナポリ生まれ、アメリカのマフィア首領。(499)

カリガリ、ドクトル Caligari ★ロベルト・ヴィーネ監督、ヴェルナー・クラウス主演の映画『カリガリ博士』Das Kabinett des Doktor Caligari(一九二〇)の主人公。催眠術を駆使して犯罪をくり返す精神科医。(81)

カリギュラ(一二―四一) Caligula ☆本名ガイウス・ユリウス・カエザル・ゲルマニクス。ローマ皇帝。即位時は民衆にひろく支持されたが、のちに浪費と残虐行為によって恨まれ、暗殺された。(516)

カルノ、フレッド(一八六六―一九四一) Karno, Fred ☆イギリス、ミュージックホールの喜劇役者。(31)

カルンシュタイン、ルートヴィヒ・レオポルド Karnstein, Ludwig Leopold ★レ・ファニュ「吸血鬼カーミラ」Carmilla(一八七二)に登場するヴァンパイア、カーミラの父親。(43)

カルンシュタイン、エセリンド・フィオンギュアラ Karnstein, Ethelind Fionguala ★ジュリアン・ホーソーンの「白い肩の女」The Grave of Ethelind Fionguala(一八八七)に登場するヴァンパイア。「ヴァンパイア・ロマンス」においてはカルンシュタイン将軍と結婚しているらしい。(470)

カルンシュタイン、リアム Karnstein, Liam カルンシュタイン将軍の息子。究極の美青年。(470)

カワード、サー・ノエル(一八九九―一九七三) Coward, Noel ☆英国の俳優・作家・脚本家・演出家・映画監督。(438)

ガンジー、マハトマ(一八六九―一九四八) Gandhi ☆インドの弁護士・宗教家・政治指導者。「非暴力、不服従」を主とした独立運動をおこない、「インド建国の父」と呼ばれる。(452)

キ

キー、グレイス Grace, Ki ★キム・ニューマン The Secrets of Drearcliff Grange School（二〇一五）の登場人物。ドリアクリフ・グレインジ寄宿学校の元生徒。「幽霊ランタン少女」と呼ばれる。（450）

ギバーン、オリヴィア Gibberne, Olivia ★キム・ニューマン The Secrets of Drearcliff Grange School（二〇一五）の登場人物。ドリアクリフ・グレインジ寄宿学校の生徒。（482）

キャヴェル、イーディス・ルイーザ（一八六五―一九一五）Cavell, Edith ☆イギリスの看護婦。第一次大戦でベルギーがドイツ軍に占領されたとき、イギリス、フランス、ベルギーの将兵約二百名を脱出させたことでドイツ軍に捕らえられ、銃殺に処せられた。（44）

キャシディ、ブッチ（一八六六―一九〇八）Cassidy, Butch ☆アメリカのアウトロー・強盗。サンダンス・キッドらと強盗団「ブッチ・キャシディのワイルドバンチ」を結成。『明日に向って撃て！』Butch Cassidy and the Sundance Kid（一九六九）のモデルとなった。（344）

キャッスル、アイリーン（一八九三―一九六九）Castle, Irene ☆夫ヴァーノンと組んで一世を風靡した社交ダンスのダンサー。（437）

キャンベル＝バナマン、ヘンリー（一八三六―一九〇八）Campbell-Bannerman, Henry ☆英国の政治家。一八九九年に自由党党首となり、一九〇五―〇八年に首相を務めた。（457）

キュルテン、ペーター（一八八三―一九三一）Kürten, Peter ☆数多くの強姦・殺人・窃盗を犯し、〈デュッセルドルフの吸血鬼〉と異名をとった連続殺人鬼。現在ＪＧ１に所属。リヒトホーフェンの従者を務める。（218）

ク

グール Ghoul T・ヘイズ・ハンター監督、ボリス・カーロフ主演の『月光石』The Ghoul（一九三三）に登場するモーラント教授のことではないかと思われる。（454）

クラフト＝エビング、リヒャルト・フォン（一八四〇―一九〇二）Krafft-Ebing ☆ドイツおよびオーストリアの医学者・精神科医。『変態性慾ノ心理』Psychopathia Sexualis（一八八六）は性的倒錯の研究書である。（533）

グリン、エリノア（一八六四―一九四三）Glyn, Elinor ☆英国の小説家、脚本家。主として恋愛物を著し、ハリウッド映画に原作・原案・脚本を提供した。『伯爵』Count

という小説は書いていないが、サム・ウッド監督『巨厳の彼方』Beyond the Rocks（一九二二）にはルドルフ・ヴァレンティノが出演している。（445）

クルーガー、ドクトル Krueger ★ロバート・J・ホーガン作のパルプ・マガジン G-8 and His Battle Aces において第一話 The Bat Staffel（一九三三）等に登場する敵役。現在科学者としてJG1に所属している。（82）

グレイ、C・G（一八七五—一九五三）Grey, C.G. ☆イギリスのジャーナリスト。週刊 The Aeroplane を創刊、編集者をつとめる。（9）

クレオパトラ（前六九—三〇）Kleopatra ☆エジプトの女王。プトレマイオス朝最後の王であり、絶世の美女と謳われる。シーザー（カエサル）、アントニー（アントニウス）と愛人関係になるが、アントニウスの死後みずから毒蛇に噛まれて自死する。ヴァンパイアであったかどうかは不明。（459）

グレグソン、アガサ Gregson, Agatha ★P・G・ウッドハウス〈ジーヴス〉Jeeves シリーズの登場人物。主人公バーティの伯母。バーティが最も恐れる女傑。のちにレディ・ワープルズドン。（456）

クレッチマー＝シューールドルフ大佐、テオ・フォン Kretschmar-Schuldorff, Theo von ★マイケル・パウエル監督『老兵は死なず』The Life and Death of Colonel Blimp（一九四三）の登場人物。アントン・ウォル・ブルックが演じた。現在JG1の情報将校。（84）

クローフォード Crawford ★キム・ニューマン The Secrets of Drearcliff Grange School（二〇一五）の登場人物。ドリアクリフ・グレインジ寄宿学校ヴァイオラ寮に所属していた生徒。同作では最高学年だったのですでに卒業しているものと思われる。（485）

クロイドン、チャールズ Croydon, Charles ★ジョン・ヘイズ監督、映画『惨殺の墓場』Grave of the Vampire（一九七二）に登場するヴァンパイア、ケイレブ・クロフトの別名。十七世紀にはこう名のっていた。（520）

クロフト、ケイレブ Croft, Caleb ★ジョン・ヘイズ監督、映画『惨殺の墓場』Grave of the Vampire（一九七二）に登場するヴァンパイア。マイケル・パタキが演じた。現在イギリス情報部を牛耳っている。（34）

クロロック伯爵、フォン Von Krolock ★ロマン・ポランスキー監督『吸血鬼』The Fearless Vampire Killers/Dance of the Vampires（一九六七）に登場するヴァンパイア。ファーディ・メインが演じた。元プリンス・コンソート直属カルパティア近衛隊将校。（468）

クロロック子爵、ヘルベルト・フォン Krolock, Herbert

Von ★ロマン・ポランスキー監督『吸血鬼』The Fearless Vampire Killers（一九六七）をもとにしてつくられた、ジム・スタインマン作曲・ミヒャエル・クンツェ作詞のミュージカル『ダンス・オブ・ヴァンパイア』Tanz der Vampire（一九九七初演）の登場人物。クロロック伯爵の息子。（468）

クンダル少佐、トム　Cundall, Tom ★V・M・イェイツ作 Winged Victory（一九三四）の登場人物。現在連合軍コンドル飛行隊指揮官。（14）

ケ

ケイ、カトリオナ　Kaye, Catriona　ウィンスロップの婚約者。（23）

ケイ牧師　Kaye, Reverend　カトリオナの父親。（205）

ケイツビー、ウィリアム（一四五〇—八五）Catesby, William ☆英国貴族。リチャード三世の腹心だった。（559）

ケイト　↓　リード

ゲーリング、ヘルマン・ヴィルヘルム（一八九三—一九四六）Göring, Hermann ☆ドイツ軍人・政治家。第一次大戦中はリヒトホーフェン飛行中隊記録将校。エース・パイロットとして名をあげる。戦後、ヒトラーと知りあって突撃隊を組織し、ナチスドイツの空軍総司令官・元帥となる。ヒトラーに次ぐナチスの指導者。（85）

ケリー、メアリ（一八六三?—八八）Kelly, Mary ☆切り裂きジャック第五の犠牲者となった二十五歳の娼婦。（307）

コ

ゴア＝ブース　↓　マルキエヴィッチ

コーデリー、エドマンド　Cordery, Edmund ★ブライアン・ステイブルフォード Empire of fear（一九八八）に登場する科学者。（437）

コートニー大尉、ディック　Courtney ★ハワード・ホークス監督、リチャード・バーセルメス主演『暁の偵察』The Dawn Patrol（一九三〇）の登場人物。のちにエドマンド・グールディング監督、エロール・フリン主演にて『突撃爆撃隊』The Dawn Patrol（一九三八）として再映画化されている。現在連合軍コンドル飛行隊パイロット。（14）

ゴス、サー・エドマンド（一八四九—一九二八）Gosse, Edmund ☆イギリスの批評家・エッセイスト。自伝『父と子』Father and Son（一九〇七）で有名。（26）

コスタキ　Kostaki ★アレクサンドル・デュマ・ペール

の短編「蒼白の貴婦人」La dame pâle / The Pale-Faced Lady（一八四八）に登場するモルダヴィア貴族のヴァンパイア。以前ドラキュラのもとでカルパティア近衛隊に所属していたが、現在はイギリスでルスヴン卿に従っている。(29)

ゴダルミング卿、アーサー・ホルムウッド Godalming, Lord ★ブラム・ストーカー『吸血鬼ドラキュラ』Dracula（一八九七）の登場人物。ルーシー・ウェステンラの婚約者。ヴァン・ヘルシングに協力してドラキュラ伯爵を追いつめた。『ドラキュラ紀元一八八八』においては、みずからヴァンパイアとなり野心をつのらせていたが、切り裂きジャックの汚名を着せられて死亡。その彼がヒーローとして映画に登場するのは奇妙だが、シャーロック・ホームズが彼の無実を公表したのではないか（とニューマンは言っている）。(447)

ゴドフリー、チャールズ Godfrey ★イギリスのコメディ番組 Dad's Army（一九六八―七七）の登場人物。アールノド・リドリーが演じた。一九七一年にはＴＶシリーズと同じキャストでノーマン・コーエン監督により映画化されている。(24)

コンスタブル、ジョン（一七七六―一八三七）Constable ☆イギリスの十九世紀を代表する風景画家。故郷サフォーク周辺の身近な風景を描き、印象派の先駆けともいえる技法を用いた。(28)

ゴルディオス Gordius ★ギリシャ神話に登場するフリギアの王。複雑な結び目をつくり、「この結び目を解くことができた者はアジアの王になる」と予言した。のちにアレクサンドロス大王が剣を抜いてその結び目を両断した。(343)

サ

サアムリ Saamri ★トゥルシー・ランセイ監督のインド・ボリウッド映画 3D Saamri（一九八五）に登場する黒魔術師。アニルード・アガーウォールが演じた。(452)

サキ（一八七〇―一九一六）Saki ☆本名ヘクター・ヒュー・マンロー。ビルマ生まれのイギリス人作家。ブラックユーモアにあふれた短編を得意とした。代表作に「スレドニ・ヴァシュター」Sredni Vashtar、「開いた窓」The Open Window などがある。(269)

サド侯爵（一七四〇―一八一四）Sade ☆フランスの軍人・作家。加虐の性を扱った小説『美徳の不幸』Les Infortunes de la Vertu（一七八七）、『ジュリエット物語あるいは悪徳の栄え』L'Histoire de Juliette ou les

Prospérités du vice（一七九七―一八〇一）などを発表。サディズムの名のもととなる。（96）

ザレスカ伯爵夫人、マリア Zaleska, Countess ★ランバート・ヒリャ監督、グロリア・ホールデン主演の映画『女ドラキュラ』Dracula's Daughter（一九三六）に登場するヴァンパイア。ドラキュラの娘でありながら吸血鬼であることを嫌悪する彼女は、ヴァン・ヘルシングの弟子に恋し、その結果滅びることになる。ブラム・ストーカーの短編小説「ドラキュラの客」Dracula's Guest（一九一四）を映画化したもの。（74）

シ

ジークフリート Siegfried ★ドイツの英雄叙事詩『ニーベルンゲンの歌』Das Nibelungenlied の主人公。ドラゴン退治の英雄。ゲルマン系美男子の代名詞として使われる。（291）

シェイクスピア、ウィリアム（一五六四―一六一六） Shakespeare ☆イングランドの劇作家・詩人。ドリアクリフの学寮の名前はそれぞれ、ゴネリル『リア王』King Lear（一六〇五）、タモラ『タイタス・アンドロニカス』Titus Andronicus（一五九三）、ヴァイオラ『十二夜』Twelfth Night, or What You Will（一六〇一）、エアリエル『テンペスト』The Tempest（一六一一）、デズデモーナ『オセロ』Othello（一六〇四）より。正確に言って、空気の精エアリエルは女ではないと思うが。（91）

シェイド、ドクター Shade, Dr ★キム・ニューマンの短編 The Original Dr. Shade（一九九四）の主人公。（454）

シェパード、ジャック（一七〇二―二四） Shepherd, Jack ☆十八世紀初頭、主にロンドンで犯行を重ねた有名な泥棒。ニューゲート監獄から脱走をくり返したことでも知られる。（520）

シェパード、ドクター・ジェイムズ Sheppard ★アガサ・クリスティ『アクロイド殺し』The Murder of Roger Ackroyd（一九二六）の登場人物。（441）

シェリンガム Sherringham ドリアクリフ・グレインジ寄宿学校のホッケー・チーム・キャプテンということであるが、出典が確認できなかった。（468）

シガレット Cigarette ★ウィーダ作「二つの旗の下に」Under Two Flags（一八六七）に登場するカフェの歌い手。J・ゴードン・エドワーズ監督 Under Two Flags（一九一六）ではセダ・バラが、フランク・ロイド監督『二国旗の下に』Under Two Flags（一九三六）ではクローデット・コルベールが演じている。（364）

ジキル、ヘンリー　Jekyll, Henry　★スティーヴンスンの『ジキル博士とハイド氏』The Strange Case of Dr. Jekyll and Mr. Hyde（一八八六）の主人公。高潔な医者であるジキル博士は、自分の中にひそむ悪の性格を解放する薬品を発明し、ハイド氏に変身しては悪行にふけっていたが、最後にはハイドの性格がジキルを駆逐しそうになるのを恐れ、自殺する。『ドラキュラ紀元一八八八』において、ヴァンパイアの生態に関する研究に耽っていた。（145）

シッカート、ウォルター（一八六〇—一九四二）Sickert, Walter　☆英国の画家。印象派の影響を受け、二十世紀のアバンギャルド芸術のブリティッシュ・スタイルに影響を与えた。（28）

ジッグズ　Jiggs　★ウィリアム・フォークナー作『標識塔』Pylon（一九三五）の登場人物。ダグラス・サーク監督の映画『翼に賭ける命』The Tarnished Angels（一九五七）ではジャック・カーソンが演じている。現在連合軍コンドル飛行隊で地上整備員をしている。（176）

シネストル伯爵、ユベール・ド　Sinestre, Comte Hubert de　★ランス・コンフォート監督『吸血鬼シニスターの復讐』Devils of Darkness（一九六五）の登場人物。ヒューバート・ノエルが演じた。（403）

ジム　Jim　★アンリ＝ピエール・ロシェ作『突然炎のごとく』Jules et Jim（一九八三）の登場人物。フランス人の青年。フランソワ・トリュフォー監督『突然炎のごとく』Jules et Jim（一九六一）として映画化。アンリ・セールが演じた。現在フランス軍を脱走して、中間地帯《ノーマンズ・ランド》に巣くっている。（226）

ジムソン、ガリー　Jimson　★ジョイス・ケアリー作 The Horse's Mouth（一九四四）に登場する画家。ロナルド・ニーム監督の映画 The Horse's Mouth（一九五八）では、アレック・ギネスが演じている。（28）

シャーストン大尉、ジョージ　Sherston, George　★ジークフリート・サスーン作 The Memoirs of George Sherston（一九三七）の主人公。（403）

ジャネット　Janet　★ミルデュー・マナーの使用人。ロバート・アルトマン監督『ゴスフォード・パーク』Gosford Park（二〇〇一）より。カントリーハウス「ゴスフォード・パーク」の使用人。フィンティ・ウィリアムズが演じた。（475）

シャネル、ココ（一八八三—一九七一）Chanel, Coco　☆フランスのファッションデザイナー。（437）

シャンダニャック　Chandagnac　★ジュヌヴィエーヴの闇の父。ジャック・ヨーヴィル名義で発表されたジュヌヴィエーヴもの全体を通じて名前が見られる。（96）

ジャンヌ・ダルク（一四一二―三一）Jeanne d'Arc ☆フランスの愛国少女。十三歳にして神の御告げを聞き、フランスをイギリス軍から解放するべくシノンにおもむき、シャルル七世に謁見、軍勢を率いてオルレアンを解放した。のちにイギリス軍にひきわたされ、魔女として火刑に処せられるが、一九二〇年聖女に列せられる。「オルレアンの乙女」とも呼ばれる。（64）

シュヴァリエ、ジェニファー Chevalier, Jennifer ニューマン自身出典を忘れた。編者も調査しきれなかった。（450）

シュヴェイク Svejk ★ヤロスラフ・ハシェク作『兵士シュヴェイクの冒険』Osudy dobrého vojàka Švejka za světové války（一九二一―二三）の主人公。（225）

ジューデクス Judex ★ルイ・フイヤード監督、ルネ・クレステ主演の映画 Judex（一九一六）の主人公。シャドウのようなパルプ・ヒーロー。ジョルジュ・フランジュ監督、チャニング・ポロック主演で『ジュデックス』Judex（一九六三）として再映画化されている。（15）

ジュール Jules ★アンリ＝ピエール・ロシェ作『突然炎のごとく』Jules et Jim（一九五三）の登場人物。オーストリア人の青年。フランソワ・トリュフォー監督『突然炎のごとく』Jules et Jim（一九六二）として映画化。オスカー・ウェルナーが演じた。現在は軍を脱走して中間地帯《ノーマンズ・ランド》に巣くっている。（226）

シュターヘル、ブルーノ Stachel, Bruno ★ジャック・D・ハンター作 The Blue Max（一九六四）の主人公。ジョン・ギラーミン監督、ジョージ・ペパード主演『ブルー・マックス』The Blue Max（一九六六）として映画化されている。現在ドイツ軍JG1飛行士。（84）

シュタルハイン、エーリッヒ・フォン Stalhein, Erich von ★W・E・ジョンズの少年小説 Biggles シリーズ（一九三二～）に登場するビグルズの仇敵。現在ドイツ軍JG1飛行士。（81）

シュトラウス二世、ヨハン（一八二五―九九）Strauss ☆オーストリアのウィーンを中心に活躍した作曲家・指揮者。「ワルツ王」「オペレッタ王」の異名をとる。（83）

シュトラッサー、ペーター（一八七六―一九一八）Strasser, Peter ☆第一次大戦の海軍軍人。ドイツ飛行船部隊最高司令官。現在ドイツ軍旗艦飛行船アッティラ号の艦長。（372）

ジュヌヴィエーヴ ↓ デュドネ

シュライヒ、エデュアルト・リッター・フォン（一八八八―一九四七）Schleich, Eduard ☆ドイツの軍人。第一次世界大戦では陸軍航空隊のエース・パイロット。第二次世界大戦では空軍将軍をつとめた。現在ドイツ軍JG1飛行士。（88）

シュリーフェン、アルフレート・フォン（一八三三—一九一三）Schlieffen ☆ドイツ陸軍元帥。ドイツの基本的戦争戦略としてシュリーフェン・プランを立案した。（161）

ジョージ George ミルデュー・マナーの召使い（542）

ジョージ五世（一八六五—一九三六）George V ☆英国王、ウィンザー朝の初代君主。ヴィクトリア女王の孫で、エドワード七世の長男。実際の在位期間は一九一〇—三六。本書では、ヴィクター王の甥ということになっているが、正確にはクラレンス公アルバート・ヴィクターの弟にあたる。（532）

ジョーンズ、アーネスト（一八七九—一九五八）Jones, Ernest ☆イギリスの医学者・精神科医・精神分析家。フロイトに師事し、『フロイトの生涯』The Life and Work of Sigmund Freud（一九五三）を著した。（515）

シラー（一七五九—一八〇五）Schiller ☆ドイツの詩人・劇作家。感性と理性の調和を理想とし、作品においては政治的・精神的自由の理念を高揚した。劇作の手腕においてドイツ最高といわれる。（48）

ジルベルト（通称ジジ）Gilberte ★コレット作『ジジ』Gigi（一九四四）の主人公。ヴィンセント・ミネリ監督、レスリー・キャロン主演『恋の手ほどき』Gigi（一九五八）としてミュージカル映画化された。（165）

ジンジャー Ginger ★オーストラリアで有名なコミック、ジミー・バンクス作 Ginger Meggs シリーズ（一九二一〜）の主人公。赤毛のヒーロー。現在連合軍コンドル飛行隊パイロット。（18）

ス

スーテル、ウジェーヌ（一八六四—一九三九）Suter, Eugen ☆スイス生まれの美容師。ロンドンでサロンをひらき、シャンデリアスタイルのパーマシンを開発した。（438）

ストーカー、ブラム（一八四七—一九一二）Stoker, Bram ☆『吸血鬼ドラキュラ』Dracula（一八九七）の作者。名優ヘンリー・アーヴィングの片腕としてライシアム劇場の経営その他にあたりながら、『吸血鬼ドラキュラ』を執筆した。小説のほかにアーヴィングの回想録を記している。（448）

ストーン、ルイス（一八七九—一九五三）Stone, Lewis ☆アメリカの俳優。レックス・イングラム監督『ゼンダ城の虜』The Prisoner of Zenda（一九二二）で、ルドルフ・ラッセンディルを演じた。（447）

ストライカー、カーティス Stryker, Curtiss ★カール・エドワード・ワグナー作 Sign of The Salamander

（一九七五）および Blue Lady, Come Back（一九八五）の登場人物。連合軍コンドル飛行隊でコートニーの相棒だったが、現在病気休養中。（171）

スプリング＝ライス、メアリ（一八八〇―一九二四） Spring-Rice ☆二十世紀初期のアイルランドの民族運動家。（119）

スペンサー大尉、エリオット Spenser, Eliot ★クライヴ・バーカー原作・監督の映画『ヘルレイザー』Hellraiser（一九八七）より、魔道士ピンヘッドが魔道に落ちる前の正体。以後の続編にもつづけて登場。ダグ・ブラッドレイが演じた。（12）

スポード、ロデリック Spode, Roderick ★P・G・ウッドハウス〈ジーヴス〉Jeeves シリーズの登場人物。「黒ショーツ党」党首で婦人下着店ユーラリー・スールの経営者。（464）

スマッジ → オクセンフォード、ヴェリティ

スミス＝カミング、マンスフィールド（一八五九―一九二三） Smith-Cumming, Mansfield ☆イギリス秘密情報部SISの創設者にして初代長官。一九一四年に交通事故に巻きこまれ、左足を切断。ペンナイフを使って自分で切断したという噂が流れた。（24）

セ

セヴェレン Severen ★キャスリン・ビグロー監督、エリック・レッド脚本、エイドリアン・パスダー主演『ニア・ダーク　月夜の出来事』Near Dark（一九八七）の登場人物。ビル・パクストンが演じた。（349）

ゼニス、アンソニー Zenith the Albino ★パルプ・マガジンなどで多くの作家が共作している〈セクストン・ブレイク〉Sexton Blake シリーズに登場する犯罪者。深紅の目をもつアルビノの怪盗。（455）

セワード、ジャック（ジョン） Seward, Jack (John) ★ブラム・ストーカー『吸血鬼ドラキュラ』Dracula（一八九七）の登場人物。『ドラキュラ紀元一八八八』では、ヴァンパイアとなったルーシーを滅ぼしてのち狂気に陥り、切り裂きジャック事件を引き起こした。（340）

ソ

ソーンダイク、ジョン・イブリン Thorndyke ★オースティン・フリーマン作『ソーンダイク博士の事件簿』John Thorndyke's Cases（一九〇九）等に登場する法医学教授。化学薬品などを入れた緑のケースを携行し、科

学的に捜査を進める名探偵。ホームズとならぶ人気を誇った。（93）

ゾフィー、ホーエンベルク公爵夫人（一八六八―一九一四）**Sophie** ☆オーストリア＝ハンガリー帝国の皇位継承者フランツ・フェルディナント大公の身分違いの妻。伯爵家の出身であるため、身分違いを理由として、大公妃と名乗ることを許されなかった。サラエヴォにて皇太子とともに暗殺される。（32）

タ

ターナー、ジョゼフ・マロード・ウィリアム（一七七五―一八五一）**Turner** ☆イギリスのロマン派の画家。「ノラム城、日の出」Norham Castle, Sunrise と呼ばれる作品は、のちにモネの「印象　日の出」Impression, soleil levant に影響を与えたともいわれる。（342）

ターピン、ディック（一七〇五―三九）**Turpin, Dick** ☆十八世紀英国の追剥・殺人・窃盗などをくり返した犯罪者。処刑後に伝説となり、バラッドや演劇、映画やテレビで、颯爽と現れる英雄としてロマンティックに語られるようになった。（520）

ダーワード **Durward** ★ブライアン・クレメンス監督、ホルスト・ヤンセン主演『キャプテン・クロノス　吸血鬼ハンター』Captain Kronos: Vampire Hunter（一九七四）に登場する吸血鬼の一族。（480）

ダイアナ、レディ **Diana, Lady** ★ルドルフ・ヴァレンティノ主演の映画『伯爵』のヒロイン。『伯爵』の元ネタとなったE・M・ハル原作『シーク―灼熱の恋―』The Sheik（一九一九）、ジョージ・メルフォード監督、ルドルフ・ヴァレンティノ主演の『シーク』The Sheik（一九二一）においても、砂漠のシークと熱愛に陥るのは〝レディ・ダイアナ〟である。（445）

ダウンズ、エリザベス **Downs, Miss** ★キム・ニューマン The Secrets of Drearcliff Grange School（二〇一五）の登場人物。ドリアクリフ・グレインジ寄宿学校の教師。（482）

ダク、メリッサ **d'Acques** ★ジャック・ヨーヴィル名義で発表されたジュヌヴィエーヴもの全体を通じて、彼女の闇の祖母、シャンダニャックの闇の母として登場するヴァンパイア。外見は十二歳の少女。（478）

ダックス大佐 **Dax** ★ハンフリー・コッブ作 Paths of Glory（一九三五）の主人公。スタンリー・キューブリック監督、カーク・ダグラス主演『突撃』Paths of Glory（一九五七）として映画化されている。（403）

タンタロス **Tantalus** ★ギリシャ神話に登場するリュ

ディア王。ゼウスの子ともいわれる。不死の身体を手に入れていたが、罪を犯し、沼の上に吊りさげれて永遠に飢えと渇きに苦しめられた。(448)

ダンドリッジ Dandridge ★トム・ホランド監督、クリス・サランドン主演の映画『フライトナイト』Fright Night(一九八五)に登場するヴァンパイア。(349)

チ

チェルム伯爵夫人 Countess of Chelm 不明 (482)

チャーチウォード、ペネロピ Churchward, Penelope ★チャールズ・ボウルガードの元婚約者。彼の先妻パメラの従妹にあたる。『ドラキュラ紀元一八八八』においてヴァンパイアに転化した。(118)

チャーチル、ウィンストン(一八七四—一九六五)Churcill ☆イギリスの政治家・作家。実際に一九一七年から戦争終結まで軍需大臣を勤めている。のちに首相。(34)

チャーリーの叔母 Charley's Aunt ★ブランドン・トーマスの笑劇 Charley's Aunt(一八九二)より。アル・E・クリスティー監督、チャールズ・ラグルズ主演『のんきな叔母さん』(一九三〇)をはじめ、何度か映画化されている。(503)

チャールズ ↓ ボウルガード

チャップリン、チャーリー(一八八九—一九七七)Chaplin, Charlie ☆イギリス出身の映画俳優・映画監督・コメディアン・脚本家・映画プロデューサー・作曲家。「喜劇王」と呼ばれる。(436)

チャタレイ準男爵、クリフォード Chatterley, Cliford ★D・H・ロレンス作『チャタレイ夫人の恋人』Lady Chatterley's Lover(一九二八)の登場人物。戦争によって半身不随になったため、夫人が猟場の番人メラーズと交渉をもつことになる。(270)

チャトパディヤイ、カーリ Chattopadhyay, Kali ★キム・ニューマン The Secrets of Drearcliff Grange School(二〇一五)の登場人物。ドリアクリフ・グレインジ寄宿学校デズデモーナ寮の生徒。五年生。(444)

チャンドラー、レイモンド(一八八八—一九五九)Chandler ☆私立探偵フィリップ・マーロウのシリーズを生み出したアメリカ人作家。代表作に『大いなる眠り』The Big Sleep(一九三九)、『長いお別れ』The Long Goodbye(一九五三)など。実際にイギリス空軍に所属していた。(419)

チルダーズ、ロバート・アースキン(一八七〇—一九二二)Childers, Erskine ☆アイルランドの独立運動家。スパイ小説の古典『砂洲の謎』The Riddle of the Sands(一九

〇三）の著者でもある。(430)

ツ

皇帝《ツァー》 → ニッキー（ニコライ二世）

皇太子《ツァーレヴィチ》アレクセイ・ニコラエヴィチ・ロマノフ（一九〇四—一八）Alexei Nikolaevich Romanov ☆ロシア帝国皇帝ニコライ二世の第一皇子。血友病を患っていた。(28)

ツェッペリン伯爵、フェルディナント・フォン（一八三八—一九一七）Zeppelin ☆ドイツの軍人。硬式飛行船を考案した。以後、ツェッペリンは飛行船をあらわす普通名詞となっている。(373)

ツェレ、ゲルトルート（一八七六—一九一七）Zelle, Gertrud ☆芸名マタ・ハリ。オランダ生まれで、フランスで活躍したダンサー。ドイツのスパイ容疑でフランス政府に捕らわれ処刑される。以後、「マタ・ハリ」は女スパイの代名詞として使われるようになった。(44)

テ

ディアギレフ、セルゲイ（一八七二—一九二九）Diaghilev ☆ロシアの芸術プロデューサー。ロシア・バレエ団を創設し、多くのダンサーを育てた。ニジンスキーのパトロンとして有名。(59)

ティージェンス大尉、クリストファー Tietjens ★フォード・マドックス・フォード作『パレーズ・エンド』Parade's End（一九二四—二八）の登場人物。スザンナ・ホワイト監督、ベネディクト・カンバーバッチ主演により、二〇一二年にドラマ化されている。(360)

ティボルト Tybalt ★シェイクスピア『ロミオとジュリエット』Romeo and Juliet（一五九七）の登場人物。ジュリエットの従兄弟。ロミオの親友マキューシオを殺したため、ロミオに殺される。(511)

ディムジー Dimsie ドリアクリフ・グレインジ寄宿学校の三年生ということであるが、出典が確認できなかった。(468)

ティルドラム、トム Tildrum, Tom & トルドラム、ティム Tim, Toldrum ★イギリス民話「猫の王さま」に出てくる名前。柩を抱えた黒猫たちに「トム・ティルドラムにティム・トルドラムが死んだと伝えてくれ」と言われた墓堀人夫が、家に帰ってその話をすると、その場にいた飼い猫のトムが、「だったらぼくがつぎの猫の王さまだ」といってとびだしていった。(456)

デズモンド、ノーラ Desmond, Nora ★ビリー・ワイルダー監督『サンセット大通り』Sunset Boulevard

（一九五〇）に出てくる女優。グロリア・スワンソンが演じた。(445)

テスラ、アルマンド　Tesla ★ルー・ランダース監督、ベラ・ルゴシ主演の映画『吸血鬼蘇る』The Return of the Vampire（一九四四）に登場するヴァンパイア。(123)

デゼッサント、フロレッサス　Des Esseintes ★ユイスマンス作『さかしま』À rebours（一八八四）の登場人物。唯美的で奇矯な行動をする。象徴派詩人であるロベール・ド・モンテスキューをモデルとする。(96)

デュドネ、ジュヌヴィエーヴ・サンドリン・ド・リール（一四一六―）**Dieudonnè, Geneviéve Sandrine de l'Isle** ★十五世紀のフランスに生まれ、十六歳でヴァンパイアになった少女。『ドラキュラ紀元一八八八』の主人公。ニューマンはそのほかにもジャック・ヨーヴィルの名前で、吸血鬼の少女ジュヌヴィエーヴを主人公とした作品をいくつか発表している。(64)

デュランテ、ジミー（一八九三―一九八〇）**Durante, Jimmy** ☆アメリカの俳優、歌手、コメディアン。(496)

デンヴァー公　Denver, Duke of ★ドロシー・セイヤーズ〈ピーター・ウィムジイ卿〉Lord Peter Wimsey シリーズに使われている架空の称号。ピーター卿の父モーティマー・ウィムジイが第十五代デンヴァー公にあたる。ちなみに、ドッティヴィルに収容された次男がピーター卿であると思われる。(25)

テンプラー、サイモン　Templar ★レスリー・チャータリス作『聖者ニューヨークに現わる』The Saint in New York（一九三五）など、〈セイント〉The Saint シリーズの主人公。〈聖者《セイント》〉を名乗る怪盗。一九六二年からロジャー・ムーア主演でTVドラマ化されているほか、映画、ドラマなど何度も映像化されている。(137)

ト

ドラキュラ伯爵　Dracula, Count ★ブラム・ストーカーの『吸血鬼ドラキュラ』Dracula（一八九七）の主人公。トランシルヴァニアの古城からイギリスに進出をはかったが、ヴァン・ヘルシングらに追いつめられ、滅ぼされた、はず――。『ドラキュラ紀元一八八八』において、ヴィクトリア女王と結婚し、プリンス・コンソートとしてイギリスを支配下におさめようとしたが、チャールズ・ボウルガードとジュヌヴィエーヴの活躍によって追放された。生前はヴァラキア公ヴラド・ツェペシュ。現在はヴィルヘルム二世にとりいって、ドイツ軍最高司令官。(22)

ドラモンド大尉、ヒュー　Drummond ★サッパー作の冒険ミステリ『怪傑ドラモンド』Bull-Dog Drummond（一九二〇）等〈ドラモンド〉Drummond シリーズの主人公。映画やテレビなど、数多く映像化されている。(121)

トルドラム、ティム ↓ティルドラム、トム

ドレイヴォット軍曹、ダニエル Dravot, Danny ★ラドヤード・キプリングの「王様になりたい男」The Man Who Would Be King（一八八八）の登場人物。一九七五年に、ジョン・ヒューストン監督、ショーン・コネリー主演で『王になろうとした男』The Man Who Would Be King として映画化されている。現在ディオゲネス・クラブのために働いている。(12)

ドレイク、フランシス（一五四〇?―一九六）**Drake** ☆イギリスの航海者・海賊。イギリス最初の世界周航者。アルマダの海戦でスペインの無敵艦隊を破った。(359)

トレヴリン Trevlyn ★数人の作家がヒルダ・リチャーズ名義で共作している少女小説 Cliff House School シリーズ（一九〇九-）の登場人物。(511)

ドレフュス、アルフレッド（一八五九―一九三五）**Dreyfus, Alfred** ☆フランス軍人。いわゆる〈ドレフュス〉事件の主人公。スパイ容疑で終身刑に処せられたが、のちに真犯人があらわれて無罪となった。(75)

トレンチャード、ヒュー・モンタギュー（一八七三―一九五六）**Trenchard, Hugh Montague** ☆イギリスの軍人・飛行家。イギリス空軍の父と称えられ、空軍の近代化に多くの改革を成し遂げた。(243)

トロツキー、レフ（一八七九―一九四〇）**Trotsky** ☆ロシアの革命家・著述家。(124)

トンプソン、イーディス（一八九三―一九二三）**Thompson** ☆それなりの名士パーシー・トンプソンの妻であったが、愛人の船乗りバイウォーターズが夫を殺害したため、共犯者として絞首刑に処せられた。(441)

トンプソン、サディ Thompson, Sadie ★サマセット・モーム「雨」Miss Thompson のちに Rain と改題（一九二一）の登場人物。自由奔放な売春婦。ルイス・マイルストン監督、ジョーン・クロフォード主演『雨』Rain（一九三二）として映画化されている。(128)

ナ

ナイト、ニック Knight ★バーニー・コーエン&ジェームス・D・パリオット作、TVドラマ Nick Knight（一九八九）に登場するヴァンパイアの警官。リック・スプリングフィールドが演じた。のちに Forever Knight（一九九二―九六）として再ドラマ化、ジェラント・ウィ

ン・デイヴィスが演じた。(349)

ナイトホーク　Nighthawk ★シドニー・ホーラー They Called Him Nighthawk（一九三七）をはじめとする Nighthawk シリーズに登場する強盗。(455)

ナンジェッセ中尉、シャルル（一八九三—一九二七）Nungesser ☆フランスのエース・パイロット。第一次大戦では髑髏と棺桶を描いた機体で活躍した。スコアは四十三。現実には第一次大戦を生き延び、一九二七年パリからニューヨークへの大西洋横断飛行を企てて行方不明になった。(303)

ニ

ニオベ　Niobe ★ギリシャ神話に登場するリュディア王タンタロスの娘。多くの娘と息子に恵まれていることを自慢して女神レトの怒りを買い、すべて殺され、夫は悲しみのあまり自死する。ニオベは涙を流しつづけたまま、シピュロス山の岩となる。(448)

ニコルソン、ウォルター・ノリス（一八七七—一九六四）Walter Norris Nicholson ☆連合軍大佐。(181)

ニジンスキー、ヴァーツラフ（一八九〇—一九五〇）Nijinsky ☆ロシアのバレエ・ダンサー・振付師。『春の祭典』『牧神の午後への前奏曲』などで有名。(232)

ニーチェ、フリードリヒ（一八四四—一九〇〇）Nietzsche ☆ドイツの哲学者・古典文献学者。実存主義の代表的な思想家のひとり。主著『ツァラトゥストラはかく語りき』Also sprach Zarathustra（一八八五）等。ウィンスロップが引用している一節は『善悪の彼岸』Jenseits von Gut und Böse（一八八六）より。(451)

ニッキー、皇帝《ツァー》（一八六八—一九一八）Nicky, Tsar ☆ニコライ二世。ロマノフ朝第十四代にして最後のロシア皇帝。(32)

ニューキャッスル、セバスチャン　Newcastle, Sebastian ★レス・ダニエルズのホラー・シリーズ The Black Castle（一九七八）、等に登場したヴァンパイア、ドン・セバスチャン・ド・ヴィラヌーヴァの別名。Yellow Fog（一九八六）でこのように名乗っている。(107)

ネ

ねずみ "Nezumi" 千年以上昔に十三歳でヴァンパイアになった日本人少女。千年前は平安時代なので、ねずみがいかにして武士道を身につけたのか、謎である。(485)

ノ

ノースクリフ子爵、アルフレッド・ハームズワース（一八六五―一九二二）Northcliffe ☆イギリスの実業家・ジャーナリスト。〈デイリー・メール〉、〈デイリー・ミラー〉を創刊。一九〇八年には〈タイムズ〉を買収。「新聞王」と呼ばれた。（29）

ノヴェロ、アイヴァー（一八九三―一九五一）Novello, Ivor ☆ウェールズの作曲家・歌手・俳優。ヒッチコック監督『下宿人』The Lodger: A Story of the London Fog（一九二七）等に主演。（438）

ハ

ハーカー、ウィルヘルミナ（ミナ）・マリー Harker, Wilhelmina Murray ★ストーカー『吸血鬼ドラキュラ』Dracula（一八九七）の登場人物。ジョナサンの婚約者、のちに妻。ドラキュラの最初の犠牲者ルーシーの幼馴染みで、みずからも襲われながら、ヴァン・ヘルシング教授らに協力した。ドラキュラが滅びると同時に人間にもどったはずだが――（68）

パーシング、ジャック（一八六〇―一九四八）Pershing, Jack ☆アメリカ軍人。第一次大戦においてアメリカ軍総司令官としてフランスで転戦した。通称ブラックジャック。（386）

ハーツィ、イロナ Harczy, Ilona ★ハリー・クメール監督、デルフィーヌ・セイリグ主演『闇の乙女／紅い唇』Daughters of Darkness/Les lèvres rouges（一九七一）に登場する、エリザベート・バートリーの愛人である少女。アンドレア・ラウが演じた。（468）

バーティ Bertie ★W・E・ジョンズの少年小説 Biggles シリーズ（一九三二～）に登場するビグルズの友人。現在連合軍コンドル飛行隊パイロット。37ページで変人の伯母比べをしているところを見ると、〈ジーヴス〉シリーズのバーティもまじっているようだ。（22）

バーティ Bertie, Cousin ★P・G・ウッドハウス〈ジーヴス〉Jeeves シリーズに登場する、いささか頼りない貴族のぼっちゃん。ジーヴスの主人。（444）

バーテンデール、ルナ Bartendale, Luna ★ジェシー・ダグラス・ケルーシュ『不死の怪物』The Undying Monster（一九二二）に登場する心霊探偵。（448）

バートリー伯爵夫人、エリザベート（一五六〇―一六一四）Bathory, Countess Elizabeth ☆ハンガリー式にいうと、バートリー・エルジェベト。ハンガリー・トランシルヴァニアの名門貴族の出身。少女の血を浴びれば美貌を維持できるという狂信にかられ、十数年間に六百人以上の少女を殺害したと言われる。ヴァンパイアとしてのバートリー伯爵夫人を主人公にして、ハリー・クメール監督、デルフィーヌ・セイリグ主演『闇の乙女／紅い唇』Daughters of Darkness/Les lèvres rouges（一九七一）など、いくつかの映画がつくられている。ヴァンパイアではないバートリー伯爵夫人を扱った映画としては、ジュリー・デルピー監督・主演『血の伯爵夫人』The Countess（二〇〇九）などがあげられる。(437)

ハートレイ　Hartley　ミルデュー・マナーのあたりの副牧師。出典不明。(542)

バートレット、エディ　Bartlett, Eddie　★ラオール・ウォルシュ監督、ジェイムズ・キャグニー主演の映画『彼奴は顔役だ！』The Roaring Twenties（一九三九）の主人公。(150)

パールツィッヒ大佐、ヤールマー　Poelzig, Hjalmar　★エドガー・アラン・ポオの短編からイメージを得た、エドガー・G・ウルマー監督『黒猫』The Black Cat（一九三四）の登場人物。ボリス・カーロフが演じた。(103)

ハールマン、フリッツ（一八七九—一九二五）Haarmann, Fritz　☆少なくとも二十四人の若い男を殺害した殺人鬼。人肉を食し、肉屋に売ったとも噂され、〈ハノーヴァーの吸血鬼〉と呼ばれる。現在ＪＧ１に所属。リヒトホーフェンの従者をつとめる。(218)

バーンズ、ジェイク　Barnes, Jake　★アーネスト・ヘミングウェイ作『日はまた昇る』The Sun Also Rises（一九二六）の主人公。戦争のため性的不能になった新聞特派員。ヘンリー・キング監督の映画（一九五七）ではタイロン・パワーが、ジェイムズ・ゴールドストーン監督のＴＶ映画（一九八四）ではハート・ボックナーが演じた。(267)

バイウォーターズ、フレデリック（一九〇二—二三）Bywaters　☆若い船乗り。三角関係の末に、愛人であるイーディス・トンプソンの夫パーシー・トンプソンを殺害し、絞首刑に処せられる。(441)

バイエルン、グレゴリー・フォン　Bayern, Gregory von　★ジョン・Ｍ・フォードの歴史改変小説 The Dragon Waiting（一九八三）に登場するヴァンパイア。(102)

パウリエ、セバスチャン　Paulier　★レスリー・ホイットンの警察小説風ホラー Progeny of the Adder（一九六五）の登場人物。(50)

ハウンド警部　Hound, Inspector　★トム・ストッパードの戯曲『ほんとうのハウンド警部』The Real Inspector

Hound（一九六八）より。（506）

蠅人間 ☆二十世紀のはじめ、主としてアメリカで、高いビルの壁をよじのぼって〝蠅人間〟と綽名される人物が何人かあらわれた。ハリー・ガーディナー Harry H. Gardiner（一八七一―一九三三）、スティープルジャック・チャールズ・ミラー Steeplejack Charles Miller（一八八二―一九一〇）、ヘンリー・ロナルド Henry Roland（一八九四―一九三七）など。（451）

パガニーニ、ニコロ（一七八二―一八四〇）Paganini ☆イタリアのヴァイオリニスト。超絶技巧の持ち主として知られた。実際には、生涯にわたって弟子はカミッロ・シヴォリひとりしかとらなかった。（447）

パスツール、ルイ（一八二二―九五）Pasteur, Louis ☆フランスの生化学者・細菌学者。「科学には国境はないが、科学者には祖国がある」という言葉で知られる。「近代細菌学の開祖」と呼ばれる。（471）

バタフライ／チョウチョウサン Butterfly ★ジャコモ・プッチーニ作曲のオペラ『マダム・バタフライ』Madama Butterfly（一九〇四初演）、その原作となったデーヴィッド・ベラスコの戯曲『マダム・バタフライ』Madame Butterfly（一九〇〇初演）、およびそれらのもととなったジョン・ルーサー・ロングの短編「マダム・バタフライ」Madame Butterfly（一八九八）より。「プア・バタフライ」はそれらをもとにしたジャズ曲。零落した士族の娘、蝶々さんはアメリカ海軍士官ピンカートンと結ばれるが、捨てられ、待ちつづけ、最後には自害する。（35）

バッキンガム、ジェニファー Buckingham, Jennifer ★TVドラマ〈ドクター・フー〉Doctor Who シリーズ、シーズン六の最終話 The War Games の登場人物。ジェーン・シャーウィンが演じた。（114）

バッハ、ヨハン・セバスティアン（一六八五―一七五〇）Bach ☆ドイツの作曲家・音楽家。バロック音楽における重要な作曲家のひとりと数えられる。（25）

バッファロー・ビル（一八四六―一九一七）Buffalo Bill ☆アメリカ西部開拓時代のガンマン。本名ウィリアム・フレデリック・コディ。カウボーイなどを集め西部を紹介するサーカス団ワイルド・ウェスト・ショーをつくって好評を得た。（344）

ハマー、ハンス・フォン Hammer ★ロバート・カニンガー&ジョー・キューバート作のDCコミックス Enemy Ace（一九六五～）の主人公。〈地獄のハンマー〉と異名をとるエース・パイロット。現在ドイツ軍JG1飛行士。（84）

ハネイ、リチャード Hannay ★ジョン・バカン『三十九階段』The Thirty-Nine Steps（一九一五）等の主人公。アルフレッド・ヒッチコック監督、ロバート・ドーナット主演『三十九夜』The 39 steps（一九三五）など、何度か映画化されている。（453）

パメラ → ボウルガード

バラ、セダ（一八九〇—一九五五）Bara, Theda ☆アメリカの無声映画時代の女優。妖女《ヴァンプ》と異名をとった。主演作品に『サロメ』（一九一八）など。（61）

ハリス、フランク（一八五六—一九三一）Harris, Frank ☆アイルランド生まれのジャーナリスト・作家。ロンドンの〈イヴニング・ニュース〉〈フォートナイトリ・レヴュー〉〈サタデイ・レヴュー〉などの名編集者として知られる。紀元ワールドではケイト・リードの闇の父。（74）

ハルト Hardt ★マイケル・パウエル監督、コンラート・ファイト主演の映画『スパイ』The Spy in Black（一九三九）の登場人物。現在ドイツ軍参謀幕僚。（317）

バンクス、ロージー・M Banks, Rosie M. ★P・G・ウッドハウスの小説〈ジーヴス〉Jeeves シリーズに登場する恋愛小説家。〈マル・ド・メル～めまい〉Mal de Mer シリーズは、シャーレイン・ハリスの〈トゥルーブラッド〉The Southern Vampire Mysteries シリーズより。（447）

ハンセン教授 Hansen. Prof ★おそらくドイツ表現主義映画の登場人物だと思うが忘れてしまったと、以前ニューマンは知らせてきたが、オットー・リッペルト監督の映画 Homunculus（一九一六）の登場人物ではないかと思われる。アルバート・ポールが演じている。現在科学者としてＪＧ１に所属している。（82）

バンティング、デイジー Bunting, Daisy ★ヒッチコック監督『下宿人』The Lodger: A Story of the London Fog（一九二七）の登場人物。金髪美人のファッションモデル。ジューン・トリップが演じた。現在ムッシュ・ウジェーヌの美容サロンで働いている。（437）

ヒ

ビーチャム、トマス（一八七九—一九六一）Beecham, Thomas ☆イギリスの指揮者。（25）

ビグルズワース大尉、ジェイムズ Bigglesworth, James (Biggles) ★W・E・ジョンズの少年小説 Biggles シリーズ（一九三二～）の主人公。巧みな操縦技術と冷静・大胆・不屈の精神でさまざまな冒険をするパイロット。現在連合軍コンドル飛行隊所属。（17）

ピタヴァル神父 Pitaval ★ガイ・エンドアの怪奇小説『パリの狼男』The Werewolf of Paris（一九三三）の登場人

物。（79）

ピックフォード、メアリ（一八九三―一九七九）**Pickford, Mary** ☆アメリカの映画女優。サイレント映画時代の大スターであり、「世界の恋人」と呼ばれた。本文中の The Little Bat Girl は、セシル・デミル監督『小米国人』The Little American（一九一七）のことと思われる。（26）

ヒトラー、アドルフ（一八八九―一九四五）**Hitler, Adolf** ☆オーストリア生れのドイツの政治家・ナチスの指導者。総統として独裁政治を行なう。（531）

ビューロー、ベルンハルト・フォン（一八四九―一九二九）**Bülow, Prince von** ☆ドイツの外交官・政治家。一九〇〇年から〇九年まで、ドイツ帝国宰相を務めた。（29）

ビリー → ブロンコ・ビリー

ビル → バッファロー・ビル

ピンカートン Pinkerton ★ジャコモ・プッチーニ作曲のオペラ『マダム・バタフライ』Madama Butterfly（一九〇四初演）に登場する、アメリカ海軍士官。蝶々さんと結婚するが、のちに帰国してそのまま彼女を捨てる。（35）

ヒンデンブルク、パウル・フォン（一八四七―一九三四）**Hindenburg** ☆ドイツの軍人・政治家。第一次大戦の参謀総長。後にワイマール共和国大統領。（33）

フ

ファイブス、アントン Phibes, Anton ★ロバート・フェスト監督、ヴィンセント・プライス主演 The Abominable Doctor Phibes（一九七一）の主人公。（438）

ファルケンハイン、エーリッヒ・フォン（一八六一―一九二二）**Falkenhayn, von** ☆ドイツの軍人。第一次世界大戦に陸軍参謀総長としてワルシャワ攻撃やルーマニア侵入を指揮した。（56）

ファントマ Fantômas ★マルセル・アラン&ピエール・スーヴェストル作『ファントマ』Fantomas（一九一一）等、〈ファントマ〉シリーズの主人公である怪盗。映画・TVドラマ・漫画など、多くのメディアで展開されている。（90）

フィオンギュアラ、エセリンド → カルンシュタイン

フィリップ一世／フェリペ二世（一五二七―九八）**Philip** ☆フェリペ二世として、スペインの黄金時代を統治した（在位一五五六―九八）。イングランド女王メアリー一世と結婚期間中、共同統治者としてイングランド王フィリップ一世の称号を得た。（532）

フィンク＝ノトル、オーガスタス Fink-Nottle ★P・G・ウッドハウスの小説〈ジーヴス〉Jeeves シリーズの登

場人物。ジーヴスの主人バーティの親友。（344）

フェイン、ハンデル　Fane, Handel　★ヒッチコック監督、ハーバート・マーシャル主演『殺人！』Murder!（一九三〇）の登場人物。女装の空中ブランコ芸人。エスメ・パーシーが演じた。（438）

フェドー、ジョルジュ（一八六二―一九二一）Feydeau　☆フランスの劇作家。多くの笑劇を書いた。（498）

フェルマン　Voerman　★F・ポール・ウィルソン作『ザ・キープ』The Keep（一九八一）の登場人物。マイケル・マン監督の映画『ザ・キープ』The Keep（一九八三）では、ユルゲン・プロホノフが演じている。現在はドイツ軍を脱走して中間地帯《ノーマンズ・ランド》に巣くっている。（237）

フォッカー、アントニー（一八九〇―一九三九）Fokker, Anthony　☆オランダ領インドネシア生まれの航空技術者。第一次大戦中、ドイツ軍に飛行機を供給し、プロペラ回転面を通して機関銃を発射する方法を発明した。戦後はオランダ・イギリス・アメリカで活躍し、最終的にはアメリカで市民権を得た。（30）

フォーチュン、ダイアン（一八九〇―一九四六）Fortune, Dion　☆英国のオカルティスト・著述家・神秘主義者。（448）

フォスティーヌ　Faustine　★コーネル・ウールリッチの短編 Vampire's Honeymoon（一九三九）に登場するヴァンパイア。（128）

覆面の恐怖　The Hooded Terror　★ジョージ・キング監督 Sexton Blake and the Hooded Terror（一九三八）に登場する犯罪組織。（454）

フューズリ、ヘンリー（一七四一―一八二五）Fuseli, Henry　☆スイス生まれの画家。ロンドンに住み、シェイクスピアやミルトンの作品を絵にした。異国的・官能的でロマン主義の先駆けともいえる作品を描いた。代表作に「夢魔」The Nightmare（一七八一）がある。（189）

ブラウン大尉、アーサー・ロイ（一八九三―一九四四）Brown, Arthur Roy　☆カナダ人のエース・パイロット。一九一八年四月二十一日にマンフレート・フォン・リヒトホーフェンが撃墜されたとき、イギリス空軍はブラウン大尉の功績であると発表したが、今日ではそれは否定されている。（21）

ブラウン、パーシー　Browne, Percy　★サンディー・ウィルソンのミュージカル『ボーイ・フレンド』The Boy Friend（一九五三）の登場人物。ポリーの父親である大富豪。（438）

ブラウン、ポリー　Browne, Polly　★サンディー・ウィルソンのミュージカル『ボーイ・フレンド』The Boy Friend（一九五三）の主人公。一九七一年の映画ではツ

イギーが演じている。（438）

ブラズル、アンジェラ（一八六八―一九四七）Brazil, Angela ☆英国の少女小説家。The Head Girl at The Gables（一九一九）、The Jolliest Term on Record（一九一五）、The Leader of the Lower School（一九一三）、The New Girl at St. Chad's（一九一二）、Monitress Merle（一九二二）等。日本語訳の本は出ていないはずだが、紀元ワールドではきっと訳されているのだろう。（484）

フラッシュマン、ハリー Flashman, Harry ★トマス・ヒューズ作『トム・ブラウンの学校時代』Tom Brown's School Days（一八五七）に登場する、トム・ブラウンをいじめる敵役の生徒。（228）

プラムピック、チャールズ Plumpick ★フィリップ・ド・ブロカ監督、アラン・ベイツ主演『まぼろしの市街戦』Le Roi de Coeur（一九六七）の主人公。現在は脱走して中間地帯《ノーマンズ・ランド》に巣くっている。付記にある名前より、ダニエル・ブーランジェは脚本、モーリス・ベシーは原案を担当している。（239）

プランク、マックス（一八五八―一九四七）Planck, Max ☆ドイツの物理学者で、量子論の創始者の一人。「黒体放射」の概念を提唱。ノーベル物理学賞を受賞。（437）

フランシス、カーロッタ Francis, Carlotta ★アメリカのTVドラマ『ロー＆オーダー』Law & Order: Criminal Intent（一九九〇―二〇一〇）に登場した作家。一九五〇年代にロード・ファントマというヴァンパイアを主人公とした小説シリーズを執筆して、のちに自殺したことになっている。（444）

フランツ・フェルディナント（一八六三―一九一四）Franz Ferdinand ☆オーストリア皇太子。皇帝フランツ・ヨーゼフ一世の甥。サラエヴォで暗殺され、第一次大戦のきっかけとなる。（32）

フランツ・ヨーゼフ（一八三〇―一九一六）Franz Joseph ☆オーストリア皇帝。ハンガリー国王。オーストリア帝国の「国父」、「不死鳥」などと呼ばれた。（32）

ブランドバーグ、アレックス Brandberg, Alex ★映画 Bite! に登場するヴァンパイア。マイク・ホーナーが演じた。と、前回ニューマンより教えてもらったが、今回調べた結果、スコッティ・フォックス監督、キャッシュ・マークマン脚本のビデオ映画 Bite!（一九九〇）に登場するヴァンパイアはコリン・ブルナバーグ（Collin Brrnaburg）、俳優はバック・アダムズであることがわかった。登場人物として、べつにアレックス（Alex）という役があり、マイク・ホーナーが演じている。（349）

フリードリヒ三世（一四一五―九三）Friedrich III ☆神聖ロー

マ帝国皇帝・ローマ王・オーストリア大公。一四七九年ハンガリー王マーチャーシュによってオーストリア大公の地位を奪われ、一四八五年ウィーンを追放される。(559)

ブリタニア Britannia ★英国を擬人化した女神。ユニオンフラッグを描いた盾とポセイドンの三叉戟を手にし、アテナの兜をかぶった姿で描かれる。(196)

フリットン Fritton ★ロナルド・サールのコミック St Trinian's Schoolgirls (一九四八～) と、それを原作とした映画より、聖トリアノン女学院のサディストの学院長。いまはドリアクリフ・グレインジの学院長をしているらしい。(484)

ブリンケン、テン Brincken, Ten ★H・H・エーヴェルス作『アルラウネ』Alraune (一九一一) に登場するマッド・サイエンティスト。ヘンリック・ガレーン監督『妖花アラウネ』Alraune (一九二七) ではパウル・ヴェゲナーが、アルトゥール・マリア・ラーベナルト監督『妖花アラウネ』Alraune (一九五〇) ではエリッヒ・フォン・シュトロハイムが演じている。現在、科学者としてドイツ軍JG1に所属している。(66)

プリンツィープ、ガヴリロ (一八九四—一九一八) Princip, Gavrilo ☆セルヴィア人の学生・愛国者。サラエヴォにおいてオーストリア皇太子夫妻を暗殺し、第一次大戦の原因をつくった。(32)

フレミング、アレクサンダー (一八八一—一九五五) Fleming, Alexander ☆英国の細菌学者。世界初の抗生物質ペニシリンの発見者。(471)

フロイト、ジークムント (一八五六—一九三九) Freud, Sigmund ☆オーストリアの精神医学者。精神分析学を樹立。(160)

フロッグ Frog ★エドガー・ウォーレス The Fellowship of the Frog (一九二五) に登場する盗賊団の首領。ジャック・レイモンド監督により、The Frog (一九三七) として映画化。(344)

プロテウス Proteus ★ギリシャ神話。「海の老人」と呼ばれる海神。変身能力をもっている。同じく変身能力をもつ「海の老人」と呼ばれる海神にネレウスがあり、ヘラクレスが「黄金のリンゴ」を求めにいくときにヘスペリデスまでの道をたずねようとし、さまざまに変身するネレウスをかかえあげたまま離さなかったので、最後にはネレウスもあきらめて道を教えたという逸話がある。つまり、この一文はプロテウスではなくネレウスのことではないかと思われる。(89)

ブロンコ・ビリー Broncho Billy ★ギルバート・アンダースン監督・主演による西部劇映画シリーズの主人公。

一九八〇年には、クリント・イーストウッド監督・主演により、『ブロンコ・ビリー』Bronco Billy として再映画化されている。(353)

へ

ベアストウ Bairstow ★チャールズ・ボウルガードの使用人。(424)

ベイ教授 Bey, Proff ★カール・フロイント監督、ボリス・カーロフ主演『ミイラ再生』The Mummy(一九三二)に登場する、現代に再生した古代エジプト高僧イムホテップのいまの名前。(468)

ヘイグ、ダグラス(一八六一—一九二八)Haig, Douglas ☆イギリスの軍人。第一次大戦時の西部戦線イギリス軍総司令官、陸軍元帥。(9)

ベートーヴェン、ルートヴィヒ・ヴァン(一七七〇—一八二七)Beethoven ☆ドイツの偉大な作曲家。古典派音楽の集大成かつロマン派音楽の先駆けとされる。(25)

ペタン、アンリ・フィリップ(一八五六—一九五一)Pétain ☆フランスの軍人・政治家。第一次大戦西部戦線におけるフランス軍総司令官。(44)

ペネロピ ↓ チャーチウォード

ヘミングウェイ、アーネスト(一八八九—一九六一)Hemingway, Ernest ☆アメリカの小説家。『日はまた昇る』The Sun Also Rises(一九二六)、『武器よさらば』A Farewell to Arms(一九二九)、『老人と海』The Old Man and the Sea(一九五二)などを著す。(460)

ベラ・ルゴシ(一八八四—一九五六)Béla ☆ハンガリー生まれの映画俳優。トッド・ブラウニング監督『魔人ドラキュラ』Dracula(一九三一)をはじめとして、舞台・映画においてドラキュラを持ち役とした。(401)

ヘラクレス Hercules ★ギリシャ神話。半神半人の英雄。十二の功績をあげ、のちに神に列せられる。(89)

ベルケ、オスヴァルト(一八九一—一九一六)Boelcke, Oswald ☆ドイツのエース・パイロット。空中戦術の方法論に先鞭をつけた。(42)

ベルナール、サラ(一八四四—一九二三)Bernhardt ☆十九世紀のフランスを代表する大女優。アール・ヌーヴォーの中心となり、ジャン・コクトーには「聖なる怪物」と呼ばれた。(91)

ベルフェゴル Belphegor ★アルチュール・ベネド Belphegor/The Mystery of the Louvre(一九二七)に登場する怪盗。映画・ドラマなどにもなっている。(454)

ヘルベルト ↓ クロロック子爵

ベレニス Berenice ★エドガー・アラン・ポオの短編「ベレニス」Berenice（一八三五）の登場人物。(50)

ヘンツォ伯ルパート Hentzau, Rupert of ★アンソニー・ホープ『ゼンダ城の虜』The Prisoner of Zenda（一八九四）および『ヘンツォ伯爵』Rupert of Hentzau（一八九八）の登場人物。中部ヨーロッパの架空の国ルリタニアの貴族。元プリンス・コンソート直属カルパティア近衛隊将校。(447)

ペンデレル大尉 Penderel ★J・B・プリーストリーの小説 Benighted（一九二七）の登場人物。ジェイムズ・ホエール監督、ボリス・カーロフ主演の映画『魔の家』The Old Dark House（一九三二）ではメルヴィン・ダグラスが演じた。(375)

ヘンリー七世（一四五七—一五〇九）Henry VII ☆テューダー朝初代のイングランド王（在位一四八五—一五〇九）。ランカスター家の生まれであるが、ヨーク家エドワード四世の娘にしてリチャード三世の姪にあたるエリザベスと結婚して、薔薇戦争を終結させた。(532)

ホ

ボアディケア（?—六〇?）Boadicea ☆古代ブリトン人イケニ族の女王。ローマ軍の暴力的な支配に抵抗して戦った。(472)

ホイスラー、ジェイムズ（一八三四—一九〇三）Whistler ☆アメリカ人の画家。主としてロンドンで活躍した。ジャポニスムの影響を受けた独自の世界を展開した。(28)

ボイマー軍曹、パウル Baumer, Paul ★エーリヒ・マリア・レマルク作『西部戦線異状なし』Im Westen nichts Neues（一九二九）の主人公。ルイス・マイルストン監督『西部戦線異状なし』All Quiet on the Western Front（一九三〇）ではリュー・エアーズが演じた。(108)

ボウルガード、チャールズ Beauregard, Charles ★ディオゲネス・クラブの諜報員。『ドラキュラ紀元一八八八』の主人公のひとり。(13)

ボウルガード、パメラ Beauregard, Pamela ★チャールズの妻。一八八〇年頃、出産時に死亡。(27)

ポオ、エドガー・アラン（一八〇九—四九）Poe, Edgar Allan ☆アメリカの詩人・小説家・ジャーナリスト。幻想小説・推理小説・怪奇小説などを著した。代表作ともいえる恐怖小説「アッシャー家の崩壊」The Fall of the House of Usher（一八三九）、推理小説の祖たる「モルグ街の殺人」The Murders in the Rue Morgue（一八四一）、名作詩「大鴉」The Raven（一八四五）等。

もとの名はエドガー・ポオであり、両親をはやく亡くしたため、アラン家の養子となった。（48）

ポオ、デイヴィッド（**一七四三―一八一六**）**Poe, David** ☆エドガー・アラン・ポオの祖父。補給将校であった独立戦争時、私財を投じて独立軍のために食料を賄ったことから「将軍」と呼ばれた。（106）

ホーカー少佐、ラノー（**一八九〇―一九一六**）**Hawker, Lanoe** ☆イギリス軍のエース・パイロット。ヴィクトリア勲章受賞者。リヒトホーフェンによって撃墜される。（175）

ホームズ、シャーロック（**一八五四―一九五七　ベアリング＝グールドによる**）**Holmes** ★コナン・ドイルの〈シャーロック・ホームズ〉シリーズの主人公。ベイカー街二二一番地Bに住む世界で唯一の諮問探偵で、数々の難事件を解決した。引退後は養蜂をしていたはず。（340）

ホームズ、マイクロフト（**一八四七―一九四六　ベアリング＝グールドによる**）**Holmes, Mycroft** ★〈シャーロック・ホームズ〉シリーズの登場人物。シャーロックの兄で、彼以上の推理能力をもつ安楽椅子探偵《アームチェア・ディテクティヴ》。ディオゲネス・クラブの中心的人物。（31）

ホーラー、シドニー（**一八八八―一九五四**）**Horler, Sydney** ☆イギリスのスリラー作家。（72）

ボール、アルバート（**一八九六―一九一七**）**Ball, Albert** ☆イギリス人パイロット。十八歳でパイロットになり二十歳で戦死するまでに四十四機を撃墜し、撃墜王《エース》中の撃墜王《エース》と称せられる。一九一七年五月、ロタール・フォン・リヒトホーフェン（レッド・バロンの弟）と交戦中にマシントラブルで墜落死。本書は一九一八年であるから、四肢の障害はその事故の後遺症であると思われる。（16）

ホールウォード、バジル **Hallward** ★オスカー・ワイルド作『ドリアン・グレイの肖像』The Picture of Dorian Gray（一八九一）で、ドリアンの肖像を描いた画家。（28）

ボールドウィン、スタンリー（**一八六七―一九四七**）**Baldwin, Stanley** ☆英国の政治家・実業家。一九二三年現在、実際に首相を務めている。（457）

ポター、ビアトリクス（**一八六六―一九四三**）**Potter, Beatrix** ☆イギリスの児童文学者・挿絵画家。〈ピーター・ラビット〉シリーズの作者。（241）

ホッジ、リチャード **Hodge, Richard**〈猫の王〉選定の参加者。（459）

ホットスパー（**一三六四―一四〇三**）**Hotspur** ☆サー・ヘンリー・パーシー。イングランドの騎士。勇猛果敢さで知られ、ホットスパーと綽名された。（220）

ボトムリ、ホレイシオ（**一八六〇―一九三三**）**Bottomley, Horatio** ☆イギリスの実業家・ジャーナリスト・下院議員。

〈ジョン・ブル〉の編集者。(179)

ボナパルト、ナポレオン（**一七六九―一八二一**）**Buonaparte** ☆フランス皇帝。(359)

ホフマン、エルンスト・テオドール・アマデウス（**一七七六―一八二二**）**Hoffman, E. T. A.** ☆ドイツの作家・画家・音楽家・法律家。「黄金の壺」Der goldne Topf（一八一四）、「砂男」Der Sandmann（一八一七）等、幻想小説家として知られる。(55)

ポベドノスツェフ、コンスタンティン（**一八二七―一九〇七**）**Pobedonostsev, Konstantin** ☆ロシアの法学者・政治家。アレクサンドル三世治世下のロシアを事実上支配した。(29)

ホルムウッド ↓ ゴダルミング (340)

マ

マーシュ、マリアン（**一九一三―二〇〇六**）**Marsh, Marian** ☆アメリカの女優、のちに環境保護運動家。(437)

マーチャーシュ、コルヴィヌス（**一四四〇―九〇**）**Mathias** ☆ハンガリー王。在位一四五八―九〇年。トルコ、ベーメン、ポーランドと戦って勝利をおさめ、国内では軍の建設、裁判の改革などをおこない、中世ヨーロッパ最強の国家をつくりあげた。芸術や学問の保護にも熱心で、ハンガリーにルネッサンスをもたらした。(559)

マイクロフト ↓ ホームズ

マインスター男爵、デイヴィッド **Meinster, David** ★テレンス・フィッシャー監督、デイヴィッド・ピール主演の映画『吸血鬼ドラキュラの花嫁』The Brides of Dracula（一九六〇）に登場するヴァンパイア。ドラキュラ亡きあと彼の後継者となる。映画ではファースト・ネームは語られていないが、おそらく演じたデイヴィッド・ピールからとったものと思われる。(128)

マウス ↓ ねずみ

マウレン、パール・フォン **Mauren, Perle von** ★カール・ジャコビ作「黒の告知」Revelations in Black（一九三三）に登場する黒衣の女ヴァンパイア。(263)

マキューシオ **Mercutio** ★シェイクスピア『ロミオとジュリエット』Romeo and Juliet（一五九七）の登場人物。ロミオの友人。(511)

マクドナルド、ラムゼイ（**一八六六―一九三七**）**MacDonald, Ramsay** ☆スコットランド出身の英国の政治家。労働党党首から、一九二四年には首相に就任している。(458)

マグナス伯爵 ☆マグナス・デ・ラ・ガルディエ（一六二二―一八六）Magnus de la Gardie　スウェーデンの貴族・

政治家・軍人。もしくは、★マグナス伯爵 Magnus, Count 前述のマグヌス伯爵をモデルにしたモンタギュー・ローズ・ジェイムズ作「マグナス伯爵」Count Magnus の登場人物。もしくは、★マグナス・リィ伯爵 菊地秀行『吸血鬼ハンター〝D〟』の登場人物。芦田豊雄監督のOVA『吸血鬼ハンター〝D〟』では加藤精三が声を演じている。(445)

マタ・ハリ ↓ ツェレ、ゲルトルート

マデライン Madeline ★エドガー・アラン・ポオ作「アッシャー家の崩壊」The Fall of the House of Usher(一八三九)に登場する、アッシャー家最後の末裔の双子のうちの妹。(50)

マブゼ、ドクトル Mabuse, Dr ★ノルベルト・ジャック作『ドクトル・マブゼ』Dr. Mabuse, der Spieler(一九二二)の主人公。フリッツ・ラング監督、ルドルフ・クライン＝ロッゲ主演で『ドクトル・マブゼ』Dr. Mabuse, der Spieler - Ein Bild der Zeit(一九二二)として映画化された。変装の名人で催眠術を使う悪の化学者。現在ドイツ陸軍航空隊の広報局長・情報局長。(101)

マムワルド王子 Mamuwalde, Prince ★ウィリアム・クレイン監督、ウィリアム・マーシャル主演の映画『吸血鬼ブラキュラ』Blacula(一九七二)に登場するヴァンパイア。十九世紀、奴隷制度反対のためヨーロッパに渡ったアフリカのマムワルド王子はドラキュラによってヴァンパイアにされる。(469)

マランボワ卿 Malinbois, Sieur du ★クラーク・アシュトン・スミス作「アヴェロワーニュの逢引」A Rendezvous in Averoigne(一九三一)に登場するヴァンパイア。マランボワ城の名の由来になった。(18)

マリアンヌ・ダニエル Marianne ★テレンス・フィッシャー監督、ピーター・カッシング主演の映画『吸血鬼ドラキュラの花嫁』The Brides of Dracula(一九六〇)の登場人物。イヴォンヌ・モンローが演じた。(337)

マリコヴァ Marikova, Lady ★R・チェトウィンド＝ヘイズ作 The House of Dracula(一九八七)に登場する、ドラキュラの妻のひとり。(128)

マルキエヴィッチ伯爵夫人、コンスタンツ(一八六八—一九二七)**Markievicz, Countess** ☆アイルランドの政治家・民族主義者。旧姓 Gore-Booths ゴア＝ブース。一九一六年のイースター蜂起に加わり、死刑の宣告を受けたが釈放される。(119)

マルクス、チコ(一八八七—一九六一)**Marx, Chico** ☆アメリカの喜劇俳優「マルクス兄弟(マルクス・ブラザーズ)」の長兄。(496)

マレーン Mullane ドリアクリフ・グレインジ寄宿学校の五年生。日本マニアの少女ということであるが、出典が確認できなかった。(511)

マンロー、ヘクター ↓ サキ

ミ

ミッターハウス伯爵 Mitterhouse ★ロバート・ヤング監督の映画『吸血鬼サーカス団』Vampire Circus（一九七一）に登場するヴァンパイア。ヴァンパイアの集まるサーカスの元団員で、その昔セルビアのある村で滅ぼされた。ロバート・テイマンが演じた。元プリンス・コンソート直属カルパティア近衛隊将校。(458)

ミナ ↓ ハーカー

ミルドレッド Mildred ★サマセット・モーム作『人間の絆』Of Human Bondage（一九一五）に登場する悪女。ジョン・クロムウェル監督、レスリー・ハワード主演の映画『痴人の愛』Of Human Bondage（一九三四）ではベティ・デイヴィスが、ケン・ヒューズ監督の映画『人間の絆』Of Human Bondage（一九六四）ではキム・ノヴァクが演じた。(252)

ミルトン、アーサー Milton, Arthur ★エドガー・ウォーレス The Gaunt Stranger or Police Work（一九二五）等に登場する詐欺師《リンガー》。(455)

ミロー将軍 Mireau, General ★ハンフリー・コッブ作 Paths of Glory（一九三五）を原作とする、スタンリー・キューブリック監督、カーク・ダグラス主演の映画『突撃』Paths of Glory（一九五七）の登場人物。ジョージ・マクレディが演じた。(44)

ム

ムーア、コリーン（一八九九―一九八八）Moore, Colleen ☆アメリカの女優。主に一九二〇年代のサイレント映画で活躍し、「フラッパー」の代表的な存在として一世を風靡した。(437)

ムッソリーニ、ベニート（一八八三―一九四五）Mussolini ☆イタリアの政治家。国家ファシスト党による一党独裁制を確立した。(563)

ムルナウ、フリードリッヒ（一八八八―一九三一）Murnau, Friedrich ☆ドイツの映画監督。ドイツ表現主義を代表する、サイレント映画の巨匠。代表作『吸血鬼ノスフェラトゥ』Nosferatu - Eine Symphonie des Grauens（一九二二）。実際に第一次大戦では戦闘機パイロットを

務め、また実際に同性愛者だった。(130)

メ

メアリ一世（一五一六―一五五八）**Mary** ☆イングランドおよびアイルランドの女王（在位一五五三―一五五八）。カトリックを復活させてプロテスタントを迫害したため、ブラッディ・メアリ（血まみれのメアリ）と呼ばれた。(532)

メイ May ★ミルデュー・マナーの使用人。ロバート・アルトマン監督『ゴスフォード・パーク』Gosford Park（二〇〇一）より。カントリーハウス「ゴスフォード・パーク」の使用人。エマ・バックリーが演じている。(475)

メイティ Matey ★J・M・バリーの戯曲 Dear Brutus（一九一七）に登場する執事。(465)

メイフェア中佐、アンドリュー Mayfair ★通称モンク。ケネス・ロブスン作のパルプ・マガジン連載の冒険小説〈ドック・サヴェジ〉Doc Savage（一九三三〜）シリーズの登場人物。ドック・サヴェージの仲間。世界最高の化学者の一人。マイケル・アンダーソン監督、ロン・エリー主演で『ドクサベージの大冒険』Doc Savage The Man of Bronze（一九七五）として映画化されたときは、マイケル・ミラーが演じている。(386)

メラーズ、オリヴァー Mellors ★D・H・ロレンス作『チャタレイ夫人の恋人』Lady Chatterley's Lover（一九二八）の登場人物。チャタレイ夫人の愛人となる森番。現在中間地帯《ノーマンズ・ランド》に巣くう脱走兵のまとめ役をしている。(225)

メリエス、ジョルジュ（一八六一―一九三八）**Méliès, George** ☆フランスの映画制作者。映画の創成期においてさまざまな技術を開発した。代表作に『月世界旅行』Le Voyage dans la Lune（一九〇二）。(91)

モ

モズリー、サー・オズワルド（一八九六―一九八〇）**Mosley** ☆イギリスの政治家。本編では連合軍コンドル飛行隊パイロットとして、シュタルハインによって撃墜され死亡。現実にも戦闘機パイロットだったが、負傷により除隊、戦後政治に身を投じ、国際的にネオ・ファシスト運動の指導者となった。(85)

モリアティ、ジム Moriarty, Professor Jim ★コナン・ドイル〈シャーロック・ホームズ〉シリーズの代表的な悪役。ホームズをして「犯罪界のナポレオン」と言わしめた悪の天才。二十一歳で二項定理に関する論文をものして話題となり、大学教授の地位につく。〝巣の中央の蜘蛛のように〟ロンドンの犯罪社会に巣を張りめぐらし、組織化している。一八九一年にライヘンバッハの滝に落ちて死亡。主著『小惑星の力学』The Dynamics of an Asteroid。(454)

モルトケ、フォン・ヘルムート（一八四八―一九一六）Moltke ☆ドイツ軍参謀総長。(56)

モレラ Morella ★エドガー・アラン・ポオの短編「モレラ」Morella（一八三五）の登場人物。(50)

モロー、ドクター Moreau ★H・G・ウェルズ『モロー博士の島』The Island of Dr. Moreau（一八九六）の主人公。すぐれた生理学者だったが、生体実験に手を出して国外追放に処せられる。その後も孤島で実験をつづけた。(139)

ヨ

ヨルガ伯爵 Iorga, General ★ボブ・ケリャン監督、ロバート・クォリー主演の映画『吸血鬼ヨーガ伯爵』Count Yorga, Vampire（一九七〇）および『ヨーガ伯爵の復活』The Return of Count Yorga（一九七一）に登場するヴァンパイア。元プリンス・コンソート直属カルパティア近衛隊将校。(458)

ラ

ライト兄弟、ウィルバー（一八六七―一九一二）&オーヴィル（一八七一―一九四八）Wright, Wilbur & Orville ☆アメリカの飛行機制作者。人類初の有人飛行を成功させた。(179)

ライトベルク Reitberg ★フレデリック・サドラー・ブレアトン作 The Great Airship: A Tale of Adventure（一九一四）の登場人物。現在ドイツ軍旗艦アッティラ号の砲撃責任者。ちなみに、アッティラ号（The Attila）という名称は、E・ダグラス・フォーセット作 Hartmann the Anarchist or The Doom of the Great City（一八九三）を出典としている。(392)

ラヴェル、フランシス（一四五四―八七）Lovell, Francis ☆英国貴族。リチャード三世の腹心だった。(559)

ラスプーチン（一八七一?―一九一六）Rasputin ☆帝政ロシア末期の怪僧。ニコライ二世と皇后の信用を得て政治に介入し、ロシア帝国崩壊の原因となった。(28)

ラット、ル（ザ）Rat, Le (The) ★グラハム・カッツ監督、アイヴァー・ノヴェロ主演 The Rat（一九二五）に登場するパリの犯罪者ピエール・ブシュロンの通り名。(454)

ラトクリフ、リチャード（?—一四八五）**Ratcliffe, Richard** ☆英国貴族。リチャード三世の腹心。(559)

ラトレッジ **Rutledge** ★ハワード・ヒューズ監督、ベン・ライオン主演の映画『地獄の天使』Hell's Angels（一九三〇）の主人公。現在連合軍コンドル飛行隊パイロット。(311)

ラングストロム、カーク **Langstrom** ★七〇年代のバットマン・コミックスの登場人物。遺伝子学の博士だが、研究中にみずからヒトコウモリとなってしまう。(148)

ランティエ伍長 **Lantier, Jacques** ★エミール・ゾラ作『獣人』La Bête Humaine（一八九〇）の主人公。ジャン・ルノワール監督、ジャン・ギャバン主演で一九三八年に映画化されている。(57)

リ

リア王 **Lear** ★シェイクスピア『リア王』King Lear（一六〇六）の主人公。(28)

リアム → カルンシュタイン

リード、ケイト（キャサリン） **Reed, Kate** ★ブラム・ストーカーが『吸血鬼ドラキュラ』Dracula（一八九七）のために設定したが、のちに割愛された登場人物。一八八八年に転化、現在ジャーナリストとして活躍している。(67)

リーランド、ジェド **Leland, Jed** ★オーソン・ウェルズ監督・主演の映画『市民ケーン』Citizen Kane（一九四一）の登場人物。ジョゼフ・コットンが演じた。ケーンの親友。(75)

リシー、アルジー **Lissie, Algy** ★W・E・ジョンズの少年小説 Biggles シリーズ（一九三二〜）に登場するビグルズの友人。現在連合軍コンドル飛行隊パイロット。と、前回は書いたのだが、調べたところ、「リシー」のファースト・ネームは「バーティ」である。〈ビグルズ〉にはアルジャーノン（アルジー）・レイシーというキャラクターがいるので、それと混同しているのかもしれない。本書には、ファースト・ネームなしで「レイシー」も登場しているし、〈ビグルズ〉とは無関係にラストネームなしの「アルジー」も登場している。(172)

リジイア **Ligeia** ★ポオの短編「リジイア」（一八三八）のヒロイン。(50)

リス＝デイヴィッズ、アーサー（一八九七—一九一七）**Rhys-Davids, Arthur** ☆イギリスのエース・パイロット。二十七機を撃墜した。(20)

リチャード三世（一四五二—八五）**Richard III** ☆ヨーク朝

最後のイングランド王。エドワード四世の弟で、即位前はグロスター公を名のった。シェイクスピアにより『リチャード三世』King Richard III（一五九一）として戯曲化されている。（485）

リディア Lydia ↓インチフォーン

リヒトホーフェン、アルブレヒト・フォン（一八五九―一九二〇）Richthofen, Albrecht ☆レッド・バロンの父。（260）

リヒトホーフェン男爵、マンフレート・フォン（一八九二―一九一八）Richthofen, Manfred von ☆ドイツの戦闘機パイロット。第一次大戦に戦闘機乗りの花形としてフォッカー駆逐機隊を率いて活躍。第一次世界大戦最高記録の八十機を撃墜し、のちに北フランス戦線の空中戦で戦死。乗機を赤く塗装していたことから、「レッド・バロン」「赤い悪魔」などと呼ばれた。（9）

リヒトホーフェン、ロタール・フォン（一八九四―一九二二）Richthofen, Lothar von ☆レッド・バロンの弟。現在ＪＧ1所属の四十機を撃墜したエース・パイロット。現在ＪＧ1所属の飛行士。（18）

ル

ルイス、ウィンダム（一八八二―一九五七）Lewis, Wyndham ☆イギリスの画家・小説家・批評家。渦巻派の運動を起こした。第一次大戦でフランス戦線に従軍。（29）

ルヴェ、ラルフ Leve, Ralph パガニーニの弟子だというヴァイオリニストだが、ニューマン自身、出典がわからなくなっているという。（447）

ルーシー ↓ウェステンラ

ルーデンドルフ、エーリッヒ（一八六五―一九三七）Ludendorff ☆ドイツの軍人・政治家。（33）

ル＝キュー、ウィリアム（一八六四―一九二七）Le Queux, William ☆イギリスのジャーナリスト。スパイ小説草創期の作家としても知られる。（29）

ルスヴン卿 Ruthven, Lord ★ポリドリ「吸血鬼」The Vampyre（一八一九）の登場人物。一世を風靡し、頽廃的で享楽的な美貌の貴族という吸血鬼のイメージをつくりあげた。イギリス首相。（26）

ルパン、アスホール Lupin, Arsehole ★モーリス・ルブランのかの有名な怪盗をもじったものと思われる。Arsene ならぬ Arsehole（ケツの穴、すなわち大馬鹿者の意味）ではあるが。（454）

ルパン、アルセーヌ Lupin, Arsene ★モーリス・ルブラン〈ルパン〉シリーズの主人公。神出鬼没の怪盗紳士。（344）

ルブー、カロリーヌ（一八三七―一九二七）Reboux,

Caroline ☆パリの有名な婦人帽子職人、ファッションデザイナー。クローシェ帽を考案した。（441）

レ

レイシー　Lacey ★W・E・ジョンズの少年小説 Biggles シリーズ（一九三二〜）に登場するビグルズの親友。現在連合軍コンドル飛行隊パイロット。（36）

レイモンド中佐、ウィリアム　Raymond ★W・E・ジョンズの少年小説 Biggles シリーズ（一九三二〜）の登場人物。（37）

レト　Leto ★ギリシャ神話の女神。ゼウスとのあいだにアポロとアルテミスの双子を生んだ。（448）

レーニン、ウラジミル（一八七〇—一九二四）Lenin ☆ソ連の革命家。（28）

レストレンジ、リチャード　Lestrange, Richard ★ジミー・サングスター監督、ユッテ・ステンスガード主演『恐怖の吸血美女』Lust for a Vampire / Love for a Vampire / To Love a Vampire（一九七一）の登場人物。カーミラ（ミルカラ）に魅了される作家。マイケル・ジョンソンが演じている。作中の連載小説のタイトル To Love a Vampire はアメリカでTV放映されたときのタイトル。（480）

レノア　Lenore ★ポオの詩「レノア」Lenore（一八四三）および「大鴉」The Raven（一八四五）に登場するヒロイン。（50）

レモーラ　Lemora ★リチャード・ブラックバーン監督、レスリー・ギルブ主演の映画『レモーラ』Lemora, A Child's Take of the Supernatural（一九七三）の主人公。（128）

レンフィールド　Renfield ★ブラム・ストーカー『吸血鬼ドラキュラ』Dracula（一八九七）の登場人物。ドクター・セワードの精神病院の患者で、小動物を殺したり食べたりする性癖をもっていた。ドラキュラとシンクロしているらしく、彼の精神状態から伯爵の動向を推測することができたが、最後は伯爵に殺された。（479）

ロ

ロイド、ハロルド（一八九三—一九七一）Lloyd, Harold ☆丸眼鏡とカンカン帽をトレードマークとするアメリカのコメディアン。サイレント映画のスター。『ロイドの要心無用』Safety Last!（一九二三）でビルの壁をよじのぼっている。（451）

ロイド＝ジョージ、デイヴィッド（一八六三—一九四五）Lloyd-George ☆イギリスの政治家。現実には十六年まで

陸軍大臣をつとめた。一九一六年に首相就任。(34)

ロー、アンドルー・ボナー（一八五八―一九二三）Law, Andrew Bonar ☆英国の政治家。一九二二年にロイド＝ジョージにかわって首相に就任。(457)

ローラ＝ローラ Lola-lola ★ハインリッヒ・マン作「ウンラート教授――あるいは、一暴君の末路」Professor Unrat（一九〇五）を原作とする映画の登場人物。コケティッシュなナイトクラブ歌手。ジョゼフ・フォン・スタンバーグ監督『嘆きの天使』Der blaue Engel ではマレーネ・ディートリッヒが、エドワード・ドミトリク監督、クルト・ユルゲンス主演の『嘆きの天使』The Blue Angel（一九五九）ではメイ・ブリットが演じている。(128)

ローリー Raleigh ★ロバート・C・シェリフによる戯曲『旅路の果て』Journey's End（一九二八）の登場人物。現在脱走して中間地帯《ノーマンズ・ランド》に巣くっている。(237)

ロックウッド、ケアリ Lockwood, Cary ★ジョン・モンク・ソーンダース作 Single Lady（一九三一）の主人公。ウィリアム・ディターレ監督の映画『最後の偵察』The Last Flight（一九三一）ではリチャード・バーセルメスが演じた。現在連合軍コンドル飛行隊パイロット。(312)

ロッティ Lottie ★ミルデュー・マナーの使用人。ロバート・アルトマン監督『ゴスフォード・パーク』Gosford Park（二〇〇一）より。カントリーハウス「ゴスフォード・パーク」の使用人。ルーシー・コウが演じている。(465)

ロトヴァンク Rotwang, Engeneer ★テア・フォン・ハルボウ作のSF小説『メトロポリス』Metropolis（一九二六）の登場人物。フリッツ・ラング監督、アルフレッド・アベル主演の映画『メトロポリス』Metropolis（一九二七）ではルドルフ・クライン＝ロッゲが演じた。現在科学者としてJG1に所属している。(82)

ロニー兄、J・H（一八五六―一九四〇）Rosny aîné, J. H. ☆ジョゼフ・アンリ・オノレ・ボー。ベルギー出身のフランスの小説家。当初、弟とJ・H・ロニーの筆名で合作をしていたが、のちに独立して、それぞれロニー兄、ロニー弟の名前で創作活動をつづけた。近代SFの創立者のひとり。La Bataille de Vienne という作品はなさそうだ。(52)

ロバートソン、ウィリアム（一八六〇―一九三三）Robertson, William ☆イギリスの軍人。第一次大戦における帝国陸軍参謀総長。(34)

ロビュール Robur ★ジュール・ヴェルヌ作『征服者ロビュール』Robur le Conquérant（一八八六）の主人公。飛行船の設計・宣伝につとめる。現在ドイツ軍飛行船部隊長官。(52)

ロビンソン、ヒース（一八七二―一九四四）**Robinson, Heath** ☆イギリスの挿絵画家・風刺漫画家。彼の名から、非現実的なほど精巧で非実用的な機械類を、ヒース・ロビンソンと呼ぶようになった。（30）

ロミオ Romeo ★シェイクスピア『ロミオとジュリエット』Romeo and Juliet（一五九七）の主人公。（511）

ロルド、アンドレ・ド（一八七一―一九四二）**Lorde, André de** ☆フランスの劇作家。グラン・ギニョール座で主として恐怖劇を書いた。（91）

ロレンス、D・H（一八八五―一九三〇）**Lawrence** ☆イギリスの小説家・詩人。『息子と恋人』Sons and Lovers（一九一三）、『チャタレイ夫人の恋人』Lady Chatterley's Lover（一九二八）などの作品を発表、物議をかもした。一九一二年、既婚婦人であったマンフレート・フォン・リヒトホーフェンの親戚フリーダと恋愛して共にドイツにのがれ、一四年に結婚した。（260）

ワ

ワーグナー、リヒャルト（一八一三―八三）**Wagner** ☆ドイツの作曲家。『ローエングリン』Lohengrin、『ニーベルングの指環』Der Ring des Nibelungen など壮大な楽劇を作曲し、「楽劇王」の名でも知られる。（25）

ワイルド、ジョナサン（一六八二?―一七二五）**Wild, Jonathan** ☆十八世紀初頭のロンドンで泥棒たちを組織化した有名な犯罪者。ヘンリー・フィールディングの小説『大盗ジョナサン・ワイルド伝』The Life and Death of Jonathan Wild, the Great（一七四三）のモデルとなった。（520）

ワシントン、ジョージ（一七三二―九九）**Washington, George** ☆アメリカの初代大統領。桜の木を切って、正直に名乗り出た逸話が有名。（262）

ワルマーグレイヴ Walmergrave ★キム・ニューマン The Secrets of Drearcliff Grange School（二〇一五）の登場人物。ドリアクリフ・グレインジ寄宿学校デズデモーナ寮の生徒。（484）

鍛治靖子 編

訳者あとがき

キム・ニューマン作、ドラキュラ紀元シリーズ第二弾『鮮血の撃墜王』をお届けする。

ドラキュラ伯爵がヴァン・ヘルシングを倒したという、ブラム・ストーカー作『吸血鬼ドラキュラ』の改変世界を舞台とする、キム・ニューマンの代表作ともいえるシリーズである。前作『ドラキュラ紀元一八八八』では、ドラキュラがヴィクトリア女王と結婚し、王婿として英国を支配。ヴァンパイアと温血者《ウォーム》が共存するロンドンで、ヴァンパイアの娼婦ばかりが殺害される「切り裂きジャック」事件が発生し、ドラキュラとは異なる血統に属する実年齢五百歳近く、見かけは十六歳のヴァンパイアの美少女ジュヌヴィエーヴと、ディオゲネス・クラブ闇内閣の諜報員チャールズ・ボウルガードがともに謎を追って……という物語が展開された。

本作『鮮血の撃墜王』はドラキュラ紀元一九一八年、前作の三十年後にあたる。英国を追いだされたドラキュラはドイツにはいってヴィルヘルム二世にとりいり、いつのまにかドイツ軍最高司令官におさまってしまった。一九一四年、わたしたちの世界と同じく、サラエボ事件をきっかけに戦争が勃発した。開戦から四年がたったいま、両軍はフランスを舞台ににらみあっている。そして地上の塹壕戦をよそに、空では翼ある騎士たちが銃火を交えている。

そうした国際情勢を背景に、今回の主人公は、ディオゲネス・クラブの若き諜報員エドウィン・ウィンスロップ。前作にも登場したケイト・リード——彼女はいまや立派なジャーナリストとして活躍している。そしてドイツ軍からは、タイトルを見てもおわかりだろう、第一次大戦において最高のスコアをあげた撃墜王《エース》中の撃墜王《エース》、レッド・バロンことマンフレート・フォン・リヒトホーフェンだ。その他、連合軍・同盟軍ともに、実在・フィクションとりまぜて数多くの飛行士が空で戦っている。そしてもちろん飛行士だけではなく、あらゆる分野にわたってさまざまな人物が登場する。それぞれの出典は例によって登場人物事典で確認できる。この人は転化したのか、この人は温血者《ウォーム》のままなのかなど、楽しんでいただきたい。

さて、『ドラキュラ紀元一八八八』につづき本作でも、ニューマンはタイタン・ブックスに移るにあたってすばらしいサービス精神を発揮し、さまざまなものを追加収録している。

まずは、後半のメインともいうべき中編『ヴァンパイア・ロマンス――ドラキュラ紀元一九二三』である。中編といっても、長さにして本編の半分近く、薄い文庫本なら充分一冊で出せる分量がある。これは他誌で発表された作品の再録ではなく、タイタン版への書き下ろしだ。本編では顔を見せなかったジュヌヴィエーヴを改めて登場させ、エドウィン・ウィンスロップと、もうひとり可愛い新キャラを中心にして、ミステリーがくりひろげられる。ジュネが髪を切り、一九二〇年代のアールデコ・ファッションに身を包んでいるのも（画像はないが）見ものである。

「著者による付記」ももちろん収録されている。例によってニューマン自身が、本編中のさまざまなミニ知識を紹介してくれる。

また、今回は前作のような映画シナリオはないが、リヒトホーフェンと（一時は彼を撃墜したといわれていた）英軍パイロットのブラウン大尉を中心とする、モンスターが登場する空戦映画のアウトライン『レッド・スカイ』が収録されている。

そして、これは二段組になったおまけ部分ではなく本編中であるが、第三部と第四部のあいだに、前版では割愛された「間奏曲」が挿入されている。某重要人物の葬儀を描いたこの短いシーン。前巻では名前が語られるのみでついに登場することのなかったその親族が、はじめて顔を見せる。

最後に、当然ながら、邦訳版のみの特典「登場人物事典」である。『紀元』のときと同じく、前回この事典をつくったとき、私はインターネットを使っていなかった。今回改めてすべての項目をチェックしなおし、また、本文中にもさまざまな訳注をつけ加えた。『ヴァンパイア・ロマンス』の登場人物についてもすべての項目を書き加えたが、どうしても出典をつきとめられなかったものもいくつかある。ご容赦願いたい。

では、ひきつづき第三部をお楽しみに。

本書は『ドラキュラ戦記』（梶元靖子訳　東京創元社一九九八）を増補・改訳、改題したものです。（編集部）

キム・ニューマン Kim Newman
1959年、ロンドンに生まれる。少年時代から映画とホラー小説に熱中。1982年より雑誌に映画評を連載し、84年からは創作を開始。92年、ドラキュラが英国を支配した改変世界を描いた『ドラキュラ紀元一八八八』（アトリエサード／旧題『ドラキュラ紀元』東京創元社）を発表。世界幻想文学大賞などの候補にあがり、シリーズ化して現在も継続中。他の邦訳に、TRPG《ウォーハンマー》の世界を舞台にした小説『ドラッケンフェルズ』（ホビージャパン）などがある。

鍛治 靖子（かじ やすこ）
英米文学翻訳家。東京女子大学文理学部卒。訳書にキム・ニューマン『ドラキュラ紀元一八八八』（アトリエサード）、サチ・ロイド『ダークネット・ダイヴ』、イラナ・C・マイヤー『吟遊詩人の魔法』、G・ウィロー・ウィルソン『無限の書』、ハル・クレメント『20億の針』、ロビン・ホブ『白の予言者』（以上、東京創元社）、アンドレ・ノートン『ゼロ・ストーン』（早川書房／梶元靖子名義、小隅黎と共訳）などがある。

ナイトランド叢書 EX-2

《ドラキュラ紀元一九一八》
鮮血の撃墜王

著　者　キム・ニューマン

訳　者　鍛治 靖子

発行日　2018年10月23日

発行人　鈴木孝

発　行　有限会社アトリエサード
東京都新宿区高田馬場1-21-24-301 〒169-0075
TEL.03-5272-5037 FAX.03-5272-5038
http://www.a-third.com/ th@a-third.com
振替口座／00160-8-728019

発　売　株式会社書苑新社

印　刷　モリモト印刷株式会社

定　価　本体3700円＋税

ISBN978-4-88375-327-7 C0097 ¥3700E

---

www.a-third.com

ナイトランド叢書

キム・ニューマン
鍛治靖子 訳

「ドラキュラ紀元一八八八」

EX-1 四六判・カヴァー装・576頁・税別3600円

吸血鬼ドラキュラが君臨する大英帝国に、
ヴァンパイアの女だけを狙う切り裂き魔が出現。
諜報員ボウルガードは、五百歳の美少女とともに犯人を追う——。
世界観を追補する短編など、初訳付録も収録した完全版!

エドワード・ルーカス・ホワイト
遠藤裕子 訳

「ルクンドオ」

3-3 四六判・カヴァー装・336頁・税別2500円

探検家のテントは夜毎にざわめき、ジグソーパズルは
少女の行方を告げ、魔法の剣は流浪の勇者を呼ぶ——。
自らの悪夢を書き綴った比類なき作家ホワイトの
奇想と幻惑の短篇集!

アルジャーノン・ブラックウッド
夏来健次 訳

「いにしえの魔術」

3-2 四六判・カヴァー装・320頁・税別2400円

鼠を狙う猫のように、この町は旅人を見すえている……
旅人を捕えて放さぬ町の神秘を描き、
江戸川乱歩を魅了した「いにしえの魔術」をはじめ、
英国幻想文学の巨匠が異界へ誘う、5つの物語。

アルジャーノン・ブラックウッド
夏来健次 訳

「ウェンディゴ」

2-2 四六判・カヴァー装・320頁・税別2400円

英国幻想文学の巨匠が描く、大自然の魔と、太古の神秘。
魔術を研究して、神秘の探究に生涯を捧げたブラックウッド。
ラヴクラフトが称賛を惜しまなかった彼の数多い作品から、
表題作と本邦初訳2中篇を精選した傑作集!

詳細・通販は、アトリエサード http://www.a-third.com/

ナイトランド叢書

オーガスト・ダーレス
中川聖 訳

「ジョージおじさん～十七人の奇怪な人々」

2-5 四六判・カヴァー装・320頁・税別2400円

少女を守る「ジョージおじさん」の幽霊、夜行列車の個室で待ち受ける物言わぬ老人、ライラック香る屋敷に隠れ住む姉妹……。
ラヴクラフトの高弟にして、短篇小説の名手ダーレスの、
怖くて優しく、奇妙な物語の数々。

クラーク・アシュトン・スミス　安田均 編

「魔術師の帝国《1 ゾシーク篇》」

2-3 四六判・カヴァー装・256頁・税別2200円

「魔術師の帝国《2 ハイパーボリア篇》」

2-4 四六判・カヴァー装・272頁・税別2300円

スミス紹介の先鞭を切った編者が
数多の怪奇と耽美の物語から傑作中の傑作を精選した
〈ベスト オブ C・A・スミス〉!

アリス＆クロード・アスキュー
田村美佐子 訳

「エイルマー・ヴァンスの心霊事件簿」

1-5 四六判・カヴァー装・240頁・税別2200円

シャーロック・ホームズの時代に登場した幻の心霊探偵小説!
弁護士デクスターが休暇中に出会ったのは、
瑠璃色の瞳で霊を見るエイルマー・ヴァンス。
この不思議な男に惹かれ、ともに怪奇な事件を追うことに……。

ブラム・ストーカー
森沢くみ子 訳

「七つ星の宝石」

1-3 四六判・カヴァー装・352頁・税別2500円

『吸血鬼ドラキュラ』で知られる、ブラム・ストーカーの怪奇巨篇!
エジプト学研究者の謎めいた負傷と昏睡。
密室から消えた発掘品。奇怪な手記……。
古代エジプトの女王、復活す?

詳細・通販は、アトリエサード http://www.a-third.com/

ナイトランド叢書

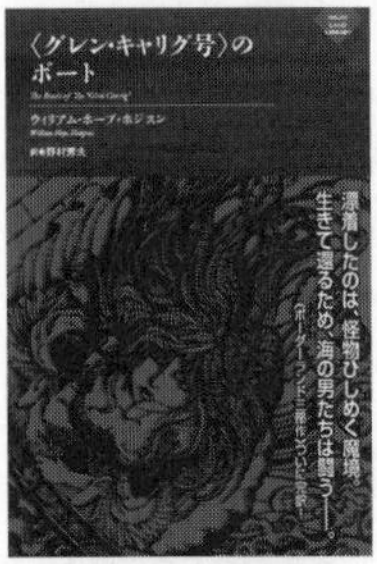

ウィリアム・ホープ・ホジスン
野村芳夫 訳

「〈グレン・キャリグ号〉のボート」

1-6 四六判・カヴァー装・192頁・税別2100円

海難に遭遇した〈グレン・キャリグ号〉。
救命ボートが漂着したのは、怪物ひしめく魔境。
生きて還るため、海の男たちは闘う――。
名のみ知られた海洋怪奇小説、本邦初訳!

ウィリアム・ホープ・ホジスン
荒俣宏 訳

「異次元を覗く家」

1-4 四六判・カヴァー装・256頁・税別2200円

廃墟に遺された手記が物語るのは、異次元から侵入する
怪物たちとの闘争と、太陽さえもが死を迎える世界の終末……。
ラヴクラフトの先駆をなす宇宙的恐怖!

ウィリアム・ホープ・ホジスン
夏来健次 訳

「幽霊海賊」

1-1 四六判・カヴァー装・240頁・税別2200円

航海のあいだ、絶え間なくつきまとう幻の船影。
夜の甲板で乗員を襲う見えない怪異。
底知れぬ海の恐怖を描く怪奇小説、本邦初訳!

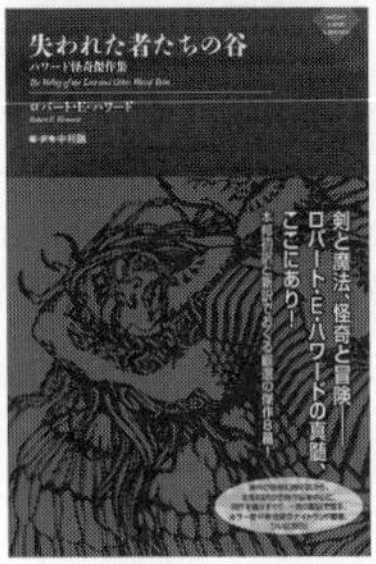

ロバート・E・ハワード
中村融 編訳

「失われた者たちの谷~ハワード怪奇傑作集」

1-2 四六判・カヴァー装・288頁・税別2300円

〈英雄コナン〉の創造者の真髄をここに!
ホラー、ヒロイック・ファンタシー、ウェスタン等、
ハワード研究の第一人者が厳選して贈る怪奇と冒険の傑作8篇!

詳細・通販は、アトリエサード http://www.a-third.com/

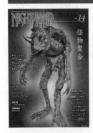

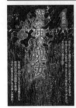

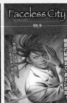

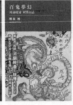